조개 줍는 아이들 2

조개 줍는 아이들 2

The Shell Seekers

로자문드 필처 지음 • 구자명 옮김

리프

The Shell Seekers

CONTENTS

*
* *
*

10

로이 브룩크너

노엘 킬링은 유능한 운동선수이자 스쿼시 코트에서는 예리한 눈매로 스피드를 발하는 귀재였다. 하지만 육체노동에는 익숙지 않은 남자였다. 주말에 묵는 저택에서 여주인이 오후에 손님들에게 나무 베기를 시킨다든지 정원 일을 돌보게 한다든지 하면 늘 가장 힘들지 않은 일을 골라 하곤 했다. 모닥불을 피울 작은 가지를 모은다든가 장미 덩굴에서 시든 꽃봉오리를 딴다든가 하는 식이었다. 잔디 깎는 일도 자원하곤 했는데 그것도 잔디 깎는 기계를 타고 다닐 수 있을 때만 자원했다. 아울러 잔디 깎은 풀 더미를 실은 손수레를 퇴비 더미에 밀고 가는 것은 꼭 다른 사람—대체로 그에게 반한 아가씨—에게 시켰다. 망치로 바위투성이 땅속에 말뚝을 박는다든지 새로 산 관목을 심기 위해 커다란 구덩이를 판다든지 하는 정말 힘든 일이 닥칠 경우에는 그는 무슨 일이 있어도 집 안으로 피하는 요령을 터득했다. 마침내 지치고 화가 난 동료 손님들이 들어와 보면 그는 텔레비전 앞에 느긋이 앉아 크리켓이나 골프 경기를 지켜보면서 주위에는 일요 신문들을 낙엽처럼 흩어놓고 있었다.

그러므로 이번 일도 그는 계획을 면밀히 짜두었다. 토요일 하루 는 구석구석 뒤지며 보낼 참이었다. 트렁크, 상자, 낡아서 기우뚱한 옷장 서랍마다 몽땅 다 뒤져야 한다(진짜 힘든 일, 즉 쓰레기 더미를 들어 좁 은 계단을 두어 번은 오르내리며 내려다 놓는 일은 그다음 날인 일요일로 미룬다. 새 로 온 정원사가 일을 맡아 하고 그러면 자신은 이것저것 지시하는 이상의 힘든 일은 안 해도 된다). 만일 일이 잘 되어서 그가 찾고 있는 것—로런스 스턴의 초벌 유화 스케치 한두 장 혹은 그 이상—을 발견하게 된다면……. 그땐 아주 세련되게 연기를 하는 거다. '이거 좀 흥미로운 물건이군 요.' 엄마에게 그렇게 말한다. 그리고 나서는 엄마의 반응에 따라 달 라진다. '전문가한테 보일 가치가 있을지 몰라요. 내가 아는 에드원 먼디라는 친구가 있는데…….'

다음 날 아침, 그는 일찍 일어나 자신이 먹을 베이컨, 달걀, 소시지, 토스트 네 쪽, 블랙커피 한 주전자 등 거창한 조반을 차렸다. 주방 식 탁에서 그것들을 먹어치우며 그는 빗줄기가 유리창을 때리는 것을 바라보았다. 기뻤다. 비가 내리니 엄마가 정원으로 데리고 나가 일을 시킬 가능성은 없기 때문이었다. 그가 두 번째 커피잔을 들며 정신이 완전히 맑아진 즈음, 엄마가 가운을 입고 나타났다. 토요일 이른 아침 에 기운이 넘치는 아들을 보고는 조금 놀란 얼굴이었다.

"너무 시끄럽게 굴지는 말아라, 응? 안토니아를 가능한 한 오래 재 우고 싶으니까. 가엾게도 무척 지쳐 있을 거야."

"엄마와 그 애가 이른 새벽까지 이야기 나누는 소리를 들었어요.

무슨 이야길 했어요?"

"응, 그냥 이것저것."

페넬로프는 커피를 잔에 따랐다.

"노엘, 너 나한테 묻지도 않고 아무거나 내버리지는 않겠지?"

"엄마가 대체 저 위에 뭘 쑤셔 박아 놓았는지 알아볼 생각뿐이에
요. 태우고 없애는 건 내일 해도 돼요. 하지만 엄마도 상식적으로 행
동하셔야 해요. 낡은 뜨개질 패턴이나 1910년대 결혼식 사진들 같은
건 결단코 찢어버릴 작정이니까요."

"네가 뭘 파헤쳐 낼지 생각하기도 두렵구나."

"알 수 없는 일이죠."

노엘은 둥그렇게 눈을 뜨고 미소를 보냈다.

"정말 알 수 없어요."

그는 커피를 마시는 페넬로프를 놔두고 위층으로 올라갔다. 하지
만 일을 시작하기 전에 한두 가지 실제적인 문제를 해결해야 했다.

다락방에는 작은 유리창이 하나밖에 없었다. 동쪽 박공벽에 깊숙
이 나 있는 유리창이었다. 전구는 경사진 지붕의 중앙 대들보에 단
하나가 대롱대롱 달려 있었는데 불빛이 약하고 어두워서 가뜩이나
잿빛으로 흐린 일광에 보탬을 주지 못했다. 노엘은 아래층으로 다시
내려가 엄마에게 좀 더 광도가 센 전구를 달라고 했다. 계단 밑 상자
에서 하나 꺼내주자, 그는 그것을 가지고 다락방으로 올라가 기우뚱
거리는 의자 위에 균형을 잡고 서서 낡은 전구를 돌려 빼고는 새 전
구를 끼웠다. 하지만 스위치를 켜는 순간 새 전구도 그가 계획하고
있는 치밀한 수색 작업에 충분한 불빛을 내주지 못한다는 것을 알았

다. 필요한 것은 램프였다. 마침 하나가 다락방에 있었다. 낡은 표준형 램프는 깨지고 어긋난 갓에 기다랗고 구불구불한 전선이 달려 있었다. 하지만 플러그가 없었다. 그 바람에 그는 다시 한번 아래층으로 내려가야 했다. 그는 마분지 상자에서 광도 센 전구를 또 하나 꺼내 들고는 엄마에게 여분의 플러그가 있느냐고 물었다. 페넬로프는 없다고 답했다. 노엘이 꼭 하나 있어야 한다고 하자 그럼 다른 전기 용품에서 빼라고 했다. 그러면 스크루드라이버가 있어야 한다고 노엘이 말했다. 페넬로프는 그녀의 용구 서랍에 하나 있다고 하면서 조금은 짜증 나기 시작한 얼굴로 가리켜 보였다.

"저기, 노엘, 옷장에."

서랍을 열자 텔레비전 전선이며 퓨즈, 망치, 못 상자, 납작해진 아교풀 튜브 등이 가득 차 있었다. 뒤져보던 끝에 그는 작은 스크루 드라이버를 찾아 그녀의 다리미에서 플러그를 뽑았다. 다시 위층으로 올라가서 어렵게 그 플러그를 낡은 램프 줄에 끼우고는 플러그가 제발 오래 버텨주길 기원하면서 계단을 내려가 복도에 있는 소켓에 꽂았다. 벌써 수백 번 올라온 듯한 기분으로 위층에 올라가 램프의 스위치를 켜자 불이 들어오고 그는 안도의 한숨을 내쉬었다. 하찮은 장애물에도 쉽게 맥이 빠지는 성격대로 벌써 기진한 기분이었다. 하지만 이제 모든 것이 환한 불빛에 드러났으니 시작할 수가 있다.

정오 무렵에는 어지럽고 먼지투성이인 다락방의 반쯤을 해치웠다. 트렁크 세 개를 뒤졌고, 좀먹은 책상 하나와 차 상자 하나, 옷 가방 두 개를 뒤졌다. 거기서 발견한 것은 커튼, 쿠션, 신문지에 싸인 수많은 술잔이며 앨범(세피아빛으로 바랜 사진 앨범들의 부피가 엄청났다), 인형

놀이용 다기 세트, 낡아 누렇게 된 베갯잇 더미(너무 낡아 손봐서 쓸 수도 없었다) 등등을 찾아냈다. 가죽 장정이 된 회계장부들도 나왔는데 동판 인쇄를 한 듯한 필체 속에 각 항목이 꼼꼼하게 적혀 있었다. 리본에 묶인 편지 꾸러미도 나왔고 녹슨 바늘이 꽂힌 반쯤 완성된 태피스트리, 최신 발명품이었을 칼갈이 기계 사용 설명서 등이 나왔다. 한번은 테이프로 봉한 마분지철이 나와 희망이 솟구쳤다. 흥분으로 떨리는 손길로 노엘은 테이프를 떼어냈다. 하지만 거기서는 돌로마이트 산맥을 그린 서툰 수채화 여러 장이 나왔을 뿐이다. 그 그림을 누가 그렸는지는 신만이 아실 것이다. 실망이 컸지만 다시 힘을 내기 시작했다.

타조 깃털, 올이 길게 얽힌 실크 숄, 자수 식탁보 등이 또 나왔다. 테이블보는 접힌 곳이 노랗게 바래 있었다. 그림 맞추기 놀이판, 반쯤 짜다 만 뜨갯감도 나왔다. 장기판도 찾아냈지만 장기 알이 하나도 없었다. 트럼프 카드도 나왔는데 버크의 '랜디드 젠트리' 1912년 판이었다.

로런스 스턴의 작품은 고사하고 희미하게 닮은 것도 없었다.

그때 계단 쪽에 발소리가 들렸다. 노엘은 발판 위에 먼지투성이가 된 뚱한 얼굴로 앉아 가정에서 검은 울 스타킹을 빼는 방법이 나온 가사 지침서를 멍하니 읽고 있었다. 올려다보니 안토니아가 계단 꼭대기에 서 있었다. 청바지에 운동화, 흰 스웨터를 입고 있었다. 노엘은 그녀의 엷은 색 속눈썹이 참 아쉽다는 생각을 했다. 몸매는 대단했기 때문이다.

"안녕하세요."

안토니아는 방해하기가 미안한 듯 수줍고 조심스레 입을 열었다.

"안녕."

노엘은 낡은 책을 탁 덮고 그것을 발치에 내던졌다.

"언제 일어났어?"

"11시쯤에요."

"나 때문에 깬 건 아니지?"

"아네요. 아무 소리도 못 들은걸요."

그녀는 어렵사리 구분해 놓은 잡동사니 사이를 살금살금 디디면서 다가왔다.

"잘 되어가요?"

"슬렁슬렁하는 거지, 뭐. 쓸데없는 것을 솎아내는 것이 주목적이니까. 태워도 될 만한 것을 없애버리는 거야."

"이 정도로 엉망일 줄 몰랐어요."

안토니아는 서서 돌아보았다.

"이게 다 어디서 났어요?"

"묻는 게 당연해. 오클리 가의 다락방에 있던 거야. 그리고 보아하니 여러 세기 전의 다른 집 다락방에서도 나온 것 같고. 아마 유전되는 결함인 모양이야. 아무것도 내버리지 못하는 성격 말이지. 두 손 들었어."

안토니아는 몸을 굽혀 주홍빛의 실크 숄을 집어 들었다.

"이건 아주 예쁜데요."

그녀는 그것을 어깨에 두르고 얽힌 올을 폈다.

"어때요?"

"이상하군."

그녀는 숄을 벗어 조심스레 접었다.

"페넬로프 할머니가 뭐 드시지 않겠느냐고 알아보라고 보내셨어요."

그제야 시계를 본 노엘은 12시 반인 것을 알고 조금 놀랐다. 날이 개지 않은 데다가 일에 하도 열중해 있어서 시간 개념이 없어진 것이다. 배고픈데다 목도 마르다는 것을 깨달았다. 그는 발판에서 몸을 일으켜 세웠다.

"뭣보다 진토닉을 마셔야겠어."

"오후에 다시 하실 거예요?"

"그래야지. 안 그랬다간 영영 이 꼴일 거야."

"괜찮다면 제가 돕겠어요."

하지만 노엘은 달갑지 않았다. 아무도 보는 것을 원치 않았다.

"고마운 얘기지만 혼자가 더 편해. 내 페이스대로 하고 싶거든. 자……."

그는 그녀를 앞장세워 계단으로 향했다.

"가서 엄마가 점심으로 뭘 준비하셨는지 보자고."

그날 저녁, 6시 30분경에 기나긴 수색 작업도 끝났다. 모든 것이 허사였음을 알았다. 포드모어 오두막의 다락방에는 쓸 만한 것이 아무것도 없었다. 로런스 스턴의 스케치 한 장 나오지 않았다. 모든 계획이 시간 낭비였다. 그는 쓰디쓴 현실에 적응하려 애쓰며 손을 주머니에 넣고 서서 자신이 기껏 작업해 놓은 난장판의 현장을 둘러보았다. 몸은 피곤하고 더러웠고 희망도 사라져 우울해진 기분은 차츰 분노로 바뀌었다. 그 분노의 대부분은 이 모든 일의 책임자인 엄마에게로 쏟아졌다. 언제인지 모르지만 엄마가 그 스케치들을 없애버렸든지 헐값으로 팔았든지 공짜로 누굴 준 게 틀림없다. 다람쥐처럼 뭐든 쌓아두는 집착, 그리고 분별없게 느껴질 정도로 후한 엄마의 기질은 늘 화를 돋우곤 했다. 지금도 그는 분노하며 속으로 이를 갈았다.

시간이란 그에게 소중한 것이었다. 그런데 그 소중한 하루를 도대체 몇 세대에 걸쳐 쌓인 건지 신만이 아실 잡동사니를 치우느라 몽땅 허비하다니. 그게 다 엄마가 제때제때 치우지 않았기 때문이다.

기분이 더러워진 그는 이만 철수해 버릴까 하는 생각을 잠시 했다. 별 하나짜리 주말의 경우 으레껏 써먹는 방법을 동원하는 것이다. 즉, 런던에 급한 약속이 있는 것을 깜빡했다고 사과하고는 작별 인사를 한 뒤 집으로 가면 된다.

하지만 불가능했다. 이미 일을 너무 크게 벌여놓았고 떠벌인 말도 많았다. 이 작업을 자청한 것도 그였다(집이 불안하다느니, 화재 위험이 있다느니 보험 처리가 안 돼 있다느니 등등).

올리비아에게는 또 스케치가 있을지 모른다고 이야기해 둔 터였다. 물론 지금에 와서는 스케치 같은 것이 있을 리 없다는 확신을 갖게 되었지만, 만일 지금 이대로 물러나 일을 다 끝내지 않으면 올리비아의 신랄한 조롱이 어떨지 능히 상상이 가기 때문이었다. 얼굴 가죽이 두꺼운 그였지만, 똑똑한 누이한테서 신랄한 말을 듣는 것만큼은 정말 달갑지 않았다.

그렇다면 어쩔 수 없다. 그냥 머무를 수밖에. 그는 원망스러운 발길로 부러진 인형 침대를 차버렸다. 그러고는 불을 끄고 아래층으로 내려갔다.

밤새 비가 그쳤다. 낮게 깔려 있던 구름도 부드러운 동남풍이 불어와 흩날려 버렸다. 일요일 아침은 맑은 하늘과 더불어 차분하게 밝아왔다. 정적을 가르는 것은 새소리의 합창뿐이었다. 안토니아도 그 소리에 잠이 깼다. 열린 창문으로 아침의 첫 햇살이 침실로 스며들었다. 햇살은 카펫 위로 따스하게 퍼지며 커튼에 그려진 장미꽃 무늬의 짙은 분홍빛을 한결 두드러지게 해주었다. 그녀는 침대에서 나와 경치를 보러 창가에 갔다. 창틀에 맨살로 팔뚝을 괴고 축축하고 이끼 냄새 나는 대기를 들이마셨다. 이 집은 지붕이 낮아서 그녀의 머리 위에 닿을 정도였다. 잔디밭에 이슬이 반짝이는 것이 보였다. 개똥지빠귀 두 마리가 개암나무에서 노래를 부르고 있었다. 달콤하고 아른한 봄날 아침 풍경 그대로였다.

7시 반이었다. 어제는 하루 종일 비가 내렸기 때문에 집안 사람들 모두 밖에 나가지 않았다. 괴로운 일을 겪고 여행을 한 피로에서 완전히 회복되지 않았던 안토니아로서는 온종일 집 안에 틀어박혀 있는 일이 그지없이 달가웠다. 그녀는 혼자 벽난로 불 옆에 앉아 지냈다. 빗방울이 창살을 타고 흘러내렸고 하늘이 어둡고 잿빛이라 불을 켜고 있었다. 전에는 읽어본 적 없는 엘리자베스 제인 하워드의 책을 한 권 발견한 그녀는 점심을 들고 나서 소파에 앉아 책에 파묻혔다. 가끔 페넬로프가 나타나 벽난로에 장작을 넣기도 하고 안경을 찾기도 했다. 그 뒤에는 그녀와 둘이 앉아 있기도 했는데, 이야기를 하기 위해서가 아니라 신문을 읽기 위해서였다. 또 그다음에는 차를 날라다 주었다. 다락방에서는 노엘이 혼자 하루 종일 지내다가 마침내 기분이 대단히 나쁜 얼굴로 나타났다.

그 때문에 안토니아는 조금 불안했다. 그녀는 그때 페넬로프와 함께 주방에서 사이좋게 식사 준비를 하고 있었는데, 노엘의 표정을 한 번 보자 벌써 심상치 않은 일이 닥치리란 예감이 들었다. 그의 저조한 기분이 오늘 하루의 평화로운 분위기를 망칠 거라는 확실한 예감이 들었다.

솔직히 말하면 노엘이라는 사람의 전체적인 분위기가 왠지 불편했다. 올리비아처럼 짓궂고 신랄한 활기가 있었지만 그녀가 지닌 따스함은 그에게서 찾아볼 수 없었다. 그 앞에 서면 안토니아는 자신이 못나고 어색한 기분이었다. 무슨 말을 해야 바보 같지 않고 따분하지 않을지 생각하느라 힘들었다. 벼락이라도 칠 듯이 어두운 얼굴에 한쪽 뺨에는 검댕을 묻힌 채 들어온 노엘이 독한 위스키를 한 잔 따른 뒤에 페넬로프에게 대체 왜 저 쓰레기들을 오클리 가에서 글로스터셔까지 끌고 왔느냐고 힐난했을 때였다. 안토니아는 험한 장면이 벌어져 저녁 내내 모두들 뚱하니 볼멘 얼굴로 지낼 수도 있다는 불안감에 다리가 후들거렸다. 하지만 페넬로프는 끄떡하지 않았고 아들한테 호락호락 위협당할 생각도 없었다.

"게을러서였겠지, 뭐."

페넬로프가 대수롭지 않다는 듯 대꾸했다.

"이삿짐 트럭에 싣는 것이 뭘 어떻게 처리할까 궁리하는 것보다 쉬웠으니까 말이야. 낡은 책이나 편지 뒤적이는 일 말고도 할 일이 많았거든."

"하지만 애초에 저것들을 쌓아둔 사람이 누구냐 말이에요?"

"모르겠구나."

노엘은 그녀의 어디까지나 명랑한 반격에 입을 다물고는 위스키를 목으로 넘겼다. 그러자 금방 진정이 되었다. 쓴 미소까지 지을 수 있었다.

"엄만 정말 못 말릴 사람이에요."

그녀는 이 말도 넘겼다.

"그래, 나도 안다. 하지만 사람이 다 완벽할 수는 없잖니. 다른 일에는 내가 얼마나 유능한지 생각해 보렴. 너한테 요리해 주는 거며 찬장에 늘 적당한 술을 준비해 두는 것 등등. 네가 기억할지 모르지만 네 아버지 모친께서는 찬장에 건포도 맛 나는 셰리주 병 말고는 준비해 두는 것이 없었다."

그는 괴로운 맛을 기억해 내고는 얼굴을 찡그렸다.

"저녁은 뭐예요?"

"아몬드를 곁들인 송어구이, 햇감자, 라즈베리와 크림. 그 정도는 먹어야지. 그리고 나서는 적당한 와인을 골라 들고 위층으로 갖고 올라가 목욕을 하면 된다."

그녀는 노엘을 향해 싱긋 웃었다. 하지만 검은 눈동자는 날카로웠다.

"그렇게 힘든 일을 하고 났으니 한잔해야겠지."

그렇게 해서 저녁 시간은 별일 없이 흘러갔다. 모두 피곤한지라 일찍 잠자리에 들었고 안토니아는 밤새 푹 잘 잤다. 그러고 나자 젊은 이다운 탄력 덕분에 여러 날 만에 처음으로 제정신이 들었다. 밖으로 나가 잔디밭을 뛰어다니며 신선하고 서늘한 공기를 가슴 속에 가득 채우고 싶었다. 봄의 아침이 그녀 앞에 놓여 있었다. 그 아침에 녹아들어야 했다.

그녀는 옷을 갈아입고 아래층으로 내려가 주방 조리대 위의 그릇에서 사과를 하나 집어 들었다. 온실을 빠져나가 정원으로 나갔다. 사과를 먹으며 잔디를 가로질렀다. 캔버스천 운동화에 이슬이 축축이 젖어 들었다. 축축한 잔디 위로 발자국이 길게 남았다. 개암나무 밑을 지나 쥐똥나무 산울타리 사이를 빠져나가 과수원에 들어섰다. 울퉁불퉁한 길이 방치된 풀밭 속으로 구불구불 나 있었다. 풀밭 위에는 벌써 황수선화 가지가 삐죽삐죽 솟아 있었다. 길은 모닥불의 잿더미 옆을 지나 새로 가지를 친 산사나무 산울타리를 돌아 길게 나 있었다. 그 너머로 가니 강이 나왔다. 높은 제방 사이로 수심이 깊고 폭은 좁았다.

안토니아는 강줄기를 따라 걸으며 버드나무가 아치를 이루고 있는 그늘 밑으로 계속 나아갔다. 버드나무가 띄엄띄엄해지더니 강줄기는 넓은 초목지를 뚫고 상류로 치달렸다. 목초지에는 소 떼가 풀을 뜯고 있었다. 낮은 언덕바지 너머로는 하늘이 펼쳐져 있었다. 언덕 위 목초지에 양 떼가 보였다. 멀리서 한 남자가 개 한 마리를 뒤에 끌고 경사진 언덕을 올라 양 떼를 향해 걸어갔다.

안토니아는 마을 가까이 와 있었다. 장방형 탑이 있는 오래된 교회며 황금빛 석조 슬레이트 지붕을 한 산장들이 길이 굽이 도는 곳에 서 있었다. 집마다 굴뚝에서 연기가 솟아올라 차분한 대기 속으로 곧장 피어올랐다. 아침에 새로 불붙인 벽난로 연기일 것이다. 수정 같은 하늘로 태양이 솟아오르고 있었고, 햇살의 여린 온기 때문에 강에 놓인 다리에서 석탄산 냄새가 났다. 냄새가 좋았다. 그녀는 다리에 걸터앉아 이슬에 젖은 종아리를 흔들며 사과를 마저 먹었다. 그러고는 사과 고갱이를 맑게 흐르는 강물 속으로 던졌다. 사과 고갱이가 강물에 밀려 영영 사라지는 것을 바라보았다.

글로스터셔는 너무나 서정적으로 아름다운 곳이야. 안토니아는 생각했다. 그녀가 상상한 것 이상이었다. 포드모어 오두막은 근사했고 무엇보다 페넬로프가 그랬다. 그녀와 같이 있는 것만으로도 차분하고 안정되고 든든해졌다. 최근에는 견딜 수 없이 끔찍하고 슬프게만 여겨졌던 인생이 그래도 흥미진진하고 다가올 즐거움이 충만한 것으로 비쳤다.

"네가 원하는 만큼 있거라."

페넬로프가 그랬다. 그 말은 유혹이었으나 그럴 수 없다는 것을 알고 있었다. 하지만 그러지 않으면 또 뭘 할 수 있단 말인가?

그녀 나이 열여덟. 가족도 집도 돈도 아무 자격도 없었다. 런던에 가 있던 며칠간 그녀는 올리비아에게 털어놓았다.

"뭘 하고 싶은지조차 모르겠어요. 직업에 대해 전혀 아무런 생각이 없었거든요. 생각이라도 했다면 훨씬 좋았을 텐데. 이제 와서 갑자기 비서나 의사, 공인 회계사가 되려고 해도 뭐든 배우려면 돈이 많이 들잖아요."

"내가 도울 수 있어."

올리비아가 대꾸했다.

안토니아는 곧장 불끈했다.

"아뇨, 그런 생각조차 하시면 안 돼요. 난 아줌마 책임이 아니니까요."

"어떻게 보면 책임이야. 코스모의 딸이잖아. 그리고 내가 생각하는 것은 거액의 수표를 떼어 준다거나 그런 게 아니야. 다른 방법으로 도와줄 수 있다고 생각했어. 너를 사람들한테 소개하는 거지. 모델 일은 생각해 봤니?"

모델. 안토니아는 놀라 입을 떡 벌렸다.

"내가요? 모델이라니요. 난 전혀 아름답지 않아요."

"아름다울 필요는 없어. 모델에 적합한 몸매가 있으면 되는 건데 넌 그걸 가졌어."

"모델은 못 해요. 누가 나 있는 쪽으로 카메라를 대면 너무 의식한 단 말이에요."

올리비아가 웃었다.

"그건 극복할 거야. 네게 필요한 것은 좋은 사진가뿐이야. 너한테 자신감을 심어줄. 그전에도 그런 일을 봐왔어. 못난 오리 새끼가 백 조로 피어나는 것을."

"난 아니에요."

"너무 그럴 거 없어. 그 하얀 속눈썹 말고는 네 얼굴은 나쁜 데가 없어. 속눈썹도 기막히게 길고 숱이 많은걸 뭐. 왜 마스카라를 하지 않는지 모르겠구나."

속눈썹이야말로 안토니아에게는 가장 유감스러운 부분이었다. 그 런데 그 이야기를 하자 당혹스러워 얼굴이 붉어졌다.

"해봤어요, 올리비아. 하지만 할 수가 없었어요. 알레르기나 그런 게 있나 봐요. 마스카라를 하면 눈꺼풀이 부풀고 뺨까지 그래요. 순 무 등(아일랜드나 영국에서는 핼러윈 축제 때 쓰는 등을 호박 대신 순무로 만들기도 함 _옮긴이) 꼬락서니가 돼버리죠. 눈에서는 눈물이 흘러내려 검정 물이 얼굴을 뒤덮어요. 비극이죠. 어쩔 도리가 없어요."

"그럼 염색하는 게 어때?"

"염색이요?"

"그래. 까맣게 염색하는 거야, 미용실에서. 그럼 고민도 끝이야."

"하지만 염색에도 알레르기가 생기지 않을까요?"

"그렇지는 않을 거야. 어쨌든 그런지 아닌지 알아봐야지. 이건 요점을 벗어나고 있구나. 네가 사진 모델 일을 얻는 이야기를 하는 참인데. 1년이나 2년 정도야. 돈을 많이 벌어 저축하고 나면 네가 정말 하고 싶은 일을 결정했을 때 그 일을 할 만한 자금이 있게 되지. 자립하는 거야. 포드모어에 내려가 있을 때 한번 생각해 봐. 그러고 나서 어떻게 결정했는지 알려줘. 그럼 내가 자리를 주선해 볼게."

"정말 친절하시군요."

"천만에. 현실적인 것뿐이야."

객관적으로 생각하니 괜찮은 생각이었다. 그런 일을 진짜 한다고 생각하니 겁이 덜컥 났다. 하지만 그렇게 해서 돈을 벌 수 있다면 불안이나 당혹감을 겪으며 얼굴에 화장으로 떡칠하는 것쯤이야 해볼 만하다. 게다가 암만 열심히 생각해도 달리 해보고 싶은 일이 떠오르지 않았다. 요리와 정원 가꾸기, 뭔가 심고 열매를 따는 일—코스모와 이비자에서 지낸 1년간 그것 말고는 별로 한 일이 없다—을 좋아했지만 그걸로는 직업이 될 만한 일을 구하기 어려웠다. 그렇다고 사무실에서 일하는 것도 달갑지 않고 가게나 은행, 병원 일도 싫었다. 그럼 달리 무슨 대안이 있을까?

마을 건너 교회 종탑에서 종소리가 울리기 시작했다. 평화로운 마을 정경에 감상적인 평온함 같은 것을 던져주었다. 안토니아의 머리에 그와는 다른 소리들이 생각났다. 이비자에서 들리던 염소들의 방울 소리. 이른 아침 코스모의 집 주변 바위투성이 언덕 너머에서 들리던 방울 소리의 불협화음. 또 수탉들의 울음소리며 어둠 속에 들리던 귀뚜라미 소리. 이비자의 그 모든 소리들은 영원히 사라져 과거 속으로 묻혀버렸다. 그녀는 코스모 생각을 했다. 코스모 생각을 하면서 처음으로 눈물이 감돌지 않았다. 슬픔이란 무거운 짐 같은 것이다. 그래도 가다 보면 그 짐을 길가에 내려놓고 작별할 수가 있다. 안토니아는 몇 걸음밖에 오지 않았지만 벌써 뒤돌아보며 울지 않을 수 있었다. 아버지를 잊어버리는 것하고는 관계없는 일이다. 단지 현실을 받아들인다는 것뿐이다. 일단 현실을 받아들이고 나면 세상만사가 다 그리 끔찍하지만은 않은 법이다.

교회 종이 10분 정도 울리고는 뚝 멎었다. 그 후의 정적을 아침 녘의 다른 소리들이 메워갔다. 물이 흐르는 소리, 소들이 음매—하고 우는 소리, 멀리서 양들이 매혜—하고 우는 소리, 개 한 마리가 짖는 소리, 어떤 차가 시동을 거는 소리……. 문득, 안토니아는 자신이 배가 몹시 고프다는 걸 알아차렸다. 일어나 다리를 건너 자기가 온 길을 되밟으며 포드모어 오두막과 거기서 기다릴 아침 식사를 향해 걸어갔다. 삶은 계란이 있을 것이고 갈색 빵과 버터, 진한 차가 있을 것이다. 맛있는 음식 생각을 하자 만족감이 밀려왔다. 여러 주 만에 맛보는 속없이 행복한 느낌 속에서 그녀는 뛰기 시작했다. 버드나무의 늘어진 가지 밑으로 고개를 숙이고 곧 일어날 근사한 일을 앞두고 있는 소녀처럼 경쾌하고 자유로운 기분으로 뛰었다.

산사나무 산울타리에 이어 과수원으로 들어가는 문에 이르자 숨이 차고 몸이 후끈했다. 그녀는 헐떡이며 문에 기댔다. 잠시 후 문을 열고 들어갔다. 그때 뭔가 움직이는 것이 눈에 잡혔다. 쳐다보니 정원 쪽에서 구부러져 내려온 길로 한 남자가 손수레를 끌고 오는 중이었다. 그는 페넬로프의 빨랫줄 아래를 지나 옹이진 사과나무와 배나무 사이로 걸어왔다. 젊은 남자였다. 키가 크고 다리가 길었다. 노엘은 아니고 낯선 남자였다.

안토니아가 문을 닫았다. 딸각하는 소리에 그가 알아차리고 그녀를 올려다보았다.

"안녕하세요."

그가 말하며 계속 다가왔다. 거친 풀밭 위로 손수레가 구르자 기름칠이 필요한 바퀴가 삐걱거렸다. 안토니아는 그 자리에 서서 그가 다가오는 것을 바라보았다. 다 타버린 모닥불가에 이르자 청년은 걸음을 멈추고 손수레를 내려놓고는 등을 펴고 서서 그녀를 바라보았다. 누덕누덕 기운 낡은 청바지를 고무장화 속에 집어넣고 올 풀리고 헐렁한 스웨터를 밝은 푸른 셔츠 위에 걸치고 있었다. 셔츠의 깃이 목 둘레에 솟아 있었다. 그의 눈동자 색깔도 똑같이 밝은 푸른색이었다. 햇볕에 그은 얼굴 속에서 깊숙한 눈동자가 깜빡거리지도 않고 바라보다.

"날씨가 좋네요."

그가 말했다.

"그러게요."

"산책 나온 건가요?"

"다리 있는 곳까지만 갔어요."

"안토니아죠."

"네, 맞아요."

"킬링 부인이 당신이 온다고 말씀하셨어요."

"전 당신이 누군지 모르는걸요."

"정원사예요. 데이너스 뮤어필드. 오늘 일을 도우러 왔죠. 다락방 치우는 일. 쓰레기를 태우는 거죠."

손수레에는 마분지 상자 몇 개와 헌 신문, 기다란 부지깽이가 들어 있었다. 그는 부지깽이를 집어 들더니 그것으로 전에 피웠던 모닥불의 잿더미를 헤쳐서 옆으로 치워 마른 땅을 찾아냈다.

"태워야 할 게 산더미예요."

안토니아가 입을 열었다.

"어제 다락방에 가서 보았어요."

"상관없어요. 우리는 온종일 시간이 있잖아요."

그녀는 그가 '우리'라고 하는 말투가 좋았다. 노엘이 조심스레 돕겠다는 그녀를 차갑게 거절한 것과는 달리 그의 말은 그녀까지 포함한 듯싶었다. 태우는 일에 자신이 참여할 수 있을 뿐 아니라 환영받는다는 기분이 들었다.

"아직 아침을 안 먹었지만 먹는 대로 와서 당신을 돕겠어요."

"킬링 부인이 주방에서 계란을 삶고 계세요."

안토니아가 싱긋 웃었다.

"삶은 계란을 먹었으면 했어요."

하지만 데이너스는 마주 웃지 않았다.

"어서 가서 들어요."

이렇게 말했을 뿐이었다.

그러고는 갈퀴를 시키면 흙에 꽂아 넣고는 신문지 묶음을 가지러 돌아섰다.

"빈속으로 힘든 일을 할 수는 없죠."

낸시 체임벌린은 돈피 장갑 낀 손으로 운전대를 움켜쥐고 햇살이 화창한 코츠월드를 지나 포드모어 오두막을 향해 달렸다. 일요일 점심을 어머니와 함께 하기 위해서였다. 기분이 좋았다. 이 즐거운 기분은 여러 가지 이유 덕분이었다. 뜻밖의 화창한 날씨도 그 이유 중 하나였다. 푸른 하늘은 그녀뿐 아니라, 그녀의 집안 전체에도 영향을 주어 아이들은 아침 테이블에서 싸우지 않았으며 조지는 일요일 아침이면 먹는 소시지를 앞에 두고 시시한 농담도 한두 마디 했다. 게다가 크로프트웨이 부인은 자청해서 개들을 데리고 나가 오후 산책을 시키겠다고까지 했다.

거창한 일요일 점심을 준비해야 하는 일거리가 없어지자, 낸시는 실로 오랜만에 뭐든지 할 시간이 생겼다. 차림새에 신경 쓸 여유도 생겼고(지금 그녀는 자신의 옷 중 제일 좋은 코트와 스커트, 그리고 목에 리본을 맨 실크 블라우스를 입었다), 멜라니와 루퍼트를 웨인라이트네 집으로 데려다 줄 시간도 있었고, 조지가 교구회의로 가는 것을 배웅할 시간도 있었다. 게다가 교회에 갈 시간까지 생겼다. 교회에 가면 낸시는 늘 신앙심 깊은 사람이 된 듯했고 기분이 좋았다. 지역회의에 참가하면 자신이 중요한 사람인 것 같은 기분이 드는 거나 마찬가지였다. 덕분에 오랜만에 그녀는 자신의 야망에 어울리는 자화상을 연출하게 되었다. 유복한 시골의 숙녀로서 아이들은 적당한 친구들과 하루를 보내고자 초대를 받았고, 남편은 훌륭한 임무에 나가 있고 하인들은 충실하다.

그런 생각을 하자 그녀는 익숙지 않은 세련된 자신감에 찼다. 그리고는 차를 몰며 오늘 오후에 할 일과 할 말을 짜두었다. 적당한 때를 고르는 거다. 어머니와 단둘이 커피라도 한 잔 앞에 놓고 있을 때 로런스 스턴의 그림 이야기를 꺼내는 것이다. 「물동이를 나르는 여인들」에 걸린 막대한 금액 이야기를 하고 값이 한창일 때 내다 팔지 않는 것이 얼마나 근시안적인지 지적하는 거다. 그 이야기를 하는 자신의 모습을 그려볼 수 있었다. 차분하게 조리를 펴나가며 그것이 다 어머니를 위한 일이라는 걸 명확히 해야 한다.

팔아야 한다. 물론 어머니의 침실 밖 복도에 걸린 아무도 눈여겨보지도 감상하지도 않던 패널화만. 「조개 줍는 아이들」은 안 된다. 어머니가 너무도 사랑하고 그녀의 인생에 너무나 큰 비중을 차지하고 있는 그 그림을 파는 것은 말도 안 된다. 하지만 조지의 말을 인용해 사무적으로 나갈 수도 있다. 재감정을 권하고 가능하면 재보험을 들라고 하는 거다. 자기 소유물에 그처럼 예민한 어머니도 그 같은 현명하고 딸다운 걱정에 반대할 리는 없을 것이다.

구불구불한 길이 언덕을 돌아 뻗어 있었다. 골짜기에 들어앉은 템플 퍼들리 마을이 나타났다. 햇살 아래 부싯돌처럼 반짝이고 있었다. 어머니의 집 정원에서 솟는 검은 모닥불 연기 말고는 움직임을 볼 수 없었다. 패널화를 팔아서 소중한 수십만 파운드를 건지는 일에 골몰

해 있느라 그녀는 이번 주말의 진짜 목적인 포드모어 오두막의 다락방을 청소하고 쓰레기를 치우는 일을 깜빡 잊고 있었다. 지저분한 일거리에 매이지 않기를 바랐다. 모닥불을 상대하기엔 적당한 옷차림이 아니었다.

잠시 후 교회 시계가 30분을 가리킬 무렵 그녀는 포드모어 오두막 문을 들어서서 열린 현관 앞에 차를 댔다. 노엘의 낡은 재규어가 차고 옆에 서 있고 못 보던 자전거가 집의 담장에 기대어 있었다. 내버린 것이 분명하되 불에 태울 수 없는 물건 더미가 처분을 기다리며 쌓여 있었다. 아기 몸무게 재는 체중계 몇 개, 바퀴 하나가 달아난 인형 유모차, 철 침대 틀 한두 개, 이 빠진 변기 두 개. 낸시는 물건들 옆을 지나 안으로 들어갔다.

"어머니."

주방은 언제나처럼 맛있는 냄새로 가득했다. 양구이 냄새, 잘게 썬 박하, 새로 자른 레몬 향. 낸시는 어린 시절 생각이 났다. 오클리 가의 커다란 지하 주방에서 조리되곤 했던 푸짐한 식사가 떠올랐다. 아침 먹은 것이 오래전 일 같았다. 입에 군침이 돌았다.

"어머니!"

"여기 있다."

낸시가 찾아보니 페넬로프는 온실에서 멀거니 서서 생각에 잠겨 있었다. 페넬로프는 낸시처럼 차려입지 않고 낡은 옷을 걸치고 있었다. 낡고 바랜 청 스커트에 목깃이 닳은 면 셔츠, 그리고 짜깁기한 카디건을 팔꿈치까지 소매를 걷어 입고 있었다. 낸시는 뱀 가죽 핸드백을 내려놓고 장갑을 벗은 뒤에 페넬로프에게 키스하러 다가갔다.

"뭐 하고 계세요?"

"어디서 점심을 먹을까 고민하고 있었다. 식당에 상을 차릴까 했었다가 이렇게 좋은 날인데 여기서 먹는 게 어떨까 생각이 들더구나. 정원으로 향한 문을 열어 놓았는데도 기막히게 따뜻하잖니. 내 프리지어 좀 봐라! 깜찍하지 않니? 그래, 널 보니 반갑구나. 차림새도 근사하고. 어떠니? 여기서 점심을 먹을까? 노엘이 주방에서 고기를 베어주면 우리는 접시를 들고 이리 나르고 말이야. 재미있을 것 같아. 올해 들어 처음 하는 피크닉이야. 모두들 꼴이 더러우니 그러는 편이 쉽기도 할 테고."

낸시는 과수원 쪽을 바라보았다. 쥐똥나무 산울타리 위를 떠돌다 청명한 하늘 위로 솟는 소용돌이 연기를 바라보았다.

"일은 어때요?"

"대단해. 모두들 열심이야."

"어머니는 아니겠죠."

"나? 난 점심 준비밖에 안 했다."

"그리고 그 애…… 안토니아는요?"

낸시는 차갑게 이름을 뇌었다. 그녀는 안토니아를 데려온 올리비아와 페넬로프를 아직도 용서할 수 없었다. 그래서 그 아이를 데려온 일이 완전히 실수였길 바라지 않을 수 없었다.

하지만 희망은 사라졌다.

"새벽부터 일어나서 아침 먹자마자 다른 사람들하고 일에 달려들었어. 노엘은 다락방에서 여기, 저기, 가운데 하면서 지시를 내리고 있고 데이너스와 안토니아는 잡동사니를 치우며 불을 지피며 바쁘다."

"그 애가 어머니에게 방해거리나 되지 않았으면 좋겠군요."

"아니야, 절대 그렇지 않아. 착한 아이야."

"노엘은 그 애더러 뭐래요."

"처음에는 그 애의 엷은 속눈썹이 자기 취향이 아니라고 하더라. 상상이 가니? 속눈썹 같은 거나 보고 그 이상은 보지 않으려 하니 노엘은 아내 구하기는 틀렸다."

"처음이라뇨? 그럼 그 후에 마음이 변했나요?"

"그것도 마침 다른 젊은이가 나타나서 안토니아가 그와 친해진 것 같아서 변한 거야. 노엘은 늘 심술통이었잖아. 그런데 이번 일로 콧대가 좀 꺾였을 거야."

"다른 젊은이요? 정원사 말인가요?"

"데이너스 말이다. 참 좋은 청년이지."

낸시는 충격을 받았다.

"안토니아가 정원사하고 사귄단 말이에요?"

페넬로프는 웃었다.

"저런, 낸시, 네 얼굴 좀 봐라. 속물처럼 그러지 말아. 또 그 젊은이를 만나기 전까지는 아무 판단도 해선 안 돼."

하지만 낸시는 여전히 의문스러웠다. 대체 일이 어떻게 돌아가는 거야?

"그 애들이 어머니가 간직하고 싶은 걸 태우는 것은 아닌가 모르겠어요."

"아니야. 노엘은 정말 잘 해내고 있어. 가끔 안토니아를 나한테 보내더구나. 그럼 내가 가서 이것저것 내 의견을 말하지. 좀이 슨 책상 갖고 조금 티격태격한 일밖에 없었다. 노엘은 태워 버려야 한다는데 데이너스는 태우기엔 아깝다고 하면서 좀은 처리할 수 있다는구나. 그래서 내가 그에게 말했지. 좀을 처리할 수 있으면 처리해서 책상을 가지라고. 운 좋은 좀도 다 있지. 노엘은 못마땅해하더구나. 삐쳐서 위층에 처박혀 있어. 하지만 별일 아니다. 자, 이제, 결정을 해야지. 여기서 점심을 먹자꾸나. 식탁 차리는 것을 도와주렴."

모녀는 사이좋게 식탁을 차렸다. 낡은 소나무 식탁 양옆 날개를 열어 펴고 짙은 청색의 리넨 식탁보를 그 위에 펼쳤다. 낸시는 식당에서 은식기와 유리그릇을 가져오고 페넬로프는 하얀 리넨 냅킨을 얌전히 접었다. 마지막으로는 화분에 핀 핑크 제라늄을 꽃무늬 있는 장식화분에 넣어 식탁 한가운데에 놓았다. 다 하고 보니 근사했다. 아담하고 또 격의 없는 상차림이었다. 낸시는 뒤로 물러서서 늘 그렇듯 놀라운 심정으로 바라보았다. 때에 따라 다른 분위기를 만들어낼 뿐아니라 따분한 것들을 가지고도 시각적으로 아주 멋진 것을 만들어내는 어머니의 타고난 재능에 감탄했다. 외할아버지가 예술가였던 사실과 연관이 있을 거라고 생각했다. 그러고는 아무리 노력해도 침침하고 따분해 보이기만 하는 자기 집 식당을 언짢게 떠올렸다.

페넬로프가 입을 열었다.

"자, 이제는 일꾼들이 와서 식사하길 기다리는 일밖에 없구나. 가서 씻고 올 동안 여기 햇살 아래 앉아 있으렴. 마실 것을 갖다 주마. 어떤 걸로 할래? 와인? 진토닉?"

낸시는 진토닉이 좋겠다고 했다. 혼자 남은 그녀는 재킷을 벗고 주위를 살펴보았다. 엄마가 처음 온실을 만들겠다고 했을 때 그녀와 조지는 강력하게 반대하고 나섰다. 어리석은 사치라는 것이 그들의 의견이었다. 페넬로프로서는 그 비용을 감내할 수 없는 낭비일 뿐이라고 항의했다. 하지만 그들의 충고는 묵살되었고 오밀조밀하고 통풍 잘 되는 이 부속 건물이 들어섰다. 그런데 지금 그 따스하고 향내가 진동하는, 잎새 우거지고 꽃들이 그득한 온실에 들어와보니 낸시도 이곳이 탐날 만한 곳임을 인정하지 않을 수 없었다. 하지만 비용이 얼마 들었는지는 알아낼 수가 없었다. 그 생각을 떠올리자 불가피하게 또 괴로운 돈 문제가 기억났다. 페넬로프가 머리를 빗고 얼굴에 분을 바르고 가장 좋은 향수 냄새를 풍기고 돌아오자 낸시는 편안한 버들가지 의자에 앉아 궁리하는 중이었다. 패널화 파는 이야기를 지금 꺼내도 좋을지, 한 걸음 더 나아가 교묘하게 운을 떼야 좋을지 궁리했다. 하지만 페넬로프가 갑자기 엉뚱하고도 느닷없는 이야기를 꺼내는 바람에 방향이 어긋나고 말았다.

"자, 여기 있다. 진토닉……. 충분히 진한지 모르겠구나."

페넬로프는 자신의 것으로 와인 한 잔을 따랐다. 다른 의자를 끌어다 앉아 긴 다리를 겹치고 얼굴을 따스한 태양을 향해 들어 올렸다.

"아, 정말 황홀하지 않니? 네 식구들은 오늘 뭘 하니?"

낸시가 대답했다.

"가엾은 조지 같으니라고. 하루 종일 그 근엄 떠는 주교들하고 방안에 갇혀 있어야 한다니. 웨인라이트네는 또 뭐 하는 가족이냐? 내가 만난 적 있니? 아이들이 자기들끼리 나가 노는 것도 좋은 일이지. 말이 났으니 얘긴데, 누구나 가끔 홀가분히 돌아다니는 것은 좋은 일이야. 너 나하고 같이 콘월에 가보지 않을래?"

낸시는 놀라서 기겁한 얼굴로 엄마를 바라보았다.

"콘월요?"

"그래. 포스케리스에 가보고 싶어. 얼른 말이야. 갑자기 그 충동에 사로잡혀 어쩔 줄 모르겠구나. 누구하고 같이라면 훨씬 더 재미있을 거야."

"하지만……."

"알아. 40년간 가본 적이 없지. 모두 변했을 테고 아는 사람 하나 없을 거야. 그래도 가고 싶어. 모든 걸 다시 보고 싶어. 같이 갈래? 도리스네 집에 묵으면 돼."

"도리스 아줌마네요?"

"그래, 도리스. 아 그래, 낸시 너 도리스를 잊지는 않았구나. 잊을 수가 없지. 네가 네 살이 될 때까지 널 기른 거나 마찬가지니까. 그 후에 우리는 포스케리스를 영영 떠났지만."

물론 낸시는 도리스를 기억했다. 할아버지에 대해서는 분명히 기억나지 않았지만 도리스는 기억했다. 달콤한 화장품 냄새며 든든하던 팔, 그리고 부드러운 위안을 주던 가슴. 낸시 생애 최초의 기억에는 도리스가 있었다. 칸 별장 넘어 자그마한 들판에서 무슨 접이식 유모차 같은 것에 앉아 있었다. 주위에는 오리와 암탉들이 모이를 먹고 있었고 도리스는 강한 바닷바람을 맞고 서서 빨랫줄을 늘이고 있었다. 그 영상은 동화책에 나온 밝고 울긋불긋한 색채의 그림처럼 낸시의 머릿속에 영원히 각인되어 있었다. 머리카락을 흩날리고 팔을 높이 뻗는 도리스. 펄럭이는 시트며 베갯잇이 보이고 풀 먹인 듯한 쨍하니 푸른 하늘이 보였다.

페넬로프는 말을 계속하고 있었다.

"도리스는 아직 거기 산단다. 작은 집 한 채가 있지. 다운얼롱이라고 부르던 집이야. 부두 근처 시내의 오래된 집이지. 이제는 아들들이 다 장가 가버려서 침실이 여분이 있대. 나더러 와서 묵고 가라고 늘 성화야. 널 보고 싶어 안달이고. 넌 도리스의 귀염둥이였거든. 우리가 그곳을 떠날 때 도리스는 울었어. 너도 울고. 어려서 뭐가 뭔지는 몰랐을 테지만."

낸시는 입술을 깨물었다. 옛적 하녀 처지였던 사람과 콘월의 초라한 집에서 머무는 일 따위는 그녀에게 휴가가 아니었다. 게다가…….

"아이들은 어떡하고요? 아이들 잘 곳은 없을 텐데."

"아이들이라니?"

"멜라니하고 루퍼트요. 그 애들을 두고 휴가를 떠날 수는 없잖아요."

"맙소사, 낸시, 난 아이들하고 가자고는 안 했어. 너하고 가자는 거지. 왜 아이들 없이 휴가를 못 간다는 거냐? 제 아비하고 크로프트웨이 부인하고만 있어도 될 만큼 컸는데. 너도 좀 사치를 부려봐. 혼자 훌쩍 떠나보렴. 오래 걸리지도 않을 거야. 며칠뿐이야. 일주일도 안 걸려."

"언제 가실 작정인데요?"

"곧, 되는 대로 빨리."

"저런, 어머니, 그건 어려워요. 할 일이 너무 많아요. 교회 축제 계획도 짜야 하고 보수당 총회 일도 있고……. 그날 점심도 준비해야 해요. 멜라니가 포니 클럽에서 떠나는 캠프 준비도 있고……."

그녀는 핑계가 바닥나자 목소리를 흐렸다. 페넬로프는 아무 말도 하지 않았다. 낸시는 얼음처럼 찬 진토닉을 한 모금 가득 마시고 곁눈질로 엄마를 보았다. 단정한 윤곽의 옆모습, 눈은 감겨 있었다.

"어머니?"

"응."

"나중에는 혹시……. 할 일이 그다지 많지 않을 때요. 9월쯤."

"아니야."

페넬로프는 단호했다.

"금방이라야 해."

그러고는 손을 들었다.

"걱정할 것 없다. 너 바쁜 거야 아니까. 그냥 생각해 본 것뿐이야."

둘 사이에 침묵이 내려앉았다. 낸시는 그 침묵에 말 없는 비난이 서려 있는 것 같아 불편했다. 하지만 뭣 때문에 죄책감을 느껴야 하지? 그렇게 촉박한 알림에 시간 여유도 없이 만사 제쳐놓고 콘월로 덜컥 떠날 수야 없잖은가.

낸시는 침묵 속에 앉아 있는 것이 익숙지 않았다. 끊임없이 수다를 떨어야 좋았다. 그럴듯한 다른 화젯거리를 찾아내려 했으나 머릿속은 멍해져 아무 생각도 떠오르지 않았다. 그런데 어머니는 종종 몹시 짜증 나게 할 때가 있다. 내 탓은 아니다. 너무 바쁘고, 집과 남편과 아이들에게 묶여 있는 것일 뿐이다. 느닷없이 죄책감을 느껴야 하다니 불공평한 일이다.

노엘이 와보았더니 두 모녀는 그러고 있었다. 낸시의 아침이 기분 좋았던 반면, 노엘에게는 짜증 나는 아침이었다. 어제 다락방의 그 물건들을 뒤적거렸던 때하고는 또 다르다. 그때는 뭔가 대단히 값진 것을 찾아내리란 믿음이 머릿속에 쭉 도사리고 있었으니까. 그런데 찾지 못했으니 오늘 아침 일이 더 괴로워질 수밖에 없었다. 게다가 데이너스의 출현에 조금 충격을 받았다. 둔한 머리에 근육질인 촌놈을 기대했더니 나타난 것은 차분하고 말 없는 청년이었다. 그의 곧바르고 눈꺼풀 하나 깜빡하지 않는 푸른 눈길 앞에 노엘은 심기가 어지러워졌다. 안토니아가 금세 데이너스한테 빠진 일도 노엘의 울화를 부채질할 뿐이었다. 두 사람이 팔 한 아름 가득히 마분지 상자며 부서진 가구 등을 안고 좁은 계단을 오르내리며 사이좋게 주고받는 이야기도 아침 시간이 가면 갈수록 더욱 노엘의 비위를 거슬리게 했다.

좀이 먹은 책상을 둘러싼 입씨름이 마지막 결정타였다. 대충 치우고 남은 것을 벽 쪽으로 밀어놓은 것이 1시 15분경. 노엘은 더 이상 참을 수가 없었다. 게다가 더러운 자기 꼴이라니. 샤워도 해야 했지만 그보다 마실 것이 필요했다. 그래서 얼굴과 손 씻는 정도로 해두고 아래층으로 내려와 아찔해질 정도로 독한 드라이 마티니를 따랐다. 그것을 들고 주방을 지나 햇살이 내리쬐는 온실 속으로 들어갔다. 그러자 엄마와 누이가 버들가지 의자에 편히 앉아 하루 종일 일이라고는 손대보지 않은 모습으로 앉아 있는 것을 보고 기분이 더 나빠졌다.

발소리에 낸시가 올려다보았다. 동생을 보게 되어 이번만큼은 정말 기쁘다는 듯이 밝게 웃었다.

"안녕, 노엘."

노엘은 그 미소에 답하지 않고 열린 문기둥에 어깨를 기대고 서서 두 모녀를 살폈다. 페넬로프는 잠이 든 것 같았다.

"다른 사람들은 뼛골 빠지게 일하는데 두 분은 햇살 속에 앉아 느긋하게 쉬다니 어찌 된 거지?"

페넬로프는 꿈쩍도 하지 않았다. 낸시의 미소에서 활기가 조금 스러졌지만 여전히 얼굴에 남아 있었다. 노엘도 고개를 끄덕여 간신히 미소에 답했다.

"안녕."

하고는 꼼꼼히 차려놓은 점심 식탁에서 의자 하나를 끌어내서 오랜만에 의자에 체중을 실었다.

페넬로프가 눈을 떴다. 자고 있지 않았다.

"끝냈니?"

"네, 끝냈어요. 완전히요. 녹초가 될 지경이에요."

"너 말고 다락방 말이다."

"거진요. 이제 부지런한 주부가 올라가서 바닥을 닦기만 하면 다 끝나요."

"노엘, 너 대단하구나. 너 없었으면 어쩔 뻔했니?"

하지만 페넬로프의 고마워하는 미소도 소용이 없었다.

"나 배고파요. 점심은 언제죠?"

"언제든."

페넬로프는 와인 잔을 내려놓고 화분 단지 넘어 정원을 살폈다. 연기가 하늘 높이 치솟고 있었지만 사람들 모습은 보이지 않았다.

"누가 가서 데이너스와 안토니아를 데리고 와야겠다. 난 가서 그레이비 소스를 만들어야겠어."

침묵. 노엘은 이 별로 힘들 것 없는 일을 낸시가 맡길 기다렸다. 하지만 그녀는 스커트의 보풀만 뜯어내며 못 들은 척했다. 노엘이 입을 열었다.

"난 기운이 다 빠졌어."

그러고는 의자를 밀며 등을 기댔다.

"누나가 가. 운동을 하면 몸에 좋을 테니까."

낸시는 그 말이 자신의 통통한 몸집을 비아냥거리는 것으로 알아듣고 노엘의 예상대로 금방 성이 났다.

"아주 고맙구나."

"아침 내내 손가락 하나 까딱하지 않은 모양인데 뭘."

"여기 점심 들러 오기 전에 차림새를 좀 단정히 했을 뿐이야."

그러면서 뾰족한 눈길로 노엘을 보았다.

"너한테 더 이상 뭐라고 하겠니."

"매형은 일요일 점심에 뭘 입으시지? 프록코트라도 입나?"

낸시는 분개해 몸을 세워 앉았다.

"웃자고 한 소리라면……."

둘은 서로를 향해 으르렁거렸다. 늘 그렇듯 요란했다. 페넬로프는 울화와 짜증이 치솟으며 더 이상 들어줄 수가 없어 벌떡 일어났다.

"내가 데려오마."

두 자식들은 그녀가 가는 대로 두었다. 햇살이 가득한 잔디밭을 지나 다듬지 않아 거칠어진 겨울 잔디 위를 엄마가 걸어가는 동안 둘은 그 자리에 꼼짝하지 않고 있었다. 달콤한 향내 나는 따스한 온실을 감상하지도 않고, 서로에게 말을 건네지도, 쳐다보지도 않았다. 각자의 잔을 매만지며 적개심을 곱씹고 있었다.

페넬로프는 자식들 때문에 화가 났다. 피가 뺨으로 몰려오는 것이 느껴졌다. 심장이 불규칙하게 춤추듯 뛰었다. 그녀는 여유를 두고 천천히 심호흡을 하며 바보짓 말자고 다짐했다. 무슨 상관인가. 다 자랐으면서도 아직도 아이처럼 굴고 있는 자식들이지만 무슨 상관인가. 노엘이 자기밖에는 생각할 줄 모르고 낸시가 저처럼 거만하고 독선적인 중년이 되었다 해도 무슨 상관인가. 그 아이들 중 아무도— 심지어 올리비아까지—자기와 같이 콘월로 가지 않겠다고 했지만 상관없었다.

무엇이 잘못되었을까? 그녀가 낳아 사랑하고 기르고 가르치고 돌봤던 그 아이들이 어떻게 된 걸까? 해답은 아마 그녀가 아이들에 대해 충분히 기대하지 않은 데에 있을지 몰랐다. 하지만 전쟁이 끝나고 런던에서 지내던 시절, 그녀는 쓰라린 경험을 통해 이 세상에는 자기 말고 누구에게도 무언가 기대해선 안 된다는 것을 배웠다. 부모도 옛 친구의 도움도 없이 그녀에게는 기댈 곳이라고는 앰브로즈와 그의 어머니밖에 없었다. 하지만 몇 달도 안 되어 그녀는 기대보았자 소용 없다는 것을 알았다. 여러 가지 면에서 자신의 능력밖에는 믿을 것이 없는 그녀는 철저하게 혼자였다.

자신에게 기대는 일. 그것이 키포인트였다. 어떤 위급한 운명이 달려들어도 그녀를 버티게 해주는 유일한 신념이었다. 혼자 선다. 정신 똑바르게. 난 아직 혼자 결단을 내릴 수 있고 남은 생의 방향을 결정할 수 있어. 아이들은 필요 없어. 그들의 결함도 알고 단점도 인식하며 그래도 그들을 사랑하지만 그 애들을 필요로 하지는 않아.

앞으로도 영영 그런 일이 없기를 그녀는 원했다.

그제야 기분이 차분해졌고 스스로를 향해 속으로 미소까지 지을 수 있었다. 그녀는 쥐똥나무 산울타리 틈새로 들어가 멀리 햇살과 그늘 속에 잠긴 경사진 과수원을 바라보았다. 과수원 끄트머리에 커다란 모닥불이 아직도 탁탁거리며 불꽃을 피우고 연기를 뿜어내고 있었다. 데이너스와 안토니아가 있었다. 데이너스는 시뻘건 잿더미를 갈퀴로 긁어대고 있었고, 안토니아는 수레 끝에 앉아 그를 바라보고 있었다. 스웨터를 벗고 셔츠 바람으로 이런저런 이야기를 나누는 그들의 목소리가 대기 속에 청명했다.

너무나 대화에 열중해 있었고 화기애애해 보여 방해하기가 미안했다. 들어와서 구운 봄철 양고기와 레몬 수플레, 딸기 쇼트케이크를 먹자고 하기도 역시 그랬다. 그래서 그녀는 그 자리에 그대로 서서 아름다운 전원 풍경을 바라보는 즐거움을 누렸다. 그때 데이너스가 갈퀴에 기대어 서서 들리지는 않지만 뭐라고 하자 안토니아가 웃음을 터뜨렸다. 그 웃음소리에 페넬로프는 그 옛날의 어떤 웃음소리가 세월을 가로질러 찌를 듯이 선명하게 되살아났다. 어떤 사람이건 일생에 한 번뿐일 그 뜻밖의 황홀감, 진정한 즐거움이 되살아났다.

'그것은 좋은 일이었소. 좋은 일이란 사라지지 않는 법이지. 한 사람의 일부로 남아 그 사람의 인격을 이룬다오.'

다른 목소리, 다른 세계였다. 그때의 황홀감을 되살리자 그녀에게 상실감이 아닌 다시 살아난 느낌, 뭔가를 재발견한 듯한 느낌이 가득 밀려왔다. 낸시와 노엘 그리고 그들이 뱉어내던 심술궂고 짜증 나는 언사들도 잊었다. 상관없었다. 이 순간, 이 진실의 순간만이 중요했다.

그녀는 하루 종일이라도 그렇게 과수원 꼭대기에 서 있을 수 있었다. 하지만 데이너스가 불현듯이 그녀를 알아보고 손을 흔드는 바람에 그녀는 손을 나팔처럼 만들고는 두 사람에게 점심때임을 외쳤다. 데이너스는 손짓을 해 알아들었다고 하고는 부지깽이를 땅에 꽂고 허리를 굽혀 벗어놓은 스웨터를 집었다. 안토니아가 수레에서 내리자 그는 그녀의 어깨에 스웨터를 두르고 턱 밑에 매듭을 지었다. 이어 두 사람은 나란히 나무들 사이로 난 과수원의 오솔길을 오르기 시작했다. 둘 다 키가 크고 늘씬했으며 햇살에 그을어 있었고 젊었다. 페넬로프의 눈에 무척이나 아름다워 보였다.

마음에 감사한 마음이 가득 찼다. 그들이 아침 내내 해놓은 힘든 일뿐만 아니라 그들 자체에 대해 감사했다. 두 사람은 입 뻥긋하지 않고도 페넬로프에게 마음의 평정과 가치관을 되찾아 주었다. 그녀는 얼른 진심 어린 감사의 인사를 드렸다. 두 사람을 자신의 인생에 보내어 두 번째 기회랄 것을 마련해 준 운명의 장난에 대해. (아니면 조물주의 손길이라고 해야 할까? 그 점을 확실히 알 수만 있다면······.)

노엘의 편에서 공평하게 인정해 줘야 할 한 가지 장점은 기분 나쁜 일이 있어도 그다지 오래 가지 않는다는 점이다. 적은 수나마 식사할 사람들이 모두 모였을 무렵에는 노엘은 드라이 마티니를 두 잔째 마시고 있었고(누이의 잔에도 다시 따라 주었다), 페넬로프는 두 남매가 아주 화기애애하게 이야기를 하고 있는 것을 보고 적이 안심했다.

"자, 이제 다 모였구나. 낸시, 넌 데이너스를 만난 적이 없을 테지. 안토니아도. 여긴 내 딸 낸시 체임벌린이야. 노엘, 네가 술을 맡으렴……. 두 사람에게 마실 것을 갖다줘라. 그러고 나서 양고기를 좀 잘라주겠니……."

노엘은 잔을 놓고 과장스레 힘들게 일어났다.

"뭘 마실 거지, 안토니아?"

"라거(저온에서 6주 내지 6개월 저장한 도수가 약한 맥주 _옮긴이)가 좋겠어요."

안토니아는 식탁에 기댔다. 낡은 청바지를 입은 그녀의 다리가 한없이 길어 보였다. 낸시의 딸 멜라니가 청바지를 입으면 엉덩이가 너무 커서 보기 끔찍했다. 하지만 안토니아가 청바지를 입으니 근사했다. 낸시는 인생이란 정말 불공평하다고 생각했다. 멜라니에게 다이어트를 시켜야 할까 생각했지만, 그 즉시 단념했다. 멜라니는 엄마가 권하는 것이면 자동적으로 그 반대로 나가는 아이였으니까.

"데이너스 당신은?"

키 큰 젊은이는 고개를 저었다.

"무알콜 음료면 됩니다. 주스요. 물 한 잔도 좋고요."

노엘은 조금 놀랐지만 데이너스가 단호했으므로 어깨를 들썩이고는 안으로 사라졌다. 낸시는 데이너스를 돌아보았다.

"아무것도 마시지 않나요?"

"술은 안 마십니다."

무척 잘생긴 청년이었다. 말투도 고상했다. 신사다. 기이한 일도 있지. 대체 지금 뭘 하는 걸까? 어머니의 정원사라니.

"마신 적도 없나요?"

"없습니다."

데이너스는 조금도 멋쩍은 기색이 없었다.

낸시는 이 이야기를 더 캐물었다. 라거 맥주를 반 파인트도 마시지 않는 남자를 보다니 보통 일이 아니다.

"아마 맛이 싫은 게죠?"

데이너스는 잠시 생각해 보는 듯하더니 대답했다.

"네, 아마 그래서일 겁니다."

진지한 얼굴이었다. 하지만 낸시는 그가 자신을 조롱하는 것인지 아닌지 확신할 수 없었다.

모두들 부드러운 양고기며 구운 감자, 콩 요리, 브로콜리 등을 허기져서 해치웠다. 와인 잔이 연신 채워졌고 푸딩도 나왔다. 모두 한숨 돌리고 즐거운 기분을 되찾자 화제는 남은 시간을 어떻게 보낼지에 모아졌다.

노엘이 핑크빛의 백색 줄무늬 단지에서 아이스크림을 떠서 딸기 쇼트케이크에 부으며 입을 열었다.

"난 오늘은 이만하고 가봐야겠어요. 런던으로 출발해야 해요. 그러고도 운이 좋아야 최악의 주말 교통 체증을 좀 비켜 갈 수 있겠죠."

"그래, 그래야겠구나."

페넬로프가 맞장구쳤다.

"그만하면 일을 충분히 했으니까. 녹초가 되었겠지."

"또 할 일이 남아 있어요?"

낸시는 궁금했다.

"마지막 남은 옷더미들을 날라 태워버려야 하고 다락방 바닥 비질

041

할 일이 남았지.”

“그건 제가 하겠어요.”

안토니아가 냉큼 말했다. 낸시는 딴생각을 했다.

“현관 밖에 쌓아 놓은 물건들은요? 침대 틀하고 부서진 유모차 말예요. 언제까지 놔둘 수는 없잖아요. 이 집이 땜장이 막사 같아 보여요.”

모두들 다른 누군가 그럴듯한 제안을 하길 기다리는 동안 침묵이 흘렀다. 이윽고 데이너스가 입을 열었다.

“퍼들리의 쓰레기장에 갖다 버리면 되겠네요.”

“어떻게?”

노엘이었다.

“킬링 부인만 괜찮으시다면 부인의 차 뒤편에 실어 가죠.”

“아, 물론 괜찮고말고.”

노엘이 다시 나섰다.

“언제?”

“오늘 오후에요.”

“쓰레기장이 일요일에도 여나?”

“그럼, 그렇고말고.”

페넬로프가 확인시켜 주었다.

“늘 열려 있는걸. 거기 창고 같은 데서 살고 있는 키 작은 남자가 하나 있단다. 문을 잠근 적이 없지.”

낸시는 기가 질렸다.

“사시사철 산단 말이에요? 쓰레기장 창고 속에서? 여기 지방위원회는 뭘 하나 몰라. 끔찍하게 비위생적일 거 아네요.”

페넬로프는 웃음을 터뜨렸다.

"그 사람이 위생이고 자시고 따질 사람 같지는 않다. 엄청 더럽고 수염도 깎지 않지. 하지만 퍽 인간미가 있는 사람이란다. 언젠가 청소부들이 파업을 일으켜 이곳 주민들이 자기네 쓰레기를 자기가 버려야 했을 때 그 사람이 그렇게 도움이 될 수가 없었단다."

"하지만……."

낸시의 말을 데이너스가 잘랐다. 식사 내내 거의 입을 열지 않던 사람이라 그것만 해도 놀라웠다.

"스코틀랜드에서 우리 할머님이 사시던 작은 마을 외곽에도 쓰레기장이 있었는데 늙은 부랑인이 거기서 30년을 살았었지요."

덧붙이는 설명이 더 기가 막혔다.

"옷장 속에서요."

"옷장 속에서 산단 말예요?"

낸시는 더욱 기가 막혔다.

"네, 아주 큰 것이었죠. 빅토리아 시대 것이었습니다."

"하지만 얼마나 불편할까."

"그렇게 생각되시죠? 하지만 그 사람은 무척이나 행복해 보였어요. 근방에서는 모르는 사람이 없고 많은 존경을 받았죠. 고무장화와 낡은 비옷을 입고 시골 동네 곳곳을 돌아다녔죠. 사람들은 그에게 차와 잼 샌드위치를 대접했고요."

"저녁에는 뭘 하죠?"

데이너스가 고개를 저었다.

"모르겠습니다."

"그 사람이 저녁에 뭘 하든 무슨 상관이야?"

노엘이 물었다.

"그 사람 사는 거 자체가 그리 끔찍하니 저녁 시간을 어찌 보내는지 따위야 신경 쓸 거리도 못 되는 것 같은데."

"그러게, 아주 끔찍하게 지루했을 거야. 텔레비전도 전화도 없었을 테니까……."

그것들이 없는 생활을 상상하느라 낸시의 목소리가 희미해졌다.

노엘은 고개를 저었다. 짜증 나는 표정이 떠올라 있었다. 낸시는 그 표정이 기억났다. 어렸을 때 영리한 그가 낸시에게 간단한 카드 게임 규칙을 일러주려 했을 때 보이던 표정이었다.

"두 손 들겠어."

노엘이 뇌까렸다. 낸시는 마음이 상해 입을 다물었다. 그러자 노엘이 이번에는 데이너스를 향해 물었다.

"스코틀랜드 출신이오?"

"부모님이 에든버러에 살고 계십니다."

"아버님은 뭘 하시고?"

"변호사이십니다."

낸시는 궁금증이 치밀어 조금 전에 샐쭉했던 것들을 잊고 말았다.

"당신도 변호사가 되려고는 안 했어요?"

"학교 다닐 때는 아마 부친의 뒤를 이을 거라고 생각했죠. 그러다가 마음을 바꿨어요."

노엘은 의자에 등을 기댔다.

"난 스코틀랜드 사람들은 스포츠를 대단히 밝히는 사람들로 여겨

왔는데……. 수사슴이나 뇌조 사냥, 낚시 등등. 부친도 그러시오?"

"낚시와 골프를 하십니다."

"그리고 교회 장로신가?"

노엘이 스코틀랜드 억양을 흉내 내서 말하는 바람에 페넬로프는 성이 났다.

"얼어붙은 북쪽 지방 양반들은 그렇게 부르지 않소?"

데이너스는 덤덤하니 성을 내지 않았다.

"네, 장로이십니다. 그리고 궁수이시기도 하고요."

"무슨 소린지. 설명해 주시오."

"궁수 명예협회 회원이시라는 겁니다. 홀리루드 하우스에 여왕이 오실 때면 경호를 서는 사람들이죠. 그럴 때면 고풍스러운 제복을 입어서 위풍이 좋으세요."

"여왕의 옥체를 뭐로 지킨단 말이오? 활하고 화살로?"

"그렇습니다."

두 사내는 잠시 서로를 바라보았다. 이윽고 노엘이 입을 열어 "근사하군." 하면서 딸기 쇼트케이크를 한 입 더 떠 넣었다.

마침내 엄청난 양의 식사가 끝나고 새로 끓인 커피와 짙은 디저트 초콜릿으로 마무리되었다. 노엘은 의자를 뒤로 밀며 아주 만족한 듯 하품을 하고는 곯아떨어지기 전에 가방을 꾸려 떠나야겠다고 했다. 낸시는 빈 잔과 접시를 대충 모으기 시작했다.

"자네는 뭘 할 거지?"

페넬로프가 데이너스에게 물었다.

"다시 모닥불을 피울 건가?"

"잘 타고 있는걸요. 우선 쓰레기장에 버릴 물건부터 치우는 게 어떨까요? 제가 부인 차에 싣죠."

잠시 침묵에 이어 페넬로프가 말했다.

"설거지 끝날 때까지 기다리면 내가 태워다주지."

노엘은 하품을 하다 말고 팔을 머리 위로 든 채로 말했다.

"저런, 엄마, 저 사람한테 무슨 운전사가 필요해요."

"실은 필요합니다. 전 운전을 안 하니까요."

데이너스였다. 다시 전보다 더 긴 침묵. 노엘과 낸시는 믿어지지 않아 입을 딱 벌리고 데이너스를 바라보았다.

"운전을 안 한다고? 그러니까 못 한단 말이오? 그럼 대체 뭐로 다녀요?"

"자전거를 탑니다."

"정말 이상한 친구로군……. 대기 오염에 대해 고상한 원칙이라도 품고 있는 거요?"

"아뇨."

안토니아가 끼어들었다. 빠른 말씨였다.

"제가 운전할 수 있어요. 시켜주시면요, 페넬로프. 제가 운전하고 데이너스가 길을 가르쳐주면 돼요."

그녀는 식탁 건너 페넬로프를 바라보았다. 둘은 동시에 싱긋 웃었다. 비밀이라도 나누는 듯한 웃음이었다. 페넬로프가 입을 열었다.

"저런 친절하기도 하지. 자, 그럼 낸시하고 내가 여기를 맡을 동안 지금 가지 그래. 돌아오면 모두 같이 과수원으로 가서 모닥불 처리를 끝내자고."

낸시가 입을 열었다.

"난 집에 가야 해요. 오후 내내는 못 있어요."

"저런, 좀만 더 있거라. 너랑 이야기도 변변히 못 해봤는데. 뭐 중요한 일도 없지 않니……."

페넬로프가 일어나며 쟁반에 손을 내밀었다. 안토니아와 데이너스도 일어서 노엘에게 작별을 하고 주방을 가로질러 나갔다. 페넬로프가 커피 잔을 쟁반에 쌓는 동안 노엘과 낸시는 말없이 앉아 있었다. 하지만 현관문이 닫히는 소리가 나고, 두 남녀가 말소리가 들리는 곳을 벗어난 것을 알자 동시에 입을 열었다.

"정말 괴상한 친구야."

"너무나 심각한 얼굴에 웃는 법도 없어……."

"그 친구를 어떻게 두게 되었어요. 엄마?"

"그 사람 배경에 대해 뭐 아세요? 분명히 좋은 집안 출신인데, 정원사가 되다니 수상하잖아요……."

"게다가 술도 안 마시고 운전도 안 한다니. 대체 왜 운전을 안 하는 거래요?"

낸시가 의기양양하게 말했다.

"내 생각에는 술에 취해 운전하다 누굴 죽인 것 같아. 그래서 면허증도 빼앗겼고."

그 말이 페넬로프의 불안한 추측과 너무나 거북스럽게 비슷한 터라 페넬로프는 더 이상 들어줄 수 없다고 생각하고 데이너스의 변호에 나섰다.

"제발, 그 가엾은 젊은이가 현관을 나설 틈이라도 주었다가 헐뜯더래도 헐뜯으렴."

"저런 무슨 말씀을, 어머니, 그 친구는 이상한 사람이에요. 어머니도 알고 계시잖아요. 그 친구 말이 사실이라면 그 친구는 아주 명망 있고 부유한 집안 출신이에요. 그런데 정원사 임금을 받고 뼈 빠지게 일하다니 대체 무슨 짓이죠?"

"모른다."

"물어본 적은 있어요?"

"아니, 전혀 없다. 그 젊은이 사생활은 본인이 알아서 할 일이지."

"하지만 어머니, 그 사람 여기 올 때 신분증명서라도 있던가요?"

"물론이지. 정원사 계약 업자를 통해 계약했는걸."

"정직한 친구인지 그쪽에서도 안대요?"

"정직? 정직하지 않을 이유가 뭐냐?"

"저런, 순진하시기는 어머니. 어머니는 조금이라도 점잖아 보이면 누구라도 믿을 사람이라니까. 그 사람은 집하고 정원을 얼쩡거리며 일하는데 어머니는 혼자 몸이잖아요."

"혼자는, 안토니아가 있잖니."

"안토니아는 보아하니 어머니나 마찬가지로 그 사람한테 빠진 모양이던데요……."

"낸시, 무슨 권리로 그런 소리를 하니?"

"어머니 걱정이 아니라면 그런 소리 안 해요."

"그래, 데이너스가 무슨 짓을 할 것 같길래? 안토니아와 플라켓 부인을 강간이라도 할 거란 말이지. 그러고는 나를 죽이고 집에서 쓸 만한 것을 훔쳐 유럽으로 달아나지 않겠느냔 말이지. 그래 봤자 무슨 소용 있니. 여기는 값나가는 거라곤 없는데."

페넬로프는 열이 난 김에 생각 없이 말했다. 말하자마자 즉시 후회했다. 노엘이 쥐한테 달려드는 고양이처럼 재빠르게 달려들었기 때문이다.

"값진 것이 없다고요? 할아버지 그림은요? 내가 뭐라고 해야 알아들으시겠어요? 경보기 같은 것도 없고 문도 안 잠그고 살고, 또 보나마나 보험 들어놓은 것도 없을 거고요. 낸시 누나 말이 맞아요. 엄마가 정원사로 들인 그 괴짜 친구에 대해서 우리는 아무것도 몰라요. 안다 해도 뭔가 확실한 조치를 취하지 않는 것은 미친 짓이에요. 어떤 상황이라도 그럴 거예요. 그러니 그것들을 팔든지 재보험에 들든지 뭔가 조치를 취하세요."

"우습지만 너는 팔았으면 하고 바란다는 기분이 드는구나."

"흥분하지 마시고 이성적으로 생각하세요. 물론 「조개 줍는 아이들」을 파시라는 건 아니에요. 하지만 패널화는 팔아야 해요. 값이 높이 올라 있을 때 지금요. 시세가 얼마인지 알아보고 내다 파세요."

페넬로프는 지금까지는 서 있다가 자리에 앉았다. 그녀는 식탁에 팔꿈치를 대고 손바닥에 이마를 얹었다. 다른 손으로는 버터 칼을 집어 그것으로 짙은 푸른색 식탁보의 거친 올에 깊이 뭔가 무늬를 그려가기 시작했다. 잠시 후 그녀가 물었다.

"네 생각은 어떠냐, 낸시?"

"저요?"

"그래, 너. 너는 내 그림과 보험, 그리고 대체적으로 내 사생활에 대해 무슨 할 말이 있니?"

낸시는 입술을 깨물었다가 심호흡을 하고는 입을 열었다. 분명하고 음조가 높은 목소리라 여성협회 강단에서 연설이라도 하는 듯했다.

"내 생각에는……. 노엘 말이 옳아요. 조지도 어머니가 재보험을 들어야 한대요. 「물동이를 나르는 여인들」의 매각 기사를 읽고 그렇게 말했어요. 보험금이 물론 상당할 테죠. 보험회사에서는 안전장치를 더욱 철저히 하려고 들 테고요. 그 사람들이야 고객 자본의 안전성을 고려해야 하니까요."

페넬로프가 말했다.

"조지의 말을 글자 그대로 옮기는 것 같구나. 네가 뜻도 모르는 책자 내용을 읽는 것 같고. 너 자신의 생각은 없니?"

"있어요."

이제야 평상시의 낸시의 음성이었다.

"패널화를 팔아야 한다고 생각해요."

"그래서 25만 파운드 정도를 벌어야 한단 말이지?"

대수롭지 않다는 어조였다. 낸시가 감히 희망하던 것보다 말이 더 쉽게 돌아가고 있었다. 그녀는 흥분으로 후끈 달았다.

"왜 아녜요?"

"그럼 그런 다음에 내가 그 돈으로 뭘 하라는 거냐?"

그녀는 노엘을 바라보았다. 노엘은 짐짓 어깨를 들썩였다.

"살아 있을 때 베푼 돈은 죽어서 베푼 돈보다 두 배는 더 가치가 있다죠."

"다른 말로 하면 너한테 지금 그 돈이 있어야겠다는 거구나."

"엄마, 그런 말은 안 했어요. 일반적인 말을 하는 거지. 하지만 솔직히 보시라고요. 그런 황금 달걀을 그냥 갖고 임종한다는 것은 정부한테 공짜로 넘겨주는 거나 마찬가지예요."

"그래서 너한테 넘겨줘야 한단 말이지."

"어쨌거나 엄마에겐 자식이 셋이잖아요. 그 돈의 어느 정도를 떼어 삼등분으로 해서 나눠줄 수 있죠. 나머지는 엄마가 즐겁게 살 비용으로 간직하고요. 엄마는 즐겁게 산 적이 없잖아요. 기를 쓰고 일만 했지. 예전에는 부모님하고 안 가본 데 없이 여행 다니셨다 했잖아요. 다시 여행을 다니셔도 되겠죠. 피렌체에도 가고 프랑스 남부에도 가보고."

"그럼 너희들은 그 소중한 돈으로 뭘 할 거냐?"

"낸시 누나는 아이들한테 쏟아놓을 테죠. 나는 다른 일을 찾아볼 거고."

"뭐로?"

"새 분야죠. 미개척지요. 나 혼자 독립해서…… 상품 중개를 할 수도 있겠고……."

역시나 그는 제 아버지를 빼닮았다. 자신의 처지에 늘 불만이고 다른 사람을 부러워하기나 하고 물질적이며 야심만 많고 이 세상이 자신에게 수월한 생활을 할 수 있도록 해줘야 할 의무가 있다는 신념을 철석같이 지니고. 마치 앰브로즈가 말하는 것 같았다. 그 바람에 다른 말에는 끄떡 않던 페넬로프도 마침내 참을성이 바닥나고 말았다.

"상품 중개인이라고?"

말소리에 경멸을 감추지도 않았다.

"너 미쳤구나. 넌 그 돈을 몽땅 말 한 마리에 걸든지 룰렛 바퀴 돌아가는 데다 걸고 말걸. 그렇게 뻔뻔하다니. 종종 너한테 절망과 역겨움이 치솟는다."

노엘이 변명하려 입을 벌렸지만, 그녀의 높은 음성이 눌렀다.

"내 생각을 말할까? 넌 나나 내 집, 내 아버지 그림이 어떻게 될지는 눈곱만큼도 생각하지 않고 있어. 너한테 뭔가 돌아올까 그 생각뿐이야. 그리고 얼마나 빨리 그리고 쉽게 더 많은 돈을 얻어낼까 그 생각뿐이라고."

노엘은 입을 다물었다. 분노로 얼굴이 굳어지고 여윈 뺨에서 핏기가 가셨다.

"난 이제껏 그 패널화들을 팔지 않았고 앞으로도 팔지 않을지 모르지만, 만일 판다 해도 모든 대가는 나 혼자 간직할 거야. 내 것이니까. 내가 맘대로 해도 되는 내 것이니까. 그리고 부모가 자식에게 줄 수 있는 가장 훌륭한 선물은 그 부모가 자립해서 사는 일이지. 그리고 낸시 너하고 네 아이들 말인데, 애들을 그 터무니없이 비싼 학교에 보낸 것은 너하고 조지였다. 네가 애들한테 조금 덜 야심을 걸고 예절을 가르치는 데에 더 시간을 썼더라면, 그 애들은 지금보다 훨씬 더 귀여운 애들이 됐을 게다."

낸시는 스스로도 놀랄 정도로 재빠르게 아이들을 비호하고 나섰다.

"내 아이들을 헐뜯지 말아주시면 고맙겠어요."

"어차피 누군가는 말해야 할 때다."

"그리고 무슨 권리로 어머니가 애들을 욕하시는 거죠? 어머니는 애들한테 아무 관심도 없잖아요? 어머니가 더 관심 있는 것은 끝도 없이 나타나는 괴짜 친구들이나 그 망할 정원뿐이면서. 우리 집에 와서 아이들을 만나보려고도 않잖아요. 우리가 자주 좀 오시라고 그렇게 청해도 어디 한 번이나 오셨나요……."

이번에는 노엘의 참을성이 바닥났다.

"아, 제발 누나, 입 좀 다물어요. 누나 애들은 지금 별문제가 아니니까. 우리는 지금 누나 아이들 이야기하는 게 아니야. 지적인 토론을 하고 있는 참인데……."

"관계가 있고말고. 그 애들은 미래를 짊어질 세대잖니."

"맙소사……."

"……그리고 네가 돈푼이나 더 벌려고 짜내는 경박한 사업계획보다는 그 애들한테 경제적 후원을 하는 것이 훨씬 더 값어치 있는 일이야. 어머니 말이 옳아. 넌 그 돈을 마구 뿌리고 다니든지 도박에 날려버리고 말 거야……."

"누나가 그런 말을 하다니 웃기지도 않는군. 누나는 자기 의견이라고는 눈곱만큼도 없잖아. 뭣 하나 제대로 아는 것도 없으면서……."

낸시는 벌떡 일어났다.

"더 이상 못 참아. 난 모욕을 당하면서까지 여기 있진 않겠어. 집으로 갈 거야."

"그래."

페넬로프였다.

"너희 둘 다 갈 시간인 것 같다. 그리고 올리비아가 이 자리에 없는 게 천만다행이구나. 이 끔찍한 대화를 들었다간 올리비아가 너희 둘을 박살을 내고 말 테니까. 사실 그 애가 여기 있었던들 그 이유만으로도 너희 둘 다 이처럼 비열한 입씨름은 시작할 용기도 없었을 거라고 정말 확신한다. 자, 이제…….”

페넬로프도 일어나 쟁반을 집었다.

“너희 둘 다 입버릇처럼 말했듯 바쁜 사람들 아니냐. 오후 내내 쓸모없는 입씨름이나 하며 시간을 낭비해야 무슨 소용 있겠니. 난 가서 설거지를 해야겠다.”

그녀가 주방으로 향하려는데 노엘이 마지막으로 짓궂은 탄환을 날렸다.

“낸시 누나가 기꺼이 도와드릴 거예요. 싱크대 한가득 쌓인 접시 치우는 것처럼 좋아하는 일이 없으니까.”

“얘기했지, 그만해. 난 집으로 갈 거야. 그리고 설거지는 어머니가 하실 필요 없어. 안토니아가 돌아와서 하면 되잖아. 가정부 하려고 온 애 아니야?”

열린 문 앞에 서 있던 페넬로프가 벼락 맞은 듯 굳어버렸다. 고개를 돌려 낸시를 바라보는 검은 눈동자에 혐오감이 서려 있었다. 낸시는 자기가 너무 심했나 싶었다.

하지만 페넬로프는 커피 잔이 담긴 쟁반을 내던지지는 않고 조용히 말했다.

“아니, 낸시. 그 애는 가정부 하려고 온 애가 아니다. 내 친구야, 손님이고.”

그러고는 가버렸다. 곧이어 수도꼭지 물 흐르는 소리가 나고 도자기와 칼붙이들이 덜거덕대는 소리가 났다. 낸시와 노엘 사이에 침묵이 흘렀다. 그 침묵은 갑자기 여름철이 온 줄로 착각하고 겨울 동안 숨어 있던 곳에서 지붕을 밀치고 뛰쳐나온 듯한 커다란 청파리 소리에 의해 갈라졌다. 낸시는 상의를 집어 입고 단추를 채우며 고개를 들어 노엘을 바라보았다. 식탁 너머 둘의 눈길이 마주쳤다. 노엘이 자리에서 일어나며 가만히 으르렁댔다.

"결국 누나 때문에 엉망이 됐군."

"누가 할 말."

낸시가 쏘았다.

노엘은 그녀를 놔두고 자기 짐을 가지러 위층으로 올라갔다. 낸시는 그 자리에 선 채 그가 돌아오길 기다렸다. 위엄을 되찾고 상한 기분을 어루만져 체면이 깎이지 않으려는 생각이었다. 그동안을 이용해 매무새를 점검했다. 머리를 빗고 상기되고 얼룩진 얼굴에 분을 바르고 립스틱을 한 겹 칠했다. 뼛속 깊이 화가 나서 빨리 이 자리를 뜨고만 싶었다. 하지만 혼자 뜰 뱃심이 없었다.

어머니는 늘 그녀를 쥐고 흔들었다. 하지만 이번만은 사과 같은 것은 하지 않고 이 집을 나설 작정이었다. 기실 사과할 것이 뭐 있길래? 못 말리게 굴고 도저히 용서할 수 없는 언사를 퍼부은 사람은 어머니 쪽인데.

노엘이 돌아오는 소리가 나자 그녀는 콤팩트를 닫아 백 안에 넣은 다음 주방으로 갔다. 식기세척기가 덜거덕거리고 페넬로프는 등을 돌린 채 싱크대에서 소스 팬들을 닦았다.

"자, 저희 이제 갑니다."

노엘이 입을 열었다.

페넬로프는 소스 팬을 두고 손을 털어 말리고는 얼굴을 돌려 마주 보았다. 앞치마를 하고 손은 붉어져 있었지만 위엄은 덜하지 않았다.

낸시는 어머니가 드물게 화를 내는 경우에도 결코 오래가지는 않았던 것을 기억했다. 평생 그녀는 원한을 품거나 뚱해 있는 법이 없었다. 지금도 미소를 짓고 있었다. 이상한 미소였다. 어떻게 보면 그들을 기죽인 것 같아 미안하다는 듯했다.

"와줘서 고맙구나."

이어서 진심인 목소리를 냈다.

"노엘, 너도 고맙다. 그렇게 힘든 일을 해줘서."

"뭘요."

페넬로프는 수건을 집어 손을 닦았다. 모두 주방을 나서 현관으로 나가 자갈 덮인 현관 앞길에 서 있는 두 대의 자동차를 향해 걸었다. 노엘이 짐을 재규어 뒤 칸에 싣고 운전석에 앉아 대충 손을 흔들고는 쏜살같이 대문을 나서서 런던 쪽으로 사라졌다. 누구한테도 작별 인사를 하지 않았지만 두 모녀는 그것을 입에 올리지 않았다.

낸시는 말없이 차에 올라 안전벨트를 채우고 돈피 장갑을 꼈다.

페넬로프는 서서 딸이 출발 준비하는 것을 지켜보았다. 낸시는 어머니의 검은 눈동자가 자기 얼굴에 꽂혀 있는 것을 감지하고 얼굴이 붉어지기 시작했다. 홍조는 목을 기어올라 뺨으로 향했다.

페넬로프가 입을 열었다.

"조심해라, 낸시. 안전 운전 하렴."

"늘 그러는 걸요."

"하지만 지금 너는 화가 났잖니."

낸시는 운전대를 바라보며 눈물이 핑 돌았다. 입술을 깨물었다.

"물론 화나지요. 가족 간의 말싸움처럼 화나는 것은 없으니까요."

"가족들 싸움이란 차 사고와 같아. 어느 집 가족들이나 그러지, '그런 일이 우리한테 일어날 리 없어.' 하지만 그건 누구한테나 일어날 수 있는 일이야. 그걸 피하는 유일한 방법은 최대한 조심스럽게 해나가고 다른 사람들에 대한 배려를 충분히 해야 해."

"우리가 어머니를 배려하지 않은 게 아니에요. 다 어머니를 생각해서 한 말들이라고요."

"아니, 낸시, 그렇지 않아. 넌 다만 내가 해줬으면 하고 바라는 일을 내게 원한 거야. 아버지의 그림을 팔아 죽기 전에 그 돈을 넘겨줬으면 하는 거지. 하지만 난 팔고 싶을 때만 그림을 팔 거야. 죽지도 않을 거고. 오랜 뒤에나 죽을 거라고."

그녀는 뒤로 물러섰다.

"자, 이제 가거라."

낸시는 바보 같은 눈물을 훔치고 시동을 걸어 기어를 넣은 뒤 핸드브레이크를 놓았다.

"조지에게 내 안부 전하는 거 잊지 마라."

이윽고 낸시는 가버렸다. 페넬로프는 낸시의 차 소리가 아직도 따스하고 근사한 봄날 오후의 대기 속으로 사라지고 나서도 한참이나 열린 현관문 앞 자갈길 위에 서 있었다. 내려다보니 개쑥갓이 돌멩이 조각 틈새로 비집고 나오려 하고 있었다. 허리를 굽혀 뽑아내 던지고는 돌아서서 집 안으로 들어갔다.

혼자였다. 축복받은 듯한 고적감이었다. 소스 팬일랑 나중에 닦아도 된다. 주방을 거쳐 응접실로 갔다. 저녁이 되면 쌀쌀할 것이다. 성냥을 켜 불을 지폈다. 흡족하게 불꽃이 타오르자 무릎을 펴고 일어나 책상에 가서 찢어진 신문지 조각을 찾았다. 부스비 사무실 광고가 실린 것으로 노엘이 일주일 전에 그녀에게 보라고 갖다준 것이다. '로이 브룩크너 씨에게 전화하세요.'라고 적혀 있었다. 그녀는 그것을 압지 가운데에 놓고 문진으로 누른 다음 주방으로 갔다. 서랍을 열어 작고 날이 예리한 야채 칼을 꺼내 계단을 올라 침실로 향했다. 침실에는 서편 창을 통해 오후의 황금빛 햇살이 가득 비쳐 들고 있었다. 햇살은 은색으로 반짝이며 거울과 유리창에서 반사하고 있었다. 화장대 위에 칼을 놓고 커다란 빅토리아 시대 옷장 문을 열었다. 경사진 천장의 턱밑까지 올라간 옷장이었다. 옷을 다 꺼내 한 아름 침대 위에 놓았다. 옷을 다 꺼내자니 한참 왔다 갔다 해야 했다. 마침내 자수가 놓인 면 커버를 씌운 커다란 침대 위에 온갖 종류의 옷이 가득 쌓였다. 교회 행사 때 자선용으로 쌓아 놓은 옷더미 같기도 했고 난장판 파티장 옆 숙녀용 옷 보관소 같기도 했다.

옷장이 비워지자 그 뒷벽이 드러났다. 여러 해 전에 이 벽을 어둡고 육중한 양각 무늬 벽지로 발랐었다. 하지만 그 무늬 뒤에 또 다른 울퉁불퉁한 물건들이 들어 있음을 알아볼 수 있었다. 패널화와 그것을 묶은 단단한 끈들이 낡은 옷장 벽면 위로 울퉁불퉁하게 장식하고 있었다. 페넬로프는 칼을 들어 널찍한 옷장 안쪽으로 손을 넣어서는 벽지의 불룩한 표면 위를 쓰다듬었다. 손가락으로 방향을 가늠했다. 찾고 있던 것을 발견하자 그녀는 칼날을 옷장 뒷면과 바닥 사이 각도로 아래쪽에 찔러 넣고 위로 당겨 벽지를 갈랐다. 편지 봉투 찢어지듯 벽지가 갈라졌다. 정신을 집중하여 조심스레 칼로 자를 길이를 가늠했다. 수직으로 2피트, 횡선으로 3피트 그리고 다시 아래로 2피트.

버텨주던 힘이 사라지자 벽지 조각이 축 늘어지며 말리더니 마침내 주저앉았다. 지난 25년간 그 뒤에 숨겨져 있던 물건이 나타났다. 낡은 마분지 서류철이었다. 끈으로 묶인 서류철에는 마호가니 패널화가 끈적이 테이프를 붙인 채 안전하게 담겨 있었다.

그날 저녁, 런던에서 올리비아가 노엘에게 전화를 했다.

"어떻게 됐어?"

"다 했어."

"뭐 흥미진진한 거라도 찾았어?"

"아무것도."

"저런!"

올리비아의 음성에서 재미있어하는 기색을 읽자, 노엘은 속으로 욕을 퍼부었다.

"그 힘든 일을 하고도 허탕이라니. 실망 마라. 또 기회가 있겠지, 뭐. 안토니아는?"

"잘 있어. 그 애는 정원사한테 반한 것 같아."

올리비아에게 쇼크를 주려 한 소리였다.

"그래, 그거 잘 됐군."

올리비아의 대꾸였다.

"어떤 사람인데?"

"좀 별나."

"별나? 괴짜란 말야?"

"아니, 그냥 좀 이상하단 얘기야. 전혀 그 일에 어울리지 않아. 상류층에 퍼블릭 스쿨 출신인가 보던데 정원사라니 웬일인가 몰라. 게다가 운전도 안 하고 술도 안 마셔. 미소 짓는 법도 없고. 낸시 누나는 뭔가 음침한 비밀이 숨겨져 있는 사람 같대. 누나 말에 오랜만이지만 동감이고."

"엄마는 그 사람을 어떻게 대해?"

"아, 잘해주고 있어. 오랫동안 잃어버렸다 찾은 조카 대하듯."

"그럼 걱정할 것 없겠네. 엄마는 바보가 아니니까. 엄마는 어때?"

"늘 그렇지."

"피곤해하시진 않아?"

"내가 보기엔 괜찮으셔."

"스케치에 대해서는 아무 말 안 했지? 입에 올리지도, 물어보지도 않았어?"

"한마디도. 그런 게 있다 해도 잊어버리신 모양이야. 엄마가 얼마나 정신없는지 알잖아."

그는 주저하다가 무심한 듯 한마디 했다.

"낸시 누나가 점심 먹으러 왔었어. 재보험 드는 문제에 대해 조지의 말을 그대로 옮기더군. 그래서 입씨름이 좀 있었어."

"맙소사, 노엘."

"낸시 누나가 어떤지 알잖아. 눈치코치도 없는 바보라니까."

"엄마가 화내시든?"

"조금. 내가 수습했어. 하지만 엄마는 전보다 더 옹고집이 됐어."

"글쎄, 그야 엄마 일이니까. 어쨌든 안토니아를 데려다줘서 고마워."

"뭘, 별로."

월요일 아침이었다. 페넬로프가 아래층으로 내려오니 데이너스가 와서 야채밭을 열심히 가꾸고 있었다. 그다음에는 우편배달부가 작고 빨간 트럭을 몰고 왔고 또 다음에는 플라켓 부인이 자전거를 탄 위풍당당한 모습으로 나타났다. 가방에 앞치마를 넣고 왔으며 퍼들리 철물상에서 세일을 한다는 소식도 물고 왔다. 킬링 부인더러 새로 석탄 푸는 삽을 사지 그러냐고 했다. 두 여자가 그 중요한 문제를 의논하고 있으려니 안토니아가 나타나 플라켓 부인에게 소개해 주었다. 기분 좋은 인사말들이 오가고 주말 동안 있었던 일들을 서로 얘기했다. 그런 다음 플라켓 부인은 빗자루와 먼지떨이를 집어 들고 위층으로 올라갔다. 월요일은 그녀가 침실을 치우는 날이었다. 안토니아는 아침으로 베이컨을 굽기 시작했고 페넬로프는 응접실로 가 문을 닫은 다음 책상 옆에 앉아 전화기를 들었다.

10시였다. 다이얼을 돌렸다.

"부스비 사무실, 미술 중개소입니다. 무슨 용건이신가요?"

"로이 브룩크너 씨하고 통화할 수 있을까요?"

"잠깐만 기다리세요."

페넬로프는 기다렸다. 긴장이 되었다.

"로이 브룩크너입니다."

깊은 음성이 흘러나왔다. 교양 있고 퍽 유쾌했다.

"브룩크너 씨, 안녕하세요. 저는 미세스 킬링입니다, 페넬로프 킬링. 글로스터서 제 집에서 전화드리는 거예요. 지난주《더 선데이 타임스》에 빅토리아 시대 그림에 관한 광고가 났더군요. 거기 당신 성함과 전화번호가 있길래."

"네에."

"가까운 시일 내에 이쪽으로 좀 와주실 수 있나 해서요."

"제가 살펴볼 만한 걸 갖고 계십니까?"

"네, 로런스 스턴의 작품 몇 점을."

찰나에 주저하는 듯싶더니 대답이 날아왔다.

"로런스 스턴이라고요?"

"네."

"정말 로런스 스턴의 그림입니까?"

그녀는 싱긋 웃었다.

"네, 그럼요. 제 아버지셨는걸요."

다시 잠깐의 침묵. 그녀는 머릿속에서 그가 메모철을 끌어와 만년
필 뚜껑을 여는 것이 보이는 듯했다.

"주소를 알려 주시겠습니까?"

페넬로프는 일러주었다.

"전화번호도요?"

그것도 대주었다.

"제 약속 일정을 뒤지는 중입니다. 이번 주면 너무 빠를까요?"

"빠를수록 좋아요."

"수요일? 아니면 목요일?"

페넬로프는 속으로 헤아리며 재빨리 계획을 짰다.

"목요일이 제일 좋을 듯하군요."

"목요일 몇 시에?"

"오후 2시쯤이 어떨까요?"

"좋습니다. 옥스퍼드에 가야 할 일이 있거든요. 아침에 그 일을 끝낼 수 있으니까, 그다음에 가 뵙도록 하죠."

"퍼들리에 오실 거면 아주 쉬워요. 전부 푯말이 붙어 있으니까요."

"찾아가겠습니다."

그가 안심시켰다.

"목요일 2시입니다. 저에게 전화 주셔서 감사합니다, 킬링 부인."

그가 도착하는 것을 기다리며 페넬로프는 온실을 돌아보았다. 시클라멘에 물을 주기도 하고 제라늄의 죽은 봉오리와 갈색으로 시든 잎을 떼어 냈다. 날씨가 갑자기 험해졌다. 동풍에 커다란 구름이 실려 왔으며 그 사이로 햇살이 간혹 반짝였다. 하지만 일찍 봄이 온 덕분에 효과는 있었다. 과수원에 노란 수선화 꽃봉오리가 벌써 고개를 내밀고 있었고 봄에 처음 피는 앵초가 엷은 색 얼굴을 보이고 있었다. 밤나무의 끈끈한 봉오리가 벌어져 하늘하늘하고 섬세한 녹색 새잎들이 나오고 있었다.

페넬로프는 중요한 일이고 격식을 차려야 하는 일인 만큼 가장 말끔한 옷으로 갈아입고 머릿속에서는 브룩크너 씨의 모습이 어떨까 부지런히 상상해 보았다. 그의 이름, 그리고 수화기 저쪽 목소리만 힌트로 갖고서는 상상할 건더기가 별로 없었다. 상상할 때마다 다른 모습이 떠올랐다. 아주 젊고 총명한 두뇌형으로 툭 튀어나온 이마에 분홍색 나비넥타이를 했을지도 몰랐다. 아니면 조금 나이가 든 학자풍으로 아주 박식한 사람? 아니면 사업가답고 활달해 전문용어를 능수능란하게 뱉으면서 머릿속으로는 계산기가 돌아가는 사람?

그는 그 어느 쪽도 아니었다. 2시 조금 지났을 때 차 문이 닫히는 소리가 나더니 곧 현관 초인종이 울렸다. 그녀는 물뿌리개를 내려놓고 그를 맞아들이기 위해 주방으로 나갔다. 문을 열자 그의 뒷모습이 보였다. 자갈길 위에 서서 주위를 둘러보고 있었다. 시골의 정적과 전원적 풍경을 차분히 감상하는 듯하더니 금방 돌아섰다. 키 크고 잘생긴 신사였다. 햇살에 그은 높은 이마에서 검은 머리가 뒤로 빗겨져 있고 짙은 갈색 눈동자가 두꺼운 뿔테 안경 뒤에서 그녀를 공손히 살폈다. 차분한 무늬에 재단이 잘 된 트위드 양복에 체크무늬 셔츠, 그리고 얌전한 줄무늬 타이를 매고 있었다. 중절모와 쌍안경만 손에 쥔다면 제일 근사한 경마 모임에도 손색이 없을 차림이었다.

"킬링 부인이시죠."

"네, 브룩크너 씨죠. 안녕하세요."

두 사람은 악수를 나누었다.

"경치를 감상하던 중입니다. 정말 아름다운 곳이네요. 집도 근사하고요."

"주방을 통해서 들어가셔야 해요. 현관홀이 없거든요……."

그녀는 집 안으로 안내했다. 그러자 브룩크너 씨는 온실로 난 저쪽 문 뒤 근사한 풍경에 금방 정신이 나갔다. 그 순간 온실은 햇살이 가득했고 푸른 잎들이 우거져 있었다.

"이렇게 아담한 주방이 있다면 현관홀 따위는 신경 안 쓰이겠어요. 저런 온실도요."

"제 손으로 지은 거죠. 하지만 나머지는 집을 샀을 때 그대로예요."

"여기서 오래 사셨습니까?"

"6년이요."

"혼자 사십니까?"

"대개는 그렇죠. 지금은 젊은 친구 한 사람이 같이 있는데 마침 오후에 외출했군요. 정원사를 태우고 옥스퍼드에 갔어요……. 내 차 뒤에 모터식 잔디 깎는 기계를 싣고 갔는데 날을 갈아올 거예요."

브룩크너 씨는 조금 놀란 얼굴이었다.

"날을 갈려고 옥스퍼드까지 가야 한단 말씀입니까?"

"아뇨, 하지만 당신이 와 계신 동안 나가 있게 하고 싶어서요."

페넬로프는 솔직히 말했다.

"그리고 씨감자도 사 올 작정이고 정원에 쓸 물건도 사 올 거니까 아주 헛걸음은 아니지요. 자, 커피 한잔 드시겠어요?"

"아뇨, 괜찮습니다."

"그래요."

브룩크너 씨는 느긋한 모습으로 서 있었다. 얼마 동안이라도 여기서 얼쩡거리겠다는 듯했다.

"자, 그럼 더 이상 시간 낭비하지 않는 것이 좋겠죠. 올라가서 우선 패널화를 볼까요?"

"좋으실 대로."

브룩크너 씨가 대답했다.

그녀는 그를 이끌고 주방을 나와 좁은 계단을 올라서 역시 좁은 복도로 나섰다.

"……여기 있어요. 제 침실 문 양쪽 벽면이죠. 아버지께서 최후로 그린 그림들이에요. 아시는지 모르지만, 아버지는 관절염으로 무척 고생하셨죠. 이 그림들을 그릴 무렵에는 붓도 제대로 못 쥐실 형편이어서 보시다시피 미완성이 되었어요."

그녀는 옆으로 물러서 브룩크너 씨가 앞으로 다가가 살펴보도록 해주었다. 브룩크너 씨는 뒷걸음질 치기도 했지만 한두 걸음 정도였다. 안 그랬다간 계단 밑으로 떨어질 테니까. 그랬다가 다시 앞으로 다가서곤 했다. 말이 없었다. 마음에 드는지 안 드는지 몰라 갑자기 긴장해 오는 마음을 감추려고 그녀는 다시 입을 열었다.

"일종의 장난 같은 거였어요. 우리 가족은 포스케리스에 집 한 채가 있었죠. 언덕 꼭대기에 있는 집인데, 그 집에 쓸 돈이 없어 아주 초라한 꼴이 되었어요. 홀 안의 벽은 구식 모리스 벽지로 발랐는데 낡아 너덜너덜했지만 어머니는 새로 도배할 형편이 못 되었죠. 그래서 아버지께 그러신 거예요. 제일 낡은 곳이라도 감추게 장식 벽화를 길게 두 장 그리라고. 그것도 아버지의 옛 스타일로요. 우화적이고 전설적인 것으로 어머니가 영영 당신 것으로 간직할 만한 그림을 바라셨죠. 아버지는 그 말대로 그려주셨고 이것들이 결과물이에요. 하지만 마치실 수가 없었죠. 하지만 소피는, 어머니는 상관하지 않으셨어요. 있는 그대로가 더욱 좋다고 하셨죠……."

그래도 브룩크너 씨는 아무 말이 없었다. 이 그림들은 아무 쓸모없는 것들이라는 말을 하려고 용기를 쥐어짜고 있는 것이 아닐까 하는 순간 갑자기 그가 돌아서더니 싱긋 웃었다.

"미완성이라 하셨지만 이 그림들은 너무나 완벽합니다, 킬링 부인. 물론 섬세하게 구석구석 그려지지는 않았고 세기말에 부친께서 하셨던 그 위대한 작품들만큼 정밀하지는 못하지만 나름대로 완벽합니다. 게다가 부친께서는 정말 색채에 능하십니다. 저 하늘의 푸른색을 좀 보세요."

그녀는 고마운 마음이 밀려들었다.

"마음에 드신다니 너무나 기쁘군요. 우리 아이들은 늘 저 그림들을 무시하기 일쑤였고 헐뜯기까지 했지요. 하지만 저에겐 언제나 큰 기쁨을 주는 그림들이었어요."

"그럴 만한 그림들입니다."

브룩크너 씨는 넋이 빠져 보던 눈길을 돌렸다.

"보이고 싶으신 게 이것 말고 또 있습니까, 아니면 전부입니까?"

"아뇨, 아래층에 또 있어요."

"가서 볼까요?"

두 사람은 다시 아래로 내려가 응접실로 향했다. 브룩크너 씨는 단번에 「조개 줍는 아이들」에 눈길을 꽂았다. 그가 오기 전에 페넬로프는 작은 알전구를 켜놓아 그림을 비추게 했다. 그림은 그의 감정을 기다리며 준비 태세를 갖추고 있었다. 오늘 바로 이 순간 그림을 보니 페넬로프에게는 그 그림이 더욱 정다웠다. 옛날에 이 그림을 그린 날 그랬듯이 청신하고 밝고 세련된 모습 그대로였다.

한참의 시간이 흘렀다. 마침내 브룩크너 씨가 입을 열었다.

"저런 작품이 있는 줄 몰랐군요."

"전시한 적이 없거든요."

"언제 그리신 거죠?"

"1927년에요. 아버지 최후의 대작이었죠. 포스케리스 북해안에 있는 화실 창문에서 보이는 풍경을 그린 거예요. 저 아이들 중 하나는 나고요. 「조개 줍는 아이들」이라고 해요. 제가 결혼하자 아버지가 결혼 선물로 주셨어요. 44년 전이죠."

"대단한 선물이군요. 대단한 재산이기도 하고요. 설마 이것을 팔 생각을 하시는 건 아닐 테죠?"

"네, 팔지 않아요. 하지만 보여드리고 싶었어요."

"보게 되어 기쁩니다."

그는 다시 그림을 보았다. 조금 있자 그녀는 브룩크너 씨가 넋이 빠져 있으니 아무래도 자신이 다음 행동을 취해야겠다고 생각했다.

"그게 전부예요, 브룩크너 씨. 스케치 몇 점만 빼고는."

브룩크너 씨는 무덤덤한 얼굴로 고개를 돌렸다.

"스케치요?"

"아버지가 그리신."

그는 설명을 기다리다가 아무 말이 없자 다시 물었다.

"제가 봐도 될까요?"

"뭘 볼 만한 건지 모르겠어요. 흥미 있으실지도 모르겠고."

"보기 전에는 알 수 없지요."

"물론 그렇겠지만."

그녀는 소파 뒤로 손을 뻗더니 끈으로 묶은 남은 마분지 서류철을 꺼냈다.

"이 안에 있어요."

브룩크너 씨는 그것을 받아 들어 양옆이 넓은 빅토리아 시대의 의자에 앉았다. 서류철은 발치 카펫에 내려놓고 길고 섬세한 손가락으로 묶인 끈을 풀었다.

로이 브룩크너는 이 분야에서 상당한 경험을 쌓은 사람이었다. 오랫동안 그는 충격을 받는 일에도, 실망을 맛보는 데도 무감각해져 왔다. 더 나아가 최악의 사태를 겪는 법에도 익숙해졌다. 전형적인 케이스로 어느 별 볼 일 없는 노부인이 생전 처음으로 돈이 달리는 걸 깨닫고 자기가 소중히 여기던 물건을 감정받아 팔려는 케이스가 그런 경우였다. 부스비 사무실에 그러한 뜻을 전하면 로이 브룩크너는 의무적으로 약속을 하고 그 노부인을 만나러 상당히 긴 여행을 한다. 그날이 끝날 무렵 그는 노부인에게 그녀가 갖고 있는 그림이 랜드시어(영국의 19세기 동물화가 _옮긴이)의 것이 아니며, 명(明)왕조 시대의 것으로 여겼던 중국 항아리가 실은 그렇지 않다는 이야기를 전해야 하는 가슴 아픈 임무를 맡게 된다. 혹은 메디치가의 캐서린이 쓰던 상아 인장이라는 것이 실은 캐서린이 살던 시대 것이 아니라 19세기 말의 것이며 따라서 아무 가치가 없다는 등의 이야기를 해야 했다.

킬링 부인은 별 볼 일 없는 노부인도 아니고 바로 로런스 스턴의 딸이었다. 그래도 역시 그는 별다른 희망을 품지 않은 채 표지를 열었다. 뭐가 나올지는 몰랐다. 그런데 눈앞에 나타난 것은 가슴이 덜컥할 만큼 중대한 물건이었다. 한순간 그는 자기의 눈을 의심할 지경이었다.

페넬로프 킬링은 스케치라고 했지만, 어떤 스케치라고는 하지 않았다. 그림은 캔버스에 유화로 그린 것이었다. 캔버스는 가장자리가 너덜너덜했고 캔버스를 틀에 박느라 생긴 압정 자국이 녹이 슨 채 그대로 남아 있었다. 그는 시간을 들여 하나씩 들어 올려 믿어지지 않는 경이감을 갖고 바라본 후 또 하나씩 곁에 놓았다. 색채도 흐려지지 않아 그림의 주제를 금방 알아볼 수 있었다. 흥분이 더해가는 속에 그는 머릿속에서 이들 그림의 카탈로그를 만들기 시작했다. '봄의 정경', '연인의 손길', '물동이를 나르는 여인들', '해신(海神)', '테라초 가든'…….

정말이지 엄청났다. 엄청난 정찬을 반쯤 먹어간 사람처럼 멍한 기분으로 더 이상 아무 생각을 할 수가 없었다. 손이 굳어 무릎 사이에 아무렇게나 늘어졌다. 불이 없는 벽난로 옆에 서 있던 페넬로프 킬링은 그의 선고를 기다렸다. 브룩크너 씨가 눈길을 들어 약간의 거리를 두고 서 있는 그녀를 바라보았다. 한동안 두 사람 다 말이 없었다. 하지만 그의 표정은 그녀가 알고 싶은 것을 다 말해 주고 있었다. 그녀는 싱긋 웃었다. 미소 덕분에 검은 눈동자가 환히 빛났다. 그녀가 살아온 세월이 자취를 감춘 듯했다. 한순간 그는 그녀가 한때 분명히 그랬을 아름답고 젊은 여인으로 보였다. 아울러 그녀가 젊었을 시절 자신도 동시대의 젊은이였더라면 아마 그녀와 사랑에 빠졌을 거라는 생각도 떠올랐다.

"어디서 난 그림들입니까?"

"25년간 지녀온 거예요. 옷장 벽 뒤에요."

브룩크너는 이마를 찌푸렸다.

"그리신 곳이 어디입니까?"

"아버지 화실이었죠. 오클리 가에 있던 우리 집 정원에 있었어요."

"다른 사람들도 이 그림들이 있는 걸 압니까?"

"모를 거예요. 하지만 내 아들 노엘이 어째선지는 몰라도 의심하기 시작했다는 예감이 들어요. 하지만 확신할 수는 없어요."

"왜 그런 생각을 하시죠?"

"그 애는 다락방을 싹 뒤지며 무언갈 찾고 다녔어요. 아무것도 나오지 않자 무척 신경질을 냈죠. 뭔가 특별한 것을 찾았던 게 분명해요. 스케치인 것이 분명하고요."

"이 그림들이 얼마만 한 가치가 있는지 그가 아는 듯하군요."

그는 다른 캔버스를 뒤집어 보았다.

"「아모레타의 정원」. 얼마나 여기 묶여 있습니까?"

"열네 장이에요."

"보험에 들어 있나요?"

"아뇨."

"그래서 감추신 겁니까?"

"아뇨. 앰브로즈가 찾아내게 하기 싫어서였어요."

"앰브로즈……."

"내 남편이죠."

그녀는 한숨을 쉬었다. 미소도 사그라지면서 조금 전에 생생히 빛나던 젊음의 광채도 거두어 가버렸다. 다시 그녀 나이로 돌아온 모습이었다. 육십 대의 잘생긴 잿빛 머리칼 노부인이지만 서 있기에 피곤해진 모습. 그녀는 벽난로 곁에서 걸어가 소파 구석에 앉아 한 팔을 소파 등에 걸쳤다.

"우리 부부는 돈이 없었거든요. 그게 말썽이었죠. 모든 말썽의 근원이었어요."

"남편과 오클리 가에 사셨습니까?"

"네, 전쟁이 끝난 후에요. 난 전시에는 내내 콘월에 살았어요. 돌봐야 할 아이가 있었기 때문이죠. 그런데 어머니가 기습 공격 중에 돌아가시자 이번에는 아버지를 돌봐야 해서 콘월에 계속 살았죠. 그리고 아버지는 오클리 가를 넘겼는데……. 그게…….”

하다가 그녀는 갑자기 맥없이 웃음을 터뜨리며 고개를 저었다.

“횡설수설이군요. 이야기해서 무슨 소용이 있다고. 당신이 어떻게 이해하겠어요?”

“처음부터 시작하셔서 끝까지 이야기하면 되잖습니까?”

“하루 종일 걸릴 텐데요.”

“전 종일 시간이 있습니다.”

“저런, 브룩크너 씨, 몸살 나게 지루하실 거예요.”

“부인은 로런스 스턴의 따님입니다. 그러니 전화번호부 첫 표지부터 끝까지 읽으신다 해도 저는 여전히 흥미 있을 겁니다.”

“정말 친절하신 분이군요. 그렇다면…….”

“1945년에 아버지는 여든 살이셨어요. 나는 스물다섯 살이었고 해군 중위와 결혼해 네 살짜리 아이를 둔 엄마였죠. 한때 잠시 해군 여자 부대원으로 있었는데 그때 앰브로즈를 만났어요. 아기 가진 것을 알고 제대해서 포스케리스 집으로 돌아왔죠. 거기서 전쟁이 끝날 때까지 있었어요. 그동안 앰브로즈는 거의 보지 못했죠. 대부분 바다에 나가 있었거든요. 대서양, 지중해, 마지막에는 극동지역에. 그래도 난 그다지 괴롭지 않았어요. 우리 관계는 전쟁 중에 지각없이 저지른 일이었으니까요. 전시가 아니었다면 시작되지도 않았을 그런 관계죠. 그리고 아빠 문제도 있었죠. 아빠는 늘 활기차고 정력적인 분이었는데 소피가 세상을 떠나자 내 눈앞에서 갑자기 팍삭 늙어버리신 거예요. 때문에 아빠를 놔두고 떠난다는 건 상상할 수도 없었어요. 하지만 마침 전쟁이 끝나고 모든 상황이 바뀌었어요. 남자들이 모두 집으로 돌아왔죠. 아빠는 내가 남편에게 돌아가야 한다고 말했어요. 말하기 부끄럽지만 난 그러고 싶지 않았어요. 그제야 아빠는 오클리 가에 있는 집의 명의를 이전했다고 하시며 내가 집 한 칸을 언제라도 차지할 수 있다고 하셨죠. 내 아이들을 안전하게 키우고 경제적 독립을 할 수 있다는 말씀이었어요. 그러자 더 이상 아빠 곁에 있을 구실이 없어졌죠. 결국 낸시와 나는 포스케리스를 마지막으로 떠났어요. 아빠는 역으로 우리를 배웅 나오셔서 작별 인사를 했죠. 그게 마지막이었어요. 아빠가 그다음 해에 돌아가셔서 다시는 못 뵈었으니까.

"오클리 가의 집은 아주 컸어요. 너무나 커서 아빠와 소피, 나는 늘 지하에 살면서 위층을 임대했어요. 그렇게 해서 그 돈으로 집의 유지 비용을 어느 정도 댔죠. 내가 온 뒤에도 그것은 마찬가지였어요. 윌리와 랠라 프리드먼이라는 부부가 전시에 쭉 위층에 살았는데, 전후에도 계속 머물렀죠. 그들 부부에게는 딸이 있었는데, 그 애가 낸시 친구가 되어 주었어요. 그들 부부는 내 영구 임차인이나 마찬가지였죠. 나머지 공간에서는 사람들이 뻔질나게 들락날락했어요. 대개는 예술가였고 작가며 텔레비전에 얼굴을 내밀려는 젊은이들이었어요. 나하고 취미가 맞는 사람들이었지만 앰브로즈하고는 아니었죠.

"그때 앰브로즈가 집으로 돌아온 거예요. 돌아온 것만 아니라 해군을 그만두고 부친의 가업인 세인트 제임스에 있는 킬링 앤 필립스 출판사에 일자리를 얻었죠. 앰브로즈의 그 이야기를 듣고 나는 좀 놀랐지만 그래도 옳은 일을 한 거라고 생각했어요. 그가 극동에 있을 때

경솔한 행동을 한 것 때문에 함장의 노여움을 사서 인사고과에 흠이 났다는 것은 나중에야 알았죠. 그러니 만일 앰브로즈가 군대에 그냥 있었다 해도 그다지 출세는 못 했을 거예요.

"그렇게 해서 둘이 모였죠. 가진 것은 많지 않았지만 대부분의 젊은 부부들보다는 가진 것이 많은 편이었어요. 젊고 건강했으며 앰브로즈에게는 직업이 있고 살 집도 있었으니까요. 하지만 그런 것을 제외하고는 우리 사이에는 뭔가 관계를 이루어나갈 공통분모가 전혀 없었어요. 앰브로즈는 너무나 상투적이고 사교적인 속물이랄까 그런 사람이었어요. 쓸 만한 사람들과 사귀는 것을 대단하게 생각했죠. 반면 나는 좀 유별났고 자유분방한 데다 그 방면으론 두 손 들게 못 미더웠던 여자였나 봐요. 하지만 앰브로즈에게는 중요한 일들이 내게는 하찮게만 보였고 그런 것들에 대한 열의를 함께 할 수가 없었어요. 게다가 돈이라는 괴로운 문제가 또 있었죠. 앰브로즈는 나에게 한 푼 주는 법이 없었어요. 그는 내가 나름대로 생활 수단이 있다고 생각한 모양이고 실제로 어느 정도는 그랬지만 어쨌든 난 늘 돈에 쪼들렸어요. 사실 우리 가족들 간에 돈이란 누가 가지고 있기는 했지만, 구태여 입을 열어 거론하지는 않는 주제였죠. 전시에는 해군 수당으로 살았고 아빠도 집안일에 필요한 돈을 매달 얼마간 통장에 넣어주셨어요. 하지만 그때는 뭐 돈을 써야 할 사치스러운 물건도 없었고, 우리 말고도 모두 찌들어 있었으니 별문제가 아니었어요.

"하지만 앰브로즈와 결혼해 런던에서 살게 되니 문제가 복잡해졌어요. 둘째 딸 올리비아가 태어났으니 먹일 입이 하나 더 생겼죠. 게다가 낡은 집이라 필히 수리를 해야 할 꼴이었고. 고맙게도 폭격을 당하지는 않았지만 갈라지고 기울어져 전체적으로 곧 무너질 것 같았어요. 배선도 다시 해야 하고 지붕도 고쳐야 하고. 게다가 배관도 고장 났으며 모두 다 페인트칠을 새로 해야 했죠. 내가 이 문제를 앰브로즈에게 말했더니 내 집이니 내 책임이라는 거예요. 결국 나는 아빠 것이었던 샹탈 레니에의 귀중한 그림 네 장을 팔았죠. 그러자 제일 기초인 보수를 할 만큼은 돈이 들어왔어요. 적어도 지붕에 물이 새지는 않았죠. 덕분에 나와 아이들이 구석 벽 소켓에 손가락을 넣어 감전되지나 않을까 하는 걱정은 덜게 되었어요.

"그런데 이번에는 마지막 결정타가 닥친 거예요. 앰브로즈의 어머니 돌리 킬링 부인이 전시에 데본에서 내내 폭격을 피해 있다가 런던에서 살러 돌아왔죠. 시어머니는 링컨 가에 작은 집을 갖고 있었는데 런던에 오자마자 말썽이었어요. 날 좋아한 적이 없어요. 그분 탓도 아니죠. 시어머니는 내가 아기를 배서 앰브로즈가 결혼하도록 '함정을 팠다고' 영영 용서하지 않았어요. 남편은 외아들이었기 때문에 시어머니의 소유욕은 대단했죠. 그리고 이번에는 다시 그를 소유했어요. 앰브로즈와의 결혼이 느닷없이 다른 사람의 개를 돌보는 일처럼 되어버린 거예요. 문을 열 때마다 개는 집을 향해 뛰쳐나갔죠. 앰브로즈는 그의 어머니를 향해 뛰쳐나갔어요. 직장에서 집에 오는 길에 시어머니의 집에 들러 한잔하고 오는 거예요. 차를 마시며 서로 위안을 주고받고 뭐 그랬겠죠. 그리고 토요일 아침이면 남편은 어머니를 모시고 쇼핑하러 나갔고, 일요일이면 차로 교회에 모셔다드리곤 했어요. 교회 가는 일이라면 평생 넌덜머리 나게 만들어 줬죠.

"가엾은 남자 같으니. 사실 이쪽저쪽에 충실해 가며 사는 것이 편한 노릇은 아니었겠죠. 게다가 그에게는 시어머니가 베푸는 애정과 관심이 꼭 필요했고, 반면 나는 그런 것을 그에게 줄 수가 없었어요. 더구나 오클리 가는 아늑한 곳이 절대 못 되었어요. 나는 주변에 친구들이 있는 걸 좋아했는데 랠라 프리드먼하고는 늘 아주 가까웠죠. 게다가 난 아이들을 좋아했어요. 그래서 아이들이 많았죠. 낸시뿐 아니라 그 애의 학교 친구들이 날씨 좋은 날이면 정원 가득 밧줄에 매달려 놀았고, 아니면 마분지로 만든 야채 상자 안에 앉아 놀았어요. 또 그 꼬마 친구들마다 엄마가 있으니 그 엄마들도 드나들며 주방에 앉아 커피를 마시며 소문을 주고받곤 했어요. 늘 뭔가 분주했죠. 잼을 만들거나 드레스 재단하는 사람, 다과용 핫케이크 만드는 사람, 게다가 방바닥에는 장난감 천지였죠.

"앰브로즈는 그런 걸 견디지 못했어요. 직장에서 돌아오면 그렇게 난장판이니 신경에 거슬린다고요. 그러고는 널찍한 집이 다 우리 것인데 그렇게 좁은 구석에서 살 필요가 있느냐며 화를 내기 시작했어요. 임차인들을 내쫓고 여러 방에서 맘껏 살자고 했죠. 식당은 디너 파티용으로, 응접실은 칵테일 파티용으로, 그리고 침실, 탈의실, 욕실을 하나의 스위트룸(한 가족이 사용하는 몇 개의 방 묶음 _옮긴이)으로 우리가 쓰자는 거였지요. 난 성을 내면서 세를 받지 않으면 무슨 돈으로 생활할 거냐고 따졌죠. 그랬더니 3주간 뿌루퉁해 갖고는 자기 어머니와 지내는 시간이 더 길어졌어요.

"그 후로는 괴로운 입씨름이 점점 더 많아졌어요. 돈 때문에 늘 싸웠죠. 남편이 얼마나 버는지도 몰랐기 때문에 거기에 대해서는 기대하지 않았어요. 하지만 돈을 벌긴 벌 텐데 대체 그걸로 뭘 했을까요?

친구들한테 한잔 사느라 써버렸을까요? 어머니가 준 작은 차의 기름을 댔을까요? 아니면 옷을? 늘 멋 부리길 좋아했으니까요. 난 호기심이 커졌죠. 캐고 다니게 되었어요. 결국 그의 은행 계좌를 보게 되었는데 1천 파운드 이상을 차월해 쓰고 있었어요. 난 너무나 순진하고 단순했기 때문에 그에게 애인이 생겨 봉급을 몽땅 그녀의 밍크코트 사는 데 쓰고 메이페어에 있는 셋집 비용에 대는가보다 했죠.

"결국은 그가 털어놓더군요. 털어놓을 사정이 있었어요. 마권 업자한테 5백 파운드를 빚졌는데 일주일 내로 빚을 갚아야 한다는 거였어요. 그때 나는 수프를 만들고 있던 걸로 기억나요. 마른 콩이 냄비 바닥에 들러붙지 않게 커다란 냄비 속을 휘젓고 있다가는 물었어요. 얼마나 오랫동안 경마를 했냐고. 3, 4년 되었다더군요. 다른 일도 캤더니 다 나오더라고요. 그는 요즘으로 치면 충동적인 도박사였던 것 같아요. 사설 게임 클럽에서 도박을 했다더군요. 그리고 증권 거래에도 크게 한두 판 걸었는데 소득이 없었대요. 그동안 나는 전혀 눈곱만큼도 의심한 적이 없었죠. 그런데 이제 와서 고백하며 조금은 부끄러운 얼굴을 하더군요. 절박했어요. 그 돈을 마련해야 하니까.

"난 나한테는 그런 돈이 없다고 했죠. 그의 어머니한테 가서 이야기해 보라고 했어요. 하지만 그의 말이 전에도 도움을 받았는데 다시 갈 염치가 없다나요. 그러면서 하는 말이 로런스 스턴의 그림을 팔지 그러느냐는 거였죠. 아빠의 그림은 그것뿐이었는데, 그 말이 떨어질 무렵에는 나도 남편만큼이나 겁에 질려 버렸어요. 그라면 충분히 집에 혼자 있을 기회를 기다렸다가 그림을 경매소에 내다 팔 수 있는 사람인 것을 알고 있었으니까. 하지만「조개 줍는 아이들」은 내 가장 귀중한 재산일 뿐만 아니라 내게 위안과 평화를 안겨주는 그림이었어요. 난 그 그림 없이는 살 수 없었죠. 그도 그걸 알고 있었고. 결국 나는 5백 파운드를 구해 보겠다고 하고 내 약혼반지와 우리 어머니의 약혼반지까지 팔아 돈을 구했어요. 그러고 나자 남편은 다시 명랑해졌어요. 예전의 쾌활하고 자기 만족감을 지닌 사람으로요. 한동안 도박도 끊었죠. 실컷 데었으니까. 하지만 얼마 못 가 또 시작하는 바람에 우리는 다시 간신히 입에 풀칠만 하는 생활로 돌아갔어요.

"그러다가 1955년에 노엘이 태어났어요. 더구나 처음으로 과중한 학교 등록금 문제에 부딪히게 되었죠. 그때까진 내 명의로 된 집이 또 한 채 있었어요. 칸 별장이라고. 아빠가 돌아가신 뒤 내 것이 되었는데 빌리려는 사람한테는 누구에게나 빌려주면서 팔지는 않았죠. 어느 날엔가는 내 아이들을 데리고 가 여름을 보낼 수 있을 거라고 스스로에게 다짐하면서요. 하지만 결코 그럴 기회가 없었죠. 게다가 마침 그 집을 사겠다며 아주 후한 제의를 해온 사람이 있었어요. 너무 좋은 조건이라 거절할 수가 없어 팔았죠. 그러고 나자 이제 포스케리스는 영영 가버리고 그곳과의 마지막 인연의 끈도 끊어진 것을 실감했어요. 오클리 가의 집을 팔았을 때도 콘월로 돌아갈 계획이었어요. 작은 화강암 집을 한 채 사자는 거였죠. 뜰에 종려나무가 있는. 하지만 아이들이 말리며 훼방을 놓는 거예요. 그러고는 사위가 포드모어의 오두막을 찾아내는 바람에 결국 내 말년을 글로스터셔에서 보내게 되었죠. 바다의 모습도 소리도 느낄 수 없는 곳에서.

"잡다한 이야기만 늘어놓고 요점은 아직 말 못 했네, 그렇죠? 스케치 발견한 이야기를 못 했잖아요."

"부친의 화실에 있었습니까?"

"그래요. 한 예술가의 오랜 세월에 걸친 자취 뒤에 숨겨져 있었죠."

"언제였습니까? 찾아내신 것이 언제죠?"

"노엘이 네 살 무렵이었어요. 점점 불어나는 식구에 맞추기 위해서 우리는 방 두 개를 더 차지했죠. 하지만 집의 나머지 방들은 여전히 세를 주었어요. 어느 날 젊은이 하나가 나타났어요. 미술 생도였는데 키가 훌쩍 크고 여위었으며, 가난한 몰골이었지만 아주 매력 있었죠. 누군가가 나라면 그를 도울 수 있을 거라고 그에게 이야기를 한 거예요. 슬레이드에 일자리를 얻었지만 살 곳이 없다는 거죠. 사실 나도 그를 들일 방이 없었지만 그 청년 풍모가 맘에 들었어요. 그래서 들어와 식사나 하라고 하면서 맥주를 주고 이야기를 나누었죠. 그가 가려 할 즈음에는 그에게 홀딱 빠져 그를 도울 수 없는 내 처지가 견딜 수 없었어요. 그때 화실 생각이 난 거죠. 정원에 지은 목재 건물이었지만 탄탄히 지은 것이었고 방수가 되었어요. 거기서 자고 일할 수 있었어요. 아침 식사만 해주면 청년이 집 안에 들어와 욕실을 쓰고 씻을 수 있었죠. 내가 그 아이디어를 제안했더니 청년은 뛸 듯이 좋아했죠. 나는 곧바로 열쇠를 찾아서 같이 화실을 살피러 나갔어요. 더럽고 먼지투성이인 데다 낡은 소파 침대에 서랍 달린 장롱이며 아빠가 쓰시던 이젤, 팔레트, 캔버스 천지였죠. 하지만 외양은 멀쩡하고 비도 새지 않는 데다 북향이라 청년에게는 더할 나위 없이 좋은 곳이었어요.

"우리는 세를 얼마 낼지 합의하고 이사 올 날도 정했죠. 그가 간 다음 나는 일을 시작했어요. 여러 날이 걸리는 바람에 그 앙상한 청년을 불러 도와달라고 해야 했죠. 그는 온갖 잡동사니를 조금씩 수레에 실어 날랐죠. 여러 번 왔다 갔다 해야 했지만 결국 마지막 짐만 남기고 다 해치웠어요. 바로 그때 화실 맨 뒤 구석의 낡은 장롱 뒤에서 스케치 묶음을 찾아낸 거예요. 그것이 누구의 것인지 금방 알아볼 수는 있었지만, 얼마만 한 값어치가 있는 것인지는 몰랐죠. 당시만 해도 로런스 스턴은 시류를 타는 화가가 아니었으니까. 아빠의 그림이 나왔다 해도 5, 6백 파운드 정도였을 거예요. 하지만 그 스케치를 발견하자 과거가 남겨준 선물을 찾은 기분이었어요. 아빠 그림을 가진 것이 별로 없었거든요. 그러고는 생각에 만일 앰브로즈가 이걸 알면 즉시 팔라고 덤빌 거라고 생각했죠. 그래서 그것을 집 안으로 갖고 와 침실로 향했어요. 내 옷장 벽에 테이프로 붙이고는 벽지 한 묶음을 찾아내 그 위에 도배를 했어요. 이후로 그림들은 쭉 그곳에 있었죠. 지난 일요일 저녁까지. 그때 난 문득 알았어요. 이 그림들이 다시 빛을 보게 해줘야 할 때라고. 당신에게 보여야겠다고.

"자, 이젠 다 아셨죠."

페넬로프는 시계를 보았다.

"퍽이나 오래 걸렸군요, 미안해요. 차 하시겠어요? 차 드실 시간이 있나요?"

"네, 시간이야 있지요. 하지만 더 듣고 싶어 안달이 나는군요."

페넬로프는 무슨 말이냐고 눈썹을 치켰다.

"제가 호기심이 많다거나 심술궂다는 생각 마십시오. 하지만 부인, 결혼 생활은 어떻게 되었나요? 앰브로즈는 어떻게 되었지요?"

"남편 말인가요? 아, 날 버리고 떠났지요."

"부인을요?"

"그래요."

그녀의 얼굴이 재미있다는 듯이 빛나는 것을 보고 그는 놀랐다.

"그의 비서하고요."

"내가 그 스케치를 찾아내 감춘 직후 앰브로즈의 예전 비서로 킬링 앤 필립스사에 오랫동안 일했던 미스 윌슨이 일을 그만두는 바람에 새 비서가 왔지요. 젊고 아주 예뻤던 모양이에요. 델핀 하드에이커라는 이름이었어요. 앰브로즈는 미스 윌슨은 미스 윌슨으로 불렀지만 미스 델핀은 늘 델핀이라고만 불렀어요. 하루는 출장차 글래스고로 가야 한다더군요. 출판사의 인쇄 공장이 거기 있어서 일주일간 가 있는다는 거예요. 그런데 나중에 알고 보니 그는 글래스고는커녕 델핀과 함께 허더즈필드에 사는 그녀의 양친에게 선보이러 갔던 거예요. 그녀의 아버지는 아주 부자로 중장비 사업을 한다 했어요. 그녀의 아버지 생각에 앰브로즈가 자기 딸에게는 좀 나이 먹은 상대라고 여겼다 해도 그런 불만은 그녀로서는 과분한 계급의 남자를 만난 데다가 그에게 반해 있다는 사실로 상쇄되었겠죠. 그 직후 앰브로즈는 어느 날 직장에서 돌아오더니 떠나겠다고 하는 거예요. 우리는 침실에 있었죠. 나는 머리를 감고 빗어 말리면서 화장대 앞에 앉아 있었고요. 앰브로즈는 등 뒤 침대에 앉아 있었기 때문에 우리 대화는 거울 속에서 이루어졌죠. 남편은 그녀를 사랑한다고 했어요. 그리고 그녀는 내가 자기한테 줄 수 없었던 것을 다 준다나요. 그러고는 이혼을 원한다고 했죠. 이혼하는 대로 그녀와 결혼할 거고 함께 킬링 앤 필립스사를 떠나 북쪽 요크셔에 보금자리를 꾸민다더군요. 그곳에서 그녀의 아버지가 자기 회사의 일자리를 주었대요.

"앰브로즈는 그 점은 알아줘야 해요. 뭔가 계획을 하고자 들면 훌륭히 해치우거든요. 너무나 말끔하고 깨끗이 처리되어 있었고 이미 완벽하게 기정사실이 되어 있던 터라 나로선 뭐라 할 말도 남아 있지 않았어요. 하고 싶은 말도 없었고. 그가 간들 상관없다는 것을 알고 있었죠. 나 혼자 더 잘 살 수 있으니까. 아이들은 내가 기를 것이고 집도 있으니까. 내가 모든 것에 동의하자 그는 침대에서 일어나 아래층으로 내려갔죠. 나는 계속 빗질을 하면서 마음이 무척 평화로웠어요.

"며칠 후 그의 어머니가 날 만나러 왔어요. 동정하거나 사과를 하러 온 것도 아니고 비방하려고 온 것도 아니었죠. 단지 앰브로즈가 배신했다고 해서 자기나 자기 아들이 아이들을 만나는 걸 막을 수 없다는 걸 확인하러 온 거지요. 그래서 아이들은 내가 맘대로 내주거나 잡아둘 수 있는 소유물이 아니고 나름대로의 권리가 있는 인간이라고 말해주었죠. 자기가 하고 싶은 대로 할 수 있으며 만나고 싶은 사람은 만날 수 있고 나로서도 말릴 권리가 없다고요. 돌리는 크게 안심했어요. 올리비아나 노엘한테는 별로 곁을 내주지 않았지만 낸시는 끔찍이 여겼으니까요. 낸시도 할머니를 사랑했고요. 두 사람은 모든 면에서 서로 닮았었죠. 낸시가 결혼할 때도 돌리가 거창한 런던식 결혼식을 준비해 주었고 앰브로즈는 딸을 신랑에게 인도하려고 허더즈필드에서 와야 했어요. 이혼한 후 우리 둘이 만난 것은 그게 처음이에요. 그는 변해 있었어요. 대단히 성공한 티가 났죠. 몸도 많이 불었고 머리는 잿빛으로 세고 혈색이 아주 붉었어요. 그날 내 기억에 그는 무슨 이유인지는 몰라도 금시계 줄을 달고 있었죠. 평생 북쪽 지방에 살면서 돈만 번 남자 모습 그대로였어요.

"결혼식이 있은 후 그는 허더즈필드로 돌아갔고 나는 다시는 그를 못 보았어요. 5년 후 그가 죽었으니까. 아직 그래도 젊은 나이라 큰 충격이었어요. 가엾은 돌리 킬링 같으니. 그녀는 아들보다 오래 살았지만 아들 잃은 슬픔을 영영 극복하지 못했죠. 나도 유감스러웠어요. 델핀 덕분에 그가 마침내 찾고 그리던 인생을 얻었다고 생각했으니까. 나는 델핀에게 편지를 썼지만 그녀는 내 편지에 답장을 하지 않았어요. 편지를 쓰다니 주제 넘는다고 생각한 모양이에요. 아니면 뭐라고 답장을 해야 할지 몰랐거나.

"자, 이제는 정말 차를 끓여야겠네요."

페넬로프는 일어나며 손을 들어 쪽진 머리에 꽂았던 귀갑 머리핀을 고쳐 꽂았다.

"잠시 혼자 계셔도 되겠지요? 따스하세요? 불을 피울까요?"

로이 브룩크너는 괜찮다고, 따스하며 불은 필요 없다고 안심시켰다. 그녀는 다시금 스케치를 살피는 그의 곁을 떠나 주방에서 찻주전자를 올려놓고 불을 켰다. 마음이 매우 평화로웠다. 그 여름날 저녁 같은 기분이었다. 머리를 빗으며 앰브로즈가 그녀 곁을 영원히 떠나겠다는 말을 듣던 그날 저녁 같은. 가톨릭 교도들이 고해성사를 다녀온 후의 기분이 이럴 거야. 스스로에게 중얼거렸다. 마음이 깨끗이 씻기고 자유로워진 듯한, 마침내 면죄를 받은 듯한 기분. 이야기를 들어준 로이 브룩크너에게 고마운 마음이 들었다. 아울러 부스비 사무실에서 사무적이지만은 않고 인간적이며 이해심 많은 남자를 보내준 것에도 감사했다.

그들은 차와 생강빵을 나누며 다시 사무적인 태도로 돌아갔다. 패널화는 팔릴 거라는 이야기였다. 스케치는 목록을 짜서 감정차 런던으로 갖고 간다고 했다.「조개 줍는 아이들」은? 그것은 당분간은 있던 그 자리에, 포드모어 오두막 응접실의 벽난로 위에 둔다고 했다.

"패널화 판매에 한 가지 문제가 있습니다."

로이 브룩크너가 말했다

"시간 문제죠. 아시다시피 부스비에서는 최근 빅토리아 시대 그림들을 대대적으로 경매했습니다. 그래서 적어도 여섯 달간은 다시 그럴 기회가 없죠. 런던에서만큼은요. 뉴욕 경매장에서는 이 그림들을 다룰 수 있을 것 같지만, 우선 그들이 언제 다음 경매를 하는지 알아내야 합니다."

"여섯 달이라고요. 난 여섯 달을 기다리고 싶지는 않아요. 당장 팔고 싶어요."

초조한 말에 브룩크너 씨는 싱긋 웃었다.

"개인 바이어도 고려하시겠습니까? 경매에 부쳐 경쟁하지 않으면 그렇게 좋은 값을 못 받으시겠지만 그런 손해야 감내하실 테죠."

"개인 바이어를 구해주실 수 있나요?"

"필라델피아에서 온 미국인 수집가가 있습니다.「물동이를 나르는 여인들」에 입찰하러 급히 런던으로 건너왔지요. 하지만 덴버 미술관 측 대표에게 빼앗겨 버렸어요. 그래서 매우 실망하고 있습니다. 그에게는 로런스 스턴 작품이 하나도 없는데, 그의 그림은 시장에 나오는 일이 드물거든요."

"아직 런던에 있나요?"

"모르겠습니다만 알아보죠. 코노트 호텔에 묵고 있었어요."

"그분이 패널화를 원할 거라고 생각하세요?"

"틀림없이 그럴 겁니다. 하지만 그가 얼마를 제시할지에 판매 여부 가 달렸죠."

"그와 연락하실 건가요?"

"물론이죠."

"그럼 스케치는?"

"부인에게 달렸지요. 팔기 전에 몇 달 기다릴 가치는 있을 겁니 다…… 홍보를 하고 관심을 끌 시간을 주시는 거죠."

"그래요. 그렇다면 기다리는 게 낫겠군요."

그래서 합의가 되었다. 로이 브룩크너는 곧바로 스케치의 목록을 만들기 시작했다. 시간이 걸리는 일이었다. 다 끝내고 그녀에게 사인 이 된 영수증을 건네자 그는 그림들을 서류철에 다시 넣어 말끔하게 묶어 끈으로 매듭을 지었다. 그러고 나자 그녀는 그를 데리고 방을 나가 계단을 올라서 복도로 안내했다. 그는 벽에서 조심스레 패널화 를 떼었다. 그 뒤에는 거미줄 몇 개와 아직도 빛깔이 그대로인 벽지 두 줄만 길게 남았다.

밖에 나서자 로이 브룩크너는 그의 멋진 차 뒤편에 그림 모두를 실 었다. 스케치는 트렁크에, 패널화는 타탄 무늬 카펫으로 조심스레 싸 서 뒷좌석에 놓았다. 흡족하게 꾸려 넣자 그는 뒤로 물러서서 문을 탕 닫고 페넬로프를 향해 돌아섰다.

"즐거웠습니다, 킬링 부인. 아울러 감사하고요."

두 사람은 악수를 나누었다.

"나도 만나서 기뻤어요, 브룩크너 씨. 지루하지 않으셨나요?"

"평생 그렇게 지루하지 않은 적은 없습니다. 소식 있는 대로 연락 드리죠."

"감사해요, 안녕히. 안전한 여행길이 되길."

"안녕히, 킬링 부인."

다음 날 그가 전화를 걸었다.

"킬링 부인, 로이 브룩크너입니다."

"아, 네, 브룩크너 씨."

"제가 말씀드렸던 미국인 로웰 애드웨이 씨말인데요, 런던에 있지 않습니다. 코노트 호텔에 전화했더니 제네바로 떠났다는 거예요. 스위스에서 미국으로 곧장 갈 계획이라더군요. 하지만 저한테 그 사람 제네바 쪽 주소가 있으니까, 오늘 패널화 이야기를 편지로 써서 알릴 작정입니다. 그 그림들을 살 수 있다는 이야기를 들으면 필시 런던으로 올 겁니다. 하지만 한두 주일은 기다려야겠지요."

"한두 주일은 기다릴 수 있어요. 여섯 달을 기다릴 수 없다는 거지."

"말씀드리지만 그렇게 기다리지 않으셔도 됩니다. 스케치는 부스비 씨한테 보여드렸더니 크게 관심을 보였어요. 그만큼 중요한 것이 나온 것은 여러 해 만에 처음이거든요."

"저……."

그녀는 묻는 것이 뻔뻔스러울 것 같았다.

"그게 얼마쯤 할지 아시겠어요?"

"제 추정으로는 한 장당 5천 파운드 이상일 겁니다."

5천 파운드, 그것도 한 장당. 수화기를 내려놓은 그녀는 그 자리에 서서 얼마만 한 액수인지 헤아려보려 애썼다. 5천 파운드 곱하기 열네 장은……. 그녀의 머릿속으로는 도저히 셈할 수가 없었다. 연필을 찾아 쇼핑할 물건 목록에 총계를 내보았다. 7만 파운드가 나왔다. 의자를 더듬어 털썩 앉았다. 갑자기 무릎에 힘이 빠져서였다.

생각해 보니 그녀가 놀란 것은 부자가 된다는 생각 때문이라기보다는 자신의 반응 때문이었다. 브룩크너 씨를 부르고 스케치를 보여주고 패널화를 팔자고 결심한 탓에 이제 자신의 인생이 바뀔 참이다. 그렇게 말하면 간단하지만 그래도 익숙해지려니 시간이 좀 걸렸다. 늘 사랑했지만 값어치가 있다고는 생각도 못 했던 로런스 스턴의 별 특출나지 않은 미완성 그림 두 장이 이제 부스비 사무실에서 미국인 백만장자의 주문을 기다리고 있다니. 그리고 몰래 감추어 오랫동안 잊고 있던 스케치 묶음이 느닷없이 7만 파운드 값어치가 나가는 물건이 되었다. 막대한 재산. 도박에서 이긴 것 같았다. 뒤바뀐 자기 처지를 생각하던 중 그녀는 비슷한 일을 겪었던 젊은 여자가 기억났다. 페넬로프는 텔레비전에서 그녀가 머리 위로 샴페인을 부으며 '써라, 써라, 써라!' 하고 외치던 것을 믿을 수 없는 심정으로 지켜보았었다.

얼토당토않은 동화에나 나오는 것처럼 놀라 자빠질 장면이었다. 그런데 지금 자신이 그런 상황에 빠진 셈이다. 그런데 또 그 사실이 자신을 겁나게도 하지 않고 넋을 빼지도 않고 있다는 사실을 깨달았다. 놀라운 것은 그 때문이었다. 대신 그녀의 마음속에는 뜻밖의 은총을 입은 사람이 느낄 감사한 마음만이 가득할 뿐이었다. '부모가 자식에게 줄 수 있는 가장 훌륭한 선물은 부모가 자립하는 거야.' 노엘과 낸시에게 그렇게 말했었다. 그것은 진실이었다. 안정에서 오는 자유야말로 값을 따질 수 없는 것이었다. 게다가 일이 이렇게 되니 스스로 즐거움을 탐닉할 수 있는 기회까지 생긴 셈이다.

하지만 즐거움이라니, 어떤 것을? 결혼 이후 내내 절약하고 쪼들리고 한 푼이 아쉬웠던 터라 사치와는 인연이 없는 몸이었다. 다른 사람들이 사치를 누리는 것에 대해 분노를 느끼거나 질투한 적도 없고 아이들을 길러 가르칠 수 있는 것, 그러면서도 간신히 생활해 나갈 수 있는 데에 감사할 뿐이었다. 오클리 가의 집을 팔고 나서야 자산이라는 것을 만져볼 수 있었지만 그것도 조심스럽게 저축에 넣었다. 근근하게나마 수입이 생겨 자신이 제일 좋아하는 방식으로 돈을 쓰기 위해서였다. 음식, 술, 친구 대접 등. 그리고 선물—선물이라면 자기는 정말 후한 사람이 아니던가—할 데도 많았다. 물론, 정원을 가꿀 비용도 있어야 했다.

그런데 지금 원하기만 하면 집을 바닥부터 천장까지 싹 뜯어고칠 수 있다. 그녀가 갖고 있는 것은 모두 믿어지지 않을 정도로 낡고 너덜너덜했으니까. 하지만 그녀는 있는 그대로 그 물건들이 좋았다. 낡은 볼보도 8년 된 것으로 살 때부터 중고였다. 롤스로이스를 타고 뽐낼 수도 있겠지만 볼보에 아직 아무런 하자가 없잖은가—아직은. 그리고 롤스로이스 트렁크에다 정원용 토탄 포대나 흙투성이 화분 단지를 실어보았자 돼지 목에 진주 격이다.

그럼 옷은 어떨까. 하지만 생전 옷에 관심이 없었다. 오랫동안 전쟁을 겪고 그 후에는 궁핍의 세월을 겪은 탓에 아주 굳어진 마음가짐이었다. 그녀가 좋아하는 옷은 대개는 퍼들리 교회의 중고품 바자회에서 산 것이고 해군 장교 때 입던 선원용 외투로 40년간 따뜻하게 지냈다. 밍크 정도야 살 수도 있겠지만 털이 복슬복슬한 작은 동물들을 죽여 만든 옷을 입는다는 생각이 달갑지 않았다. 게다가 무릎 밑까지 오는 밍크코트를 입고 일요일 아침에 시골길을 걸어 신문을 사러 나간다면 우스운 꼴이 될 것이다. 다들 미쳤다고 할 테지.

여행을 할 수도 있다. 하지만 예순넷의 나이에 솔직히 말해 건강도 최선이 아닌 처지 아닌가. 혼자 세상 구경을 나가기엔 너무 나이가 들었다. 한가하게 자동차 여행을 다니거나 열차 여행, 우편선을 타고 여행할 만한 시절은 끝이 났다. 아울러 외국의 어느 공항을 떠올리거나 초음속 제트기를 타고 하늘을 헤맨다는 생각도 별로 구미에 당기지 않았다.

아니다. 그런 것들은 다 아니야. 당분간은 아무것도 하지 말고 아무 말도 하지 않고 누구한테도 안 알릴 테다. 브룩크너 씨가 이미 왔다 갔지만 아무도 그가 온 것은 모른다. 그가 다시 연락을 해올 때까지는 아무 일도 없었던 것처럼 지내는 것이 좋다.

그 사람을 아예 머리에서 밀어내자고 다짐했지만 불가능했다. 매일 소식이 오기를 기다렸다. 전화가 울릴 때마다 애인의 전화를 기다리는 열띤 아가씨처럼 달려갔다. 하지만 사랑에 빠진 아가씨와는 또 다르게 날이 가고 아무 소식이 없어도 불안은 없고 초조하지도 않았다. 내일이 늘 오니까. 서두를 것 없었다. 조만간 소식을 줄 테지.

그러는 동안 생활은 계속되었고 봄도 대기 속에 여기저기 충만했다. 과수원은 수선화가 흐드러지게 피어 환했다. 노란 꽃봉오리들이 미풍에 춤을 추었다. 나무들마다 새로 난 잎의 엷은 녹색 물결 속에 아른했고 집 근처 울타리 있는 화원에는 꽃무와 취란화들이 벨벳처럼 부드러운 얼굴을 내밀어 대기에는 향수 어린 꽃향기가 가득했다. 데이너스는 야채밭에 말끔히 씨를 뿌리고 잔디밭에는 봄에 들어 처음 풀을 깎았다. 그러고는 정원 가장자리 꽃밭마다 괭이질, 갈퀴질을 하며 뿌리 덮개를 씌웠다. 플라켓 부인도 오가면서 봄맞이 대청소를 하느라 한바탕 야단이었다. 침실의 커튼도 몽땅 빨았다. 안토니아는 그 커튼들을 내다가 깃발처럼 줄에 널었다. 그녀의 에너지는 대단해서 페넬로프가 직접 할 수 없는 일들을 도맡았다. 퍼들리로 차를 달려 매주 하는 대규모 쇼핑을 해 온다든지 찬장을 싹 비우고 선반마다 닦는 일 따위였다. 집안일이 없을 때면 늘 정원에 있었다. 스위트피 묘목을 심기 위해 격자 담을 세운다든지 수선화가 피었던 테라스 함지를 비우고 거기에 제라늄이니 후크시아, 금련화 등을 가득 채웠다. 데이너스가 정원에 있을 때면 그의 곁에서 꼭 붙어 떨어지지 않았고 함께 일하는 그들의 목소리가 정원을 가로질러 흘러왔다. 위층 유리 창가에 멈추어 서서 그런 그들을 바라보노라면 페넬로프는 마음이 흡족했다. 안토니아는 노엘이 런던에서 데리고 왔던 그 무렵의 긴장하고 지친 아가씨와는 전혀 달라져 있었다. 이비자에서부터 묻혀 왔던 창백하고 슬픈 안색도 사라지고 눈 밑의 그늘도 없어졌다. 머리칼은 윤이 나고 피부는 발그레 피었으며 뭔가 독특한 분위기가 감돌았다. 표현할 수는 없지만 페넬로프의 노련한 눈길은 틀림없이 그 분위기를 알아보았다.

안토니아는 사랑에 빠진 것이었다.

"좋은 날 아침에 정원에서 뭔가 건설적인 일을 하는 것만큼 근사한 일은 세상에 없어요. 가장 좋은 것만 고루 모은 것이 그거예요. 이비자에서는 햇살이 너무 뜨거워서 땀에 젖어 끈끈해지기 일쑤였거든요. 결국 풀장에 뛰어들 수밖에 없지요."

"여기는 풀장이 없잖아요."

데이너스였다.

"윈드러시 강이라면 언제든 가서 뛰어들 수 있지만."

"얼음처럼 찰걸요. 며칠 전에 발을 넣었더니 대단했어요, 데이너스. 당신은 앞으로도 쭉 정원사 일을 할 건가요?"

"갑자기 왜 물어요?"

"모르겠어요. 그냥 생각해 보다가. 당신은 과분한 배경을 갖고 있잖아요. 출신 학교며 미국에 가본 일, 그리고 원예학 학위도. 당신이 다른 사람 양배추나 심어주고 잡초나 뽑는 것은 너무 낭비 같아요."

"하지만 늘 그런 일만 하지는 않겠죠?"

"그래요? 그럼 뭘 할 작정인데요?"

"땅을 좀 살 수 있을 때까지 저축하면 내 집을 사서 채소를 기르고 화분이며 구근, 장미, 땅 요정, 뭐든 사람들이 사려는 것은 다 파는 거지."

"농원 말이에요?"

"뭔가 주종을 택해야지……. 장미면 장미, 후크시아면 후크시아, 다른 사람들하고는 조금 달라야 하니까."

"돈이 많이 들까요. 개업하려면?"

"그럴 거예요, 땅값도 비싼 데다가 웬만큼 사업을 하려면 땅도 커야 하니까."

"당신 아버지가 도울 수는 없나요? 개업만이라도."

"청하면 도와주실 거요. 하지만 난 혼자서 하고 싶어요. 나도 이젠 스물네 살이니까. 서른 살쯤이면 자수성가할 수 있을 거요."

"6년이라니 너무 길어요. 난 지금이었으면 좋겠는데."

"난 인내하는 법을 배웠거든요."

"어디서요? 농원을 어디서 할 거냐는 말이에요?"

"상관없어요. 필요한 곳이면 어디든지. 하지만 이곳에 계속 있었으면 해요. 글로스터셔, 서머싯에."

"글로스터셔가 제일 좋을 것 같아요. 아름답잖아요. 시장성도 생각해 봐요. 런던의 부유한 소비자들이 와서 멋진 황금빛 색조 저택을 갖고는 정원에 여러 가지 꽃을 채우고 싶어하잖아요. 한 재산 벌 거예요. 내가 당신이라면 그냥 여기 있겠어요. 당신 집으로는 작은 집하고 땅 몇 에이커 사고. 나라면 그렇게 할 거예요."

"하지만 당신이 농원을 열 것은 아니잖아요. 모델이 된다면서."

"달리 할 일이 없을 때만요."

"정말 이상한 사람이군. 그런 기회라면 대부분의 아가씨들이 제 눈이라도 떼주고 하려 덤빌 텐데."

"눈을 떼줘서야 어디 모델 하겠어요?"

"게다가 당신도 순무나 캐면서 평생을 지내고 싶진 않잖아요?"

"난 순무는 기르지 않을 거예요. 나는 옥수수나 아스파라거스, 강낭콩 같은 맛있는 것을 키울 거예요. 그렇게 의심스러운 얼굴 말아요. 이래 봬도 난 꽤 능숙하니까. 이비자에서 우리는 채소를 사 먹어본 적이 없어요. 전부 길러서 먹고 열매를 따먹었으니까. 오렌지나무, 레몬나무도 있었어요. 아빠는 방금 딴 레몬 한 조각을 넣은 진토 닉만큼 근사한 것은 없다고 하시곤 했죠. 가게에서 파는 것들은 맛이 아주 달라요. 끔찍해요."

"그럼 온실에서 레몬을 기를 수도 있겠군."

"레몬나무의 좋은 점은 열매와 꽃이 동시에 열린다는 거예요. 그래서 레몬나무가 늘 아름다워 보이는 거죠. 데이너스, 당신 아버지처럼 법률가가 되려 한 적은 없었나요?"

"한때 그런 적이 있었어요. 부친의 가업을 이을 거라고 생각했지. 그러던 중 미국에 건너갔고 그 이후로 상황들이 좀 바뀌었죠. 그래서 결심했어요. 머리보다는 손을 쓰며 살겠다고."

"하지만 머리도 사용할 수 있어요. 원예에도 많은 생각과 지식과 계획이 필요해요. 게다가 농원을 운영하게 되면 회계며 주문이며 세금 문제도 다 처리해야 하잖아요……. 그런 게 머리 쓰는 일이 아니라고는 못해요. 당신이 법률가가 되기를 그만두자 아버지는 실망하셨나요?"

"처음에는. 하지만 대화를 나누자 내 의견을 이해하시게 됐죠."

"대화가 안 통하는 아버지를 둔다는 것은 끔찍하겠죠. 우리 아버지는 그 점에서 완벽했어요. 뭐든지 다 말할 수 있었으니까. 당신이 만났으면 좋으련만. 더구나 내가 사랑하던 칸 달트를 보여줄 수 없다니. 지금은 다른 가족이 살고 있거든요. 데이너스, 당신이 진로를 바꾼 것은 뭔가 특별한 이유 때문이었나요? 미국에서 있었던 일인가요?"

"그렇다고 할 수 있죠."

"운전을 하지 않고 술도 마시지 않는 이유하고 관계있나요?"

"왜 묻죠?"

"가끔 생각해 보거든요. 궁금했어요."

"그것 때문에 마음에 걸리나요? 내가 노엘 킬링 같으면 좋겠어요? 재규어 차를 타고 고속도로를 달리며 일이 잘 안될 때마다 술에 손을 뻗치는?"

"아뇨, 노엘 같은 사람이길 바라지는 않아요. 노엘 같은 사람이라면 난 여기서 당신을 돕고 있지 않았을 거예요. 접이식 의자에 앉아 잡지나 뒤적였겠지."

"그렇다면 날 그냥 있는 대로 놔둬요. 당신은 지금 묘목을 심는 거지 못을 박는 게 아니니까. 아기를 재우듯 부드럽게 해줘요. 그 이상은 밀어넣지 말아요. 묘목이 자랄 자리가 있어야 하니까. 숨 쉴 공간이 있어야 해요."

그녀는 자전거를 타고 있었다. 분홍빛 자줏빛 발레리나 같은 꽃송이들이 매달린 후크시아 울타리 사이로 내리막길을 달렸다. 길은 희고 모래투성이였다. 멀리 사파이어처럼 푸른 바다가 보였다. 토요일 아침 같은 기분이었다. 고무창 운동화를 신고 있었다. 어느 집에 다다랐는데 칸 별장이었다. 아니, 평평한 지붕인 걸로 보아 칸 별장은 아니었다. 아빠가 계셨다. 챙 넓은 모자를 쓰고 캠핑용 의자에 앉아 앞에 이젤을 세워놓았다. 관절염도 없었다. 캔버스에 길게 색깔을 칠하고 있었다. 그녀가 곁에 서서 보자 그는 고개를 들지 않고 말했다.

"언젠가 그들이 올 거야. 태양의 따스함과 바람의 빛깔을 그리러."

그녀는 지붕 끄트머리 너머를 바라보았다. 풀장이 있는 것이 이비자의 뜰 같았다. 소피가 풀 안에서 이리저리 헤엄치고 있었다. 맨몸이었다. 머리칼은 물개 털처럼 축축이 젖어 미끈했다. 지붕 위에서 경치가 보였지만 만이 아니라 북해안이었다. 썰물이 빠진 해변에서 그녀는 자신을 보았다. 빨간 양동이를 들고, 그 안에는 커다란 조개껍질이 가득 담겨 있었다. 가리비, 섭조개, 반짝이는 무늬개오지 등. 하지만 조개껍질을 찾고 있는 것이 아니라 뭔가를, 누군가를 찾고 있었다. 그는 근처 어딘가에 있었다. 하늘이 컴컴해졌다. 깊숙이 발이 들어가는 모래밭을 가로질러 나가노라니 바람을 헤쳐야 했다. 양동이가 점점 무거워져 결국에는 내려놓고 갔다. 바람에 실려 바다 안개가 밀려와 연기처럼 스며들었다. 그가 연기 속에서 그녀를 향해 다가오고 있었다. 군복을 입고 있었지만 머리에는 아무것도 쓰지 않았다. "당신을 찾고 있었어." 하더니 그녀의 손을 잡고 두 사람은 함께 어느 집에 다다랐다. 문으로 들어서니 그곳은 집이 아니라 포스케리스 뒷골목에 있던 화랑이었다. 아빠가 또 거기 있었다. 텅 빈 바닥 한가운데 낡은 소파에 앉아 있었다. 아빠가 머리를 돌리고는 말했다.

"다시 젊어지고 싶어. 그 모든 게 벌어지는 걸 지켜볼 수 있도록."

그녀는 행복감이 가득했다. 눈을 뜨자 그 행복감은 여전했고 꿈은 현실보다 오히려 생생했다. 자기 얼굴에 번지는 미소를 느낄 수 있었다. 누군가 미소를 찾아다 준 듯했다. 꿈은 사라졌지만 평온한 만족감은 남아있었다. 그녀는 흡족한 마음으로 자기 침실의 그늘진 윤곽을 둘러보았다. 윤나는 놋쇠 침대 난간, 커다란 옷장의 어렴풋한 윤곽, 열린 창으로 달콤히 흘러 들어오는 밤공기에 가만히 흔들리는 커튼.

갑자기 그녀는 잠이 확 깨버렸다. 다시는 잠이 들지 못하리란 것을 알았다. 담요를 걷어내고 침대에서 나와 슬리퍼를 더듬어 찾고 가운에 손을 뻗었다. 어둠 속에서 침실 문을 열고 아래층 주방으로 향했다. 불을 켰다. 모든 것이 따스하고 질서 정연했다. 소스 팬에 우유를 붓고 불에 올려 놓았다. 찬장에서 머그잔을 꺼내 꿀을 한 수저 가득 넣고 뜨거운 우유를 부은 다음 저었다. 머그잔을 손에 쥐고 식당을 가로질러 응접실로 갔다. 「조개 줍는 아이들」을 비추는 조명을 켜 그 부드러운 빛살 속에서 벽난로의 불을 지폈다. 불이 타오르자 머그잔을 들고 소파에 앉아 쿠션을 정리한 다음, 한구석에서 무릎에 턱을 괴고 앉았다. 그녀 위로 「조개 줍는 아이들」이 은은한 조명 속에서 빛났다. 태양을 등 뒤로 둔 스테인드글라스처럼 환했다. 그림은 그녀만의 주문이었다. 최면술사의 마력처럼 효력이 있었다. 그녀는 눈도 깜빡하지 않고 그림을 바라보며 그 마법의 주문이 효력을 발하길, 기적이 일어나길 기다렸다. 눈 속 가득 푸른 바다와 하늘이 차오르자 소금기 머금은 바람을 느꼈다. 해초와 축축한 모래사장 냄새가 났다. 갈매기의 우짖는 소리, 산들바람 부는 소리가 귓가에 들렸다.

그곳에 안전히 자리 잡은 그녀는 지금까지 살아오면서 이런 일을 여러 경우, 여러 번 했던 것은 회상할 수 있었다. 「조개 줍는 아이들」하고 한방에 고즈넉이 앉아 모든 것을 잊는 것이다. 전쟁 직후 황량했던 런던 시절, 때때로 이렇게 무너져 있었다. 괴롭고 종종 지쳐버렸을 때였다. 부족한 물자에, 돈이 없어서, 애정의 결핍 때문에 그랬다. 앰브로즈의 두 손 들 행동에도 지쳤고 아이들이 곁에 있어도 채워지지 않는 괴로운 고독감 때문에도 지쳤었다. 앰브로즈가 짐을 꾸려 가족을 버리고 요크셔로, 돈과 델핀 하드에이커의 따스하고 젊은 육체를 향해 떠나던 날 밤에도 이렇게 앉아 있었다. 또한 페넬로프의 아이들 중 가장 소중했던 올리비아가 자기 집을 마련해서 멋진 인생을 시작하러 오클리 가를 영영 떠났을 때도 그랬다.

과거로 되돌아가서는 안 돼. 사람들은 모두 그렇게 말하곤 했다. 모든 것이 변해 있을 테니까. 하지만 그들이 틀렸다는 것을 그녀는 알고 있었다. 그녀가 가장 애타게 그리는 것들은 절대적이며 감사하게도 이 세상이 몽땅 날아가지 않는 이상 변치 않을 것이니까.

「조개 줍는 아이들」. 오래되고 믿음직한 친구 같은 이 그림의 든든한 모습에 그녀는 감사한 마음이 가득 찼다. 친구에게 의지하듯 그녀는 그 그림에 매달려 같이 살아왔고 떠나보내는 일 따위는 입에도 올리지 않았다. 하지만 지금, 모든 것이 달라졌다. 과거뿐 아니라 미래까지 눈앞에 나타났다. 계획을 세워야 하고 갖가지 즐거움도 생길 예정이고 전혀 새로운 전망이 펼쳐지려 한다. 게다가 그녀는 이제 예순넷이다. 향수 어린 눈으로 어깨 뒤를 바라보며 허비할 세월이 그다지 많지 않다. 그녀는 소리 내 말했다. "이제 너 없이 괜찮을지도 몰라." 그림은 대꾸가 없었다. "이제는 너를 보내야 할 때인가 봐."

그녀는 우유를 다 마셨다. 빈 머그잔을 내려놓으며 소파 등에 걸쳐져 있던 무릎 담요를 집어내 부드러운 베개 위로 몸을 눕히고 담요를 펼쳤다. 「조개 줍는 아이들」이 자는 그녀와 함께해 줄 것이다. 지켜보며 미소를 던질 것이다. 그녀는 아까 꾼 꿈을 떠올렸다. 아빠의 말도. "그들이, 새로운 세대가 올 거야. 태양의 따스함과 바람의 빛깔을 그리러." 눈을 감았다. 다시 젊어지고 싶어.

11

리처드

1943년 여름이 되면서는 페넬로프 킬링도 다른 사람들처럼 전쟁이 끝없이 계속되고 있으며 앞으로도 영원히 끝나지 않을 거 같은 기분이 들었다. 물자 부족과 등화관제가 매일매일 되풀이되는 속에서 그나마 가끔 공포와 전율이 번뜩였다. 영국의 전함이 바다에서 퇴격당했다든지, 연합군에게 재난이 닥쳐왔다는 소식이 전해질 때 그랬다. 하지만 대영제국의 군인은 위대한 활약을 하고 있다는 처칠 수상의 목소리가 라디오로 흘러나올 때는 반대로 힘찬 결의를 다졌다.

아기를 낳기 전 마지막 2주일 같다고나 할까, 애를 낳지 못하고 죽는 날까지 남산만 한 배를 부둥켜안고 살 것만 같은 기분이었다. 아니면 긴 철도 터널의 한중간을 달리는 기분이라고 할까. 대낮의 환한 햇살은 벌써 오래전에 지나왔고 출구 쪽에서 반짝일 희미한 불빛은 아직 보이지 않는 캄캄한 터널 한복판을 달리는 기분이다. 언젠가는 터널이 끝나고 불빛이 나타나겠지만 그럴 동안은 이처럼 캄캄한 절벽 어둠 속을 참고 지내야 한다. 모두들 살얼음판을 타는 심정으로 살아갔다. 매일매일의 일상사도 문제였다. 가족들의 음식을 챙기고, 그들이 따뜻하게 지낼 수 있도록 집을 데우고, 아이들 신발이 떨어지지 않았나 살펴야 한다. 그뿐인가. 칸 별장이 황폐해지지 않도록 구석구석 손보는 일도 그녀의 몫이다.

페넬로프는 스물셋이었다. 시내에 있는 작은 영화관이 다음 주에 틀어줄 영화 말고는 기대할 것이 아무것도 없는 따분한 일과가 가끔씩 그녀를 괴롭혔다. 그녀와 도리스에게는 영화관에 가는 일이 빼놓을 수 없는 의식이 되었다. 도리스는 영화관에 간다고 하지 않고 구경 간다는 표현을 했다. 두 여자는 어떤 영화건 빼놓지 않고 구경을 갔다. 한두 시간이라도 따분한 일상에서 벗어나 보려는 생각에서였다. 영화가 끝나면 그들은 충성스러운 대영제국의 국민답게 지글거리는 잡음이 섞인 '여왕 폐하 만세'를 일어서서 끝까지 듣고서야 먹물을 뿌려놓은 것처럼 캄캄한 밤거리로 향했다. 그러고는 영화가 남긴 흥분이나 감상에 젖어 팔짱을 낀 채 소리 죽여 킬킬거리며 연석 깔린 보도로 더듬더듬 올라가 집으로 향하는 별빛 쏟아지는 비탈길을 걸어가곤 했다.

도리스는 입버릇처럼 그러고 나면 썩 '기분 전환'이 된다고 말했다. 정말 그렇긴 했다.

페넬로프는 이 우중충한 전쟁이라는 감옥에서 언젠가는 벗어날 거라고 생각하고 있었지만 꼭 그런 날이 온다고 믿기도, 상상하기도 어려웠다. 스테이크나 마멀레이드 오렌지잼을 맘껏 사 먹을 수 있는 세상, 겁먹은 채 라디오 뉴스에 귀 기울이지 않아도 되고, 방 안에서 마음껏 불을 밝혀도 폭격의 목표물이 되지 않고 트럽숏 대령의 욕지거리를 듣지 않아도 되는 좋은 세상을 정말 볼 수 있게 될는지…….

그녀는 프랑스로 돌아가는 모습을 상상했다. 차를 타고 미모사 꽃과 뜨거운 햇살이 기다리고 있는 남쪽으로 달리는 거다. 가는 길에선 그동안 아무 소리도 내지 못하던 교회 탑에서 종소리가 힘차게 들리겠지. 적군의 기습을 알리는 경보가 아닌 승전을 축하하는 소리가.

승전이라. 나치군은 패배하고 유럽은 자유를 얻는다. 독일 전역의 수용소에 감금되어 있던 전쟁 포로들도 조국으로 모두 되돌아온다. 군대는 해체되고 가족들은 재회의 기쁨을 누린다. 하지만 마지막 상상은 페넬로프에게는 말 못 할 고민거리였다. 다른 부인들은 모두 자기 남편이 무사히 귀환하기를 기도하는 일을 유일한 삶의 낙으로 삼고 지내는데 페넬로프는 앰브로즈를 다시 못 본다 해도 그다지 슬플 것 같지 않았다. 그런 자기 마음이 분명히 눈에 보였다. 그녀의 마음이 특별히 무정해서가 아니라 세월이 갈수록 남편에 대한 기억이 희미해지면서 점점 달갑지 않은 존재로 변해가고 있기 때문이었다. 전쟁이 끝나길 바라는 거야 그녀도 마찬가지였다. 미치지 않고서야 바라지 않을 사람이 있을까. 하지만 전쟁이 끝나면 잘 알지도 못하고 결혼해 이제는 거의 망각 속으로 파묻혀 버린 남편과 함께 살면서 모든 것을 다시 시작해야 하고 생각 없이 저지른 결혼에 적응하려 애쓸 것을 생각하면 영 개운치가 않았다.

가끔 기분이 울적할 때면 무의식중에 뭉게뭉게 피어올라 머릿속 한구석에 자리 잡는 부끄러운 희망에 시달리곤 했다. 앰브로즈에게 무슨 일이 일어났으면 하는 거였다. 그렇다고 죽기를 원하는 것은 아니었다. 그런 것을 바랄 수야⋯⋯. 그 누구도 죽는 것은 싫었다. 앰브로즈처럼 젊고 잘생기고 의욕에 찬 남자가 죽는 것은 특히 그랬다. 단지, 지중해 연안에서 전투를 벌이거나 야간 순찰을 돌다가, 아니면 독일 잠수정 U-보트의 수색을 피해 어느 항구로 밀려갔다가 거기서 젊은 아가씨를 만났으면 하는 정도였다. 간호사나 아니면 여자 해군 장교쯤이라고 해두자. 그런데 그 아가씨는 그녀보다 천배 만배 매력적이라 앰브로즈는 당장에 열렬한 사랑에 빠지고⋯⋯. 아가씨는 이윽고 페넬로프의 자리를 빼앗아 앰브로즈에게 그가 꿈도 못 꾸던 행복을 안겨준다.

그렇게 되면 앰브로즈는 그녀에게 편지를 써서 사랑의 삼각관계를 통보할 것이다.

나의 아내 페넬로프에게
이런 편지를 쓰기는 싫었소. 하지만 이 방법밖에 당신한테 알릴 길이 없으니 어쩌겠소. 난 이곳에서 딴 여자를 만났다오. 우리 두 사람 사이의 일은 의지로는 어쩔 수 없는 운명이었소. 그녀와 내가 서로 사랑하는 마음을⋯⋯.

페넬로프는 간혹 오는 그의 편지를 받을 때마다—편지라고 해보았자 스냅 사진 크기의 딱딱한 항공 엽서였지만—혹시나 그런 내용이 아닐까 하는 실낱같은 희망에 가슴이 뛰곤 했다. 하지만 그녀의 기대는 번번이 실망으로 끝이 났다. 그녀는 본 적도 없는 함대 사관실의 친구들 이야기나 다른 배에서 벌인 파티 이야기를 끄적인 엽서를 읽으며 아무것도 변한 게 없음을 깨달아야 했다. 그녀는 여전히 그의 아내였고 앰브로즈 또한 변함없이 그녀의 남편이었다.

그것을 깨닫고 나면 그녀는 엽서를 봉투에 넣었다가 며칠쯤 뒤에야 책상에 앉아 답장을 쓰곤 했는데, 그녀가 쓰는 편지는 앰브로즈가 써 보낸 내용보다 더 따분하기 일쑤였다. '펜버스 부인하고 차를 같이 마셨어요. 로널드는 해양 소년단에 가입했고요. 낸시가 이제는 집을 그릴 줄 안답니다.'

낸시……. 낸시는 이제 아기가 아니었다. 아이가 자라가면서 페넬로프는 아이에게 홀딱 빠지게 되었고 그녀로서도 뜻밖인 모성애를 발휘하게 되었다. 젖먹이였던 낸시가 아장아장 걷는 꼬마로 변해가는 모습을 지켜보는 일은 마치 꽃봉오리가 꽃으로 활짝 피어나는 것을 보는 심정이었다.

그 과정은 느렸지만 순간마다 즐거움으로 가득했다.

낸시는 페넬로프의 아버지가 예견했던 것처럼 르누아르의 그림에 나오는 소녀를 쏙 뺀 듯한 모습이 되어 갔다. 장밋빛 혈색에 금발 머리, 숱 많은 짙은 눈썹이며 작은 진주알 같은 이…….

이러한 사랑스러운 모습 덕분에 낸시는 도리스며 도리스의 친구들에게서 끔찍이 사랑받는 귀염둥이가 되었다.

때때로 도리스는 낸시의 유아차를 끌고 교회 같은 곳에 갔다가 돌아와서는 다른 젊은 엄마들이 자기네 아이들에겐 이젠 작다며 물려준 유아복과 파티드레스 따위를 의기양양하게 꺼내 놓곤 했다.

이 옷들을 말끔히 세탁하고 싹 다림질하여 낸시에게 입혔는데 새 옷을 입은 낸시는 우쭐해할 줄도 알았다.

낸시는 예쁘게 치장하는 것을 아주 좋아했다. 특히 도리스는 낸시에게나 보는 사람 누구에게나 "정말 예쁘죠!" 하며 치켜세우곤 했다. 그러면 낸시는 아주 흡족하여 싱긋 웃으며 통통하고 귀여운 손가락으로 새 드레스의 치맛자락 주름을 매만졌다.

그런 순간이면 아이는 시어머니 돌리 킬링을 그대로 빼다 박은 것처럼 보였다. 하지만 설사 그렇다 해도 페넬로프의 기쁨은 조금도 덜해지지 않았다.

"넌 정말 꼬마 귀부인 같구나!"

그녀는 낸시를 꼭 끌어안으며 중얼거렸다.

"귀여운 심통쟁이."

낸시와 사내아이들을 입히고 식솔들 먹이는 일로 그녀와 도리스는 눈코 뜰 새가 거의 없었다.

배급되는 식량이라고 해보았자 코웃음 나올 지경으로 초라한 것들뿐이었다.

페넬로프는 매주 한 번씩 가파른 비탈길을 내려가 그녀의 이름이 등록되어 있는 시내 리들리 씨 식료품 가게로 향했다.

가게에 이르러 그녀가 가족들의 배급 물품 장부를 건네면 리들리 씨는 그녀에게 소량의 설탕과 버터, 마가린, 라드 기름, 치즈, 베이컨 등을 팔았다. 육류 배급은 더 형편없었다. 거리에 기나긴 줄을 서서 몇 시간이고 하염없이 기다려도 무엇 때문에 줄을 서 있는지 모를 경우가 허다했다.

야채 가게에서 야채와 과일을 사는 경우에는 흙이니 뭐니 잔뜩 묻은 채로 그냥 망태기에 처넣어야 했다. 쓸 종이가 부족한 상황을 뻔히 아는 터에 봉투를 달라고 청하는 것 자체가 비애국적인 행동으로 보일까 겁나서였다.

농산부에서 짜낸 소위 '경제적이면서도 맛과 영양이 충분하다'는 낯선 조리법들이 종종 신문에 실리기도 하였다. 울튼 씨의 소시지 파이도 기름을 거의 쓰지 않은 페이스트리에 콘비프 덩어리를 넣은 새로운 형태로 선보였다. 잘게 다진 홍당무로 촉촉하게 만든 케이크며 감자가 재료의 대부분인 냄비 요리도 등장했다. '빵 대신 감자를 드세요.' 벽마다 이런 문구의 포스터가 나붙었다. '승리를 위해서'라든가 '당신의 경솔한 한마디가 생명을 노린다' 따위의 계몽, 경고용의 포스터와 함께…….

빵은 수입한 밀로 만들어 배급되었다. 사람들이 목숨을 걸고 배를 타고 가 미국에서 수입해 온 것이었다. 흰 빵이 벌써 오래전에 자취를 감춘 대신 빵 가게에는 국민 빵이라는 빵이 진열되었는데 겉은 잿빛 도는 갈색이고 속은 거칠었다. 페넬로프는 그 빵을 트위드 빵이라고 부르며 맛있는 척했지만, 아빠는 새로 나온 투박한 화장실 휴지하고 색깔이며 질감이 똑같다고 잘라 말했다. 그러고는 일용품 배급을 책임져야 할 식량성 장관과 군수성 장관이 서로 입을 맞추어 책임을 회피하는 모양이라고 결론지었다.

상황은 이처럼 어려웠다. 칸 별장은 그래도 나은 편이었다. 이곳에는 아직 소피가 기르던 오리며 암탉이 있었고, 암탉이 고분고분 내놓는 계란도 실컷 먹을 수 있었다. 그뿐인가. 어니 펜버스라는 귀중한 존재도 있지 않은가.

어니는 포스케리스 출신 남자로 평생을 다운얼롱 거리에서만 살

104

왔고, 그의 아버지는 시내에서 일하는 채소 장수인데 말이 끄는 수레로 야채를 실어 나르곤 했다. 그의 어머니 펜버스 부인은 참으로 경외할 만한 여인이었다. 여성 길드의 간부이면서도 주일이면 꼬박꼬박 교회에 참석할 정도로 성실했다. 소년 시절에 어니는 결핵에 걸려서 테히디에 있는 요양원에서 2년 정도 보내다가 결핵이 다 낫자 페넬로프의 어머니 소피가 부담 없는 조건으로 칸 별장에서 일하게 한 이후, 필요할 때면 언제든지 나타나서 갖은 일거리를 도맡아 했다. 정원 파기 같은 힘든 일도 척척이었다. 그는 키가 작고 피부가 창백한데다가 병 때문에 군대 신체검사에서 떨어져서 군대도 가지 않았기 때문에 아들을 징집에 빼앗겨 일을 해나가기가 곤란한 농부 한 사람을 돕고 있었다. 그러면서도 농부의 집에서 힘든 일을 하는 짬짬이 칸 별장의 잡일을 도와주었고 그렇게 몇 년이 지나면서 칸 별장에 없어서는 안 될 존재가 되었다. 그는 무슨 일이건 손만 댔다 하면 해치웠다. 채소를 가꾸는 일에서부터 담장 고치는 일, 잔디 깎는 기계 손보는 일, 얼어붙은 파이프 고치는 일, 퓨즈 손보는 일에 이르기까지 뭐든지 해냈다. 어쩌다 늙은 닭을 잡을 일이 생겨 몇 년간이나 계란을 낳아준 닭을 어떻게 죽이느냐며 식구들이 뒤로 뺄 때 닭의 모가지를 비트는 일도 해주었다.

배급되는 식량이 점점 형편없어져서 6인 식구에 소꼬리 한 토막 정도로 줄어들었을 때도, 어니는 마치 기적처럼 그들을 구원하러 와주었다. 자기가 직접 사냥한 산토끼나 산비둘기, 아니면 고등어 두 마리를 손에 든 채 부엌 뒷문에 턱 나타나는 것이었다.

한편 페넬로프와 도리스는 식단에 조금이라도 변화를 주려고 할 수 있는 모든 노력을 다했다. 페넬로프가 평생 지니게 된 버릇을 얻게 된 것도 이 시기였다. 산책을 나갈 때면 언제나 식량 자루나 물통, 바구니 같은 것을 들고 나가는 버릇이었다. 주위를 살피면서 닥치는 대로 주워 들고 집으로 가지고 왔다. 누가 수레에서 떨어뜨린 순무나 양배추도 의기양양하게 칸 별장으로 가져와서 영양가 있는 야채 요리나 야채 수프에 썩 긴요하게 써먹었다. 관목 가지는 주워다가 산딸기나 들장미 열매, 딱총나무 열매 등을 따는 데에 사용하곤 했다. 이슬이 맺힌 이른 아침의 들판에 나가서는 버섯을 따 왔다. 잔가지나 전나무 열매 등은 불쏘시개로 쓰기 위해 집으로 날라 왔고 나무에서 떨어진 가지나 해안에서 밀려온 부목 같은 것도 가져와 땔나무로 사용했다. 뜨거운 물을 데우는 보일러를 작동시키고 거실의 난롯불을 밝히기 위해서 탈 만한 것은 무엇이든지 주워 왔다. 물은 특별히 귀중품 취급을 받았다. 때문에 가족들이 목욕을 할 때는 3인치 깊이까지만 물을 집어넣게 하도록 했다. 아빠는 목욕통에 표시선까지 그어놓고는 아무도 그 이상으로는 물을 붓지 못하게 했다. 식구들은 한 사람이 목욕을 하고 나면 그 물에 또 목욕을 하기 위해 기다리는 아주 경제적인 습관을 들이게 되었다. 아이들이 먼저 목욕을 하고 나면 어른들이 그 물로 목욕을 하는 것인데, 마지막으로 물을 쓰게 되는 사람은 물이 차갑게 식을세라 마구 비누질을 하곤 했다.

옷 문제도 골치깨나 아픈 문제였다. 옷 배급권은 대부분 아이들 신발을 장만하는 데에, 낡고 해진 침대 시트나 담요를 가는 일 정도에 들어갔기 때문에 각자의 필요나 바람을 만족시키기에는 어림도 없었다. 특히 옷치장을 좋아하는 도리스는 이 옷 문제 때문에 굉장히 괴로워하곤 했다. 그녀는 낡은 옷의 단을 내리거나 면 드레스를 잘라 블라우스를 만드는 등 낡은 옷가지를 가지고 새로 옷을 만들어 치장하느라 시간 가는 줄을 몰랐다. 언젠가는 파란 세탁물 주머니를 던들 치마로 만든 적이 있었다.

"앞자락에 리넨이라는 글자가 박혀 있잖아."

페넬로프는 세탁 주머니를 몸 앞에 펼쳐 보이며 어떠냐고 묻는 도리스에게 지적했다.

"그게 내 이름인가 보다고 생각할 테지, 뭘."

페넬로프는 자기 외모에 신경 쓰지 않았다. 예전에 입던 옷을 그대로 입었고, 그 옷들이 낡아 해지면 소피의 옷장을 뒤져서 아무거나 거기 걸려 있는 것을 찾아 입었다.

"넌 어떻게 감히 그럴 수 있니?"

소피 아주머니의 옷은 신성한 것으로 생각하는 도리스가 물었다. 아마도 그녀 말이 옳을지도 몰랐다. 하지만 페넬로프는 냉정했다. 그녀는 어머니가 입던 셰틀랜드 울로 만든 카디건의 단추를 채우면서 스스로에게 일체의 감상도 허용하지 않았다.

평상시면 대개 맨다리로 집 밖을 나섰다. 하지만 1월의 매서운 동풍이 불 때면 해군 여군 부대 시절에 신던 두꺼운 검정 스타킹을 신었다. 그리고 실밥이 보일 정도로 낡은 오버코트가 결국은 못 입게 망가지고 말자 자동차 좌석에 씌우는 낡은 카펫(울로 가장자리 술을 만들어 단 블랙 워치 체크무늬였다)의 가운데다가 구멍을 뚫어서는 판초처럼 걸치고 다녔다.

아빠는 그것을 입은 그녀의 모습이 멕시코의 집시 같다고 했다. 딸의 수완에 흐뭇한 모양인지 그 말을 하면서도 싱긋 미소를 지었다. 요즘 와서 아빠는 별로 웃는 일이 없었다. 소피가 세상을 떠난 후 아빠는 부쩍 늙고 연약해졌다. 1차 세계대전 때에 당한 오래된 다리 부상도 슬슬 고개를 들었다. 춥고 습기 많은 영국의 겨울 날씨는 아빠의 다리를 심하게 괴롭혔고 결국은 산책하러 나갈 땐 지팡이를 짚고 나가지 않으면 안 될 처지가 되었다. 허리는 구부정하고 몸은 바싹 여윈 데다가 못쓰게 된 손은 마치 죽은 사람의 손처럼 묘하게 반들거리며 생기가 없어 보였다. 집과 뜰 주변의 잡일도 못 하게 된 처지라 대개의 시간을 무릎 덮개를 덮고 거실 난롯가에 앉아 신문이나 평소 좋아하던 책을 읽거나 라디오에 귀를 기울이곤 했다. 아니면 말을 잘 듣지 않는 아픈 손으로 영국의 다른 지방에 사는 옛 친구들에게 편지를 쓰곤 했다. 간혹가다가 햇살이 비치고 파란 바닷물에 흰 포말이 춤출 때면 시원한 공기를 좀 쐬고 싶다고 말했다. 그러면 페넬로프는 아빠의 케이프 달린 코트와 커다란 모자, 지팡이를 찾아다 챙겨 드렸고, 두 사람은 서로 팔짱을 낀 채 밖으로 나가 가파른 도로와 골목길을 내려가 시내 중심가로 나서곤 했다. 항구의 담벼락을 따라 거닐며 어부들의 어선이며 갈매기들을 구경하다가 슬라이딩 태클 술집에 들러 주인이 카운터 밑에서 몰래 내놓는 것을 한잔 얻어 마시기도 했다. 주인이 몰래 내놓을 것도 없을 때는 물처럼 밍밍하고 뜨뜻미지근한 맥주를 마셨다.

어쩌다가 기운이 날 때면 두 사람은 북쪽 해안까지 걸어가 지금은 문을 잠그고 별로 출입하지 않는 낡은 화실로 가보았다. 그렇지 않으면 비탈진 오솔길을 걸어 화랑에 가기도 했는데, 그곳에서 아빠는 흐

못한 얼굴로 앉아 자신과 동료들이 함께 모았던 작품들을 감상하면서 노인 특유의 말 없고 외로운 얼굴로 추억에 잠기는 것이었다.

그러던 8월, 페넬로프가 이제는 자기 인생에 신나는 일이 일어나기는 영영 글렀다고 체념했을 무렵에 그 일이 일어났다.

숙덕공론의 불씨를 던지기 시작한 것은 로널드와 클라크 두 사내애들이었다. 어느 날, 그들은 화가 잔뜩 난 채 학교에서 돌아왔다. 오후에 하는 축구 경기를 하지 못했으며 한술 더 떠 앞으로는 언덕 꼭대기에 있는 시립 럭비 경기장을 사용하지 못할 것 같다는 설명이었다. 경기장이 윌리 펜더비스의 제일 좋은 잔디밭 구장 두 군데와 함께 징발되어서 철조망으로 뼁 둘러싸인 채 누구든 사용을 금한다는 조처가 내려졌다는 거였다. 왜 이런 조치를 취하느냐에 대해서는 사람들의 의견이 분분했다. 어떤 사람들은 그곳이 제2의 전선을 구축하기 위한 병기고가 될 것이라고 떠들었고, 다른 이들은 포로수용소가 되리라고 했다. 혹은 루스벨트 대통령에게 비밀 암호로 된 메시지를 전하는 군사상 중요한 송신국이 들어설 것이라고도 했다.

포스케리스는 무성한 소문으로 들끓기 시작했다.

그다음으로 심상치 않은 움직임을 전한 것은 도리스였다. 낸시와 함께 산책하러 나갔다가 큰길로 해서 집에 돌아왔는데 돌아오자마자 마구 뉴스를 터뜨렸다.

"화이트 캡스 호텔 말이야. 몇 달 동안 비어 있더니 아주 싹 달라졌어. 페인트칠을 하고 파리가 미끄러질 정도로 반짝반짝 윤이 나지 뭐야. 주차장에는 트럭하고 미국 지프차가 득실거리고, 정문에는 영국 해병 유격대 대원이 경비를 서고 있어. 정말로 영국 해병대라니까.

모자에 달린 배지를 봤어. 상상을 해봐. 군인들이 이런 곳에 얼쩡거린다니 재미있지 뭐야."

"영국 해병대라고? 이런 곳에 뭣 하러?"

"유럽을 공격하려는 건지도 몰라. 넌 제2전선 구축 때문이라고 생각하니?"

페넬로프는 도리스의 추측이 별로 그럴듯하게 생각되지 않았다.

"포스케리스에서 유럽을 공격한다고? 이봐, 도리스, 그러다간 랜즈 엔드 곶(영국 최남단의 지명_옮긴이)까지도 못 가고 빠져 죽고 말걸?"

"글쎄, 어쨌든 뭔가 있을 거야."

그러던 중에 포스케리스는 하룻밤 새에 북쪽 방파제를 빼앗겨 버리고 말았다. 항구 옆으로 난 길을 가로질러 슬라이딩 태클 술집을 바로 비켜 가서 그 너머 어시장이며 구세군 본부까지 모두 해병대 본부 소유 영토로 팻말이 박혔다. 방파제 끝의 수심이 깊은 계류장에는 어선들이 모두 말끔히 자취를 감추었고, 그 대신 열두어 개쯤 되는 작은 상륙용 주정이 들어서게 되었다. 전투복에 녹색 베레모를 쓴 영국 해병 특공대들이 이 모두를 엄중히 경비하고 있었다. 이들이 시내에 출현한 일로 은근히 소란이 일었지만, 아직은 아무도 그러한 경비와 장비가 무엇 때문인지 똑 떨어지게 설명을 대지 못했다.

8월 중순이 되어서야 마침내 알게 되었다. 따스하고 미풍까지 부는 날씨는 완벽할 정도로 근사했다. 그래서 오늘 아침, 페넬로프와 로런스는 집 밖으로 나섰다. 페넬로프는 현관 앞의 계단에 앉아 점심에 먹을 완두콩 껍질을 까고 있었고, 아빠는 잔디에 놓인 접이의자에 기대앉아 있었다. 햇살을 가리기 위해 눈 위로 모자를 비스듬히 기울인 채 ―. 두 사람이 말없이 기분 좋게 앉아 있자니 문득 무슨 소리가 들렸다. 집 아래 대문이 여닫히는 소리였다. 고개를 들고 바라보니 왓슨 그랜트 장군이 퓨셔(바늘꽃과의 관상용 식물_옮긴이) 울타리 사이로 난 돌계단을 올라 다가오고 있었다.

트럽숏 대령이 포스케리스의 공습경보단 책임을 맡고 있는 한편, 왓슨 그랜트 장군은 이 지방의 민방위대를 지휘하고 있는 인물이었다. 로런스는 트럽숏 대령을 싫어했지만 왓슨 그랜트 장군만은 언제나 환영했다. 군대 생활 대부분을 퀘타(파키스탄과 아프가니스탄의 접경 지역_옮긴이)에서 아프가니스탄인들과 싸우면서 보내긴 했지만, 은퇴한 뒤 그런 전력(戰歷)을 모두 과거로 돌리고 원예라든가 우표 수집 같은 평화로운 일에 몰두하고 있는 점을 높이 샀기 때문이다. 오늘도 장군은 민방위대 제복을 입지 않고 인도 델리에서 유행한 듯싶은 크림색의 능직 리넨 양복을 입고 챙이 넓은 파나마 모자에 조금 빛이 바랜 검정 실크 리본을 달고 왔다. 지팡이를 들고 있었는데 고개를 들고 페넬로프와 로런스가 자기를 기다리는 것을 보자 인사 삼아 지팡이를 들어 보였다.

"안녕하시오. 오늘도 날씨가 좋습니다."

그는 키가 작고 버들가지처럼 여윈 체격에 그루터기 같은 콧수염과 가죽 색깔을 닮은 살갗을 지니고 있었다. 살갗은 서북 경계선 지역에서 주둔하던 시절에 얻은 유산이었다. 로런스는 기꺼운 마음으로 장군이 다가오는 것을 바라보고 있었다. 장군의 방문은 자주 있는 일은 아니지만, 이 집 식구들에게서 언제나 환영을 받았다.

"하시던 일을 방해하는 것은 아니죠?"

"천만에요. 햇살을 쐬러 나온 것뿐인데요, 뭘. 일어나지 않는 실례를 용서하시오. 페넬로프, 장군님께 의자를 하나 갖다드리렴."

앞치마만 두르고 신발을 신고 있지 않던 페넬로프는 콩깍지들을 밀어 넣고 자리에서 일어섰다.

"안녕하세요, 왓슨 그랜트 장군님."

"아, 페넬로프, 만나서 반가워. 식사 준비하느라 바쁜가? 집사람 도로시는 콩을 다듬고 있어."

"커피 한잔 드시겠어요?"

장군은 그녀의 말에 약간 망설이는 기색을 보였다. 먼 길을 걸어온 데다가 원래 커피를 즐겨하지 않는 사람이고 진 따위를 더 좋아했다.

로런스도 그 사실을 알고 있어서 짐짓 시계를 들여다보는 척했다.

"12시로구나. 좀 독한 것이 좋겠다. 뭐 다른 것은 없니, 페넬로프?"

페넬로프는 웃음을 터뜨렸다.

"전 언제나 생각이 모자라요. 어쨌든 찾아보죠."

집 안에 들어서자 바깥이 화창해선지 눈 앞이 어두웠다. 그녀는 식당의 곁 찬장에서 기네스(흑맥주 _옮긴이)병과 큰 컵, 병따개 등을 찾아냈다. 쟁반에 이것들을 담아 밖으로 내가서 현관 앞 계단에 놓고는 장군이 앉을 의자를 찾기 위해 정원으로 다시 나갔다. 장군에게 의자를 마련해 주자 그는 감사해하며 앉았다. 몸을 의자 끝에 당기듯이 앉았기 때문에 뼈가 앙상한 무릎이 곧추세워지고 통이 좁은 바지가 높이 올라갔다. 노란 양말을 신은 흙투성이 발목과 호두처럼 맨들맨들 빛나는 가죽 구두가 드러났다.

"이런 게 바로 인생이라는 거지."

그가 입을 열었다.

페넬로프는 병마개를 따고는 그의 잔에 술을 따랐다.

"죄송하지만 기네스밖에 없어서요. 진은 떨어진 지 여러 달 되거든요."

"그럴 거야. 우리 배급품 창고도 바닥이 난 지가 여러 달이니까. 리들리 씨 말이 다음번 배급 물자가 오면 한 병 주겠다고 약속했지만 언제가 될지 누가 아나. 자, 어쨌든 건배합시다."

그는 거의 한 모금에 잔을 반쯤이나 비웠다. 페넬로프는 다시 콩까기를 계속하면서 두 노인이 서로의 건강을 물으며 소문을 나누기도 하고 날씨 얘기며 전황 이야기를 하는 것을 잠자코 들었다. 하지만 장군이 온 것이 이처럼 잡담이나 하자고 온 것은 아니라는 건 분명히 알고 있었다. 그래서 두 노인이 잠시 이야기를 멈추었을 때 재빨리 끼어들었다.

"왓슨 그랜트 장군님, 장군님이시라면 지금 포스케리스의 상황을 말씀해 주실 수 있으시겠지요. 럭비 경기장에 세워진 막사라든가, 부두가 폐쇄된 일이라든가, 영국 해병이 나타난 일에 대해서요. 모두들 추측만 해대지 정확히 알고 있는 사람이 없답니다. 어니 펜버스가 언제나 우리 소식통 구실을 해주었는데 마침 추수 중이라 3주째 못 보았어요."

장군이 입을 열었다.

"솔직히 말하면 알고야 있지."

로런스가 얼른 가로챘다.

"군비 사항이라는 말씀은 마시구려."

113

"사실 안 지는 몇 주 되지만 이제까지는 비밀 사항이었죠. 하지만 이제는 말씀드릴 수 있습니다. 훈련 교육 때문에 그렇답니다. 암벽 등반을 가르치는 거지요. 영국 해병들이 가르치고 있죠."

"누굴 가르친다는 겁니까?"

"미국 특수 유격대죠."

"미국 유격대라고요? 아니, 그럼 미군들이 여기에 들어온다는 겁니까?"

장군은 재미있다는 표정이었다.

"독일군보다야 낫죠."

"그럼, 막사는 미군들이 묵기 위한 것인가요?"

페넬로프가 물었다.

"바로 그렇지."

"유격대들은 도착했소?"

"아니, 아직 안 했습니다. 때가 되면 알겠지요. 가엾은 자들이지. 초원이나 캔자스의 대평원이 고작이라 바다 구경이라고는 한 번도 못해보았을 텐데. 그런데 갑자기 포스케리스에 처박혀서 보스카벤 절벽을 오르는 훈련을 받게 되었으니!"

"보스카벤 절벽이라고요?"

페넬로프는 일순 현기증을 느꼈다.

"세상에, 배울 것이 없어 보스카벤을 오르는 법을 배우다니. 거의 수직으로 깎아지른 데다가 1천 피트는 족히 되잖아요!"

"바로 그 점 때문일 거야."

장군이 대꾸했다.

"하지만 아가씨 말이 옳아. 그 생각만 해도 현기증이 난다니까. 가없은 양키들은 나보다 더 하겠지."

그 말에 페넬로프는 싱긋 웃었다. 장군은 말을 조심스럽게 하는 법이 없었다. 그리고 그 점은 그녀가 제일 좋아하는 점이기도 했다.

"그럼 상륙용 주정들은 어찌 된 거요?"

로런스였다.

"이송용이지요. 양키들을 태워서 바닷가 절벽으로 나르는 거랍니다. 아마 그놈들은 주정에 오르기 전에 절벽 끄트머리만 보고도 벌써 질려서 자빠질 거요."

페넬로프는 가없은 젊은 미국인들에 대해 장군보다 훨씬 더 연민을 느꼈다.

"자기 운수를 한탄할 테죠. 그런데 그 사람들 시간이 남으면 뭘 하게 되나요? 포스케리스는 사교를 즐길 만한 곳도 아니고 슬라이딩 태클이라고 해봐야 뭐 그렇게 떠들썩하고 활기 있는 술집도 아닌데. 게다가 여기는 상대할 만한 사람도 없잖아요. 젊은 사람들은 전부 가버리고 우리처럼 남편하고 결별해 있는 여자나 아이들, 늙은 사람들뿐인데요."

"도리스는 꽤나 신나 할 게다."

로런스가 한마디 했다.

"영화 스타 같은 말투를 쓰는 미국 군인들이라면 근사한 기분 전환이 될 테니까 말이야."

장군은 웃음을 터뜨렸다.

"여자에 굶주린 군인들을 어떻게 상대하느냐가 문제긴 문제지. 하지만 그놈들도 보스카벤 절벽을 한두 번 오르내리고 하면 몸에……."

그는 적당한 단어를 찾느라고 말을 멈추었다가 조심스레 말을 이었다.

"분탕질할 기운이 안 남을 거야."

이번에는 로런스가 웃어댔다.

"그거참 두고 볼 구경거리요."

그때 그는 문득 어떤 생각을 떠올렸다.

"페넬로프, 가서 한번 보자꾸나. 그간의 소동이 뭣 때문인지 알았으니 가서 우리 눈으로 직접 보는 거야. 오늘 오후에 당장 가자."

"아휴, 아빠, 볼 게 뭐가 있다고."

"왜, 볼 것이야 많지. 이곳에도 이제 새로운 활기가 돌게 되는 거야. 어떤 모습들인지 구경해 보자. 지뢰라도 묻어놓지만 않으면 말이다. 자, 장군, 잔을 비우신 거 같은데……. 남은 거 한잔 더 하십시다."

장군은 이 제의를 곰곰이 생각해 보는 모양이었다. 페넬로프가 재빨리 나섰다.

"이젠 더 없어요. 그게 마지막으로 남은 두 병이었거든요."

장군은 빈 잔을 잔디밭 그의 발치에 놓았다.

"그럼 난 가야겠군. 도로시가 점심을 어찌 해놓았는지 봐야겠어."

그는 힘들게 의자에서 일어났다. 두 사람은 그의 뒤를 따랐다.

"맥주 맛있었소. 기분이 상쾌해졌소."

"와줘서 고맙소. 그리고 중요한 걸 일러줘서 고맙고."

"이 집에서도 알고 싶어 할 것 같아서요. 대체 그게 다 웬일인가 궁

116

금해할 거라고 생각했죠. 그러고 보니 조금 희망이 생기는 것 같지 않소? 이 지긋지긋한 전쟁이 끝나가는 것 같은 기분이 들어요."

그는 모자를 기울여 보였다.

"안녕, 페넬로프."

"안녕히 가세요. 그리고 부인께 안부 전해주세요."

"그러지."

"문까지 바래다 드리리다."

로런스가 말하고 두 노인은 문을 향해 내려갔다. 페넬로프는 그들이 정원 아래로 해서 대문을 향해 가는 것을 보면서 문득 두 마리의 늙은 개를 떠올렸다. 위엄 있는 세인트버나드 종 한 마리와 꼬챙이처럼 마른 잭러셀 종 한 마리. 두 노인은 계단에 이르자 조심조심 내려가기 시작했다. 그녀는 허리를 굽혀 껍질을 벗긴 콩이 들어 있는 냄비와 깍지 무더기들을 주워 올리고는 안으로 들어갔다. 도리스가 있길래 왓슨 그랜트 장군이 그녀와 로런스에게 해준 이야기를 모두 전해주었다.

"미군들이라고!"

도리스는 이 벅찬 행운을 도저히 믿을 수 없어 했다.

"포스케리스에 미군들이 온다니. 오, 하느님, 감사합니다! 이제야 좀 살맛 나게 생겼군. 미군들이라!"

그녀는 그 마력적인 단어를 되풀이해 뇌까렸다.

"그동안 별별 것 다 상상해 보았지만 미군들이 올 줄이야!"

왓슨 그랜트 장군의 방문은 로런스에게도 대단한 충격파를 던졌

117

다. 점심 식사를 하면서 식구들은 그 얘기밖에는 입에 올리지 않았다. 페넬로프가 음식을 치우고 설거지도 끝낸 뒤 부엌에서 나오자 로런스가 외출 준비를 이미 다 끝내고 그녀를 기다리고 있었다. 세찬 바람 앞에 노구를 보호하기 위해 낡은 코르덴 재킷을 입고 주홍색 머플러를 몸에 감은 모습이었다. 모자에 장갑까지 낀 채 거실 장식장에 몸을 기대고 손은 지팡이의 뿔 손잡이에 얹은 채 참을성 있게 그녀를 기다리고 있었다.

"아빠."

"자, 나가보기로 하자."

그녀는 할 일이 너무나 많았다. 야채를 솎아주고 잡초를 뽑아야 했으며 잔디도 깎아야 했다. 다리미질할 것들도 산더미처럼 쌓여 있었다.

"정말 가고 싶으세요?"

"가고 싶다고 했잖아. 가서 살펴보고 싶다고."

"그럼 잠시 기다리세요. 신발을 찾아보게요."

"그러고는 곧 떠나자. 시간이 하루 종일 있는 것도 아니니까."

'있는 거라곤 시간밖에 없는데.'

그녀는 속으로 생각했지만 입 밖에 내지는 않았다. 부엌으로 들어가 도리스에게 외출할 계획을 알리고 낸시에게 재빨리 키스를 하고는 위층으로 달려 올라가 운동화를 신고 세수를 했다. 이어 머리를 빗어 넘겨 낡은 실크 스카프로 잡아맨 뒤에 서랍에서 카디건을 꺼내 어깨에 걸쳐 매고는 다시 계단을 내려갔다.

아빠는 아까처럼 그대로 기다리고 있다가 그녀가 나타나자 자리에서 일어났다.

"아주 예뻐 보이는구나, 얘야."

"어머, 고마워요."

"자, 그럼 군대 사찰을 하러 떠나볼까?"

일단 집 밖으로 나오자 그녀는 아빠의 강권에 못 이겨 나오긴 했지만 잘된 일이라고 생각했다. 완벽한 날씨의 오후였기 때문이다. 밝고도 파란 하늘을 배경으로 파도가 밀려 들어오고 있었고, 만에는 흰 거품이 하얗게 부서지고 있었다. 트레보스 곶은 안개에 가려 보이지 않았지만 바람은 서늘하니 소금 냄새가 물씬 풍겨 왔다. 큰 길거리에 이르자 그들은 길을 건너 잠시 멈추어 서서 절벽 위에 버팀벽처럼 둘러쳐져 있는 담벼락 너머로 내려다보았다. 지붕 꼭대기와 비스듬히 경사진 화원들 그리고 꼬불꼬불한 오솔길이 보였는데 오솔길을 따라 가면 작은 역이 나오고, 곧 해변으로 이어졌다.

전쟁이 일어나기 전에는 8월이면 해안에 사람들이 득실거렸지만 지금은 거의 텅 비어 있었다. 1940년에 세워졌던 철조망은 아직도 골프장의 퍼팅 그린과 해안 사이에 버티고 서 있었다. 하지만 가운데에 구멍이 벌어져 있어 그 틈을 통하여 어떤 가족들이 뚫고 들어가고 있었다. 아이들은 마구 소리를 지르고 팔을 휘저으며 달려가고 개들은 파도가 부서지는 가장자리에서 갈매기들을 쫓으며 달려가고 있었다. 저 아래에서 바람이 휙 지나가자 작은 울타리 친 정원이 모습을 나타냈다. 분홍 장미들이 오래된 사과나무를 뒤덮고 있었고, 종려나무는 바람결에 바싹 마른 잎사귀 소리를 내고 있었다.

그들은 잠시 서 있다가 걸음을 계속해 비탈진 언덕을 내려갔다. 꼬부라진 길을 돌자 화이트 캡스 호텔이 나타났다. 비슷한 집들이 쭉 늘어선 가운데 불쑥 튀어나온 석조 건물로 무겁게 새시를 내린 창이 해안을 마주하고 있었다. 그동안 이 호텔은 텅 빈 채 방치되어 있었다. 그런데 지금 보니 흰 페인트칠을 싹 새로 해서 아주 말쑥해 보였다. 주차장 앞의 높은 철 난간도 말끔히 페인트로 단장되어 있었고, 주차장 안에는 카키색의 트럭과 지프들이 빼곡히 들어차 있었다. 열린 정문 앞에는 젊은 해병이 보초를 서고 있었다.

"저런, 저런, 도리스가 제대로 보았구나."

로런스가 입을 떼었다.

그들은 더 바싹 다가가 보았다. 하얀 깃발이 바람에 펄럭이고 있었다. 새로 닦은 현관 앞 화강암 계단이 햇살 속에서 번쩍번쩍 빛나고 있었다. 멈추어 서서 좀 더 자세히 바라보았다. 보도 끄트머리에서 보초를 서고 있던 젊은 해병이 두 사람을 무표정한 얼굴로 바라보았다.

"빨리 가는 게 좋겠구나."

조금 뒤에 로런스가 입을 떼었다.

"안 그랬다간 길거리 노숙자 내몰리듯이 쫓겨나겠어."

그들이 걸음을 채 떼기도 전에 건물 안쪽에서 뭔가 부산한 소리가 들려왔다. 호텔 안쪽의 유리문이 열리더니 제복을 입은 두 사람이 나타났다. 소령 한 사람과 상사 한 사람이었다. 장화 신은 발을 절도 있게 울리며 걸어가 자갈 깔린 뜰 저편에 서 있던 지프에 올랐다. 운전은 상사가 했다. 엔진에 시동을 걸더니 잠깐 후진했다가 차 머리를 돌렸다. 그들이 탄 차가 문을 나설 때 젊은 해병 경비병이 경례를 올렸고 이에 소령이 답례를 했다. 차는 큰길에 이르자 잠시 멈추어 주위를 살폈다. 하지만 지나다니는 차가 하나도 없었기 때문에 곧 거리로 나가 시내 쪽을 향해서 언덕길을 내려가기 시작했는데, 하도 빨리 달리는 바람에 귀가 먹먹했다.

페넬로프와 아빠는 그 차가 조용한 주택가의 경사진 테라스 너머로 사라지는 것을 지켜보았다. 지프 엔진 소리가 잠잠해지자 로런스가 먼저 입을 열었다.

"자, 가자꾸나."

"어디로 가자시는 거예요?"

"상륙용 주정을 보러 가는 거지, 어디긴 어디겠냐. 그런 다음에 화랑을 보러 가자. 몇 주일간 가보지 못했잖아."

화랑. 거기엘 간다는 것은 오후에 할 일을 전부 포기해야 한다는 뜻이었다. 페넬로프는 그것은 안 된다고 말하려고 아빠를 향해 몸을 돌렸지만 아빠의 검은 눈동자가 즐거움을 기대하며 빛나는 것을 보고는 차마 그 즐거움을 망칠 말을 꺼내지 못했다.

그녀는 그러겠다는 뜻의 미소를 활짝 지어 보이고는 아빠의 팔에 팔짱을 꼈다.

"좋아요. 상륙용 주정을 보고 화랑에 가시는 거예요. 하지만 시간은 정해놓고 가세요. 괜히 무리해서 피곤하실 건 없잖아요."

8월이지만 화랑 안은 써늘했다. 두꺼운 화강암 벽이 태양의 열기를 모두 차단하고 넓은 창문이 온통 바람을 흡수하기 때문이었다. 게다가 바닥은 슬레이트로 덮여 있고 난방시설이 전혀 안 되어 있기 때문에 오늘 같은 날은 북쪽 해안에서 불어오는 바람이 으스스하게 건물을 강타했다. 북쪽으로 난 채광창이 부르르 떨렸다. 문가 안내석에 있는 트루이 부인은 낡은 카드 테이블을 두고 앉아 있었는데, 그 위에는 카탈로그와 그림엽서가 쌓여 있었다. 그녀는 어깨에 융단 숄을 두르고 조그만 전기난로로 무릎을 데우고 있었다.

방문객은 페넬로프와 로런스밖에 없었다. 두 사람은 플로어 중앙에 놓인 길고 낡은 가죽 소파에 나란히 앉아 입을 다물고 있었다. 일단 화랑에 들어서면 말하지 않는 것이 그들의 습관이었다. 로런스는 여기에 들어서면 일절 말을 하고 싶지 않아 했다. 혼자 가만히 내버려두면 그는 몸을 앞으로 구부리고 턱은 지팡이로 받친 손 위에 올려놓고는 눈에 익은 작품들을 뚫어지게 바라보며 회상에 잠겨서 이제는 대부분 죽은 옛 친구들과 말 없는 대화를 나누었다.

페넬로프는 으레 그러려니 하고 의자 등에 몸을 파묻은 채 카디건을 더욱 꽁꽁 여미고 갈색의 긴 맨다리를 앞으로 쭉 내뻗고 있었다. 운동화 앞부분에는 구멍이 나 있었다. 머릿속으로 신발 문제를 생각했다. 낸시에게도 신발이 필요했다. 겨울이 다가오고 있는 만큼 두꺼운 스웨터도 필요했다. 그런데 그 둘을 다 장만할 만큼의 배급권은 없었다. 그렇다면 신발로 해야 한다. 스웨터 문제는 낡은 손뜨개 옷을 풀어서 낸시에게 맞도록 다시 짜줄 수도 있으니까. 전에도 그런 일을 해본 적이 있기는 하지만 손이 많이 가고 성가신 일거리여서 생각하기도 싫었다. 가게에 가서 로즈핑크빛이나 앵초빛의 두텁고 부드러운 털실을 사서 낸시에게 진짜 예쁜 새 옷을 짜줄 수 있다면 얼마나 근사할까!

그때 등 뒤에서 문 여닫는 소리가 났다. 차가운 공기가 한바탕 들어오더니 가라앉았다. 손님이 또 한 사람 온 모양이었다. 페넬로프나 아빠는 자리에서 움직이지 않았다. 발소리가 들렸다. 남자였다. 트루이 부인과 몇 마디 나누는 소리가 들렸다. 이어서 새로 온 남자가 방안을 돌아보는지 느린 발소리가 들리다가 가끔 멈추곤 했다. 십여 분쯤 지나려니 마침내 페넬로프의 시야 끄트머리에서 그의 모습이 들어왔다. 그녀는 아직도 머릿속으로 낸시의 스웨터 생각을 하는 채로 고개를 돌렸다가 그를 보았다. 그러자 아까 지프를 타고 쏜살같이 달려갔던 해병 소령이 틀림없는 등판이 보였다. 카키색의 전투복에 녹색 베레모, 어깨 견장에는 계급장이 달려 있었다. 틀림없었다. 그녀는 그가 뒷짐을 진 채 천천히 이쪽을 향해 다가오는 것을 바라보았다. 이윽고 몇 야드 떨어진 곳에 와서야 그는 부녀의 존재를 알아차린 듯이 고개를 돌렸다. 두 사람의 그림 감상을 방해할까 저어하는 기색이었다. 키가 크고 강단 있게 보이는 체격을 하고 있었는데 얼굴은 놀랄 정도로 밝고 맑은 푸른 눈동자 말고는 그다지 특색이 없었다.

페넬로프는 시선이 마주치자 그를 바라보고 있던 것을 들켜서 무안쩍은 심정이었다. 얼른 고개를 돌렸다. 때문에 좌중의 침묵을 깨는 것은 로런스의 몫이 되었다. 문득 새로 온 사람의 존재를 알아차린 그는 고개를 들어 살펴보았다.

때마침 또 한차례 강풍이 불어와 유리창이 부르르 떨렸다. 바람이 잦아들자 로런스는 입을 뗐다.

"안녕하시오."

"안녕하십니까?"

커다란 검정 모자의 챙 아래서 로런스가 어리둥절한 표정으로 눈을 가늘게 떴다.

"당신은 아까 지프차를 타고 갔던 사람 아니신가?"

"네, 그렇습니다. 두 분은 길 건너에 서 계셨지요. 본 것 같습니다."

그의 음성은 서늘하고 조금 낮았다.

"상사는 어디 갔소?"

"부두에 가 있습니다."

"이곳을 금방 찾아냈군요."

"여기 온 후 사흘 내내 벼르던 일을 오늘에서야 하게 된 겁니다."

"그럼 이 화랑에 대해 알고 있었단 말이오?"

"물론이죠. 누가 모르겠습니까?"

"아는 사람은 많지 않지."

로런스는 잠시 말을 멈추고 낯선 사내를 훑어보았다. 아주 날카롭고 면밀하게 뜯어보았기 때문에 그 대상이 된 사람은 긴장하기 마련이었다. 하지만 소령은 그다지 긴장한 것 같지 않았다. 그저 잠자코 기다릴 뿐이었다. 로런스는 그의 차분한 태도가 맘에 드는지 눈에 띄게 표정이 누그러지며 불쑥 말했다.

"난 로런스 스턴이오."

"그러실 거라고 생각했습니다. 아니, 그랬으면 하고 바랐지요. 만나 뵈어서 영광입니다."

"그리고 여기는 내 딸 페넬로프 킬링이오."

"안녕하십니까."

그는 이렇게 인사를 건넸지만 앞으로 다가와서 악수할 생각은 하지 않았다.

"안녕하세요."

페넬로프도 대꾸했다.

"당신 이름을 가르쳐 주시지."

"로맥스입니다. 리처드 로맥스."

"흠, 로맥스 소령."

로런스는 옆의 낡은 가죽 소파 위를 툭툭 쳤다.

"여기 앉으시오. 거기 그렇게 서 있으니까 내가 불편하구려. 서서 인사 차릴 상대도 아닌데, 뭘."

로맥스 소령은 여전히 침착한 얼굴로 로런스의 말대로 옆에 가 앉아 편한 자세로 앞으로 몸을 구부리며 양손을 무릎 사이에 넣었다.

"이 화랑을 발족하신 분이 선생님이시지요?"

"나하고 여러 사람이 같이했지. 1920년대 초였소. 원래는 성당이었는데 오랫동안 빈 채로 서 있었지. 쉽게 손에 넣긴 했는데 그러고 나니 이번에는 내부를 가장 좋은 그림들로만 채워야 한다는 문제에 봉착했소. 진수 중의 진수만을 모아놓기 위해 모두 자기가 특별히 아끼는 작품만을 기증했지. 봐요."

로런스는 등을 기대며 지팡이로 그림을 가리켰다.

"스태넙 포브스, 로라 나이트 등. 얼마나 아름답소."

"게다가 특이하군요. 전 그 여자분 그림은 항상 서커스 풍경인 줄 알았는데요."

"저건 포스큐르노에서 그린 거지."

로런스는 계속 지팡이로 짚어 갔다.

"라모나 버치, 머닝스, 몬터규 도슨, 토머스 밀리 다우, 러셀 플린트……."

"저희 아버님도 선생님의 그림 한 점을 갖고 계셨다는 말씀을 드리고 싶군요. 불행히도 아버님이 돌아가시자 집과 그림이 함께 넘어가고 말았습니다만."

"어떤 그림이었소?"

그들은 계속 그림 이야기를 했다. 페넬로프는 두 사람의 이야기를 듣다 말았다. 낸시의 옷 생각을 걷어치우고 이번에는 음식 생각을 했다. 오늘 저녁에는 뭐로 식사를 만든담? 마카로니 치즈로 할까? 지난 주에 배급받은 남은 체더 치즈 덩어리가 있다. 그걸 갈아 소스로 만들면 될 테지. 아니면 콜리플라워 치즈로 할까? 하지만 그건 이틀 전 저녁에 먹지 않았는가. 아이들이 불평을 해댈 것이 틀림없다.

"······여기에 현대 작품은 없나 보지요?"

"보시다시피. 맘에 걸리오?"

"아뇨, 그렇지는 않습니다."

"좋아하기는 할 테지?"

"미로와 피카소를 좋아합니다. 샤갈과 브라크는 대하면 기쁨이 솟고요. 그렇지만 달리는 싫어합니다."

로런스는 쿡쿡 웃었다.

"초현실주의는 일시적 유행이지. 하지만 이 전쟁이 끝나고 나면 곧 뭔가 근사한 것이 터질 거요. 나와 내 세대, 그리고 그 뒤의 세대는 올 데까지 다 왔소. 이제 전 세계 미술계에 도래할 혁명을 생각하면 벅찬 흥분으로 가슴이 터질 듯하오. 그 때문에라도 난 다시 젊은이가 되고 싶소. 혁명이 일어나는 것을 내 눈으로 직접 지켜보기 위해서. 우리가 왔듯이 그들은 틀림없이 올 테니까. 밝은 비전과 깊은 감성과 엄청난 재능을 지닌 젊은이들이 나타날 거요. 해변과 바다와 배와 황무지를 그리기 위해 오는 것이 아니라, 태양의 따스함과 바람의 빛깔을 그리기 위해 올 거요. 전혀 새로운 개념이지. 너무나 자극적이고 너무나 생생하고 멋진 것이지.”

로런스는 한숨을 내쉬었다.

“그런데 난 그 일이 일어나기도 전에 죽어버릴 거란 말이오. 그 모든 걸 놓치게 되었다고 내가 분해하는 게 보기 이상하오?”

“사람이 생전에 이룰 수 있는 것은 한계가 있잖습니까.”

“그야 그렇지. 하지만 욕심을 안 부리자고 해도 뜻대로 되어야 말이지. 갈수록 더 많은 것을 바라는 것은 인간의 본성이거든.”

또다시 침묵이 내리깔렸다. 페넬로프는 저녁 식사 생각을 하며 시계를 내려다보았다. 4시 15분 전이었다. 칸 별장에 닿으면 거의 5시가 다 될 것이다.

“아빠, 가야 해요.”

로런스는 그녀의 말을 귀담아듣지 않았다.

“음. 뭐라고?”

“집으로 가야 할 시간이라고요.”

“아, 그야 물론 가야지.”

그는 정신을 수습하고 자리에서 일어나려 했다. 하지만 채 일어나기도 전에 소령이 먼저 벌떡 일어나 부축했다.

“고맙소. 매우 친절하구먼. 나이를 먹는다는 것은 끔찍한 일이야.”

마침내 로런스는 몸을 곧추세웠다.

“관절염에 걸린다는 것은 더욱더 끔찍한 일이고. 난 벌써 여러 해

동안 그림을 그리지 못했다네."

"애석한 일입니다."

그들이 채비를 끝내자 로맥스 소령은 문까지 같이 나섰다. 밖으로 나서서 바람이 부는 자갈 깔린 뜰에 내려서자 그의 지프가 서 있는 것이 보였다. 그는 매우 미안해했다.

"댁까지 모셔다드렸으면 좋겠습니다만, 민간인을 군대 차량에 태우는 것은 규칙 위반이라서요."

"우린 걷는 게 좋소."

로런스가 안심시켰다.

"시간도 많은데, 뭘. 함께 이야기 나누어서 즐거웠소."

"다시 뵙기를 바랍니다."

"그야 물론이지. 우리 집에 와서 식사를 같이해요."

로런스는 그 자리에 서서 자기가 꺼낸 대견한 생각을 곱씹어보고 있었다. 페넬로프는 아빠가 다음에 무슨 말을 할지 너무도 분명히 알고 있었으므로 가슴이 철렁했다. 팔꿈치로 아빠의 가슴 밑을 꾹 찔렀다. 로런스는 딸의 경고를 무시했다. 이미 때는 늦었다.

"그러지 말고 아주 오늘 저녁에 와서 같이 식사를 해요."

그녀는 낮은 음성으로 격하게 쏘아붙였다.

"아빠, 저녁 식사에 내놓을 게 없어요. 우리 식구부터 뭘 먹을지 모른단 말이에요."

"저런!"

아빠는 실망하고 상심한 얼굴이었다. 로맥스 소령이 위기에서 구해주었다.

"친절하신 말씀이지만 죄송하게도 오늘 밤은 곤란할 것 같군요."

"그럼 다른 때로 하지."

"네, 선생님, 감사합니다. 다른 때라면 얼마든지 환영입니다."

"우린 언제나 거기 있으니까……."

"자, 가요, 아빠."

"오 흐부아(프랑스어로 '안녕히'라는 뜻 _옮긴이), 로맥스 소령."

로런스는 인사의 뜻으로 지팡이를 흔들고는 페넬로프의 재촉에 못 이겨 걸음을 내디뎠다. 볼이 부어 있었다.

"그게 무슨 무례냐."

꾸짖는 음성이었다.

"네 엄마 소피는 내놓을 것이 빵하고 치즈밖에 없어도 손님 초대를 마다한 적이 없어."

"어쨌든 그 사람은 못 올 사정이었잖아요."

두 사람은 팔짱을 낀 채 경사진 자갈밭을 내려가 부둣가 길을 향해 걸었다. 집으로 돌아가는 긴 여정의 첫 관문인 셈이었다. 페넬로프는 뒤를 돌아보지 않았다. 하지만 로맥스 소령이 지프 옆에 그대로 서서 자기들의 뒷모습이 슬라이딩 태클 옆의 모퉁이를 지나 시야에서 완전히 사라질 때까지 지켜보고 있다는 것을 분명하게 직감했다.

먼 길을 걸은 데다가 신선한 공기를 너무 많이 쐬고 거기다 또 로맥스 소령을 만나 흥분하여 떠들어댄 통에 아빠는 기진맥진했다. 페넬로프는 아빠를 정원 위로 부축하여 칸 별장의 현관에 모셔다 놓고는 아빠가 곧장 의자에 무너지듯이 앉아 숨결을 천천히 고르는 것을 보고서야 안도의 한숨을 내쉬었다. 아빠의 모자를 벗겨 걸고 목에서 머플러를 끌렀다. 그러고는 주름진 손을 자기 양손 사이에 넣고 가만히 주물렀다. 이렇게 비벼대면 혹시라도 아빠의 맨질맨질하고 뒤틀린 손가락에 생명을 다시 불어넣을지 모른다는 듯이.

"다음에 화랑에 갈 때는요, 아빠, 돌아올 때 택시를 타도록 해요."

"벤틀리를 갖고 나가야 했는데 왜 안 갖고 나갔지?"

"기름이 없어서요."

"그래, 차에 기름이 없어서야 쓸모가 없지."

잠시 후, 로런스는 간신히 기운을 차린 뒤에 거실로 들어갔다. 거실로 들어가자, 그녀는 아빠가 늘 기대는 푹신한 쿠션을 의자 뒤에 대주었다.

"차 한잔 갖다 드릴게요."

"아니, 그러지 마라. 잠을 좀 자야겠어."

로런스는 등을 기대더니 눈을 감았다. 그녀는 벽난로 옆에 앉아 신문에 성냥불을 그었다. 그러고는 장작과 석탄에 불이 붙길 기다렸다. 로런스가 눈을 떴다.

"8월에 불을?"

"추우실까 해서요."

페넬로프가 몸을 일으켰다.

"이제 괜찮으세요?"

"그럼."

로런스가 싱긋 웃었다. 고마운 마음이 담긴 미소였다.

"오늘 같이 가주어서 고맙다. 즐거운 오후였어."

"즐거우셨다니 기뻐요."

"그 젊은 군인을 만난 일도 즐거웠고. 같이 얘기하는 것도 재미있었어. 그런 이야기를 해본 지가 너무 까마득하거든. 정말 까마득해. 언제 그 사람을 이리로 저녁 초대를 하자꾸나, 응? 꼭 다시 만나고 싶다."

"그럼요, 물론이죠."

어니한테 비둘기라도 좀 잡아다 달래지 뭐. 비둘기 요리를 좋아할 거야…….

그러고 나서 로런스는 다시 눈을 감았다. 그녀는 아빠를 뒤로하고 방을 나섰다.

8월 말이 되자 추수가 끝났다. 그리고 미국 유격대가 언덕 꼭대기에 새로 세운 막사에 주둔하게 되었다. 날씨는 흐렸다 갰다 변덕스러웠다.

수확은 풍성해서 농부들은 흐뭇해했다. 이제 조만간 농산부 장관한테서 격려의 뜻으로 어깨를 툭툭 두들겨 받는 일만 남았다. 애초에 우려했던 바와는 달리 미군들은 포스케리스에 별로 큰 파문을 던지지 않았다. 예배에 꼬박꼬박 참석하는 충실한 신자들은 우울한 얼굴로 장래를 염려했지만 그것은 다 근거 없는 기우였다. 술에 취해 돌아다니는 병사도 없었고 싸움박질도 일어나지 않았고 강간 따위의 사고도 없었다. 오히려 놀랄 정도로 예의가 바르고 품행이 바른 군인들이었다. 젊고 호리호리한 몸에 군대식으로 바짝 치켜 깎은 머리를 하고 위장 전투복과 붉은 베레모를 걸치고 고무창을 댄 부츠를 신고 길거리를 돌아다녔다. 가끔 늑대 소리처럼 휘파람을 불어대거나 아이들에게 친하게 인사를 건네는 일만 제외하고는. 덕분에 아이들은 주머니마다 초콜릿과 풍선껌이 그득하게 되었다. 그들의 존재는 이 작은 마을의 일상생활에 별다른 변화를 가져다 주지 못했다. 안전상의 이유로 상부의 엄격한 명령을 받은 그들은 마을에 자주 모습을 나타내지도 않았다. 트럭 뒤에 올라타 막사와 부두까지 오락가락하거나 로프며 아이젠, 갈고리쇠 등을 잔뜩 쌓은 트레일러를 끌거나지프차를 몰고 다니는 것이 고작이었다. 그럴 때면 이곳 사람들이 들어 알고 있는 대로 거친 명성을 입증이라도 하려는 듯이 지나가는 여자면 아무한테나 휘파람을 불어대곤 했다. 하지만 날이 가고 그들이 받는 고된 훈련이 진행됨에 따라 왓슨 그랜트 장군이 했던 말은 사실로 나타났다. 하루 종일 거친 바다를 왕복하고 보스카벤 절벽과 마주서야 하는 고된 일과를 마치고 나면 이들은 해가 질 무렵에는 뜨거운물로 샤워를 하고 먹고 자는 일밖에는 관심이 없었다.

게다가 한술 더 떠서 몇 주 동안 햇살만 가득하던 날씨가 돌변했다. 북서쪽으로 휘몰아쳐 부는 바람에 기온은 까마득히 뚝 떨어졌고검은 먹장구름이 낮게 몰려오면서 바다 쪽에서 마구 빗줄기가 쏟아졌다. 시내의 좁은 거리에서는 비에 젖은 자갈들이 고기비늘처럼 반짝반짝 윤을 냈고 하수도에서는 흙탕물과 흠뻑 물에 젖은 쓰레기 더미들이 우당탕거리며 흘러갔다. 칸 별장에서도 화단 경계선이 바람에 날려 갈래갈래 흩어졌고 늙은 고목의 가지가 뚝 부러졌다. 부엌은 젖은 빨래로 앞이 안 보일 지경이었다. 빨래를 밖에 내다 말릴 곳이없어서였다.

로런스가 창밖을 내다보며 말했듯이 제아무리 강심장을 지닌 사람이라도 기가 죽을 날씨였다.

바다는 잿빛으로 성내고 있었다. 으르렁거리는 파도가 북해안까지 밀려오면서 밀물 때의 한계선보다 훨씬 더 너머까지 각종 부유물을 실어 나르곤 했다. 그런데 보다 더 흥미 있는 물건들도 바닷물에 씻겨 나타나곤 했다. 몇 달 전에 혹은 몇 주일 전에 대서양에서 어뢰의 공격을 받아 침몰당한 상선의 서글픈 잔해들이 파도와 거센 바람에 밀려 마침내 이곳 해안에 나타났다. 구명대 한두 개일 수도 있고, 부서진 갑판 혹은 운송용 나무상자들일 수도 있었다.

이른 아침에 말과 야채 수레를 끌고 나갔던 어니 펜버스의 아버지가 처음으로 그 물건들을 발견했다. 그날 오전 11시에 어니가 칸 별장의 뒷문에 나타났다. 페넬로프는 사과 껍질을 깎다가 문득 눈길을 들고 그를 보았다. 검은 우비 위로 빗물이 뚝뚝 떨어지고 있었다. 모자는 흠뻑 젖어 코 위까지 밀려 내려와 있었다. 하지만 얼굴에는 활짝 미소를 짓고 있었다.

"복숭아 통조림 들겠어요?"

"복숭아 통조림이라고요! 설마 농담이겠죠."

"우리 아버지가 가게에 두 상자 갖다 놓았답니다. 북해안에서 주운 거래요. 집에 가져와서 열어 보았더니 캘리포니아산 복숭아 통조림이었어요. 신선하고 맛있답니다."

"아니, 웬 횡재람! 정말 먹어도 돼요?"

"아버지가 여기 식구들을 위해 따로 여섯 개 남겨 놓았답니다. 아이들이 좋아할 거예요. 드시고 싶으면 언제든지 내려오세요. 아무 때나 가져갈 수 있답니다."

"천사가 따로 없군요! 어니, 정말 고마워요. 아버지께서 맘 변하시기 전에 오늘 오후에 당장 가겠어요."

"맘이 변하긴요."

"식사 같이하고 갈래요?"

"아뇨, 가봐야죠. 말씀은 고맙지만……."

점심 식사를 끝내자마자 페넬로프는 외출 준비를 했다. 장화를 신고 낡은 노란 우비 단추를 잠그고 털실로 짠 모자를 귀 위까지 덮어썼다. 손에는 튼튼한 장바구니를 두 개 들고 있었다. 그녀는 밖으로 나가 한 바람에 날려 보낼 듯이 불어대는 강풍과 따갑게 얼굴에 와 부딪히는 빗줄기에 익숙해지자 거센 날씨에 오히려 기운이 나고 흥겨워지기 시작했다. 시내로 들어섰을 땐 묘할 정도로 한적했다. 폭풍우 때문에 모두들 집 안으로만 처박힌 모양이었다. 고적하기도 했지만 길거리를 온통 자기 혼자 차지한 듯한 기분에 만족스러웠다. 무슨 모험가나 된 양 배짱이 솟았다.

펜버스 씨의 야채 가게는 부둣길을 반쯤 가다가 다운얼롱에 자리 잡고 있었다. 미로와 같은 뒷골목으로 가도 되었으나 바다와 면한 길을 걷기로 하고 구명정 대기소 옆의 모퉁이를 돌아서서 드디어 강풍 속으로 나서게 되었다. 바다의 파도는 높았고 방파제 가장자리로는 잿빛 바닷물이 넘실거렸다. 사방에서 갈매기가 우짖어댔고 낚싯배가 닻에 매달려 이리저리 부딪히고 떠다녔다. 북쪽 방파제 끄트머리에는 상륙용 주정이 계류소에서 춤을 추듯 흔들리고 있었다. 날씨가 너무 험악해서 제아무리 유격대라 해도 감히 나올 생각을 못 한 것이 틀림없었다.

야채 가게에 닿은 그녀는 안도의 한숨을 쉬었다. 가게는 좁은 길

두 개가 맞닿은 곳에 있는 작은 삼각형 모양이었다. 문을 열고 안으로 들어서자 문 위에 달린 종이 쨍그랑하고 울렸다. 가게 안은 비어 있었고 양반풀 나물이며 사과, 흙 등의 냄새가 기분 좋게 어우러져 있었다. 그녀가 등으로 문을 닫자 뒷벽에 쳐진 커튼이 제쳐지더니 펜버스 씨가 모습을 나타냈다. 언제나 입고 있는 짙은 감색 모직 셔츠에 버섯 모양의 모자를 쓰고 있었다.

"저예요."

그녀는 가게 바닥 위로 빗물을 떨어뜨리며 인사를 건넸다.

"그럴 거라고 생각했지."

펜버스 씨는 아들과 똑같은 검은 눈동자와 미소를 지니고 있었지만 이빨이 몇 개 빠져 있었다.

"걸어서 내려왔을 테지? 거 참 기막힌 날씨야. 하지만 강풍도 불 만큼 불었으니 저녁쯤에는 갤 거라고 하는군. 방금 라디오에서 해상 날씨를 들었어. 내가 전한 말을 들었겠지? 어니가 복숭아 통조림 얘기를 했을 테고?"

"그러니까 제가 왔지요. 낸시는 태어나서 지금까지 복숭아라고는 입도 못 대어 봤어요."

"자, 이리 가게 뒤편으로 와요. 통조림을 숨겨 놓았거든. 복숭아 통조림을 갖고 있는 것을 사람들이 알면 날 잡아먹을 듯이 덤벼들 거요."

커튼을 젖혀주었다. 페넬로프는 장바구니를 들고 가게 뒤편의 좁고 어지러운 공간으로 들어갔다. 그곳은 저장실 겸 사무실 구실을 하고 있었다. 난로가 불을 피우고 있었고, 펜버스 씨는 전화를 하거나 가게 일이 뜸할 때면 거기에서 차를 마시곤 했다. 오늘은 들어서니 생선 비린내가 강하게 났다. 하지만 페넬로프는 그런 것쯤은 안중에도 없이 방 안 구석구석 틈 있는 대로 숨겨둔 깡통 더미에 온통 정신을 빼앗기고 있었다. 그날 아침 펜버스 씨가 획득한 전리품이었다.

"정말 대단한 것을 찾아내셨네요! 어니 말로는 북해안에 떨어져 있었다던데 어떻게 상자들을 가져오셨어요?"

"이웃 사람을 하나 데려와서 수레에 담아 갖고 온 거지. 여섯 개면 충분할 텐가?"

"충분하다 뿐이겠어요?"

그는 그녀의 장바구니 두 개에 통조림을 세 개씩 넣어주었다.

"생선 먹은 지는 얼마나 되나?"

"왜 물으세요?"

펜버스 씨는 책상 밑으로 허리를 굽히더니 생선 냄새가 나는 양동이를 들고 몸을 일으켰다. 페넬로프가 양동이를 들여다보자 거기에는 파랗고 은빛 나는 고등어가 꼭대기까지 거의 꽉 차 있었다.

"아이들 중 하나가 오늘 아침에 나와 있다가 복숭아 통조림 몇 개를 이것하고 바꾸자고 하더군. 하지만 우리 마누라는 고등어가 더러운 생선이라고 먹지 않아. 혹시 아가씨라면 써먹을 수 있을 거라고 생각해서. 생선은 아주 싱싱해."

"여섯 마리만 있으면 저녁거리가 될 거예요."

"잘됐군."

펜버스 씨가 대꾸했다. 그러고는 여기저기 찾아보더니 낡은 신문지를 찾아내 흙을 털고 생선을 꾸렸다. 이어 그것을 복숭아 통조림 위에 올려 놓았다.

"자, 됐어."

페넬로프는 장바구니를 들어 올렸다. 굉장히 무거웠다. 펜버스 씨는 미간을 찌푸렸다.

"어디 갈 수 있겠나? 너무 무거운 것 아닌가? 다음번에 수레를 끌고 그 집 방향으로 갈 때 가져다줄 수도 있지만, 고등어란 하루만 지나도 신선하지가 않아서 말이야."

"아니, 괜찮아요. 갈 수 있어요."

"식구들이 맛있게 먹어 주었으면 좋겠군."

그는 그녀를 문 앞까지 바래다주었다.

"낸시는 어떻게 지내지?"

"한창 예뻐요."

"그 애하고 도리스한테 빨리 좀 보자고 해줘. 한 달 이상이나 못 보았어."

"전할게요. 펜버스 씨, 너무 감사합니다."

그가 문을 열자 방울 종이 울렸다.

"별말씀을."

복숭아와 생선 때문에 힘겨운 채로 페넬로프는 집을 향해 걷기 시작했다. 늦은 오후여서인지 거리에는 아까보다 사람들이 조금씩 보이기 시작했다. 물건을 사러 나오거나 각자 일을 하러 나온 사람들이었다. 기상 예보를 들었다더니 펜버스 씨의 말이 옳았다. 파도의 모습이 바뀌어 있었다. 바람 역시 잦아들기 시작했고 빗방울도 덜 뿌리기 시작했다. 그녀는 고개를 들어 마구 달려가는 검은 먹구름 저 너머로 드문드문 파란 하늘이 나타난 것을 바라보았다. 이 정도면 살만 했다. 저녁거리 걱정을 덜어 기분이 훨씬 좋아지고 걸음도 경쾌했다.

하지만 무거운 장바구니가 곧 위력을 발휘하기 시작했다. 손이 쓰려왔고 팔뚝은 겨드랑이에서 빠질 듯이 쑤셔왔다. 배달해 주겠다는 말을 괜히 거절했다는 생각이 순간 머릿속을 스쳤다. 다음 순간 등 뒤 북쪽 부두에서 빠르게 달려오는 차 소리에 그런 생각은 달아나고 없었다. 길은 좁았고 진흙탕은 제법 깊었다. 그녀는 흙탕물이 온통 튀지 않길 바라면서 길 한 옆으로 비켜서서 다가오는 차가 무사히 지나길 기다렸다. 차는 곧 쾽 지나갔다. 하지만 몇 야드 앞에서 갑자기 요란하게 브레이크 밟는 소리와 함께 순식간에 멈추어 섰다. 바라보니 지붕이 없는 지프였고 차 안에는 제복을 입은 낯익은 인물들이 앉아 있었다. 로맥스 소령과 상사였다. 지프는 멈춰 선 곳에서 그대로 선 채 부르릉거리고 있었다. 로맥스 소령이 긴 다리를 뻗어 길 위로 내려서더니 그녀가 서 있는 곳으로 되돌아왔다.

그는 다짜고짜 입을 열었다.

"짐이 무거워 보이는군요."

페넬로프는 잠시라도 장바구니를 내려놓을 핑계가 생긴 게 반가워서 보도 위에 장바구니를 놓고 허리를 펴며 바라보았다.

"네, 그래요."

"며칠 전에 만났었지요."

"네, 기억해요."

"장 보러 나오셨나 보죠?"

"아뇨, 선물을 받아가지고 오는 중이에요. 복숭아 통조림 여섯 개예요. 오늘 아침, 북해안에 떠밀려 왔다더군요. 고등어도 있어요."

"어디까지 들고 갈 작정입니까?"

"집까지요."

"어딘데요?"

"언덕 꼭대기에요."

"배달이 안 됩니까?"

"네."

"왜죠?"

"이건 오늘 밤 먹어야 해서요."

그는 재미있다는 얼굴로 싱긋 웃었다. 미소를 짓자 놀랄 만한 변화가 일어났다. 그녀는 그의 얼굴을 바라보았다. 그때서야 처음으로 그의 얼굴을 자세히 살폈다. 요전 날, 화랑에서 만났을 때 별로 특출하지 않은 얼굴이라고 속으로 생각했지만, 지금 보니 오히려 그 정반대로 상당히 잘생긴 얼굴이었다. 잘 정돈된 윤곽 하며 묘하게 빛나는 밝은 파란 눈동자, 게다가 뜻밖에 떠오른 그 미소는 얼굴에 뛰어난 매력을 던져주고 있었다.

"우리가 도울 수 있을지 모르겠군요."

소령이 다시 입을 열었다.

"어떻게요?"

"당신을 태워드릴 수는 없지만 버턴 상사더러 복숭아 통조림을 댁에까지 배달하라고 해서 안 될 법은 없으니까요."

"길을 찾지 못하실 텐데요."

"저 사람을 과소평가하는군요."

그 말을 하면서 허리를 굽혀 장바구니를 들더니 눈살을 찌푸렸다.

"이걸 들고 갈 수는 없습니다. 다치고 말 거예요."

"장 본 물건이야 늘 들고 다니는걸요. 다른 사람들도 다……."

하지만 소령은 그녀의 말을 무시하고 이미 지프 앞으로 다가가고 있었다. 페넬로프는 그를 쫓아가며 맥없이 만류했다.

"아니, 제가 할 수……."

"버턴 상사."

상사가 엔진을 껐다.

"네, 소령님?"

"이걸 배달해 주게."

그는 단호하게 지프 뒷좌석에 장바구니를 실었다.

"이 숙녀분이 위치를 가르쳐 주실걸세."

상사는 그녀를 향해 고개를 돌리고 공손한 태도로 그녀의 말을 기다리고 있었다. 별다른 도리가 없는지라 페넬로프는 순순히 하라는 대로 했다.

"……이 언덕을 쭉 올라가서 그래브니 주유소에서 오른쪽으로 틀고 그 길을 따라 꼭대기까지 가시면 돼요. 그러면 높은 담장이 나오는데 거기가 칸 별장이에요. 지프는 길에 세워두시고 정원 안으로 들어가시면 돼요."

"댁에 누가 또 계십니까?"

"네, 아버지가 계세요."

"성함이 어찌 되십니까?"

"스턴이에요. 만일 대답을 안 하시면……, 아무도 벨 소리에 대답을 안 하면 바구니를 그냥 현관 계단에 놓아두세요."

"알았습니다."

로맥스 소령이 나섰다.

"자, 그럼 됐네. 가보게, 상사. 난 걸어서 갈 테니까. 본부에서 다시 보도록 하지."

"네, 소령님."

상사는 경례를 올리고는 시동을 건 뒤에 차를 출발시켰다. 지프차의 위용에 비해 뒷좌석에 놓인 짐꾸러미가 묘하게 쩨쩨하게 보였다. 지프는 라이프보트 하우스 옆의 모퉁이를 돌더니 사라져 버렸다. 길에는 페넬로프와 소령만이 남게 되었다.

갑작스럽게 일이 진행되자 어리둥절한 나머지 마음이 불안했다. 자기 모양새에도 적잖이 신경이 쓰였다. 평소에는 눈곱만큼도 신경을 쓰지 않았건만. 하지만 이제 와서 뭘 어쩌고 할 도리가 없었다. 어울리지 않는 모직 모자를 벗어들고 머리를 풀어 내리는 수밖에는 묘수가 없다. 머리를 풀어 내린 그녀는 모자를 우비 주머니 속에 쑤셔 넣었다.

"이제 갈까요?"

소령이 입을 뗴었다. 손이 차길래 그녀는 손도 주머니에 넣었다.

"정말 걷고 싶으세요?"

그녀는 미심쩍게 물었다.

"그러지 않으면 뭘 하러 여기 서 있겠습니까?"

"하실 일이 남아 있는 거 아니에요?"

"어떤 것 말입니까?"

"훈련 계획이라든가, 보고서 작성이라든가."

"없어요. 오늘은 이제 자유 시간입니다."

두 사람은 걷기 시작했다. 문득 그녀의 머리를 치는 생각이 있었다.

"그 상사님이 괜한 말썽을 만나지 않았으면 해요. 민간인의 짐을 지프에 실어선 분명 안 될 텐데요."

"그 상사를 질책할 수 있는 상관은 바로 납니다. 그런데 어떻게 그런 걸 알지요?"

"나도 두 달간 해군 여군 부대에 있었기 때문에 군대 규칙이나 규정은 잘 알아요. 그때는 핸드백이나 우산도 못 들고 다녔어요. 무척 불편하더군요."

그는 흥미 있어 하는 얼굴이었다.

"해군에 있었던 게 언제입니까?"

"벌써 몇 년 전이예요. 1940년에 포츠머스에 있었어요."

"왜 떠났지요?"

"아기를 가져서요. 결혼을 해서 아기를 가졌거든요."

"그랬군요."

"벌써 세 살이 다 되었어요. 낸시라고 해요."

"남편은 해군에 계십니까?"

"네, 지중해에서 근무하고 있을 거예요. 확실하진 않지만."

"남편을 만난 지는 얼마나 되었습니까?"

"그게……."

그녀는 기억이 안 났다. 기억하고 싶지도 않았다.

"여러 해 돼요."

그 말을 하는 순간 하늘에서 구름이 갈라지더니 물기를 머금은 햇살이 비추기 시작했다. 젖은 보도 위로 햇살이 반사되면서 길에 깔린 돌과 슬레이트가 황금색으로 빛났다. 페넬로프는 즐거운 얼굴로 온통 빛나는 거리를 바라다보았다.

"정말 날씨가 개는군요. 펜버스 씨가 갤 거라고 하더니만. 기상 예보를 들었는데 폭풍우가 끝날 거라고 했대요. 이대로 가면 퍽 근사한 저녁 날씨가 되겠어요."

"네, 그럴 겁니다."

그때 햇살이 갑자기 나타났던 것만큼이나 재빨리 사라져 버렸다. 사방은 다시 잿빛으로 물들었다. 비는 이제 완전히 그쳐 있었다.

그녀가 다시 입을 열었다.

"시내로 올라가지 말고 바닷가 길로 해서 기차역 옆길로 가요. 화이트 캡스 호텔 맞은편에 언덕으로 올라가는 계단이 있으니까요."

"그러지요. 나야 아직 이곳 길에 익숙지 않지만 당신은 손바닥 들여다보듯이 훤하겠죠. 여기서 쭉 살았습니까?"

"여름에만요. 겨울에는 런던에서 살았어요. 그 사이에는 프랑스로 갔고요. 어머니가 프랑스인이셨어요. 그곳에 친구들이 있지요. 하지만 전쟁이 터진 후로는 계속 포스케리스에서 살았어요. 전쟁이 끝날 때까지는 아마 이곳에서 살 거예요."

"남편은 어떤가요? 육지에 휴가차 올라올 때면 당신이 곁에 있어 주길 바라지 않나요?"

그들은 해변에 나 있는 좁은 길로 들어섰다. 파도가 높이 들이닥쳐서인지 조약돌들이 길 위로 떠밀려와 있었다. 그리고 해초 더미며 타르 칠을 한 로프 끄트머리들이 엉켜 올라와 있었다. 그녀는 허리를 굽혀 조약돌 하나를 집어 들고는 바다를 향해 던졌다.

"얘기했지요. 남편은 지중해에 나가 있다고. 그 사람이 같이 있을 여건이 된다 해도 나는 그럴 수 없어요. 아빠를 보살펴 드려야 하니까요. 어머니는 1941년 기습공격 때 돌아가셨어요. 그래서 내가 아빠 곁에 있어 드려야 해요."

그는 "저런, 안됐군요."라고 말하지는 않았다. "그랬군요."라고 말했다. 정말 사정을 알겠다는 음성이었다.

"아빠와 나하고 낸시만 있는 것이 아니에요. 도리스와 그녀의 아들 둘도 같이 살고 있어요. 피난민이랍니다. 도리스는 전쟁미망인이고요. 런던에는 돌아가려 하지 않아요."

그러고 나서 그를 바라보았다.

"아빠는 그날 화랑에서 당신하고 만나 이야기를 나누셔서 즐거우셨던 모양이에요. 저녁 초대를 안 했다고 내게 화를 내셨어요. 너무 무례했다면서요. 난 그런 뜻이 아니라 단지 저녁으로 뭘 먹을지 막막해서였어요."

"아버님을 만난 일은 나에게도 크나큰 즐거움이었습니다. 이곳으로 파견된다는 것을 알았을 때 혹시나 유명하신 로런스 스턴 씨를 만날 수 있을지도 모른다는 생각이 스치긴 했어요. 하지만 정말 그런 일이 생길 줄은 상상도 못 했지요. 나이 들고 쇠약하셔서 밖에 돌아다니시지 못할 거라고 생각했거든요. 두 분을 본부 건물 밖의 길에서 처음 보았을 때 즉시 그분이라는 것을 알았죠. 그런데 화랑에 들어가서 두 분이 거기 계신 것을 보고는 내 행운을 믿을 수가 없었어요. 그분은 정말 훌륭한 화가이십니다."

그는 그녀의 얼굴을 내려다보았다.

"당신도 그분의 재능을 물려받으셨나요?"

"아뇨, 실망스럽지 뭐예요. 너무 아름다워서 가슴이 저릴 정도인 것, 낡은 농가라든가 울타리에 붙어 자라는 디기탈리스 잎이 파란 하늘을 배경으로 바람에 흩날리고 있는 광경 같은 것을 볼 때면 종이에 옮겨 영원히 간직하고 싶어요. 물론 난 그렇게 하지를 못하지만요."

"하고 싶은 일을 못 하고 살아가는 일은 괴로운 일이죠."

그녀는 그가 '하고 싶어도 못 하는 일'이 있을 법한 사내로 보이지는 않다는 생각을 했다.

"당신도 그림을 그리세요?"

"아뇨. 그건 왜 묻죠?"

"아빠하고 말씀하시는 걸 들으니까 그림에 무척 조예가 깊으신 것 같던데요."

"그렇게 보였다면 그건 내가 예술적 기질과 창의성이 풍부한 어머니 밑에서 자랐기 때문일 겁니다. 난 걷기 시작하자마자 어머니 손에 끌려 런던의 화랑과 박물관이란 박물관은 모두 돌아다녔어요. 그리고 연주회장에도 빠지지 않고 갔고요."

"평생 물릴 정도로 문화생활을 강요당하신 모양이군요."

"아뇨, 그렇지 않답니다. 어머니는 아주 요령이 좋으셨어요. 모두 재미있는 것으로 여겨지게끔 했죠."

"그럼 아버님은요?"

"아버지는 시티(구 런던시가의 별명 _옮긴이) 증권 브로커로 계셨어요."

그녀는 그의 말을 곰곰이 되새겨 보았다. 다른 사람들의 인생 이야기는 언제나 재미있기 마련이었다.

"사시는 곳은 어디였는데요?"

"카도간 가든스였어요. 하지만 아버지가 돌아가시자 어머니는 집이 너무 크다고 팔아버리고 펨브로크 광장에 있는 좀 작은 집으로 옮겨 사셨지요. 지금도 거기 계십니다. 폭격 중에도 내내 거기 계셨어요. 런던 말고 딴 곳에서 사느니 차라리 죽는 것이 낫다고 하시면서요."

페넬로프의 머릿속에 돌리 킬링의 모습이 떠올랐다. 쿰브 호텔의 조그만 방구석에 움츠리고 앉아 레이디 블러디 비미시와 함께 카드놀이를 하며 앰브로즈에게 정에 넘치는 편지를 쓰던 그녀의 모습에 문득 한숨이 나왔다. 돌리에 대해 생각할 때면 언제나 조금씩 절망스러운 기분이 들었다. 돌리에게 손녀딸을 보이기 위해서 단 며칠간이나마 칸 별장에 오시라고 청했어야 했다는 죄책감이 늘 따라다녔다. 아니면 자기가 낸시를 데리고 쿰브 호텔을 방문하겠다고 하든지. 하지만 두 가지 경우 다 너무나 괴로운 일이었기에 언제나 쉽게 머릿속에서 물리치고 딴생각을 했다.

좁은 길이 언덕을 향해 뻗어 있었다. 바닷가를 등지고 이제는 회벽에 테라스가 딸린 어부들의 집이 쭉 늘어선 사이로 걸어가고 있었다. 어느 집 앞에 이르자 문이 열리고 고양이가 나타났다. 그 뒤를 이어 세탁물을 담은 양동이를 든 여자가 나와서는 담벼락에 길게 늘어진 철사줄 위로 빨래를 걸기 시작했다. 그러고 있노라니 햇살이 다시 고개를 내밀었다. 이번에는 아주 강렬했다. 여자가 흡족한 얼굴로 그들을 향해 미소를 던졌다.

"정말 좋지 뭐예요. 오늘 아침만 해도 생전 보지도 못했을 만큼 비가 쏟아졌는데. 머지않아 날이 화창해질 것 같아요."

그렇게 말하는 페넬로프의 발목에 고양이가 다가와서 몸을 감았다. 그녀는 허리를 굽혀 고양이를 쓰다듬어 주고는 계속 발걸음을 재촉했다. 우비 주머니에서 손을 빼고 단추도 풀었다.

"당신이 영국 해병에 입대한 것은 증권 브로커가 되기 싫어서였나요, 아니면 전쟁 때문이었나요?"

"전쟁 때문이었지요. 난 부대에서 전투장교로 분류되어 있어요. 나로서는 조금 불명예스러운 타이틀이에요. 하지만 증권 중개인이 되고 싶었던 것도 아니에요. 대학에서는 고전문학과 영문학을 전공했으니까. 그러다가 초등학교에서 아이들을 가르치는 일자리를 얻었습니다."

"등산하는 것은 영국 해병에서 배웠나요?"

그는 싱긋 웃었다.

"아니요, 그보다 훨씬 전부터 등산을 했습니다. 랭커셔에 있는 기숙사 학교에 갔는데 그곳에서 등산의 대가가 학생들을 데리고 레이크 지방에 가서 산 타는 법을 가르쳐 주었지요. 열네 살 때였는데 난 산 타는 일에 아주 푹 빠져서 그 후부터 계속 산을 탔어요."

"외국의 산도 타신 적이 있나요?"

"네. 스위스, 오스트리아 등지를 가보았죠. 네팔에도 한번 가보고 싶었지만 준비만 하는 데도 몇 달 걸리는데 시간이 없어 포기했습니다."

"마터호른(스위스 국경의 봉우리 _옮긴이)을 등산하셨으면 보스카벤 절벽쯤이야 우습게 보이셨겠네요."

"아뇨."

147

그는 딱 잘라 말했다.

"결코 쉽지 않아요."

그들은 관광객들이 결코 알지 못하는 으슥한 길을 꼬불꼬불 올라 갔다. 화강암으로 너무 가팔랐기 때문에 페넬로프는 숨이 차 이야기 할 겨를이 없었다. 마지막 계단은 철도역과 큰길 사이의 절벽 같은 언덕 정면을 지그재그로 오르는 계단을 마저 오르고 나니 낡은 화이 트 캡스 호텔을 정면으로 마주 보게 되었다.

힘들어 얼굴이 상기된 채 그녀는 벽에 등을 기대 호흡과 심장이 가 라앉길 기다렸다. 로맥스 소령은 뒤를 따르고 있었는데 별로 힘든 것 같지 않았다. 그녀는 호텔 정문에서 경비를 보고 있는 해병이 길 건 너에서 자신들을 동요 없는 시선으로 바라보고 있는 것을 보았다. 하 지만 그 표정만으로는 생각을 읽을 수가 없었다.

간신히 입을 열고 중얼거렸다.

"녹초가 된 기분이에요."

"그렇겠지요."

"이 길은 여러 해 동안 오르지 않았어요. 어렸을 때는 해안에서 이 길로 줄곧 뛰어다녔는데. 얼마나 참을성이 있나 스스로를 시험해 본 셈이죠."

그녀는 돌아서서 팔을 담벼락 꼭대기에 얹은 채 두 사람이 올라온 길을 되돌아보았다. 저 아래, 해변에서 한 남자가 개를 산책시키고 있었다. 바람은 상쾌한 미풍으로 변했고, 그 미풍을 따라 비에 흠뻑 젖은 집의 정원에서 스며 나오는 축축한 이끼 냄새 같은 것이 풍겨 왔다. 향수가 가득 담긴 냄새였다. 페넬로프는 오랜만에 긴장을 풀고 어린 시절 이후로는 겪어보지 못한 황홀한 기분에 하염없이 잠겼다.

지난 몇 년간의 기억이 떠올랐다. 마냥 움츠렸던 생활, 기대할 것이라고는 별로 없는 삭막한 일과. 그런데 지금 갑자기 어두운 장막이 걷히고 그 뒤에 열린 창 너머로 눈부신 광경이 기다리고 있었다. 그 광경은 그녀가 창을 열기만을 내내 기다리고 있었다. 더구나 그 광경 속에는 놀랄 만큼 근사한 가능성과 기회가 펼쳐져 있었다.

행복……. 페넬로프는 전쟁이 터지기 전, 앰브로즈를 만나기 전, 그리고 소피의 충격적인 죽음이 있기 전 그 시절의 행복했던 기억이 머릿속에 떠올랐다. 다시금 젊어진 기분이었다. 따지고 보면 난 아직 젊잖아. 스물셋 밖에 안 된 나이야. 그녀는 벽에서 돌아서서 곁에 서 있는 남자를 바라보았다. 가슴 속에 감사한 마음이 샘솟았다. 이처럼 과거로 되돌아간 듯한 행복감을 느끼게 된 게 그 덕분이라고도 볼 수 있었기 때문이다.

문득 그녀는 그가 자신을 바라보고 있었음을 알았다. 그가 자기 생각을 얼마나 눈치챘는지 궁금해졌다. 하지만 그의 차분한 태도며 말없는 얼굴에서는 아무것도 읽어낼 수가 없었다.

"이젠 가야겠어요. 아빠가 무슨 일이 생겼나 궁금해하실 거예요."

그는 고개를 끄덕였다. 이제 작별 인사를 하고 돌아서서 가야 한다. 그녀는 자기 갈 길을 갈 것이고, 그는 길을 건너 호텔 앞에 경비를 서고 있던 보초병의 경례에 답을 한 뒤에 계단을 올라가 유리문 뒤로 사라질 것이다. 그 후로는 다시는 그의 모습을 보지 못할지도 모르고.

이윽고 그녀가 입을 열었다.

"저녁 식사하러 저희 집에 오시겠어요?"

그는 그녀의 제안에 즉각 대답하지 않았다. 그래서 그녀는 그가 자기 제안을 거절할까 봐 한순간 아찔하니 겁에 질렸다. 하지만 그는 곧 미소를 지었다.

"퍽 친절하신 초대군요."

안도의 물결이 퍼져나갔다.

"오늘 저녁에 오시겠어요?"

"정말입니까?"

"그럼요. 아빠는 당신을 다시 만나게 되면 너무 기뻐하실 거예요. 두 분이 저번에 나누시던 이야기를 계속하실 수도 있고요."

"고맙습니다. 무척 기쁩니다."

"그럼 7시 30분경에 오세요."

목소리가 이상하게 딱딱하게 나갔다.

"오랜만에…… 먹을 것이 생겨서 청할 수 있는 거예요."

"뭔지 맞춰볼까요? 고등어하고 복숭아 통조림이죠?"

딱딱하던 분위기와 긴장이 스르르 녹아들었다. 두 사람은 마음껏 웃음을 터뜨렸다. 자신들의 웃음소리를 영영 잊지 못할 것 같았다. 처음으로 나눈 농담이었기 때문이다.

집에 가니 도리스가 궁금해 죽겠다는 얼굴이었다.

"이봐, 무슨 일이야? 내 일을 좀 하고 있었는데 그 멋진 상사가 네 장바구니를 들고 현관에 나타나지 않겠어? 차를 권했더니 그럴 수는 없다며 가버렸어. 그 사람 어디서 낚았어?"

페넬로프는 식탁에 앉아 우연히 만난 이야기를 했다. 듣는 도리스의 눈이 화등잔만 해졌다.

페넬로프가 얘기를 다 끝내자 도리스는 즐거운 나머지 소리를 질렀다.

"아마, 이제 너한테 쫓아다니는 남자가 생긴 모양이구나."

"도리스…… 제발, 실은 그 사람을 저녁 식사에 초대했어."

"언제 저녁?"

"오늘 저녁에."

"그래, 온대?"

"응, 온대."

도리스의 얼굴이 일그러졌다.

"이런, 망할!"

의자에 푹 기대앉은 게 여간 실망한 모습이 아니었다.

"왜 그래?"

"난 집에 있지 못할 거야. 클라크하고 로널드를 데리고 펜잔스에 가 보아야 해. 오페라 협회에서 하는 '미카도' 공연을 보러 말이야."

"저런, 도리스. 네가 꼭 있어 줘야겠는데. 식사 준비를 도울 사람이 필요해. 뒤로 미룰 수는 없어?"

"그럴 수는 없어. 버스를 예약해 놓았거든. 게다가 이틀 밤밖에 공연을 안 한단 말이야. 그걸 위해 아이들이 몇 주간이나 기다려 왔는데 안 가면 가엾잖아."

그녀는 체념한 표정이 되었다.

"할 수 없지 뭐. 하지만 가기 전에 요리를 도와줄게. 낸시도 재워주고. 이 재미있는 사건을 놓치다니 정말 속상하구나. 이 집에는 벌써 몇 년간이나 남자다운 남자라곤 와본 적이 없었잖아."

페넬로프는 앰브로즈가 있지 않았느냐는 이야기는 하지 않고 가볍게 응수했다.

"어니가 있잖아. 그 사람도 꽤 남자답던데."

"하긴 그렇지."

도리스는 불쌍한 어니를 무시했다.

"그래도 그 사람은 말고……."

두 여자는 순진한 소녀들이 흥미진진한 사건을 앞에 두고 있는 것처럼 들떠 일에 착수했다. 우선 야채의 껍질을 벗겨서 샐러드를 만들고 식당에 있는 낡은 식탁을 말끔히 치웠다. 좀처럼 쓰지 않던 은식기를 대강 닦고 크리스털 술잔을 윤이 나도록 닦았다. 로런스 역시 흥분하여 의자에서 일어나서 조심스러운 발걸음으로 지하 저장실로 내려갔다. 예전 행복했던 시절에 프랑스 와인을 산더미처럼 저장해 놓았던 곳이었다. 지금은 별로 남은 것이 없었다. 하지만 돌아오는 그의 손에는 그가 알제리산 싸구려 와인이라고 부르는 술병과 먼지 낀 레드 와인 병이 들려 있었다. 행여 깨질세라 조심스레 나르고 있었다. 근래에 이만한 대접을 받은 손님은 기억에 없었다.

7시 25분이 되자 낸시를 침대에 눕힌 도리스가 아이들과 함께 집을 나섰다. 페넬로프는 다른 준비가 모두 된 것을 확인하고는 계단을 올라가 자기 방으로 향했다. 치장을 하기 위해서였다. 우선 깨끗한 셔츠로 갈아입은 다음 주홍색의 점잖게 보이는 구두에다가 맨발을 끼웠다. 머리를 빗어 땋아 뒤로 말아 올리고 나서 핀을 꽂았다. 화장품이라고는 분가루도 없었고 립스틱은 동이 났으며 향수 역시 마지막 한 방울까지 다 털어 쓴 처지였다. 그녀는 거울 속의 자기 모습을 비평하듯이 오래 바라보았다. 그러고는 불만스러운 듯이 한숨을 쉬었다. 꼭 가정교사 같은 몰골이었다. 문득 주홍 구슬 목걸이를 발견한 그녀는 얼른 목에 걸었다. 그러고 있는데 아래 정원으로 난 문이 열리고 닫히는 소리가 들렸다. 창가로 가서 내다보니 리처드 로맥스가 꽃향기가 물씬 나는 정원 사이의 길로 올라와 집으로 향하는 것이 보였다. 전투복보다 조금 덜 딱딱해 보이는 카키색의 훈련복 옷을 입고 있었다. 허리에 밤색 장교용 혁대를 차고 있었다. 손에는 뭔가 종이로 싼 꾸러미를 점잖게 들고 있었다. 술병이 틀림없었다.

작별을 한 지 얼마 되지 않았는데도 그녀는 그를 다시 보고 싶은 마음에 안절부절못했다. 하지만 그가 다가오는 것을 바라보며 곧 현관의 벨이 울릴 거라고 생각하니 갑자기 불안해졌다.

'발이 차가워지지.'

소피는 이처럼 갑자기 가슴이 덜컥하는 일을 두고 그렇게 말하곤 했는데 어떤 일을 충동적으로 했다가 갑자기 후회할 때 그런 일이 생긴다는 것이었다. 만일 오늘 저녁 식사가 제대로 진행되지 않고 엉망으로 된다면……, 도리스가 없어서 농담으로 흥을 돋울 수도 없는데, 내가 리처드 로맥스에 대해서 전혀 잘못 생각했을 수도 있다. 방금 전에 느꼈던 그 복받쳐 오르는 감정—돌연한 행복감이며 갑자기 그가 친근하고 낯익은 사람처럼 느껴지던 이상한 느낌은 순전히 망상일지도 모른다는 생각이 들었다.

그녀는 창가로부터 떨어져 마지막으로 자기 모습을 바라보고는 붉은 목걸이를 매만졌다. 드디어 방에서 나가 계단을 내려가기 시작했다. 그런데 갑자기 현관의 벨이 울렸다. 홀을 건너가서 문을 열었다. 그러자 그가 싱긋 미소를 지으며 입을 열었다.

"너무 늦은 건 아닌지 모르겠습니다. 혹은 너무 일찍이거나……."

"둘 다 아니에요. 길을 용케 찾으셨네요."

"별로 어렵지 않더군요. 정원이 참으로 아름답습니다."

"폭풍 때문에 많이 망가졌어요."

그녀는 뒤로 조금 물러났다.

"들어오세요."

그는 들어오면서 주홍색 휘장과 은빛 배지가 달린 녹색 베레모를 벗었다. 그녀는 문을 닫았다. 그는 베레모를 장롱 위에 놓은 뒤, 돌아서서 그녀를 바라보았다. 그러고는 포장한 꾸러미를 내밀었다.

"이건 당신 아버님께 드리는 선물입니다."

"정말 친절하시네요. 뭘 이런 걸……."

"스카치 드시나요?"

"네."

모든 일이 잘될 듯싶었다. 그리고 그에 대한 그녀의 느낌도 잘못된 것이 아니었다. 그는 결코 평범한 상대가 아니었다. 그는 이 칸 별장에 생기를 몰고 왔을 뿐 아니라 편한 분위기를 만들고 있었다. 그는 너무나 특별한 사람이었다. 앰브로즈가 이곳에 와 있을 때의 낯선 긴장감과 비참했던 심정이 갑자기 떠올랐다. 그 낯선 긴장감과 침묵에 식구들 모두가 초조해지고 묘한 행동을 보였었다. 하지만 이 키 큰 이방인에게서는 편안함만 느껴질 뿐이었다. 오래 사귄 친구가 서로의 우정을 돈독히 하고 안부를 묻기 위해 온 것만 같았다. 이러한 장

154

면을 예전에 겪은 듯한 느낌이 살아났다. 그 느낌은 어느 때보다 강해서 혹시나 거실 문이 활짝 열리고 소피가 불쑥 뛰어나와서는 환히 웃으면서 수다를 떨며 이 젊은 남자의 목에 팔을 두르고 양 뺨에 키스하면서, '오, 이런, 어서 와요. 다시 만나길 얼마나 기다렸는지 몰라요.'라고 말할 것만 같았다.

"몇 달 동안 집 안에 스카치라고는 한 병도 없어서 기뻐하실 거예요. 지금 거실에서 당신을 기다리고 계세요."

그녀는 거실로 다가가 문을 열었다.

"아빠, 손님이 오셨어요……. 선물도 갖고 오셨고요……."

"지금 배치된 곳에 얼마나 있을 예정이오?"

로런스가 물었다.

"모르겠습니다."

"알아도 얘기 안 하겠지. 내년이면 유럽 침공 준비가 될 것 같소?"

리처드 로맥스는 싱긋 미소를 지었지만, 여전히 별다른 말을 하지 않았다.

"그러길 바라야겠지요."

"그 미군들 말이오……. 꽁꽁 틀어박혀만 지내는 것 같더군. 마구 법석대며 흥청거릴 것으로 생각했는데."

"그들은 휴가를 즐기러 이곳에 온 것이 아닙니다. 고도로 전문적인 군인들인데다가 완전 자급자족하는 군대지요. 자기 구역 내에 지휘관들이며 매점, 오락거리들도 다 갖추고 있어요."

"그 사람들하고 어떻게 지내고 있소?"

"대체적으로 아주 잘 지내고 있습니다. 그들은 무척 거칩니다. 우리 군대만큼 엄격하고 절제 있는 축은 못 되지만 하나하나 살펴보면 퍽 용감한 사내들입니다."

"그런데 귀관은 이 작전의 전체 지휘를 책임 맡고 있소?"

"아닙니다. 멜라비 연대장이 총사령관입니다. 저는 그저 훈련 장교에 불과하지요."

"그들과 일하는 게 즐겁소?"

리처드 로맥스는 어깨를 들썩였다.

"그건 좀 다른 문제입니다."

"포스케리스는? 전에도 여기 온 적이 있소?"

"아니, 한 번도 없습니다. 휴가 때면 늘 북부 지방에서 등산을 하며 보냈으니까요. 하지만 이곳에 모여들었던 화가들 때문에 포스케리스에 대해서는 좀 알고 있었지요. 우리 어머께서 데리고 간 여러 화랑에서 이곳 부두의 모습을 그린 그림을 보았습니다. 아주 독특하고 금방 알아볼 수 있는 풍경이더군요. 전혀 변하지 않았어요. 그리고 그 빛도……. 바다에서 반사되는 그 번득이는 햇빛 말입니다. 정말 직접 경험해 보기 전에는 믿을 수가 없었습니다."

"그렇지. 마법 같은 거니까. 여기서 아무리 오래 산 사람이더라도 좀처럼 익숙해지기 힘들 거요."

"포스케리스에 사신 지가 오래되셨죠?"

"1920년 초부터였지. 결혼한 직후에 아내를 이리로 데려왔소. 집도 없어서 내 화실에서 천막 치고 살았다오. 집시 부부처럼 말이야."

"거실에 있던 초상화는 부인의 초상화인가요?"

"그렇소, 소피지. 그 그림을 그렸을 때는 열아홉 살이었어. 샹탈 레니에가 그렸지. 어느 해 봄엔가 바랑즈빌 근처에 집을 하나 빌렸다오. 휴가를 즐기려고 빌린 것인데, 그는 일을 하지 않으면 불안해하는 성격이라 소피가 포즈를 취해주기로 했지. 다 그리는 데에 하루도 안 걸렸지만 그 사람의 최고 걸작 중 하나요. 사실 그 사람도 나처럼 아내와 알고 지냈거든. 모델이랑 그렇게 가까운 사이고 보면 일도 훨씬 빨리 진행되는 법이지."

식당 안은 바깥의 어둠으로 인해 어둑어둑했다. 촛불만이 방 안을 비추어주고 있었다. 그리고 저물어가는 해의 마지막 빛줄기가 창문을 뚫고 들어와 크리스털 술잔이며 은식기, 그리고 원형인 마호가니 식탁의 반짝반짝 빛나는 표면에 윤기를 더해주고 있었다. 어두운 그림자가 깔린 벽지 때문에 방 안은 마치 보석 상자 안 같았다. 그리고 상자 위로 무겁게 드리워진 낡은 벨벳 같은 벽지 위로 비단 끈과 장식 술로 붙잡아 맨 하늘하늘한 레이스 커튼이 매달려 있다가 열린 창에서 바람이 밀려 들어오면 가만히 나풀거렸다.

밤이 깊어가고 있었다. 이제 곧 창문을 닫고 등화관제를 지켜 커튼을 내려야만 할 것이다. 식사도 끝이 났다. 수프며 그릴에 구운 생선이며 근사한 복숭아 조림도 다 먹었고, 접시들도 말끔히 치워진 뒤였다. 페넬로프는 찬장에서 콕스 오렌지 피핀(사과 종류 _옮긴이)을 꺼냈다. 그 집 과수원 꼭대기에 있는 나무에서 떨어진 것이었다. 그것을 식탁 가운데에 놓았다. 리처드 로맥스는 그중 하나를 집어 들고 진주가 박힌 과일칼로 껍질을 벗겼다. 그의 손은 길쭉하고 손가락 끝은 뭉툭했다. 그녀는 그가 칼로 과일을 깨끗이 다루는 것을 지켜보았다.

껍질 하나도 접시 위에 떨어뜨리지 않았다. 그는 껍질을 다 벗기고 나자 정확하게 네 등분했다.

"지금도 화실을 갖고 계십니까?"

"그렇소, 하지만 지금은 비어 있지. 거의 가지 않는다오. 일을 할 수 없는 몸인 데다가 거기까지 걸어가기에는 너무 멀어."

"보고 싶군요."

"언제든지 가봐요. 나한테 열쇠가 있으니까."

그는 식탁 너머에 있는 딸을 향해 미소를 지었다.

"페넬로프가 안내할 거요."

리처드 로맥스가 다시 오렌지 피핀을 네 등분했다.

"샹탈 레니에……, 그분은 아직 생존해 계십니까?"

"내가 아는 한. 입을 너무 함부로 놀려 게슈타포한테 죽지만 않았으면 말이지. 아마 그렇지는 않을 거요. 남프랑스에 집이 있는데 얌전하게 굴었다면 아직 살고 있을 텐데……."

그녀의 머릿속에 레니에의 집이 떠올랐다. 지붕에는 부겐빌레아가 덮여 있고 집 앞의 붉은 바위들을 내려가면 젠티안(용담속의 식물 _ 옮긴이)과 하늘하늘한 노란 미모사가 바다처럼 펼쳐져 있었다.

테라스에서 점심이 다 되었다고 수영 그만하라며 소리쳐 부르던 소피의 모습이 떠올랐다. 그러한 장면이 눈부시도록 생생히 떠오르면 소피가 죽었다는 사실이 차마 믿기지 않았다. 오늘 저녁, 리처드 로맥스가 들어선 이후로 그녀의 머릿속에는 내내 그 영상들이 오락가락했다. 소피가 식탁 머리의 빈 의자에 앉아 있는 모습. 대체 왜 이런 환영이 끊질기게 나타나는지 알 수가 없었다. 왜 모든 것이 예전으로 돌아간 기분인지 알 수가 없었다. 변한 것이 없는 듯했다. 그렇지만 모든 것은 변했다. 잔인한 운명은 그들 앞에 전쟁을 들이댔고 가족들 각각의 인생 또한 갈가리 찢어놓았다. 그리고 소피와 클리퍼드 부부가 기습공격에서 죽는 참상을 보게 했다. 페넬로프가 앰브로즈 앞에 내던져진 것도 운명의 장난일 것이다. 하지만 그에게 몸을 맡기고 낸시를 배서 마침내 그와 결혼한 것은 운명의 장난이 아니라 스스로 택한 일이었다. 되돌아보건데 그녀는 그와의 정사를 후회하지는 않았다. 자기 역시 그와의 정사를 기꺼이 즐겼기 때문이다.

더구나 낸시가 태어난 데에 대해서는 더더욱 후회가 없었다. 오히려 지금은 귀엽고 앙증맞은 낸시가 없는 자기 인생은 상상하기도 어려울 정도였다. 그리고 보면 그녀가 가장 쓰디쓴 후회를 곱씹고 있는 것은 얼빠진 결혼 자체였다.

"사랑하지 않는다면 결혼해서는 안 돼."

소피의 말이었다. 하지만 세상에 태어난 후 처음 그녀는 소피의 충고를 따르지 않았다. 앰브로즈는 그에게 있어 첫 남자였기 때문에 그녀는 비교할 대상이 없었다. 부모님의 행복한 결혼 생활도 결국은 도움을 주지 못했다. 모든 결혼 생활이란 게 부모님의 결혼 생활처럼 행복하기만 한 줄 알았기 때문에 결혼이라는 것 자체를 좋은 것으로 생각했다. 상황이 이렇게 되자 앰브로즈는 처음의 당혹감에서 벗어나 그 역시 결혼하는 것이 좋은 생각이라고 여기게끔 되었다. 두 사람은 결혼을 일사천리로 해치웠다. 그야말로 끔찍하고 괴로운 실수였다. 그녀는 그를 사랑하지 않았다. 전혀 사랑한 적이 없었다. 그녀와 앰브로즈 사이에는 공통점이 전혀 없었기 때문에 다시 보고 싶지도 않았다. 문득 리처드 로맥스를 건너다보았다. 그는 차분한 모습으로 로런스에게 향하고 있었다. 눈길을 그의 손으로 떨어뜨렸다. 그는 식탁에 손을 얹어 마주 잡고 있었다. 그녀는 그의 손을 자기 손으로 감싸 쥐고 들어 올려 양 뺨에 대는 모습을 떠올렸다.

불현듯이 혹시 그가 결혼한 몸이 아닌가 하는 생각이 들었다.

"그 친구는 만나보지 못했소."

로런스가 말했다.

"하지만 듣기로는 아주 따분한 친구 같더군."

그들은 아직도 초상화가들에 대해 이야기를 나누고 있었다.

"사람들은 그 친구가 난봉꾼에 무분별한 사람인 줄 알았을 거야. 그야 그럴 만한 기회도 많았지만 결코 허튼 길로 빠지진 않았네. 비어봄이 그 친구를 그린 삽화가 한 점 있는데, 그 친구한테서 자기 모습을 그려 받아 영원한 작품으로 남기길 원하는 사교계의 부인들이 줄지어 선 걸 창 너머로 내다보는 모습이지."

"저는 그분의 초상화보다는 스케치가 더 맘에 들던데요."

"나도 동감일세. 사냥복을 입고 길쭉한 모습의 여인네들하고 남자들이 그려진 스케치였지. 그 도도한 꼴들이란 정말."

그는 술병이 담긴 통에 손을 뻗어 잔을 채우고는 통을 리처드 로맥스에게 건넸다.

"참, 주사위 놀이하오?"

"그럼요."

"한 게임 해보겠나?"

"기꺼이 하겠습니다."

점점 어둑어둑해지고 있었다. 페넬로프는 식탁에서 일어나 창문을 모두 다 내렸다. 그녀는 커피를 끓이겠다는 말을 남기고 밖으로 나가 주방으로 갔다. 주방에 불을 꺼놓았는데 불을 켜자 프라이팬이며 더러운 접시, 나이프, 포크 등이 어지럽게 널려 있었다. 그녀는 우선 찻주전자를 올려놓았다. 밖에서 두 남자가 거실로 자리를 옮겨 석탄을 난롯불에 던져 넣는 소리가 들렸다. 그 일을 하는 동안에도 두 남자는 끊임없이 뭔가 친근한 분위기로 대화를 나누고 있었다.

아빠는 모처럼 만에 아주 즐거운 시간을 만끽하고 있었다. 주사위 놀이를 좋아하는 아빠로서는 리처드 로맥스를 다시 초대할 것이 분명했다. 깨끗한 쟁반을 찬장에서 찾아내 커피 잔을 옮겨 담던 그녀는 속으로 빙긋이 웃었다.

게임은 11시나 되어서야 끝났다. 로런스의 승리였다. 리처드 로맥스는 미소로써 패배를 인정하며 자리에서 일어섰다.

"가야 할 시간이군요."

"저런, 이렇게 늦은 줄은 몰랐소. 하도 재미있어서 말이야. 언제 꼭 한 판 더 해야겠어."

그러다가 로런스가 생각난 듯이 다시 덧붙였다.

"물론이죠, 선생님. 약속을 마음대로 정하지 못할 처지라 유감스럽긴 합니다만."

"괜찮소. 아무 때라도 상관없으니까 그냥 들르기만 해요. 우리야 늘 집에 있으니까."

그러고 나서 그는 의자에서 일어나려고 힘을 썼다. 그러는 것을 리처드 로맥스가 어깨에 손을 얹어 만류했다.

"아니, 일어나지 마십시오."

"그럼 그대로 있을까."

그는 고맙다는 듯이 자리에 다시 풀썩 주저앉았다.

"나 대신 페넬로프가 배웅해 줄 거요."

두 남자가 게임을 하는 동안 뜨개질을 하고 있던 페넬로프는 대바늘을 실 꾸러미에 찔러 넣고 일어났다. 리처드 로맥스가 싱긋 웃었다. 그녀는 문을 열러 나갔다. 그가 말하는 소리가 등 뒤에서 들렸다.

"안녕히 주무십시오, 선생님. 그리고 초대에 거듭 감사드립니다."

"천만에."

그녀는 어두운 홀을 걸어가 현관을 열었다. 정원은 남빛으로 어둠 속에 잠겨 있었다. 주변에는 꽃향내가 짙게 깔려 있었고 눈썹 같은 달이 하늘에 걸려 있었다. 저 아래 보이는 해안에서는 잔잔한 파도 소리가 들려왔다. 리처드 로맥스는 현관에서 나와 계단 위의 그녀 옆에 섰다. 손에는 베레모를 들고 있었다. 두 사람은 모두 고개를 들고 구름 조각들과 창백하게 빛나는 달을 올려다보았다. 바람 한 점 불지 않는 날씨에 잔디밭에서 올라오는 축축한 냉기까지 퍼져 페넬로프는 팔로 자기 몸을 끌어안으며 부르르 떨었다.

그가 입을 열었다.

"저녁 내내 당신하고는 이야기를 나눌 새가 없었군요. 내가 무례하게 군다고 생각하지 않았길 바랍니다."

"당신은 아빠와 이야기하러 오신 거잖아요."

"꼭 그런 것은 아닙니다. 어쨌든 일이 그렇게 되어서 유감이군요."

"또 기회가 있겠지요."

"나도 그러길 바랍니다. 얘기했지만 내 개인 시간이라는 것이 좀처럼 없어 놔서……. 무슨 계획을 짜거나 데이트를 할 수도 없답니다."

"알아요."

"하지만 시간이 나는 대로 오겠습니다."

"그렇게 하세요."

그는 베레모를 썼다. 달빛이 은색 배지 위에 차갑게 빛났다.

"근사한 저녁이었습니다. 고등어도 그렇게 맛있는 것은 처음이었고요."

그 말에 페넬로프는 웃음을 터뜨렸다.

"잘 자요, 페넬로프."

"안녕히, 리처드."

그는 몸을 돌려 가버렸다. 그의 모습이 정원 위로 짙게 깔린 어둠 속으로 묻히더니 사라졌다. 그녀는 그가 문을 열고 닫는 소리가 날 때까지 기다렸다. 얇은 셔츠로 서 있자니 팔에 소름이 돋았다. 그녀는 다시 한번 몸을 떨고는 집 안으로 들어가 등 뒤로 문을 닫았다.

리처드 로맥스를 본 지 2주일이 흘렀다. 희한하게도 페넬로프는 실망하지 않았다. 올 수 있을 때 오겠다던 그의 말처럼 그렇게 할 것이 분명했다. 그렇다면 얼마든지 기다릴 수 있었다. 그에 대한 생각이 자주 떠올랐다. 일과가 바쁜 낮에도 머릿속에서 떠나지 않았다. 그리고 밤이면 그녀의 꿈속에 비집고 들어왔다. 그녀는 잠에서 깰 때면 언제나 나른한 만족감에 잠겨 싱긋 미소를 짓고는 꿈에 나타난 그의 모습이 사라지기 전에 실컷 그 여운에 매달리곤 했다.

로런스는 그녀보다 더 안절부절못하였다.

"그 로맥스란 괜찮은 친구한테서 왜 소식이 없지?"

때때로 이렇게 투덜거리곤 했다.

"주사위 놀이를 한 판 하려고 벼르고 있는데 말이야."

"올 거예요, 아빠."

페넬로프는 아빠를 안심시켰다. 자신은 꼭 그렇게 믿고 있었기 때문인지 마음이 차분해졌다.

때는 바야흐로 9월로 접어들고 있었다. 날씨는 대체로 따뜻했다. 저녁 무렵과 밤에는 제법 쌀쌀했지만 낮에는 하늘에 구름 한 점 없었고 황금빛 태양이 밝게 빛났다. 나뭇잎들도 차츰 옷을 갈아입더니 떨어졌다. 떨어지는 나뭇잎들은 고요한 대기에서 잠시 이리저리 떠돌다가 잔디밭 위로 내려앉았다. 집 앞의 경계선을 이루는 화단은 달리아로 장식되어 있었는데, 그 색채가 눈부실 정도였다. 그리고 늦여름에 피는 마지막 장미들이 벨벳 같은 꽃잎을 피우며 대기를 온통 향내로 물들였다. 그 향내는 장미가 마지막으로 내뿜는 소중한 것이어선지 6월에 피는 장미의 향내보다 두 배는 강했다.

토요일이었다. 점심을 먹고 나자 클라크와 로널드는 해변으로 가서 학교 친구들하고 수영을 하겠다고 했다. 하지만 도리스와 페넬로프, 낸시에게는 같이 가자는 말을 하지 않았다. 수건과 삽을 둘러메고 잼 샌드위치 묶음에 레모네이드 한 병을 들고는 잠시도 꾸물거릴 새가 없다는 듯이 날쌔게 정원 길을 달려 내려갔다.

사내아이들이 나가자 집 안은 따스한 오후의 햇살에 싸여 조용했고 텅 빈 것 같았다. 로런스는 열려 있는 창가 옆에서 낮잠을 즐기기 위해 거실로 들어갔다. 도리스는 낸시를 데리고 정원으로 나갔다. 페넬로프는 설거지를 끝내고 부엌 정리를 한 뒤 과수원으로 올라가 줄에 걸려 있는 빨래들을 걷어냈다. 다시 부엌으로 돌아온 그녀는 향긋한 냄새가 나는 리넨이며 침대 시트, 수건 등을 차곡차곡 개켰다. 셔츠와 베갯잇은 다림질을 하기 위해 옆으로 밀쳐놓았다. 다림질일랑 나중에 해도 된다는 듯이 지금은 바깥이 그녀를 손짓해 부르고 있었다. 부엌을 나온 그녀는 홀을 가로질렀다. 홀에서는 괘종시계의 똑딱거리는 소리와 벌 한 마리가 졸린 듯이 창틀에서 윙윙대는 소리만 들려왔다. 열려 있는 현관문 사이로 황금빛 햇살이 낡은 카펫 위를 덮고 있었다. 잔디밭 건너편에는 도리스가 낡은 정원용 의자에서 기운옷들이 담긴 바구니를 무릎 위에 놓고 앉아 있었다. 옆에서는 낸시가 모래 구덩이 안에서 재미있게 장난을 치고 있었는데, 그 모래 구덩이는 어니가 만든 것이고 모래는 펜버스 씨가 야채 수레로 해변에서부터 날라다 준 것이었다. 낸시는 날씨도 좋고 해서 마냥 즐거운 모양이었다. 모래 상자 위에 앉은 채 천을 대고 기운 겉옷 하나만 입고 낡은 양철 양동이와 나무 숟가락으로 모래성을 쌓는 중이었다. 페넬로프는 두 사람 곁에 다가갔다. 도리스가 땅 위에 낡은 담요를 깔아주어 그녀는 거기 누워서 낸시를 바라보았다. 아이의 열중한 얼굴에 흐뭇한 심정이 되었다. 그녀는 둥근 뺨 위로 그늘을 드리운 검은 속눈썹과 모래를 두드리고 있는 오목오목 패이고 통통한 손을 황홀하게 바라보았다.

"다림질은 안 하고 왔나 봐?"

도리스가 물었다.

"응, 너무 더워서."

도리스는 오그라든 셔츠 하나를 들어보았다. 칼라 부분이 너덜너덜 펴져 있었다.

"이걸 고치면 쓸모가 있을 것 같아?"

"아니, 마른걸레로나 써."

"지금 집 안에는 옷보다 마른걸레감이 훨씬 더 많이 있어. 이놈의 지긋지긋한 전쟁이 끝나면 나가서 옷을 실컷 살 거야. 새 옷으로 수십 벌 사들일 거라고. 헌 옷 고쳐서 입는 데는 이젠 진력이 났어. 클라크의 이 저지 옷 좀 보라고. 지난주에 고쳐주었는데 벌써 또 팔꿈치에 구멍이 났잖아. 대체 뭘 하느라고 이렇게 되는 걸까?"

"자라는 애들이잖아."

페넬로프는 나른하게 대꾸하고는 곧바로 등을 펴고 누워 셔츠 단추를 끌렀다. 그러고는 치마를 무릎 위로 끌어올렸다.

"커가다 보니까 살이 옷을 막 비집고 나오는 거야."

그녀는 눈부신 햇살을 피해 눈을 질끈 감았다.

"처음 여기 왔을 때 그 애들이 얼마나 바짝 여위고 창백했는지 기억나? 이제는 하도 통통해지고 그을려서 알아보지도 못할 정도야. 콘월 사람이 다 되어가."

"그 애들 나이가 그만하길 다행이지."

도리스는 저지 옷의 터진 데를 벌리고는 바늘을 놀려댔다.

"그 애들이 군인이 되었다간 큰일이었을 테니까 말이야. 난 도저히 못 견뎠을 거야……."

갑자기 말이 뚝 끊겼다. 페넬로프는 잠시 기다렸다가 재촉했다.

"뭘 못 견뎠을 거라는 거야?"

도리스는 대답 대신 흥분한 채로 속삭였다.

"손님이 왔어."

갑자기 태양이 가려지면서 페넬로프의 누운 몸 위로 그림자 하나가 드리워졌다. 눈을 뜬 페넬로프는 자기 발치에서 남자의 어렴풋한 윤곽을 보았다. 그녀는 겁에 질려 벌떡 일어나 앉고는 뻗은 다리를 얼른 수습하고 셔츠의 단추를 채웠다.

"미안해요."

리처드가 입을 열었다.

"놀라게 하려고 그런 것은 아닌데."

"아니 어디서 이렇게 불쑥 나타나셨죠?"

그녀는 다리를 모으며 마지막 단추를 채우고는 흩어진 머리를 쓸어 넘겼다.

"정문으로 들어와서 정원을 가로질렀죠."

가슴이 마구 뛰었다. 얼굴이 붉어지지 않기를 속으로 빌었다.

"오시는 소리를 못 들었어요."

"내가 좋지 않을 때 방문한 건가요?"

"아뇨, 천만에요. 아무 일도 안 하고 있었는걸요."

"사무실에 내내 갇혀 있다가 갑자기 더 이상 견딜 수가 없지 뭡니까. 혹시나 운 좋으면 여기 와서 당신을 볼 수 있을 거라고 생각했죠."

그가 페넬로프에게서 눈길을 거두어 도리스를 바라보았다. 도리스는 최면에 걸린 듯이 의자에 앉아 꼼짝하지 않고 있었다. 재봉 바구니는 여전히 무릎 위에 놓고 실을 뗀 바늘을 무슨 상징인 양 높이

167

쳐들고 있었다.

"우리는 초면인 것 같은데요. 리처드 로맥스입니다. 당신은 도리스 맞으시죠."

"네, 맞아요."

두 사람은 악수를 나누었다. 도리스는 조금 당황한 목소리로 덧붙였다.

"만나서 정말 반가워요."

"페넬로프가 당신과 두 아들 이야기해 주었어요. 지금 없나 보죠?"

"네, 친구들하고 수영하러 나갔어요."

"아, 그래요. 며칠 전 저녁 식사를 하러 왔을 때는 외출하셨었죠."

"네, 아이들을 데리고 '미카도' 공연을 보러 갔어요."

"좋아하던가요?"

"아주 푹 빠져 버렸어요. 노래도 훌륭하고 재미도 있었거든요. 웃다가 볼 일 다 봤죠."

"정말 좋았겠어요."

그러고 나서 그는 이번에는 자기를 뚫어지게 바라보고 있는 낸시에게 고개를 돌렸다. 낯설고 키 큰 남자가 불쑥 나타나서 퍽이나 놀란 얼굴이었다.

"이 애가 당신 딸인가요?"

페넬로프가 고개를 끄떡였다.

"네, 이 애가 낸시예요."

그는 낸시 옆에 무릎을 꿇었다.

"안녕."

낸시는 말없이 쳐다보기만 했다.

"몇 살이지?"

"세 살이 다 되어가요."

낸시의 얼굴에는 모래가 묻어 있었고 겉옷 엉덩이 부분은 축축이 젖어 있었다.

"뭘 하고 있었니? 모래성을 쌓고 있었어? 자, 내가 하는 걸 보렴."

그는 낸시가 고분고분 내놓는 양동이와 나무 숟가락을 집어 들었다. 그러고는 양동이에 하나 가득 모래를 채워서 모래 위를 꽉꽉 누른 다음 양동이를 뒤집어서 완벽한 모양의 모래성을 만들어 보였다. 낸시가 손을 뻗쳐 허물어 버렸다. 그는 웃음을 터뜨리고는 아이에게 양동이와 숟가락을 돌려주었다.

"이 꼬마는 본능이 제대로 발달했군요."

잔디에 앉아 있던 그는 베레모를 벗고 카키색 전투복 칼라의 단단히 잠겨 있던 단추를 끌렀다.

"더워 보이세요."

페넬로프가 입을 열었다.

"그래요. 이런 옷을 입고 다니기엔 너무 더운 날씨죠."

그러고 나서 그는 단추를 아래까지 풀고는 갑갑한 전투복 상의를 벗고 안에 입은 면 셔츠의 소매를 걷어 올렸다. 돌연 사람 냄새가 나고 편한 모습으로 변했다. 그 모습에 용기를 얻은 모양인지 낸시는 모래 구덩이에서 기어 나와 페넬로프의 무릎에 자리를 잡고 앉았다. 그러고는 새로 나타난 이 낯선 남자를 눈도 깜빡이지 않고 물끄러미 바라보았다.

"난 다른 사람의 아이들 나이는 짐작을 못 하겠더군요."

그가 입을 열었다.

"그쪽 분은 아이가 있으세요?"

도리스가 멋도 모르고 물었다.

"제가 아는 한 없습니다."

"그게 무슨······."

"결혼하지 않았거든요."

페넬로프는 고개를 숙여 비단결처럼 매끄러운 낸시의 머리에 뺨을 댔다. 리처드는 팔꿈치로 기대고 몸을 젖힌 채 해를 바라보았다.

"한여름처럼 덥군요. 그렇지 않아요? 이런 때는 정원에 나와 있는 것보다 나은 일이 없지요. 참, 아버님은 어디 계십니까?"

"낮잠을 주무시고 계세요. 아마 지금쯤 깨셨을 거예요. 조금 있다 가서 소령님이 오셨다고 전해드리죠. 소령님이 오길 퍽 기다리고 계셨어요. 주사위 놀이를 하시고 싶은가 봐요."

도리스는 시계를 내려다보고는 하던 바느질을 멈추고 재봉 바구니를 풀밭 위에 놓았다.

"벌써 4시가 다 되었잖아. 가서 차를 좀 끓여야지. 리처드, 당신도 드실 거죠?"

"물론 좋습니다."

"아버지한테는 내가 말씀드릴게, 페넬로프. 정원에서 차 드시는 걸 좋아하시니까."

그러고 나서 그녀는 자리를 떴다. 두 사람은 그녀가 가는 것을 바라보았다. 이윽고 리처드가 입을 열었다.

"참 좋은 분이시군요."

"맞아요."

페넬로프는 데이지로 낸시에게 꽃목걸이를 만들어주기 시작했다.

"그동안 뭘 하고 지내셨어요?"

"절벽을 기어 올랐지요. 그 망할 상륙용 주정을 타고 파도 속을 이리저리 구르기도 하고요. 홀딱 젖곤 했답니다. 이것저것 명령을 내리고 훈련 계획을 짜고 긴 보고서를 쓰기도 하고……."

두 사람 사이에 침묵이 흘렀다. 그녀는 데이지를 한 송이 더 꺾어 목걸이에 이었다. 잠시 후, 리처드가 불쑥 입을 열었다.

"왓슨 그랜트 장군을 알고 있나요?"

"네, 물론이죠. 그건 왜요?"

"멜라비 연대장하고 내가 장군한테서 월요일에 한잔하자는 초대를 받았습니다."

그녀는 싱긋 웃었다.

"아빠와 저도예요. 오늘 아침에 장군님이 전화를 하셔서 초대를 했지요. 식료품 가게 주인인 리들리 씨가 진 두 병을 가져왔다면서 그 핑계로 오붓한 파티를 열자는 거였어요."

"그분들은 어디 살죠?"

"여기서 1마일쯤 가는데 시내 밖 언덕바지에 있죠."

"당신은 뭘 타고 갈 겁니까?"

"장군님이 우리한테 차를 보내실 거예요. 그분 밑에서 일하는 나이든 정원사가 운전을 하거든요. 민방위대에 있기 때문에 기름을 얻을 수가 있지요. 그야 불법적인 일이지만 그래도 친절하시지 뭐예요. 안

171

그러면 저희는 갈 수가 없으니까요."

"당신이 거기 오길 바랐어요."

"왜죠?"

"누구든 아는 사람이 있으면 해서요. 그런 뒤에 당신과 함께 저녁
식사를 하러 가고 싶기도 하고요."

데이지 목걸이가 상당히 길어졌다. 그녀는 그것을 화환처럼 양손
사이에 펼쳐 보였다.

"아빠와 저 둘 다 초대하는 건가요? 아니면, 저만?"

"당신만입니다. 하지만 아버님께서 원하신다면……."

"아닐 거예요. 아빠는 밤늦게 밖에 다니시는 걸 싫어하시니까요."

"당신은 괜찮습니까?"

"네."

"그럼 어디로 갈까요?"

"글쎄요."

"샌즈 호텔은 어떨까요?"

"거기는 전쟁이 터진 후에 징발된 곳이라서 회복기에 있는 부상병
들이 꽉 들어 있죠."

"그럼 캐슬 호텔은?"

캐슬. 그녀는 그곳을 생각하자 가슴이 철렁했다. 앰브로즈가 처음
칸 별장에 찾아와 식구들과 거북한 대면을 한 후 페넬로프는 낙담하
여 남편을 즐겁게 해줄 방법이 없을까 고심하던 중에 토요일 밤 캐
슬 호텔에 가서 식사를 하면서 춤을 추자고 권한 적이 있었다. 하지
만 그날 저녁은 다른 때보다 더 형편없었다. 서늘하고 딱딱한 분위기

가 감도는 식당은 좌석이 반쯤이나 비어 있었고 음식은 맛이 없었으며 손님들도 나이 먹은 사람들이 대부분이었다. 흥이 나지 않는 밴드가 종종 한철 지난 옛 노래들을 연주했지만, 그들은 춤도 출 수가 없었다. 그때 페넬로프는 배가 잔뜩 불러 있어서 앰브로즈가 팔로 안을 수도 없었다.

그녀는 재빨리 대꾸했다.

"아뇨. 거긴 가지 않겠어요. 늙은 수탉 같은 웨이터들만 잔뜩 있고 오는 손님들도 대개는 휠체어를 타고 있거든요. 정말 따분한 곳이에요."

그러고 나서 곰곰이 생각해 보다가 훨씬 즐거운 곳을 생각해 냈다.

"그보다 가스통 씨네 비스트로에 가요."

"그건 어디 있는 거죠?"

"북해안 바로 너머에 있어요. 작은 곳인데 음식도 그리 나쁘지 않아요. 생일이나 뭐 그런 날이면 아빠는 도리스하고 나를 데리고 거기 가시지요."

"가스통 씨네 비스트로. 어떤 곳인지 궁금하군요. 거기 전화가 됩니까?"

"네."

"그럼, 내가 전화해서 예약해 두기로 하죠."

"도리스, 그 사람이 날 저녁 초대했어."

"와아! 언제?"

"월요일. 왓슨 그랜트 장군의 파티가 끝난 다음에."

"가겠다고 했어?"

"그럼, 왜? 거절해야 했다고 생각해?"

"거절이라고? 어디 아픈 것 아니니? 그 사람 정말 근사하던걸! 글쎄, 왠지 모르게 그레고리 펙하고 닮은 것 같아."

"무슨! 그레고리 펙하고는 전혀 안 닮았어."

"외모가 그렇다는 것이 아니라 조용한 분위기가 그렇다는 거야. 내 말 무슨 뜻인지 알지? 근데 뭘 입을 거야?"

"생각 안 해봤어. 찾아보면 있겠지."

도리스는 잔뜩 흥분했다.

"가끔 너 때문에 미치겠다니까. 나가서 새 옷을 사. 넌 네 자신을 위해서는 한 푼도 안 쓰고 있잖아. 시내에 가서 마담 졸리를 찾아가서 뭐 쓸 만한 옷이 있나 알아보라고."

"의류 배급표는 이제 하나도 없는걸. 마지막으로 남아 있는 건 저번에 행주랑 낸시 실내복을 사느라 다 썼어."

"뭘 그래, 일곱 장만 있으면 될 걸 가지고. 우리 여섯 사람 다 뒤져보면 일곱 장쯤은 긁어모을 수 있을 거야. 그것도 안 되면 암시장 물건을 살 수 있는 곳을 알고 있어."

"그건 불법이야."

"법 같은 건 빌어먹으라고 그래. 정말 모처럼 온 기회인데. 몇 년 만에 하는 데이트잖아. 아슬아슬하게 한번 살아 봐. 월요일 아침에 시내에 가서 예쁜 옷도 좀 사고."

페넬로프는 의상 가게에 들어와본 것이 언제인지 기억할 수도 없었다. 하지만 해안경비대원의 부인인 콜즈 부인(별명이 마담 졸리다)은

뚱뚱하고 할머니처럼 푸근한 여자였기에 거북해할 필요가 없었다.

"아니, 이게 누구야? 몇 년 만에 보는군!"

페넬로프가 문을 열고 들어오자 그녀가 소리쳤다.

"새 드레스를 사려요."

페넬로프는 더 이상 시간 낭비할 것 없다는 식으로 단도직입적으로 말했다.

"지금 있는 것 중에는 별로 좋은 게 없어요. 다 실용복 위주고, 뭐. 다른 것은 구할 수가 없거든요. 하지만 아가씨한테 꼭 어울릴 예쁜 빨간 드레스가 하나 있지. 아가씨는 빨간색이 잘 어울렸잖아. 데이지 무늬가 있고 레이온으로 된 거지만 감촉만큼은 실크 같아."

그러고 나서 그녀는 드레스를 내왔다. 페넬로프는 커튼이 쳐져 있는 작은 탈의실로 들어가 옷을 벗고 머리 위로 드레스를 씌웠다. 부드러운 감촉에다가 새 옷 냄새가 온몸을 흥분시킬 정도였다. 커튼 뒤에서 나온 그녀는 단추를 채운 뒤 옷에 달린 붉은색 벨트를 채웠다.

"어머나, 정말 잘 어울리네."

마담 졸리가 입을 열었다.

페넬로프는 기다란 거울 앞에 가서 자기 모습을 바라보았다. 리처드라면 내 모습을 보고 어떻게 생각할까 하고 냉정히 평가하려 애썼다. 드레스는 목을 네모로 파고 어깨는 패드를 대고 있었다. 그리고 스커트 부분은 주름이 있어 확 퍼지게 되어 있었다. 넓은 벨트는 그녀의 허리를 가늘게 보이게 해주었고 뒷모습을 보려고 몸을 돌리자 스커트가 부채처럼 확 퍼져 너무나 여성스럽고 근사한 느낌을 주었다. 페넬로프는 자기 모습에 적잖이 만족했다. 지금까지 입었던 어떤 옷보다도 자신감을 주었다. 마치 그 옷과 사랑에 빠지는 느낌이었다. 그러자 그 옷을 꼭 사야 한다는 생각이 물밀듯이 몰려왔다.

"얼마예요?"

마담 졸리는 옷의 목덜미를 헤집어 가격표를 보았다.

"7파운드 10실링이야. 표로는 일곱 장이고."

"사겠어요."

"생각 잘했어. 처음 입어본 드레스가 저렇게 잘 맞다니! 아가씨가 여길 들어올 때 저 드레스가 생각이 났었는데. 아주 아가씰 위해 만든 옷 같구먼. 참 운이 좋아."

"아빠, 제 새 드레스 맘에 드세요?"

페넬로프는 종이백에서 드레스를 꺼내 주름을 펴 앞에 펼쳐 보였다. 아빠는 의자에 앉아 있다가 안경을 벗고는 옷을 더 잘 감상하기 위해 눈을 반쯤 감고 쿠션에 등을 기댔다.

"너한테 썩 어울리는 색깔이로구나. 그래, 마음에 든다. 그런데 무슨 바람이 불어서 갑자기 새 드레스는 샀니?"

"오늘 저녁에 왓슨 그랜트 장군님 댁에 한잔하러 가기로 했잖아요. 잊어버리셨어요?"

"아니, 그런데 거길 어떻게 갈 건지는 잊어버렸어."

"장군님이 차를 보내 주신댔어요."

"저런, 친절하시기도 해라."

"그리고 누군가 아버지를 집으로 모셔다드릴 거예요. 저는 저녁 식사를 하러 나갈 거고요."

그는 안경을 다시 고쳐 쓰고는 안경 너머로 한참 동안이나 딸의 얼굴을 살폈다. 그러고는 마침내 입을 열었다.

"리처드 로맥스하고 말이지."

그것은 이미 질문이 아니었다.

"네, 맞아요."

로런스는 신문을 집어 들었다.

"잘됐구나."

"아빠, 말씀해 보세요. 제가 가도 될까요?"

"못 갈 것은 뭐냐?"

"전 결혼한 여자잖아요."

"그런 건 부르주아지 같은 멍청이들이나 하는 얘기야."

그녀는 일순 망설였다.

"내가 그 사람하고 깊이 빠지게 되면요."

"그럴 것 같냐?"

"그럴지도 몰라요."

"그래. 그럼 깊이 빠지렴."

"아빠, 한 가지 말씀드릴까요? 아빠를 정말 좋아해요."

"그거 고맙구나. 왜지?"

"이유는 많아요. 하지만 제일 큰 이유는 아빠하고는 언제나 대화를 나눌 수 있어서예요."

"안 그랬다간 괴로운 일이게? 리처드 로맥스 일에 대해선 넌 이제 더 이상 어린애가 아니다. 네가 상처 입는 것은 보기 싫어. 하지만 네 마음은 바로 네 것 아니냐. 그러니까 결정은 스스로 해야 해."

"알겠어요."

그녀가 대꾸했다. '이미 결정했는걸요.'라고 말하고 싶은 속마음은 덧붙이지 않았다.

그들은 왓슨 그랜트 장군의 파티에 맨 꼴찌로 도착하게 되었다. 왜냐하면 장군 댁의 나이 든 정원사인 존 톤킨스가 그들을 데리러 왔을 때도 페넬로프는 여전히 화장대에 붙어 앉아 머리를 어떻게 할까 고심하고 있었기 때문이었다. 결국 그녀는 머리를 올리기로 마음먹었다. 그러다가 이내 짜증을 내면서 핀을 다 빼버리고 머리를 풀어 내렸다. 머리를 끝냈으니까 이젠 방한용 코트를 찾아야 했다. 새로 산 드레스는 하늘거리는 얇은 것인데 9월의 저녁 날씨는 제법 차가웠기 때문이었다. 그녀는 코트가 없었다. 체크무늬 판초밖에는. 그런데 막상 판초를 보니 너무 끔찍한 모습이어서 그녀는 또 소피가 쓰던 낡은 캐시미어 숄을 찾느라 귀중한 시간을 허비해야 했다. 숄을 움켜쥔 그녀는 나는 듯이 1층으로 내려와 아빠를 찾았다. 부엌에 있는 아빠를 찾고 보니 아빠는 기다리는 시간에 갑자기 구두를 닦을 생각이 나신 모양이었다.

"아빠, 차가 와 있어요. 존이 기다린다고요."

"낸들 어떡하니. 쓸 만한 구두라고는 이것뿐인데 넉 달 동안 전혀 손질을 안 했으니."

"넉 달인 줄 어떻게 아세요?"

"왓슨 그랜트 장군네에 마지막으로 간 것이 넉 달 전이잖니."

"저런, 아빠!"

그는 불편한 손으로 구두약 뚜껑을 열려고 애쓰고 있었다.

"주세요, 제가 할게요."

그녀는 재빨리 통을 열고 브러시를 문질렀다. 그 바람에 손이 온통 갈색 구두약으로 더럽게 되었다. 아빠가 구두를 신는 동안 손을 씻은 그녀는 무릎을 꿇고 앉아 끈을 매주었다. 그러고 나서 마침내 두 사람은 로런스의 발걸음에 맞춰 집을 나서 정원을 가로질러 정문으로 내려갔다. 거기서는 존 톤킨스가 낡은 랜드로버를 세우고 기다리고 있었다.

"기다리게 해서 미안하네, 존."

"상관없습니다, 스턴 씨."

존은 문을 열어주었다. 로런스는 거북살스러운 몸짓으로 들어가 앞 좌석에 앉고 페넬로프는 뒷좌석에 앉았다. 존이 운전석에 앉고 드디어 차가 출발했다. 하지만 속력은 매우 느렸다. 존 톤킨스는 주인의 차를 아주 조심스러워해서 시속 30마일 이상 달리면 폭발할 시한폭탄 다루듯이 차를 몰았다. 7시가 되어서야 그들은 장군의 근사한 정원 사이로 난 자동차 길을 올라갔다. 정원에는 만병초, 진달래, 카밀리아, 푸크시아 등이 흐드러지게 피어 있었다. 정원을 지난 차는 현관 앞에서 털털거리며 섰다. 자갈 깔린 포장길 위에는 이미 서너 대의 차가 서 있었다. 페넬로프는 트럽숏 대령의 낡은 모리스를 금방 알아보았다. 하지만 영국 해병의 기장이 그려진 카키색의 참모 차는 기억이 나지 않았다. 운전석에는 젊은 해병 운전사가《픽처 포스트》를 읽으며 시간을 보내고 있었다. 로버에서 내리며 그녀는 자신이 슬쩍 미소를 짓는 것을 알았다.

두 사람은 집 안으로 들어갔다. 전쟁 전이면 제복을 입은 하인이 문가에서 기다리고 있다가 두 사람을 안내했을 테지만 지금은 아무도 없었다. 홀은 텅 비어 있었다. 두 사람은 사람들이 웅성대며 이야기하는 소리를 듣고 거실 쪽으로 발길을 돌렸다. 거실을 가로질러 가자 장군의 온실 안에서 파티가 이미 한창 진행되고 있었다.

퍽 크면서도 구석구석 장식이 잘된 온실로, 왓슨 그랜트 장군이 군대에서 제대하여 영영 인도를 떠나게 됐을 때 직접 세운 곳이었다. 온실 안에는 화분에 담긴 종려수와 기다란 등나무 의자, 둥근 스툴, 호랑이 가죽으로 된 바닥 깔개 등이 장식되어 있었고 오래전에 잡은 코끼리의 엄니 사이로 놋쇠 징이 매달려 있었다.

"이제야 오시는구먼!"

왓슨 그랜트 부인이 먼저 그들을 발견하고는 인사를 하러 걸어왔다. 그녀는 몸이 작고 여윈 몸매의 여자로 머리를 위로 바짝 치켜 깎았고, 살갗은 인도의 무자비한 햇볕에 그을려 가죽빛을 띠고 있었다. 줄담배를 피워대는 애연가에다가 카드 게임의 명수였다(소문이 사실이라면 그녀는 쿠에타에서 말을 타며 일생을 거의 다 보냈으며, 한번은 자기에게 덤벼드는 호랑이를 향해 침착하게 한 방 쏘아 그 자리에서 거꾸러뜨렸다는 여장부였다).

현재 그녀는 이 지방 적십자단을 이끌고 있고 채소밭에서 '전쟁의 승리를 위한 채소 가꾸기' 운동에 전념하는 신세가 되었지만, 늘 옛날 그 화려했던 시절의 사교계를 그리워하곤 했다. 그렇기 때문에 진두 병만 손에 넣는 날이면 으레 파티를 열곤 했다.

"매번 이렇게 늦으신다니까."

그녀는 인사말 뒤에 덧붙였다. 원래 무슨 말이건 곧이곧대로 하는 성격이었다.

"어쨌든 뭘 드시겠어요? 오렌지 띄운 진, 아니면 라임 넣은 진? 아 참, 여기 계신 분들은 모두 알고 계시죠? 멜라비 연대장님하고 로맥 스 소령 말고는……?"

페넬로프는 주위를 둘러보았다. 세인트 에니독에서 온 스프링번 스 부부와 트럽숏 부인이 보였다. 키가 크고 유령 같은 모습이었다. 라일락 빛깔 시폰의 베일을 가리고 벨벳 리본에 버클을 단 커다란 모 자를 쓰고 있어서 더 그래 보였다. 트럽숏 부인과 함께 있는 사람은 미스 포슨이었다. 구두 밑창이 탱크 바퀴처럼 두꺼운 신에 끈을 꽉 졸라맨 채 무뚝뚝한 모습으로 서 있었다. 그러고 나자 트럽숏 대령이 보였다. 그는 그녀로서는 처음 보는 멜라비 연대장을 붙잡아 놓고는 늘 그렇듯이 한참 열을 올리고 있었다. 아마 전시 지휘 체제에 대해 열변을 토하고 있을 것임이 분명했다. 해군 연대장 멜라비는 트럽숏 대령보다 훨씬 키가 컸다. 억센 콧수염에 머리가 벗겨지는 중인 잘생 긴 신사였는데, 트럽숏 대령의 말을 듣기 위해 조금 허리를 굽히고 있어야 했다. 공손하게 듣고는 있지만 지루하다는 기색이 표정에 역 력한 것을 보고는 페넬로프는 대령의 이야기가 따분하게 흘러가고 있음을 짐작했다. 그러고 나서야 리처드가 방 맞은편에 서 있는 것을 보았다. 정원 쪽으로 등을 돌리고 있었는데, 그 옆에 미스 프리디가 서 있었다. 수를 놓은 헝가리풍 블라우스와 민속풍 스커트를 입은 그 녀는 지금 금방이라도 헝가리 민속춤을 출 듯한 모습이었다. 리처드 가 뭔가를 말하자 그녀는 웃음을 터뜨리며 새침하게 고개를 외로 꼬 았다. 문득 리처드가 고개를 드는 바람에 페넬로프와 눈이 마주쳤다. 그러자 그는 슬쩍 윙크를 보냈다.

"페넬로프."

왓슨 그랜트 장군이 그녀의 팔꿈치를 잡았다.

"한잔했나? 와줘서 다행이야. 못 올까 걱정했는데."

"늦어서 그러셨나 보죠. 존 톤킨스를 기다리게 했어요."

"상관없어. 내가 걱정한 건 여기 온 해병들 때문이네. 가엾게도 기껏 파티에 초대되어 왔는데, 방 안 가득히 한물간 늙은이들뿐이니…… 저 사람들을 위해 좀 더 유쾌하고 재미있는 참석자들을 불러야 했는데 페넬로프 밖에는 생각나는 사람이 있어야지."

"저라면 걱정 않겠어요. 아주 즐거워 보이는데요, 뭘."

"내 소개하지."

"로맥스 소령이라면 이미 알고 있어요."

"그런가? 언제 만났지?"

"화랑에서 아빠와 이미 이야기를 나누었어요."

"좋은 친구들 같아."

장군은 파티의 주인답게 여기저기 둘러보았다.

"그럼 멜라비를 구제해 주러 가야겠네. 트럽숏한테 십 분간이나 꼼짝없이 붙잡혀 있으니…… 누구라도 못 견디지."

그는 불쑥 나타났다가 어느새 가버리고 없었다. 페넬로프는 혼자 있다가 미스 포슨과 이야기를 하기 위해 걸어가다 그녀가 소화용 소형수동식 펌프 이야기를 하는 것을 듣게 됐다. 파티는 차근차근히 진행되었다. 리처드는 한동안 그녀를 찾아오지도 않았고 아는 체도 하지 않았다. 하지만 별로 마음 쓰이지는 않았다. 오히려 그러면 그럴수록 마지막에 그의 곁에 서서 다시 그와 함께 있는 기쁨에 젖을 기대감이 더욱더 커지기만 했다. 의식 때 추는 춤을 추듯이 두 사람은 서로의 목소리가 들리지 않는 범위 내에서 빙빙 맴돌기만 했다. 그러고는 다른 사람들의 얼굴을 향해 웃고 다른 사람들의 이야기에 귀를 기울였다. 어쩌다 보니 그녀는 정원 쪽으로 나 있는 열린 문 옆에 서 있게 됐다. 페넬로프는 빈 잔을 내려놓으려고 몸을 돌렸다가 장군의 정원에 시선을 빼앗기고 말았다. 경사진 잔디밭은 황금빛 조명을 받아 반짝이고 있었고 어두운 나무 그늘 속에서 작은 벌레들은 떼를 지어 몰려다니고 있었다. 차분한 밤공기 속에 산비둘기가 구구대고 있어 생기를 더해주었다. 그리고 따스한 9월 저녁의 향내가 달콤했다.

"안녕."

그가 어느샌가 옆에 와서 서 있었다.

"안녕."

그는 그녀의 손에서 빈 잔을 받아 들었다.

"한잔 더 하겠어요?"

그녀는 고개를 저었다.

"아뇨."

그는 종려수 화분이 놓인 탁자 위에 빈자리를 발견하고는 거기다가 잔을 내려놓았다.

"당신이 오지 못할까 봐 걱정하느라 반 시간쯤 날렸어요."

"아빠와 저는 어디를 가든지 늦는답니다."

그는 주위를 둘러보았다.

"이 집 분위기에 놀라 할 말을 잊었습니다. 푸나(인도의 지명 _옮긴이)에 있는 기분이에요."

"미리 이야기를 했어야 하는데."

"뭣 하러요? 이렇게 재미있는 것을. 그중에서도 온실이 제일 근사한 것 같아요. 언젠가 내 집을 갖게 되면 나도 이런 온실을 하나 지을 겁니다. 이 온실처럼 크고 널찍하고 햇살이 잘 드는 곳으로 말이에요."

"그리고 호랑이 가죽하고 놋쇠 징을 걸어놓을 건가요?"

그녀는 말해놓고 웃었다.

"아빤 이곳에 없는 건 펑카(인도의 큰 부채 _옮긴이)뿐이라고 하셔요."

"관목 숲에서 출몰하는 탁발승 떼도 있으면 더 제격일 것을. 파괴와 살상을 일삼는 도둑 무리 같은 승려 떼죠. 저 호랑이 깔개는 직접 주인이 쏘아 잡아 만든 건가요?"

"그보다는 왓슨 그랜트 부인이 쏘았을 것 같은데요. 응접실에 보면 온통 사냥용 헬멧을 쓴 그 부인 사진뿐이니까요. 발치에 사냥감이 쓰러져 있잖아요."

"멜라비 연대장은 만났습니까?"

"아직은 못 만났어요. 꼼짝없이 붙잡혀 있거든요. 근처에도 못 갈 정도예요."

"가요. 소개해 줄게요. 그러면 그분은 우리 보고 떠날 시간이 아니냐고 물을 겁니다. 그리고 장교 차로 본부까지 바래다줄 거고, 그다음에는 걸어야 해요. 괜찮겠어요?"

"그럼요."

"당신 아버님은?"

"존 톤킨스가 집으로 모셔다드릴 거예요."

그는 그녀의 팔꿈치 아래를 잡았다.

"그럼 갑시다."

그의 예상대로였다. 페넬로프를 소개받은 멜라비 연대장은 예의 바르게 몇 마디 잡담을 나눈 뒤에 시계를 들여다보고는 떠날 시각임을 알렸다.

작별 인사들이 서로 오갔다. 페넬로프는 아빠에게 존 톤킨스가 칸 별장까지 모셔다드릴 거라고 말씀드린 뒤에 밤 인사로 키스를 했다. 왓슨 그랜트 장군이 세 사람을 현관까지 바래다주었다.

페넬로프는 의자에서 숄을 집어 들고 밖으로 나섰다. 밖으로 나서자 《픽처 포스트》를 읽고 있던 해병 운전사가 허겁지겁 책을 치우더니 차에서 내려와 문을 열었다.

연대장이 앞에 앉고 페넬로프와 리처드는 뒷자리에 앉았다. 이윽고 차는 당당하게 현관을 빠져나갔다. 해병 운전사는 존 톤킨스처럼 조심스럽고 소심한 성격이 아니었다. 그래서 그들이 탄 차는 순식간에 화이트 캡스 호텔에 닿을 수 있었다.

세 사람은 차에서 내렸다.

"두 사람은 저녁 식사를 하러 간다고?"

연대장이 입을 열었다.

"그럼 내 차하고 운전사를 쓰지그래."

"감사합니다만 걷겠습니다. 아주 좋은 저녁이니까요."

"그래, 그럼 좋은 시간 보내게."

연대장은 아저씨 같은 얼굴로 고개를 끄떡이고는 운전사를 보낸 뒤 돌아서서 계단을 올라가 문 뒤로 사라졌다.

리처드가 입을 열었다.

"이제 갈까요?"

정말 아름다운 저녁이었다. 파도 한 점 없이 잔잔한 바다는 조개껍질처럼 투명하게 빛나고 있었다. 해는 졌지만 드넓은 하늘에는 황혼의 분홍빛이 점점이 남아 온 하늘을 물들이고 있었다.

그들은 걸어서 시내로 들어갔다. 보도 위에는 인적이 별로 없었고 길거리 양쪽에 늘어선 가게에는 셔터가 내려져 있었다.

몇 사람이 드문드문 보이기는 했지만, 이곳 토박이 외에는 전부 괜히 여기저기 쏘다니는 미군 유격대원들일 뿐이었다. 벨트 밑에 외출증을 단 채 나왔지만, 별달리 즐길 소일거리가 없어 심심해 보였다. 한두 명은 그래도 소녀들을 꿰차는 행운을 잡았다. 열여섯 살쯤 되어 보이는 소녀들은 사병들의 팔꿈치에 매달려 킥킥거리고 있었다. 그리고 나머지 운이 좋지 못한 축들은 극장 바깥에 모여 서성거리면서 극장 문이 열리고 영화가 시작되기를 기다리고 있었다. 아니면 부드러운 창을 댄 부츠를 신은 발로 그럴듯한 술집 겸 음식점을 찾아 길거리를 쏘다녔다. 하지만 리처드가 다가오는 것을 보자, 이들은 어디론가 요술처럼 홱 사라지곤 했다.

"저 사람들 가여워요."

페넬로프가 말문을 열었다.

"그럴 것 없어요. 잘 지내고들 있으니까."

"그래도 사람들이 파티 같은 데에 초대해 주고 하면 훨씬 심심치 않고 좋을 텐데."

"저 군인들이라면 왓슨 그랜트 장군의 집에 모인 손님들하고는 별로 공유할 게 없지 않겠어요?"

"장군님이 미안해하시더군요. 당신을 파티에 초대해 놓고 기껏해야 한물간 늙은이들만 모아 놓았다고 말이에요."

"그랬나요? 절대 그렇지 않아요. 모두 재미있는 분들이던데요."

좀 과장처럼 들렸다.

"난 스프링번스 부부를 좋아해요. 세인트 에니독에서 농장을 경영하고 계시죠. 왓슨 그랜트 부부도 좋아하고요."

"미스 포슨과 미스 프리디는 당신 생각엔 어떻습니까?"

"아, 그 사람들은 레즈비언이에요."

"혹시 그렇지 않나 하고 의심했었는데……. 트럽숏 내외분은요."

"트럽숏 내외분은 뭐랄까, 이곳 사람들이 모두 짊어져야 할 십자가 같은 분들이죠. 그야 부인은 그다지 나쁘지 않아요. 하지만 트럽숏 그분은 정말 골칫거리예요. 방공대책 단장이신데 등화관제 시에 사람들이 커튼 밖으로 조금만 불빛을 새어 나가게 한 것이 눈에 띄기만 하면 마구 닦달을 한답니다. 그 바람에 사람들은 재판소에 나가 벌금을 물곤 하죠."

"친구를 얻는다든지 사람들과 사귀는 방법치고는 탐탁지 않지만 그래도 자기 의무를 충실히 하는 양반 같군요."

"저런, 아빠나 저에 비하면 훨씬 후한 점수를 주시는군요. 그리고 우리가 도통 이해할 수 없는 것은 그렇게 작은 분이 어째서 그렇게 키가 큰 부인을 얻었느냐는 거예요. 부인 허리에나 겨우 닿잖아요."

리처드는 잠시 생각하더니 대답했다.

"우리 아버지 친구분 중에서도 그런 분이 계셨죠. 그래서 한번은 우리 아버지가 왜 자기랑 비슷한 키의 여자를 고르지 않았느냐고 물었더니 그분이 말씀하시길 만일 그랬다간 사람들이 자신들은 우스운 난쟁이 부부로 부를 것 아니겠냐고 하잖습니까. 트럼숏 대령이 부인을 고른 것도 아마 그런 이유에서일 겁니다."

"정말 그럴지도 모르겠네요. 난 그런 생각은 못 해보았어요."

그녀는 그를 이끌고 가장 지름길로 해서 북해안으로 갔다. 뒷골목과 자갈 광장을 거쳐 아주 가파른 언덕바지를 올라가자 다시 구불구불한 계단이 있는 골목길이 나왔다. 그 골목길을 벗어나자 자갈길이 휘어져 나오는데 그 옆으로 북쪽 해변이 쭉 펼쳐져 있었다. 회반죽을 발라 길게 지은 별장들이 만을 향해 늘어서 있었다. 조수가 밀려오면서 파도가 길게 부서졌다.

리처드가 입을 열었다.

"바다 쪽에서 이 만을 자주 보았지만 실제로 와보는 건 처음이군요."

"저쪽 해안보다는 여기가 더 좋아요. 언제나 인적이 없고 쓸쓸하지만 훨씬 더 아름다워요. 자, 거의 다 왔군요. 저기 간판을 내걸고 화초 상자를 창밖에 늘어놓은 작은 집이에요."

"가스통이라는 사람은 어떤 사람인가요?"

"브리타니 지방 출신의 진짜 프랑스인이에요. 게잡이 배를 타고 뉴린에서 장사를 했지요. 콘월 여자하고 결혼했는데 바다에서 끔찍한 사고를 당해 다리를 하나 잃어 버렸어요. 바다에 나갈 수 없으니까 부인인 그레이스하고 저 식당을 개업했지요. 벌써 5년 가까이 돼요."

그녀는 그가 초라한 식당이라고 생각하지 않길 바랐다.

"전에도 말했지만 그렇게 거창한 곳은 아니에요."

그는 미소를 지으며 팔을 내밀어 문을 열었다.

"난 거창한 곳은 그다지 좋아하지 않아요."

머리 위에서 종이 땡그랑거렸다. 들어서니 판석을 깐 입구가 나오고, 군침을 돋우는 음식 냄새가 순식간에 그들을 덮쳤다. 마늘과 각종 향료 식물이 섞여 톡 쏘는 냄새였다. 은은한 음악도 흘러나왔다. 경쾌한 아코디언 소리였다. 파리를 떠올리며 향수에 젖게 하는…… 아치형 통로를 지나니 작은 식당이 나왔다. 회반죽을 바른 목재 들보 밑에 군데군데 놓인 식탁에는 붉은 줄무늬 면직보가 덮여 있었고 잘 접은 흰 냅킨이 놓여 있었다. 식탁마다 촛불과 신선한 꽃이 꽂힌 화병이 놓여 있었고, 대형 벽난로에서는 장작이 불꽃을 튀기며 타고 있었다.

식탁 두 곳에는 이미 손님이 앉아 있었다. 한쪽에는 얼굴이 흰 젊은 공군 대위와 부인인지도 모를 여자가 앉아 있었으며, 다른 쪽 식탁에는 캐슬 호텔을 벗어나기 위해 온 듯싶은 나이 먹은 부부가 앉아 있었다. 창가의 제일 좋은 식탁은 비어 있었다. 그들이 머뭇거리고 있자 이미 종소리를 들은 그레이스가 식당 뒤 회전문을 열고 힘차게 들어왔다.

"안녕하세요, 로맥스 소령님. 예약하셨죠? 창가로 잡아 두었습니다. 경치를 감상하고 싶어하실 것 같아서. 그리고……."

그녀는 미처 말을 못 마치고 그의 어깨 너머로 페넬로프를 발견했다. 주근깨에 햇살에 그은 얼굴이 희게 바랜 머리칼 밑에서 놀란 듯이 활짝 웃고 있었다.

"저런, 안녕! 여긴 웬일이지? 아가씨가 오는 줄은 몰랐는데."

"그러셨을 거예요. 잘 지냈어요, 그레이스?"

"잘 지내. 일이야 고되지만 그 얘긴 됐어. 아버지도 오셨겠지?"

189

"아뇨, 오늘 밤은……."

"아, 기분 전환 삼아 혼자 나오는 것도 좋지."

그러고 나서 그녀는 흥미로운 표정으로 리처드를 바라보았다.

"로맥스 소령님은 처음 보시죠?"

"만나서 반가워요. 자, 그건 그렇고 어디에 앉으시겠어요? 경치를 바라볼 수 있는 곳이 좋을까요? 빨리 봐두는 것이 좋을 거예요. 조금 있다가는 망할 등화관제 통에 커튼을 쳐야 하니까. 우선 마실 것을 드시겠어요? 그런 다음에 메뉴를 갖다 드리면 주문을 하세요."

"마실 것으로는 무엇이 됩니까?"

"별로 많지는 않아요."

그녀는 코를 찡그렸다.

"셰리주가 있지만 남아프리카 산인 데다 건포도 맛이 나요."

그녀는 리처드 앞으로 몸을 기울여 나이프를 매만지는 척했다. 그러고는 귓속으로 속삭였다.

"와인을 드시겠어요? 스턴 씨가 오실 때를 대비해 한두 병 늘 준비해 둔답니다. 당신이 드신다면 그분도 별말씀 안 하실 거예요."

"정말 근사하군요."

"너무 신나는 기색은 하지 마세요. 다른 손님들도 계시니까. 제가 가스통더러 다른 병에 옮기라고 했으니까, 손님들도 라벨을 볼 수 없을 거예요."

그녀는 요란하게 윙크를 하고는 메뉴를 꺼내 놓은 뒤 사라졌다. 그녀가 사라지자 리처드는 즐거운 표정으로 의자에 등을 기댔다.

"굉장한 대접이군요. 언제나 이렇습니까?"

"네, 그래요. 가스통 씨와 아빠는 아주 친한 친구 사이예요. 좀처럼 주방에서 나오지 않으시지만, 아빠가 오신 날 손님들이 다 가고 나면 브랜디 한 병을 갖고 나오셔서 함께 즐겁게 시간을 보내지요. 음악을 튼 것은 그레이스의 아이디어예요. 작은 식당일 경우 음악 소리를 틀면 손님들이 다른 테이블의 이야기를 듣지 않게 해준다나요. 부인 말이 맞아요. 캐슬 호텔의 식당에서는 온통 속삭거리는 소리와 나이프와 포크가 접시에 부딪히는 소리만 나요. 저도 음악이 있는 게 좋아요. 마치 영화 장면 속에 있는 것 같은 기분이 들거든요."

"맘에 들어요?"

"공상을 하게 만들잖아요."

"영화를 좋아합니까?"

"네, 아주. 도리스하고 난 겨울에는 일주일에 두 번씩도 보러 간답니다. 단 한 편도 놓치지 않아요. 요즘 포스케리스에는 영화 말고는 별로 할 일이 없어요."

"전쟁 전에는 달랐겠지요?"

"그럼요, 아주 달랐지요. 그리고 전쟁 전에는 겨울에 여기 내려온 적이 없어요. 늘 런던에서 지냈죠. 오클리 가에 집이 한 채 있어요. 지금도 있지만 가지는 않아요."

한숨을 쉬었다.

"이놈의 전쟁이 제일 못마땅한 것 중 하나가 바로 이렇게 한 군데에 매여 있어야 한다는 거예요. 하루에 버스 한 대만 운행하는데 자동차에 넣을 휘발유도 없으니 포스케리스를 벗어나기가 어려워요. 방랑하면서 산 부모 밑에서 자란 대가죠. 아빠와 소피는 절대 한곳에 오래 머문 적이 없어요. 무슨 핑계만 생기면 벼락같이 짐을 꾸려 프랑스나 이탈리아로 떠났지요. 덕분에 아주 자극적인 생활이었지만."

"당신은 외동딸인가요?"

"네. 귀여움만 받아 응석받이죠."

"믿어지지 않아요."

"사실이에요. 항상 어른들하고만 상대하고 또 어른 대접을 받았어요. 제게 제일 친한 친구들은 모두 아빠의 친구분들이었죠. 하지만 우리 어머니가 너무나 젊었던 것을 감안하시면 그다지 이상할 것도 없죠. 모녀보다는 자매 사이 같았으니까요."

"그리고 아름다우셨고."

"그분 초상화를 생각하시는군요. 네, 아름다우셨어요. 하지만 그보다 따스하고 재미있고 정이 많은 분이었어요. 불같이 화를 냈다가 금방 또 까르르 웃었으니까요. 어디에 가든 내 집처럼 편안한 분위기를 내셨어요. 그분에게는 뭔가 든든하고 안심되는 분위기가 있었으니까요. 소피를 사랑하지 않은 사람은 아마 한 명도 없었을 거예요. 저역시 아직도 매일 생각하거든요. 정말 돌아가신 분 같다가 또 어떤때는 꼭 집 안 어딘가에 계셔서 문이 열리면 나타나실 것 같아요. 우리 가족은 자급자족 원칙에 아주 충실한 사람들이었죠. 이기적이라고나 할까요. 다른 사람들의 도움을 바라지도 필요로 하지도 않았어요. 그런데도 우리 집에는 언제나 손님들로 바글거렸어요. 갈 곳 없는 방랑인들도 자주 들렀고요. 친구들도 친척들도 많았죠. 에델 고모와 클리퍼드 부부는 매년 여름마다 오셨어요."

"에델 고모?"

"네. 대단한 양반이시고 괴짜예요. 하지만 몇 년간 칸 별장에는 안 오셨어요. 도리스하고 낸시가 그분 방을 차지했기 때문이기도 하고 런던을 떠나 웨일스 지방 농장에서 염소를 치고 수직기로 천을 짜는 괴상한 친구분들하고 함께 살러 가셨기 때문이기도 하죠. 웃으시겠지만 사실이에요. 굉장한 괴짜셨어요."

"클리퍼드 내외는……?"

그는 더 듣고 싶은지 재촉했다.

"그 얘기는 별로 재미없어요. 클리퍼드 내외는 이미 돌아가셨기 때문에 못 오세요. 소피가 당한 폭격에 같이 맞아 돌아가셨지요."

"저런, 미안하군요. 몰랐습니다."

"당연한 건데요, 뭘. 그분들은 아빠의 절친한 친구분들이셨어요. 오클리 가에서 우리랑 같이 사셨지요. 전화로 그 비참한 소식을 듣던 순간 아빠는 변하셨어요. 부쩍 나이 드신 모습이 되셨어요. 순식간에 그렇게 변했죠."

"아버님은 멋진 분입니다."

"아주 강하시죠."

"외로움을 타십니까?"

"네, 그렇지만 노인들은 대개 그렇잖아요."

"당신이 곁에 있어서 다행이로군요."

"전 아빠 곁을 절대 떠날 수 없답니다, 리처드."

두 사람의 대화는 그레이스가 양손에 화이트 와인이 담긴 유리병을 들고 회전문으로 힘차게 들어오는 바람에 끊겼다.

"여기 있어요."

그녀는 식탁 위에 병을 놓았다. 다른 손님들이 못 보게 조심스럽게 의미 깊은 윙크를 또 보냈다.

"정말 미안한 얘기지만……. 점점 어두워지는 것 같은데 등화관제를 해야겠어요."

그녀는 여러 겹의 커튼을 내려 능숙한 솜씨로 양쪽으로 잡아맸다. 빛이라고는 한 오라기도 새어나가지 못했다.

"식사는 뭐로 할지 정했어요?"

"아직 메뉴도 못 보았는데요. 어떤 것이 좋을까요?"

"저라면 조개 수프하고 생선 파이를 먹겠어요. 이번 주 고기는 형편없거든요. 질긴 데다 뼈는 물렁물렁하니, 원."

"좋아요. 그럼 생선으로 하겠습니다."

"그리고 싱싱한 브로콜리하고 완두콩 괜찮죠? 맛있을 거예요. 금방 가져올게요."

그녀는 그 말을 남기고는 자리를 떴다. 가면서 다른 식탁에서 빈 접시들을 거두어 갔다. 리처드는 와인을 따르고 나서 잔을 들었다.

"건배."

"건배."

와인은 가볍고 차가웠으며 신선했다. 갑자기 와인 맛에서 프랑스가 떠올랐다. 그리고 예전에 그곳에 지내던 여름이 연달아 떠올랐다. 페넬로프는 잔을 내려놓았다.

"아빠도 이걸 꽤 맘에 들어 하셨을 것 같군요."

"자, 얘기를 더 해줘요."

"뭘요, 에델 고모하고 염소 얘기요?"

"아니, 당신 얘기……."

"따분할 텐데요."

"전혀 그렇지 않아요. 여군으로 해군에서 지내던 이야기를 해줘요."

"그건 정말이지 입에 올리고 싶지 않은 이야기예요."

"그곳에 있는 동안 즐거웠어요?"

"즐겁다고요? 한시가 지겨워 미칠 지경이었어요."

"그럼 왜 입대한 겁니까?"

"아, 그건…… 바보 같은 충동 때문이었죠. 가족들하고 런던에 있었는데……. 무슨 일이 생기는 바람에……."

그는 더 자세히 듣기를 원했다.

"무슨 일이죠?"

그녀는 그를 바라보며 머뭇거렸다.

"얘기 들으시면 절 바보로 생각할 거예요."

"그렇지 않을 겁니다."

"좀 긴 이야기인데."

"시간이야 많잖아요?"

결국 그녀는 심호흡을 크게 하고는 이야기를 시작할 수밖에 없었다.

우선 피터 클리퍼드와 엘리자베스 이야기부터 시작했다. 그러고는 소피와 함께 커피를 마시러 두 내외의 집에 갔다가 프리드먼 부부를 처음 만났던 저녁 이야기로 들어갔다.

"프리드먼 부부는 매우 젊은 사람들이었는데 뮌헨에서 피난 왔었어요, 유대인이라."

식탁 건너편에서 리처드가 그녀의 이야기를 주의 깊게 듣고 있었

195

다. 눈길은 그녀에게 꽂은 채 표정은 조용했다. 그녀는 지금 자기가 앰브로즈에게는 차마 할 수 없었던 이야기를 리처드에게 털어놓고 있다는 사실을 문득 깨달았다.

"그런데 윌리 프리드먼 씨가 이야기를 시작했죠. 나치 독일에서 유대인들이 어떤 일을 겪고 있는지에 대해서……. 클리퍼드 내외 같은 사람들이 오랫동안 세상에 알리려고 애써온 이야기들이었죠. 하지만 그분들의 이야기를 아무도 믿으려고 하지 않았어요. 저는 그날 윌리 프리드먼의 이야기를 듣고 비로소 전쟁이 피부에 와닿을 정도로 실감 나게 느껴졌어요. 무섭고 겁나긴 했지만 생생했죠. 그래서 다음 날 당장 나가서 처음 보는 징병 모집소로 무작정 걸어 들어가 해군에 입대했어요. 그게 끝이에요. 정말 한심한 행동이었죠."

"아니, 전혀 한심하지 않아요."

"내가 금방 후회하지만 않았더라면 그렇게 말할 수도 있겠죠. 하지만 저는 향수병에 걸려 친구도 사귀지 못했어요. 낯선 사람들하고 같이 사는 것이 끔찍하게 싫었어요."

리처드는 크게 안타까워하는 얼굴이었다.

"당신만 그렇게 느낀 게 아니었을 거예요. 근무지는 어디였죠?"

"포츠머스의 해군 사격훈련 학교요."

"거기서 남편을 만난 겁니까?"

"네."

그녀는 시선을 아래로 내리고는 포크를 집어 들어 그 끝으로 체크 무늬 식탁보에 십자 무늬를 그렸다.

"그는 중위가 되는 훈련을 거치던 중이었어요."

"이름은 뭐죠?"

"앰브로즈 킬링, 왜 그러세요?"

"혹시 어디선가 만났을지도 모른다는 생각이 들었어요. 하지만 아니군요."

"그러셨을 리가 없죠."

냉정하게 대구했다.

"그 사람은 당신보다 훨씬 어리니까요. 아, 이런."

그녀의 목소리가 안도감으로 인해 조금 상기됐다.

"아, 수프가 왔네요."

그러고는 재빨리 덧붙였다.

"이렇게 배가 고팠는지 지금에야 알았네요."

그녀는 말을 이렇게 해두면 리처드는 자기가 눈에 띄게 안심한 이유가 앰브로즈에 대한 이야기를 하지 않아서가 아니라 수프가 도착했기 때문일 거라고 생각할 것이 분명했다. 11시가 되어서야 그들은 돌아가기 위해 식당을 나섰다. 양쪽 길가에 집들이 창문을 닫아 어두컴컴해진 길을 걸어 언덕을 올랐다. 날씨가 퍽 싸늘해져서 페넬로프는 소피의 숄에 깊이 몸을 파묻었다. 편안함을 주는 그 냄새가 고마웠다. 별이 아롱진 하늘에 구름장이 떠다녔다. 두 사람이 높이 올라가 저 아래에 위치한 다운얼롱의 구불구불한 거리를 내려다볼 만큼 되자, 바람이 두 사람을 세차게 파고들었다. 대서양에서 불어오는 신선하고도 매서운 바람이었다.

마침내 그래브니 주유소에 다다랐다. 이제 마지막 언덕바지만 남았다. 페넬로프는 걸음을 멈추고 머리를 뒤로 빗어 넘기고는 어깨 위로 숄을 더욱 꼭 감쌌다.

"미안합니다."

리처드가 입을 열었다.

"왜요?"

"너무 오래 걷게 해서. 택시를 타야 했는데."

"피곤하지 않아요. 익숙한 일인걸요, 뭘. 하루에 두세 번도 더 다니는 길인데요."

그는 그녀의 팔을 잡고 손가락에 자기 손가락을 끼웠다. 그러고 나서 두 사람은 다시 발걸음을 떼었다.

"앞으로 열흘간은 아주 바쁠 것 같아요. 하지만 틈이 나는 대로 들러서 식구들과 만나죠. 주사위 놀이도 하고."

"언제든지 오세요. 아빠는 당신을 언제나 환영하니까. 그리고 식사거리도 늘 있을 거예요. 수프하고 빵뿐일지도 모르지만."

"친절한 초대군요."

"친절이라뇨, 친절한 사람은 당신이에요. 오늘처럼 근사한 저녁은 여러 해 만에 처음이에요. 남자하고 저녁을 먹으러 나가는 것이 어떤 기분인지도 잊어버리고 있었어요."

"나야말로 군대 생활을 4년 하다 보니 군대 안에 있는 식당 말고 딴 곳에 가는 기분이 어떤 것인지 잊어버리고 있었어요. 군대 이야기만 떠들어대는 시끄러운 군인들이 없는 식당 말입니다. 그러고 보면 우리는 서로 좋은 일을 한 셈이로군요."

이윽고 두 사람은 커다란 문이 달린 담벼락 앞에 닿았다. 그녀는 발걸음을 멈추고 그를 향해 돌아섰다.

"들어가서 커피라도 한잔하시겠어요?"

"아니, 돌아가야 해요. 내일 아침에는 일찍 일어나야 하니까."

"아까도 말했지만 언제든지 오세요."

"그러겠습니다."

그는 그녀의 어깨에 손을 얹고 허리를 굽혀 뺨에 키스했다.

"안녕히."

그녀는 문으로 들어가 정원을 가로질러 모두가 죽은 듯이 잠자고 있는 집 안으로 들어갔다. 침실로 들어가 화장대 앞에서 멈추어 서고는 긴 거울 속에 비친 검은 눈동자의 여자를 바라보았다. 숄의 매듭을 끄르고서 발치에 떨어뜨렸다. 그러고 나자 하나씩 천천히 데이지무늬의 빨간 드레스 단추를 풀었다. 문득 단추 푸는 일을 멈추고 몸을 기울여 거울 속에 비친 자기 얼굴을 들여다보았다. 손을 올려 손가락으로 조심스럽게 그가 키스한 뺨을 만져보았다. 얼굴이 붉어지면서 장밋빛 홍조가 그녀의 얼굴을 물들였다. 그녀는 갑자기 웃음을 터뜨리다 말고 드레스를 벗고 침대로 들어갔다. 자리에 들고 나서도 눈은 여전히 말똥말똥 뜬 채 열린 창문 너머로 어두운 하늘을 바라보며 바다가 낮게 웅얼거리는 소리를 들었다. 자기 심장의 고동을 느꼈다. 머릿속으로는 리처드가 오늘 밤 했던 말 한마디 한마디를 되새겨보면서.

리처드 로맥스는 자기가 한 약속을 충실히 지켰다. 그는 그 후 몇 주일을 칸 별장에 오가곤 했는데, 그의 예고 없는 방문이 이제는 칸 별장 식구들에게는 아주 당연한 일로 받아들여지게 되었다. 로런스는 집에만 있어야 하는 그 긴 겨울의 초입에 들어서면 무척이나 우울해하곤 했는데, 리처드의 목소리가 들렸다 하면 갑작스레 기운이 솟는 것처럼 보였다. 도리스는 이미 처음부터 그가 정말 근사한 사람이라고 생각했던 데다 그가 자기 아들들하고 언제라도 기꺼이 축구 상대를 해주는 일이며, 자전거 고치는 일을 도와주는 일 등등이 그녀의 마음에 더욱 불을 붙였다. 로널드와 클라크는 처음에는 리처드의 지위에 겁을 먹고 있다가 곧 떨쳐버리고 그를 세례명으로 마구 부르는 사이가 되었다. 그러고는 전투에 얼마나 많이 참가했는지, 비행기에서 낙하산을 타고 내린 적이 있는지, 독일군을 몇 명이나 죽였는지 등등을 끝도 없이 질문해 댔다.

어니 역시 그가 젠체하지 않고 손 더럽히는 일도 기꺼이 해주며, 부탁하지도 않았는데 나무를 켜고 쪼개서 엄청난 장작더미를 쌓아주는 바람에 그를 좋아하게 되었다. 낸시조차 그에게 긴장을 풀고 어느 날 저녁엔가는 도리스가 외출하고 페넬로프가 부엌일로 분주한 사이에 리처드에게 안겨 2층으로 올라가 목욕을 하기도 했다.

페넬로프에게는 그러한 시간이 무척이나 특별한 시간이었다. 얼마 동안 그랬는지는 기억하고 싶지도 않았지만, 어쨌든 기억보다 훨씬 더 오래전부터 지금까지 자신은 반만 살아 있던 것 같은 기분이었다. 매일매일 머릿속의 뿌연 안개가 걷히고 맑아졌다. 새로운 자신을 자각하면서 사물에 대한 촉각도 예민해졌다. 그러한 증상 중 하나가 갑자기 유행가에 관심을 갖게 된 일이었다. 칸 별장의 부엌에는 라디오가 하나 있었다. 도리스는 늘 이 라디오를 끼고 살면서 전원을 끈적이 없었다. 옷장 구석에 놓인 라디오에서는 '노동자의 휴식 시간'

이라는 프로를 내보냈고, 뉴스 속보를 알리기도 했으며, 대담이며 노래가 끊임없이 흘러나왔다. 듣긴 듣지만 정말로 귀를 기울이는 사람은 없는데도 미친 듯이 혼자 이야기하고 노래했다. 그러던 어느 날, 페넬로프는 싱크대에 서서 홍당무의 껍질을 벗기고 있다가, 미국의 가수 주디 갈런드의 노랫소리를 들었다.

전에도 우리는 이렇게 서서
이야기를 나누었던 듯싶어요
그때도 이처럼 서로를 바라보았지요
하지만 그게 어디서인지 언제였는지는 기억이 안 나요
지금 당신이 입고 있는 옷도
그때 당신이 입고 있던 옷이고
당신 얼굴에 떠오른 미소도 그때의 미소이건만.

그때 도리스가 불쑥 들어왔다.
"무슨 일 있어?"
"응?"
"한 손에 칼, 한 손엔 홍당무를 든 채 멍하니 창밖을 내다보고 있으니 말이야. 정말 괜찮아?"
또한 이렇게 예민해지는 감각을 증명하는 더 희한한 징후들이 있었다. 흔해 빠진 광경만 보고도 걸음을 멈추고 바라보는 일이 비일비재해졌다. 마지막 나뭇잎이 나무에서 떨어지는 것을 보고서도, 또 헐벗은 나뭇가지들이 창백한 하늘을 배경으로 앙상하게 수를 놓고 있는 것을 보고서도 걸음을 멈추었다. 비가 온 후 태양이 자갈 깔린 거리를 고기비늘처럼 시릴 만큼 파랗게 빛나게 하는 것을 보아도 그랬다. 해안에 흰 포말을 뿌리며 몰아치는 가을바람 역시 춥다는 느낌보다는 싱싱한 생명력을 느끼게 해주었다. 몸 전체에서는 활기가 가득 찼다. 그 힘을 빌려 몇 달간 미루어 두었던 일들에 마구 덤벼들었다. 은식기를 닦기도 하고, 정원에서 삽질을 하기도 했고, 주말이면 아이들과 함께 멀리 황무지며 북해안 넘어 절벽에까지 산책을 나가곤 했다. 제일 흐뭇한 사실은—제일 이상하다고 해야겠지만—리처드가 오지 않은 채 여러 날이 흘러도 걱정이 되지 않고 괜한 추측을 하지도 않는다는 사실이었다. 조만간 틀림없이 나타날 것을 알고 있기 때문이다. 처음 이곳을 찾아왔을 때처럼 편하고 친근한 모습으로 다시 올 테지. 추호도 의심하지 않았다. 그러다가 그가 실제로 나타나면 그것은 일종의 근사한 보너스, 기쁨의 선물 같은 것이었다.

자신이 이처럼 평온하게 현재 상황을 받아들이고 있는 이유를 분석하고 알아보려고 애쓴 끝에 그녀는 드디어 알아내었다. 자신과 리처드 로맥스와의 관계는 물론 그러거니와, 그녀의 생활에 나타난 이 새롭고 진귀한 생명력 역시 덧없다거나 순식간이라는 느낌이 전혀 들지 않는다는 것이었다. 오히려 미리 계획된 사건의 일부인 양, 이미 그녀가 태어나던 날부터 영원한 것임을 그녀는 직감으로 느꼈다. 지금 그녀에게 일어나고 있는 일은 이미 그렇게 정해진 운명이고, 또 앞으로도 계속 그럴 거라는 직감이었다. 그녀 자신은 자각하지 못했지만 그녀의 마음속에서는 그와의 종말은 있을 리 없다는 생각이 자리 잡고 있었다.

"……매년 한여름이 되면 오픈 데이라는 게 있었어요. 그날은 화가들 모두가 화실을 정돈—어떤 데는 정말 정돈이 필요했지요—하고 자신들의 작품들과 완성된 캔버스들을 외부에 공개하는 날이었어요. 관람객들은 이 화실, 저 화실을 옮겨 다니며 구경을 했는데, 그중 그림을 사는 사람도 종종 있었어요. 물론 어떤 이들은 단순한 호기심에서 둘러보는 정도였죠. 마치 남의 집 살림살이는 어떤가 하고 들여다보듯이 말이에요. 그래도 진짜 수집가들도 꽤 왔어요. 아까 말한 대로 어떤 화실들은 그 시절에도 상당히 지저분하고 초라한 꼴이었죠. 하지만 아빠의 화실은 달랐어요. 새봄마다 대청소를 하고 꽃을 한 방 가득 꽂아놓는 소피 덕분이었죠. 게다가 방문객들에게 카스텔라 비스킷과 와인까지 대접했어요. 소피 생각으로는 약간의 다과 따위가 별것 아닌 것 같지만 그림의 판매를 돕는다는 거였어요……."

10월 말 어느 일요일 오후였다. 이따금 칸 별장을 방문하던 중 리처드는 수차례 로런스 스턴의 화실을 보고 싶어 했지만 적당한 기회가 주어지지 않았다. 그런데 오늘 그에게 처음으로 자유 시간이 넉넉히 난 터라 페넬로프는 다른 모든 계획을 팽개치고 그를 안내하겠다고 나섰다. 지금 그들은 평소처럼 걸어서 화실로 향하는 중이었다. 그녀의 카디건 주머니에는 커다랗고 오래된 열쇠가 묵직하니 들어 있었다.

날씨는 서늘하고 상쾌했다. 서쪽에서 불어오는 돌풍이 햇빛을 몰아내고 바다에 그림자를 드리웠다 모였다 흩어지곤 하는 낮은 구름 사이로 옅은 파란색 하늘이 조금씩 보였다. 부둣가 길은 거의 인적을 찾아볼 수 없었다. 얼마 안 되는 여름 관광객들이 떠나버린 지는 벌써 오래전이라 가게들도 다 문을 닫았고 안식일을 지키는 감리교 신자들인 토착민들은 일요일 저녁까지 잠을 자거나 숨겨진 정원에서 화초 심기를 하는지 일체 바깥출입이 없었다.

"아버님 그림들이 화실에 남아 있는 게 있어요?"

"아휴, 웬걸요. 혹시…… 반쯤 하다만 스케치나 미완성 캔버스라면 모를까. 그 이상은 없어요. 아빠가 한창 그림을 그리실 무렵엔 자기 그림을 모두 팔 수 있는 것만으로도 고마워서 기꺼이 내다 팔았거든요. 어떤 것은 물감이 채 마르기도 전에 팔리곤 했어요.「조개 줍는 아이들」은 전시된 적이 없어요. 어떤 이유에서인지 아빠는 그것을 매우 특별하게 생각하시는 것 같아 팔려고는 꿈도 꾸지 못했어요."

부둣가의 길을 빠져나온 그들은 이제 좁은 거리와 또 그 뒤로 골목길이 꼬불꼬불 나 있는 복잡한 언덕바지를 오르기 시작했다.

"전쟁이 선포된 날, 난 이 길로 해서 아빠를 찾으러 왔어요. 집으로 모시고 가 점심 식사를 드시게 하려고요. 그런데 교회의 시계가 11시를 치자 교회 탑에 앉아 있던 갈매기들이 모두 푸드덕거리며 날아올라 하늘 높이 사라지지 않겠어요."

마지막 모퉁이를 돌자 북해안이 나타났다. 그러자 여느 때처럼 심장을 턱 멈출 듯한 바람이 불어왔다. 그 바람에 두 사람은 자리에 멈추어 서서 숨결을 고른 다음 구불구불한 길을 걸어 화실에 닿았다. 페넬로프는 열쇠를 육중한 문의 구멍에 맞추어 넣고 돌렸다. 문이 덜컹 열리자 그녀는 앞장서서 안으로 들어갔다. 갑자기 밀려오는 부끄러움에 몸 둘 바를 몰랐다. 벌써 여기 온 지가 여러 달 되기 때문에 넓고 휑한 방에서는 아무렇게나 내버려둔 흔적이 금방 눈에 띄었던 것이다. 방 안 공기는 차가웠지만 답답했다. 온통 테레빈유 냄새와 나무 그은 냄새, 타르 냄새로 가득하고 습기가 축축하니 차 있었다. 차갑고도 투명한 북쪽 햇살이 키가 큰 창문으로 흘러들어와 황폐하고 무질서한 모습을 잔인할 만큼 낱낱이 드러내고 있었다. 리처드가 페넬로프의 등 뒤에서 문을 닫았다. 그녀는 퉁명스럽게 입을 열었다.

"정말 보기 끔찍하군요. 그리고 너무 습해요."

마룻바닥을 가로질러 건너간 그녀는 창문의 걸쇠를 벗기고는 애를 쓴 끝에 억지로 열었다. 그러자 얼음처럼 찬 바람이 밀려 들어왔다. 해안은 텅 비어 있었다. 파도는 밀려갔고 조수 간만을 표시하기 위해 롤러로 그은 흰 선만이 거품 속에 희미하게 보였다.

그는 그녀 옆에 와 서서 기쁜 듯이 입을 열었다.

"「조개 줍는 아이들」이로군."

"그래요. 이 창 너머를 바라보고 그린 거예요."

그녀는 돌아서서 경치를 감상했다.

"아빠의 화실이 이 꼴이 된 걸 보면 소피는 놀라 졸도할 거예요."

바닥은—아니, 수평면이라고 할 만한 곳은 어디나 모래가 얇게 뒤덮여 있었다. 탁자 위에는 낡은 잡지며 비우지 않은 재떨이, 잊고 두고 간 목욕 수건 등이 쌓여 있었다. 모델이 앉는 의자 위로 드리워지던 벨벳 커튼은 낡고 먼지가 뽀얗게 앉아 있었다. 그리고 몸통이 불쑥 나온 낡은 난로 앞 노변 위에는 재가 수북이 쌓여 있었다. 그 뒤로는 벽 쪽으로 긴 의자가 둘 놓여 있었는데 줄무늬 담요가 펼쳐져 있고, 쿠션이 여기저기 흩어져 있었다. 쿠션들은 푹 꺼져 있었고, 그중 하나는 쥐의 습격을 받아 귀퉁이에 구멍이 나 있어서 그 구멍으로 쿠션 안의 헝겊이며 솜이 불거져 나와 있었다.

　페넬로프는 어디서부터 시작해야 할지 모르는 채 어쨌거나 방 꼴을 수습하는 일에 착수했다. 낡은 종이 가방을 발견한 그녀는 찢어진 쿠션을 넣고 재떨이 속의 재를 털어 넣었다. 그러고는 그것을 나중에 돌아가다 가까이 있는 쓰레기통에 넣기 위해 한옆으로 밀쳐놓았다. 이어 의자에서 다른 쿠션들을 집어다가 바닥에 던지고 담요를 걷어서는 열린 창 앞으로 가지고 가 차갑고 신선한 대기 속으로 마구 털어댔다. 그 덕에 쥐똥이며 솜털 등이 바람에 실려 흩날렸다. 그렇게 해서 담요를 털고 쿠션은 툭툭 쳐 통통하게 부풀린 다음 제자리에 놓자 방 안이 훨씬 보기 좋아졌다.

　그동안 리처드는 어질러진 방 안 모습에는 전혀 개의치 않은 채로 이리저리 다니며 샅샅이 살피고 있었다. 다른 사람의 일생을 들여다볼 수 있는 단서가 산재해 있는 데에 넋을 빼앗긴 모양이었다. 방 안에는 온갖 기념물들과 조그마한 소품들이 여기저기 어질러져 있었다. 조개껍질이며 바닷가의 조약돌, 유목 조각들이 그 색과 모양을 그대로 간직한 채 수집되어 있었고, 벽에는 사진들이 압핀으로 여기저기 붙여져 있었다. 그 밖에도 손 모양을 뜬 석고 틀, 바닷새들의 날개 깃털과 이제는 바싹 말라 먼지처럼 부서질 것 같은 마른 잎들을 넣은 단지 등등이 있었다. 로런스가 쓰던 이젤이며 낡은 캔버스 묶음, 스케치북 등이 쌓여 있었고 물감이 바싹 마른 튜브 상자며 낡은 팔레트, 붓을 담는 통도 보였다. 그 통에는 로런스가 즐겨 쓰는 색깔인 주홍색, 황토색, 코발트색 그리고 적갈색 등이 묻어 있었다.

　"아버님이 일을 그만두신 지 얼마나 되었죠?"

"네, 꽤 오래됐죠."

"그런데도 여기 이렇게 그대로 다 남아 있군요."

"아무것도 버리려고 하지 않으세요. 나 역시 용기가 나지 않고요."

리처드는 난로 앞에서 걸음을 멈추었다.

"불을 피워 보는 게 어떨까요? 그럼 방 안이 좀 마르지 않을까요?"

"그럴 테죠. 하지만 성냥이 없는걸요."

"성냥은 내게 있어요."

그는 허리를 구부리고는 조심스럽게 난로 문을 열고는 부지깽이 끝으로 재를 쑤셔보았다.

"여기 신문도 있고, 불쏘시개도 있고, 부목도 있으니 될 거예요."

"굴뚝 속에 갈까마귀가 둥지를 틀었으면 어떡해요?"

"그랬으면 금방 알게 될 테죠."

그는 이렇게 말하고 나서 허리를 펴고 일어서더니 녹색 베레모를 벗고 한옆으로 밀어놓은 다음, 전투복 상의의 단추를 끌렀다. 그러고 는 소매를 걷어 올린 뒤 일에 착수했다.

리처드가 난로 속의 재를 치우고 신문 조각들을 말아 불쏘시개를 만드는 동안, 페넬로프는 서핑보드를 쌓아놓은 뒤에서 빗자루를 꺼 내 탁자며 마루의 모래를 쓸어내기 시작했다. 무슨 마분지 조각이 눈 에 띄길래 모래를 거기다가 쓸어 담고는 창밖으로 털어 버렸다. 해안 은 방금 전까지만 해도 텅 비어 있었는데 멀리서 조그맣게 두 사람이 나타나는 것이 보였다. 남자 한 사람, 여자 한 사람 그리고 개 한 마리 였다. 남자가 막대기를 던지자 개는 막대기를 물어오기 위해 파도 속 으로 뛰어 들어갔다. 그것을 보고 그녀는 몸을 떨었다. 바깥 공기는 차가웠다. 창을 반쯤 닫은 그녀는 걸쇠를 걸었다. 그러자 더 이상 할 일이 없어 긴 의자 구석에 가서 웅크리고 앉았다. 어린 시절에도 그녀는 햇살이 쏟아지는 해안에서 오랫동안 수영을 하고 나서 졸리면 여기 의자, 소피 옆에 웅크리고 누워 책을 읽어 달라거나, 옛날이야기를 해달라곤 했다.

리처드를 바라보았다. 그러자 늘 그랬듯이 안전하고 평화로운 감정이 밀려들었다. 리처드는 어떻게 했는지 불씨를 만들어 불을 피워 놓았다. 나뭇가지들이 탁탁 튀면서 불꽃이 피어올랐다. 그는 조심스럽게 부목 조각을 더 집어넣었다. 마치 캠프파이어 불을 피우는 남학생처럼 열중해 있는 그의 모습에 그녀는 싱긋 미소를 지었다. 그가 고개를 들고는 그녀의 미소를 보았다.

"보이스카우트 단원이었어요?"

페넬로프가 물었다.

"그래요. 밧줄 매듭지을 줄도 알고 막대기 두 개 하고 우비로 들것을 만드는 법도 배웠죠."

나무 한두 개를 더 넣자 타르칠을 한 나무에 금방 타탁하며 불꽃이 타올랐다. 난로 문을 닫은 그는 공기량을 조절한 다음 일어서서 손을 엉덩이에 문질렀다.

"이제 됐어요."

"차하고 우유가 있었으면 냄비에 물을 데워서 뜨거운 차를 만들 텐데……."

"그거야 베이컨하고 달걀이 있으면 베이컨 달걀 요리를 만들 수 있겠다는 말이나 똑같군요."

그러고 나서 그는 등받이 없는 의자를 하나 끌어당겨 그녀의 맞은편에 앉았다. 그의 오른뺨에 검댕이 조금 묻어 있었지만, 그녀는 알려주지 않았다.

"예전에도 여기서 차를 끓이곤 했어요?"

"네, 서핑을 한 다음에요. 온몸이 흠뻑 젖어 춥고 떨릴 때는 차가 그만이죠. 차에 담가 먹을 만한 생강 과자가 항상 있었거든요. 폭풍우가 심한 겨울에는 모래가 창턱까지 밀려와 두껍게 쌓이곤 했어요. 하지만 그렇지 않은 해에는 오늘처럼 20피트 정도 높이죠. 그럼 줄사다리를 타고 해안으로 내려가곤 했어요."

그녀는 다리를 풀고는 쿠션 사이로 좀 더 편히 자리 잡았다.

"향수에 젖다니 우습군요. 꼭 나이 먹은 사람 같죠? 요즘은 늘 옛날엔 이랬었지 그런 얘기만 하는 것 같아요. 따분하실 거예요."

"전혀 따분하지 않아요. 하지만 당신 인생은 전쟁이 터지던 날 끝나버린 듯한 인상을 종종 받습니다. 그건 옳지 않아요, 당신은 젊은데."

"스물넷이 된 지 얼마 안 되었어요."

그가 미소를 지었다.

"생일이 언제였나요?"

"지난달이었어요. 당신은 그때 없었죠."

"9월이라……."

그는 잠시 곰곰이 생각해 보더니 만족한 듯이 고개를 끄덕였다.

"그래, 그렇군. 꼭 어울려요."

"무슨 말이죠?"

"루이스 맥니스라는 사람의 작품을 읽어본 적 있어요?"

"못 들어 보았는데요."

"아일랜드 시인이에요. 최고의 시인이죠. 그 사람 시를 소개할게 요. 암송으로, 당신이 당황할지 모르지만."

"난 쉽게 당황하진 않아요."

그는 웃음을 터뜨리고는 곧바로 입을 열었다.

9월이 왔네, 9월은 그녀의 달

그녀의 생명력은 가을이 와야 뛰놀고

그녀의 천성은 나뭇잎이 떨어진

헐벗은 나무와 벽난로의 불꽃을 좋아하지.

그래서 난 그녀에게 이 9월과

그다음 달을 바친다네

물론 내 일 년 모두가 그녀 것이지

벌써 그녀는 내 일 년의 많은 날을

괴롭고 고뇌에 가득 찬 나날로 만들었으니까

하지만 그보다 많은 날을

행복하게 해주었다네.

내 인생에 향기를 남긴 그녀

벽들은 그녀의 그림자로 일렁이네

그녀의 머리칼은 내 눈물의 폭포에 잠겨 있고

런던의 곳곳마다 추억의 키스로 얼룩져 있네.

사랑의 시. 뜻밖에도 그것은 사랑의 시였다. 그녀는 당황하지는 않왔지만 깊이 감동했다. 리처드의 조용한 음성으로 읊어진 시구 하나하나는 깊은 감정의 소용돌이를 몰고 왔다. 하지만 슬픔도 함께 왔다. '런던의 곳곳마다 추억의 키스로 얼룩져 있네.' 문득 앰브로즈가 생각났다. 그리고 그와 함께 극장에 갔던 그날 밤이 생각났다. 그날, 두 사람은 극장에 갔다가 저녁을 먹고 오클리 가로 갔다. 하지만 그 기억은 밋밋했고 아무런 색깔도 없었다. 또한 지금 들은 시처럼 그녀의 감각을 뒤흔들지도 않았다. 아무리 좋게 말하려고 해도 그와의 추억은 음울할 뿐이었다.

"페넬로프."

"네?"

"당신은 왜 남편 이야기를 하는 법이 없소?"

고개를 홱 쳐들고 그를 바라보았다. 오싹한 순간이었다. 그녀는 혹시나 자기가 방금 한 머릿속의 생각을 말로 내뱉은 것이 아닌가 어리둥절해졌다.

"내가 그 사람 이야기를 하길 바라세요?"

"아니, 꼭 그렇지는 않아요. 하지만 그게 자연스러운 일 아니오. 당신을 안 지도 벌써……, 거의 두 달이 다 되어 가는데 그동안 당신은 한 번도 스스로 그 사람에 대해 말하거나 이름조차 입 밖에 내본 적이 없소. 당신 아버님도 마찬가지고. 행여 그 이야기 근처에라도 갈 만하면 곧 화제를 바꾸곤 하셨소."

"이유는 간단해요. 아빠는 앰브로즈에 대해 따분한 기억을 갖고 계세요. 소피 역시 마찬가지였고요. 남편과 우리 부모님은 공통점이 하나도 없었어요. 때문에 화제로 올릴 만한 이야기가 하나도 없었죠."

"그럼 당신은?"

그녀는 그 순간 솔직해져야 함을 알고 있었다. 리처드에게뿐만 아니라 스스로에게도.

"내가 그 사람 이야기를 하지 않는 것은 그 사람과의 일을 그다지 자랑스럽게 생각하지 않아서예요. 그래서 잘 꺼내지 않죠."

"무슨 뜻인지 모르지만, 설마 그렇다고 해서 내가 당신을 나쁘게 볼 거라고 생각하는 것은 아니겠죠?"

"당신이 어떻게 생각할지 모르겠어요."

"어떻게 생각할지 한번 얘기해 봐요."

그녀는 적당한 말이 떠오르지 않아 어깨를 들썩였다.

"난 그 사람하고 결혼했어요."

"그 사람을 사랑했소?"

그녀는 다시 한번 자기 자신에게 진실해지려고 애썼다.

"글쎄, 모르겠어요. 어쨌든 그 사람은 잘생겼고 친절했어요. 그리고 내가 군대에 들어가 웨일 아일랜드로 파견된 후 처음 사귄 친구이기도 했고요. 난 그전까지는……."

그녀는 얘기를 하다 말고 주저했다. 적당한 말을 찾기 위해서였다. 하지만 남자친구라는 표현 말고 무슨 말이 따로 있겠나.

"……그전까지는 남자친구를 사귄 적이 전혀 없었어요. 내 나이 또래의 남자하고는 전혀 사귀어본 적이 없었죠. 그런데 그 사람은 좋은 말 상대가 되어주었고 나를 좋아했어요. 그것은 내게는 새롭고 전혀 다른 경험이었어요."

"그것뿐이오?"

그는 그녀의 두서없는 설명을 듣고도 생각했던 대로 그냥 덤덤한 표정이었다.

"아뇨, 다른 이유도 있었어요. 낸시를 가졌거든요."

그녀는 짐짓 밝은 미소를 지었다.

"충격이었나요?"

"천만에, 충격이라니 당치 않소."

"충격받은 얼굴로 보이는데요."

"그건 당신이 실제로 그 사람하고 결혼까지 했다는 사실 때문이오."

"결혼을 꼭 해야 했던 건 아니었어요."

리처드에게 그 사실을 확인시키는 일이 중요했다. 안 그랬다가는 로런스가 딸의 임신을 빌미로 총이라도 들이대 결혼을 강요하고, 소피가 눈물바다가 된 것으로 상상할 것이기 때문이었다.

"아빠하고 소피는 그런 분들이 아니었어요. 그분들은 정말이지 자유로운 영혼을 가진 분들이셨죠. 진부한 사회 관습 같은 것엔 아무 관심이 없으셨어요. 휴가 때 와서 부모님에게 아기 이야기를 했지요. 보통 때 같으면 그냥 집에 머물다가 아이를 낳았을 거예요. 앰브로즈는 그 사실을 모르고 지냈을 테고요. 하지만 난 아직 여군 해군 소속이었고 휴가도 끝나갔던 터라 포츠머스로 돌아가야 했어요. 그렇게 되니 자연히 앰브로즈를 다시 볼 수밖에 없었고요. 그 바람에 어쩔 수 없이 아이 얘기를 해야 했지요. 당연한 일로 생각했으니까요. 난 그에게 꼭 결혼할 필요는 없다고 했어요. 그런데……."

그녀는 잠시 주저했다. 그 당시를 정확히 기억하기가 힘들었다.

"……그런데 앰브로즈는 그 소식을 듣자 곧 결혼을 해야 한다고 생각한 것 같았어요. 난 솔직히 감동했어요. 그 사람이 그렇게 하리라고는 기대도 하지 않았으니까요. 일단 마음을 정하자 시간을 허비할 새가 없었어요. 앰브로즈가 훈련 과정을 다 끝내고 해상 파견근무를 시작해야 할 처지였거든요. 내친김에 날짜를 잡고 끝내버렸지요. 5월 어느 화창한 날 오전에, 첼시에 있는 등기소에서."

"당신 부모님도 그 사람을 만났소?"

"아뇨, 결혼식에도 오실 수가 없었어요. 아빠가 기관지염을 앓고 계셨거든요. 그래서 결혼한 뒤 몇 달이 지나서야 앰브로즈가 주말 휴가를 받아 칸 별장에 왔을 때 그때 서로 첫 대면을 했죠. 그런데 앰브로즈가 집에 들어온 순간, 난 모든 게 잘못됐다는 것을 직감했죠. 그 사람과 결혼한 것은 정말이지 끔찍하고도 괴로운, 생애 최대의 실수였어요. 우리하고는 전혀 어울리지 않는 사람이었어요. 나하고도 전혀 섞여 들 수 없는 사람이었죠. 나 역시 그 사람한테 끔찍했을 거예요. 배가 불러 남산만 한 데다가 따분하고 초조하게 굴었으니까. 그 사람 기분을 즐겁게 해주려는 노력도 일절 안 했어요. 지금도 부끄럽게 생각해요. 또 부끄러운 것은 나 자신을 언제나 성숙하고 영리한 여자로 생각해 왔으면서도 막상 그런 때가 닥치니까 여자들이 저지를 수 있는 가장 어리석은 실수를 하고 말았다는 점이에요."

"결혼한 일을 말하는 거군요?"

"그래요. 솔직히 말해봐요, 리처드. 당신이라면 그처럼 바보 같은 짓은 하지 않았겠지요."

"그렇게 단정 짓지 말아요. 나 역시 서너 번인가 결혼 직전까지 갔지만, 마지막 순간에는 언제나 상식이 돌아와 만류해 주었었소."

"상대를 사랑하고 있지 않은 것을 알고 그게 옳지 않은 일이라는 것을 깨달았다는 말이죠?"

"그런 이유도 있었죠. 그리고 다른 이유도 있었지. 지난 십 년간 난 이 전쟁이 언젠가는 발발하리라는 것을 어렴풋이 짐작하고 있었소. 지금은 서른둘이지만, 히틀러와 나치당이 처음 등장했을 때 난 스물둘이었지. 대학 시절에 나한테는 클라우스 폰 라인도르프라는 훌륭한 친구가 있었소. 옥스퍼드에서 주는 로즈 장학금을 받는 영민한 학생이었는데, 유대인은 아니고 독일의 유서 깊은 가문 출신이었소. 우리는 그의 고향에서 일어나고 있는 사태에 대해 많은 이야기를 나누었소. 그 시절에도 그는 뭔가 나쁜 예감이 들었던 모양이오. 어느 해여름, 난 롤 산맥을 오르기 위해 오스트리아로 갔지. 그때 나는 심상치 않은 정세를 내 피부로 느끼고 불길한 재난이 곧 닥칠 것임을 알았소. 당신 친구인 클리퍼드 부부만이 고난을 예견한 것은 아니오."

"그래서 당신 친구는 어떻게 되었나요?"

"모르겠소. 일단 독일로 돌아갔어요. 처음에는 얼마간 내게 편지로 소식을 보내더니 그다음에는 편지조차 뚝 끊겼소. 그냥 홀연히 내 인생에서 자취를 감추어버린 거요. 지금 바라는 것은 그가 고통스럽지 않게 죽었기나 바랄 뿐이오."

"난 이 전쟁이 싫어요."

그녀가 대꾸했다.

"누구나 다 그렇듯이 말예요. 제발 빨리 끝나서 살상과 폭격과 전투가 그치길 원해요. 하지만 또 한편으론 전쟁이 끝나는 것이 겁나기도 해요. 아빠는 자꾸만 쇠약해 가세요. 사실 날도 얼마 남지 않았어요. 그렇게 되면 보살펴드릴 아버지도 없고, 전쟁도 끝이 난 터에 남편에게 돌아가지 않으려야 핑계가 없잖아요. 가끔 나와 낸시가 알베르스토크나 키햄 같은 곳의 작은 교외 주택에서 남편과 사는 모습을 그려보곤 해요. 그러면 소름이 끼쳐 오싹해지곤하죠."

이제 고백을 다 하고 만 셈이었다. 침묵 속에 그녀가 한 말의 여운이 이리저리 떠다녔다. 그녀는 그가 자기를 비난할까 두려웠다. 지금은 무엇보다 그의 위로가 필요했다. 절망감에 젖은 채 그에게 얼굴을 돌렸다.

"제가 너무 이기적인 여자라 싫은가요?"

"아니."

그는 몸을 앞으로 숙이더니 줄무늬 담요 위에 손바닥을 위로 한 채 놓인 그녀의 손에 자기 손을 얹었다.

"정반대요."

그녀의 손은 얼어붙을 듯이 차가웠지만 그의 손길은 따스했다. 그녀는 그의 따스한 온기를 느끼고 싶어 그의 손목에 손가락을 휘감았다. 온기가 그녀의 온몸 구석구석에 퍼지게 하고 싶었다. 다음 순간 충동적으로 그의 손을 들어 올려 자기 뺨에 댔다. 그 순간 두 사람은 동시에 입을 열었다.

"당신을 사랑해요."

그녀는 고개를 들어 그의 눈 속을 들여다보았다. 드디어 하고 말았다. 물은 엎질러졌고 주워 담을 수가 없었다.

"오, 리처드."

"당신을 사랑하오."

그는 다시금 반복했다.

"당신을 처음 본 순간부터 사랑한 것 같소. 길 맞은편에 아버지와 서 있는 당신을 본 순간부터. 바람결에 머리가 흩날리며 마치 매혹적인 집시처럼 서 있던 당신을 본 순간부터 말이오."

"난 몰랐어요…… 정말이지……."

"그리고 처음부터 난 당신이 결혼한 몸이라는 것을 알고 있었지만 그런 것은 안중에도 없었소. 당신을 도저히 머릿속에서 몰아낼 수가 없었소. 아니, 이제 생각하니 몰아내려고 노력해 본 일도 없었던 것 같소. 당신이 나에게 칸 별장으로 식사하러 오라고 초대했을 때 난 스스로에게 타일렀소. 그건 당신 아버님 때문이라고. 아버님이 나하고 있길 좋아하고 주사위 놀이를 즐기기 때문이라고. 그래서 갔던 거요. 자꾸 갔지……. 아버님을 보려고 간 이유도 물론 있지만, 그보다는 당신 아버님하고 같이 있으면 당신도 항상 근처에 있다는 것을 알았기 때문이오. 아이들한테 늘 둘러싸여 있고 또 끊임없이 일에 매달려 있긴 했지만 그래도 당신은 근처에 있었소. 내게 정말 중요한 것은 그것뿐이었지."

"나 역시 중요한 것은 그것뿐이었어요. 그 이유를 굳이 캐보려고는 하지 않았어요. 단지 당신이 문으로 들어오는 순간이면 모든 것의 색채가 뒤바뀐다는 것만 알고 있었죠. 마치 당신을 전부터 쭉 알고 있었던 듯한 느낌이었어요. 과거에도 그렇고, 미래에도 그렇고 좋은 일이란, 아주 좋은 일이란 모두 갑자기 일어나는 법이죠. 하지만 난 그것을 감히 사랑이라고 부를 마음을 먹지 못했어요."

그는 이제 그녀 곁에 바싹 다가와 그녀를 안고 있었다. 꼭 끌어안아서 그의 심장이 맹렬히 뛰고 있는 것을 느낄 수 있었다. 그의 어깨에 얼굴을 댔다. 그의 손가락이 그녀의 머리카락 속을 헤집었다.

"오, 내 사랑, 내 사랑."

그의 속삭임에 그녀는 몸을 떼고 얼굴을 쳐들었다. 두 사람은 몇 년간이나 떨어져 있던 연인처럼 키스를 나누었다. 그것은 마치 고향 집으로 돌아와 등 뒤에서 문이 닫히는 것을 들으며 이제는 내 집이구나 하고 느끼는 그런 기분이었다. 바깥세상을 차단한 채 오직 같이 있고 싶은 사람과 어느 누구에게도, 어떤 것에도 방해받지 않고 둘만이 있는 듯한 느낌이었다.

그녀가 등을 대고 눕자 검은 머릿결이 낡고 색 바랜 쿠션 위로 가득 퍼졌다.

"오, 리처드……."

속삭임이 흘러나왔다. 속삭임밖에는 더 할 수도 없었다.

"난 몰랐어요. 내가 이런 기분을 느낄 수 있으리라고는 꿈도 꾸지 못했어요. 이런 느낌이리라고는……."

그가 싱긋 웃었다.

"더 좋을 수도 있지."

그녀는 그의 얼굴을 올려다보고는 그가 무슨 말을 하고 있는지 알았다. 자신 역시 무엇보다 원하고 있음을 알았다. 그녀는 웃음을 터뜨렸다. 그의 입술이 그녀의 웃고 있는 입술을 덮쳤다. 이제까지 나눈 달콤한 말들이 갑자기 불필요하게 느껴졌다. 그리고 말만으로는 충분하지 않았다.

낡은 화실은 사랑의 장면을 보는 것에 익숙했다. 배가 불룩하게 나온 난로는 불을 활활 태우면서 그 따스함으로 안락함을 베풀어 주었다. 그리고 반쯤 열린 창으로 밀려 들어오는 바람도 그 모든 것을 전에도 본 적이 있는 듯했다. 담요를 씌운 긴 의자는 한때는 로런스와 소피가 서로의 즐거움을 나눈 곳이었는데, 이젠 새로 벌어지는 사랑을 공범자처럼 감싸주었다. 얼마 후, 정열을 태우고 난 뒤의 깊은 평화와 정적 속에서 그들은 서로의 팔에 안긴 채 조용히 누워 있었다. 하늘을 가로질러 흘러가는 구름을 바라보며 비어 있는 해안에 와서 부딪히는 파도의 한없는 외침을 귀 기울여 듣고 있었다.

"이제 어떻게 될까요?"

"무슨 뜻이오?"

"우린 앞으로 어떻게 하죠?"

"계속 서로 사랑하는 거지."

"난 과거로 돌아가고 싶지 않아요. 예전으로 돌아가기 싫어요."

"그건 불가능하오."

"하지만 그래야 하는걸요. 현실을 피할 수는 없잖아요. 하지만 난 내일, 내일 그리고 또 내일만 있었으면 좋겠어요. 그 내일마다 깨어 있는 시간이면 온통 당신하고만 있고 싶어요."

"나 역시 그러길 바라오."

그의 음성이 서글펐다.

"하지만 그럴 수는 없지."

"이 전쟁, 정말이지 증오해요."

"그래도 감사해야 할 거요. 우리를 만나게 해주었으니까."

"아니, 그렇지 않아요. 전쟁이 아니더라도 우리는 만났을 거예요.

어떻게 해서든지, 어디서든지. 별들이 그렇게 이야기하고 있어요. 내가 태어난 날 천상의 호적 담당 천사가 당신에게 고무도장을 찍었을 거예요. 내 이름이 새겨진 도장을. 그것도 커다랗게 대문자로 새겨진 것으로요. 이 남자는 페넬로프 스턴의 것이라고."

"하지만 당신이 태어나던 날 난 남자가 아니었지. 어려운 라틴 문법을 가지고 끙끙대며 손에 잉크를 잔뜩 묻힌 사립 초등학교 사내애였으니까."

"그래도 마찬가지예요. 우린 서로를 위해 존재하는 사람이었어요. 당신은 늘 어딘가에 있었잖아요."

"그래, 늘 있었지."

그는 그녀에게 키스하고는 머뭇거리며 손목에 찬 시계를 보았다.

"5시가 다 되어가는군."

"난 이 전쟁이 싫어요. 시계도 싫어요."

"하지만 달링, 불행히도 언제까지나 여기 있을 수는 없지 않소."

"언제 당신을 다시 볼 수 있을까요?"

"얼마 동안은 못 볼 거요. 멀리 좀 가야 하니까."

"얼마나 오래요?"

"3주일. 이런 걸 당신한테 이야기하는 것이 아닌데, 그러니까 당신도 입 밖에 내서는 안 돼요."

그녀는 놀라 온몸이 굳었다.

"대체 어디로 가는 건데요?"

"말할 순 없소……."

"거기 가서 뭘 하는 건데요? 위험한 일인가요?"

그는 웃음을 터뜨렸다.

"아니요, 겁쟁이 아가씨. 위험한 일은 물론 아니오, 훈련 과정인데…… 내 임무 중 일부지. 이젠 더 이상 묻지 말아요."

"당신한테 무슨 일이 생길까 겁이 나요."

"아무 일도 안 생길 거요."

"언제 돌아오나요?"

"11월 중순쯤?"

"11월 말에 낸시의 생일이 있어요. 세 살이 되는……."

"그때까지는 돌아올 거요."

그녀는 그의 말을 생각해 보았다.

"3주일이라……."

문득 한숨을 쉬었다.

"그 시간이 마치 영원처럼 길게 느껴지는군요."

부재(不在)란 작은 촛불을 불어 끄는 바람

하지만 타다 남은 불씨를 살려

커다란 불꽃으로 타오르게도 한다네

"……어쨌든 그럭저럭 지낼 수야 있겠죠."

"내가 당신을 얼마나 사랑하는지를 기억하면 좀 낫겠소?"

"그래요, 조금은……."

겨울이 닥쳐왔다. 모진 동풍이 그곳을 덮치고 황야를 휩쓸며 신음

소리를 냈다. 바다는 성이 나 마구 요동치며 납빛으로 변했다. 집이 며 거리며 하늘도 추위로 하얗게 질린 것 같았다. 칸 별장에서는 아 침에 일어나면 제일 먼저 불을 피우는 것이 일과였고 하루 종일 꺼뜨 리는 법이 없었다. 소량 배급되어 나오는 석탄을 비롯해 불에 탈 것 은 뭐든지 태웠다. 낮의 길이가 점점 짧아지면서 평상시에는 오후의 차를(영국인들은 4, 5시경 차와 간식을 먹는 습관이 있음 _옮긴이) 마실 시간에 등화관제를 위해 커튼을 내려야만 했다. 이에 비해 밤은 한없이 길었 다. 페넬로프는 낡은 판초를 다시 꺼내 입었고, 두꺼운 검은 스타킹 을 신었다. 어쩌다 오후에 낸시를 데리고 산보를 나갈 때면 털로 짠 스웨터며 어린이용 겨울 바지, 보닛, 장갑을 한없이 껴입혀야 했다.

로런스는 나이를 먹은 탓인지 관절이 추위로 쑤시는 터라 손을 불 에 쬐면서 점차 불안해하고 시무룩해져 갔다. 한마디로 따분해했다.

"대체 리처드 로맥스는 어디 간 거냐? 벌써 3주 넘게 안 왔잖니?"

"3주하고 4일이에요, 아버지."

그녀는 날짜를 세고 있었다.

"전에는 그렇게 오래 안 온 적이 없었는데."

"주사위 놀이를 하러 돌아올 거예요."

"대체 무엇을 하고 있다니?"

"그건 모르겠어요."

또 일주일이 지났건만 그는 나타날 기미를 보이지 않았다. 아니라 고 타이르면서도 페넬로프는 걱정이 되기 시작했다. 아주 영영 안 돌 아올지도 모른다. 제독이나 장군쯤 되는 사람이 화이트홀(런던 중앙의 관청가 _옮긴이)에 앉아 리처드를 어디 다른 근무지, 스코틀랜드 북부

쯤에 배치했는지도 모른다. 그래서 이제 다시는 그를 보지 못하게 될 지도 모른다. 편지 한 장도 없었지. 하지만 쓰지 못하는 상황이었을 수도 있다. 아니면…… 이건 정말 생각하기도 싫은 일이지만…… 미래를 위한 제2전선을 구축하기 위해 노르웨이나 네덜란드쯤에 배치되었는지도 모른다. 연합군이 진격할 길을 닦기 위해서 선발대로 뽑혀 갔는지도 모른다. 하지만 불안에 과열된 상상력도 그 생각만은 하기 싫어 뒷걸음질 쳤다.

낸시의 생일이 다가와 있었다. 잘된 일이었다. 달리 생각할 거리가 생겼기 때문이었다. 그녀와 도리스는 작은 파티를 계획했다. 그러고는 낸시의 꼬마 친구들에게 초대장을 보냈다. 식품 배급표는 초콜릿 비스킷을 사는 데에 썼고, 페넬로프는 간직해둔 버터와 마가린 덩어리로 케이크를 만들었다.

낸시도 이제 제법 철이 들어 자기를 위한 특별한 날을 기다렸다. 그리고 짧은 생애 중 처음으로 그날이 어떤 날인지를 감지했다. 다름 아닌 선물을 받는 날이었다. 아침을 먹고 나자 그녀는 거실 난롯불 곁의 깔개에 앉아 어머니와 할아버지 그리고 도리스의 선물 꾸러미를 풀고는 연신 기쁘고 찬탄스러운 눈길로 바라보았다. 낸시의 기대는 헛되지 않았다. 페넬로프는 새 인형을 주었고 도리스는 천 조각과 털실 쪼가리를 정성스레 모아 인형의 옷들을 만들어 주었다. 어니 펜 버스에게서는 나무로 만든 튼튼한 손수레가 전달되었고, 로널드와 클라크가 준 그림 맞추기 게임도 있었다. 혹시 자기의 재능을 물려받았을까 눈을 부릅뜨고 찾아보고 있는 로런스는 외손녀에게 색연필 한 상자를 선물로 주었다. 하지만 낸시가 가장 기뻐한 선물은 친할머니인 돌리 킬링이 보낸 선물이었다. 커다란 상자를 열고 몇 겹으로 싼 속포장지를 젖히자 마침내 새 드레스가 모습을 나타내었다. 파티 드레스였다. 흰 오건디(모슬린 직물 _옮긴이)가 몇 겹으로 주름을 이루고 가장자리에는 레이스를 두르고 있었다. 그리고 그 위에는 핑크빛 실크 겉옷이 겹쳐 있었다. 어떤 선물도 낸시를 그 이상 기쁘게 해준 것은 없었다.

낸시는 곧 다른 선물들을 한 편으로 밀어낸 뒤 "지금 당장 입을래!" 하면서 그 자리에서 덩가리(올이 굵은 무명천의 일종 _옮긴이) 천으로 만든 놀이옷을 벗기 시작하는 것이었다.

"안돼, 이건 파티 드레스야. 오늘 오후 네 파티가 있으니까 그때 입어야 돼! 자, 여기 봐라, 인형한테 새 옷을 입히렴. 도리스가 인형한테 입히라고 만들어준 드레스를 봐. 페티코트도 있어. 레이스 달린."

그날 점심때가 되어서였다.

"거실에서 나와 주셔야겠어요, 아버지."

페넬로프가 말했다.

"여기서 파티를 해야 하니까요. 게임을 하고, 놀 장소도 있어야 하고요."

그러고 나서 그녀는 방 끝으로 탁자를 옮겼다.

"그럼 난 어디 처박혀 있어야 하나? 석탄 창고에?"

"아뇨, 도리스가 서재에 불을 피워 놓았어요. 거기서 조용하고 한적하게 지내실 수 있을 거예요. 낸시는 이곳에 남자는 얼씬도 하지 않길 원해요. 아주 딱 부러지게 얘기했다고요. 로널드하고 클라크도 나가 있어야 해요. 펜버스 부인하고 차를 마시기로 했죠."

"그럼 들어가서 생일 케이크를 먹어도 안 되는 거냐?"

"그거야 되죠. 낸시가 너무 제멋대로 하게 놔두어서는 안 되잖아요."

어린 꼬마 손님들은 4시에 도착했다. 모두 엄마나 할머니의 손에 이끌려 현관으로 들어왔다. 그 후 한 시간 반 동안 도리스와 페넬로프는 아이들을 돌보느라 기진맥진할 지경이었다. 파티는 으레 하는 대로 진행되었다. 모두들 낸시를 위해서 조그마한 선물을 가지고 왔으므로 그것들을 펴보아야 했다. 그러던 중에 어느 아이가 울더니 집에 가고 싶다고 했고, 한 거만한 곱슬머리 꼬마 귀부인은 파티에 마술사도 등장하느냐고 물었다. 페넬로프는 마술사는 없다고 명랑하게 대꾸해 주었다.

게임이 진행되었다.

"내 애인에게 편지를 가지고 가다가 가는 길에 떨어뜨렸네."

아이들은 모두 거실 바닥에 둥글게 다리를 포개고 앉아 한목소리로 노래했다. 한 아이는 지나치게 흥분하다가 팬티를 적시는 바람에 2층으로 데리고 가 마른 속옷을 빌려 입혀야 했다.

농부는 오막살이에 살지
농부는 오막살이에 살지
하이—호, 마이 대디—오
농부는 오막살이에 살지

페넬로프는 너무 지친 나머지 시계를 보고 아직 4시 30분밖에 안 된 것을 알고도 믿어지지 않았다. 엄마나 할머니들이 나타나서 아이들을 찾아 데리고 갈 때까지 아직도 한 시간이나 족히 남아 있는 것이었다. 아이들은 '꾸러미를 넘겨요'라는 놀이를 했다. 곱슬머리의 거만한 소녀가 자기가 꾸러미를 끌려야 할 차례인데, 낸시가 꾸러미를 가로챘다고 우기고 나설 때까지는 그래도 잘 진행되었다. 낸시는 아니라고 반박하다가 곱슬머리에게서 귀 윗부분을 한 대 맞았다. 그러자 낸시가 곧 되받아쳤다. 페넬로프는 아이들을 달래어 요령껏 떼놓았다. 도리스가 방문 앞에 나타나더니 차 준비가 되었다고 알렸다. 페넬로프에게는 그보다 반가운 소식이 없었다.

덕분에 게임은 취소되고 아이들은 모두 식당으로 우르르 몰려갔다. 로런스는 식탁 상석에 있는 의자에 앉아 음식을 나누어 줄 준비를 하고 있었다. 커튼이 내려지고 난롯불을 밝히자 잔치 분위기가 되었다. 아이들은 잠시 입을 다물었다. 마치 독재 군주처럼 딱 버티고 앉은 노인의 겁나는 모습 때문이기도 했고, 음식이 차려진 광경에 넋을 잃기도 해서였다. 그들은 모두 풀이 빳빳이 먹여진 흰 식탁보며 반짝반짝 빛나는 잔과 접시, 레모네이드용 빨대며 크래커 등을 바라보았다. 음식으로는 젤리와 샌드위치, 사탕 입힌 비스킷, 잼과 과일이 든 파이, 그리고 케이크가 마련되어 있었다. 아이들은 모두 식탁에 자리를 잡고 앉았다. 그러고 나서는 한동안 쩝쩝 와삭와삭 먹는 소리밖에 들리지 않았다. 물론 사고도 몇 번 일어났다. 샌드위치가 카펫에 떨어지는가 하면 레모네이드 잔이 엎어져 식탁보를 적시기도 했다. 하지만 그런 일이야 늘 있는 일이었으니만큼 신속하게 처리되었다. 그런 다음 크래커가 돌려지고 종이 모자를 머리 위에 씌우고는 입고 있는 드레스마다 가짜 브로치나 장신구를 달아주었다. 그것이 끝나자 페넬로프는 케이크 위에 있는 초 세 개에 불을 붙이고 도리스는 머리 위의 불을 껐다. 어두워진 방은 마치 무대 장치처럼 신비하게 변했다. 촛불의 영롱한 불빛이 식탁 주위에 둘러앉아 눈을 크게 뜨고 있는 아이들 눈 속에서 일렁였다.

할아버지 옆의 주빈석에 앉아 있던 낸시가 의자 위에 올라서자 할아버지가 그 애를 도와 케이크를 잘랐다.

해피 버스데이 투 유……
해피 버스데이 투 유
해피 버스데이, 디어 낸시…….

그때 문이 열리고 리처드가 걸어 들어왔다.

"믿을 수가 없었어요. 당신이 나타났을 때 난 헛것을 보는 게 아닌가 생각했죠. 진짜라고는 도저히 믿을 수 없었어요."

리처드는 피로로 인해 더 여위고 나이가 들어 보였고 창백해 보였다. 면도도 하지 않은 채였고, 전투복은 구겨진 채 흙이 묻어 있었다.

"대체 어디 가 있었죠?"

"저 세상 너머에."

"언제 돌아왔고요?"

"한 시간쯤 전."

"몹시 지쳐 보여요."

"그렇소."

그도 털어놓았다.

"하지만 낸시의 파티 때는 돌아오겠다고 하지 않았소."

"이 어리석은 남자, 그런 게 무슨 대수라고. 잠자리에 들었어야 할 사람이."

방 안에는 두 사람밖에 없었다. 낸시의 어린 손님들은 모두 풍선과 막대 사탕을 선물로 받고 돌아갔다. 도리스는 낸시를 목욕시키기 위해 2층으로 데리고 갔다. 로런스는 위스키 한잔 어떠냐고 하면서 술병을 찾으러 갔다. 거실 안은 아직도 엉망진창이었다. 가구도 모두 제자리에 붙어 있지 않았다. 하지만 그들은 상관치 않고 그 한가운데에 앉아 있었다. 리처드는 안락의자에 기대어 있었고, 페넬로프는 그의 발치에 있는 깔개에 앉아 있었다.

이윽고 리처드가 입을 열었다.

"훈련이 생각보다 오래 걸렸소……. 그리고 생각보다 복잡했지. 당신한테 편지도 한 장 쓸 수 없었어."

"그럴 거라고 생각했어요."

침묵이 흘렀다. 따스한 불기운에 그의 눈꺼풀이 내리 감겼다. 그는 잠을 물리치려 애쓰며 일어나 앉아 눈을 비비고는 수염이 꺼칠한 턱을 한 손으로 문질렀다.

"내 꼴이 형편없을 거요. 면도도 하지 않고 며칠 동안 잠 한번 못 잤으니. 게다가 몸도 말을 안 들어요. 서글픈 일이지. 당신을 데리고 나가 저녁 내내 독점할 생각이었는데. 아니, 잘 되면 밤새 같이 있으려고 했지. 하지만 그럴 수 있을 것 같지 않소. 지금은 아무 쓸모가 없는 처지니 말이오. 아마 수프를 먹다가 곯아떨어질 거요. 괜찮겠어요? 기다릴 수 있겠어?"

"물론이에요. 당신이 무사하게 돌아왔는데 다른 일이 무슨 상관이겠어요? 난 당신이 괜히 용기를 부리다가 죽거나 붙잡힌 것이 아닌가 하는 끔찍한 생각도 했다고요."

"당신은 날 과대평가하는군."

"당신이 멀리 있을 때는 마치 영원 같더니만 이제 다시 돌아와 당신을 바라보고 만질 수 있군요. 당신이 멀리 가 있던 일이 실감 나지 않아요. 당신을 그리워한 것은 나뿐만이 아니에요. 아빠 역시 주사위 놀이를 하러 목 빠지게 기다리고 계셨어요."

"다른 날 저녁에 와서 하기로 하지."

그는 몸을 앞으로 굽혀 양손으로 그녀의 얼굴을 쥐었다.

"내 기억 속에 있는 그대로 황홀하게 아름다워."

그의 피곤한 눈이 재미있다는 듯이 주름이 잡히며 미소를 지었다.

"아니, 그 이상인지도 모르지."

"뭐가 그리 재미있어요?"

"당신이. 그 우스꽝스러운 종이 모자를 아직도 쓰고 있는 걸 잊어버렸소?"

그는 얼마 있지 못하고 갔다. 로런스가 가져온 위스키를 마시고 나자 피곤이 다시 엄습해 왔던 것이다. 그는 하품을 삼키며 자리에서 일어나 즐거운 상대가 못 되어서 죄송하다고 사과를 한 후 밤 인사를 하고 나섰다. 페넬로프가 그를 바래다주었다. 문을 열고 나가 어두운 바깥에서 그들은 키스를 나누었다. 그런 뒤 그는 정원으로 내려가 사라졌다. 막사로 가서 뜨거운 물로 샤워를 한 뒤 잠들기 위해.

페넬로프는 안으로 들어가 문을 닫았다. 잠시 어지럽게 오가던 생각을 정리한 끝에 그녀는 식당 안으로 들어갔다. 그러고는 쟁반을 찾아 낸시의 파티가 남긴 찌꺼기들을 청소하는 따분한 일로 들어갔다.

부엌 싱크대 앞에서 설거지를 하고 있는데 도리스가 들어왔다.

"낸시는 벌써 잠들었어. 새 드레스를 입은 채 자리에 들겠다는 거야."

그러고 나서 한숨을 쉬었다.

"아휴, 피곤해. 파티가 영영 끝나지 않는 줄 알았어."

선반에서 수건을 하나 끄집어낸 그녀는 그릇을 닦으러 왔다.

"리처드는 갔어?"

"응."

"오늘 밤에 널 저녁 식사에 데리고 나갈 줄 알았는데."

"아니. 밀린 잠을 자러 돌아갔어."

도리스는 쌓인 접시를 닦고는 정리했다.

"그래도 좋지 뭐야. 그렇게 나타나 주었으니. 그 사람이 올 줄 알고 있었어?"

"아니."

"그럴 줄 알았어."

"왜?"

"널 보고 있었거든. 갑자기 얼굴이 하얗게 질리더니 눈이 화등잔만 해지더라. 꼭 기절하는 줄 알았어."

"좀 놀랐을 뿐이야."

"저런, 그만둬, 페넬로프. 난 바보가 아니야. 두 사람이 만날 때는 불꽃이 튀기던데. 그 사람이 너를 바라보는 눈길도 보았어. 너한테 빠져서 넋이 나가 있다고. 그리고 그 사람이 네 앞에 나타난 이후 네 얼굴도 역시 마찬가지였어."

페넬로프는 피터 래빗이 그려진 주스 잔을 씻고 있었다. 그러고는 비누 거품이 가득한 물 속에서 그것을 괜스레 뒤집고 또 뒤집었다.

"내가 그렇게 겉으로 티가 났을 줄은 몰랐어."

"아, 그렇게 비참해할 필요는 없어. 창피스러워할 것도 없어. 리처 드 로맥스 같은 핸섬한 남자하고 좀 즐긴들 뭐 어때."

"난 즐기는 것이 아니야, 분명해. 난 그 사람을 사랑해."

"설마."

"앞으로 어떻게 해야 할지 정말 모르겠어."

"그렇게 심각해?"

페넬로프는 고개를 돌려 도리스를 바라보았다. 두 사람의 눈길이 마주쳤다. 그 순간 그녀는 몇 해 동안 도리스와 자신이 진정으로 가까운 사이가 되었다는 생각을 했다. 책임감뿐만 아니라 슬픔, 절망, 비밀, 농담과 웃음을 함께 나누어 오면서 단순한 우정 이상의 관계를 맺게 되었다. 아니, 사실대로 얘기한다면 도리스는 세상일에 밝고 현실적이고도 더없이 너그러워 소피가 세상을 떠난 후 페넬로프의 가슴 속에 뻥 뚫렸던 아픈 동공을 메워준 장본인이었다. 때문에 그만큼 신뢰할 수 있었다.

"그래."

잠시 침묵.

"그 사람하고 잤어?"

도리스는 놀랄 만큼 아무렇지도 않게 물었다.

"그래."

"저런, 대체 어떻게 할 수 있었지?"

"오, 도리스. 별로 어려운 것도 아니었어."

"아니, 내 말은…… 그래, 어디서야?"

"화실에서."

"환장하겠군."

도리스가 내뱉었다. 그녀는 말을 잊을 때면 언제나 욕지거리 같은 것을 했다.

"놀랐어?"

"놀라긴, 내가 왜? 나랑은 상관없는 일인걸."

"난 결혼한 몸이잖아."

"그래, 결혼했지. 운수가 글러가지고 말이야."

"앰브로즈를 좋아하지 않아?"

"그야 너도 알고 있잖아. 이제껏 그런 말은 하지 않았지만 네가 솔직하게 물으니까 솔직히 대답하는 거야. 난 그 사람 비열한 서방에다 비열한 아비라고 생각해. 널 보러 오는 일도 없잖아. 그 사람이 휴가를 얻기 어렵다는 얘기는 하지도 마. 편지도 쓰는 법이 없잖아. 게다가 낸시한테 생일 선물도 하나 안 보내고 있어. 솔직히 말하면 그 사내는 너한테 어울리는 사내가 아니야. 네가 왜 그 따위 사내하고 결혼했는지는 나한테는 아직 미스터리야."

페넬로프는 풀기 없는 목소리로 대꾸했다.

"난 낸시를 가지고 있었거든."

"그런 말도 안 되는 이유는 생전 처음이다."

"네가 그런 소리를 할 줄 몰랐어."

"날 뭐라고 생각했기에? 무슨 성녀나 되는 줄 알았어?"

"그럼 내가 지금 하고 있는 일도 찬성하지 않아?"

"아니, 그건 아니야. 리처드 로맥스는 정말 신사야. 앰브로즈 킬링 같은 썩어빠진 사내하고는 비교도 안 된다고. 그리고 네가 재미 좀 본다고 어디가 어때서? 넌 지금 스물넷밖에 안 되었어. 그리고 지난 몇 년간 그만하면 지긋지긋하게 따분히 살았고 말이야. 너 같은 여자가 진작 딴 길로 빠지지 않은 것이 놀라울 뿐이야. 하기야 솔직히 말하면 리처드가 나타나기 전에는 이 마을에 쓸 만한 인재도 없었지만 말이지."

페넬로프는 자기 심정과 처지를 모두 잊고 웃음을 터뜨릴 수밖에 없었다.

"도리스! 너 없으면 나 정말 어떡하니?"

"어떡하긴. 어쨌든 이젠 너희 두 사람 일이 어떤 방향으로 굴러가는지 알겠구나. 좋은 일이라고 생각해."

"하지만 어떻게 끝이 날까?"

"전쟁 중이잖니. 뭐 하나 어떻게 끝날지 알 수가 없어. 그저 한순간 한순간 흘러가는 즐거운 순간을 꽉 붙잡는 것뿐이야. 그 사람이 널 사랑하고 너 역시 그 사람을 사랑하면 그대로 그렇게 밀고 나가. 난 너희 두 사람 뒤에서 도와줄 수 있는 것은 뭐든지 다 할게. 이젠 제발, 사내애들이 오기 전에 빨리 이 접시들이나 치우자. 그리고 저녁 준비도 해야 할 시간이야."

12월이었다. 미처 깨닫기도 전에 이미 크리스마스가 코앞에 닥쳐 있었고 그에 따른 여러 가지 문제점들이 대두되었다. 사실 포스케리스의 초라한 가게에서는 쓸 만한 물건을 사기가 쉽지 않았다. 하지만 이럭저럭 선물을 사서 다른 해나 마찬가지로 포장하고 숨겨 둘 수 있었다. 도리스는 농산부장관이 공시한 요리 비법을 보고 전시(戰時)용 크리스마스 푸딩을 만들었고 어니는 칠면조 대신에 그럴듯한 닭 한 마리의 모가지를 비틀어 주겠다고 약속했다. 왓슨 그랜트 장군은 그의 정원에서 작은 가문비나무를 한 그루 제공했다. 페넬로프는 이 크리스마스트리에 장식할 장식물이 담긴 상자를 하나 끄집어냈다. 그녀가 어린 시절에 쓰던 잡동사니였다. 금박 종이를 씌운 원추형 뿔, 종이로 만든 별 그리고 변색한 금실과 은실 고리들이었다.

리처드는 크리스마스 휴가를 얻었지만, 그의 어머니와 며칠 지내기 위해 런던으로 갈 예정이었다. 떠나기 전에 그는 칸 별장에 들러 모두에게 선물을 주었다. 선물들은 갈색 종이와 빨간 리본으로 포장되어 있었는데 크리스마스를 상징하는 호랑가시나무와 종달새 등이 찍힌 스티커가 붙어 있었다. 페넬로프는 그것을 보고 깊은 감명을 받았다. 머릿속에서 그가 쇼핑을 하고 리본을 사는 장면을 그려 보았다. 그리고 해병 본부에 있는 삭막한 막사 방의 침대에 앉아 어렵사리 포장을 하고 리본을 묶느라 애쓰는 모습을 상상해 보았다. 그러고 나서 이번에는 앰브로즈가 그처럼 자상하게 공이 드는 일을 하는 것을 상상해 보았지만 암만 해도 떠오르지 않았다.

그녀는 리처드의 선물로 주홍색 양모 머플러를 샀다. 그러느라 돈뿐만 아니라 더없이 귀중한 의류 배급표를 써야 했다. 게다가 그는 그것이 별로 쓸모없는 것이라고 생각할지도 몰랐다. 제복에는 두를 수 없고 평상복을 입는 일이 거의 없는 처지였기 때문이었다. 하지만 사치스럽고 보기만 해도 마음이 즐거워지는 물건이었고, 또 크리스마스 분위기가 잔뜩 나는 것이어서 페넬로프는 도저히 유혹을 떨칠수가 없었다. 그녀는 그것을 티슈 페이퍼로 싼 다음 적당한 상자를 찾아 넣었다. 그러고는 리처드가 트리 밑에 선물 쌓기를 마치자 그것을 주면서 런던에 가지고 가 끌러보라고 했다.

그는 상자를 손 안에서 이리저리 보았다.

"왜 지금 열면 안 된다는 거지?"

그녀는 겁이 덜컥 났다.

"오, 저런, 안 돼요! 꼭 크리스마스 날 아침에 열어야 해요."

"좋아요. 당신이 정 그러라면."

그녀는 작별 인사를 하고 싶지 않았다. 하지만 억지로 미소를 지으며 입을 열었다.

"즐겁게 지내고 오세요."

리처드는 그녀에게 키스를 했다.

"당신도, 달링."

헤어지는 것은 찢어지는 듯한 아픔이었다.

"해피 크리스마스."

크리스마스 아침은 예나 마찬가지로 모두들 일찍 일어났다. 또한 흥분해서 법석을 떠는 것도 마찬가지였다. 여섯 식구들은 모두 로런스의 침실에 모여 어른들은 차를 마시고 또 아이들은 커다란 침대에 앉아 양말 속을 뒤져 보았다. 트럼펫을 불고 요술도 부린 뒤 사과를 나누어 먹자 로런스가 히틀러와 똑같은 콧수염을 붙인 채 우스꽝스러운 표정을 해 보였고 그 바람에 모두들 배꼽이 빠질 뻔했다. 그 다음에는 아침을 먹고 식사가 끝나자 으레 하듯이 거실에 모여 트리 밑에 쌓인 선물을 풀기 시작했다. 흥분이 고조되었다. 바닥에는 금방 선물 싼 종이와 금실, 은실 끈이 가득 쌓였고 방 안에는 기쁘고 즐거워 질러대는 비명이 가득 찼다.

"아이고, 이런, 엄마, 고마워요. 내가 꼭 바랐던 거예요! 이것 봐, 클라크, 내 자전거에 달 경적이야!"

페넬로프는 리처드의 선물을 맨 나중에 풀어보기 위해 한옆으로 밀어놓았다. 하지만 다른 사람들은 그렇게 의지가 굳세지 않았다. 우선 도리스가 자기 선물 포장지를 풀더니 그 안에 덮여 있는 속포장지 사이에서 실크 스카프를 꺼냈다. 사이즈도 크고 윤택도 그만이려니와 무지개 빛으로 화려하게 무늬가 박혀 있었다.

"이런 물건은 처음이야!"

도리스는 소리를 지르며 스카프를 삼각으로 접어 머리 위에 씌우고는 턱 밑에서 매듭을 지었다.

"나 어떠니?"

로널드가 나섰다.

"조랑말을 탄 엘리자베스 공주 같아요."

"우와."

그녀는 흐뭇해했다.

"거 대단한 칭찬이구나."

로런스에게는 위스키 한 병이 선물로 보내졌다. 사내아이들에게는 전문 업체에서 만든 백발백중의 고무줄 새총이었다. 낸시에게는 인형 찻잔 세트였는데, 흰 도자기의 가장자리에 금박을 두르고 작은 꽃무늬가 새겨져 있었다.

"네 선물은 뭐지, 페넬로프?"

"아직 열어보지 않았어."

"지금 열어봐."

그녀는 상자를 열었다. 모두들 그녀를 향해 눈길이 집중되어 있었다. 리본을 풀고 바삭거리는 갈색 종이를 헤쳤다. 안에는 검은 글씨가 새겨진 흰 상자가 있었다. 샤넬 넘버 파이브라고 써 있었다. 뚜껑을 열자 네모난 병이 새틴 헝겊 주름 사이에 담겨 있었다. 꼭지는 크리스털로 되어 있었고 귀중한 황금색 액체가 병 안에 담겨 있었다.

도리스는 입을 딱 벌렸다.

"이런 큰 병은 향수 가게 진열장에서 말고는 본 적이 없어. 게다가 샤넬 넘버 파이브라니! 향이 굉장할 거야!"

상자 뚜껑 안쪽에는 꼭꼭 접은 파란 봉투가 붙어 있었다. 그녀는 몰래 그것을 떼어 카디건 주머니 속에 넣었다. 그러고는 다른 사람들이 흩어진 종이를 치우고 있는 동안 자기 방으로 올라와 편지를 열었다.

나의 사랑하는 그대.

해피 크리스마스. 이 선물은 대서양 건너에서 온 것이오. 내 절친한 친구가 타고 있는 순양함이 수선차 뉴욕에 가 있었는데 그 친구가 그곳에서 사온 것이지. 나는 샤넬 넘버 파이브의 향기를 맡으면 화려하고 섹시하고 경쾌하고 즐거운 것들이 한꺼번에 떠오른다오. 버클리에서 먹는 점심. 라일락 향내가 퍼지는 5월의 런던, 웃음 그리고 사랑 그런 것 말이오. 그리고 당신도. 당신은 항상 내 머릿속에 있소. 내 가슴에도 역시.

리처드

또 같은 꿈이었다. 그녀 생각에는 그곳이 리처드가 태어난 마을 같았다. 꿈에 나타나는 곳은 언제나 똑같았다. 나무들이 우거진 기나긴 땅 끝에 집이 서 있었다. 평평한 지붕의 지중해식 주택이었다. 수영장이 있고 소피가 거기서 수영을 하고 있었다. 아빠는 이젤 앞에 앉아 있었는데 모자챙 때문에 그늘이 드리워져 얼굴이 보이지 않았다. 그러다가 갑자기 인적 없는 해안이 나타났고 그녀는 조개껍질이 아니라 사람을 찾고 있었다. 그때 그가 오고 그녀는 그가 오는 것을 멀리서 보고는 온몸이 기쁨으로 가득 찼다. 하지만 그의 곁에 다다르기 전에 바다에서 안개가 밀려왔다. 마치 파도처럼 짙은 안개가 밀려 들어오는 것이다. 처음에는 그가 안개를 헤치고 나가는 것 같더니 없어져버리고 말았다.

"리처드!"

그녀는 그를 향해 손을 뻗으며 잠에서 깨었다. 꿈은 간데없이 사라지고 리처드 역시 가버리고 없었다. 손에 잡히는 것은 침대 건너편의 차가운 시트뿐이었다. 해안에서 바다가 철썩이는 소리가 들려왔다. 바람은 없었다. 주위가 모두 조용하니 침묵에 싸여 있었다. 그렇다면 대체 무엇 때문에 이렇게 마음이 어지러웠던 것일까? 의식 저편에 무엇이 있기에? 그녀는 눈을 떴다. 밤의 어둠이 차츰 거두어지고 열린 창 저 너머로 여명이 다가오느라 창백한 하늘이 펼쳐져 있었다. 어슴푸레한 새벽빛이 눈에 익은 그녀의 방 여기저기를 비춰주었다. 침대 끝의 놋쇠 난간, 화장대, 하늘의 모습이 담긴 비스듬한 거울, 작은 안락의자와 그 옆의 방바닥에 놓인 뚜껑 열린 옷 가방……. 옷 가방은 반쯤 옷이 차 있었다.

그것이었다. 옷 가방. 오늘. 난 오늘 멀리 떠난다. 7일의 휴가를. 리처드와 함께.

그녀는 자리에 그대로 누워 잠시 그에 대한 생각을 더듬다가 그 혼란스러운 꿈을 떠올렸다. 절대 달라지는 법이 없었다. 언제나 똑같은 과정이 반복되었다. 이제는 가버린 것들이 향수처럼 떠오르고 그다음에는 누군가를 찾는 장면이 나온다. 그리고 그 모든 것들이 희미하게 흐려져 가고 마지막에 상실감이 덮쳐온다. 하지만 자세히 따지고 보면 그다지 어리둥절한 것도 없었다. 왜냐하면 그 꿈은 리처드가 1월에 런던에서 돌아온 직후에 처음 그녀의 잠 속을 헤집고 들어선 것이었고 그 후 지금까지 두 달 반 동안 불규칙적으로 불쑥불쑥 나타났기 때문이다.

두 달 반 동안 그녀는 괴로움과 실망을 연신 씹었다. 리처드는 일에 매여 있었기 때문에 만날 기회가 거의 없었다. 날씨가 험악한데도 훈련 과정은 눈에 띄게 강화되었다. 마을 주변에 군인과 군대 차량들이 점차 늘어난 것을 보아서도 분명히 알 수 있는 일이었다. 호송 군단이 시내와 부두의 좁은 거리를 뒤덮는 일이 빈번했고 북쪽 부두의 특별유격대 진지는 군인들의 왕래로 부산해졌다.

사태는 분명히 달아오르고 있었다. 헬리콥터가 걸핏하면 바다 위를 떠돌아다녔고 새해에 들어서자 공병부대가 하룻밤 새에 어디선가 나타나 보스카벤 절벽 지대 넘어 황무지로 행진해서 포화 진지를 구축했다. 철조망을 두르고 붉은 경고 깃발을 세운 데다가 시민은 근접하지 말라는 내용의 커다란 '군사 지역' 팻말이 서 있어서 살벌해 보였다. 만일 근접할 시에는 사상(死傷)을 면치 못 하리라고 으르딱딱거리고 있었다. 어쩌다 바람이 이쪽 방향으로 불어올 때면 밤이고 낮이고 터지는 간헐적인 포화 소리가 포스케리스 사람들 귀에 분명히 들어왔다. 밤에는 특히나 그 소리가 마음을 어지럽혔다. 놀라 뛰는 가슴을 안고 잠에서 깨지만 사태가 어떻게 되어가고 있는 것인지는 도통 알 수 없어 더욱 마음이 어지러웠다.

리처드는 언제나처럼 가끔씩 불쑥불쑥 나타나곤 했다. 홀에서 들려오는 그의 발걸음 소리와 드높아진 목소리를 들을 때면 그녀는 언제나 기쁨으로 가득 찼다. 그의 방문은 늘 저녁을 먹은 후이기 마련이었다. 그는 그녀와 로런스와 나란히 앉아 커피를 마셨고 주사위 놀이를 했다. 언젠가 한 번은 전화를 걸어 마지막 순간에야 가까스로 예약을 해서 가스통네 식당에 저녁을 먹으러 갔다. 그곳에서 두 사람은 가스통네 식당에서 자랑하는 맛 좋은 와인을 마시고는 서로 떨어져 지낸 몇 주일에 대해 이야기를 나누었다.

"크리스마스 때 얘기를 해줘요, 리처드. 어떻게 보냈어요?"

"조용했소."

"뭘 했죠?"

"연주회에 갔지. 웨스트민스터 사원의 자정 미사에 갔고, 그리고 이야기를 나누었소."

"당신하고 어머니만?"

"친구들이 몇 명 방문했었지. 하지만 대개는 우리 둘뿐이었소."

그 말을 듣고 보니 두 모자는 퍽 사이가 좋은 모양이었다. 그녀는 호기심이 생겼다.

"무슨 이야기를 했어요?"

"여러 가지 이야기를 했지. 당신 이야기도."

"어머니한테 내 이야기를 했단 말이에요?"

"그렇소."

"뭐라고 했는데요?"

그는 식탁 너머로 손을 뻗어 그녀의 손을 잡았다.

"이 세상에서 내 남은 일생을 함께하고 싶은 유일한 사람을 발견했다고 했소."

"내가 결혼한 몸이고 아이가 있다는 얘기를 했나요?"

"그랬지."

"그 이야기를 듣고 뭐라고 하시던가요?"

"놀라시더군. 그러고는 동정하고 이해하시더군."

"퍽 좋으신 분 같아요."

그는 싱긋 미소를 떠올렸다.

"나도 어머니를 좋아한다오."

그러고 있는 차에 미처 깨닫기도 전에 기나긴 겨울이 끝나가고 있었다. 콘월에서는 봄이 일찍 찾아온다. 대기에 떠도는 향내며 따스한

241

햇살이 봄을 더욱 분명히 느끼게 해주었다. 그에 비해 영국의 다른 지방에서는 아직도 추위에 떨고 있었다. 올해도 예외는 아니었다. 포화며 창공을 누비는 헬리콥터 등 전시 장비로 소란한 와중에서도 철새들은 이 아늑한 골짜기에 모습을 나타내었다. 신문에는 곧 유럽 침공이 임박했다는 무성한 추측과 소문을 다룬 대문짝만한 활자가 난무하고 있었지만 그 와중에도 온화하고 향기로운 봄날이 어김없이 슬며시 찾아오기 시작했다. 하늘은 파랗고 대기에는 달콤한 향내가 떠돌고 물총새가 울었다. 나무에는 꽃봉오리가 돋았고 황무지는 어린 고사리로 덮여 푸릇푸릇했다. 길가 제방에는 야생 앵초의 크림색 봉오리 일색이었다.

그런 어느 날, 리처드는 모처럼 명령받은 일 없이 한가한 시간을 가지게 되었다. 두 사람은 화실을 다시 찾아 단둘이 있을 수 있게 되었다. 우선 난롯불을 피워 두 사람의 사랑에 조명으로 삼았다. 다시금 두 사람만의 은밀한 세계가 펼쳐졌다. 그 속에 누워 서로의 욕구를 채우고 함께 하나의 빛나는 존재로 녹아들었다.

한참 후, 그녀는 궁금해 물었다.

"얼마나 또 있어야 여기 다시 올 수 있을까요?"

"나도 그걸 알았으면 싶소."

"난 욕심이 많아요. 항상 더 많이 원해요. 항상 내일만을 원해요."

두 사람은 창가에 앉아 있었다. 태양이 내리쬐는 너머로 모래사장이 어지럽도록 희게 빛나고 짙은 푸른색의 바닷물 위로도 햇살이 춤추고 있었다. 바람결을 타고 갈매기들이 이리저리 원을 그리며 끼룩끼룩 울어대고 있었고, 그 바로 아래로 바윗돌 틈새에서 작은 소년

둘이 새우를 찾고 있었다.

"지금 같아선 내일이란 진귀한 선물일 뿐이오."

"전쟁 때문에 그렇다는 건가요?"

"전쟁이란 태어남과 죽음처럼 인생의 일부분이지."

그녀는 한숨을 내쉬었다.

"이기적인 생각을 하지 않으려고 애쓰고는 있어요. 이 세상에는 내 처지와 맞바꿀 수만 있다면 가진 것 전부라도 내놓을 여자들이 수백만은 족히 된다는 사실을 스스로에게 상기시키죠. 안전한 집에서 따스하게 지내며 배불리 먹고 식구들을 모두 주위에 두고 살았으니까요. 하지만 그런들 무슨 소용이 있어. 당신하고 늘 같이 있지 못하는 것이 한스러울 뿐인데. 게다가 더욱더 괴로운 것은 당신이 한마을에 있다는 거예요. 지브롤터 해협에 건너가 경비하고 있는 것도 아니고 미얀마의 정글에서 있는 것도 대서양에 떠 있는 구축함에 근무하는 것도 아니에요. 바로 한마을에 있어요. 그런데도 전쟁이란 놈 때문에 갈라져 있어야 해요. 주위가 온통 달아오르고 사람들은 기습 작전 이야기만 해대고 그러다가 이 귀중한 시간이 다 흘러가 버리는 것이 아닌가 하는 끔찍한 기분이 들어요. 그런데 우리가 잡을 수 있는 거라곤 이렇게 고작 몇 시간 훔치는 일뿐이에요."

"이번 달 말에 일주일 휴가를 얻을 수 있소. 나하고 멀리 떠나보지 않겠어?"

그녀는 조금 전에 넋두리를 하는 동안 두 소년과 그들이 친 새우 그물을 바라보고 있었다. 그중 한 소년이 녹색 해초 깊숙이에서 뭔가를 발견한 모양이었다. 소년은 그것을 살펴보기 위해 쭈그리고 앉았다. 그 바람에 바지 엉덩이가 흠씬 젖고 말았다. 일주일의 휴가, 일주일. 그녀는 고개를 돌려 리처드를 바라보았다. 자기가 그의 말을 잘못 들었거나 그가 그녀의 서글픔을 달래주려고 놀리는 줄만 알았다.

리처드는 페넬로프의 얼굴에서 그러한 표정을 읽고는 싱긋 미소를 지었다.

"아니, 정말로."

다짐을 해주었다.

"일주일 고스란히 말인가요?"

"그렇소."

"왜 진작에 그런 이야기를 하지 않았어요?"

"아끼고 있었지. 마지막 순간에 극적으로 꺼내 놓으려고."

일주일. 모든 것, 그리고 모든 사람들에게서 떨어져 단둘이서…….

"어디로 갈 건데요?"

그녀는 신중히 물었다.

"어디든 당신 가고 싶은 곳으로. 런던으로 가도 되지. 리츠 호텔에 묵으면서 극장하고 나이트클럽을 돌아보는 거요."

그녀는 그의 말을 생각해 보았다. 런던. 오클리 가 생각도 났다. 하지만 런던은 앰브로즈와 갔던 곳이었다. 그리고 오클리 가는 소피와 피터와 엘리자베스 클리퍼드의 영혼들이 떠다니는 곳이었다.

"런던은 가고 싶지 않아요. 다른 곳이 없을까요?"

"있지. 로즈랜드 반도 남해안에 트레실릭이라는 고가(古家)가 있소. 크고 대단한 집은 아니지만 경사진 정원을 내려가면 강변이 있고 등나무가 온통 집 담벼락을 뒤덮고 있지."

"그 집을 잘 알아요?"

"그렇소. 대학 다닐 때 어느 해 여름에 거기서 묵은 적이 있지."

"누가 사는데요?"

"우리 어머니 친구지요. 헬레나 브래드버리 부인이라고. 남편은 해리 브래드버리라는 분이신데 영국 해군 함대의 부관으로 순양함을 지휘하고 계시지. 크리스마스가 지난 뒤에 우리 어머니가 그분에게 편지를 썼더니 이틀 전에 내게 답장이 왔소. 우리더러 와서 묵으라는 초대였지."

"우리요?"

"당신하고 나 말이오."

"나에 대해서 알고 있어요?"

"물론."

"하지만 그분하고 같이 있게 되면 서로 다른 침실에서 묵고 또 얌전을 빼야 하잖아요?"

리처드는 웃음을 터뜨렸다.

"당신처럼 문제 제기에 능란한 여자는 처음이오."

"문제를 제기하는 것이 아니에요. 현실적으로 생각해 보고 있는 것뿐이죠."

"그런 문제는 생길 것 같지 않소. 헬레나는 마음이 탁 트인 부인으로 정평이 나 있으니까. 케냐에서 자란 분인데 웬일인지 케냐에서 자란 부인네들은 사소한 관습 따위에 얽매이지 않지."

"당신이 부인의 초대를 받아들였어요?"

"아직 안 했소. 당신하고 먼저 이야기하고 싶어서. 다른 사항도 고려해야 할 것이 많지 않소. 당신 아버님도 그중 하나이시지."

"아빠요?"

"당신을 내가 데리고 가버리는 것에 반대하시지 않겠소?"

"리처드, 지금까지 사귀어 놓고 아빠를 아직도 그렇게 몰라요?"

"그분한테 우리 이야기를 했소?"

"아뇨, 말로는 별로 안 했어요."

그녀는 싱긋 웃었다.

"하지만 알고 계세요."

"그럼 도리스는?"

"도리스한테는 얘기했어요. 너무 근사하다고 하더군요. 당신이 멋있대요. 그레고리 펙처럼."

"그렇다면 이제는 별문제 없는 셈이로군. 그럼……."

그는 자리에서 일어났다.

"……어서 서둘러 움직입시다. 처리해야 할 일이 있으니까."

토머스 부인 가게 옆의 모퉁이에 전화박스가 있었다. 그들은 함께 그 안으로 들어가서 문을 닫았다. 리처드는 트레실릭을 부탁했다. 페넬로프는 바싹 붙어서 있던 터라 수화기 저편에 신호음이 가는 소리를 들을 수가 있었다.

"여보세요."

크고도 분명한 여자 목소리가 왕왕 울리며 페넬로프에게도 분명히 들렸다. 리처드는 귀청이 떨어질 뻔했다.

"헬레나 브래드버리입니다."

"헬레나 아주머니, 리처드 로맥스예요."

"리처드, 이 못된 악당 같으니! 왜 나한테 연락 한번 없었어!"

"죄송합니다. 그럴 기회가 없었어요."

"내 편지는 받았니?"

"네, 그래서……."

"그래, 묵으러 올 거냐?"

"허락만 해주신다면요."

"그거 잘 됐구나! 난 네가 군대에 갇혀 꼼짝 못 하는 줄 알고 분통을 터뜨리다가 네 어머니한테서 소식 전해 듣고 안심했다. 그래, 언제 올 테냐?"

"저, 3월 말에 일주일 휴가를 갖기로 했어요. 그때면 어떠시겠어요?"

"3월 말이라고? 이런, 맙소사! 그때면 난 여기 없을 거야. 영감하고 지내러 체담에 가야 하거든. 언제 딴 때로 할 수 없겠니? 하긴 그럴 수는 없겠지. 별 멍청한 말을 다 물어봤구나. 하지만 상관없어, 그냥 오려무나. 이 집은 네 집이니까 그냥 와서 써. 별채에 사는 브릭 부인이라고 있는데 그 사람이 열쇠를 갖고 있어. 집을 돌보러 오가곤 하지. 식품 저장실에 음식을 두고 가마. 와서 편히 지내도록 해."

"하지만 그런 폐를 끼쳐서야……."

"그런 소리 말아라. 정 미안하거든 대신 잔디를 좀 깎아주렴. 내가 있지 못해서 영 서운하구나. 괜찮아, 또 기회가 있겠지. 나중에 연락하렴. 브릭 부인더러 준비를 하라고 하게 말이야. 이젠 나가 봐야겠다. 네 목소리 들어 반갑구나. 안녕."

그녀는 전화를 끊었다. 리처드는 윙윙대는 수화기를 손에 들고 있다가 천천히 제자리에 놓았다.

"말보다는 행동이 앞서는 양반이지."

그는 페넬로프의 몸에 팔을 두르고는 키스를 했다. 그제야 처음으로 그녀는 알았다. 그 냄새 나고 답답한 전화박스 안에 들어와서야 비로소 리처드의 말이 현실로 실현될 것임을 실감할 수 있었다. 함께 멀리 떠나는 것이다. 그놈의 망할 군대 용어로 휴가차가 아니라 휴일을 즐기러 가는 것이다.

"아무 문제 없겠죠. 리처드? 어그러질 일은 아무것도 없겠죠?"

"없소."

"그런데 뭘 타고 가죠?"

"어떻게든 해결되겠지. 트루로까지는 기차로 가고 그다음에는 택시를 타는 거요."

"하지만 차를 타고 가는 것이 더 재미있지 않을까요?"

그녀는 갑자기 좋은 생각이 떠올랐다.

"벤틀리를 타고 가는 거예요. 아빠가 빌려주실 거예요."

"뭔가 잊은 것 아니오?"

"뭔데요?"

"기름 문제."

그녀는 깜빡하고 있었다.

"그래브니 씨한테 말해보겠어요."

"그러면?"

"그 사람이 기름을 구해줄 거예요. 어디선가 변통해서라도. 필요하면 암시장에서라도 사다 줄 거예요."

"그 사람이 왜 그렇게까지 해준다는 거요?"

"내 친구이니까요. 태어나서부터 지금까지 알고 지낸 사이거든요. 암시장에서 구한 기름을 채운 벤틀리를 빌려서 나와 함께 로즈랜드까지 차를 타고 가는 데에 이의 없겠죠?"

"없소. 단 우리가 감옥행이 되지 않는다는 보증서가 있다는 조건으로 말이오."

그녀는 싱긋 웃었다. 상상력이 마구 앞으로 치달렸다. 두 사람이 차에 타고 높은 언덕길을 따라 남쪽으로 달리는 장면이었다. 리처드가 운전석에 앉고 뒷좌석에는 짐을 잔뜩 싣고…….

"그런데, 있잖아요? 우리가 갈 때쯤이면 봄이 다시 와 있을 거예요. 진짜 봄이!"

그곳은 수 세기 동안 생활 방식과 외양이 거의 변치 않은 어느 시골, 한적하고 남의 눈에 띄지 않는 구석에 깊이 파묻혀 있는 아늑한 집이었다. 길에서 보아도 주위에는 나무가 우거져 있어서 전혀 보이지가 않았다. 그 아래로 난 자동차 길 좌우로 수국이 흐드러지게 핀 높은 비탈길이 솟아 있었다. 한참을 가자 집이 마침내 모습을 드러냈는데 수 세기 묵은 정방형의 저택으로 주위에 부속 건축물과 마구간이 늘어서 있었다. 저택을 둘러싼 담벼락에는 한창 꽃이 피는 인동덩굴이며 담쟁이덩굴, 이끼, 양치 등이 가득 덮여 있었다.

집 앞의 정원은 반쯤밖에 손질이 안 되어 있었는데, 경사진 잔디밭과 테라스를 따라 내려가면 나무가 양옆으로 우거진 구불구불한 샛강이 흐르는 강변이 나왔다. 오솔길은 양옆으로 동백나무, 진달래,

핑크 펄이라는 철쭉과 꽃들이 무리 지어 피어 보는 이를 유혹했다. 강가에는 마구 자란 풀밭에 야생 수선화가 노랗게 피어 바람에 흔들렸고 삐꺽거리는 나무 선창이 자리 잡고 있었다. 거기에는 작은 쪽배가 밧줄에 매여 있었다.

집 앞의 담벼락을 덮고 있는 등나무는 아직 꽃이 피지 않았지만, 꽃봉오리가 사방에 달려 있었고 테라스를 따라서는 흰 야생 벚나무가 서 있었다. 바람이 산들 불어오기라도 하면 꽃잎이 눈송이처럼 흩날렸다.

이미 약속된 대로 집에서는 브릭 부인이 두 사람을 맞으러 와 있다가 낡은 벤틀리가 집 뒤로 털털거리며 돌아가 멈춰서자 현관으로 나왔다. 부인은 백발에다 각막이 흐린 외(外)사시안을 갖고 있었는데 두꺼운 스타킹을 신고 허리에 앞치마를 두르고 있었다.

"로맥스 소령님과 부인이시죠?"

페넬로프는 그녀의 호칭에 할 말을 잊었지만, 리처드는 조금도 흐트러짐 없이 받아넘겼다.

"네, 그렇습니다."

차에서 내리며 "당신은 브릭 부인이시고요."라고 대꾸했다. 그녀 앞으로 다가간 그는 손을 내밀었다.

이번에는 브릭 부인이 당황할 차례였다. 그녀는 빨개진 손을 앞치마 뒤에 씻더니 그의 손을 잡았다.

"네, 그래요."

부인의 외사시안이 어디를 바라보고 있는지는 정확히 알아내기가 힘들었다.

"당신들을 안내하려고 와 있었어요. 브래드버리 부인이 그렇게 하라고 이르셨거든요. 내일은 오지 않을 겁니다. 가방 가져오셨죠?"

두 사람은 그녀를 따라 집 안으로 들어갔다. 슬레이트를 깐 홀 입구를 따라가니 석조 계단이 2층으로 나 있었다. 계단 발판은 여러 해동안 밟고 다녀서 반질반질 닳아 있었고 습기가 차 있었으며 곰팡이 냄새 같은 것이 풍겼다. 하지만 불쾌하지는 않았다. 골동품 가게를 떠올리는 그런 냄새였다.

"가르쳐 드리죠. 저기가 식당이고 응접실이랍니다……. 하지만 먼지가 쌓여서…… 브래드버리 부인은 전쟁이 난 후로는 사용하지 않으셨어요. 대신 서재를 주로 사용하시죠. 불을 피우셔야 할 거예요, 따스하게 지내려면. 그리고 햇살이 나는 날에는 프랑스식 유리문을 열고 테라스로 나가셔도 돼요. 자, 이리로……. 주방을 보여드리죠."

두 사람은 고분고분히 그녀 뒤를 따랐다.

"매일 저녁에 레인지를 청소하고 연료를 채워야 해요. 안 그러면 뜨거운 물을 쓰실 수가 없어요."

시범을 보이기 위해 그녀는 놋쇠로 만든 손잡이를 잡고 한두 번 밀고 당겼다. 그러자 낡은 화덕 속에서 귀에 거슬리는 소리가 났다.

"식품 저장고에 냉동 햄이 있답니다. 우유와 달걀 그리고 빵을 들여다 놓았어요. 브래드버리 부인이 그러라고 일러 놓으셨지요."

"정말 친절하시군요."

하지만 브릭 부인은 칭찬 따위의 말을 들을 겨를이 없었다.

"자, 이젠 2층이에요."

그들은 옷 가방과 핸드백 등을 집어 들고 뒤를 따랐다.

"욕실과 화장실은 여기 복도 쪽이에요."

욕조에는 다리가 달려 있었고 수도꼭지는 구리로 되어 있었다. 그리고 변기 물통에는 사슬과 더불어 '잡아당기시오'라는 글자가 새겨진 손잡이가 달려 있었다.

"아주 낡은 거니까 처음에 안 되면 기다렸다가 다시 하셔야 해요."

"고맙습니다, 가르쳐주셔서."

하지만 복잡한 배수시설 문제를 따지고 자시고 할 시간도 없었다. 브릭 부인은 이미 바쁘게 앞장서 계단 꼭대기 곁에 있는 다른 방의 문을 열어 보였다. 문 너머의 방에서 햇살이 가득히 층계참에까지 밀려 나왔다.

"묵으실 방은 여기예요. 제일 좋은 손님방이지요. 경관이 아주 좋습니다. 침대도 마음에 드실지 모르겠군요. 습기를 없애려고 뜨거운 물 단지를 가져다 놓았습니다. 발코니로 나갈 때는 걸음을 조심하세요. 나무가 썩어서 잘못하다간 떨어질 수도 있으니까요. 자, 이제 다 됐습니다."

마침내 그녀는 의무를 완수했다.

"난 이제 가 보겠습니다."

그제야 페넬로프는 겨우 입을 뗄 수 있었다.

"다시 또 오실 건가요, 브릭 부인?"

"그럼요, 가끔 들러볼 겁니다. 아무 때나요. 브래드버리 부인이 잘 지켜보라고 했거든요."

그 말을 남기고 부인은 가버렸다.

페넬로프는 리처드 쪽을 바라볼 수가 없었다. 터져 나오려는 웃음을 막으려고 입을 주먹으로 틀어막으면서 문이 탕 닫히고 브릭 부인이 자기들 소리가 들리지 않는 곳으로 나갔음을 확인할 때까지 기다렸다. 일단 확인하고 나서는 꺼릴 것이 없었다. 그녀는 크고 푹신푹신한 침대에 누워 정신없이 웃어대다가 웃다 못해 양 뺨에 흐르는 눈물을 닦았다. 리처드가 다가와서 그녀 옆에 앉았다.

"아무래도 그 부인 눈에 어떤 행동이 좋고 나쁠지 미리 생각해 둬야 할 것 같소. 안 그랬다간 여기서 지내는 동안 상당히 복잡한 문제들이 생길 것 같으니까."

"'아주 낡은 거니까 처음 해서 되지 않으면' 하고 말했을 땐 꼭 꽁무니에 불붙은 사람처럼 숨넘어가는 목소리였어요!"

"그래, 로맥스 부인이 되는 기분이 어떻소?"

"믿어지지 않을 정도로 황홀해요."

"브래드버리 부인이 말했을 테지."

"케냐에서 자란 부인들은 어떻다더니 그 뜻을 이제야 알겠군요."

"즐겁게 지낼 것 같소?"

"그럭저럭요."

"당신을 즐겁게 해주려면 내가 어떻게 해야 하지?"

그녀는 다시 웃음을 터뜨렸다. 그는 팔을 내밀어 조심스럽게 그리고 서두르는 기색 없이 그녀를 품에 안았다. 열린 창 너머로 조그마한 소리들이 또렷이 들려왔다. 멀리서 우는 갈매기 소리, 그리고 가까이는 산비둘기가 낮게 구구대고 있었다. 산들바람이 흰 벚나무 가지를 흔들었다. 강가에서는 밀려오는 강물이 서서히 불어서 물이 말라 있던 진흙 제방까지 차올랐다.

얼마 후, 두 사람은 짐을 풀고 자리를 잡았다. 리처드는 낡은 코르덴 바지에 흰 폴로 네크 스웨터를 입고 역시 낡은 스웨드 가죽구두를 신었다. 페넬로프는 그의 군복을 옷장 뒤꼍에 걸어 놓았고 두 사람이 함께 여행 가방을 침대 밑에 안 보이게 처넣었다.

"꼭 학창 시절 방학하던 날 같군. 가서 구석구석 탐험해 봅시다."

리처드가 말했다.

그들은 우선 집 안을 살펴보았다. 이방 저방 문을 열어보기도 하고 보이지 않던 계단이나 복도를 발견해 내기도 하면서 구석구석 탐사했다. 아래층의 서재로 들어가서는 프랑스식 유리문을 열어보기도 하고 서가에 꽂힌 책 제목들을 훑어보았고 회전식의 낡은 전축과 레코드 수집한 것을 찾아냈다. 델리우스, 브람스, 샤를 트레네, 엘라 피츠제럴드 등의 레코드가 쌓여 있었다.

"저녁에는 음악에 싸여 보낼 수 있겠군."

커다란 벽난로에서 불이 사위어가고 있었다. 리처드는 허리를 굽혀 깔개 옆에 놓인 양동이에서 장작을 꺼내 불 속에 던져 넣었다. 허리를 펴는 순간 자기 이름 앞으로 된 편지 봉투 하나를 발견했다. 벽난로 위의 장식선반 가운데 놓인 시계에 세워져 있었다. 봉투를 내려 찢자 안에는 이 집 여주인이 보낸 전갈이 들어 있었다.

리처드 보아라. 잔디 깎는 기계는 차고에 있고 그 옆에 기름통도 있다. 술 저장고 열쇠는 저장실 문에 달려 있고. 마음껏 마시고 즐거운 시간 보내거라.

— 헬레나

두 사람은 주방을 통해 밖으로 향했다. 주방을 나서자 돌로 바닥을 깐 식품 저장고와 그릇 두는 방, 광과 세탁실이 차례로 나오고 마침내 맨 끝에 있는 문을 열자 빨래 너는 줄이 여기저기 매달린 자갈 뜰이 나왔다. 뜰에는 낡은 마구간도 서 있었는데 지금은 차고로 쓰이고 또 땔감 저장실로도 쓰이고 있었다. 잔디 깎는 기계와 노 두 자루, 그리고 접어놓은 돛이 있었다.

"이건 강가의 배를 탈 때 쓰이는 것일 거요."

리처드는 흡족한 얼굴로 장비들을 바라보았다.

"물이 차오르면 배를 타고 나갈 수 있겠소."

이어 그들은 이끼 긴 화강암 벽에 뚫린 낡은 나무 문짝 앞으로 갔다. 리처드가 어깨를 대고 밀자 그 너머에는 한때 야채밭이었던 땅이 펼쳐져 있었다. 허물어져 가는 온실과 부러진 오이 덩굴대가 서 있었는데 수년에 걸쳐 잡초가 뒤덮여 그나마 옛 영화를 엿볼 수 있는 것은 마구 무성해 있는 대황 덤불이며 땅 가득히 덮인 박하 줄기 그리고 한두 그루의 오래된 사과나무뿐이었다. 사과나무들은 마치 나이 먹은 노인들처럼 옹이투성이였지만 엷은 분홍빛 꽃송이가 아련히 피어 있었다. 따스한 대기에는 사과 꽃송이 향내로 가득 차 있었다.

화려했던 뜰이 이처럼 황폐해 있는 모습을 보니 서글펐다. 페넬로프는 한숨을 쉬었다.

"정말 괴롭군요. 예전에는 아름다웠을 텐데. 꽃이 가득한 화분 상자며 깔끔히 정돈된 화단이 쭉 깔려 있었을 테고."

"전쟁 전에 내가 이곳에 묵을 때는 그랬지. 하지만 그때는 정원사가 두 명 있었소. 사실 이런 정원을 혼자 힘으로 유지해 나가기란 불가능한 일이지."

　또 하나 있는 문으로 나가자 강가로 향하는 오솔길이 나타났다. 페넬로프는 수선화를 한 아름 따 들고 리처드와 함께 선창에 앉아 강물이 차오르는 것을 지켜보았다. 이윽고 시장기가 느껴지자 두 사람은 집으로 돌아가 식품 저장고에 있는 빵과 햄 그리고 조금 쭈글쭈글해진 사과를 먹었다. 그날 오후 늦게, 강물이 높이 차오르자 두 사람은 브래드버리 가족의 옷장에서 우비를 빌려 입고 노와 돛을 챙겨 작은 쪽배를 타고 강으로 나갔다. 강물에 갇혀 있을 때는 배가 천천히 나갔지만 탁 트인 곳으로 나오자 바람이 불어 배가 나가지 않았다. 리처드는 선골(船骨)을 쳐서 내리고 메인 시트(중앙 돛대를 조정하는 밧줄 _옮긴이)를 잡아당겼다. 작은 쪽배는 무섭게 흔들리더니 곧 평정을 찾고 앞으로 달려 나갔다. 두 사람은 물줄기에 흠뻑 몸을 적신 채 함께 웅크리고 앉아 파도가 크게 일렁이는 수심 깊은 만을 흘러 내려갔다.

　저택은 은밀히 숲에 숨어 과거의 영화를 되씹으며 졸고 있는 듯했다. 이곳 생활은 조용하고 한적하게 달팽이처럼 느릿느릿 진행되어 왔을 게 틀림없었다. 너무 오래되어서 시간이 종종 틀리는 괘종시계처럼 또는 늙어 건망증이 생긴 노인처럼 시간 감각을 잃은 집 같았다. 그러한 분위기는 은근한 것 같아도 영향력이 강했다. 첫날이 저물 무렵, 리처드와 페넬로프는 남해안 지방 특유의 부드러운 대기를 쏘이며 졸다가 더 이상 참지 못하고 트레실릭 마을이 외는 잠의 주문에 굴복해 버리고 말았다. 그 후부터는 시간이 하등의 중요성도 갖지 않게 되었고 아예 존재조차 느끼지 못했다. 두 사람은 신문도 보지 않았고 라디오도 켜지 않았으며 전화가 울려도 울리게 내버려두고 받지 않았다. 자기들한테 걸려 올 전화란 있을 수 없다는 것을 알고 있었기 때문이다.

밤과 낮이 천천히 뒤바뀌었다. 규칙적으로 식사를 해야 하는 일도 없고 급한 약속도 독재자 같은 시계의 방해도 없었다. 바깥세상을 접하는 때는 자기 약속에 충실하여 가끔 오가는 브릭 부인을 대할 때뿐이었다. 그녀의 방문은 불규칙적이어서 두 사람은 그녀가 언제 불쑥 나타날지 몰라 전전긍긍했다. 어떤 때는 오후 3시에 불쑥 나타나 여기저기 청소하고 닦으며 구식 청소기로 낡은 카펫 위를 쓸기도 했다. 또 하루는 두 사람이 아직 잠자리에 있는 꼭두새벽에 느닷없이 차가 담긴 쟁반을 들고 나타났다. 그러고는 두 사람이 정신을 차리고 고맙다는 인사를 채 하기도 전에 커튼을 젖히고 날씨에 대해 뭐라 한마디 한 뒤 가버렸다.

리처드 말대로 두 사람은 자칫하면 아주 당황스러운 꼴을 보일 뻔했었다. 브릭 부인은 또 충실한 요정 할멈처럼 두 사람에게 음식을 조달해 주었다. 식사거리를 준비하러 주방으로 들어가 보면 식품 저장실의 슬레이트 찬장 위에 오리알 요리가 담긴 접시며 꼬챙이에 꿰어 구운 닭 요리, 그리고 농장에서 만든 버터 덩어리며 금방 구운 빵 덩어리 등이 놓여 있곤 했다. 감자는 껍질이 벗겨져 있었고 홍당무가 다져져 있었다. 한번은 커다란 코월 파이가 있었는데 하도 커서 리처드도 자기 몫을 다 못 먹을 지경이었다.

"우리 식품 배급권을 주지도 않았는데……."

페넬로프는 놀라서 말했다. 늘 모자라는 배급권을 쓰는 일에 하도 오래 익숙해져서 이렇게 풍성한 음식을 대하니 마치 기적 같았다.

"대체 이 음식이 다 어디서 나는 걸까요?"

하지만 결코 그 해답을 찾을 수가 없었다.

그해 초봄의 날씨는 변덕스러웠다. 비가 한 번 내렸다 하면 세상을 집어삼킬 듯이 요란하게 내렸다. 그럴 때면 두 사람은 장화를 신고 온몸을 홀딱 적신 채 멀리까지 산책을 나가거나 난롯가에 앉아 책을 읽든지 아니면 카드놀이를 했다. 어떤 날은 하늘이 청명했고 여름날처럼 따스했다. 그런 날이면 집 밖으로 나가 잔디밭에서 피크닉을 벌이거나 낡은 정원용 의자에 누워 시간을 보냈다. 하루아침에는 왕성한 원기를 주체 못해 벤틀리를 타고 가까운 세인트모스 마을로 놀러 가 산보를 하며 범선을 구경한 뒤에 아이들 록스 호텔의 테라스에 앉아 음료수를 마셨다.

구름과 햇살이 번갈아 들어갔다 나왔다 했다. 부드럽고 달콤한 대기에서는 소금기 섞인 미풍이 신선한 향내를 풍겼다. 페넬로프는 의자에 등을 기대고 앉아 갈색 돛을 단 고기잡이배가 바다로 나가는 것을 바라보았다.

"리처드, 사치라는 것에 대해 생각해 본 적 있어요?"

"별로 사치를 탐하진 않소. 당신 말이 그 의미라면."

"내 생각엔 사치란 한 번에 사람의 오감을 완전히 충족시켜 주는 그런 거예요. 지금이 바로 그런 사치의 순간이죠. 몸은 따스하고 맘만 먹으면 손을 내밀어 당신 손을 만질 수 있어요. 코로는 바다 내음이 맡아지고 호텔 안에서 양파를 굽는 맛있는 냄새도 흘러 들어와요. 입으로는 차가운 맥주를 맛보고 있고 귀로는 갈매기가 우짖는 소리,

258

파도가 부딪치는 소리가 들려요. 고깃배 엔진 소리가 기분 좋게 통통통 하는 소리도."

"눈으로는 뭘 보고 있소?"

그녀는 고개를 돌려 그의 모습을 바라보았다. 머리는 헝클어진 채 낡은 스웨터를 입고 가죽을 팔꿈치에 댄 해리스 상표의 트위드 재킷에서는 이탄(泥炭) 냄새가 은근히 풍겨오고 있었다.

"당신을 보죠."

그 대답에 그는 싱긋 미소를 지었다.

"당신 차례예요. 당신이 누리는 사치를 말해 봐요."

그는 그녀가 시작한 게임에 차츰 흥이 나는지 대답을 곰곰이 생각하며 말이 없다가 입을 열었다.

"난 그 반대요. 푸른 하늘 아래 산등성이가 펼쳐져 있고 살을 엘 듯이 차가운 눈발과 강렬한 햇살이 어우러지는 장면이 사치 같소. 아니면 뜨겁게 달아오른 바위 위에 누워 몸을 그을리면서 더 이상 뜨거운 열기를 견딜 수 없는 순간에도 일 야드만 가면 차갑고 깊은 바다가 얼른 뛰어 들어오라고 기다리고 있다는 생각을 하며 즐기는 것……, 그런 것이오."

"얼어붙도록 습기 찬 날에 밖에 외출했다가 뼛속까지 꽁꽁 얼어 집에 들어와 뜨겁고 깊은 욕조 물 속에 몸을 담그는 것……, 그런 것은 어때요?"

"그것도 좋지. 아니면 실버스톤 경기장에서 하루 종일 자동차 경주를 지켜보느라 귀가 먹먹하다가 집에 오는 길에 크고 아름다운 성당에 들러 거기 깃든 정적에 귀를 기울이는 일도 좋지."

"담비 코트나 롤스로이스, 커다랗고 천박한 에메랄드 같은 것을 사치로 생각하고 간절히 원한다면 얼마나 끔찍한 일이겠어요. 막상 얻으면 자기 것이 되었다는 이유 때문에 그것들의 존재가 초라해질 것이 뻔하기 때문이죠. 어떻게 처리해야 할지 모르게 될 거예요."

"여기서 점심을 먹자고 하면 그것 역시 그릇된 사치일까?"

"아뇨, 그건 아름다운 사치예요. 당신이 언제 그 말을 할까 궁금해하고 있었으니까요. 구운 양파를 먹어요. 30분 동안 내내 입안에 침이 고여 있었어요."

하지만 가장 좋은 시간은 저녁 시간이었다. 커튼을 내리고 난롯불이 타오르고 있는 가운데 그들은 음악을 들었다. 헬레나 브래드버리가 수집해 놓은 레코드들을 뒤져서 서로 번갈아 가며 일어나 바늘을 바꾸고 낡은 나무 전축의 손잡이를 돌렸다. 그러고 나서 목욕을 하고 옷을 갈아입으면 불가에다 작은 식탁을 끌어다 놓고 저녁을 즐겼다. 식탁에는 크리스털 잔이며 은식기 등을 차려놓고 브릭 부인이 가져다준 음식을 먹고 리처드가 브래드버리 부인의 지시에 충실하여 술저장고에서 가지고 온 와인을 마셨다. 강가에서 불어오는 밤바람이 창틀에서 부르르 떨며 울었다. 하지만 그 소리도 두 사람의 아늑하고 편한 분위기와 아무한테서도 방해받을 것 없는 고적함을 더욱 기분 좋게 만들어줄 뿐이었다.

하루 저녁에는 늦게까지 「신세계 교향곡」 전 악장을 들었다. 리처드는 소파에 눕고 페넬로프는 바닥 위의 쿠션에 앉아 머리를 그의 다리에 기대고 있었다. 난롯불이 재만 남도록 사위어가고 레코드의 마지막 곡이 끝났을 때도 두 사람은 그대로 앉아 꼼짝하지 않았다. 리처드는 그녀의 어깨에 손을 얹고 페넬로프는 꿈결을 헤매고 있었다.

마침내 리처드가 몸을 움직이며 마법에 걸린 듯한 정적을 깼다.

"페넬로프."

"네."

"얘기를 좀 해야겠소."

그녀는 싱긋 미소를 지었다.

"얘기야 매일 했잖아요."

"장래에 대해서 말이요."

"어떤 장래?"

"우리 장래."

"어머, 리처드……."

"아니, 그렇게 근심스러운 표정 하지 말고 그냥 듣기만 해요. 중요한 일이니까. 난 언젠가는 당신하고 결혼할 수 있길 바라오. 당신 없는 미래란 생각할 수도 없으니까. 그렇다면 우리가 결혼해야 한다는 뜻 아니오?"

"난 이미 남편이 있어요."

"그건 나도 알아요, 달링. 너무나 잘 알고 있지. 하지만 그래도 당신한테 물어야겠소. 나하고 결혼해 주겠어?"

그녀는 몸을 돌려 그의 손을 잡고는 자기 뺨에 댔다.

"신의 섭리대로 해야 돼요."

"당신은 앰브로즈를 사랑하지 않잖소."

"그 얘기는 하고 싶지 않아요. 앰브로즈 얘기는 싫어요. 그 사람은 지금 여기 어울리지 않아요. 이름조차 입 밖에 내고 싶지 않아요."

"난 말로 다할 수 없을 만큼 당신을 사랑하오."

"나 역시 당신을 사랑해요. 당신도 알죠. 난 당신 부인이 되는 것 이상 바라는 것이 없어요. 그 무엇도 다시는 우리를 갈라놓을 수 없다는 사실도 알아요. 하지만 지금은 안 돼요. 지금은 그 얘기를 하지 말기로 해요."

그는 한동안 말이 없었다. 이윽고 한숨을 내쉬었다.

"알았소."

허리를 굽히며 키스했다.

"이제 자러 갑시다."

그들이 저택에서 지낸 마지막 날은 밝고 화창했다. 리처드는 집을 빌려 쓴 값을 하려고 차고에서 모터식 잔디 깎는 기계를 꺼내다가 잔디를 깎았다. 그 일은 시간이 오래 걸렸다. 페넬로프는 깎은 잔디를 마구간 뒤편에 무더기로 쌓아 놓아 그의 일을 도왔다. 그러고는 손잡이가 긴 가위로 삐죽삐죽 솟은 풀포기들을 베어냈다. 오후 4시가 되어서야 일은 끝이 났다. 하지만 벨벳처럼 매끄러운 빛을 내면서 짙고 옅은 색 두 가지로 줄무늬가 난 잔디밭을 바라보니 그간의 노고에 보람을 느끼며 기분이 퍽이나 흐뭇했다. 잔디 깎는 기계를 털고 기름칠을 한 뒤에 기계를 제자리에 갖다 놓자 리처드는 입이 바싹 말랐다면서 차를 준비하겠다고 했다. 페넬로프는 집 앞으로 돌아가 새로 깎은 잔디밭 가운데에 앉아 리처드가 차를 가져오기를 기다렸다.

금방 깎은 잔디밭에서는 근사한 냄새가 났다. 그녀는 팔꿈치를 베고 등을 기대앉아 세가락갈매기 한 쌍이 선창가에 날아와 앉는 것을 바라보았다. 북쪽 해안의 크고 험상궂은 청어갈매기에 비해 그 새들의 너무나 작고 귀여운 모습에 놀랐다. 그녀는 고양이 털을 쓰다듬듯이 잔디를 쓰다듬다가 잔디 깎는 기계가 놓치고 깎지 않은 민들레에 문득 손길이 닿았다. 그녀는 꽃을 잡아당겼다. 잎사귀와 가지를 움켜잡고 뿌리를 잡아 빼려고 했다. 하지만 민들레가 으레 그렇듯이 완강한 뿌리가 그녀의 손길에 반항했다. 결국 줄기와 부러진 뿌리 반쪽밖에 손에 뽑아 들지 못했다. 손에 쥔 민들레를 바라보던 그녀의 코에 톡 쏘는 향내와 더불어 뿌리에 붙어 손을 더럽히고 있는 축축한 흙덩어리의 신선한 냄새가 풍겨왔다.

그때 테라스에서 발걸음 소리가 들렸다.

"리처드?"

리처드는 쟁반에 찻잔 두 개를 들고 나와 그녀 곁에 앉았다.

"나 새로운 사치를 발견했어요."

"그게 뭐요?"

"새로 깎은 잔디밭에 사랑하는 이 없이 혼자 앉아 있는 거예요. 혼자 있기는 하지만 사랑하는 사람은 잠시 어디로 갔을 뿐 금방 돌아와 함께 있게 될 걸 아는 거죠."

그녀는 싱긋 미소를 지었다.

"그게 지금까지 내가 생각해 낸 사치 중 최고의 사치예요."

마지막 날. 내일이면 아침 일찍 그곳을 떠나 포스케리스로 돌아가야 한다. 그녀는 머릿속에서 그 생각을 지워버리고 떠올리지 않으려 했다. 두 사람의 마지막 저녁. 그들은 평소처럼 난롯가에 가까이 앉아 있었다. 리처드는 소파에 그리고 페넬로프는 그 옆의 바닥에 웅크리고 앉아 있었다. 음악은 듣지 않았다. 대신 리처드가 그녀에게 맥니스의 「가을 일기」를 들려주었다. 그 시는 그가 외출하던 날, 아빠의 화실에서 읊어주었던 그런 사랑의 시가 아니라 한 권의 책이었다. 리처드는 책을 처음부터 끝까지 읽었다. 마지막 페이지를 다 읽었을 때는 밤이 늦어 있었다.

흐르는 물소리에 귀 기울이며 잠드시오.
얼마나 깊든 내일은 그 강을 건너리다.
죽은 자가 건너는 강도 망각의 강도 아니라오.
오늘 밤 우리가 잠드는 곳은 루비콘 (시저가 '주사위는 던져졌다'라고 말하고 건넌 이탈리아의 강_옮긴이) 강둑─주사위는 던져졌소.
설명은 나중에, 햇살도 나중에
모든 것은 마침내 답이 주어지리니.

그는 천천히 책을 덮었다. 그녀는 끝나는 것이 아쉬워 한숨지었다.
"시간이 너무 없어요. 시인도 전쟁이 불가피하다는 것을 알았나 봐요."
"1938년 가을경엔 우리 거의 모두가 알았소."
책이 그의 손에서 미끄러져 바닥에 떨어졌다.
"난 멀리 가야 하오."
난롯불이 모두 사그라들었다. 고개를 돌려 리처드의 얼굴을 바라본 그녀는 그의 얼굴이 슬픔에 차 있는 것을 보았다.
"왜 그런 얼굴로 나를 보는 거예요?"

"당신을 배반하는 것 같아서."

"어디로 가는 데요?"

"모르겠소. 말할 수가 없어."

"언제요?"

"포스케리스로 돌아가는 대로."

그녀는 가슴이 덜컹 내려앉았다.

"내일이군요."

"모레일지도 모르오."

"돌아올 건가요?"

"금방은 돌아오지 않소."

"본부에서 다른 곳에 배치했나요?"

"그렇소."

"그럼 당신 후임으로는 누가 오나요?"

"아무도 안 와요. 작전은 끝났으니까. 완수된 거요. 톰 멜라비 연대장과 행정 간부진은 뒷정리를 하기 위해 본부에 남지만, 유격대와 특공대는 2주 후에 퇴각하오. 포스케리스는 북쪽 부두를 되찾을 테고 럭비 경기장도 징발령이 풀리는 대로 도리스의 아이들이 다시 축구를 할 수 있을 거요."

"그럼 이제 모두 끝난 건가요?"

"지금 말한 부분만큼은 그렇소."

"그다음 일은 어떻게 되나요?"

"기다려 봐야지."

"언제부터 이 사실을 알았어요?"

"2, 3주 되오."

"그런데 왜 진작 얘기하지 않았어요?"

"두 가지 이유가 있소. 하나는 아직도 특급 비밀 조치가 내려진 비밀 사항이기 때문이오. 그것도 오래 갈 것 같지는 않지만. 그리고 또 다른 이유는 우리가 함께한 이 얼마 안 되는 시간을 망칠 일은 아무것도 하고 싶지 않아서였소."

그녀의 가슴 속에 그에 대한 사랑이 가득 밀려들어 왔다.

"어떤 것도 우리의 시간을 망치지는 못했을 거예요."

말하는 순간 그녀는 그 말이 구구절절 진실임을 깨달았다.

"굳이 비밀로 묻어두지 않아도 되는 건데. 나한테는 그 어떤 것도 비밀로 해서는 안 돼요."

"당신을 놔두고 떠나는 거야말로 지금까지 평생 해온 일 중 가장 괴로운 일일 거요."

그녀는 그가 떠나가는 장면과 그 뒤에 남을 공허함에 대해 생각해 보았다. 그가 없는 생활을 그려 보려고 애썼지만, 괴로운 심정에 실패하고 말았다. 한 가지만은 분명했다.

"작별 인사를 하는 거야말로 가장 괴로운 일이에요."

"그럼 작별 인사는 하지 말기로 합시다."

"난 이대로 끝나고 싶지 않아요."

"끝나지 않았소, 사랑하는 아가씨."

그가 싱긋 웃었다.

"아직 시작도 안 했으니까."

"그 사람은 갔니?"

그녀는 뜨개질을 계속했다.

"네, 아빠."

"작별 인사도 하지 않고선."

"하지만 아빠를 뵈러 왔잖아요. 위스키도 한 병 가지고 말이에요. 작별 인사를 하고 싶지 않았던 거예요."

"너한테는 작별 인사를 했니?"

"아뇨, 그냥 정원 길을 따라서 걸어가 버렸어요. 그렇게 하자고 서로 짜두었어요."

"언제나 돌아온다던?"

그녀는 한 줄을 다 뜨고 난 터라 바늘을 바꾸어서 새 줄을 떠 나가기 시작했다.

"모르겠어요."

"비밀이라는 거냐?"

"아뇨."

그는 입을 다물고 한숨을 내쉬었다.

"보고 싶어질 게다."

방 건너편에서 그의 검고 현명한 눈이 딸에게 머물렀다.

"하지만 너만큼은 아니겠지."

"그 사람을 사랑하고 있어요, 아빠. 우린 서로 사랑해요."

"안다. 몇 달간 내내 알고 있었다."

"우린 깊은 사이예요."

"그것도 안다. 난 네가 생생하게 활짝 피어오르는 것을 보았지. 네

267

머릿결에도 윤기가 오르는 것을 보았고. 붓을 쥘 수 있다면 그 생생한 윤기를 화폭에 담아 영원히 간직하고 싶더구나. 그리고……."

그의 음성이 느려졌다.

"……남자하고 일주일간 멀리 도망간 애가 날씨 얘기나 하며 시간을 보냈을 리는 없지 않니."

그녀는 아빠를 향해 싱긋 웃었지만 대꾸는 하지 않았다.

"그래, 둘이 앞으로 어떻게 할래?"

"모르겠어요."

"앰브로즈는 어떻게 하고?"

그녀는 어깨를 들썩였다.

"그것도 역시 모르겠어요."

"너희들한테는 난관이 많아."

"꼭 집어서 말씀하시는군요."

"너한테는 안됐어. 두 사람 다 안된 일이야. 전쟁의 와중에서 만나기보다는 좀 더 나은 운을 점지 받았어야 할 사람들인데."

"아빠는…… 그 사람을 좋아하시죠?"

"누굴 그렇게 좋아한 적은 없었다. 내 아들처럼 느껴졌지. 꼭 아들 같아."

결코 울어본 적이 없는 페넬로프이건만 갑자기 눈에 눈물이 차오르고 있었다. 하지만 지금은 감상에 젖을 때가 아니었다.

"아빠는 악당이세요."

그녀는 입을 열었다.

"전에도 몇백 번 얘기했지만서도요."

고맙게도 눈물이 들어가 주었다.

"이렇게 눈감아 주시는 게 아니에요. 말채찍을 휘두르면서 이를 갈고 리처드 로맥스더러 다시는 이 집에 발을 들여놓지 말라고 하셨어야 해요."

그녀의 말에 로런스는 즐거운 듯이 활짝 웃었다.

"날 모욕하기냐?"

리처드는 퇴각의 선두 대열에 끼어 가버렸다. 4월 중순이 되자 포스케리스 사람들은 영국 해병의 훈련 계획이—그리고 자기들이 전쟁에 조금 참여해 보았던 경험이 이제는 다 끝났다는 것을 분명히 알게 되었다. 미국 유격대와 특공대들은 처음 이곳에 왔을 때나 마찬가지로 조용하고 은밀하게 사라져 버렸고, 좁은 도로는 다시 텅 비고 묘하리만큼 조용해졌다. 이제는 거리에 장화 신은 발들이 울려대는 소리도 안 들리고 군대 차량 소리도 사라졌다. 상륙용 주정도 부둣가에서 어느 날 밤, 어둠의 장막을 타고 멀리 사라져 버렸다. 북쪽 방파제에 둘러쳐져 있던 철조망도 사라졌고 특공대 본부 건물도 징발이 풀려 구세군에게 되돌려졌다. 언덕바지에 세운 미군 기지의 조립식 막사는 텅 빈 채 외로이 서 있었고 보스카벤 절벽 지대의 황량한 사격 연습장에서도 더 이상 포화 소리가 들리지 않았다.

기나긴 겨울 동안 포스케리스에서 군인들이 움직였던 증거라고는 낡은 화이트 캡스 호텔에 남은 영국 해병 본부밖에 없었다. 지구와 월계수를 그린 연합군 기가 아직도 깃대에서 펄럭이고 있었고 앞뜰에는 지프가 여러 대 주차해 있었다. 정문에는 경비병이 보초를 서고 있었다. 멜라비 연대장과 참모진들이 연신 들락거렸다. 그들의 존재만이 그간 일어났던 모든 일을 상기시켜 주는 증거였다.

리처드는 가버렸다. 페넬로프는 그가 없이 살아가야 하는 법을 배웠다. 그렇잖으면 세상을 포기하는 수밖엔 없지 않겠는가. 그녀는 수세기에 걸쳐 절망에 빠진 많은 여인들이 해오던 방법을 따라 손과 머릿속을 바쁘게 놀렸다. 집안일을 하고 가족과의 생활에 온 정신을 쏟았다. 육체적인 노고를 치르자니 힘은 들었지만 심리 치료 역할을 해주었다. 다락에서부터 지하 창고까지 온 집 안을 쓸고 닦았다. 담요를 빠는가 하면 정원을 팠다. 아무리 그래도 리처드를 그리는 마음이 없어지지는 않았다. 그래도 일을 끝내니 집이 반들반들 윤이 나고 상쾌한 향내가 나게 된 보람을 안게 되었고 정원에도 새로 심은 양배추가 두 줄로 쭉 고르게 나 있는 흐뭇한 광경이 벌어졌다.

집안일 외에도 아이들하고 많은 시간을 보냈다. 그들의 세계는 어른들보다 단순했으며 대화도 간단하고 복잡하지 않았기 때문에 함께 있으면 마음의 위로를 받았다. 낸시는 세 살이 지나 점차 조그마한 인간으로 자리를 잡게 되었다. 애교가 있었으며 외골수였고 고집이 있었다. 그 애가 하는 말과 정확한 관찰력은 어른들에게 늘 놀람과 즐거운 흥분을 가져다주었다. 클라크와 로널드도 자라나고 있었다. 그들이 벌이는 입씨름이며 모습에서 몰라보게 성숙한 소년들을 발견하곤 했다. 그녀는 아이들에게 전적으로 관심을 쏟았다. 조개 줍는 일을 돕기도 하고 고민거리를 들어주었으며 질문에는 대답해 주었다. 이제야 그 아이들이 소란스러운 꼬마 녀석들로, 혹은 먹여주어야 할 배고픈 입들로만 보이지 않고 자기와 동등한 인격체로 보였다.

나름대로의 세계가 있는 인간, 미래 세대의 일원으로 보였다.

어느 토요일, 페넬로프는 세 아이를 이끌고 해안으로 나갔다. 칸 별장으로 돌아오니 왓슨 그랜트 장군이 와 있다가 막 돌아가려는 참이었다. 로런스를 만나러 온 모양이었는지 즐겁게 담소를 하고 있었다. 도리스가 내온 차를 마시고 이제 막 집으로 가려는 중이라고 했다.

페넬로프는 그를 문까지 배웅했다. 장군은 잠시 걸음을 멈추더니 지팡이로 두툼한 잎사귀와 희고 끝이 뾰족한 꽃이 달린 비비추 덤불을 가리켜 보였다.

"근사하군, 온통 땅을 뒤덮었어."

"저도 참 보기 좋아요. 아주 이국적이에요."

두 사람은 벌써 짙은 핑크빛 꽃봉오리가 열린 에스칼로니아 울타리를 지나갔다.

"벌써 여름이 왔다니 믿을 수가 없어요. 오늘은 제가 아이들하고 해안에 나가 있는데 순무처럼 생긴 어느 노인이 모래사장에서 잡동사니들을 긁어모으고 있지 뭐예요. 벌써 천막도 세워지는 곳이 있고 아이스크림 가게도 문을 열었어요. 오래지 않아 첫 휴가 손님이 올 것 같아요. 제비처럼 말이지요."

"남편 소식은 들었나?"

"……앰브로즈 말인가요? 잘 있겠지요. 한동안 소식을 못 들어서요."

"어디 있는지는 아나?"

"지중해에 있을 거예요."

"그렇다면 좋은 구경은 놓치겠군."

페넬로프는 미간을 좁혔다.

"무슨 말씀이신지?"

"말했잖아, 좋은 구경 놓칠 거라고. 유럽으로 진격해 들어가는 거야. 침공이라고."

그녀는 가냘픈 목소리로 대꾸했다.

"네, 그렇군요."

"그 사람도 운 나쁘지 뭔가. 난 말이야, 페넬로프. 난 다시 젊어질 수 있다면 그래서 전쟁의 와중에 뛰어들 수만 있다면 오른팔이라도 내줄 거야. 이만큼 오는 데도 시간이 많이 걸렸지. 너무 오래 걸렸어. 하지만 이제는 나라 전체가 뛰어들 준비 태세를 갖추고 있다네."

"네, 알아요. 전쟁은 또다시 아주 중요한 일로 떠오르게 되었어요. 포스케리스 시내를 걷다 보면 집집마다 소식이 흘러나와요. 사람들은 신문을 사서 신문 가게 밖 길거리에 서서 당장 다 읽어버리죠. 덩케르크 전투 때나 영국 전투, 엘 알라메인 전투 때나 꼭 같아요."

정문에 닿았다가 두 사람의 발걸음이 다시 멈추었다. 장군은 지팡이에 자기 몸을 기대었다.

"아버지를 뵙게 돼서 기쁘다. 불쑥 만나고 싶어서 오지 않았니. 아닌 밤에 뭐처럼 말이야."

"요즘 친구가 없어서 외로워하고 계셨어요."

그리고 미소를 지으며 덧붙였다.

"리처드 로맥스하고 주사위 놀이를 못 해서 아쉬워하시고요."

"그래, 얘기 들었다."

두 사람의 눈길이 마주쳤다. 그의 음성은 다정했다. 아빠가 오랜 친구에게 어느 정도까지 얘기했을지 잠시 궁금해졌다.

"솔직히 난 그 청년이 가버린 줄도 몰랐어. 그쪽 소식은 들었나?"

"네."

"어떻게 지내고 있나?"

"별로 말하지 않았어요."

"그렇겠지. 요즘처럼 비밀을 엄중히 지켜야 하는 때도 없었으니까."

"저는 그 사람이 어디 있는지도 몰라요. 그 사람이 준 주소에는 이니셜하고 숫자밖에 없었어요. 전화는 통하지 않을 것이 분명하고요."

"저런, 하지만 이제 곧 소식이 올 테지."

장군은 문을 열었다.

"자, 이제 가야겠다. 안녕, 잘 있거라. 아버지를 잘 보살펴 드리렴."

"와주셔서 감사해요."

"뭘."

그는 갑자기 모자를 들어 올리더니 그녀의 뺨에 가볍게 키스했다. 그녀는 말을 잃은 채 얼떨떨했다. 장군한테서 그런 행동은 생전 본 적이 없었기 때문이었다. 그녀는 그가 지팡이에 기대고 활기차게 걸어가는 것을 바라보았다.

나라 전체가 기다리고 있었다. 최악의 기다림이었다. 전쟁을 기다리고 뉴스를 기다리고 죽음을 기다리고 있었다. 그녀는 몸을 부르르 떨며 대문을 닫았다. 그러고는 천천히 정원 길을 따라 올라갔다.

리처드의 편지가 도착한 것은 그로부터 이틀 후였다. 이른 아침, 가족 중 제일 먼저 아래층으로 내려온 페넬로프는 우편배달부가 홀 안의 장롱 위에 놓고 간 편지를 발견했다. 우선 검은 잉크로 쓴 이탤릭체의 글씨가 눈에 보였고 두툼해 보이는 내용물이 만져졌다. 그것을 가지고 거실에 들어가 아빠가 늘 앉는 커다란 의자에 웅크리고 앉아 봉투를 열었다. 안에는 얇은 노란 종이가 네 장 꼭꼭 접혀 있었다.

영국 모처에서
1944년 5월 20일

내 사랑 페넬로프,

지난 몇 주간 나는 당신에게 편지를 쓰려고 수십 번이나 책상에 앉았소. 그런데 그럴 때마다 미처 넉 줄도 쓰기 전에 전화가 오거나 누군가 큰 소리로 부르는 소리, 노크 소리, 그것도 아니면 이런저런 긴급 전달 사항 때문에 방해를 받았소.

마침내 날이 저문 지금에야 한 시간 정도 조용할 듯싶은 시간을 얻었소. 당신이 보낸 편지들은 모두 무사히 도착했고 난 당신 편지를 받을 때마다 기쁨에 들뜨곤 했소. 그 편지들을 상사병에 걸린 남학생처럼 몸에 지니고 다니며 읽고 또 읽는다오. 몇 번이나 읽었는지 셀 수도 없을 지경이오. 비록 당신하고 같이 있지는 못해도 당신 목소리만은 듣고 있는 셈이오.

할 말이 대단히 많소. 솔직히 말하면 어디서부터 시작해야 할지 모르겠소. 우리가 함께 이야기했던 것과 말하지 않았던 그 모두를 어디서부터 다 들추어내야 할지도 모르겠소.

당신은 앰브로즈에 대해서는 절대 이야기하고 싶어 하지 않았지. 우리가 트레실릭에 가서 우리만의 은밀한 시간을 가졌을 때는 그런 이야기를 하는 것이 무의미해 보였소. 하지만 최근에 와서 나는 그 사내에 대해 끊임없이 생각한다오. 생각을 하면 할수록 그는 우리 사이에 가로놓여진 유일한 장애물이며 우리의 궁극적인 행복에 걸림돌이 되는 존재요. 이기적으로 들릴지 모르겠소. 하지만 다른 사내한테서 아내를 빼앗은 자가 성자일 리는 없지 않겠소. 내 머릿속은 이미 나름대로 결의를 다지고 앞으로의 일을 구상하고 있소. 정면 대결, 고백, 비난, 변호사, 법정 그리고 마지막의 이혼 등등으로 치닫고 있지.

하긴 앰브로즈가 아주 신사적으로 나와서 당신에게 이혼을 허락해 줄 가능성도 있소. 하지만 솔직히 말하면 아무리 보아도 그가 그렇게 해줄 타당한 이유가 없소. 때문에 나는 공범으로 법정 피고인석에 서서 이혼 허가가 나오게끔 싸울 태세가 되어 있소. 그렇게 되면 그는 낸시에 대한 권리를 갖게 되겠지. 하지만 그것은 정작 닥쳐올 때 해결해야 할 문제요.

중요한 것은 우리가 함께 있는 것 그리고 언젠가는—조만간 그렇게 되기를 바라고 있지만—결혼해야 한다는 것뿐이오. 전쟁도 언젠가는 끝날 것이오. 그렇게 되면 나는 군대에서 풀려나 감사 인사와 퇴직금 약간을 받고 민간인 생활로 돌아가겠지. 당신은 학교 교사의 아내 자리를 어떻게 해볼 만하겠소? 교사야말로 내가 하고 싶은 유일한 일이기 때문이오. 우리가 어디로 가게 될지, 그리고 어디서 살게 될 것이며 그곳이 어떤 곳일지는 아직 말할 수는 없소. 하지만 선택권이 주어진다면 나는 북쪽 지방으로 가서 피크 지방의 호수와 산맥 근처에서 살고 싶소.

그게 아직 요원한 일이라는 것쯤은 아오. 우리 앞에는 험난한 길이 펼쳐져 있으며 하나하나 극복해야 할 장애물이 널려 있으니까. 하지만 천 마일 거리의 여행길도 첫걸음부터 시작하는 것 아니오. 해보지도 않고 겁내는 것은 더 나쁜 것 아니겠소.

이 편지를 쓰고 나서 읽으니 마치 자기는 영원히 살 거라고 생각하는 행복한 사람의 편지 같은 생각이 드오. 무엇 때문인지 난 내가 이 전쟁에서 살아남지 못할 것 같은 불안감은 전혀 없소. 죽음이라는 최후의 적은 노쇠와 병을 겪고 난 이후에나 찾아올 머나먼 일 같기만 해요. 그리고 우리를 한데 묶어준 운명이 우리가 죽음이라는 괴로운 일을 당하게끔 계획해 놓지는 않았을 거라는 믿음이 드는 것은 어쩔 수가 없소.

당신이 칸 별장에 있는 것을 떠올려 보오. 당신이 뭘 하고 있을까 상상해 보면서 당신하고 같이 있어서 웃음을 함께 나누고 내겐 제2의 고향 집처럼 되어버린 그 집의 온갖 사소한 일을 함께 하면 얼마나 좋을까 하고 상상한다오. 그곳에서 있었던 일은 모두가 속속들이 즐거웠소.

인생에서 진정으로 좋은 것은 사라지지 않는 법이오. 그것은 한 인간의 부분으로 남아 그 사람 인격의 일부가 되는 것이지. 그와 마찬가지로 당신의 일부분 역시 내가 가는 곳이면 어디든지 따라다닌다오. 아울러 내 일부 또한 영원히 당신 것이오. 내 사랑, 내 사랑.

리처드

6월 6일 수요일, 연합군은 노르망디 상륙작전을 개시했다. 제2전선 구축이 시작되었으며 최후의 기나긴 전투가 포문을 연 것이었다. 아울러 기다림도 끝났다.

6월 11일은 일요일이었다.

요즘 부쩍 신앙심에 열이 붙은 도리스가 아이들을 데리고 교회로 갔고 낸시는 주일학교에 맡겼다. 페넬로프는 혼자 남아 점심 준비를 했다. 언젠가 정육점 주인이 불쑥 계산대 밑에서 봄에 잡은 양의 작은 다리를 내놓은 적이 있었다. 오븐에는 그 양다리가 근사한 냄새를 풍기며 구워지고 있었다. 주변에는 바삭한 감자튀김이 삥 둘러싸고 있었다. 홍당무는 알맞게 익혀져 있었고 양배추는 잘게 채 썰어 놓았다. 후식으로는 대황잎과 커스터드로 만든 푸딩을 먹을 예정이었다.

12시가 다 되어 있었다. 그녀는 박하 소스를 만들까 하는 생각을 떠올렸다. 그래서 앞치마를 걸친 채로 뒷문으로 나가 과수원 경사길을 올랐다. 산들바람이 불고 있는 날씨였다. 도리스는 엄청난 양의 빨래를 해치워 줄에 넣었다. 줄에 널린 침대보며 수건들이 마치 바람을 잘못 탄 돛처럼 푸드득거리며 흩날렸다. 사육장 속에 갇혀 있던 오리와 닭들이 페넬로프가 오는 것을 보고는 먹이를 주러 오는 줄로 알고 마구 꽥꽥거렸다.

박하를 찾아낸 그녀는 톡 쏘는 냄새가 나는 줄기를 한 움큼 뽑아 들었다. 기다란 잔디밭을 건너 다시 집 쪽으로 향하려는데 저 밑의 정문이 여닫히는 소리가 났다. 교회에 간 사람들이 돌아오기에는 너무 이른 시간이었다. 그녀는 현관 앞 잔디밭으로 내려가는 돌계단으로 해서 잔디밭 위에 서 있었다. 누가 방문했는지 알아보기 위해서였다.

방문한 사람은 한참이 걸려서야 모습을 나타냈다. 키가 크고 제복을 입은 사람이었다. 녹색의 베레모. 찰나 같은 한순간 그녀는 가슴이 마구 뛰며 '리처드!' 하고 속으로 외쳤다. 하지만 착각이었음이 곧 드러났다. 멜라비 연대장이 오솔길 꼭대기에 모습을 나타내더니 걸음을 멈추었다. 고개를 든 그는 그녀가 지켜보고 있는 것을 보았다.

갑자기 주위의 모든 것이 정지했다. 영사기가 망가져서 정지되어 버린 화면처럼……. 미풍마저도 숨을 죽였다. 새들이 우는 소리도 들리지 않았다. 두 사람 사이에는 녹색의 잔디밭이 마치 전쟁터처럼 펼쳐져 있었다. 그녀는 꼼짝 않은 채 그가 먼저 움직이길 기다렸다.

그가 역시 먼저 움직였다. 찰칵, 치르르하는 소리와 함께 화면이 다시 움직이기 시작했다. 그녀는 그를 맞으려 앞으로 나섰다. 그는 평소와 달라 보였다. 그처럼 창백하고 여윈 사람인 것을 그제야 처음 알았다.

먼저 입을 연 것은 그녀였다.

"멜라비 연대장님."

"우리 아가씨께…….'"

그 말투는 친절한 왓슨 그랜트 장군의 음성과 똑같았다. 그 순간 그녀는 그가 무슨 이야기를 하러 왔는지를 확연히 깨달았다.

"리처드인가요?"

"그렇소, 유감스럽게도."

"무슨 일인가요?"

"나쁜 소식이오."

"얘기하세요."

"리처드가…… 죽었소."

그녀는 자기 마음속에 무엇인가 느껴지길 기다렸다. 하지만 아무 것도 느껴지지 않았다. 손 안에 꼭 쥔 박하 줄기만이 느껴질 따름이었다. 뺨 위로 흘러내린 머리칼만이 느껴졌다. 손을 들어 머리칼을 치웠다. 계속되는 그녀의 침묵이 두 사람 사이에 결코 건널 수 없는 협곡처럼 펼쳐졌다. 그녀도 그것을 느끼고 연대장에게 미안했지만 어쩔 수가 없었다.

마침내 눈으로도 확연히 알 수 있을 만큼 엄청난 노력을 기울인 끝에 연대장이 입을 열었다.

"나도 오늘 아침에 들었소. 그는 가기 전에 내게 부탁했었소……. 무슨 일이 일어나면 즉각 와서 당신한테 알려주라고."

그제야 그녀는 입을 열 수가 있었다.

"친절하시군요……. 그게 언제였나요?"

"디데이(작전 개시일 _옮긴이)였소. 여기서 훈련한 병사들하고 같이 건너갔지. 미군 제2유격대였소."

"꼭 갈 필요는 없었지요?"

"그렇소. 하지만 그 병사들과 같이 있길 원했소. 그들도 그와 함께 있어서 자랑스러워했고."

"그래서 어떻게 되었나요?"

"그들은 미군 측 제1분함대와 함께 오마하 해안의 제방에 상륙했소. 거긴 푸엥트 드 위에라는 곳으로 셰르부르 반도 남단 근처였죠."

그의 목소리가 점차 확신을 되찾아갔다. 그가 잘 아는 분야이기 때문인지 감정 없이 또렷하게 말을 이었다.

"내가 들은 바로는 장비에 좀 문제가 있었다는 거요. 상륙 중에 로켓으로 추진하게 되어 있는 갈고리가 물에 젖어 제대로 구실을 못 했다고. 그래도 그들은 기어코 절벽을 올라 독일군 포화 진지를 점령했어요. 목표를 완수한 거요."

그녀의 머릿속에 포스케리스에서 겨울을 지새우던 젊은 미군 병사들이 떠올랐다. 고향 집과 가족들을 떠나 바다 건너 이 멀리 타국까지 와서 겨울을 지냈던 병사들…….

"사상자가 많았나요?"

"그렇소. 습격 중에 적어도 반수가 사망했소."

리처드는 그들과 함께 죽은 거로구나.

"그 사람은 자기는 죽을 것 같지 않다고 했어요. 최후의 적인 죽음은 아직도 요원한 일 같다고. 그렇게나마 생각한 것이 차라리 잘된 일이었죠?"

"그렇소."

장군이 입술을 깨물었다.

"이봐요, 굳이 용감해지려고 애쓸 필요 없어요. 울고 싶으면 애쓰지 말고 울어요. 난 결혼해서 아이들도 있소. 그런 것쯤 이해하오."

"저도 결혼해서 아이가 있어요."

"알고 있소."

"하지만 몇 년 동안 울어본 적이 없어요."

그는 가슴에 달린 주머니로 손을 뻗어 뚜껑 단추를 끌렀다. 그러고는 사진 한 장을 끄집어냈다.

"내 부하 상사 중의 하나가 이걸 전해주었소. 카메라 담당이었는데 어느 날 보스카벤에 모두 훈련차 나가 있을 때 이 사진을 찍었소. 상사 생각엔…… 내 생각도…… 당신이 가지고 싶어 할 듯해서……."

그는 사진을 건네주었다. 페넬로프는 사진을 내려다보았다. 리처드가 어깨 뒤로 고개를 돌리다가 무의식중에 카메라에 잡혀 웃고 있는 모습이었다. 제복을 입고 머리에는 아무것도 쓰지 않은 채 등산용 로프 더미를 어깨에 늘어뜨리고 있었다. 머리가 헝클어져 있는 것으로 보아서 오늘처럼 미풍이 부는 날이었음이 틀림없었다. 사진 배경에 기나긴 수평선이 보였다.

"정말 친절하시군요, 감사해요. 그 사람 사진은 한 장도 갖고 있지 않았거든요."

두 사람은 다시 입을 다물었다. 더 이상 할 말이 생각나지 않아 거기 그대로 그렇게 서 있었다.

마침내 장군이 입을 열었다.

"괜찮겠소?"

"그럼요, 물론."

"그럼 가봐야겠소. 달리 해줄 일이 없다면……."

그녀는 장군의 말을 생각해 보았다.

"해주실 일이 있어요. 저희 아버지께서 집 안에 계세요. 거실에요. 금방 찾으실 수 있을 거예요. 가서 리처드 소식을 전해주시겠어요?"

"정말 내가 하길 바라오?"

"누군가는 해야 할 일이에요. 전 도저히 감당하지 못할 것 같아요."

"그럼 좋소."

"저도 금방 갈게요. 소식을 전하실 시간만큼 기다렸다가 그다음에 가겠어요."

장군은 발걸음을 떼었다. 오솔길을 다 올라가 현관 계단을 올라서서 문 안으로 사라졌다. 친절할 뿐만 아니라 용감한 사람이었다. 그녀는 그 자리에 그대로 서 있었다. 한 손에는 박하 줄기를 쥐고 다른 한 손에는 리처드의 사진을 든 채. 소피가 죽던 끔찍한 날 아침이 생각났다. 자기가 얼마나 몸부림치며 울었던가. 그때의 격한 감정이 다시 밀려오길 바랐다. 하지만 아무것도 느껴지질 않았다. 멍하니 얼음처럼 차갑게 얼어붙어 있을 뿐이었다.

문득 그녀는 리처드의 사진을 내려다보았다. 이젠 두 번 다시 볼 수 없을 그 얼굴을. 다시는 결코 못 볼 얼굴. 이제는 아무것도 남아 있지 않았다. 그의 미소를 보았다. 그녀에게 시를 읊어주던 목소리가 떠올랐다.

시구가 떠올랐다. 오래전에 까먹은 노래 가사가 떠오르듯이 그녀의 머릿속에 갑자기 떠올랐다.

……주사위는 던져졌소.
설명은 나중에, 햇살도 나중에
모든 것은 마침내 답이 주어지리니.

햇살도 나중에. 그래, 그 이야기를 아빠에게 해 드려야겠어. 그녀는 속으로 중얼거렸다. 좋은 방법 아닌가. 남은 생의 여로로 첫걸음을 내딛기에는 더없이 좋은 방법이고 말고.

12

도리스

포드모어의 오두막. 새 한 마리가 운다. 그 소리가 잿빛 여명의 침
묵을 뚫고 들려왔다. 벽난로의 불은 꺼졌지만 「조개 줍는 아이들」을
비추는 조명등은 지난밤 그대로 밝혀진 채로였다. 페넬로프는 잠을
자지 않았지만 깊고 평안한 꿈 속에 잤던 사람이 깨어난 듯이 몸을
뒤척이고 있었다. 두꺼운 모직 담요 밑으로 다리를 뻗고 팔로 기지개
를 켜며 눈을 비볐다. 주위를 둘러보았다. 은은한 불빛 속에 그녀의
거실이 보였다. 물건들도 그대로 있었다. 꽃이며 화분, 책상, 그림들.
그리고 창은 뜰을 향해 열려 있었다. 밤나무의 낮은 가지들이 보였
다. 봉오리는 열렸지만 아직 잎을 활짝 펴지는 않았다. 하지만 뜬 눈
으로 새웠다고 피곤하지는 않았다. 그 반대로 평온한 만족감에 젖어
있었다. 모처럼 과거의 일을 상세히 추억해 내느라 정신을 다 쏟은
다음에 오는 평온 같은 것인 듯싶었다.

이제는 막을 내릴 때가 되었다. 연극은 끝이 났다. 극이 남긴 환영

이 강렬했다. 무대의 각광은 희미해지고 꺼져가는 불빛 속에 배우들은 발길을 돌려 무대에서 떠났다. 도리스와 어니는 이제는 절대 되찾을 수 없는 젊은 모습인 채 사라졌고, 늙은 펜버스 부부와 트럽숏 부부, 왓슨 그랜트 부부도 떠났다. 그리고 아빠. 모두들 죽었다. 죽은 지가 오래이다. 그리고 마지막으로 리처드가 갔다. 그가 미소 짓던 모습이 떠올랐다. 그 순간 그녀는 노련하고 위대한 치료사―시간이라는 이름의 치료사가 마침내 자기 할 일을 완수해 내었다는 사실을 알았다. 세월을 수없이 건너뛴 지금 사랑하는 이의 얼굴을 떠올려도 더이상 비통함과 슬픔의 소용돌이가 닥치지 않았다. 오히려 감사하다는 느낌이 들었다. 그와의 추억이라도 없었으면 인생이 얼마나 끔찍하게 공허했을 것인가. 사랑했고 그 사랑을 잃었던 것은 아예 사랑하지 않았던 것보다는 나아. 그녀는 그렇게 중얼거렸다. 진실이었다.

벽난로 위의 장식 선반에서 황금빛 마차 시계가 6시를 쳤다. 밤은 이제 가버렸다. 내일이 밝아왔다. 또 하나의 목요일. 그동안 어떤 일이 일어났던가? 이 수수께끼를 풀려 애쓰던 중에 로이 브룩크너가 패널화와 스케치를 가져가고 난 뒤로 2주일이 흘렀음을 알았다. 그에게서는 아직 아무런 소식이 없었다.

소식이 없기는 노엘이나 낸시도 마찬가지였다. 모두에게 씁쓰레한 뒷맛을 남긴 마지막 언쟁 이후로 그들은 자취를 감추고 어머니에게 일절 소식을 끊었다. 그녀는 그들이 예상했던 것보다 훨씬 괴로워했다. 물론 시간이 흐르면 다시 연락을 해올 것이다. 그렇다고 사과를 하려고 연락하는 것은 아니다. 재미없는 입씨름이 언제 있었더냐는 듯이 너스레를 떨 것이다. 어쨌든 그때가 올 때까지 계속 마음에 담아두어야 했다. 하지만 지금은 유치한 분노나 상처 입은 자존심을 어루만지며 허비할 기력이 없었다. 그런 것 말고도 생각할 거리가 너무 많으며 해야 할 일도 너무나 많았다. 여느 때나 마찬가지로 집과 정원은 그녀의 주의를 몽땅 빼앗는 일거리였다. 4월의 날씨란 끊임없이 변하기 마련이다. 잿빛 하늘, 검푸른 나뭇잎들, 잠길 듯이 퍼부어대는 빗줄기, 그런가 하면 어느샌가 다시 햇살이 비추기 시작한다. 개나리는 버터색 나는 노란 빛깔로 환하게 빛나고 있었다. 과수원은 수선화와 들국화, 앵초가 깔린 카펫으로 변했다.

목요일. 데이너스가 아침에 올 것이다. 오늘쯤엔 로이 브룩크너가 런던에서 전화를 걸어올지 모른다. 그 가능성을 곰곰이 생각하다 보니 오늘 그가 틀림없이 전화할 것이라는 확신이 들었다. 그것은 느낌 이상의 것이었다. 그보다 강렬한 예감이었다.

아까는 새 한 마리가 울더니 이제 보니 열댓 마리가 합세하고 있었다. 대기는 새들의 합창 소리로 가득 찼다. 이제 잠을 자기란 틀려버린 일이었다. 그녀는 소파에서 내려와 불을 끄고는 뜨거운 물에 깊이 몸을 담그기 위해 2층으로 올라갔다.

예감은 적중했다. 전화는 점심을 먹는 중에 걸려 왔다.

달콤했던 여명의 빛은 어느새 사라지고 날은 우중충한 잿빛으로 흐려 있었다. 구름이 잔뜩 끼고 보슬비가 간간이 뿌리는 바람에 야외로 피크닉 갈 기분도 나지 않았고 온실에 가서 앉을 기분이 아니었다. 그래서 그녀는 안토니아, 데이너스와 함께 주방의 식탁에 둘러앉아 소시지 스파게티와 야채 전채 요리를 많이 먹었다. 날씨 때문에 데이너스는 오전 내내 차고를 청소하며 지냈다. 페넬로프는 전화번호를 찾으러 자기 책상으로 갔다가 거기 놓인 잡동사니에 정신이 팔려 머무적거리면서 지불 기한이 지난 청구서며 오래된 편지를 읽기도 하고 개봉하지도 않은 회사 사보(社報) 등을 내다 버리기도 했다. 점심 준비는 안토니아가 했다.

"안토니아 씨는 훌륭한 정원사 조수일 뿐만 아니라 요리사로도 일등급이군요."

데이너스가 스파게티 위에 곱게 간 파르마 치즈를 끼얹으며 말했다. 그때 전화가 울렸다.

안토니아가 입을 열었다.

"제가 받을까요?"

"아니."

페넬로프는 포크를 내려놓고 자리에서 일어섰다.

"아마 나한테 걸려 온 전화일 거야."

그녀는 주방에서 받지 않고 거실로 들어가 등 뒤로 문을 닫았다.

"여보세요."

"킬링 부인이십니까?"

"네, 그런데요."

"로이 브룩크넙니다."

"아, 브룩크너 씨."

"이제서야 연락드려서 죄송합니다. 애드웨이 씨가 그슈타트에 친구분들을 방문하러 가셔서 이틀 전에야 제네바로 돌아오셨거든요. 그제야 그분 호텔에 제가 써서 남긴 편지를 발견한 겁니다. 오늘 아침에 런던 히스로 공항으로 날아오셨지요. 지금 여기 제 사무실에 계십니다. 그 패널화를 보여드리고 부인께서 그것들을 은밀히 파실 계획이라고 말씀드렸죠. 그랬더니 매우 고마워하시며 각 작품당 5만을 제공하시겠답니다. 두 작품에 10만인 셈이군요. 물론 달러가 아니고 영화(英貨) 파운드이죠. 그만하면 합당하시겠습니까, 아니면 좀 더 생각할 시간을 가지시겠습니까? 그분은 내일 뉴욕으로 돌아갈 예정이신데 물론 필요하다면 출발을 연기하실 태세가 되어 있으십니다. 부인께서 결정을 내릴 시간이 좀 더 필요하다고 하시면 말입니다. 저 개인적으로는 퍽이나 공정한 거래라고 생각합니다만 만약……. 킬링 부인, 듣고 계십니까?"

"그래요, 듣고 있어요."

"죄송합니다. 끊어진 줄 알았어요."

"아뇨, 듣고 있어요."

"하실 말씀이 없으십니까?"

"그래요."

"그럼 제가 말씀드린 금액이 합당하신지요?"

"네, 썩 합당해요."

"그러면 제가 나서서 계약을 성사시킬까요?"

"그렇게 해주세요."

"애드웨이 씨는 두말할 것 없이 기뻐하실겁니다."

"나도 기쁘군요."

"그럼 곧 연락드리겠습니다. 물론 대금 지불은 거래가 완료되는 대로 될 겁니다."

"고마워요, 브룩크너 씨."

"지금은 미리 이야기할 때가 아닙니다만 아마 상당한 세금을 무셔야 할 겁니다. 알고 계시겠지요?"

"네, 물론 알고 있어요."

"회계사나 누가 그 일을 맡아 처리해 주실 분이 계십니까?"

"엔더비 씨가 계세요. 〈엔더비, 루즈비, 드링 법률사무소〉의 엔더비 씨 말이에요. 그레이스 인 로(路)에서 개업하고 있는 변호사들이지요. 내가 오클리 가의 집을 팔고 이 집을 샀을 때도 모든 것을 보살펴준 사람이에요."

"그러면 그분에게 연락하셔서 상황을 알려드리는 것이 좋겠군요."

"네, 그러기로 하지요."

잠시 말이 끊어졌다. 그녀는 그가 전화를 끊으려는 것이 아닌가 하고 생각했다.

"킬링 부인?"

"네, 브룩크너 씨?"

"괜찮으십니까?"

"왜 물으시죠?"

"음성이 좀…… 기운이 없으신 듯해서요."

"지금은 그런 음성밖에는 낼 도리가 없어서예요."

"계약에 만족하십니까?"

"네, 아주 대단히 만족하고 있어요."

"그럼 안녕히 계십시오, 킬링 부인."

"아니, 브룩크너 씨, 기다리세요. 할 말이 더 있어요."

"네, 하십시오."

"「조개 줍는 아이들」에 관한 건데요."

"네, 그래서요?"

그녀는 그에게 바라는 바를 이야기했다.

이윽고 그녀는 아주 천천히 수화기를 놓았다. 그녀가 앉은 곳은 새로 주문했던 책상 앞이었는데, 그곳에서 잠시 더 앉아 있었다. 사방은 매우 조용했다. 주방 쪽에서 뭔가 두런거리는 목소리가 들려왔다. 안토니아와 데이너스는 이야기할 것이 항상 그치지 않는 모양이었다. 돌아가 보니 그들은 식탁에 앉은 채로 스파게티를 다 먹고 이제는 과일과 치즈, 커피를 들려던 참이었다. 그녀의 접시는 어디론가 사라지고 보이지 않았다.

"할머니 것은 데우려고 오븐에 넣어두었어요."

안토니아가 말하고 접시를 가져오려는 양 자리에서 일어났다. 하지만 페넬로프가 만류했다.

"아니, 그만두렴. 더 먹고 싶지 않으니까."

"그럼 커피를 한잔 드시겠어요?"

"아냐, 그것도 됐어."

그녀는 의자에 앉은 채 식탁 위에서 팔짱을 꼈다. 문득 미소가 번졌다. 미소를 막을 도리가 없었다. 그녀는 그 두 사람을 사랑하기 때문에 자신에게 세상에서 가장 멋진 선물로 생각되는 것을 선물할 작정이었다. 그녀의 세 자식들에게 제공했지만 그들은 연이어 거절했다.

"내가 제의 하나 하지. 두 사람 다 나하고 콘월로 가지 않으려나? 거기서 부활절을 지내는 거야. 같이, 우리 셋이서만."

포드모어 오두막, 템플 퍼들리, 글로스터셔.

1984년 4월 17일

내 사랑 올리비아 보거라.

너에게 지금까지 있었던 여러 일과 앞으로 일어날 일을 전하러 편지를 쓴다.

지난 주말, 노엘이 안토니아를 데리고 와서 다락을 싹 치운 뒤 낸시가 일요일 오찬을 하러 왔을 때 우리 셋은 정말 대단한 입씨름을 벌였다. 너는 아마 못 들었겠지. 말할 것도 없이 돈 때문이었어. 나더러 아직 시장에서 값을 후하게 쳐줄 때 아버지의 그림을 팔아야 한다고 해서 벌어진 일이야. 그 애들은 말로는 이게 다 나를 걱정해서 하는 일이라고 어르려고 했지만 난 그 애들 둘을 너무나 잘 알아. 돈이 필요한 것은 실상 그 애들이지.

애들이 집을 나서고 나서 나는 모든 일을 곰곰이 생각해 볼 시간을 가졌다. 그리고 다음 날 아침에 부스비 사의 로이 브룩크너 씨한테 전화를 걸었어. 그 사람이 내려와서 패널화를 가지고 올라갔지. 그 뒤 개인 바이어 한 사람을 구해주었어. 미국인인데 작품 한 쌍에 10만 파운드를 제공하겠다더구나. 난 그 제의를 받아들였다.

이 돌연한 횡재를 활용할 길이야 여러 가지겠지만 난 지금 오랫동안 해오고 싶었던 일을 할 참이다. 콘월로 돌아가 보는 거란다. 너나 노엘, 낸시는 나하고 갈 마음도 그럴 여유도 없었지. 그

래서 난 안토니아와 데이너스를 초대했다. 데이너스는 처음에
는 초대를 받아들이길 망설이더구나. 갑작스러운 일이라 당황
했을 거야. 그 사람 생각엔 내가 자기를 동정해서 선심 쓰려는
것같이 보였나 봐. 자존심이 퍽 강한 남자니까. 하지만 난 마침
내 그를 설득하고 말았지. 그렇게 해주면 자네는 우리한테 크나
큰 자비를 베푸는 것이다, 우리한테는 짐과 수위, 급사장 등을
대신 해결할 든든한 남자가 필요하다는 등의 이유를 댔어. 결국
데이너스가 고용주한테 얘기해서 주말에 시간을 낼 수 있는지
알아보기로 했어. 그런데 허락이 나서 내일 아침에 드디어 떠나
게 되었단다. 안토니아하고 내가 번갈아 운전을 하기로 했지. 도
리스의 집에는 묵지 않기로 했어. 그녀의 조그만 집에는 손님을
세 사람이나 받아들일 여유가 없으니까 말이야. 그래서 난 샌즈
호텔에 예약을 해놓았고 거기서 부활절을 지낼 작정이야. 샌즈
호텔로 정한 것은 내 기억에 그곳이 요란하지 않고 편안하고 내
집 같은 곳이었기 때문이야. 내가 어렸을 때 그곳에는 여름 휴가
를 즐기러 오는 대가족들이 많았지. 그 가족들은 매년 꼬박꼬박
내려오는 단골들이었는데 올 때면 아이들뿐 아니라 운전사, 유
모, 개들까지 몽땅 다 데려왔어. 그래서 호텔 측에서는 여름이면
테니스 토너먼트 경기를 열곤 했지. 저녁에는 파티를 열었고. 파
티 때면 어른들은 디너 재킷을 입고 폭스 트로트 춤을 추었고 아
이들은 로저 댄스(고풍스러운 시골춤 _옮긴이)를 추고 풍선을 선물로
받았어. 전시에는 호텔이 병원으로 바뀌어 가엾은 부상병들이
주홍색 담요에 감싸여 호텔 안을 가득 메웠지. 흰 캡을 쓴 예쁜

간호사들에게서 바구니 같은 것을 만드는 법을 배우곤 했어. 그런데 내가 데이너스더러 그 호텔에 갈 작정이라고 하니까 그는 놀란 얼굴이더라. 요즘 샌즈 호텔은 문전성시를 이루는 화려한 호텔이라 친절한 생각에서 비용을 걱정했던 것 같아. 하지만 지금 비용이 문제가 아니잖아. 사실 이런 말을 써보기는 생전 처음인데. 쓰고 나니 아주 흐뭇한 만족감을 주는구나. 갑자기 예전과는 전혀 다른 인간이 된 듯한 기분이야. 그런 기분이 드는 것은 절대 부인하지 않겠다. 아이처럼 들떠 있는 것도 사실이고.

어제는 안토니아와 첼튼엄에 가서 쇼핑을 했어. 새로 태어난 페넬로프가 시켜서 한 일이었지. 넌 절약만 알던 어미가 어디로 갔는지 의아해할 테지. 하지만 너도 내가 하는 일에 찬성했으리라고 믿는다. 우리는 정신이 나가 미친 듯이 쇼핑을 했어. 안토니아를 위해서 드레스를 몇 벌 샀지. 그리고 멋진 크림색 새틴 블라우스며 청바지, 면 셔츠, 노란 우비며 신발도 네 켤레 샀어. 그런 다음에 그 애는 머리를 자르러 미용실로 갔고 나 역시 가게로 가 휴가 용품을 사며 돈을 써댔지. 모두 근사하지만 꼭 있어야 되는 물건들은 아닌데도. 끈 달린 캔버스 천 구두, 화장용 파우더, 향수도 커다란 병으로 하나 샀어. 카메라 필름이며 얼굴에 바르는 크림, 보랏빛 캐시미어 스웨터도 샀단다. 그리고 피크닉용으로 보온병과 격자무늬 깔개를 샀고 여가 시간에 볼 페이퍼백 책들도 한 묶음 샀지. 「태양은 다시 떠오른다」도 있어. 헤밍웨이 소설을 읽은 지도 오래됐거든. 그리고 영국의 조류(鳥類)에 관한 책과 지도가 가득 있는 예쁜 책도 하나 샀지.

이렇게 사치의 잔치를 마치자 나는 휴게실에 들러 커피 한 잔을 마시고 안토니아를 데리러 갔다. 나타난 안토니아의 모습은 몰라볼 정도로 아름다웠어. 머리만 자른 것이 아니라 속눈썹까지 염색했더구나. 그랬더니 몰라보게 얼굴이 달라져 있었어. 처음에는 좀 당혹스러워하더니만 자꾸 보아 눈에 익고 또 사람들의 시선을 받자 이제는 아주 익숙해져서 거울 속에 비친 자기 모습을 틈만 나면 찬탄하듯이 바라보고 있더구나. 이렇게 행복한 기분은 오랜만이었다.

플라켓 부인이 내일 들러서 청소를 해주고 우리가 떠난 뒤에 집 문단속을 해줄 게다. 우리는 25일 수요일에 돌아올 예정이다.

참, 이야기할 것이 하나 더 있다. 「조개 줍는 아이들」이 이젠 여기 없다. 내가 네 외할아버지에 대한 기념으로 포스케리스에 있는 화랑에 기증했거든. 그곳은 아빠가 공동 설립하신 곳이지. 이상하게 들리겠지만, 난 이제 그 그림이 더 이상 필요하지 않게 되었다. 다른 일반인들도 내가 그 그림을 보며 찾았던 기쁨과 즐거움을 함께 누렸으면 하는 생각에서 기증한 거야. 브룩크너 씨가 그림을 웨스트 컨트리까지 실어줄 차량을 주선했고 곧 트럭이 와서 실어 갔단다. 벽난로 위에 그림이 걸려 있던 자리가 금방 눈에 띄는구나. 하지만 조만간 다른 것을 걸어놓을 작정이다. 그동안은 우선 「조개 줍는 아이들」이 새집에 가서 온 세상 사람들에게 선을 보이게 되는 날을 고대하고 있을 테다.

노엘하고 낸시에게는 아직 편지를 쓰지 않았다. 그 애들도 조만간 모든 사실을 알고 굉장히 흥분하고 분개하겠지. 하지만 어쩔

수 없지. 난 그 애들한테 항상 능력에 닿는 한 모든 것을 다 주었
는데, 그 애들은 늘 그 이상의 것을 원하니 말이야. 그래도 이제
는 날 그만 괴롭히고 자신들의 인생을 살아가야 할 테지.

너만은 나를 이해하리라 믿는다.

변함없는 사랑을 보내며,

엄마가.

낸시는 웬일인지 마음이 불편했다. 그 괴로운 일요일 사건 이후 어
머니와 연락을 안 했기 때문일 것이다. 그날, 그림들에 대해 끔찍한
입씨름을 벌이고 어머니는 그들 두 남매를 싸잡아 공격하여 자신과
노엘을 궁지로 몰아넣은 이후로 일절 소식이 없었다.

그렇다고 죄책감을 느끼는 것은 아니었다. 반대로 깊이 마음의 상
처를 받았다. 어머니가 한 비난은 자식들에게는 절대 해서는 안 될
비난이었다. 때문에 낸시는 냉담하게 연락을 끊은 채 날이 지나도록
놔두었다. 어머니 쪽에서 사과든 뭐든 먼저 행동을 취해야 한다고 생
각했다. 전화를 걸어서 시치미를 떼며 이것저것 아이들 안부를 묻다
가 마지막에는 한번 만나자는 이야기를 건네야 했다. 만나서는 기왕
있었던 일은 모두 잊었으며 모녀 사이가 예전이나 다를 거 없음을 낸
시에게 확인시켜 줘야 했다.

하지만 생각과는 달리 아무 일도 일어나지 않았다. 그런 전화는 오
지 않았다. 처음에는 낸시도 기분이 몹시 상한 채 마음을 달랬다. 자
기 체면을 잃게 한 어머니의 처사에 분개가 끓었다. 내가 뭘 그리 잘

못했길래. 모두의 이익을 위해 목소리 좀 높인 일밖에 없지 않은가.

하지만 시일이 흐르자 그녀는 차츰 걱정이 되기 시작했다. 화가 나 뾰로통하고 있는 것은 어머니답지 않은 일이었다. 혹시나 어디가 안 좋은 것은 아닐까? 어머니는 그날 몹시 흥분했었다. 심장 발작을 한 번 겪었던 노부인에게 그런 일이 좋을 턱이 없다. 그 때문에 심장에 다시 영향이 온 것은 아닐까? 그 생각을 하자 겁이 덜컥 났지만 불안한 심정을 밀쳐버렸다. 그럴 리는 없어. 만일 그렇다면 안토니아라도 연락을 해주었을 것 아닌가. 안토니아가 어린 나이라 무책임한지는 몰라도 그 정도로 책임감이 없지는 않을 테지.

어쨌든 걱정이 점차 커져 이제는 좀처럼 떨쳐버릴 수가 없게 되었다. 엊그제인가는 한두 번 전화기를 집어 들기도 했다. 포드모어 오두막의 번호를 돌리려 했다. 하지만 곧 수화기를 놓았다. 뭐라고 말을 해야 할지 몰랐기도 하려니와 무슨 핑계로 이야기를 꺼낼지가 도무지 떠오르지 않았던 것이다. 그러던 중 갑자기 좋은 생각이 번쩍 떠올랐다. 부활절이 가까워지고 있었다. 어머니와 안토니아에게 부활절 점심을 같이하자고 초대하는 것이다. 그렇게 하면 체면 깎일 일도 없으려니와 양고기 구이와 신선한 감자 요리를 들고 나면 자연스럽게 화해가 될 것이다.

그 빛나는 아이디어가 떠오른 것은 식당을 청소하는 가벼운 일거리에 매달려 있을 때였다. 생각이 떠오르는 즉시 먼지떨이와 광택제를 내려놓고 주방으로 가 전화기 옆에 앉았다. 전화번호를 돌리고 기다리는 동안에 얼굴에는 사교적인 웃음을 잔뜩 떠올렸다. 웃음기를 음성에까지 묻어나게 하려고 잔뜩 벼르면서. 전화 신호음이 들렸다.

하지만 응답이 없었다. 그녀의 얼굴에서 미소가 사라졌다. 한참을 더 기다려 보았다가 결국 완전히 풀이 죽은 채로 수화기를 놓았다.

오후 3시에 다시 전화를 걸고 6시에 다시 걸었다. 전화국 고장 신고 센터에까지 전화를 걸어 점검을 해달라고 했다.

"신호가 가고 있는데요."

센터의 직원이 대답했다.

"신호가 가는 것은 알아요. 하루 종일 신호가 가는 것을 듣고 있었으니까요. 뭔가 잘못된 것이 틀림없어요."

"전화 거시는 상대방이 집에 있는 것은 틀림없습니까?"

"그럼, 있고말고요. 우리 어머니인데요, 늘 집에 계시는 분이에요."

"그럼 일단 제가 알아보고 다시 전화드리기로 하지요."

"고맙습니다."

낸시는 기다렸다. 직원이 다시 전화를 걸었다. 전화선에는 아무 이상이 없다고 했다. 그렇다면 어머니가 집에 없다는 얘기였다.

이제는 걱정도 걱정이지만 한껏 성이 났다. 그녀는 런던에 있는 올리비아에게 전화를 걸었다.

"올리비아?"

"여보세요?"

"나, 낸시야."

"응, 전화 올 줄 알았지."

"올리비아, 내가 지금 어머니한테 연락을 하려는데 포드모어 오두막에서는 아무도 전화를 안 받아. 무슨 일인지 짐작 가는 거 있니?"

"그야 대답이 없을 수밖에. 엄마는 콘월로 가셨으니까."

"콘월로?"

"그래, 부활절을 지내러 가셨어. 안토니아하고 데이너스랑 차를 몰고 말이야."

"안토니아하고 데이너스?"

"그렇게 끔찍해하지 마."

올리비아의 음성에는 즐거운 기색이 가득했다.

"왜, 그러면 안 되나? 여러 달 동안 거기 가고 싶어 마음을 썩혔는데 우리 중엔 아무도 엄마하고 가려 하지 않으니까 대신 그 사람들을 데리고 동무 삼아 가신 거야."

"하지만 그 셋이 다 도리스 펜버스 아주머니네 묵는 것은 아니겠지? 거긴 방이 없잖아."

"아, 도리스 아주머니네가 아니야. 샌즈 호텔에 묵고 있어."

"샌즈 호텔?"

"이봐, 언니, 내가 하는 말마다 앵무새처럼 되풀이하지 좀 마!"

"하지만 샌즈 호텔은 최고급이잖아! 영국 안에서도 첫째가는 호텔인데. 평판이 대단해, 비용이 엄청날 거라고."

"못 들었어? 엄마는 엄청난 돈을 갖고 계시다고. 미국인 백만장자에게 그 패널화들을 10만 파운드에 파셨거든."

낸시는 갑자기 토하거나 기절할 것 같았다. 아마 기절 쪽일 테지. 양 뺨에서 피가 걷히는 것이 스스로도 느껴졌다. 무릎이 마구 떨려왔다. 손으로 의자를 더듬어 찾았다.

"10만 파운드라고. 그럴 리 없어. 그 그림들이 그만한 가치가 있을 턱이 없어. 10만 파운드 가치가 있는 물건이 어디 있어."

"누군가 원하지 않는다면 세상에 가치 있는 물건이라곤 하나도 없지. 또 희소가치라는 것도 있잖아. 우리가 레스카르고 식당에서 점심을 먹을 때 언니한테 다 설명했잖아. 로런스 스턴의 작품은 좀체 시장에 나오는 법이 없어. 그리고 그 미국인이 누구인지는 몰라도 아마 그 그림을 이 세상 어느 것보다도 원하는 사람일 거야. 때문에 돈이 얼마가 들든 상관하지 않는 거지. 엄마한테는 잘된 일이야. 난 엄마를 위해 이 이상 기쁠 수가 없어."

낸시의 머릿속은 아직도 미친 듯이 뛰고 있었다. 10만 파운드!

"대체 언제 그랬다는 거지?"

그녀는 가까스로 입을 열었다.

"그건 모르겠어. 최근의 일인가 봐."

"너는 그 일을 어떻게 알게 된 건데?"

"엄마가 내게 편지를 보내서 다 알았지. 다투었던 이야기도 했어. 언니는 정말 형편없어. 내가 수십 번 이야기했지, 엄마를 제발 괴롭히지 말라고. 하지만 언니는 말을 안 들었어. 엄마가 더 이상 못 참게 될 때까지 괴롭혔어. 그래서 마침내 그 패널화들을 팔아 치우기로 결심한 걸 거야. 언니한테 끊임없이 괴롭힘을 당하지 않으려면 그 수밖에 없다고 생각하시고."

"당치도 않은 소리 마."

"이봐, 언니, 제발 나한테 위선 좀 부리지 마. 언니 스스로도."

"그들이 어머니를 꽉 잡고 있는 거야."

"누가 말이야?"

"데이너스하고 안토니아 말이야. 너 그 애를 어머니한테 보내지 말

앉아야 했어. 데이너스 역시 믿는 도끼에 발등 찍힌 격이고."

"노엘 역시 그렇게 생각하겠지."

"넌 걱정이 되지도 않니?"

"전혀. 난 엄마의 판단을 틀림없다고 믿고 있으니까."

"그럼 어머니가 그 애들한테 돈을 뿌려대는 건 어째서야? 지금도 샌즈 호텔에서 호화판으로 묵고 있잖아. 하필 정원사하고 말이야."

"엄마라고 돈을 뿌려대면 안 되나? 엄마 돈인데, 뭘. 엄마가 자신을 위해 그리고 좋아하는 두 젊은이를 위해 돈을 좀 뿌려대지 말라는 법이 어디 있어? 아까도 얘기했지만 엄마는 우리더러 같이 가자고 하셨어. 우리는 다 거절했고. 기회가 굴러들어 왔는데 던져버린 거라고. 우리 탓을 해야지 누구 탓을 해?"

"어머니가 나더러 가자고 했을 때 샌즈 호텔 이야기는 입 밖에도 꺼내지 않았어. 도리스 펜버스 아주머니네 집에 남는 방에서 자고 아침이나 얻어먹는 정도였단 말이야."

"그래서 엄마 청을 받아들이지 않았다는 거야? 도리스 아주머니하고 부대끼기 싫어서? 만일 엄마가 말 앞에서 홍당무를 흔들어대는 것처럼 언니 코 앞에서 샌즈 호텔을 들먹였다면 갔을 거란 말이지?"

"네가 뭔데 무슨 권리로 나한테 그런 식으로 얘기하는 거니?"

"권리가 있고말고. 불행하게도 언니와 자매니까 말이야. 그리고 또한 가지 알아야 할 게 있어. 엄마가 포스케리스에 간 것은 여러 해 동안 그것이 소원이었기 때문이야. 하지만 「조개 줍는 아이들」을 보러 가신 이유도 있어. 엄마는 할아버지를 기념하기 위해 그걸 그곳 화랑에 기증했어. 그 그림이 새 전시장에 걸리는 것을 보러 가신 거야."

"기증했다고?"

한순간 낸시는 자기가 잘못 들었거나 오해한 것으로 생각했다.

"그 그림을 주어버렸단 말이야?"

"바로 그래."

"하지만 그 그림은 수천 파운드는 족히 나가는 그림이야! 아니, 수십만 파운드도 족히 될걸?"

"그 그림을 보는 사람들도 모두 그 사실을 알아줄 거야."

「조개 줍는 아이들」이 사라져 버렸다. 불공평하다는 감정이 낸시에게 휘몰아쳤다. 분노가 밀려와 온몸이 얼음장처럼 차가워졌다.

"그 그림 없이는 한시도 살 수 없다고 입버릇처럼 말하고선!"

그녀는 쓰디쓰게 내쏘았다.

"어머니 인생의 일부라고 하고선!"

"그야 그랬지. 오랫동안 그래왔던 것이 사실이야. 하지만 내 생각엔 엄마는 이제 그 그림이 없어도 사실만 하다고 생각하신 모양이야. 이제는 그 그림을 다른 사람들과 함께 보고 싶었던 거지. 다른 사람들도 그 그림을 즐길 수 있기를 바란 거야."

올리비아가 엄마 편이라는 것은 확실했다.

"그럼 우리들은, 당신 가족들은 어떡하고? 당신 손주들은? 노엘은? 참, 노엘은 알고 있어?"

"모르겠어. 아마, 모르고 있을 거야. 안토니아를 데리고 포드모어로 간 이후에는 일절 소식 못 들었으니까."

"내가 얘기할 거야."

그 음성은 위협조였다.

"마음대로 해."

올리비아는 전화를 끊었다.

낸시는 수화기를 쾅 하고 내려놓았다. 망할 올리비아, 망할 계집애! 그녀는 다시 수화기를 들고 떨리는 손으로 노엘의 집 전화번호를 돌렸다. 지금처럼 이렇게 화가 치밀어 오른 적은 없었던 것 같았다.

"노엘 킬링입니다."

"낸시야."

그녀는 으쓱대는 기분으로 엄숙하게 말했다. 가족회의를 소집하는 기분이었다.

"안녕."

노엘의 목소리에는 별로 환영의 기색이 담겨 있지 않았다.

"나 방금 올리비아와 통화했어. 어머니한테 전화하려고 했는데 응답이 없길래 올리비아는 혹시 무슨 일이 있는지 알까 싶어 전화했었어. 그 애는 알고 있더구나. 어머니가 편지를 했다니까. 올리비아한테는 편지를 쓰셨으면서 너나 나한테는 연락할 생각도 안 한 거야."

"무슨 말을 하고 있는지 모르겠네."

"어머니는 콘월로 가셨어. 데이너스하고 안토니아를 데리고."

"뭐?"

"그리고 지금 샌즈 호텔에 묵고 계시대."

그제야 그는 정신이 났다.

"샌즈 호텔이라고? 도리스 아주머니네 머무실 줄 알았는데. 게다가 어떻게 샌즈 호텔에 묵을 경비를 대는 거지? 그 호텔은 영국에서도 제일 비싼 호텔이잖아."

"내가 얘기하지. 어머니는 패널화를 파셨어. 10만 파운드에 말이야. 우리하고는 한마디 상의도 없이 말이야. 10만 파운드야, 노엘. 그런데 돌아가는 모양을 보니까 어머니는 그 돈을 마구 뿌릴 작정인가 봐. 그것뿐이 아니야.「조개 줍는 아이들」을 줘버렸어. 자세히 말하면 포스케리스에 있는 화랑에 기증한 거라고. 그냥 내줘버린 거야. 그 그림 값이 얼마나 되는지는 하늘만이 아실 텐데 말이야. 머리가 어떻게 되신 게 틀림없어. 당신이 무슨 일을 하고 있는지도 모르는가 봐. 올리비아에게 내 생각을 그대로 전했어. 그 젊은 애들, 안토니아하고 데이너스가 어머니를 꽉 잡고 있는 거야, 틀림없어. 신문에서 그런 일 자주 읽었지. 그건 범죄야. 도저히 봐둘 수 없는 일이라고. 어떻게든 막아야 해. 노엘, 노엘? 너 듣고 있니?"

"응."

"뭐라고 말 좀 해봐."

"빌어먹을."

그러고 나서 노엘은 전화를 끊었다.

콘월, 포스케리스, 샌즈 호텔에서.

4월 19일 목요일.

친애하는 올리비아,

우리 셋은 모두 잘 있어요. 여기 묵은 지 꼭 하루가 갔군요. 모두가 얼마나 아름다운지 이루 다 말로 할 수가 없어요. 날씨는 한 여름 같아서 어디나 꽃이 만발했지요. 종려나무며 자갈을 깐 좁은 오솔길도 아름답고 바다는 가장 근사한 푸른색으로 빛나고 있고요. 지중해에 비해 녹색이 훨씬 더 짙어요. 수평선 쪽으로는 또 아주 짙은 푸른색이지요. 이비자 해안 같아요. 하지만 여기가 더 좋아요. 모든 것이 녹색으로 윤기가 풍성히 도니까요. 저녁이 되어서 해가 저물고 나면 또 모든 것이 축축해지고 나뭇잎 냄새가 나지요.

여기까지 오는 길도 멋졌어요. 내가 대부분 운전을 했고 페넬로프 할머니가 조금 나누어서 했어요. 데이너스는 운전을 할 줄 몰라 안 했어요. 고속도로로 일단 들어서자 아주 일사천리였지요. 할머니께서는 우리 차의 속도계를 보고도 못 믿어 하셨죠. 데본에 도착해서는 다트무어까지 오래된 도로를 달렸고 바위 꼭대기에 앉아 사방의 경관을 바라보며 피크닉을 즐겼지요. 털북숭이 조랑말 몇 마리가 노닐다가 우리가 남긴 샌드위치 부스러기를 반갑게 받아먹었어요.

샌즈 호텔은 이 세상 것이라고는 믿어지지 않을 정도로 아름다워요. 난 호텔이라곤 생전 묵어 본 일이 없고 페넬로프 할머니도 마찬가지일 거예요. 때문에 우리에겐 모든 것이 새로운 경험이었지요. 할머니는 호텔이 아주 아늑하고 편할 거라고 누누이 말씀해 주셨어요. 하지만 드라이브 길을 달려(양옆이 수국 울타리가 늘어서 있었죠) 현관 앞에 닿자 이건 아늑하고 편한 정도가 아니라 생전 들어보지 못한 사치의 세계라는 것을 직감했죠. 앞뜰에는 롤스로이스와 메르세데스 벤츠 세 대가 주차해 있었고 제복 입은 짐꾼이 우리 짐을 들어다 주었지요. 데이너스는 우리 짐들이 영락없이 천생연분이라고 익살을 떨었어요. 모두 하나같이 낡고 꼴사납다면서요.

하지만 페넬로프 할머니는 만사를 여유 있게 보아 넘기셨어요. 여기서 만사란 두터운 카펫이며 실내 수영장, 개인 욕실, 침대맡에 딸려 있는 텔레비전, 신선한 과일이 가득 담긴 커다란 그릇과 온 사방에 꽂힌 꽃을 말하는 거예요. 깨끗한 침대보와 수건도 매일매일 갈아 준답니다. 우리 셋의 방은 한 층에 있는데 베란다도 서로 연결되어서 정원을 내려다보고 바다도 바라볼 수 있지요. 우리는 종종 베란다에 나와서 서로 이야기를 주고받곤 한답니다. 노엘 카워드가 쓴 「사생활(私生活)」에 나오는 장면처럼요.

식당으로 말할 것 같으면 런던에서 제일 비싼 레스토랑에 외식하러 나온 기분이라면 표현이 적합할 거예요. 이러다가는 굴 요리며 바닷가재 요리, 신선한 딸기며 콘월 특유의 맛이 짙은 아이스크림이며 가시 없이 저민 생선 스테이크에도 물릴 것 같아요. 데이너스가 같이 온 것이 천만다행이에요. 이 근사한 음식에 곁들여 무엇을 마실지 신중하게 생각해 결정해 주었거든요. 와인에 대해서 정말 많은 것을 아는 것 같아요. 자신은 한 모금도 마시지 않아요. 왜 그런지 모르겠어요(차 운전을 싫어하는 것도 그렇고 정말 모를 일이에요).

호텔에서는 할 일이 퍽 많아요. 오늘 아침에는 시내로 나가서 페넬로프 할머니가 살던 칸 별장에 전화를 했어요. 하지만 서글프게 여기 다른 대부분의 집처럼 그곳도 호텔로 바뀌어 버렸어요.

아름답던 석벽은 무너지고 정원도 대부분 불도저로 밀어 주차장으로 만들어 버렸죠. 우리는 그나마 남아 있는 정원 구석으로 들어가 구경을 했지요. 호텔 여자가 우리에게 커피를 내다 주었어요. 페넬로프 할머니는 칸 별장이 예전에 어떤 모습이었는지부터 시작해 어머니가 장미며 등나무를 심었던 이야기, 런던 기습 공격 때 돌아가신 이야기를 해주었지요. 난 그런 이야기는 처음 알았어요. 얘기를 듣고는 울고 싶었지만 그러진 않았어요. 대신 눈물로 눈이 번들거리는 할머니를 껴안아 주었지요. 달리 어떻게 해야 할지 몰랐거든요.

칸 별장을 나서서 우리는 시내 중심가로 들어가 화랑을 찾았지요. 「조개 줍는 아이들」을 보려고요. 화랑은 그다지 크지는 않았지만 아주 근사했어요. 회반죽을 바른 흰 벽에 난 커다란 창으로 북쪽 하늘의 햇살이 쏟아져 들어오고 있었지요. 화랑 측에서는 「조개 줍는 아이들」을 눈에 아주 잘 띄는 곳에 놓았어요. 덕분에 그림은 원래 배경인 포스케리스의 차갑고 빛나는 햇살 속에서 고향에라도 돌아온 듯 무척 편안해 보였지요.

화랑을 맡고 있는 여자는 아주 나이 든 여자였는데, 페넬로프 할머니를 기억하고 있는 것 같지 않았지만 할머니는 그 여자를 보고 아주 반가워했지요. 하지만 할머니가 옛 시절에 알고 지내던 사람들은 살아 있는 사람이 별로 없었어요. 도리스 할머니를 빼고는. 할머니는 내일 오후에 도리스 할머니를 만나러 가서 차나 한잔할 계획이세요. 벌써부터 기대에 들떠서 흥분하고 계시답니다. 일요일에는 랜즈 엔즈로(路)로 나가서 펜지잘에 있는 절

305

벽 지대로 피크닉을 갈까 해요. 호텔 측에서 마분지 상자에 진짜 칼하고 포크까지 넣어 근사한 피크닉 음식을 제공하고 있답니다. 하지만 페넬로프 할머니는 그런 것은 진짜 피크닉이 아니라고 해요. 그래서 가는 길에 가게에 들러서 신선한 빵과 버터, 고기파이와 토마토 그리고 신선한 과일과 와인 한 병을 사려고 해요. 오늘처럼 따스한 날씨가 계속되면 데이너스하고 나는 수영도 할 수 있을 거예요.

그런 다음 월요일에는 데이너스하고 나는 남해안에 있는 매너칸이라는 곳에 갈 작정이에요. 에버라드 애슐리라는 사람이 묘목밭을 경영하고 있거든요. 데이너스와는 원예 전문대학 동창생이래요. 묘목밭을 구경하고는 정보를 좀 얻을까 하나 봐요. 장래에 묘목밭을 운영하는 것이 소원이거든요. 하지만 그런 사업을 하려면 자본이 엄청나게 드는데 그 사람은 지금 한 푼도 없으니까 어려운 얘기죠. 그런 거야 아무려면 어때요. 유익한 사업 지식을 얻는 것만 해도 어딘데. 게다가 이 근사한 지방의 또 다른 곳을 구경해 보는 것도 재미있을 거예요.

이만큼 이야기했으니 내 행복한 기분은 능히 미루어 아시겠죠. 내가 이처럼 행복을 누릴 수 있다는 것이 믿어지지 않아요. 아빠가 돌아가신 후만 해도 다시는 평생 행복을 맛보지 못하리라고 생각했어요. 그 생각이 틀렸길 바라요. 아마 틀렸나 봐요.

내게 해주신 모든 일에 감사드려요. 끊임없이 친절하게 대해주시고 참을성 있게 돌봐주신 것, 게다가 포드모어 오두막에 있게까지 해주셨으니 말이에요. 아니면 내가 무슨 수로 지금 여기서

온갖 호강을 누리며 내가 이 세상에서 제일 좋아하는 두 사람과
함께 지낼 수 있겠어요. 물론 아줌마를 빼고요⋯⋯.

사랑을 보내며
안토니아

페넬로프는 마지못해 인정하지 않을 수가 없었다. 인정하기엔 화
나는 일이지만 낸시와 올리비아, 노엘의 말이 옳았다. 포스케리스는
속속들이 뒤바뀌어 있었다. 칸 별장은 정원만 불도저로 민 것이 아니
라 정문에는 호텔 표지가 턱 걸려 있고 새로 개축한 테라스 위에 파
라솔이 쭉 늘어선 낯선 곳이었다. 낡은 화이트 캡스 호텔은 몰라볼
정도로 대지가 확장되어서 휴가용 셋집들로 개조되어 있었다. 미술
가들이 떼를 지어 살며 일하던 정다운 부둣길은 오락장이며 디스코
장, 패스트푸드를 파는 음식점, 기념품 가게들이 온통 들어서 있었
다. 부두에서도 어선들을 거의 볼 수 없었다. 어선 한두 척만이 쓸쓸
히 남아 있을 뿐, 계류장에는 엄청난 돈을 들인 유람용 배들이 가득
차 있었다. 바다표범을 구경하기 위한 일일 유람용 배로서 추가 요금
만 내면 고등어를 잡으며 즐거운 시간을 만끽할 수 있었다.

놀랍게도 전혀 안 변한 것이 있었다. 세월이 지난 지금도 봄에는
시내가 텅텅 빈다는 사실이다. 관광객 선두 대열이 도착하는 것은 역
시 6월의 성신 강림 축일이나 되어서였기 때문이다. 그래서인지 시
내를 여유롭게 돌아다니며 구경할 수 있었다. 무엇보다 변치 않은 것
은 멋진 푸른색 물결이며 비단결처럼 부드러운 파도였다. 또한 해안

끝 곳의 완만한 곡선이며 진흙탕 길, 언덕바지에서 바다 쪽으로 쭉 늘어선 슬레이트 지붕을 얹은 집들 역시 변하지 않았다. 하늘에는 여전히 갈매기가 끼룩거리며 날아다녔고 대기에서는 여전히 소금기 어린 바람에 실려 쥐똥나무와 에스칼로니아 잎사귀 냄새가 풍겨왔다. 미로 같은 구(舊)시가지의 좁은 골목길도 예전처럼 방향을 잡기가 어려웠다.

페넬로프는 도리스를 방문하기 위해 차를 타지 않고 걸어서 떠났다. 혼자도 즐거웠다. 데이너스와 안토니아를 데리고 온 일은 잘한 일이었지만, 잠시 혼자 있는 시간도 나쁘지 않았다. 오후의 따스한 햇살 속에서 호텔의 꽃향기 가득한 정원을 걸어 내려와 해안 너머 길로 접어들었다. 그리고 빅토리아 시대의 주택 테라스들 곁을 지나 시내로 들어섰다.

그녀는 우선 화원을 찾았다. 기억하고 있던 화원은 지금은 옷 가게로 바뀌어 있었는데 가게 안에는 돈을 쓰기에 혈안이 되어 있는 관광객들이 덤벙대며 사들일 옷들이 잔뜩 쌓여 있었다. 요란한 핑크빛의 낯 뜨거운 비키니 상의, 팝스타들의 얼굴이 새겨진 커다란 티셔츠, 보기만 해도 몸이 오그라들게 꼭 들러붙는 청바지 등이었다. 가까스로 화원을 찾았다. 꼬불꼬불한 길모퉁이에 있는 화원은 예전에는 가죽 앞치마를 두른 늙은 수선공이 구두에 새 창을 갈아주고 1페니나 3페니를 받던 곳이었다. 화원으로 들어가 도리스를 위해 커다란 꽃다발을 샀다. 아네모네나 수선화는 말고 이국적인 꽃송이들만 골라 샀다. 카네이션, 아이리스, 튤립, 프리지어를 한 아름 사서 바삭바삭한 얇은 파란색의 티슈페이퍼로 감쌌다. 그 길로 좀 더 내려가다 주류를 판매하는 가게에 들어가 어니를 위해 페이머스 그라우스(스코틀랜드 위스키 브랜드 _옮긴이) 위스키를 한 병 샀다. 짐들을 든 채 걸음을 계속해 다운얼롱 깊숙이 들어갔다. 길이 하도 좁아 포장을 입힐 틈이 없었고 양쪽으로는 회반죽을 한 집들이 잔뜩 서 있었다. 가파른 화강암 계단들을 올라가면 밝은 색으로 페인트칠을 한 현관문이 나오게 되어 있었다.

펜버스네 집은 이러한 미궁 같은 골목길의 심장부에 자리 잡고 있었다. 예전엔 이곳에 어니와 그의 어머니 아버지가 살고 있었다. 전시 중에 겨울 오후가 되면 도리스와 페넬로프는 낸시를 데리고 내려와서 펜버스 부인을 찾았다. 그러면 부인은 사프란을 넣은 케이크를 내왔고 분홍색 차 단지에서 향기 짙은 차를 따라 주었다.

이제 와 돌이켜 보니 신기했다. 어니가 그다운 수줍고 조용한 방법으로 도리스에게 구애를 하고 있었는데, 그걸 그처럼 뒤늦게야 깨달았다니. 하지만 따지고 보면 별로 신기할 것도 없는 일이었다. 어니는 말수가 아주 적었고 칸 별장에서의 그는 말 없이 일만 열 사람 몫을 해치우는 존재로 당연하게 여겨졌기 때문이었다. '아, 그거 어니가 해줄 거야.' 칸 별장 사람들은 어렵고 힘든 일이 생기면 으레 그렇게 말했다. 닭의 모가지를 비튼다거나 홈통을 치우는 일 같은 것이었다. 어니 또한 기대했던 대로 언제나 말 없이 해주었다. 누구도 그를 결혼해야 할 총각으로는 보지 않았다. 그저 불평도 요구도 없이 변함없이 착하기만 한 가족의 일원쯤으로만 보고 있었다.

1944년 가을, 마침내 일은 벌어졌다. 페넬로프가 어느 날 아침, 칸 별장의 부엌으로 들어가니 도리스와 어니가 함께 차를 들고 있었다.

그들 앞 식탁 한가운데에 달리아가 잔뜩 꽂힌 파랗고 하얀 줄무늬 꽃병이 놓여 있었다.

페넬로프는 그 광경을 둘러보았다.

"어니, 당신이 온 줄은 몰랐어요."

어니는 당황해했다.

"잠깐 들렀어요."

그는 잔과 찻잔 접시를 내려놓더니 자리에서 일어났다.

그녀는 꽃을 바라보았다. 달리아. 식구들이 온갖 공을 들였음에도 불구하고 칸 별장에서는 끝내 키우지 못한 꽃이었다.

"대체 어디서 났죠?"

어니는 모자를 밀어 올리고는 머리를 긁었다.

"아버지가 농장에서 가꾸신 겁니다. 저…… 댁에 주려고 좀 가져왔어요."

"이렇게 탐스러운 꽃들은 처음 봐요, 굉장해요."

"그렇죠."

어니는 모자를 제대로 쓰고는 발을 바꾸어 섰다.

"장작 패야 할 것이 좀 있어서요, 이제 그만."

그러고 나서 문 쪽으로 걸음을 옮겼다. 도리스가 입을 열었다.

"꽃 고마워요."

그는 돌아서서 고개를 끄떡였다.

"차 잘 마셨습니다."

그가 부엌을 나서고 조금 있더니 뒤뜰에서 장작 패는 소리가 들려왔다.

페넬로프는 식탁에 앉았다. 꽃을 바라보다가 이번에는 도리스를 바라보았다. 도리스는 눈길을 피했다. 페넬로프가 먼저 입을 열었다.

"우습지만 내가 뭔가 방해한 듯한 기분이 드는데?"

"뭘 말이야?"

"글쎄, 모르지. 네가 얘기해 봐."

"얘기할 것 없어."

"어니는 우리를 위해 이 꽃을 가져온 것이 아니야. 너를 위해 가져온 거지."

도리스가 고개를 저었다.

"그 사람이 누구 때문에 꽃을 가져왔든 그게 무슨 상관이지?"

그때야 페넬로프는 사실을 깨달았다. 왜 진작 그것을 깨닫지 못했는지 의아할 정도였다.

"도리스, 내가 보기엔 어니가 너를 사랑하는 것 같아."

도리스는 금방 기분이 상한 표정이었다.

"어니 펜버스가? 말이라고 하니?"

페넬로프는 물러서지 않았다.

"너한테 얘기한 적 없어?"

"원래 누구한테나 말 없는 사람 아니니?"

"그래도 그 사람을 좋아하지?"

"싫어할 것도 없지 뭐."

도리스의 태도는 무뚝뚝하기 그지없어서 갈피를 잡을 수가 없었다. 하지만 무슨 일이 있긴 분명 있었다.

"그 사람은 너한테 구애하고 있는 거야."

"구애라고?"

도리스는 벌떡 일어나 일부러 요란하게 덜거덕 소리를 내며 잔과 접시를 모았다.

"파리한테 구애하는 법도 모를 사람이다, 얘."

잔과 접시를 개수대에 넣고 수도를 틀었다.

"게다가 우스꽝스럽게 생긴 것은 어떡하고!"

흐르는 물소리 너머로 그녀의 말이 들려왔다.

"아무리 그래도 그만큼 괜찮은……."

"난 나보다도 키가 작은 남자하고 내 인생을 끝장내 버릴 생각은 추호도 없어."

"그 사람이 게리 쿠퍼처럼 생기지 않았다고 해서 네가 콧대 세울 건 없어. 내가 보기엔 그 사람도 잘생겼어. 검은 머리와 검은 눈동자가 좋더라."

도리스는 수도꼭지를 잠그고 돌아서서 싱크대에 기대어 팔짱을 끼었다.

"어떻게 그렇게 말 한마디 안 하고 있을 수 있을까?"

"네가 쉬지 않고 지껄이니 그 사람이 어디 한마디 끼어들 여지나 있니? 그리고 말보다는 행동이 더 많은 것을 나타내주는 법이야. 봐봐, 이렇게 꽃도 가져왔잖아."

그녀는 도리스에게 환기를 시켰다.

"그리고 너를 위해서 쉴 새 없이 일을 해주었잖아. 빨랫줄을 고쳐주기도 하고 아버지 가게에서 맛있는 것을 가져다주기도 하고."

"그래서 어쨌단 말이야?"

도리스가 미심쩍은 듯이 미간을 좁혔다.

"너 나를 어니 펜버스한테 시집보내 치우려는 거구나. 날 이 집에서 몰아내려고."

페넬로프는 엄숙히 입을 열었다.

"난 그저 네 장래의 행복을 생각하고 있을 뿐이야."

"헛소리 말아. 너 생각 달리 해야 할 걸. 난 소피 아주머니가 돌아가셨다는 이야기를 들은 날 스스로에게 맹세했어. 이놈의 전쟁이 끝날 때까지는 절대 여기서 떠나지 않겠다고 말이야. 그리고 리처드가 가버렸을 때……. 그 일로 내 결심은 더 굳어졌어. 네가 앞으로 어떻게 할 작정인지는 모르겠어. 앰브로즈한테 돌아갈 것인지 아닌지. 하지만 전쟁은 이제 곧 끝나. 너도 마음을 결정해야 하고. 때문에 난 네가 어떻게 결정하든지 여기 남아서 널 끝까지 지켜볼 거야. 또 네가 앰브로즈에게 돌아갈 경우에는 누가 네 아버지를 돌보겠니? 지금 이 자리서 단언하는데 나밖에 없어. 고맙지만, 어니 펜버스에 관해서는 우리 두 사람 더 이상 할 이야기가 없어."

그녀는 자기 말을 충실히 지켰다.

페넬로프의 아버지를 떠날 수 없다는 이유로 어니와 결혼하지 않았다. 하지만 페넬로프의 아버지가 죽자 그녀는 마침내 자신과 아이들의 장래를 자유롭게 생각할 수가 있었다. 그녀는 최후의 결심을 했고 그 후 두 달이 안 되어 어니 펜버스 부인이 되어서 칸 별장을 영원히 떠났다. 어니의 아버지는 죽은 지 얼마 안 되었고 연로한 펜버스 부인은 집을 떠나 자기 여동생과 살게 되었다. 도리스와 어니는 그 집을 독차지하게 되었다. 어니는 가업인 야채 가게를 물려받았고 도리스의 두 아들도 입적시켰다. 하지만 두 사람 사이에 자식은 얻지 못했다.

그리고 지금은……. 페넬로프는 잠시 걸음을 멈추고 주위를 둘러보며 방향을 잡았다. 이제 거의 다 왔다. 북해안이 가까이 와 있었다. 밀려오는 바람에 소금기가 코를 톡 쏘았다. 이윽고 마지막 모퉁이를 돌아 가파른 언덕을 내려가기 시작했다. 언덕 밑에 흰 집이 서 있었다.

길거리에서 쑥 들어가 있는 집 앞에 자갈을 깐 안뜰이 펼쳐져 있었다. 뜰에는 빨랫줄에서 빨래가 바람에 흩날렸다. 여기저기 놓인 화분과 단지에는 수선화, 크로커스, 파란 그레이프 히아신스와 관목들이 담겨 있었다. 현관문은 파란색으로 칠해져 있었다. 그녀는 빨랫줄 밑으로 허리를 굽히고 자갈 깔린 안뜰을 건너가 현관을 노크하려고 손을 들었다. 채 노크하기도 전에 현관문이 덜컹 열리더니 도리스가 서 있었다.

도리스, 여전히 활기차고 옷에 신경을 쓰고 있었다. 예전이나 마찬가지로 예쁘고 눈동자는 밝게 빛났다. 몸 또한 불지도 빠지지도 않았다. 은빛으로 물든 백발은 짧고 구불구불하게 손질되어 있었다. 당연히 주름살이 보였지만 미소는 조금도 변하지 않았고 음성 역시 그대로였다.

"널 기다리고 있었어. 부엌 창문으로 내다보고 있었거든."

그렇다면 도중에 어정거리지 말고 바로 이 집에 올 것을.

"대체 왜 이렇게 오래 걸렸어. 40년이야. 40년 동안 네가 오길 기다렸어."

도리스, 립스틱을 바르고 귀걸이를 달고 프릴 달린 흰 블라우스에 주홍 카디건을 걸친 모습이 예전과 똑같았다.

"제발 그렇게 계단에 서 있지 말고 얼른 들어 오렴!"

페넬로프는 집 안으로 들어갔다. 곧장 작은 부엌으로 갔다. 꽃다발과 위스키가 든 가방을 식탁 위에 놓았다. 도리스는 등 뒤에서 문을 닫았다. 페넬로프가 돌아섰다. 두 사람은 말을 잊은 채 바보처럼 얼빠진 미소를 띠며 서로를 바라보고 있었다. 다음 순간 그 미소는 웃음으로 변했고 둘은 오랜만에 만난 여학생들처럼 서로의 팔 안에 몸을 던져 꼭 끌어안았다.

이윽고 떨어지고 나서도 여전히 말은 못 한 채 웃음만 터뜨렸다. 먼저 입을 연 것은 도리스였다.

"페넬로프, 믿어지지 않아. 혹시 못 알아볼지도 모른다고 생각했어. 그런데 넌 여전히 키가 크고 길쭉한 다리에 예쁜 모습이구나. 네가 달라졌으면 어떡하나 했어. 하지만……."

"그야 달라졌지. 머리도 잿빛으로 세었고 팍삭 늙어 버렸잖아."

"네가 잿빛 머리에다 늙었다면 난 벌써 무덤에 반쯤 들어간 몰골이겠다! 거의 칠십이 다 된걸. 내가 가끔 잘난 척을 할 때면 어니는 늘 그런 소리로 기를 죽여."

"어니는 어디 있어?"

"우리가 잠시 둘만 있고 싶어 할 거라고 피해줬어. 요란한 눈물 바람은 차마 못 보겠다며 농장으로 갔지. 야채 가게를 그만둔 뒤로는 아예 그곳에서 살아. 내가 그이한테 그랬지. 당신한테서 홍당무와 순무 키우는 일을 빼면 자폐증 환자 꼴이라고."

그녀는 예전처럼 떠들썩한 웃음소리를 곁들이며 지껄여댔다.

"꽃 좀 사 왔어."

페넬로프가 말했다.

"저런, 너무 예쁘다! 뭣 하러 이런걸. 꽃병에 꽂고 있을 테니 넌 거실에 가서 편히 앉아 있어. 찻주전자를 올려놓았지. 차를 마시고 싶어 할 것 같아서 말이야."

거실은 부엌 쪽으로 열린 문 너머에 있었다. 문을 나가는데 페넬로프는 문득 과거 속으로 뒷걸음쳐 들어가는 기분이었다. 거실 안은 옛날 펜버스 부인이 쓰던 때나 마찬가지로 아늑하면서도 어수선했다. 노부인이 아끼던 물건들도 그대로 있었다. 유리문 달린 찬장에는 윤나는 도자기 잔들이 놓여 있었고 벽난로 양 옆에는 스태퍼드셔 개 모형들이 놓여 있었다. 푹신한 소파며 안락의자에는 레이스를 가장자리에 댄 커버가 덮여 있었다. 변한 곳도 있었다. 새로 들어온 커다란 텔레비전 세트가 번쩍번쩍 윤을 내고 있었고 밝은 무늬의 사라사 천 커튼도 새것이었다. 벽난로의 장식 선반 위에는 1차 세계대전 때에 죽은 펜버스 부인의 군인 오빠를 찍은 세피아빛 사진이 커다랗게 확대되어 걸려 있었는데, 이제는 없어지고 대신 샹탈 레니에가 그린 소피 어머니의 초상화가 걸려 있었다. 로런스 스턴의 장례를 치른 후 페넬로프가 도리스에게 준 것이었다.

"이런 걸 나한테 줄 수는 없어."

그때 도리스가 말했었다.

"왜 안 돼?"

"네 어머니 초상화인데?"

"네가 간직했으면 해."

316

"왜 하필 나야?"

"넌 소피를 우리 못지않게 사랑했잖아. 그리고 아빠까지 사랑하고 나 대신 보살펴 드렸으니까. 어떤 딸도 그렇게는 할 수 없었을 거야."

"이건 너무 황송해. 지나친 선물이야."

"지나치지 않아. 오히려 모자라지! 하지만 내가 가진 것이라곤 이것밖에 없잖아."

그녀는 방 한가운데에 서서 초상화를 바라보았다. 40년의 세월이 흘렀음에도 불구하고 초상화가 지닌 매력과 호소력, 즐거운 분위기는 조금도 줄어들지 않았다. 스물다섯 무렵의 소피를 그린 것이었다. 비스듬한 눈초리와 사람을 끄는 듯한 미소, 풍성한 머리채, 주홍색의 비단으로 끝 장식을 한 스카프가 햇볕에 그을린 어깨 근처에 느슨히 매어져 있었다.

"다시 보니 반갑지?"

도리스가 물었다.

돌아보니 도리스는 문 안으로 걸어 들어오고 있는 중이었다. 대충 꽃을 꽂은 꽃병을 들고 있었다. 탁자 중앙에 조심스럽게 꽃병을 놓았다.

"그래, 이처럼 매력 있는 그림인 줄 까맣게 잊고 있었어."

"주지 말 걸 하고 후회하나 보지."

"그렇진 않아, 다시 보니 즐거울 뿐이야."

"저 초상화 덕분에 방 안에 품격이 돌지, 안 그래? 보는 사람들마다 모두 찬탄했어. 어떤 사람은 자기에게 팔라며 거금을 내놓겠다고까지 했다니까. 하지만 난 팔지 않았어. 온갖 중국산 차(茶)를 다 준다 해도 안 바꿨을 거야. 자, 이리 와 앉아서 편히 얘기 좀 하자. 늙다리 언니가 돌아오기 전에 말이야. 몇 번 얘기했지만 너 여기서 묵지 그러니. 그런데 정말 샌즈 호텔에 묵고 있니? 백만장자들만 가는 곳일 텐데! 어떻게 된 거야? 경마에서 한 판 긁어모으기라도 했니?"

페넬로프는 자기 처지가 바뀐 경위를 설명해 주었다. 우선 세계 미술 시장에서 로런스 스턴이 점차 재평가받기 시작한 기적 같은 일에 대해 이야기 했다. 그리고 로이 브룩크너가 제시한 금액을 이야기해 주었다.

도리스는 말을 잊었다.

"그 조그만 그림 두 장에 10만 파운드라고! 생전 처음 듣는 소리구나. 페넬로프, 정말 잘 됐어!"

"그리고 「조개 줍는 아이들」은 포스케리스 화랑에 기증했어."

"그건 알아. 이곳 신문마다 안 나온 데가 없었어. 어니하고 직접 가서 구경했지. 그 그림이 거기 걸려 있는 것을 보니 이상한 기분이 들더구나. 많은 추억이 되살아나더라. 그런데 너 아쉽지 않겠니?"

"조금, 하지만 어차피 인생은 앞으로 나가는 거고 우리도 늙어가고 있으니 집을 정리해야 하잖아."

"그 말 한번 잘했어. 인생 돌아가는 얘기를 해서 말인데 포스케리스를 보니 어떻든! 어디가 어디였는지 알아보지도 못할걸? 전쟁이 끝난 뒤 1, 2년 동안 소위 개발꾼들이 제멋대로 날뛰던 것을 생각하면 기가 막혀요. 다음에는 무슨 짓들을 벌일지 감도 안 잡혀. 옛날의 그 영화관은 슈퍼마켓이 되었어……. 너도 보았겠지. 너희 아버지가 쓰시던 화실도 무너지고 그 자리에 여름 피서용 별장들이 무더기로 들어섰지. 북해안 쪽으로 전망이 뚫렸지. 히피들이 날뛰던 때도 있었어. 낯 뜨겁더라고. 해안에서 마구 뒹굴며 자질 않나, 아무 데서나 오줌을 누질 않나. 진저리났어."

페넬로프는 웃음을 터뜨렸다.

"화이트 캡스 호텔도 휴가용 셋집투성이더라. 칸 별장은……."

"너 울지 않았니? 네 어머니가 가꾸시던 아름다운 정원이 그 꼴이라니. 미리 여기 사정을 편지로 알렸어야 하는데."

"그러지 않아서 오히려 잘됐어. 그리고 그런 것은 이젠 상관없어."

"네가 사치 덩어리 샌즈 호텔에서 묵는 모습은 상상이 안 가! 그곳이 병원이었던 시절 기억 나? 다리 둘쯤 부러지지 않았으면 근처에도 못 가던 곳이잖아."

"도리스, 내가 부자가 되었다고 해서 너랑 같이 안 있고 호텔에서 묵는 것이 아니야. 젊은 사람 둘을 같이 데리고 왔거든. 여기는 우리 모두가 묵을 방이 없을 것 아니야?"

"그야 그렇지. 그런데 누구야?"

"아가씨 이름은 안토니아야. 얼마 전에 아버지가 돌아가신 후로 지금은 나하고 같이 있어. 그리고 청년 이름은 데이너스야. 글로스터셔에 있는 우리 집 정원을 보살펴주고 있어. 너도 만나게 해줄게. 나더러 늙은 부인이 언덕을 다시 올라오기엔 너무 벅찰 테니 차를 갖고 마중 온다고 그랬어."

"그거 잘됐구나. 하지만 그보다 낸시를 데려오지 그랬니. 정말 보고 싶었는데. 대체 포스케리스에는 왜 그리 발걸음을 안 했니? 지금 요 몇 시간 갖고 40년 세월을 메울 수 있을 거로는 생각 안 하겠지!"

말은 그래도 두 사람은 짧은 시간을 충분히 활용했다. 숨 돌릴 새 없이 이것저것 묻고 대답했다. 아이들과 손자 손녀들 얘기가 주로 오고 갔다.

"클라크는 브리스톨 출신 아가씨하고 결혼해서 아이 둘을 낳았어. 저기 장식 선반에 그 애들 사진이 있다. 샌드라와 케빈이야. 샌드라는 너무 똑똑한 여자아이야. 그리고 이건 로널드의 아이들이고……. 로널드는 플리머스에 살고 있어. 장인이 가구 공장을 경영하고 있는데 로널드를 자기 사업에 끌어들였어. 여름휴가 때면 내려오지. 하지만 시내에 묵는 데가 따로 있어. 여기는 묵을 방이 없어서 말이야. 이제는 낸시 이야기를 해봐. 그 애가 어렸을 때 얼마나 귀여웠니?"

페넬로프가 이야기할 차례였다. 당연한 일이지만 사진 같은 것을 가져올 생각은 미처 못 했다. 대신 멜라니와 루퍼트를 되도록 잘 이야기해서 귀여운 애들이라는 인상을 주려 애썼다.

"다 너희 집 근처에 살고 있니? 가까이 보면서 살아?"

"20마일쯤 떨어져 있지."

"저런, 그건 너무 멀구나, 안 그래? 네가 시골을 좋아해서 그럴 테지? 런던보다는 시골이 낫니? 편지로 앰브로즈가 널 그렇게 내버리고 갔다는 이야기를 읽고도 난 별반 놀라지 않았어. 그게 할 짓이니? 어쨌든 아무짝에도 쓸모가 없는 사내였어. 생기기야 잘생겼지. 하지만 너하고는 절대 안 어울리는 사람이라고 늘 생각했어. 아무리 그렇다 한들 널 내버리고 가다니! 그렇게 이기적인 작자가 어디 있니. 남자들이란 그저 자기밖에는 생각 못 한다니까. 어니가 더러운 양말을 욕실 바닥에 내던져 놓을 때면 내 잔소리 주제가 그거야."

남편 이야기와 가족 이야기를 무사히 마치자 둘은 이번엔 추억에 빠져들었다. 전시의 그 여러 해—한집에서 살며 슬픔, 불안, 권태를 함께하고 지금 생각하니 웃음밖에 안 나오는 희한한 일들을 겪으며 보낸 그 시절의 추억이 연달아 떠올랐다.

철모에 방공대 완장을 차고 시내를 활보하던 트럽숏 연대장이 정전이 되자 길을 잃고 부두 제방에서 떨어져 바닷물에 처박혔던 일, 미스 프리디가 흥미 없어 하는 젊은 여자들에게 적십자정신을 설교하다가 끝내는 자기 몸을 붕대로 싸매며 시범을 보이던 일, 왓슨 그랜트 장군이 학교 놀이터에서 민방위 훈련을 시키다가 윌리 쉬르긴 노인이 커다란 발뒤꿈치를 총검으로 찔리는 바람에 앰뷸런스에 실려 병원으로 이송되어야 했던 일.

"그리고 영화관 생각나지?"

도리스는 웃다 못해 뺨 위에 흘러내리는 눈물을 닦고 말을 돌렸다.

"우리 둘이 영화관에 가던 일 생각나겠지? 일주일에 두 번 가는 때도 있었고 어떤 영화든 가리지 않고 봤었지. 「새벽이 오기 전에」에서 샤를 부아예가 열연하던 것 기억나? 보는 사람들이 모두 엉엉 울었지. 난 손수건 석 장을 적시고도 극장 바깥을 나설 때 여전히 펑펑 울고 있었다고."

"정말 재미있었어. 달리 별로 할 일도 없었으니까. 고작 라디오에서 '노동자의 휴식 시간'을 듣거나 처칠이 국민 사기를 북돋우려고 내보내는 연설 듣는 거 말고는."

"제일 좋은 것은 카르멘 미란다가 나오는 영화였어. 난 카르멘 미란다가 나오는 영화는 한 편도 빼놓지 않았지."

도리스는 일어나서 손가락을 쫙 펴서 엉덩이에 올려놓고는 노래를 부르기 시작했다.

"예— 예— 예— 예, 당신을 너무나 사랑한다오. 예— 예— 예— 예, 당신은 너무나 근사해……."

그때 문이 열리고 어니가 들어왔다. 도리스는 어니가 기막힌 순간에 등장하자 자기가 벌인 연기보다 더 재미있었는지 소파에 엎어져서 한참을 흐느끼듯이 웃어댔다. 말도 잘 못했다.

어니는 당황하여 두 사람의 얼굴을 번갈아 바라보았다.

"어찌 된 거죠?"

그가 물었다. 페넬로프는 도리스가 도저히 대답을 못 하리라 여기고 먼저 정신을 차리고 의자에서 일어나 인사를 하기 위해 어니 앞으로 걸어갔다.

"이런, 어니……."

그녀는 쿡쿡 터지려는 웃음을 누르며 눈가의 눈물을 닦았다.

"미안해요. 두 할망구가 주책없이! 옛날 일을 생각하며 웃고 있었어요. 용서해요."

어니는 예전보다 더 작아 보이고 더 늙어 보였다. 검은 머리는 눈덮인 것처럼 하얗게 변해 있었다. 낡은 모직 셔츠를 입고 작업용 장화 대신에 실내용 슬리퍼를 신고 있었다. 그녀의 손을 맞잡은 손은 예전에 그랬던 것처럼 거칠고 흙투성이였다. 그를 보게 된 것이 너무나도 기뻐 끌어안고 싶었으나 가까스로 참았다.

"어떻게 지냈어요? 다시 만나게 돼서 얼마나 기쁜지 몰라요."

"나 역시요."

두 사람은 힘차게 악수를 나누었다. 그의 눈길이 아내에게로 향했다.

도리스는 일어나서 코를 풀며 다소간 정신을 차리고 있었다.

"여기서 요란한 소리가 나길래 누가 고양이 목이라도 조르는 줄 알았소. 차는 들었겠지, 여보?"

"아뇨, 아직 못 들었어요. 차를 마실 시간이 없었어요. 이야기를 하다 보니."

"찻주전자 물이 다 졸아버릴 뻔했더군. 들어오면서 물을 채워놓았소."

"아이고, 저런! 미안해라. 깜빡 잊고 있었어요."

도리스는 자리에서 일어났다.

"가서 차를 가져올게요. 페넬로프가 위스키를 한 병 가져왔어요, 어니?"

"저런, 멋지군. 정말 고마워요."

어니는 소매 셔츠를 걷더니 일꾼답게 커다란 손목시계를 내려다보았다.

"5시 반이군."

그가 고개를 드는데 평소와는 다르게 반짝 눈이 빛났다.

"그럼 차는 건너뛰고 바로 위스키를 마시는 것이 어떨까?"

"어니 펜버스! 이 늙은 모주꾼! 그게 무슨 희한한 소리예요!"

페넬로프가 단호한 음성으로 나섰다.

"아주 좋은 생각인데, 뭘. 게다가 40년간이나 못 만난 처지잖아. 지금 축하하지 않으면 언제 축하하겠어?"

그렇게 해서 재회의 장면은 파티 분위기로 변했다. 위스키가 들어

가자 어니의 혀도 많이 풀렸다. 세 사람은 데이너스와 안토니아가 도착하지 않았더라면 밤까지 계속 흥청거렸을 것이다. 페넬로프는 시간 감각을 잃고 있다가 문의 초인종이 울리자 어니와 도리스만큼이나 깜짝 놀랐다.

"누굴까?"

도리스가 느닷없는 침입이 달갑지 않은지 투덜거렸다.

페넬로프는 시계를 내려다보았다.

"맙소사, 6시야. 이렇게 늦은 줄 몰랐어. 데이너스와 안토니아가 날 찾으러 왔을 거야⋯⋯."

"흥겨울 때면 시간이 더 빨리 간다니까."

도리스는 한마디 하고는 의자에서 일어나 문을 열러 나갔다. 이윽고 그녀의 말소리가 들렸다.

"들어오세요. 페넬로프는 두 분을 기다리고 있었어요. 우리처럼 곤드레는 되었어도 아주 취해 떨어지지는 않았어요."

페넬로프는 얼른 잔을 비우고 빈 잔을 탁자에 놓았다. 데이너스와 안토니아가 이 자리를 방해한 게 아닌가 생각하고는 겸연쩍을까 봐서였다. 세 사람이 들어왔다. 어니는 자리에서 일어났고 모두들 인사를 주고받았다. 어니가 주방 안으로 사라지더니 손에 술잔 두 개를 더 들고 나타났다.

데이너스는 머리 뒤를 긁더니 주위를 둘러보았다. 즐거운 기색이 눈에 완연했다.

"페넬로프 부인이 티파티를 하고 계시는 줄 알았는데요."

"티라니!"

도리스의 음성은 그런 쩨쩨한 말은 입에 올리지도 말라는 투였다.

"차는 잊었어요. 떠들고 웃는 바람에 차 마시는 것을 깜빡했다고요."

안토니아가 입을 열었다.

"정말 아름다운 방이네요. 제가 제일 좋아하는 분위기의 방이에요. 앞뜰의 꽃들도 제가 제일 좋아하는 꽃들이고요."

"내 정원 말씀이시구면. 그야 격식에 맞는 정원을 가질 수 있으면 좋겠지만, 내가 입버릇처럼 말하지만 사람은 모든 것을 다 가질 수는 없어요."

안토니아의 눈길이 소피의 초상화에 머물렀다.

"저기 그림 속의 아가씨는 누구예요?"

"저분 말인가요? 페넬로프의 어머니예요. 어때, 비슷한 것 같지 않아요?"

"정말 아름다워요!"

"아, 정말 사랑스러우셨지. 그분 같은 이는 아무도 없었어요. 프랑스인이셨지 아마, 페넬로프? 말하는 품이 모리스 슈발리에처럼 섹시했지. 그런데 일단 화가 났다 하면……. 아휴, 그 목소리를 들어봤어야 하는데! 꼭 생선 장수 같았다니까요, 글쎄!"

"아주 젊어 보이세요."

"그럼, 그랬지. 페넬로프의 아버님보다 훨씬 젊었었지. 페넬로프하고는 오히려 자매 같았어, 안 그래?"

어니는 자기 말에 주의를 끌려고 일부러 크게 헛기침을 했다.

"한잔하겠소?"

데이너스에게 물었다.

데이너스는 싱긋 웃고 고개를 저었다.

"정말 친절하신 말씀입니다만 무례하게 군다고는 생각하지 마십시오. 전 술을 못 합니다."

어니는 그렇게 당황한 일은 생전 처음인지 영 몸 둘 바를 몰랐다.

"어디 아픈가요?"

"아뇨, 아픈 게 아닙니다. 그냥 술이 잘 안 맞아서요."

어니는 무척이나 당혹한 모양이었다. 고개를 돌리고 별 기대는 않는 표정으로 안토니아에게 물었다.

"당신도 안 하겠죠?"

안토니아는 싱긋 웃었다.

"네, 감사합니다만……. 저 역시 무례하게 굴려고 하는 것은 아니지만 언덕을 운전해서 되올라가야 하거든요. 가파른 모퉁이 길도 있더군요. 저도 안 하는 게 좋겠어요."

어니는 서글프게 고개를 젓고 병의 마개를 닫았다. 파티는 끝난 것이다. 가야 할 시간이었다. 페넬로프는 자리에서 일어나서 스커트의 주름을 펴고 머리핀을 점검해 보았다.

"벌써 가는 건 아니지?"

도리스는 파티를 끝내기가 못내 아쉬웠다.

"가야 해, 도리스. 영 가고 싶지 않지만. 너무 오래 있었어."

"차를 어디에 두었소?"

어니가 데이너스에게 물었다.

"언덕 꼭대기에 두었습니다. 근처에는 온통 노란 주차 금지 표시선뿐이라서요."

"잘했군, 요즘엔 어딜 가나 규칙 운운이고 제한구역투성이라니까. 내가 차를 돌리는 것을 돕지. 거긴 널찍한 데가 없어서 자칫하면 화강암 벽하고 종일 씨름해야 하거든."

데이너스는 그의 제안을 고맙게 받아들였다. 어니는 모자를 쓰고 장화로 갈아 신었다. 데이너스와 안토니아는 도리스에게 작별 인사를 했다. 도리스는 "만나서 반가웠어요."라고 했다. 그러고 나서 세 사람은 볼보 자동차를 끌어오기 위해 집을 나섰다. 도리스와 페넬로프는 다시 단둘이만 있게 되었다. 아까와는 달리 웃음이 사라지고 침묵만이 내려앉았다. 너무 많은 것을 한꺼번에 지껄여 갑자기 할 말이 없어진 듯했다. 페넬로프는 자기에게 쏟아지는 도리스의 눈길을 느끼고 고개를 돌려 그 차분한 눈길과 마주했다.

도리스가 먼저 입을 열었다.

"그 청년을 어디서 찾아냈어?"

"데이너스 말이야?"

되도록 목소리를 밝게 내려 애썼다.

"얘기했잖아. 내 밑에서 일하는 사람이라니까. 정원사야."

"정원사치고는 고급스러운 분위기인데?"

"그렇지."

"리처드와 닮았어."

"그래."

"오후 내내 그 사람 이름이 나오지 않은 걸 눈치챈 모양이군. 그래, 다른 사람 이름은 모두 거론했으면서 그 사람 이름만은 꺼내지 않았지."

"부질없는 일 같았어. 내가 그 사람 이름을 꺼낸 것은 그 청년이 하도 비슷하게 생겼길래."

"알아. 나 역시 데이너스를 처음 보았을 때 그 생각이 떠올랐어. 익숙해질 때까지는……, 시간이 좀 걸렸지."

"리처드하고 관계가 있는 사람이야?"

"아니, 그렇지 않아. 스코틀랜드 출신이라던 걸. 둘이 닮은 것은 희한한 우연일 뿐이야."

"그래서 그처럼 좋아하는 거야?"

"저런, 도리스! 그런 소리를 하면 새파랗게 젊은 애인이나 데리고 다니는 볼썽사나운 할망구 같잖아."

"어쨌든 좋아하는 것은 사실이지?"

"퍽 좋아해. 생긴 것 때문에도 그렇고 성품 때문에도 그렇고. 신사적이고 유쾌한 동무 노릇을 해주거든. 우스갯소리도 잘하고."

"그 청년을 포스케리스에 데리고……."

도리스는 걱정스러운 모양이었다.

"아니야. 우리 애들한테 같이 가자고 말해 봤어. 차례로 하나씩. 하지만 모두 올 수가 없거나 내켜 하지 않았어. 낸시마저 그랬어. 너한테 털어놓지 않으려고 했는데 결국 해버리고 말았군. 그래서 데이너스하고 안토니아가 대신 온 거야."

도리스는 별다른 대꾸를 하지 않았다. 두 사람은 각자의 생각에 빠진 채 잠시 입을 다물고 있다가 도리스가 먼저 입을 열었다.

"난 모르겠어. 리처드가 그렇게 죽다니……. 정말 잔인한 일이었어. 그 남자를 죽게 한 신을 예나 지금이나 용서하기가 어려워. 이 세상에 꼭 살아 있어야 할 사람이 있다면 그 사람인데. 그 소식을 들은 그날의 기억이 항상 나를 괴롭혀. 전시의 사건 중에서도 최악이었지. 그리고 난 그 사람이 죽으면서 너의 일부분을 같이 가져갔다는 생각을 지울 수가 없어. 자기는 무엇 하나 남겨놓지 않고서."

"아냐, 그 사람의 일부를 남겨놓았어."

"하지만 네가 만지거나 느끼거나 안을 수 있는 것은 아무것도 없잖아. 네가 그 사람 아이라도 가지고 있었다면 훨씬 더 좋았을 것을. 앰브로즈에게 돌아가지 않을 충분한 평계가 생겼을 거고. 낸시하고 아이만 있으면 혼자서도 충분히 즐겁게 살아갔을 텐데."

"나도 그런 생각을 종종 해보았어. 리처드의 아이를 갖지 않으려는 노력은 전혀 하지 않았어. 그런데도 결국 못 가졌지. 그런 중에 올리비아가 위로가 되어주었어. 그 아이는 내가 전쟁 후에 처음 가진 아이고 앰브로즈의 아이야. 하지만 그 애는 언제나 특별했어. 뭔가 다르다는 것이 아니라 그냥 특별했어."

그녀는 신중하게 말을 골랐다. 그녀 스스로에게도 인정한 바 없고 다른 사람한테는 더더구나 인정한 바 없는 그 무언가를 도리스에게 처음 털어놓고 있었다.

"리처드의 육체의 일부가 내 몸 안에 남아 있었던 것 같은 느낌이었어. 맛있는 음식을 얼음 상자에 보관해 놓은 것처럼 말이야. 올리비아가 태어났을 때 리처드의 어떤 미분자, 어떤 혈구, 어떤 세포인지가 나를 통해 그 애에게 옮겨진 거야."

"그 애는 그 사람 애가 아니잖아."

페넬로프는 미소를 지으며 고개를 저었다.

"그야 아니지."

"하지만 그 사람 애 같은 기분이란 말이지."

"그래."

"이해할 수 있어."

"이해해 주리라 생각했어. 그래서 이렇게 이야기하는 거야. 그러면 아빠의 화실이 없어지고 대신 그 자리에 휴가용 셋집들이 들어섰는데 오히려 기쁘다는 이야기를 해도 이해해 줄 테지. 나는 그 어떤 것도 견뎌낼 수 있을 만큼 강해졌지만, 그곳에 다시 가볼 만큼 강심장은 아니거든."

"그래, 역시 이해하겠어."

"또 하나 있어. 런던에 돌아가 살기 시작했을 무렵 그 사람 어머니를 만났어."

"안 그래도 그러지 않았나 궁금했지."

"용기를 내는 데 시간이 많이 걸렸지. 마침내 용기를 내서 전화를 했어. 같이 점심을 들었지. 하지만 두 사람 다 고문 같았어. 매력 있고 친절한 부인이었지만 결국 우린 리처드에 대한 이야기 말고는 할 것이 없는 사이잖아. 나하고 앉아 이야기하는 것이 그녀에게 너무 큰 짐이라는 것을 깨달았지. 그 후에는 일절 연락하지 않고 다시 만나지도 않았어. 내가 리처드하고 결혼한 몸이라면 시어머니인 그녀를 위로하려 애썼을지도 모르지. 하지만 나는 그녀에게 비참함만 더 하는 존재였어."

도리스는 아무 말도 하지 않았다. 열린 문 너머 저 바깥에서 볼보 자동차 소리가 들려왔다. 차는 조심스럽게 언덕바지의 좁은 길을 내려오고 있었다. 페넬로프는 허리를 굽혀 핸드백을 집어 들었다.

"차가 왔어, 가야 할 시간이야."

두 사람은 함께 주방을 통해 햇살이 내리 쬐이는 자그마한 안뜰로 나섰다. 이윽고 서로 포옹하고 무한한 애정이 담긴 키스를 나누었다. 도리스의 눈에 눈물이 글썽거렸다.

"잘 있어, 도리스. 내게 해준 거 모두 감사해."

도리스는 대책 없이 흐르는 눈물을 훔쳐내며 말했다.

"금방 또 와, 40년 있다가 오지 말고. 그랬다간 무덤 속에서나 만날 테니까."

"내년에 올게. 그땐 나 혼자 와서 너하고 어니하고 같이 묵을게."

"그랬으면 얼마나 좋겠니."

차가 나타나더니 길옆에 멈추어 섰다. 어니가 차에서 나오더니 시종처럼 차 문을 열고 서서 페넬로프가 안으로 들어가길 기다렸다.

"안녕, 도리스."

그녀는 발길을 돌리려 했다. 하지만 도리스는 아직 할 말이 남아 있었다.

"페넬로프."

페넬로프가 돌아섰다.

"왜?"

"그 청년이 리처드면 안토니아는 누구니?"

도리스는 결코 바보가 아니었다. 페넬로프는 싱긋 미소를 지었다.

"나 자신이라고나 할까?"

331

"내가 여기 처음 왔을 때는 일곱 살 때였어요. 특별한 날이었지. 아빠가 처음 차를 샀을 때였으니까. 그전에는 차가 없어서 못 왔다가 그날 처음 원정 온 거야. 그 후로도 여러 번 왔지만 처음 왔던 그날이 기억에 제일 남아. 아빠가 시동을 걸고 차를 몰 줄 안다는 사실이 너무 놀라워 암만해도 믿어지지를 않았거든."

세 사람은 푸른 대서양 위로 높이 솟은 펜지잘 절벽 지대에 앉아 있었다. 지의류 식물이 덮인 높은 화강암 바위가 아늑하게 바람을 막아주는 절벽 위 평지는 잔디가 깔리고 움푹했다. 억센 잔디 속에도 야생 앵초며 깃털 같은 연푸른색 체꽃송이가 널려 있었다. 하늘에는 구름 하나 없었으며 우레를 닮은 파도 소리가 대기를 가득 메웠다. 바닷새들이 선회를 하며 내지르는 소리가 귀를 찔렀다. 4월 어느 정오였다. 날씨는 한여름처럼 따스했다. 하도 따스해 새로 산 체크무늬 카펫은 일찌감치 접어서 기대어 놓고는 점심 바구니를 끌러 시원한 그늘을 찾았다.

"차 종류가 뭐였는데요?"

데이너스가 경사진 잔디밭에 팔꿈치를 대고 누워 물었다. 스웨터를 벗고 셔츠 소매를 걷어붙이고 있었다. 근육질의 팔뚝은 햇살에 그을었고 페넬로프를 향한 얼굴에는 흥미롭다는 표정이 역력했다.

"4.5리터짜리 벤틀리야. 낡은 차였지만 새 차를 살 수 없는 형편이었으니까. 그 후 그 차는 아빠의 재산 목록 1호였지."

"멋지군요. 보닛을 당기기 위해 가죽 띠가 달려 있지 않습니까? 화물 트렁크처럼?"

"바로 그래요. 그리고 양쪽으로 발판이 달리고 지붕은 캔버스천 덮개로 되어 있었는데 우린 그걸 다룰 줄을 몰랐지. 그래서 비가 억수같이 쏟아져도 그냥 열어놓은 채 다녔어.”

“그런 차면 요즘은 굉장히 비쌀 텐데. 어떻게 되었나요?”

“아빠가 돌아가시고 나자 그래브니 씨한테 줘버렸어요. 달리 어떻게 처리해야 할지 몰라서. 그래브니 씨는 우리한테는 언제나 친절했거든. 전쟁 중 내내 우리 차를 자기 차고에 간수해 주면서도 요금은 1페니도 안 받았어. 그리고 한 번은…… 아주 중요한 일이 있었는데 나를 위해서 암시장에서 휘발유까지 사다 줬어요. 그 일에 대해서는 어떤 말로도 다 감사 못 할 거야.”

“왜 차를 그냥 갖고 계시지 않았나요?”

“런던에서는 차를 굴릴 형편이 못 되었거든, 차가 필요하지도 않았고 말이야. 어디든 걸어 다녔어. 유모차에 아이들하고 쇼핑한 물건을 가득 싣고 밀고 다녔지. 벤틀리를 줘버렸다고 하니까 남편 앰브로즈는 불같이 화를 내더군. 아빠의 장례식에서 돌아오니까 처음 물어보는 말이 그거였어요. 처리했다고 했더니 일주일이나 통통 부어서 말을 안 했지.”

데이너스는 동정해 마지않았다.

“그럴 만도 했겠어요.”

“그래, 가엾은 남자. 꽤나 실망했던 모양이야.”

페넬로프는 자리에서 일어나 앉아 절벽 끄트머리 너머로 조수를 살펴보았다. 썰물이 시작되었지만 아직 물이 다 빠지지는 않았다. 물이 빠지면 데이너스와 안토니아에게 보여주기로 약속했던 커다란 암반이 모습을 드러낼 것이다. 커다랗고 파란 보석을 닮은 암반이 햇살 속에서 빛나는 모습이 눈에 선연했다. 다이빙하여 수영하기에도 안성맞춤이었다.

"30분만 더 있으면 수영을 할 수 있을 거야."

그녀가 결론 내렸다.

다시 둑에 등을 기대고 누우며 다리를 폈다. 낡은 청 스커트와 면 셔츠, 그리고 새로 산 운동화를 신고 낡은 정원용 밀짚모자를 쓰고 있었다. 햇살이 너무 눈 부셔서 밀짚모자의 그늘이 고마웠다. 옆에는 안토니아가 잠이 든 모양으로 눈을 감고 누워 있었는데 이제 꿈틀하더니 배를 깔고 엎드려 팔짱 낀 팔 위에 뺨을 얹었다.

"페넬로프 할머니, 얘기 계속해 주세요. 여기는 자주 오셨나요?"

"자주 오지는 않았어. 운전하기엔 먼 길인 데다 차를 두어야 하는 농장 집에서도 또 한참 걸어와야 했잖아. 그리고 예전에는 절벽 사이에 길이 없었어. 가시금작화니 찔레 덤불, 고사리 덤불 등을 한참 헤치며 올라와야 했지. 그리고 소피하고 나는 수영을 하려면 꼭 썰물 때야 했으니까. 시간을 맞추기도 쉽지 않았지."

"아버지는 수영하지 않으셨나요?"

"그래. 너무 늙었다고 하시면서 여기서 챙 넓은 모자를 쓰고 이젤을 펴 놓고 앉아 계시곤 했지. 작은 접는 의자에 앉아 색칠을 하거나 스케치를 하거나 하셨어. 물론 와인병을 따서 한 잔 따라 놓고 시가에 불을 붙여 물고는 편안한 상태로 즐기셨지."

"겨울에는요? 겨울에는 오셨나요?"

"아니, 겨울이면 런던에 가 있었으니까. 아니면 파리나 피렌체에 있었지. 포스케리스나 칸 별장은 여름에나 오는 곳이었어."

"정말 근사해요."

"이비자에 있는 안토니아 아버지의 집보다는 근사하지 못하지."

"그렇겠죠. 모든 것은 상대적이잖아요?"

안토니아는 도로 눕더니 턱을 손에 받쳤다.

"당신은 어때요, 데이너스? 여름이면 어디로 갔어요?"

"제발 아무것도 묻지 않았으면 했는데."

"에이, 얘기해 봐요."

"노스 버윅에 갔지. 부모님이 매년 여름이면 그곳에 집을 하나 빌리셨거든. 부모님이 골프를 하시는 동안 형과 누이 그리고 나는 유모와 함께 추운 해변에 앉아 불어대는 바람 속에서 모래성을 쌓곤 했어."

페넬로프는 미간을 찌푸렸다.

"형이라고? 데이너스한테 형이 있는 줄은 몰랐는데. 누이하고 둘뿐인 줄 알았어."

"네, 이안이라고 형이 있었지요. 우리 셋 중 맏이였는데 열네 살 때 수막염에 걸려 죽었어요."

"저런 끔찍한 일이!"

"정말 괴로운 일이었죠. 부모님은 좀처럼 슬픔에서 헤어나지 못하셨어요. 귀여움을 독차지하는 소년이었거든요. 영리하고 잘생긴 데다가 무슨 게임이든 척척이었어요. 부모라면 누구나 갖길 꿈꾸는 그런 아들이었죠. 내게는 마치 우상 같은 존재였고요. 형이라면 뭐든지 다 아는 걸로 생각하고 우러러보았으니까요. 나이가 좀 차자 형은 부모님과 골프를 쳤지요. 나중에는 누이도 쳤죠. 하지만 나는 골프에는 재능이 없었고 그다지 관심도 없었어요. 혼자 자전거를 타고 새 구경이나 하는 것이 고작이었죠. 골프처럼 복잡한 경기를 하느니 새 구경이 훨씬 재미있었으니까요."

"노스 버윅은 근사한 휴가지 같진 않군요."

안토니아가 한마디 했다.

"다른 곳은 간 적이 없어요?"

데이너스는 웃음을 터뜨렸다.

"왜, 가기야 갔지. 학교 시절 친한 친구 중에 로디 맥크레라는 친구가 있었어. 걔 부모님이 텅 근처 서덜랜드 북부에 농장을 갖고 있었어. 네이버 해안에서 고기를 낚을 입어권도 갖고 있었고. 로디의 아버지는 내게 그물 던지는 법을 가르쳐 주었지. 노스 버윅을 안 가도 될 만큼 나이가 들자 난 휴가 때면 거의 그 가족하고 보냈어."

"어떤 농가였는데요?"

안토니아가 물었다.

"방이 두 개뿐인 석조 농가였지. 아주 초라했어. 수도도 없었고 전깃불도 없었고 전화도 없었으니까. 말 그대로 벽지였지. 세상하고는 절연한 듯한 곳. 하지만 근사했어."

갑자기 침묵이 덮쳤다. 페넬로프는 데이너스가 자기 이야기를 한 것이 이번으로 아마 두 번째일 거라는 생각을 떠올렸다. 동정심이 우러났다. 민감한 나이에 그처럼 사랑했던 형을 잃은 일은 정신적으로 크나큰 상처를 남겼을 것이다. 자기는 절대 형을 따라갈 만한 인물이 못 된다는 것을 알고 있었던 만큼 더욱 상처가 컸을 것이다. 그녀는 얼음같이 굳어 있던 입을 열고 기왕 고백을 했으니 혹시나 더 이야기가 나올지 모른다고 생각하고 기다렸다. 하지만 데이너스는 몸을 일으키더니 기지개를 켜고 자리에서 일어났다.

"썰물이 되었군."

안토니아에게 말했다.

"암반이 우리한테 어서 오라고 손짓하고 있어. 수영할 용기 있나?"

젊은이 둘은 절벽 가장자리를 타고 가파른 샛길로 해서 암반으로 내려갔다. 암반은 마치 유리처럼 밝은 파란색으로 빛나며 고요히 기다리고 있었다. 페넬로프는 그들의 모습이 다시 나타나길 기다리는 동안 아빠의 추억을 더듬었다. 넓은 챙모자를 쓰고 이젤을 세워놓고는 와인을 마시며 느긋하고 여유 있게 일에 몰두하던 모습을 떠올렸다. 아빠의 재능을 물려받지 못했다는 사실에 그녀는 평생 실망을 안고 살았다. 화가가 되지 못했을뿐더러 제대로 그림 한 장 못 그렸다. 하지만 아빠의 영향력은 컸다. 하도 오래 영향을 받으며 살았기 때문에 그녀는 아주 자연스럽게 한 가지 능력을 터득했다. 어떤 경치를 보면 그냥 무심히 보아 넘기는 것이 아니라 아빠처럼 날카롭게 꿰뚫어 보는 시선으로 경치를 바라보는 것이다. 주위 경치는 예전이나 하나 다를 것 없었다. 절벽 길이 구불구불 파란 리본처럼 나 있는 것이 다르다면 달랐다. 사람들의 발길에 다져진 길로 파랗게 나 있는 고사리 덤불 속을 헤치고 마치 나선처럼 해안을 향해 뻗어 있었다.

그녀는 바다를 바라보며 만일 아빠라면 그 바다를 어떻게 그렸을까 생각해 보려 애썼다. 전체적으로 보면 푸른색이긴 하지만, 자세히 보면 수천 가지의 서로 다른 빛이 모인 푸른색이었다. 모래밭 바로 너머의 얕고 투명한 바닷물은 남청색을 띤 비취빛이었다. 바위와 해초 줄기 너머에 펼쳐진 바닷물은 또 짙은 쪽빛이었다. 저 멀리, 작은 어선이 물결을 헤치며 나아가고 있는 곳의 바닷물은 짙은 프러시안 블루였다. 바람은 미미했지만 온 바다가 살아서 숨을 쉬고 있었다. 깊숙한 곳에서 출렁이는 물결이 파도를 이루었다. 바닷물을 뚫고 비쳐 드는 햇살은 파도에 부딪혀 부서지면서 마치 푸른 풀밭이 일렁일렁 움직이는 것 같았다. 그러고 나면 파도가 다시 빛 속에 잠겨버리고 마는데 바다를 덮는 독특한 광휘는 많은 화가들을 콘월로 이끌었으며 프랑스 인상주의 화가들을 창작의 정열로 들끓게 했다.

완벽한 구도였다. 여기에 인간의 모습만 있으면 생동감이 한층 더해질 것이다. 드디어 인간이 모습을 드러내었다. 저 아래 멀리서 아주 조그만 모습의 안토니아와 데이너스가 바위 사이를 천천히 뚫고 암반 쪽으로 다가가고 있었다. 페넬로프는 두 사람이 가는 것을 지켜보았다. 데이너스는 비치 타월을 들고 있었다. 바닷물 위로 모습을 내민 평평한 암반에 이르자 수건을 내던지고는 바위 끄트머리로 걸어갔다. 이어 근육을 풀고 곧장 다이빙해 들어갔다. 파도를 가르며 나갔지만 주변에는 물거품도 거의 일지 않았다. 안토니아가 그 뒤를 따랐다. 그들이 수영해 나가자 바닷물 표면이 햇살 아래 나무판자처럼 양쪽으로 갈라졌다. 그들이 소리 높여 말하며 웃는 것이 들려왔다. 어디 다른 세계에서 들리는 목소리 같았다.

'진정으로 좋은 것은 사라지지 않소.'

리처드의 목소리가 들려왔다. '그 청년 리처드하고 닮았어.' 하던 도리스의 음성도…….

그녀는 리처드하고 수영을 해본 일이 없었다. 그들이 사랑을 한 때는 전시였던 데다가 겨울이었기 때문이었다. 하지만 지금 데이너스와 안토니아를 바라보고 있노라니 그녀는 단순한 회상을 넘어 실제로 몸을 얼어붙게 하는 차가운 바닷물 속에 들어간 듯한 생생한 기분이었다. 그 흥분감, 충만감이 너무나 생생했다. 생생한 전율이 너무나 분명해 도무지 자기 몸이 병나고 세월로 늙은 몸 같지가 않았다. 젊은 시절 맛보는 또 다른 즐거움과 쾌락들이 떠올랐다. 손과 팔, 입술, 서로의 육체가 닿던 달콤한 순간들. 정열을 불태운 뒤의 평화, 잠에서 깨어 졸음이 가시지 않은 채 나누던 키스의 즐거움, 터뜨리던 웃음…….

오래전, 아주 어렸을 때 아빠는 기하에 쓰이는 컴퍼스와 샤프펜슬이 보여주는 매혹적인 즐거움의 세계로 그녀를 이끌었다. 그녀는 혼자서 여러 가지 무늬와 꽃봉오리, 꽃받침, 곡선 등을 그리는 법을 습득했다. 하지만 깨끗한 흰 종이에 원을 그리는 단순한 일만큼 즐거움을 주는 일은 없었다. 너무나 정교하고 섬세한 작업이었다. 연필이 움직이는 대로 선이 그어지고 선이 끝나는 자리는 놀랍게도 언제나 선이 시작된 바로 그 자리였다.

원이란 무한성, 영원성을 나타내는 기호로 여겨진다. 자기 인생을 그처럼 조심스럽게 그린 연필 선이라고 칠 때—갑자기 두 선 끝이 서로 합치게 되었음을 그녀는 알았다. 난 결국 원을 빙 돌아온 거야. 속으로 중얼거렸다. 그간의 세월을 뭘 하며 살아왔을까? 가끔 그런 의문을 떠올리노라면 분노와 더불어 미칠 듯한 허탈감이 몰려왔다. 하지만 이제 보니 그 의문이라는 것도 다 부질없는 것이었으며, 때문에 거기에 대한 대답도 더 이상 중요하지 않게 생각되었다.

"올리비아."

"엄마! 이게 웬일이에요!"

"너한테 부활절 잘 지내라는 인사를 하지 않았지 뭐냐. 미안하구나. 너무 늦은 것은 아니겠지. 너하고 연락이 닿을지 자신이 없었다. 네가 아직 집에서 떠나 있는 줄 알았거든."

"아뇨, 오늘 저녁에 돌아온 참이에요. 와이트 섬에 가 있었어요."

"누구랑 같이 있었니?"

"블랙키슨 가족하고요. 샬롯 기억하세요?《비너스》의 식품난 편집자였다가 결혼해서 아이를 가지려고 그만두었지요."

"그래, 재미있었니?"

"근사했어요. 그 가족들 하고 지내면 언제나 그래요. 집에서 성대한 파티를 벌이는 데 별로 유난스레 노력을 들이지 않는데도 근사하게 해내거든요."

"그 친절한 미국인도 너하고 같이 있었니?"

"친절한 미국인이라고요? 아, 행크 말씀이군요. 아뇨, 미국으로 돌아갔어요."

"아주 다정한 사람이더구나."

"네, 그래요. 지금도 그렇고요. 다음에 런던에 오면 연락해 올 거예요. 그보다 엄마 이야기를 해주세요. 어떻게 지내세요?"

"아주 근사하게 보내고 있다. 사치의 치마폭에 폭 싸여 지내지."

"몇 년 만에 모처럼 시간을 충분히 내셨군요. 안토니아한테서 편지가 왔더군요. 행복해 어쩔 줄 모르던데요?"

"하루 종일 데이너스하고 나가 있단다. 차를 타고 남해안에 갔어.

묘목밭을 하는 젊은 친구를 만난다나 봐. 지금쯤은 돌아왔을 게다."

"데이너스는 어때요?"

"데려오길 아주 잘했어."

"아직도 그 사람을 그렇게 좋아하세요?"

"그래. 아니, 더 좋아하게 되었는지도 몰라. 하지만 그렇게 뚱한 남자는 처음 보았다. 스코틀랜드 출신 남자들 내력인가 봐."

"왜 술도 안 하고 운전도 하지 않는지 얘기했어요?"

"아니?"

"알코올 중독 환자였다가 나은 건지도 몰라요."

"그렇다 해도 그 사람 사생활이지."

"뭘 하고 지내셨어요? 도리스 아주머니는 만나 보셨어요?"

"물론이야. 활짝 피어 있더구나. 활발한 것도 여전해. 토요일에는 펜지잘 절벽 지대에서 하루를 보냈단다. 어제 아침에는 모두들 얌전하게 교회에 갔고."

"예배는 좋았어요?"

"그래, 근사했어. 포스케리스의 교회는 특히나 아름답지. 곳곳마다 꽃이 가득하고 좌석마다 높은 모자를 쓴 사람들이 빼곡히 들어앉았지. 반주하고 성가대 합창도 근사했어. 설교가 좀 따분하기는 했지만 음악이 그마저 상쇄해 줬지. 예배가 끝난 뒤 마지막에는 모두 일어나 '괴로운 짐 벗은 성자들께'를 불렀지. 돌아오는 길에 안토니아랑 나는 그 노래가 우리가 제일 좋아하는 찬송가라는 데에 의견의 일치를 보았단다."

올리비아는 웃음을 터뜨렸다.

"엄마한테 그런 소리를 다 듣다니! 좋아하는 찬송가가 있는 줄은 꿈에도 몰랐어요."

"얘야, 난 무신론자가 아니야. 그저 조금 냉소적으로 흘렀다 뿐이지. 게다가 부활절이란 특히나 날 괴롭히는 거란다. 부활이니 영생의 약속이니 하는 것 때문에 난 암만해도 그걸 믿을 수가 없어. 하늘에 계신 소피와 아빠를 만나는 거야 반갑지만 정말 두 번 다시 만나고 싶지 않은 사람들도 많거든. 게다가 그 뒤죽박죽을 생각해 보렴. 엄청나게 많은 사람들이 초대된 따분한 칵테일파티에 간 기분일 거야. 파티고 뭐고 보고 싶은 사람 얼굴만 찾느라 시간을 다 보내겠지."

"「조개 줍는 아이들」은 어때요? 가서 보셨나요?"

"멋지더구나. 고향에 들어앉은 듯이 꼭 어울렸어. 처음 그려진 날부터 내내 그 자리에 있었던 느낌이었어."

"내주신 거 후회 안 해요?"

"털끝만큼도 후회 안 한다."

"그럼 지금은 뭘 하고 계세요?"

"목욕을 하고 자리에 누워서 「태양은 다시 떠오른다」를 읽다가 너한테 전화를 하는 거야. 너하고 전화 끊은 다음에는 노엘하고 낸시한테 전화를 걸고 저녁 식사를 위해 옷을 갈아입어야 한다. 식당은 아주 징글맞도록 커. 그랜드 피아노를 쳐주는 남자도 있고 사보이 호텔 같아."

"근사하네요. 뭘 입으실 건데요?"

"카프탄(긴 소매와 띠가 있는 옷 _옮긴이)이지. 실밥이 보일 정도로 낡긴 했지만 자세히 보지 않으면 구멍이 난 줄은 모를 거야."

"멋있으실 거예요. 언제 돌아오실 작정이세요?"

"수요일에. 수요일 저녁엔 포드모어 오두막에 돌아갈 거다."

"그럼 그때 전화하겠어요."

"그래라, 그럼 하나님의 축복이 있길."

"안녕, 엄마."

페넬로프는 노엘의 전화번호를 돌리고 잠시 기다리며 신호음이 가는 것을 들었다. 응답이 없었다. 수화기를 놓았다. 아직 집에 안 돌아왔는지 모른다. 사교를 좋아하는 아이니까 특히 긴 주말 휴가를 즐기는지 모르지. 다시 수화기를 들고는 낸시의 번호를 돌렸다.

"구(舊) 목사관입니다."

"조지인가?"

"네, 그런데요."

"나, 페넬로프일세. 부활절 즐겁게 보내기를 비네!"

"감사합니다."

하지만 그는 장모에게 마주 인사를 보내지 않았다.

"낸시 거기 있나?"

"어디 있을 겁니다. 통화하시려고요?"

(안 그러면 내가 왜 전화 걸었겠나, 이 어리석은 양반아!)

"그랬으면 좋겠네."

"기다리세요, 찾아오겠습니다."

그녀는 잠시 기다렸다. 따스한 침대 위에 커다란 베개를 여럿 걸쳐 놓고 그 위에 몸을 기댄 채 느긋이 누워 있으니 기분이 좋았다. 하지만 낸시가 꾸물거리며 전화에 나오지 않는 바람에 조바심이 났다. 대체 뭘 하는 걸까? 그녀는 시간을 보내기 위해 책을 집어 들었다. 한두 구절 읽었을까 하는데 낸시의 음성이 들려왔다.

"여보세요."

페넬로프는 책을 내려놓았다.

"낸시, 어디 갔었니? 정원에라도 내려갔었니?"

"아뇨."

"부활절은 잘 지냈니?"

"네, 고마워요."

"그래, 뭘 했니?"

"별로 한 것 없어요."

"손님도 왔었니?"

"아뇨."

낸시의 목소리는 냉담하기 그지없었다. 특히 불퉁맞고 성이 났을 때의 목소리였다. 대체 무슨 일이 있었을까?

"낸시, 무슨 일이 있니?"

"무슨 일이 왜 있어요?"

"그냥, 모르겠지만 분명히 그런 것 같구나."

"……."

"낸시, 얘기해 봐라."

"그냥 좀…… 화가 나고 기분이 상해서 그래요. 그것뿐이에요."

"뭣 때문에?"

"뭣 때문이냐고요? 무슨 일 때문인지 전혀 모르겠다는 투로 말씀 하시는군요."

"알면 내가 왜 묻겠니?"

"어머니가 나라면 마음 상하지 않겠어요? 벌써 여러 주 아무 연락도 일절 못 받았어요. 그러던 중 포드모어 오두막에 전화해서 어머니와 안토니아에게 우리하고 부활절 식사를 같이 하자고 초대하려고 했어요. 그랬더니 어머니가 콘월로 가버렸다는 거예요. 안토니아랑 정원사까지 데리고, 조지하고 나한테는 일언반구도 없이요."

그것 때문이구나.

"솔직히 말하면 낸시, 난 내가 어딜 가든 네 관심 밖인 줄 알았다."

"관심 갖고 안 갖고의 문제가 아니에요. 배려의 문제죠. 그렇게 아무한테도 말 한마디 없이 가시다니. 무슨 일이 일어나도 우리는 까맣게 몰랐을 거 아녜요."

"올리비아는 알고 있다."

"아, 올리비아요. 그래요, 알고 있다더군요. 아주 의기양양한가 보더군요. 자기만 아는 사실을 가르쳐 준다 이거겠죠. 어머니가 그 애한테는 여행 계획을 알려야겠다고 생각했으면서 나한테는 말 한마디 안 했다는 것이 놀라울 뿐이에요."

봇물 터지듯 말이 터져 나왔다.

"무슨 일이건 난 늘 나중에 올리비아를 통해서 들어요. 어머니가 뭘 하든지 무슨 결정을 내리든지요! 그 젊은 정원사를 고용하기로 한 것도 그래요. 안토니아와 살기로 한 것도 그렇고요. 내가 몇 주일간 많은 시간과 돈을 들여서 가정부 구한다는 신문광고를 내고 났더니 기껏 내린 결정이 그거예요. 그리고 패널화를 판 일하고 「조개 줍는 아이들」을 기증한 일도 그래요. 조지하고 나한테는 한마디 상의도

345

없이. 정말 이해하기 힘들어요. 뭐니 뭐니 해도 난 장녀예요. 딴 건 몰라도 내 기분 정도는 고려해 줄 수 있잖아요. 안토니아와 데이너스를 달고 콘월로 가신 것도 그래요. 암만 뭐라 해도 그 애들은 잘 모르는 사람들 아닌가요. 그런데도 멜라니, 루퍼트를 데리고 같이 가자고 했을 때는 내 제의를 거절했어요. 외손주들인데도! 그러고서는 잘 알지도 못하는 젊은 애들을 둘이나 데리고 가다니. 그 아이들에 대해 제대로 아는 사람이 어디 있어요. 그 아이들은 지금 어머니를 이용하고 있는 거예요. 암만 어머니래도 그 정도는 아실 만할 텐데. 물렁한 사람으로 보고 이용하는 것이 틀림없다고요. 어머니가 그 정도로 눈이 멀었는지는 정말 몰랐어요. 그런 기막힐 데가……. 그렇게 생각 없는 일을 저지를 수가……."

"낸시……."

"……어머니가 가엾은 아버지한테도 이런 식으로 행동한 거라면 아버지가 어머니를 떠난 것도 당연해요. 그런 짓을 당하면 누구든 자기가 버림받고 쓸모없는 사람이라는 기분을 느끼는 것이 당연해요. 할머니께서는 언제나 말씀하시길 어머니만큼 냉정한 여자는 본 일이 없대요. 조지하고 나는 어머니에 대해 책임을 지려고 항상 애써왔어요. 그런데 어머니는 우리한테 그럴 틈을 주지 않아요. 그렇게 말한마디 없이 가버리고…… 그렇게 돈을 낭비하다니. 샌즈 호텔이 얼마만 한 경비가 드는 호텔인지 모두 알고 있는데……. 게다가 「조개 줍는 아이들」을 줘버린 것은 또 어떻고요……. 우리가 얼마나 그 그림을 필요로 하는지 알면서…… 이런 기막힌 일이……."

그동안 눌렸던 분노가 한꺼번에 북받쳐 오르는 모양이었다. 말을 마구 더듬는 것으로 보아 할 말이 떨어진 모양이었다. 그제야 페넬로프는 한마디 할 수 있었다.

"다 했니?"

그녀는 차분하게 물었다. 낸시는 대답하지 않았다.

"이젠 내가 말을 해도 되겠니?"

"하고 싶으시면 하세요."

"난 너한테 부활절 인사를 하려고 전화를 한 거야. 입씨름을 벌이려고 전화를 건 것이 아니야. 하지만 네가 정 원한다면 상대해 주마. 패널화를 판 일은 너하고 노엘이 몇 달 동안이나 졸라댔던 일을 그대로 한 것뿐이다. 그 대가로 10만 파운드를 받았다. 올리비아가 얘기했을 테지만. 난생처음 그 일부를 나 스스로를 위해 쓰기로 했다. 내가 포스케리스에 가보고 싶어 한 것은 알고 있겠지. 너한테도 같이 가자고 했으니까. 노엘한테도 올리비아한테도 역시 물었다. 하지만 모두 핑계를 댔어. 아무도 같이 가고 싶어 하지 않았어."

"어머니, 그 이유는 말했잖아요……."

"핑계였어."

페넬로프는 거듭 확인했다.

"난 거기 혼자 갈 생각은 절대 없었어. 유쾌한 동행이 있어서 나와 즐거움을 나누었으면 했다. 그래서 안토니아하고 데이너스를 데려간 거야. 난 아직 내 여행길 동무도 마음대로 고를 수 없을 만큼 늙지 않았어. 「조개 줍는 아이들」에 대해서 말인데, 그 그림은 어디까지나 내 그림이었다. 그 사실을 잊지 말도록 해라. 그건 아빠가 내게 결혼 선물로 주신 그림이야. 포스케리스의 화랑에 걸려 있는 것을 보니 난 그 그림을 아빠한테 되돌려 드린 것 같은 기분이다. 아빠한테 드렸다는 의미도 있지만, 많은 사람들이 직접 그림을 감상할 수 있게 해준 것도 의미 있는 일이야. 모두들 그 그림을 보고 내가 느꼈던 위안과 기쁨을 같이할 거다."

"그 그림이 얼마만 한 값어치가 나가는지는 전혀 모르시는군요."

"너보다는 훨씬 더 잘 알고 있어. 넌 태어나면서부터 쭉 그 그림을 대하면서 살았지만 언제 한번 제대로 바라본 적도 없잖니."

"그런 뜻이 아니에요."

"그래, 그런 뜻으로 말한 것이 아니라는 건 안다."

"어머니……."

낸시는 적당한 말을 찾아 고심했다.

"……우리한테 항상 상처만 입히려는 사람 같아요. 우리를…… 싫어하시는 것 같다고요."

"오, 낸시!"

"……안 그렇다면 왜 언제나 올리비아한테는 뭐든지 다 말하고 나한테는 한마디도 안 하시는 거죠?"

"그건 네가 내가 하는 일을 뭐든 이해하기 어려워하는 것 같아서야."

"어머니가 그처럼 별나게 구는데, 날 믿고 얘기한 적이 없는데 어떻게 내가 어머니를 이해하겠어요! 날 바보 취급하는데요! 그저 언제나 올리비아였죠. 어머니는 언제나 올리비아를 사랑했어요. 어렸을 때도 항상 올리비아만 똑똑하고 재미있는 애로 보았어요. 나를 이해하려는 노력은 조금도 안 하셨어요……. 할머니가 안 계셨더라면……."

낸시는 자기 연민에 흠뻑 빠져 있었다. 옛날에 부당하게 취급받은 일을 시시콜콜 다 쏟아부을 태세였다. 페넬로프는 기진맥진해 더 이상 상대를 할 수가 없었다. 지금껏 들은 것만 해도 차고 넘치는데 마흔셋이나 먹은 여자가 쏟아내는 유치한 넋두리를 또 들어야 하다니!

"낸시, 이 이야기는 그만 끝내야 할 것 같구나."

"……할머니가 없었으면 난 어떻게 지냈을지도 몰라요. 그래도 할머니가 계셨길래 그럭저럭 살았다고요……."

"잘 있거라, 낸시야."

"……어머니는 나한테는 잠시도 시간을 안 내줬어요. 나한테는 아무것도 주지 않았어요!"

페넬로프는 조심스럽게 수화기를 놓아 딸과의 통화를 끝냈다. 성이 나 드높아져 있던 목소리가 고맙게도 잠잠해졌다. 열린 창가에서 미풍에 하늘하늘한 커튼이 흩날렸다. 괴로운 일을 당할 때면 늘 그랬듯 심장이 무섭게 뛰려고 했다. 알약 병에 손을 뻗어 두 알을 집어삼킨 후 물을 들이켜고 베개에 등을 대고 눈을 감았다. 참지 못하고 울어버릴까 하는 생각이 났다. 너무나 진이 빠졌다. 피로 앞에 무릎을 꿇고 마구 울어 버릴까도 한순간 생각했다. 하지만 낸시 때문에 화를 내는 것은 억울했다. 우는 것도 그랬다.

잠시 후, 심장이 가라앉자 이불을 젖히고 침대 밖으로 빠져나왔다. 서늘하면서 하늘하늘한 촉감의 가운을 입고 머리를 늘어뜨린 채 화장대 앞으로 가 앉고 거울에 비친 자기 모습을 언짢은 심정으로 바라보았다. 머리빗에 손을 뻗어 마음을 달래는 양 느릿느릿 긴 머릿결을 빗어 내리기 시작했다.

그저 언제나 올리비아였죠. 어머니는 언제나 올리비아를 사랑했어요.

사실이었다. 올리비아가 태어나던 순간부터, 작고 까무잡잡한 몸뚱아리와 평범한 얼굴에 어울리지 않게 큰 코를 처음 보았던 순간부터 페넬로프는 올리비아에게 믿을 수 없을 만큼의 애정을 느꼈다. 리처드의 추억 때문에 올리비아는 언제나 특별한 존재였다. 하지만 그것뿐이었다. 낸시나 노엘보다 특별히 더 사랑한 일은 결코 없었다. 아이들을 모두 고루 사랑했다. 아이를 각자 최대한 사랑했다. 하지만 이유는 각각 달랐다. 사랑이라는 것은 갈수록 부푸는 묘한 성질이 있다는 것을 그녀는 깨달았다. 새 아이가 태어날 때마다 사랑은 두 배로, 세 배로 늘었다. 그러고도 언제나 남았다. 낸시는 제일 맏이로서 사랑과 관심을 누구보다도 많이 차지했다. 그녀의 머릿속에 외고집이지만 애교 있던 아깃적의 낸시가 짧고 통통한 다리로 칸 별장의 정원을 돌아다니던 모습이 떠올랐다. 닭을 쫓기도 하고 어니가 만들어 준 손수레를 밀면서 버릇없어지는 것이 아닌가 할 만큼 도리스의 사랑도 듬뿍 받았다.

주위에는 언제나 그 애를 사랑하는 어른들의 팔과 웃는 얼굴들이 둘러싸고 있었다. 그 작은 여자아이가 이제는 어디로 갔단 말인가? 그처럼 사랑받던 어린 시절의 추억을 무엇 하나 기억할 수 없다니, 정말 그럴 수가 있을까?

슬프게도 사실이었다.

나한테는 아무것도 주지 않았어요.

그것은 사실이 아니었다. 사실이 아니란 것은 누구보다 페넬로프가 너무나 잘 알고 있었다. 다른 아이들한테 주었던 것을 낸시에게도 똑같이 주었다. 집, 안전한 보호의 그늘, 위로, 관심, 친구들을 불러 모을 방, 바깥세상에서 그들을 안전하게 지켜줄 단단한 현관문. 오클리 가 집에 있던 커다란 지하실을 생각해 냈다. 마늘과 향료 식물 냄새가 풍기고 방 안 가운데에 있는 커다란 스토브와 벽난로에 지펴진 불로 늘 따스했다. 어둑한 겨울 저녁이면 아이들이 종달새처럼 지저귀며 고픈 배를 움켜쥐고 학교에서 돌아왔다. 돌아오면 가방을 내던지고 코트도 벗어 팽개치고는 자리에 앉아 소시지며 파스타, 생선 파이, 뜨거울 때 버터 바른 토스트, 건포도 케이크, 코코아 등을 엄청나게 먹어치웠다. 크리스마스 때의 멋진 방 풍경도 떠올랐다. 크리스마스 트리 냄새가 상큼하게 풍기는 방 안에 걸린 빨간 리본 줄에 카드가 빨래처럼 여기저기 꽂혀 있었다. 계절이 여름이었을 때의 모습도 떠올랐다. 프랑스식 유리문을 열면 그 너머에 정원이 내다보였고 나무 그늘 밑으로 담배나무며 꽃무 향기가 전해져 왔다. 아이들이 그 정원에서 마구 소리 지르며 놀던 생각이 났다. 낸시도 그중 하나였다.

낸시에게 이 모든 것을 주었다. 하지만 낸시가 원하는 것은 줄 수가 없었다(낸시는 '원한다'는 말을 절대 하지 않고 늘 '필요하다'고만 했다). 페넬로프에게는 소녀들이 탐을 낼 만한 물건들이나 사치스러운 것을 사 줄 만한 돈이 없었다. 파티 드레스며 인형, 유모차, 조랑말, 기숙사 학교, 사교계에 데뷔하는 무도회, 그리고 값비싼 연극 표 등을 충당할 돈이 없었다. 그중에서도 성대하게 결혼식을 올리는 일이야말로 낸시가 가장 꿈꾸는 것이었다. 하지만 때마침 나타난 돌리 킬링 덕분에 이 일생의 소원을 이룰 수 있었다. 돌리 킬링은 겁나리만큼 사치스러운 결혼식을 혼자 맡아서 차렸고 그 대금을 지불했다.

그녀는 머리빗을 내려놓았다. 낸시 때문에 아직 화가 났지만 머리 빗는 단순한 일을 하다 보니 좀 진정이 되었다. 마음이 다시 차분해지자 기분이 한결 좋아졌고 이것저것 결정 내릴 기운이 생겼다. 머리 끝은 땋고 꼰 뒤 구갑 핀을 찾아서 말끔하게 제자리에 꽂아 넣었다.

30분 뒤, 안토니아가 데리러 왔을 때는 침대에 되돌아가 있었다. 등 뒤에 베개를 기대고 앉아 필요한 소지품들을 근처에 놓고 무릎에는 책을 펼치고 있었다.

노크 소리가 들리고 안토니아의 음성이 날아왔다.

"페넬로프 할머니?"

"들어와."

문이 열리고 안토니아가 머리를 삐죽 내밀었다.

"저녁 드시러……."

하면서 안토니아는 방 안으로 들어오며 등 뒤로 문을 닫았다.

"저런, 아직 침대에 계시는군요!"

크게 근심하는 표정으로 바뀌었다.

"무슨 일이세요? 어디 편찮으세요?"

페넬로프는 책을 덮었다.

"아니, 아프지 않아. 좀 피곤해서 그래. 저녁 먹으러 내려가고 싶지 않아. 미안하군. 기다리고 있었어?"

"뭐 별로요."

안토니아는 침대 끄트머리에 걸터앉았다.

"바에 내려갔는데 오시지 않길래 데이너스가 무슨 일이 있는지 알아보라고 저를 보냈어요."

안토니아는 저녁 식사를 위해 옷을 차려입고 있었다. 좁은 검정 스커트에 커다란 크림색 새틴 블라우스를 입고 벨트를 매고 있었다. 이 옷을 첼튼엄에서 둘이 함께 산 것이었다. 구릿빛 나는 금발이 어깨까지 청결한 윤기를 빛내며 흘러내리고 있었고 달콤한 사과 껍질처럼 매끈한 피부에 아무런 화장을 하고 있지 않았다. 놀랄 만큼 길고 검은 속눈썹만은 예외였다.

"뭐 드시고 싶은 것 없으세요? 룸서비스를 불러서 올려 보낼까요?"

"글쎄, 나중에 내가 직접 해도 돼."

안토니아가 꾸짖듯이 말했다.

"너무 이것저것 하셔서 그래요. 너무 멀리까지 걸으셨고요. 데이너스하고 제가 곁에 따라다니며 그러지 마시라고 말렸어야 하는데."

"무리한 것 없어. 좀 우울할 뿐이야."

"우울해하실 일이 뭐길래요?"

"낸시한테 부활절 잘 지냈느냐는 말을 하러 전화를 했었어. 그랬더니 홍수처럼 비난을 쏟아대지 뭐야."

"저런, 그럴 수가! 뭣 때문이래요?"

"아, 이것저것……. 그 애는 내가 망령들었다고 생각하나 봐. 어렸을 적엔 자기를 학대하더니 늙은 나이에 엉뚱한 사치를 부린다고 말이야. 그리고 나보고 음흉하고 무책임하고 친구를 선택할 줄도 모른

353

다는 거야. 지금까지 쭉 그렇게 생각하다가 너와 데이너스를 포스케리스로 데리고 온 일이 결정타가 된 거지. 울화를 끓이다가 결국은 다 퍼부은 거야."

그녀는 싱긋 웃었다.

"상관없어. 우리 아빠가 늘 말씀하셨듯이 안으로 꽁하는 것보다는 밖으로 내뱉는 게 나은 법이니까."

하지만 안토니아는 분노를 누그러뜨리지 않았다.

"감히 어떻게 할머니를 이처럼 화나게 할 수 있죠?"

"화난 것은 아니야. 우울해진 것뿐이지. 그게 훨씬 낫지. 한번 생각해 봐, 어떻게 생각하면 우스울 수도 있어. 난 그 애 전화를 도중에 끊고 나서 상상했지. 그 애가 눈물 바람을 하면서 조지에게 달려가 무책임하기 짝이 없는 엄마가 이런저런 짓을 저질렀다고 넋두리하는 장면을 조지는 《타임스》 뒤로 숨으면서 대꾸를 않지. 남자 중에서도 제일 무뚝뚝한 사내니까. 낸시가 왜 그런 남자하고 결혼했는지 미스터리야. 그 애 자식들이 가여울 만큼 볼품없이 자란 것도 무리는 아니지. 낸시는 루퍼트가 버릇없이 구는 거 하며 멜라니가 걸핏하면 심술궂게 노려보는 통에 울화가 폭발할 거야."

"저런, 어머니시면서 그렇게 다정하지 못한 말씀을 하시다니."

"그래, 심술궂지? 하지만 일이 이렇게 되어 차라리 잘됐어. 내 마음을 결정하게 만드는 계기가 되었으니까."

침대맡의 탁자에 그녀의 커다란 가죽 핸드백이 놓여 있었다. 핸드백에 손을 뻗어 그 안을 깊숙이 더듬었다. 손가락 끝에 그녀가 찾던 것이 만져졌다. 낡은 가죽 보석 상자를 꺼냈다.

"여기 이거……."

페넬로프는 안토니아에게 상자를 건넸다.

"네 거야."

"제 것이라고요?"

"그래, 네가 가졌으면 해. 가져, 열어보렴."

안토니아는 머뭇거리며 보석 상자를 꺼냈다. 자물쇠를 누르자 뚜껑이 톡 열렸다. 페넬로프는 그녀의 얼굴을 지켜보았다. 눈동자가 믿을 수 없다는 듯이 커다래지는 것을 지켜보았다. 입이 떡 벌어졌다.

"하지만 이건…… 제가 가질 만한 것이 아닌데요!"

"아냐. 내가 주는 거야. 네가 가지길 바란다. 에델 고모의 귀걸이야. 돌아가실 때 나한테 물려주셨어. 너하고 같이 지낼 때 이비자 해안에 가지고 가서 코스모와 올리비아의 파티에 달고 갔지. 기억하나?"

"그럼요, 기억하고말고요. 하지만 제게 주실 수는 없어요. 굉장히 값진 것일 텐데요."

"우리의 우정보다 값지진 않아. 네가 내게 가져다준 기쁨보다 값진 것이지도 않고."

"하지만 수천 파운드는 족히 될 텐데요."

"4천 파운드는 갈 거야. 보험금을 물 수가 없어서 은행에 넣어두었지. 첼튼엄에 갔던 날, 찾아왔어. 너 역시 이 물건에 대한 보험금을 치를 수 없을 테니 다시 은행에 넣어두어야 할 거야. 가엾은 물건이지. 바깥세상 보지도 못하고 은행에 처박히기 일쑤니까. 하지만 지금 끼고 나갈 수는 있잖아. 오늘 밤에 말이야. 넌 귀를 뚫었으니 떨어질 염려도 없어. 자, 걸어봐, 어떤지 보게."

하지만 안토니아는 여전히 주저하고 있었다.

"페넬로프 할머니, 이게 그처럼 값나가는 거라면 올리비아나 낸시 아줌마한테 드려야 하지 않겠어요? 아니면 손녀인 멜라니라든가."

"올리비아는 네가 그 귀걸이를 가지길 바랄 거야. 그 애에게는 이 비자며 코스모를 생각나게 하는 물건일 테니까. 이걸 네가 가져야 한다는 데에 나하고 전적으로 동감일 거야. 낸시는 지나치게 탐욕적이고 물질만 밝히는 여자라 아무것도 받을 자격이 없어. 멜라니로 말하면 이 물건의 진짜 값어치를 제대로 알게 될까도 의심스러워. 그러니 아무 말 말고 걸어보기나 해."

안토니아는 여전히 미심쩍은 표정이지만 순순히 말을 따랐다. 낡은 벨벳에서 귀걸이를 하나하나 떼어내 순금 줄을 귓불에 집어넣었다. 그러고 나서 머리칼을 제쳤다.

"어때요?"

"아주 근사해. 네 예쁜 옷에 마지막 포인트로 꼭 필요했던 물건이야. 거울로 가서 살펴봐."

안토니아는 침대에서 내려서서 방을 가로질러 화장대 앞에 섰다. 페넬로프는 거울 속에 비친 안토니아의 모습을 바라보았다. 지금 거울 속에 비친 안토니아만큼 황홀한 모습은 처음이라고 생각했다.

"정말 꼭 어울리는구나. 그런 사치스러운 보석류를 달려면 우선 키가 커야 하거든. 만일 앞으로 돈이 모자란다거나 할 때면 언제든지 저당 잡히든지 전당포에 가 봐. 든든한 기둥이 되어줄 거야."

하지만 안토니아는 엄청난 선물에 말을 잊어버렸다. 잠시 후, 거울에서 돌아서서 페넬로프의 침대 곁으로 달려와 머리를 내저었다.

"정말 어쩔 줄 모르겠어요. 왜 이렇게 제게 친절히 대해주시는지 알 수가 없어요."

"어느 날엔가, 네가 나만큼 나이를 먹게 되면 그 해답을 알게 될 거야."

"약속드릴게요. 오늘 밤에는 이걸 달겠어요. 하지만 내일 아침이면 생각을 달리하실지도 모르고 만일 그러시다면 되돌려드리겠어요."

"생각을 달리 하는 일은 없을 게다. 지금 네가 걸고 있는 것을 보니 그것이 네 것이라는 생각이 더 확실하게 들어. 자, 이제 귀걸이 이야기는 더 이상 하지 말자. 앉아서 오늘 지낸 이야기를 해 봐. 데이너스도 십여 분쯤 더 기다릴 거야. 난 모두 다 듣고 싶어. 남쪽 해안이 아름답지 않았어? 이곳하고는 너무 다르지. 숲하고 물뿐이라서. 나도 예전에 전쟁 중에 그곳에서 일주일을 보낸 적이 있어. 강을 향해 비탈진 언덕이 있는 집에서. 야생 수선화가 어디든 만발해 있었지. 그리고 선창 끝에는 갈매기가 앉아 있었고. 낡은 저택이 지금은 어떻게 되었는지 가끔 궁금해. 지금은 누가 살고 있는지도."

이야기가 그만 길어지고 말았다.

"자, 얘기해 봐. 어디 가서 누굴 만났어? 재미있었고?"

"네, 퍽 즐거운 드라이브였어요. 재미있었어요. 커다란 화원을 구경했어요. 온실도 구경하고 종자 뿌리는 작업도 보고, 화초나 물뿌리개를 파는 점포도 구경했지요. 토마토와 어린 감자, 완두콩 같은 이국적인 식물도, 없는 것이 없었어요."

"주인은 누구인데?"

"애슐리라는 사람이에요. 에버라드 애슐리라고, 데이너스하고 원예

전문대학을 같이 다녔다나 봐요. 그 인연으로 그곳에 가게 된 거지요."

할 말은 다 했다는 듯이 말을 멈추었다. 페넬로프는 더 말이 나오길 기다렸다. 하지만 안토니아는 입을 다물었다. 그 같은 느닷없는 침묵은 뜻밖이었으므로 안토니아를 유심히 바라보았다. 안토니아는 눈길을 떨어뜨린 채 손으로 빈 보석 상자를 만지작거리며 뚜껑을 열었다 닫았다 하고 있었다. 페넬로프는 마음이 불편했다. 뭔가 일이 있다. 나직이 말을 재촉했다.

"점심은 어디에서 먹었지?"

"애슐리 씨네 집 주방에서 먹었어요."

어디 호젓한 여인숙에 있는 아늑한 식당 정도를 떠올렸던 유쾌한 상상이 가물가물 사라져 버렸다.

"에버라드라는 사람은 결혼을 했니?"

"아뇨, 자기 부모하고 같이 살고 있어요. 화원이 원래 아버지의 농장이거든요. 부자가 함께 경영하나 봐요."

"데이너스는 그 분야 일을 같이하고 싶어 하니?"

"그렇다고 했어요."

"그 이야기를 같이 의논했었니?"

"네, 어느 정도는요."

"안토니아, 무슨 일이 있었어?"

"글쎄, 모르겠어요."

"싸우기라도 했니?"

"아뇨."

"분명히 무슨 일이 있었던 모양인데?"

"아무 일도 없었어요. 그게 바로 문제예요. 어느 정도까지는 다가 갔는데 그다음은 전혀 진척이 없었어요. 그 사람을 잘 안다고 생각했 어요. 그리고 가까워졌다고 생각했는데 여전히 속마음을 털어놓지 않는 거예요. 눈앞에서 문을 탁 닫는 것 같아요."

"그 청년을 좋아하지, 그렇지?"

"그럼요."

내리깐 눈썹 밑으로 눈물이 흘러내리더니 안토니아의 뺨 위를 구 르기 시작했다.

"사랑하고 있는 것 같은데."

기나긴 침묵이 흐르고 안토니아는 고개를 끄덕였다.

"하지만 그 사람은 너를 사랑하고 있는 것 같지 않다는 말이지?"

눈물이 마구 흘러내리고 있었다. 안토니아는 손을 올려 눈물을 닦 았다.

"모르겠어요. 그럴 리는 없는데. 지난 몇 주일 동안 우리는 오래 같 이 있었어요……. 이제는 그 사람도 알 만한데……. 우리 사이가 되 돌아설 수 있는 한계를 넘었다는 걸요."

페넬로프가 서글프게 대꾸했다.

"내 잘못이야. 여기 있어……."

침대맡 탁자에 손을 뻗어 휴지를 건넸다. 안토니아는 서둘러 코를 풀었다. 그리고 다시 입을 열었다.

"왜 그게 할머니 잘못이에요?"

"나 혼자만을 생각했으니까 말이야. 같이 올 친구를 원했거든. 이 기적인 할멈이었지 뭐야. 그래서 너하고 데이너스한테 같이 오라고 한 거야. 주제넘게 간섭한 모양이다. 둘을 맺어주려고 말이지, 그게 돌이킬 수 없는 짓이었어. 똑똑한 짓을 하고 있다고 생각했는데. 이제 보니 너무나 끔찍한 실수였어."

안토니아는 절망적인 표정이었다.

"대체 그 사람은 어떻게 된 걸까요, 할머니?"

"내성적이어서 그래."

"내성적인 것 이상이에요."

"자존심 탓이겠지."

"너무 자존심이 세서 사랑도 못 한단 말인가요?"

"그게 아니야. 돈이 없는 것 같아. 그 사람도 자기가 뭘 원하는지는 알아. 하지만 그걸 얻을 돈이 없는 거지. 요즘은 어떤 사업을 해도 자본이 엄청나게 들지. 때문에 그 사람은 장래에 대한 비전이 없는 거야. 그런 탓에 자신은 누구와 사랑에 빠질 처지가 아니라고 생각하는 거지."

"사랑에 빠진다고 해서 꼭 결혼이라는 책임이 따르는 것은 아니잖아요."

"데이너스 같은 청년한테는 그렇게 생각될지도 모르지."

"그냥 같이 있을 수도 있잖아요. 같이 뭔가 연구해 낼 수도 있고요. 우리 두 사람은 여러 가지 점에서 손발이 잘 맞으니까요."

"데이너스에게 이런 이야기를 했었니?"

"할 수가 없었어요. 해보려고는 했지만 그럴 수가 없었어요."

"그렇다면 다시 한번 노력해야 해. 너희 두 사람을 위해서. 그 사람한테 네 마음을 이야기해. 가진 패를 다 펼쳐놓아 봐. 딴 건 몰라도 서로 좋은 친구잖아. 그러니까 진실하게 대할 수가 있을 테지?"

"당신을 사랑한다고 하고 앞으로의 여생을 함께 지내고 싶다고 하란 말이죠? 돈 한 푼 없어도 괜찮다고. 그리고 나하고 결혼하고 싶지 않아도 괜찮다고 하란 말씀이시죠?"

"그렇게 말하니까 듣기에 좀 거북하구나. 하지만…… 그래, 그런 뜻이지."

"그랬다가 만일 그 사람이 나더러 단념하라고 한다면요?"

"상처를 입고 괴롭겠지. 하지만 최소한 네가 처해 있는 입장만은 알 수 있게 되잖아. 그리고 웬일인지 난 그 사람이 너에게 단념하라고 할 것 같지는 않구나. 솔직하게 나오리라고 생각해. 그러다 보면 그의 태도가 이상한 것은 너하고는 전혀 상관없고 별개의 것이라는 것을 알게 될 거야."

"대체 그렇게 행동하는 이유는 뭘까요?"

"모르겠어. 알았으면 좋으련만. 왜 술을 마시지 않고 운전도 하지 못하는지 알았으면 좋겠어. 상관할 일은 아니지만 그래도 꼭 이야기를 듣고 싶어. 분명히 뭔가를 숨기고 있어. 확실해. 하지만 그 사람의 인간성을 아니까 파렴치한 범죄 같은 것은 아니라고 믿어."

"설사 그렇더라도 난 상관없어요."

안토니아는 눈물을 그쳤다. 코를 핑 풀고 겸연쩍게 말했다.

"죄송해요, 이렇게 떠벌리려고 한 게 아닌데."

"감추는 것보다는 털어놓는 것이 나을 때가 있어."

"아마 생전 처음으로 이끌리고 가까이 한 사람이라 이럴 거예요. 만일 제가 여러 남자를 사귀었던 여자라면 쉽게 해나갔을 테지요. 하지만 지금 제 마음은 주체하기가 어려워요. 그 사람을 잃는다는 것은 생각할 수도 없고요. 포드모어 오두막에서 처음 보았을 때부터 난 그 사람이 특별한 사람이며 내 인생에 아주 중요한 사람이 될 것이라는 걸 느꼈죠. 하지만 그곳에 있을 때는 그래도 괜찮았어요. 편하고 자연스러웠으니까요. 이야기도 하고 일도 같이하고 나무도 심으면서 아무 긴장감 없이 지냈지요. 하지만 여기서는 달라요. 아주 기묘한 상황이에요. 도저히 어떻게 다스려 볼 수 없는……."

"저런, 그것 봐라, 이게 다 내 잘못이야. 너희 둘을 위해서 로맨틱하고 특별한 분위기를 만들어 주겠다고 생각했는데, 그렇다고 또 울지는 마. 예쁜 얼굴 망치겠다. 오늘 밤까지 다 망치겠다."

"자신이 원망스러워요……."

안토니아가 불쑥 말했다.

"올리비아 아줌마 같은 사람이었으면 좋겠어요. 올리비아 아줌마라면 이런 괴로움에 빠지지 않았을 것 아니에요."

"넌 올리비아가 아니야. 넌 너일 뿐이야. 넌 아름답고 젊고 앞날이 창창해. 그러니 다른 사람이 되고 싶다는 희망 따윈 갖지도 말아라. 아무리 올리비아라 해도 말이야."

"너무나 강해요. 그리고 현명하고."

"너도 그렇게 될 거야. 이제 얼굴을 씻고 머리를 빗은 다음에 내려가서 데이너스한테 나 혼자 조용히 저녁을 지낼 거라고 전해라. 그런 다음에 그 사람하고 한잔 나눈 뒤 식당으로 들어가. 저녁을 먹으며 네가 내게 이야기했던 것을 모두 그대로 말하는 거야. 넌 어린아이가 아니야. 너희 둘 모두 그래. 이런 상황을 오래 계속해서는 안 돼. 난 네가 스스로 비참한 기분에 빠지게 놔둘 수 없다. 데이너스는 친절한 남자야. 무슨 일이 일어나건, 무슨 말을 하건 일부러 너에게 상처 주는 짓은 안 할 거다."

"네, 그건 저도 알아요."

두 사람은 가볍게 입맞춤을 했다. 안토니아는 침대에서 일어나 얼굴을 씻기 위해 욕실로 갔다. 조금 뒤에 나와 화장대 앞에 서서 페넬로프의 빗으로 머리를 빗었다.

"그 귀걸이가 너한테 행운을 가져다줄 거다."

페넬로프가 위로했다.

"그리고 자신감도 북돋울 테지. 자, 빨리, 가야 할 시간이다. 우리 둘이 어떻게 된 건가 하고 데이너스가 궁금해하고 있을 거야. 기억해, 그냥 있는 대로 겁먹지 말고 이야기해. 솔직하고 진실해야지, 두려워하지는 마라."

"안 그러려고 노력하겠어요."

"좋은 밤, 안토니아."

"안녕히 주무세요."

13

데이너스

페넬로프가 잠에서 깨니 어제와 마찬가지로 청명한 하늘 아래 맑은 아침이 다가와 있었다. 이제는 귀에 익은 소리들이 들려왔다. 저 아래 해안가로 부드럽게 밀려드는 파도 소리, 갈매기 소리, 창문 바로 아래에서 요란하게 울어대는 개똥지빠귀 소리, 현관 앞길로 달려와 기어를 바꾸고 자갈길에 멈추는 차 소리, 누군가 불어대는 휘파람 소리……

8시 10분. 꼬박 열두 시간을 잤다. 시계 바늘이 꼭 한 바퀴를 돌도록 푹 쉬었다는 느낌에 몸에는 힘이 넘쳤고 엄청나게 배가 고팠다. 화요일. 휴가의 마지막 날이었다. 그 사실을 깨닫자 조금 서글펐다. 내일 아침이면 짐을 꾸리고 글로스터셔로 돌아가는 긴 여행을 해야 한다. 페넬로프는 갑자기 자기 일이 다급하게 느껴지면서 조바심이 났다. 아직 못한 일, 하고 싶은 일이 많았다. 자리에 누운 채 머릿속에서 앞으로 해야 할 일의 목록을 작성해 보았다. 오랜만에 자신의 일을 맨 처음 생각했다. 데이너스와 안토니아가 빠져 있는 고민은 잠시 둘째 문제로 밀어놓을 테다. 나중에 그들 문제를 생각해 보자. 그들과의 이야기는 나중에 하자. 지금 당장의 시간은 나의 것이다.

자리에서 일어나 목욕을 하고 머리 손질을 한 다음 옷을 입었다. 잠시 후 향수 냄새와 신선한 분위기 속에 깨끗한 옷차림으로 탁자에 앉았다. 호텔에서 제공하는 호화스러운 문양의 두꺼운 편지지에 올리비아에게 보내는 편지를 쓰기 시작했다. 장문의 편지라기보다는 쪽지에 가까웠다. 에델 고모의 귀걸이를 안토니아에게 주었다는 사실을 알리는 내용이었다. 왠지 올리비아만은 꼭 알아야 할 것 같았다. 편지를 봉투에 넣고 주소를 적은 다음 우표를 붙이고 봉했다. 이어 손가방과 열쇠를 집어 들고 아래층으로 향했다.

로비는 비어 있었다. 열린 회전문 사이로 서늘한 바람과 아침의 신선한 내음이 밀려 들어왔다. 자기 책상 뒤에 서 있는 홀 안의 짐꾼과 푸른 작업복을 입고 진공청소기로 카펫을 청소하는 여자 한 사람뿐이었다. 두 사람에게 인사를 하고 편지를 부친 뒤 텅 빈 식당에 들어가 아침을 주문했다. 오렌지 주스, 삶은 계란 두 개, 마멀레이드를 바른 토스트, 블랙커피. 식사를 마칠 무렵 손님이 한두 명 들어와 자리를 잡고 신문을 펼친 뒤 다가올 하루에 대해 이야기를 나누었다. 골프를 칠 계획도 나왔고 관광을 가자는 이야기도 나왔다. 그 이야기를 들으면서 지금 앞자리에 신경 써야 할 다른 사람이 없다는 것이 은근히 즐거웠다. 아직 데이너스나 안토니아가 나타날 기미는 보이지 않았다. 이 사실이 부끄럽지만 고마웠다.

식당을 떠났다. 9시 30분이 다 되었다. 로비를 가로지르다가 짐꾼의 책상 옆에 멈추어 섰다.

"화랑에 가려는데 몇 시에 여는지 알고 있어요?"

"10시쯤일 겁니다, 킬링 부인. 차를 타고 가시렵니까?"

"아뇨, 걸어갈 거예요. 너무나 아름다운 아침이잖아요. 하지만 일을 마치고 이리로 연락을 하면 날 호텔에 데려다 줄 택시를 주선해 줄 수는 있겠지요."

"물론입니다."

"고마워요."

짐꾼 앞을 물러나 경쾌한 걸음으로 따스한 햇살 아래 기분 좋게 서늘한 미풍이 부는 바깥으로 걸어 나갔다. 미풍을 쏘이자 무슨 짐을 벗은 듯한 자유로운 기분이 한결 더해졌다. 어렸을 때 맞은 토요일 아침의 기분이 꼭 이랬다. 뚜렷이 할 일도 없이 텅 빈 하루를 뭔가 예기치 않은 즐거움이 가득 채워줄 것 같은 기분이었다. 대기의 향내와 소리를 음미하며 천천히 걸었다. 잠시 멈추어 정원을 둘러보기도 하고 모래사장이 반짝거리며 넓게 뻗어나간 만을 바라보기도 하고 한 남자가 모래사장 위에서 개를 데리고 걷는 모습을 바라보기도 했다. 한참 후에 부둣길이 끝나자 화랑으로 향하는 가파른 자갈길이 나타났다. 화랑 문은 열려 있었다. 하지만 계절이 계절인 데다 아침 시간인지라 생각했던 대로 화랑은 텅 비어 있었다. 입구의 책상에 앉은 청년 한 사람뿐이었다. 청년은 시체처럼 창백한 얼굴이었다. 긴 머리에 여기저기 기운 청바지, 커다란 얼룩무늬 스웨터를 입고 있었다. 잠을 못잔 사람처럼 하품을 하다가 페넬로프가 나타나자 황급히 하품을 거두고는 앉은 자세를 고치고 카탈로그를 사시겠느냐고 물었다.

"아니, 고맙지만 카탈로그는 필요 없어요. 나중에 엽서라도 사지요."

청년은 굉장히 피곤한 기색으로 다시 의자 깊숙이 파묻혔다. 대체 누가 이런 청년을 화랑 관리인으로 고용했을까 궁금했다. 아마 돈 안 받고 거저 일하는 모양이라는 생각이 들었다.

「조개 줍는 아이들」은 그녀를 기다리고 있었다. 새집에서 창문도 없이 길기만 한 벽 중앙에 걸려 있는 그림을 보니 새삼 감명이 깊었다. 구두 소리가 울리는 바닥을 걸어가 오래된 가죽 소파에 편히 몸을 묻었다. 오래전에 아빠와 함께 앉아 있던 소파였다.

아빠의 말이 옳았다. 아빠의 말대로 젊은 화가들이 대거 출현했다. 「조개 줍는 아이들」 좌우로는 추상화와 원색적인 그림들이 쭉 걸려 있었다. 그림마다 모두 색채와 빛과 생명력으로 터질 듯했다. 옛날에는 화랑 중앙을 차지했던 아빠의 소품들(「밤의 어선」, 「내 창가의 꽃들」 등)이 사라지고 없었다. 그 자리에는 다른 화가들, 새로운 화가들의 그림이 들어서 있었다. 페넬로프는 그 작품들이 누구 것인지 알아볼 수 있었다. 벤 니콜슨, 피터 래니언, 브라이언 윈터, 패트릭 헤론. 하지만 어떤 그림도 「조개 줍는 아이들」을 압도하지는 못했다. 오히려 다른 그림들은 아빠가 특히 좋아하던 이 그림의 생생한 파란색과 잿빛, 은은한 그림자들을 더욱 부각시키는 역할을 하고 있었다. 아빠의 그림과 다른 그림들이 어울려 있는 모습을 보자니 마치 전통적인 미를 갖춘 가구와 완전히 현대미를 갖춘 가구들이 들어찬 아름다운 방에 들어간 듯한 느낌을 받았다. 그러면서도 어떤 가구도 옆에 있는 다른 가구와 충돌하지도 서로 잘났다고 뽐내지도 않았다. 하나하나가 모두 장인의 창조물이요 당대 최고의 작품이기 때문이었다.

페넬로프는 향연을 앞에 둔 사람처럼 만족스럽고 평화로운 기분으로 편히 앉아 실컷 눈요기를 하기 시작했다.

누군가 등 뒤의 문을 열고 들어올 때도 거의 깨닫지 못하고 있었다. 두런거리는 대화가 오고 갔다. 천천히 이리저리 돌아다니는 발소리가 났다. 순간 모든 것이 옛날로 돌아갔다. 전쟁 중 거센 바람이 불던 8월 어느 날. 그녀는 다시 스물셋이 되어 구멍 난 신발을 신고 아빠 곁에 앉아 있었다. 그때 리처드가 걸어 들어왔었다. 화랑 속으로 그리고 두 사람의 삶 속으로. 그때 아빠가 말했다.

"새로운 세대가 올 거요……. 태양의 따스함과 바람의 빛깔을 그리게 될 거야……."

그렇게 해서 모든 일이 시작되었었다.

발소리가 가까이 다가왔다. 누군가 돌아봐 주길 기다리며 멈추어 있었다. 고개를 돌렸다. 리처드를 기대했지만 눈 앞에 있는 것은 데이너스였다. 페넬로프는 시간 속에서 길을 잃은 채 멍하니 바라보았다. 거기 있는 것은 낯선 얼굴이었다.

"방해를 했군요."

귀에 익은 목소리 덕분에 페넬로프를 사로잡았던 기묘한 주문이 풀렸다. 정신을 차려 과거를 떨쳐내고 얼굴에 미소를 지었다.

"아니, 그렇지 않아요. 꿈속에 잠겨 있었어."

"조용히 혼자 계시게 갈까요?"

"아니, 천만에."

그는 혼자였다. 감청색의 면 셔츠를 입고 있었다. 그녀를 바라보는 짙은 푸른색 눈동자가 이상하리만큼 반짝이고 있었다. 눈 한번 깜빡이지도 않았다.

"「조개 줍는 아이들」에게 작별 인사를 하려고 온 거야."

자리에서 조금 움직여 옆의 낡은 가죽소파 위를 툭툭 쳤다.

"자, 여기 앉아서 저 그림과 나의 외로운 대화에 참여해 봐요."

데이너스는 자리에 앉았다. 몸은 반쯤 돌려 이쪽을 향하고 한쪽 팔은 소파 등에 걸치고 다리를 꼬았다.

"오늘 아침에는 좀 괜찮으세요?"

페넬로프는 자기가 아팠던 사실이 기억나지 않았다.

"괜찮냐고?"

"어젯밤에요. 안토니아 말이 많이 편찮으시다고 했잖아요."

"아, 그거."

가볍게 받았다.

"좀 피곤했을 뿐이야, 오늘 아침에는 아주 말짱해. 그런데 내가 여기 있는 줄은 어떻게 알았지?"

"호텔 짐꾼이 얘기해 주었습니다."

"안토니아는 어디 있고?"

"짐을 싸고 있어요."

"짐을? 벌써? 내일 아침에야 떠날 텐데."

"제 짐을 싸는 겁니다. 그 이야기를 드리러 여기 온 거고요. 다른 이야기도 많아요. 전 오늘 떠나야 합니다. 런던행 기차를 타고 가서 오늘 저녁에는 야간열차를 타고 에든버러로 갈 겁니다. 집으로 돌아가야 하거든요."

데이너스가 갑작스럽고 조급한 행동을 하는 이유는 한 가지밖에 있을 수 없었다.

"가족 때문이로군. 무슨 일이 있어요? 누가 아픈가?"

"아뇨, 그런 일은 아닙니다."

"그럼 왜?"

불현듯 간밤의 일과 안토니아를 향해 생각이 줄달음질 쳤다. 안토니아가 침대맡에 앉아 눈물을 흘리던 일. 솔직하고 진실하거라. 안토니아에게 그렇게 말했었다. 인생 경험이 많다는 자부심에서 유일하게 건전한 충고를 하고 있다고 확신했다. 하지만 지금 상황으로 보아 자신이 주제넘게 간섭함으로써 오히려 일을 그르친 꼴이 된 것 같았다. 계획이 어긋난 것이다. 가진 패를 모두 내보인 안토니아의 용감한 행동도 상황을 타개하는 데에 전혀 도움이 되지 못했다. 솔직한 것이 오히려 정면충돌을 불러일으켰고……. 돌이킬 수 없는 심한 말다툼을 벌인 모양이었다. 그 결과 안토니아와 데이너스는 각자 헤어져 제 갈 길을 가는 수밖에 없다고 결정을 내렸을 테고.

달리 설명할 도리가 없었다. 눈물이 쏟아질 것 같았다.

"내 잘못이야."

자신을 마구 질책했다.

"모두 내 잘못이야."

"누구 탓도 아닙니다. 우리 사이에 있었던 일은 할머니하고는 아무 상관도 없으니까요."

"하지만 내가 안토니아에게……."

데이너스가 말을 잘랐다.

"할머니 말씀은 옳았어요. 만일 간밤에 안토니아가 아무 말도 안

했다면 제가 말을 꺼냈을 겁니다. 우리가 함께 지낸 어제 하루가 촉매 역할을 한 셈이죠. 이제는 모든 것이 달라졌습니다. 분수령을 넘었다고 할까요. 모든 것이 간단해지고 명백해졌습니다."

"데이너스, 안토니아는 자네를 사랑하고 있어. 자네도 그것을 분명히 깨달았을 것 아닌가."

"바로 그것 때문에 떠나야 합니다."

"그 애가 자네한테는 그렇게 하찮은 존재인가?"

"아니, 그 반대입니다. 정반대예요. 안토니아에 대한 제 감정은 사랑 이상입니다. 제 존재의 한 부분이 되었어요. 때문에 안토니아와 작별을 하는 것은 제 뿌리를 뜯어내는 것 같을 겁니다. 하지만 그럴 수밖에 없습니다."

"무슨 말인지 모르겠군."

"누구의 탓도 아닙니다."

"어제 무슨 일이 있었나?"

"우리 두 사람 다 갑자기 커버린 것 같습니다. 아니, 두 사람 사이에서 벌어지고 있던 일이 커져 버렸다고나 할까요. 어제까지 우리가 함께한 일들은 모두 중요하지 않고 사소한 일들이었습니다. 그렇다고 해가 되는 일도 아니었죠. 포드모어의 오두막에서 정원 일을 하며 빈둥거린다든지 펜지잘의 암반을 뛰어내려 수영을 한다든지……. 중요한 일도, 심각한 일도 아니었어요. 아마 제 탓일 겁니다. 의미 있는 관계를 바라고 있지 않았거든요. 오히려 그런 관계만은 정말 피하고 싶었습니다. 그런데 어제 우리는 매너칸에 갔습니다. 전에도 안토니아한테 언젠가는 나도 나만의 농원을 갖고 싶다고 소망을 이야기한 적이 있었고 안토니아도 저와 함께 그 일을 의논했었지요. 하지만 별생각 없이 부담 없이 이야기를 했었죠. 때문에 전 안토니아가 그런 이야기들을 얼마나 가슴 깊이 새겨두고 있는가를 전혀 몰랐습니다. 그런데 어제 에버라드 애슐리가 우리에게 구경을 시켜준다 해서 여기저기 따라다니는데 기이한 일이 벌어졌습니다. 우리가 부부처럼 되어버린 겁니다. 무슨 일을 하든 함께할 것 같은 기분이 든 거예요. 안토니아도 저만큼이나 열성적인 관심을 보이면서 질문을 하기도 하고 이것저것 아이디어와 계획을 내놓기도 했습니다. 그런데 토마토가 가득한 온실 한복판에서 갑자기 전 뭔가에 한 대 맞은 것 같았습니다. 안토니아가 제 장래의 일부라는 것을 알게 된 겁니다. 안토니아는 저의 한 부분입니다. 안토니아 없는 인생은 상상할 수가 없습니다. 제가 무슨 일을 하건 그녀와 함께 하고 싶고, 또 내게 무슨 일이 일어나든 우리 두 사람 공동의 일이 되기를 바랍니다."

"그렇다면 왜 그렇게 되도록 하지 않나?"

"두 가지 이유가 있습니다. 첫 번째 이유는 순전히 현실적인 것입니다. 저는 안토니아에게 줄 수 있는 것이 아무것도 없습니다. 전 스물넷이고 돈 한 푼 없으며 집도 없고 제 명의의 재산도 없습니다. 주급이래야 정원사 일로 받는 임금뿐이죠. 때문에 시장에 내다 팔 채소를 재배하는 채소밭이라든지 저만의 거처라든지 하는 것을 순전히 백일몽일 따름입니다. 에버라드 애슐리는 자기 아버지의 일을 함께 하고 있어요. 하지만 저는 모든 것을 제힘으로 해야 하는데 그럴 만한 자본이 하나도 없습니다."

"융자를 해주는 은행들이 있잖은가? 그리고 정부의 보조금도 있고."

페넬로프는 데이너스의 양친에 대해 생각해 보았다. 데이너스가 가끔 흘린 이야기로 보건대 그의 가족은 아주 부유한 층은 아니더라도 재산이 썩 없는 집안 같지는 않은 느낌이었다.

"자네 양친께서 도와줄 수도 있지 않나?"

"아니요, 그렇게 큰돈은 못 도와주실 겁니다."

"부탁드려 보기는 했나?"

"아니요."

"그럼 자네 계획을 양친과 상의해 보기는 했나?"

"아직 안 했습니다."

시도도 안 해보고 물러났다는 그런 패배주의는 예상 밖이었고, 또 그만큼 성나는 일이었다. 페넬로프는 그에게 실망한 나머지 참을성을 잃고 있었다.

"이런 말 해서 미안하지만, 대체 뭘 갖고 이 야단인지 알 수가 없군. 자네하고 안토니아는 서로를 발견했고, 서로를 사랑하고 있고, 또 나머지 생을 분명히 함께 보내고 싶어 하네. 그럼 그 행복을 잡고 놓치지 말아야지. 그러지 않고 딴청을 피운다는 것은 도덕적으로 그른 일이야. 그런 기회란 다시 오질 않는 걸세. 설사 허리띠를 졸라매고 궁핍하게 산들 또 어떤가? 안토니아도 직업을 가질 수 있어. 요새는 젊은 부인들이 대개들 그러지 않나. 다른 젊은 부부들도 어떻게든 빚내지 않고 살아가고 있어. 먼저 쓸 것과 나중 쓸 것만 가릴 줄 알면 되는 일이야."

그런데도 데이너스는 대답이 없었다. 페넬로프는 얼굴을 찌푸렸다.

"아마 자네 자존심 때문이겠지. 어리석고 고집스러운 스코틀랜드 남자 특유의 자존심이지. 만일 그렇다면 너무 이기적인 짓이야. 어떻게 이처럼 훌쩍 떠나 안토니아를 비참하게 만들 수 있단 말인가? 대체 어떻게 된 사람이길래 사랑에까지 등을 돌린단 말인가?"

"두 가지 이유가 있다고 했지요. 한 가지는 이미 말씀드렸고요."

"그럼, 나머지는 뭔가?"

"전 간질병 환자입니다."

몸이 뻣뻣하게 얼어붙는 것 같았다. 아무 말도, 꼼짝할 수도 없었다. 멍하니 바라보다가 그의 눈을 정면으로 들여다보았다. 그의 시선은 흐트러지지도 밑으로 내리깔지도 않았다. 끌어안고 싶었다. 부둥켜안고 위로하고 싶었다. 하지만 아무 행동도 하지 않았다. 두서없는 생각들이 머릿속을 바삐 오가다가 뭔가에 놀란 새처럼 푸드덕 날아올라 사방으로 흩어졌다. 데이너스에게 묻지 못했던 그 모든 질문들에 대한 대답이 눈앞에 있었다. 데이너스는 이런 남자였구나.

그녀는 숨을 깊게 들이켰다.

"안토니아에게는 말했나?"

"네."

"나에게도 이야기하고 싶은가?"

"그래서 여기 온 겁니다. 안토니아가 보냈어요. 누구보다도 할머니가 알아야 한다고요. 할머니를 떠나기 전에 그 이유를 알려드려야 한다고요."

페넬로프는 한 손을 데이너스의 무릎 위에 놓았다.

"들을 준비가 됐네."

"모든 일은 우리 부모님에서부터 설명해야 합니다. 그리고 이안 형부터요. 지난번에 말씀드린 적 있지만 아버지는 법률가이셨습니다. 삼대에 걸쳐 법률가를 지낸 가문이었고 외할아버지 역시 스코틀랜드 최고 재판소의 사법관이셨습니다. 이안 형 역시 아버지의 뒤를 이어받아 우리 가문의 법률회사에 참가해 가통을 고수하기로 되어 있었지요. 그렇게만 되었더라면 형은 아주 훌륭한 변호사가 되었을 겁니다. 손대는 일마다 잘 해냈으니까요. 하지만 열네 살 때 죽고 말았습니다. 그러자 형의 책임이 자연히 제게 떨어졌죠. 하지만 전 장래 무엇을 하고 싶다는 따위의 생각은 해보지도 못한 나이였습니다. 그래도 제가 그 일을 맡아야 한다는 것만을 느끼고 있었죠. 제 장래는 이미 컴퓨터처럼 짜여 있었던 겁니다. 고등학교를 끝내자 저는 형만큼은 명민하지는 못했어도 그럭저럭 대학에 필요한 시험을 통과, 에든버러 대학에 입학할 수 있었지요. 하지만 아직 너무나 젊은 나이였기 때문에 그 나이 특유의 기질이 발동했어요. 대학에 가기 전 2년간만 여기저기 돌아다니며 세상 구경을 하기로 마음먹은 겁니다. 우선 미국으로 건너가 대륙 끝에서 끝까지 돌아다니며 닥치는 대로 여러 가지 일을 했지요. 그러던 중에 아칸소 주에서 잭 로저스라는 사람의 소 방목지에서 일하게 되었습니다. 그 사람은 여러 마일에 달하는 넓은 땅을 가지고 있었는데, 나는 그 사람이 부리는 일꾼 중 하나로 소떼를 몰거나 담장을 고치는 등의 일을 하면서 다른 세 남자와 함께 인부 막사에 살았지요.

"방목지는 아주 한적한 곳이었습니다. 제일 가까이 있던 시내가 슬리핑 크릭이라는 곳이었는데 그나마 40마일 떨어진 곳이었습니다. 가보았자 뭐 대단히 재미있는 일도 없었습니다. 가끔 차를 몰고 잭 로저스의 딸인 샐리의 쇼핑 길을 바래다 주거나 생필품과 장비를 사 오곤 했지요. 시내까지 가려면 하루가 꼬박 걸렸어요. 흙투성이 도로에 트럭이 처박혀 흙먼지를 누렇게 덮어쓰곤 했지요.

"그러던 중 일하기로 한 기간이 끝나가던 어느 날, 병에 걸렸습니다. 온몸이 나른하고 구역질이 나고 몸이 떨리더니 체온이 마구 솟구치는 것이었습니다. 혼수상태에 빠졌던 모양입니다. 인부 막사에서 농장 본채로 옮겨진 것도 모르고 있었으니까요. 눈을 뜨니 농장 본채에서 샐리 로저스가 간호를 하고 있었습니다. 그녀가 애써준 덕에 일주일쯤이 지나자 회복이 되어 다시 걸어 다닐 수 있게 되었습니다. 모두들 내가 무슨 바이러스성 전염병에 걸렸던 것이라고 진단을 내렸고 이럭저럭 걷게 되자 나는 금방 다시 일을 나갔습니다.

"그런데 그 직후 갑자기 아무런 예고도 없이…… 그야말로 난데없이 의식이 깜깜해지는 것이었습니다. 도끼에 찍힌 나무처럼 쓰러져 누워 의식불명으로 반 시간쯤 지나고 말았죠. 별다른 이유가 없었습니다. 그리고 일주일 뒤 또다시 그런 일이 일어났습니다. 너무나 심한 고통에 샐리가 저를 트럭에 태우고 슬리핑 크릭에 있는 의사에게 보이러 갔지요. 의사는 제 겁먹은 이야기를 듣고는 몇 가지 검사를 해보았습니다. 일주일 뒤, 다시 보러 갔더니 간질병이 걸렸다는 것입니다. 그러면서 하루에 네 번 약을 먹으라며 약병을 주었습니다. 그것만 먹으면 괜찮을 거라고요. 그것 말고는 달리 아무것도 해줄 것이 없다고요."

그는 입을 다물었다. 페넬로프는 자기가 뭔가 한마디 할 것을 바라고 있다는 느낌을 받았지만, 아무 말도 생각나지 않았다. 또 한다고 해봐야 틀에 박힌 위로의 말밖에 나올 것 같지 않아 하고 싶지 않았다. 기나긴 침묵이 흐르고 데이너스는 고통스럽게 다시 입을 열었다.

"저는 그전에는 아파본 일이 없습니다. 기껏해야 홍역 정도였지요. 때문에 의사에게 따지고 물었습니다. 왜 이런 일이 일어났느냐고요. 그랬더니 의사는 제게 몇 가지를 물어보았지요. 마침내 우리는 제가 학교 시절, 럭비를 하다가 머리를 얻어맞은 일을 캐내고 말았지요. 뇌진탕을 당했지만 별다른 이상은 없었습니다. 적어도 그때까지는 말입니다. 그랬다가 마침내 간질로 나타난 겁니다. 스물한 살이 다 되어가는 나이에 간질에 걸린 겁니다."

"자네가 일하고 있던 목장의 그 친절한 사람들에게는 털어놓았나?"

"아니요. 의사한테는 의사로서의 본분으로 비밀을 굳게 지키겠다는 약속을 하게 했지요. 아무한테도 알리고 싶지 않았습니다. 제 혼자 힘으로 다스리지 못할 것 같으면 결국엔 그 병을 이겨내지 못할 것 같아서였죠. 그런 후에 영국으로 돌아왔습니다. 런던까지는 비행기를 타고 갔다가 밤 차를 타고 에든버러에 갔습니다. 에든버러 대학에 들어가지 않기로 이미 마음을 굳힌 뒤였죠. 시간을 두고 생각하다 보니 진실을 터득한 겁니다. 제가 결코 형의 자리를 이을 수 없다는 진실을. 실패를 해서 아버지를 실망시킬 일이 겁났습니다. 그리고 그 몇 달간 한 가지를 더 알게 되었죠. 내가 할 수 있는 일은 실외에서 스스로의 손으로 맘 편히 노동하는 일밖에 없다는 것을요. 누군가 내 위에 서서 내가 할 수 없는 일을 시키게 해서는 안 된다는 거였습니다. 부모님에게 털어놓은 일은 일생에서 제일 괴로운 일이었습니다. 처음에는 도저히 믿으려 하지 않으시더군요. 좀 지나서는 크게 마음에 상처를 입고 비참한 실망에 빠지시고 말았습니다. 그분들 탓을 할 수는 없었지요. 그분들이 세운 모든 계획을 몽땅 무너뜨리고 말았으니까요. 마침내 부모님은 체념하고는 그럭저럭 실망을 이겨냈습니다. 하지만 그런 일이 있고서도 나는 그분들에게 내 간질병을 알려드릴 수가 없었습니다."

"얘기 안 했다고? 어떻게 그럴 수가 있지?"

"제 형은 수막염으로 죽었습니다. 그것만 해도 부모님들에게는 충분한 시련이 되고도 남았다고 생각했습니다. 그분들께 걱정과 불안을 더 안겨드린들 무슨 소용이 있겠습니까? 적어도 겉보기에는 멀쩡했으니까요. 약을 먹고 있었기 때문에 의식을 잃는 일이 없었지요. 어디로 보아서나 전 완벽하게 정상이었습니다. 제가 할 일은 새로 젊은 의사를 하나 찾아내는 일뿐이었지요. 나에 대해서나 내 병력에 대해서 아는 것이 없는 새 의사를요. 그 의사는 내게 내가 평생 복용할 약의 처방을 적어 주었지요. 그런 후에 휘스터서에 있는 원예 전문대학에 몸담고 3년을 지냈지요. 이럭저럭 일이 잘 되었습니다. 다른 평범한 학생들하고 똑같이 지냈으니까요. 다른 학생들이 하는 일을 똑같이 따라 하면서요. 술을 마시기도 하고 차를 몰았고 축구도 했지요. 하지만 아무리 그렇다 한들 내가 간질 환자라는 것은 변함이 없었습니다. 약을 중단하면 모든 일이 또다시 시작되리란 것을 스스로 너무나 잘 알고 있었죠. 되도록 그 생각은 안 하고 지내려고 했습니다. 하지만 머릿속에 떠오르는 생각을 붙잡아 맬 수는 없는 노릇 아닙니까. 그 생각은 늘 나를 괴롭혔죠. 마치 무거운 짐처럼, 아무리 애써도 내려놓을 수 없는 무거운 짐처럼 나를 짓누르고 있었지요."

"다른 사람하고 의논했더라면 그것도 그렇게 무거운 짐으로 여겨지지 않았을 텐데."

"그렇게도 해보았지요. 아니, 안 그럴 수가 없었습니다. 대학을 마치고 퍼들리에 있는 농원에 일자리를 얻었지요. 신문에 난 모집 광고를 보고 신청을 했는데 채용된 겁니다. 크리스마스 때까지 일하고 2주간 휴가로 집에 돌아왔지요. 그런데 새해로 바뀌는 도중에 감기에 걸렸습니다. 5일간 침대에 누워 있는 동안에 약이 떨어졌습니다. 내가 가서 받아 올 수가 없어 결국은 어머니한테 가서 약을 받아달라고 부탁하는 바람에 마침내 모든 일이 밝혀지고 말았지요."

"그렇다면 어머니는 알고 계신단 말이군. 아아, 그나마도 다행이야. 자네가 그렇게 입을 다물고 있었던 데에 대해 무척 격분하셨겠지."

"오히려 어머니는 이상하리만큼 안심하셨습니다. 무슨 일이 있는 줄 눈치채고 최악의 사태를 상상하면서 그 불안을 당신 혼자만 간직하고 계셨던 거지요. 우리 가족은 그게 탈입니다. 뭐든 혼자만 앓는 것이 내력이거든요. 스코틀랜드 사람이라 유난히 자립심이 강한 탓도 있지요. 다른 사람들에게 폐가 되기 싫은 겁니다. 우리들은 모두 그렇게 교육받으며 성장했어요. 어머니는 감정을 잘 드러내지 않는 분인 데다 따사로운 것하고도 거리가 멀었지요. 하지만 그날, 어머니가 약제사한테 가서 약을 달래가지고 온 후 제 침대 앞에 앉아 여러 시간 이야기를 나누었지요. 형 이야기는 꺼내시지 않았어요. 전에도 형 이야기는 꺼내신 적이 없죠. 우리 두 사람은 즐거운 시절의 이야기를 회상하며 웃음을 터뜨렸어요. 나는 어머니에게 난 항상 스스로를 형 다음의 차선(次善)으로만 생각해 왔으며 결코 형의 자리를 대신

할 수가 없다는 것을 알고 있었다고 했지요. 그러자 어머니는 다시금 그 무뚝뚝하고 단호한 모습으로 돌아가 그런 얼빠진 소리는 지껄이지도 말라고 쏘아붙였지요. '넌 너일 뿐이며 난 네가 다른 사람이 되어주길 원한 적이 없다'고 말입니다. 당신이 원하시는 것은 내가 다시 회복되는 것을 보는 것뿐이라고 했지요. 그러니 다시 한번 진찰을 자세히 해보고 다른 의사의 소견도 들어보자는 것이었지요. 그런 연유로 나는 감기가 나아 걸어 다니게 되자마자 어느 유명한 신경외과의 진찰실을 찾았습니다. 의사는 내게 여러 가지 질문을 퍼부어댔습니다. 그리고 여러 가지 검사를 해본 뒤에 EEG…… 뇌파 촬영을 해보았지요……. 하지만 하루 종일 걸린 끝에 내가 얻어들은 것은 약을 먹고 있는 동안에는 정확한 진단을 하기 어렵다는 말이었습니다. 그래서 3개월간 약을 끊었다가 다시 진찰하러 오라는 것이었습니다. 조심만 하면 그다지 해는 없을 거라더군요. 하지만 그동안에는 무슨 일이 있어도 술을 마시거나 운전을 하지 말라는 거였습니다."

"그래, 그 석 달이 언제 끝나나?"

"벌써 지났습니다. 2주일이 지났지요."

"그래서는 쓰나, 시간을 낭비해서는 안 돼."

"안토니아도 내게 그렇게 말하더군요."

안토니아. 페넬로프는 그동안 안토니아를 까맣게 잊고 있었다.

"데이너스, 간밤에 무슨 일이 있었지?"

"거의 다 아실 텐데요, 뭘. 바에서 만나서 할머니가 오시길 기다리다가 암만해도 오시지 않길래 안토니아가 할머니를 찾으러 위층으로 올라갔습니다. 혼자 있는 동안에 나는 속으로 그녀에게 할 말을 하나부터 열까지 다 생각해 놓고 있었습니다. 끔찍이 괴로울 게 뻔한 일을 앞에 놓고 적당한 말을 고르며 고심하기도 하고 바보처럼 딱딱하고 형식적인 말을 떠올리고 있었지요. 그런데 그녀가 돌아왔습니다. 할머니가 주신 귀걸이를 단 모습이 놀랄 정도로 성숙해 보이고 아름다웠기 때문에 그때까지 신중하게 준비했던 말들은 몽땅 어디론가 흩어지고 없어져 버렸습니다. 심중에 있던 말을 그대로 전했지요. 내가 이야기를 하자 그녀 역시 이야기를 시작했고 그러다가 문득 둘은 웃음을 터뜨렸습니다. 우리가 똑같은 이야기를 지껄이고 있다는 것을 깨닫게 된 거지요."

"오오, 저런!"

"하지만 저는 그녀에게 상처를 입히고 실망을 줄까 봐 두려워하고 있었습니다. 그녀는 늘 너무나 어리고 가냘프게만 보였으니까요. 하지만 뜻밖에도 놀랄 만큼 현실적이었습니다. 그리고 할머니처럼 제가 2차 진찰을 하지 않고 몇 주일 흘려보낸 것을 알자 성을 냈어요."

"이제는 약속을 했을 테지?"

"네, 오늘 아침 9시에 병원에 전화를 걸었습니다. 목요일에 신경외과로 가서 다시 뇌파 검사를 할 작정입니다. 결과는 나올 겁니다."

"그럼 포드모어에 전화를 해서 내게도 알려주게나."

"물론이지요."

"그런데 지금까지 석 달 동안 약을 안 먹고도 의식을 잃는 일이 없었다면 희망적인 징조 아닌가."

"그런 생각은 차마 할 수 없습니다. 희망을 품기가 두렵거든요."

"어쨌든 우리한테 돌아올 테지?"

데이너스는 처음으로 자신이 없는 표정이 되어 망설였다.

"모르겠습니다. 치료를 받아야 할 수도 있을 것 같으니까요. 몇 달이 걸릴 수도 있습니다. 그러자면 에든버러에 머물러야 할 거고요."

"그럼 안토니아는? 안토니아는 어떻게 하고?"

"모르겠습니다. 저부터가 어떻게 될지 모르는 상황인걸요. 지금으로서는 그녀가 누려 마땅한 좋은 인생을 베풀 수 있게 될지 아무런 전망도 할 수 없습니다. 그녀는 지금 열여덟이에요. 자기 인생을 마음대로 할 수 있고 어떤 사람도 차지할 수 있어요. 올리비아에게 전화만 한 통 하면 몇 달도 되지 않아 영국 내의 모든 화려한 잡지 표지에 얼굴이 실릴 수도 있으니까요. 그러니 전 우리 두 사람의 장래를 마련할 가능성이 생기기까지는 그녀를 묶어둘 수가 없습니다. 달리 어떻게 도리가 없어요."

페넬로프는 한숨을 쉬었다. 머릿속 판단은 그런 게 아냐, 하면서도 그의 논리를 존중하고 있었다.

"두 사람이 잠시 떨어져 있어야 할 것 같으면 안토니아는 런던으로 돌아가서 올리비아와 함께 있는 것이 최선일 테지. 나하고 포드모어 오두막에서 빈둥거리다간 지루해 미치고 말 거야. 일자리를 얻는 것이 더 좋아. 새로 친구도 생기고 관심거리도 생기고 말이야."

"그녀가 같이 있지 않아도 괜찮으시겠습니까?"

"아, 그야 물론이지."

그녀는 싱긋 웃었다.

"가엾은 데이너스, 정말 안됐어. 질병이란 그 어떤 형태든지 간에 증오스러운 것이야. 나 역시 아프다네. 심장 발작을 일으켰지만 누구한테도 시인하지 않고 있어. 병원에서 나와서 자식들한테는 의사들이라고 죄다 얼간이 같다고 얼버무렸지. 난 멀쩡하다고 말이야. 하지만 그렇지 않아. 흥분하거나 하면 심장이 미친 듯이 마구 뛰고 그럴 때면 약을 먹어야 해. 언젠가는 정말 크게 발작이 일어나서 영원히 누워 잠자야 하는 때가 오겠지. 하지만 그런 때가 올 때까지는 아무 일도 없었던 양 시치미를 떼는 것이 훨씬 마음이 편해. 그리고 자네하고 안토니아도 나 혼자 지내는 것에 대해 걱정할 것 없어. 내 친구 플라켓 부인이 있으니까. 물론 자네와 안토니아가 그립지 않을 거라고 해봐야 허세지. 우린 그동안 정말 즐겁게 지냈어. 지난 일주일간 두 사람은 내게 더할 나위 없는 친구 역할을 해주었고. 이런 곳까지 나를 따라와 줘서 정말 고마워요."

그는 당황하여 미소를 지으며 고개를 내저었다.

"할머니께서 왜 제게 이토록 친절하게 해주시는지 모르겠습니다."

"그거야 설명이 쉽지. 내가 자네를 그 당장에 채용한 것은 자네의 용모 때문이었어. 기막힌 우연이지만 내가 전시에 알았던 한 남자하고 똑 닮았거든. 처음부터 그걸 깨달았었어. 도리스 펜버스 역시 자네하고 안토니아가 날 데리러 오던 날 저녁에 자네와 그 남자가 닮았다는 이야기를 하더군. 도리스하고 어니는 그 남자를 기억하는 유일한 생존 인물들이지. 이름은 리처드 로맥스였는데, 노르망디 상륙 작전 개시 일에 오마하 해안에서 죽었어. 내 일생의 사랑이었다는 둥 그런 이야기는 유치하고 진부하게 들리겠지. 하지만 정말 그 사람은 내 일생의 유일한 사랑이었어. 때문에 그가 죽었을 때 내 안의 그 무엇인가도 죽어버린 거야. 그 사람 말고는 절대 아무도 없었어."

"하지만 부군이셨던 분은요?"

페넬로프는 한숨을 쉬며 어깨를 들썩였다.

"우리 결혼은 불행했어. 리처드가 그 전쟁에서 죽지 않고 살아남기만 했더라면 나는 앰브로즈를 떠나 낸시와 함께 그에게로 가서 살았을 거야. 하지만 일이 틀리는 바람에 앰브로즈에게 돌아간 거야. 그게 유일한 길이었으니까. 앰브로즈에 대해선 죄책감을 느끼고 있어. 결혼했을 때 난 젊고 이기적이었고 군대 때문에 또 금방 갈라져서 살았지. 결혼이 잘되어 갈 기회조차 가지지 못했어. 그래도 앰브로즈에게 기회를 주었어야 한다고 생각하면 마음이 무거워져. 더구나 어찌됐든 그 사람은 낸시의 아버지잖아. 게다가 난 아이들을 더 많이 갖길 원했거든. 하지만 내가 다시는 온 마음 바쳐 사랑할 수 없는 여자가 된 것은 분명히 깨달았지. 또 다른 리처드란 있을 수 없었으니까. 때문에 최선의 현명한 길이란 그저 내가 처한 상황에 전력을 다하는 것이었어. 앰브로즈와 내가 함께 산 생활이 별로 성공적이지 못했다는 것은 인정하겠어. 하지만 그래도 내게는 낸시가 있었어. 올리비아도 있었고. 그다음엔 노엘이 생겼지. 아이들이란 기르기 힘들긴 해도 대단한 위안이 될 수 있었어."

"그분 이야기를 자녀분들에게 하셨나요?"

"아니, 한 번도 하지 않았어. 40년간을 한 번도 입 밖에 내지 않았지. 이름조차 거론한 적 없어. 그런데 요전 날, 도리스하고 같이 있는데 그녀가 비로소 그 사람 이야기를 꺼낸 거야. 금방 방에서 나간 사람 이야기를 하듯이. 정말 기분 좋은 일이었다. 더 이상 슬퍼하지 않아도 된다는 것이. 난 너무 오래 슬픔을 안고 살아왔어. 이 세상 무엇도 누구도 내 외로움을 달랠 수 없었지. 하지만 세월이 흐르다 보니 과거를 정리할 수 있게 된 거야. 나 혼자 살아가는 법을 배웠지. 꽃을 기르며 아이들이 자라는 것을 보면서……. 그림을 바라보고 음악을 들으며 사는 법을 배웠어. 그런 일들은 은근하지만 힘이 있어. 사람을 든든히 지탱시켜 주는 놀랄 만한 힘이 있지."

"그렇다면 「조개 줍는 아이들」이 그리우시겠군요."

그녀는 그의 빠른 이해에 감동받았다.

"아니야, 데이너스. 이제는 더 이상 아쉽지 않아. 리처드가 갔듯이 「조개 줍는 아이들」 역시 가버린 거야. 이제 다시는 그의 이름을 입에 올리는 일이 없을 거야. 내가 지금까지 말한 것도 모두 영원히 자네 혼자의 머릿속에 묻어둬야 해."

"약속드리지요."

"좋아요. 자, 그럼 이제 할 말을 다 했으니 가보아야겠지? 안토니아가 우리가 혹시 영영 없어진 것이 아닌가 궁금해할 테니까."

데이너스는 자리에서 일어나 그녀가 일어서는 것을 부축하기 위해 손을 내밀었다.

일어나다 보니 뼈가 쑤셨다.

"너무 피곤해서 언덕바지를 걸어 올라갈 듯싶지 않네. 저기 장발 청년한테 전화로 택시를 불러 호텔에 데려 달래야겠어. 「조개 줍는 아이들」과 내 과거의 추억일랑 모두 뒤로 남기고 떠나는 거야. 여기 이 작은 화랑에. 모든 추억들이 시작된 곳이기도 하고 또 추억의 나날을 묻어 버리기에 아주 적합한 곳이지."

14

페넬로프

짙은 녹색 제복을 쫙 빼어 입은 샌즈 호텔의 짐꾼은 차 문을 닫아
주며 돌아가시는 길이 무사하길 빈다고 인사를 건넸다. 운전은 안토
니아가 했다. 낡은 볼보가 앞으로 내달렸다. 양쪽 둔덕에 수국이 피
어 있는 현관 앞길을 달려 모퉁이를 돌자 거리가 나왔다. 페넬로프는
뒤를 돌아보지 않았다.

집으로 돌아가기엔 아주 안성맞춤인 날이었다. 그동안 완벽할 만
큼 좋았던 날씨의 요술이 그만 풀려 버리고 만 모양이었다. 밤새 바
다에서 안개가 밀려와 모든 것을 습기 찬 베일로 가리며 연기처럼 퍼
져나갔다. 고속도로에 닿아서야 안개가 걷히고 드문드문 햇살이 나
타나면서 만이 모습을 드러내었다. 썰물 시각이었다. 진흙 개펄은 영
원히는 아니건만 그때만은 뭇 생명이 다 빠져나간 빈 곳인 양 납작
엎드려 있었다. 그 위로 먹이를 찾아 헤매는 바닷새들만 변함없이 날
아다니고 있었다. 멀리서는 대서양의 흰 파도 거품이 모래톱 너머로

부서지고 있었다. 다음 순간 가파른 고속도로 길이 높이 솟아서 만의 경치는 순식간에 사라지고 말았다.

그렇게 해서 이별은 끝났다. 페넬로프는 기나긴 자동차 여행에 대비해 의자에 몸을 기대었다. 포드모어의 오두막이 떠오르고 갑자기 집에 가고 싶어졌다. 흐뭇한 심정으로 집에 도착하는 장면을 그려보았다. 집 안으로 들어가서 정원을 살펴보고는 짐을 풀어놓고 창문을 연 뒤 그동안 온 우편물을 읽어본다…….

옆에서 안토니아가 불쑥 물었다.

"괜찮으세요?"

"눈물 바람이라도 벌여야 할 것 같아?"

"아니에요. 하지만 사랑하던 곳을 떠나는 것은 언제나 괴로운 일이 잖아요. 오랫동안 이곳에 돌아오고 싶어 하셨는데, 또다시 떠나가니 말이에요."

"난 행운아야. 두 장소에 내 마음을 두고 있으니, 어느 곳에 있든지 마음이 흡족하거든."

"내년에 다시 오세요. 도리스 할머니하고 어니라는 분 집에 머물도 록 하시고요. 그렇게 하면 그때까지 기대할 일이 생기잖아요. 아빠는 인생이란 뭔가 기대할 것이 없으면 살 가치가 없다고 하셨어요."

"그 사람 말이 옳고말고."

그녀는 그 말을 곰곰이 생각해 보았다.

"그런데 한동안 네 앞날이 황량하고 쓸쓸할 것 같아 걱정이다."

"잠시뿐인데요, 뭘."

"현실적으로 생각하는 것이 최선이다, 안토니아. 데이너스한테서 최악의 소식이 올지도 모른다고 마음을 다져먹고 있다가 그보다 나은 소식이 오게 되면 근사한 보너스처럼 생각되지 않겠니."

"저도 알아요. 그 사람에 대해서 망상 같은 것은 갖고 있지 않아요. 오랜 시간이 걸릴지도 모른다는 것을 알고 있지만 생각도 하기 싫어요, 그런 일은. 그 사람을 위해서요. 그런데 이기적인 생각일지 몰라도 저는 그 사람의 병을 알게 돼서 모든 것이 훨씬 쉬워졌어요. 우리는 진정으로 서로를 사랑하고 그 밖의 것은 아무것도 중요하지 않아요. 그것만이 가장 중요한 일이고 앞으로 내가 매달릴 유일한 사실이에요."

"너 굉장히 용감해졌구나. 현명하고 용감해졌어. 그러길 원했다. 네가 정말 자랑스럽다."

"용기 있어서 이러는 것이 아니에요. 그래도 뭔가 조치를 취할 수 있는 상황이라면 그리 나쁜 상황은 아니잖아요. 월요일에 매너캔에서 호텔에 돌아오면서 저희는 한마디도 하지 않았어요. 뭔가 잘못된 게 분명한데 그것이 뭔지를 서로 몰랐어요……. 그게 오히려 더 나빠요. 전 그 사람이 저를 대하기가 피곤해 없어졌으면 하고 바라는 게 아닌가 했어요. 차라리 혼자 친구를 만나러 갔었으면 하고 후회하는 게 아닌가 하고. 정말 끔찍한 일이지 뭐예요. 오해야말로 이 세상에서 가장 끔찍한 일이 아닐까요? 전 앞으로는 절대 오해 같은 건 하지 않을 작정이에요. 앞으로 데이너스하고 저 사이에 그런 일은 절대로 일어나지 않으리라고 확신하고요."

"그건 네 잘못도 있었지만 그 사람 잘못도 컸어. 하지만 데이너스가 그처럼 괴로우리만치 입을 다물고 자제하는 성격을 갖게 된 것은 양친에게서 물려받은 성격에 교육이 겹쳐서 그렇게 되었을 거야."

"데이너스는 바로 지금 이런 점이 할머니를 너무나 사랑하는 이유라고 하더군요. 언제 무슨 일이라도 얘기를 나눌 수 있는 분 같다는 거예요. 더 중요한 것은 언제나 들어줄 준비가 되어 있으시다는 거였어요. 자기는 어렸을 때 부모님하고 솔직한 적이 없어서 진정으로 가깝다는 느낌을 가져본 적이 없대요. 정말 슬픈 일이잖아요? 틀림없이 자식을 사랑하면서도 그런 마음을 밝힐 틈을 갖지 못했던 거예요."

"안토니아, 데이너스가 에든버러에 머물러 치료를 받아야 한다면…… 또는 한동안 병원에 있어야 한다면 그동안 어떻게 해야겠다고 생각했니?"

"네, 할 수 있다면 우선은 1, 2주일 할머니하고 같이 머물고 싶어요. 그때쯤이면 앞으로 사태가 어떻게 돌아갈 건지 알 것 아니에요. 그리고 만일 일이 장기전으로 갈 태세라면 올리비아 아주머니한테 전화를 걸어 도움을 주시겠다던 제의를 받아들이겠어요. 그렇다고 사진작가 앞에 서는 모델이 되고 싶다는 것은 아니에요. 그보다 싫은 일은 없으니까요. 하지만 그 일을 해서라도 얼마간 돈을 모을 수 있다면 저축을 해놓았다가 데이너스가 다시 좋아지는 날, 우리 앞날을 펼쳐나가는 데에 조그마한 보탬이라도 될 수 있지 않겠어요? 게다가 그동안 할 일도 생기니까요. 빈둥빈둥 세월을 허송하고 있다는 기분으로 지내긴 정말 싫어요."

그들이 탄 차가 주(州) 고속도로의 중추선을 달려 올라가 해안선을 뒤로 하자 안개가 옅어지더니 차츰 물러가 버렸다. 고지대에 들어서자 햇살이 온 들판과 농가, 황무지 위로 밝게 빛나고 있었다. 폐기된

주석 광산에 세워진 차고가 구름 한 점 없는 봄날의 하늘을 향해 부러진 이빨처럼 삐죽삐죽 솟아 있었다.

페넬로프는 한숨을 쉬며 말했다.

"너무나 기묘해."

"뭐가 기묘하시다는 거예요."

"처음엔 내 인생이 그랬지. 그다음엔 올리비아의 삶이. 그리고 그다음에는 코스모고 이번에는 너야. 지금은 너의 장래를 우리가 의논하고 있어. 기묘한 진행 아니야?"

"그렇군요."

안토니아는 망설이다가 다시 입을 열었다.

"한 가지만은 걱정하시지 않아도 될 것이 있어요. 데이너스는 그다지 엉망진창은 아니에요. 그러니까…… 성불구라든가 뭐 그런 것은 아니라는 뜻이에요."

이 말의 중대한 뜻을 해득하기에는 잠시 시간이 걸렸다. 페넬로프는 고개를 돌려 안토니아를 바라보았다. 안토니아의 매력적인 옆얼굴이 앞에 펼쳐져 있는 도로에 시선을 꽂고 있었다. 하지만 양 뺨으로 희미한 홍조가 떠오르고 있었다.

페넬로프는 돌아앉아 창밖을 내다보며 몰래 웃었다.

"그거 잘 됐구나."

포드모어 오두막 입구에 들어서서 차를 멈추려는 순간 템플 퍼들리의 시계가 5시를 알렸다. 현관문이 열려 있었고 굴뚝에서는 연기가 피어올랐다. 플라켓 부인이 집 안에서 기다리고 있었다. 찻주전자에서는 물이 끓고 플라켓 부인은 따스한 빵을 한 무더기 만들어놓고 있었다. 이만큼 환영받는 귀갓길이 세상 어디 있으랴.

플라켓 부인은 두 사람이 전해주는 소식을 듣고 싶은 마음에다 자기 쪽 소식을 전해주고 싶기도 하여 마구 떠들어댔다.

"저런, 이것 좀 봐! 온통 갈색으로 그을리셨네! 그곳도 여기만큼이나 날씨가 좋았던 모양이죠. 우리 바깥양반은 땅이 하도 말라 채소밭에 물을 뿌려야 했어요. 안토니아, 엽서 보내준 것 정말 고맙다. 깃발이 펄럭이는 그곳이 정말 두 사람이 묵는 호텔이었어? 궁전 같아 보이더라. 그런데 교회 묘지에 무뢰한들이 침입해 화분을 몽땅 깨뜨리고 스프레이 페인트로 비석에다가 온통 추잡스러운 소리들을 써놓고 갔지 뭐예요. 여기 부인이 드실 음식 좀 가져왔어요. 빵하고 버터, 우유, 그리고 저녁에 쓸 고기예요. 그래, 자동차 여행은 즐거웠나요?"

두 사람은 간신히 끼어들어, 오는 길이 재미있었고 길에 사람이 없어 상쾌했으며 지금 차를 마시고 싶어 죽을 지경이라는 말을 할 수 있었다.

그때서야 플라켓 부인은 콘월로 떠난 사람은 세 사람인데 둘만이 돌아왔다는 사실을 깨달은 모양이었다.

"데이너스는? 소쿰에 내려주고 온 게로군, 그렇지요?"

"아니, 우리하고 같이 오지 않았어요. 스코틀랜드로 돌아가야 해서 어제 기차를 탔어요."

"스코틀랜드요? 저런, 그럴 수가."

"그래요, 그럴 수밖에 없는 사정이 있었거든. 어쨌든 무척 근사한 닷새였어."

"그러면 됐지요, 뭘. 그래, 옛 친구는 찾아보셨나요?"

"도리스 펜버스? 아, 물론이지. 또 얘기하지만 플라킷 부인, 말을 하다 보니 입이 바싹 다 말랐어."

플라킷 부인은 차를 준비하기 시작했다. 페넬로프는 식탁에 앉아 따끈한 빵을 하나 맛보았다.

"우릴 맞으러 와주다니 정말 고맙기도 해라."

"린다한테도 말했지만 오는 게 좋을 것 같아서요. 집을 환기해야 하잖겠어요. 꽃도 좀 꽂아 놓았어요. 집 안에 꽃이 없으면 언짢아하시니까. 그리고 소식이 또 있어요. 린다 아이 다렌이 걷기 시작했어요. 요전 날 아주 똑똑한 걸음으로 주방을 가로질러 가더라니까요."

그녀는 차를 따랐다.

"월요일이 그 애 생일이었어요. 그날 파티에 린다를 도와주겠다고 했지요. 그 대신 여기는 화요일에 와서 일해도 괜찮겠는지 물어본다고 했어요. 창문을 깨끗이 닦았어요. 편지는 책상 위에 올려놓고."

그녀는 의자를 잡아 빼 식탁에 앉아 커다랗고 든든한 팔을 엇갈리게 팔짱을 끼었다.

"문 안 깔개 위에 굉장히 많이 쌓여 있던걸요……."

간신히 말을 다 마치자 그녀는 집을 나섰다. 커다란 자전거에 앉아서 집을 향해 페달을 밟았다. 플라킷 씨한테 오후의 차를 끓여주기 위해서였다. 두 사람이 소식을 주고받는 동안 안토니아는 차에서 짐을 내려 위층으로 가지고 올라갔다. 내려오지 않는 것으로 보아 짐을 풀고 있는 모양이었다. 플라킷 부인이 가자 페넬로프는 집 안으로 들어온 이후 내내 하고 싶었던 일들을 했다. 우선 온실을 둘러봐야 했다. 물뿌리개에 물을 채운 뒤 화분마다 모두 물을 주었다. 이어서 전지가위를 들고는 정원으로 나갔다. 잔디밭이 무성하게 자라 있었고 붓꽃은 잎이 져 있었다. 정원 가장자리에는 붉고 노란 튤립들이 만발해 있었다. 그리고 이른 진달래의 첫 꽃봉오리들이 피어 있었다. 가지 하나를 꺾어 들었다. 뻣뻣한 진녹색 잎사귀를 배경으로 피어난 연분홍색 꽃의 완벽한 아름다움에 경탄하며 인간의 손으로는 도저히 이렇게 꽃받침과 수술의 완벽한 조화를 이루어낼 수 없다고 새삼 생각했다.

잠시 후, 꽃가지를 든 채 과일향이 감도는 과수원 사이를 걸어 나갔다. 과수원 문을 지나자 강둑이 나왔다. 버들가지가 흐느적거리며 늘어져 있는 아래로 윈드러시 강이 조용히 흘러갔다. 구륜 앵초가 여기저기 피어 있었고 연보랏빛 당아욱이 무더기로 만발해 있었다. 걸어가고 있노라니 청둥오리 한 마리가 갈대숲 뒤에서 나와 강 아래로 헤엄쳐 갔고 그 뒤로 대여섯 마리의 오동통한 새끼 오리들이 어미를 따라갔다. 그녀는 나무다리가 있는 곳까지 걸어가 신선한 공기를 실컷 들이마신 뒤에 천천히 걸어 다시 집 쪽으로 향했다. 잔디밭을 가로지르는데 안토니아가 위층 침실 창문에서 그녀를 부르고 있었다.

"페넬로프 할머니!"

걸음을 멈추고 올려다보았다. 안토니아의 얼굴과 어깨가 인동덩굴 사이로 빠져나와 있었다.

"6시가 지났어요. 데이너스한테 전화 좀 해도 될까요? 우리가 무사히 돌아오면 알려주겠다고 약속했거든요."

"그럼, 하렴! 침실에 있는 내 전화를 쓰거라. 나 대신 안부 전하고."

"네, 그럴게요."

주방으로 돌아온 그녀는 꽃병을 하나 발견하고 물을 채운 뒤 그 안에 진달래 가지를 꽂았다. 꽃병을 들고 거실로 갔다. 거실은 플라켓 부인이 능란하지는 못하나마 정성이 깃든 손길로 이미 말끔하게 단장을 끝내놓았다. 책상 위에 꽃병을 놓고는 편지들을 집어 들고 안락의자에 편히 몸을 묻었다. 청구서가 들어 있을 듯싶은 누런 봉투들은 그냥 바닥에 떨어뜨렸다. 다른 편지들은 대충 훑어보았다. 두꺼운 흰 봉투가 흥미 있을 것 같았다. 겉봉에 로즈 필킹톤의 거미줄처럼 가는 필체가 금방 눈에 들어왔다. 엄지손가락으로 봉투를 찢었다. 그때 정문으로 차 한 대가 들어와 현관 앞에 멈추어 서는 소리가 들렸다.

그녀는 의자에서 움직이지 않았다. 낯선 방문객이라면 초인종을 누를 것이고 친지라면 그냥 안으로 들어올 테니까. 방문객은 후자였다. 주방을 가로질러 홀 안으로 걸어 들어오는 발소리가 들렸다. 거실 문이 열리고 노엘이 들어섰다.

이렇게 놀라보기는 오랜만이었다.

"노엘!"

"안녕하세요."

그는 엷은 황갈색 능직 바지에 하늘색 스웨터에 목에는 붉은 얼룩 무늬가 있는 면수건을 감아 매듭짓고 있었다. 햇볕에 그을린 모습이 아주 핸섬해 보였다. 페넬로프는 로즈 필킹톤의 편지를 밀쳐놓았다.

"어디서 갑자기 나타났니?"

"웨일스에 있었어요."

그는 등 뒤로 문을 닫았다. 그녀는 노엘이 자기에게 겉치레나마 키스를 해주길 기다리며 얼굴을 들었다. 하지만 그는 엄마를 포옹하려고 허리를 굽히지 않았다. 대신 우아한 동작으로 벽난로 앞에 가서 섰다. 어깨는 장식 선반에 기대고 손은 바지 주머니에 찔러 넣었다. 그의 머리 너머에 「조개 줍는 아이들」이 걸려 있던 벽이 황량하고 텅 비어 보였다.

"부활절 주말 휴가를 보내러 갔었어요. 런던에 돌아가는 중에 잠깐 들른 겁니다."

"부활절 휴가라고? 하지만 오늘은 수요일이잖니."

"휴가가 좀 길었어요."

"그거 잘됐구나. 그래, 즐거웠니?"

"퍽 즐거웠어요, 덕분에. 콘월은 어땠나요?"

"근사했어. 5시에 돌아온 참이다. 아직 짐도 안 풀었어."

"같이 여행 간 친구들은 어디 있어요?"

목소리에 날이 서 있었다. 그녀는 날카로운 눈길로 바라보았다. 그러자 노엘은 시선을 피하고 눈을 마주치려 하지 않았다.

"데이너스는 스코틀랜드에 있다. 어제 기차 편으로 돌아갔어. 그리고 안토니아는 위층 내 침실에서 데이너스에게 우리가 무사히 돌아왔다고 알리는 참이다."

노엘은 눈썹을 치켰다.

"그런 이야기만 들어서는 무슨 일이 있었는지 알아내기 어렵군요. 스코틀랜드로 돌아갔다는 것은 세 사람이 샌즈 호텔에 묵을 때 사이가 어그러졌다는 뜻인 모양인데, 지금은 안토니아가 그 청년하고 전화를 하고 있다니 말이에요. 설명 좀 해주시죠."

"설명할 것 없다. 데이너스는 에든버러에 꼭 지켜야 할 약속이 있었어. 그뿐이야."

노엘의 표정으로 보아 그는 그녀의 말을 믿지 않는 듯했다. 해서 화제를 돌리기로 했다.

"남아서 저녁을 먹고 가련?"

"아뇨, 런던으로 가야 해요."

말과는 달리 자리에서 움직이지 않았다.

"그럼 마실 거라도…… 뭐 한잔하겠니?"

"아뇨, 괜찮아요."

그녀는 속으로 중얼거렸다. 너 나한테 멋대로 으르렁거리지는 못할걸.

"하지만 난 마시고 싶구나. 위스키 소다를 마시고 싶어. 날 위해 한 잔 만들어다 주겠니?"

그는 잠시 머뭇거리다가 식당으로 들어갔다. 찬장 문이 열리며 유리잔이 쨍그랑하는 소리가 들렸다. 그녀는 무릎에 놓여 있던 편지들을 모아 의자 옆의 탁자에 얌전히 놓았다. 노엘이 돌아오는 것을 보니 마음이 변했는지 잔을 두 개 들고 왔다. 그녀에게 하나 건네주고는 전에 섰던 자리로 돌아갔다.

"그리고 「조개 줍는 아이들」은 어떻게 된 거죠?"

그 얘기로구나. 그녀는 싱긋 웃었다.

"너한테 그 이야기를 해준 것이 올리비아니, 아니면 낸시였니?"

"낸시 누나였어요."

"낸시는 내가 그런 짓을 했다고 마음이 상해 있더구나. 기분이 아주 나쁜 모양이야. 너도 그러니? 그래서 그 이야기를 하러 온 거니?"

"아뇨, 대체 무슨 유혹에 넘어갔길래 그런 짓을 저지르셨는지 알고 싶어 왔을 뿐이죠."

"그건 아버지가 내게 주신 그림이다. 화랑에 내주면서 나는 그 그림을 아버지에게 돌려드리는 듯한 기분이었어."

"그게 얼마만 한 값어치가 있는 그림인지 알고나 계신 거예요?"

"그 그림이 내게 얼마만 한 가치를 가진 것인가는 안다. 돈으로 얼마나 나가느냐 하는 문제는 지금까지 한 번도 전시된 적이 없고 그래서 가격 감정을 해본 일도 없다."

"내 친구인 에드윈 먼디한테 전화를 걸어 엄마가 한 일을 알렸어요. 그자는 물론 그 그림을 한 번도 본 적이 없지만, 경매에 부칠 경우 얼마만 한 가격을 받을지는 분명히 알고 있었어요. 그 사람이 말한 가격이 얼마인지 아세요?"

"아니, 그리고 알고 싶지도 않다."

노엘은 가격을 말하려는 듯이 입을 열다가 그녀가 단호하게 경고하는 시선을 던지는 것을 보고는 더 이상 말하지 않았다. 페넬로프가 다시 입을 열었다.

"넌 지금 화가 나 있구나."

"……."

"너나 낸시는 무슨 이유인지 너희 물건을 마음대로 내주었다고 생각하는 모양이구나. 하지만 렇지 않다. 그건 절대 너희 것은 아니었어. 패널화에 대해서는 너의 충고를 받아들인 것을 오히려 고마워해야 할 거다. 내게 그걸 팔라고 윽박지르지 않았니. 부스비 회사의 로이 브룩크너 씨를 갖다 댄 것도 너고. 브룩크너 씨는 개인 바이어 한 사람을 내게 알선해 주었고 그 바이어가 내게 10만 파운드를 제공했어. 난 그 제의를 받아들였고. 그 돈은 내가 죽으면 내 재산에 귀속되도록 되어 있다. 그러면 되겠니? 아니면 뭐 그 이상을 원하는 거냐?"

"엄마는 나하고 그 일을 의논하셨어야 했어요. 어쨌거나 난 엄마 아들이잖아요."

"의논했잖니. 몇 번이고 말이야. 하지만 매번 아무런 소득이 없거나 입씨름으로 끝나곤 했어. 네가 원하는 것이 무엇인지는 알고 있어, 노엘. 넌 지금 당장 손에 들어올 돈을 원하는 거야. 아무짝에도 못쓸 허황한 사업 계획에 신나게 써보려고. 넌 지금 아주 좋은 직업을 가졌으면서도 그 이상의 것을 원하고 있어. 상품 중개인이라나 하는 거 말이야. 하지만 일단 그 꿈을 이루려고 하다가 가진 돈이 몽땅 다 털리면 이번에는 또 다른 뭔가를 꿈꿀 게다……. 있지도 않은 무지개 저편의 황금단지를 꿈꿀 게야. 행복이란 지금 갖고 있는 것을 최대한 활용하는 거야. 그리고 부란 이왕 갖고 있는 것을 최대한 누리는 것이고. 너는 지금만 해도 너에게 돌아올 것이 너무나 많아. 왜 그 사실을 깨닫지 못하는 거냐? 왜 늘 그 이상을 바라는 거냐?"

"엄마 말씀은 마치 내가 내 생각만 한다는 것 같군요. 그렇지 않아요. 누나들과 엄마 외손주들도 생각해서 이러는 거예요. 10만 파운드는 얼핏 들으면 큰돈처럼 들리지만 세금도 엄청나게 물어야 해요. 그런 판에 엄마한테 다가와서 꼬리를 쳐 환심을 사는 아무개한테나 그 돈을 마구 뿌리게 되면……."

"노엘, 나를 망령 난 늙은이 취급하지 말아라. 난 정신이 말짱해. 내 친구는 스스로 고르고 내 일도 알아서 결정하련다. 포스케리스 행과 샌즈 호텔에 묵은 일, 데이너스와 안토니아를 길동무로 삼은 일은 모두 내 생전 처음 사치의 기쁨과 후한 인심을 베푸는 즐거움을 맛보게 해주었다. 생전 처음 값 때문에 전전긍긍하지 않고 맘껏 남에게 베풀었고, 내가 평생 못 잊을 일이야. 받는 쪽도 감사와 은총을 비는 눈길을 보내주니까 더욱 훈훈한 경험이었고."

"그게 바라시는 거였나요? 한없이 고맙다는 인사가?"

"아니야, 하지만 네가 이해해 줘야 한다고 생각한다. 너라는 아이가 불안하고 네 요구나 사업계획이니 뭐니 하는 것에 내가 염증 내고 있다면 그것은 네 아버지하고 살면서 신물 나게 똑같은 것을 겪었기 때문이야. 그런데 이제 와서 그런 과정을 또다시 시작하고 싶지는 않다."

"아버지 일로 나까지 싸잡아 비난할 수는 없어요."

"비난하는 것이 아니야. 그 사람이 우리 모두를 버리고 나갔을 때는 넌 어린아이였다. 하지만 너한테는 아버지가 남겨준 성질이 많아. 물론 좋은 것들도 있지. 용모며 매력이며 확실한 능력 말이야. 하지만 그다지 바람직하지 않은 특징들도 그대로 남겨줬어. 허황한 꿈이나 사치한 취미, 남의 소유물을 별로 존중하지 않는 태도 등등. 이런 말 해서 미안하다. 나도 이런 말 하기는 정말 싫어. 하지만 이제는 서로에게 숨김없이 솔직해야 할 때라는 생각이 드는구나."

"엄마가 나를 그렇게 싫어하는지 꿈에도 몰랐어요."

"노엘, 넌 내 아들이야. 내가 널 그 누구보다 사랑하지 않는다면 굳이 이런 이야기 하려고 애쓸 필요도 없을 거라는 생각은 못 했니?"

"사랑을 표현하는 방법치고는 참으로 걸작이시군요. 가진 것일랑 모두 낯선 작자들에게 내주고……. 자식들에게는 아무것도 없다니."

"꼭 낸시 같은 소리를 하는구나. 낸시도 내가 자기한테 뭘 주는 법이 없다고 하더구나. 대체 어떻게 생겨 먹었길래 그런 소리를 할 수 있니? 너와 낸시, 올리비아는 내 인생 자체야. 오랜 세월, 너희는 내 사는 이유였어. 그런데 지금 너희가 그런 소리를 하다니 절망밖에 안 남는구나. 너희들을 기르는 데 뭔가 크게 실패한 것 같다."

"그럴 거예요."

노엘이 천천히 대꾸했다.

그 말을 하고 나자 더 이상 할 말이 없었다. 그는 자기 잔을 비우고는 돌아서서 장식 선반 위에 놓았다. 떠나려는 것이 분명했다. 이렇게 다투고 나서 쓰디쓴 감정을 풀지도 않고 가버릴 것을 생각하자 페넬로프는 도저히 견딜 수가 없었다.

"저녁이라도 들고 가렴, 노엘. 늦게 차리진 않을 거야. 11시까지는 런던에 갈 수 있어."

"아니, 가야 해요."

그는 걸음을 옮겼다. 그녀는 의자에서 일어나 그를 따라 주방을 거쳐 문밖으로 나섰다. 그는 엄마를 돌아보거나 눈길도 주지 않은 채 차에 들어가 문을 탕 닫은 뒤 안전벨트를 하고 시동을 걸었다.

"노엘!"

부르는 소리에 그가 돌아보았다. 잘생긴 얼굴에는 웃음 한 점 없었다. 애정이라고는 눈곱만큼도 없이 반감만이 잔뜩 서린 얼굴이었다.

"미안하다, 애야."

그는 엄마의 사과를 받아들였다는 듯이 잠깐 고개를 끄떡였다. 그녀는 억지로 미소를 지었다.

"금방 또 내려오려무나."

하지만 차가 이미 출발했기 때문에 그녀의 말은 최대로 속력을 내서 달려가는 요란한 소리에 묻혀버렸다.

노엘이 사라지자 집 안으로 들어왔다. 주방 식탁 옆에 서서 저녁거리를 생각해 보았다. 하지만 뭘 어떻게 해 먹어야 할지 생각이 나지 않았다. 애를 써서 간신히 정신을 수습했다. 우선 식품 저장고에 가서 감자 바구니를 찾아 싱크대로 들고 왔다. 찬물 수도꼭지를 틀어 물이 흘러나오게 했다. 눈물이 나올 것 같았지만 울 지경은 넘어섰다.

그녀는 한동안이나 꼼짝 못 하고 그 자리에 그냥 서 있기만 했다. 갑자기 주방 안의 전화가 요란스럽게 한 번 울리는 바람에 제정신이 들었다. 서랍을 열어 작고 예리한 식칼을 끄집어냈다. 안토니아는 페넬로프를 찾으러 아래로 내려왔다가 그녀가 평화로운 모습으로 감자 껍질을 벗기는 모습을 보았다.

"죄송해요, 너무 오래 통화했지요. 데이너스 말이 통화료는 자기가 부담하겠대요. 요금이 꽤 많이 나올 테니까요."

그리고 나서 안토니아는 식탁에 앉아 다리를 흔들었다. 미소를 짓고 있는 그 품이 작은 고양이처럼 매끈하고 썩 만족스러워 보였다.

"할머니에게 극진하게 안부 전해 달래요. 할머니에게 긴 편지도 쓰고 있대요. 형식적인 답례 편지가 아니고 진심이래요. 그리고 내일 오전에 의사를 만나려고 한다는군요. 그러고 나면 결과가 나오는 대로 알려 주겠다고요. 음성이 퍽 즐거운 듯했어요. 조금도 걱정 안 하는 것 같았어요. 에든버러에도 햇살이 좋대요. 좋은 징조 아니에요, 할머니? 희망의 징조예요. 비라도 내리고 있었다면 그렇게 명랑한 기분이지 못했을 텐데. 참, 무슨 말 소리를 들은 것 같은데. 혹시 누가 찾아왔었나요?"

"그래, 노엘이었어. 주말에 웨일스에 갔다가 런던으로 돌아가는 길이라더구나. 주말 휴가가 좀 길었다나?"

다행히도 목소리가 평상시처럼 자연스럽고 또박또박 흘러나왔다.

"저녁을 먹고 가라고 했지만 가야 한다는 거야. 마실 것만 한잔하고 갔지."

"못 뵈어서 유감이군요. 하지만 데이너스한테 할 말이 하도 많아서 저도 모르게 수다를 떠는 바람에……. 그 감자 제가 깎을까요? 아니면 양배추나 뭐나 찾아볼까요? 식탁을 차리든지요. 집에 오니까 참 좋지요. 진짜 우리 집이야 아니지만, 꼭 우리 집 같아요. 그래서 이렇게 좋은가 봐요. 할머니도 그러시죠? 뭐 후회하시는 거 아니죠?"

"그래."

페넬로프가 대답했다.

"후회 없어."

다음 날 아침 9시에 페넬로프는 런던으로 두 통의 전화를 걸고 두 가지 약속을 정했다. 그중 하나는 랠라 프리드먼과의 약속이었다.

데이너스가 병원에 가기로 약속한 시각은 10시였다. 그래서 두 여자는 간밤에 예상하길 데이너스가 전화해서 결과를 알려주는 것은 11시 반이나 지나서일 거라고 예상했다. 하지만 전화는 11시가 되기도 전에 왔다. 전화를 받은 이는 페넬로프였다. 안토니아는 과수원에서 산들바람을 받으며 빨랫줄에 빨래를 널고 있었다.

"포드모어 오두막입니다."

"데이너스예요."

"데이너스! 이런, 안토니아는 정원에 나가 있는데. 무슨 소식이지? 우선 나한테 얘기해요. 무슨 소식이야?"

"전해드릴 소식은 없습니다."

페넬로프는 실망으로 가슴이 덜컹했다.

"의사한테 가보지 않았어?"

"가기야 갔지요. 그런 다음에 뇌파 검사를 하러 곧 병원에 갔어요. 하지만…… 믿지 않으실지 모르지만…… 그곳 컴퓨터가 고장이라 결과를 알 수가 없대요."

"그럴 수가! 분통 터질 노릇이군. 그래, 언제까지 기다려야 한대?"

"모르겠습니다. 그 사람들도 모르고요."

"그래 어떻게 할 건가?"

"제가 로디 맥크레라는 친구 이야기를 해드린 것 기억나세요? 간밤에 그 친구하고 틸티드 위그라는 술집에서 한잔했는데, 내일 아침에는 서덜랜드로 일주일 낚시를 떠난대요. 나더러 같이 가지 않겠느냐고 하더군요. 그곳 농가에 머문다고요. 그 친구 초대를 받아들이기로 했습니다. 갑자기 떠나게 됐어요. 어차피 뇌파 검사 결과를 알기 위해 이틀은 기다려야 할 참이었는데 일주일인들 못 기다리겠습니까? 그리고 그동안 집에서 발을 구르고 손톱을 물어뜯으면서 우리 어머니를 미치게 만드느니 그게 낫지요."

"그럼 에든버러에는 언제나 돌아올 건가?"

"내주 목요일에는 올 겁니다."

"그 농가에 있을 동안 자네 어머니가 자네하고 연락할 방법은 없나? 무슨 소식이 있으면 알리게."

"아뇨, 전에도 말씀드렸지만 너무 산간벽지라서요. 그리고 솔직히 말씀드리면 이제까지도 모른 채 살았기 때문에 일주일쯤 더 기다리는 것은 제겐 문제도 아닙니다."

"그렇다면 가는 게 낫겠군. 그동안에 우리는 행운이나 빌고 있겠네. 한시라도 빼놓지 않고 자네 생각을 할 거야. 돌아오는 대로 우리한테 전화한다고 약속하지?"

"물론입니다. 안토니아는 거기 있나요?"

"데려오지, 잠깐 기다려."

그녀는 수화기가 대롱대롱 매달려 있게 해둔 뒤 온실을 통해 밖으로 나갔다. 안토니아는 빈 빨래 바구니를 팔 밑에 괴고는 잔디밭을 가로질러 돌아오고 있었다. 분홍빛 스커트에 소매를 팔꿈치까지 걸어 올리고 감청색의 면 셔츠가 바람에 하늘거리고 있었다.

"안토니아, 빨리 와! 데이너스 전화야!"

"벌써요?"

그녀의 양 뺨에 후끈 홍조가 퍼졌다.

"뭐라고 하던가요?"

"컴퓨터가 고장이라 아직 아무 결과를 알 수가 없대……. 어쨌든 직접 들어봐. 기다리고 있으니까. 자, 바구니는 내가 들게."

안토니아는 던지듯이 바구니를 내주고는 안으로 달려 들어갔다. 페넬로프는 바구니를 거실 창문 밖에 있는 정원용 의자에 놓았다. 인생은 너무나 잔인했다. 뭐 한 가지가 해결되나 싶으면 또 다른 일이 터지곤 한다. 하지만 상황이 상황이니만큼 데이너스가 친구하고 멀리 가 있는 편이 차라리 나을지도 모른다. 이런 경우 오래전의 대학 동창과 기분 전환을 하러 떠나는 것도 좋은 방법일 수 있다. 그녀는 두 청년이 끝없는 황무지와 높은 산언덕에 파묻혀 물이 시리도록 차가운 북쪽 바닷가나 황색 물살이 깊고 빠르게 흘러가는 강가로 나가 낚시하며 소일하는 장면을 상상해 보았다. 그래, 잘한 일이야. 낚시란 때로 대단한 심리 치료 효과가 있다고 하지 않던가.

그때 한쪽 시야에 누군가 움직이는 것이 보였다. 안토니아가 온실에서 나와 잔디밭을 가로질러 이쪽으로 다가오고 있었다. 의기소침한 어린애처럼 발을 질질 끌고 있었다. 페넬로프 곁에 몸을 던지듯이 앉더니 입을 열었다.

"쳇!"

"그래, 여간 실망이 아니구나. 우리 모두 다 말이야."

"망할 놈의 고물 컴퓨터. 대체 왜 컴퓨터 하나 못 고친대요? 하필이면 왜 데이너스한테 그런 운 없는 일이 일어나야 하죠?"

"그게 바로 잔인한 운명의 장난이라는 거야. 하지만 도리가 없잖니. 그럭저럭 참을 수밖에."

"그 사람은 신나나 봐요. 낚시를 하러 일주일 떠난다니까요."

페넬로프는 웃음을 터뜨렸다.

"꼭 남편 트집 잡는 마누라 같다."

"어머, 그랬어요?"

안토니아는 후회하는 표정을 지으며 말을 이었다.

"그럴 의도는 없었어요. 일주일이 영영 지나가지 않을 것 같아서."

"나도 알아. 하지만 전화 앞에 붙어 앉아 벨 울리기만 기다리는 것보다야 백번 낫지. 아무것도 안 하는 것만큼 지루한 건 없으니까. 아마 즐겁게 한 주일을 보낼 거다. 네가 샘이 나서 그러는 게 아닌 줄 잘 알아. 일주일은 금방 지나간다. 너하고 나도 재미있게 보내면 되잖아. 월요일엔 런던에 갈 생각인데 같이 안 가련?"

"런던에요? 왜요?"

"친구들을 좀 만나보려고. 오랫동안 못 가봤잖니. 네가 함께 가면 차를 가지고 가겠지만 그러기 싫으면 나를 챌튼엄까지만 태워다 주렴. 거기서 기차를 타게."

안토니아는 잠시 생각한 후 말했다.

"아뇨. 그냥 있겠어요. 조만간 런던에 돌아가야 할 텐데 시골에서 하루라도 더 지내고 싶어서요. 그리고 다렌 생일이라 월요일엔 플라킷 부인도 못 오잖아요. 집안일도 하고 맛있는 저녁도 지어 놓을게요. 그리고……."

그녀는 잠시 새초롬하게 웃더니 말을 이었다.

"데이너스가 한 10마일 정도 떨어진 곳에 전화가 있는 걸 알고 달려가 저한테 다이얼을 돌릴지도 모르고요. 그때 제가 없으면 비극이잖아요."

페넬로프는 혼자서 런던으로 갔다. 의도했던 대로 안토니아가 챌튼엄까지 태워다 주었고, 9시 15분 기차를 탔다. 런던에선 로열 아카데미를 둘러봤고 랠라 프리드먼과 점심을 같이 했다. 그 후엔 택시로

406

그레이스 인 로(路)로 가서 〈엔더비, 루즈비, 드링 법률사무소〉로 엔더비 씨를 찾아갔다. 안내석에 앉아 있는 아가씨에게 그녀의 이름을 말하자 그녀를 나지막한 계단 두 개를 올라가서 있는 엔더비 씨의 방으로 안내해 줬다. 아가씨는 노크를 하고 문을 열었다.

"킬링 부인이 오셨습니다."

아가씨가 물러섰다. 페넬로프가 문 안으로 들어서자 엔더비 씨는 꼬고 있던 다리를 풀고 책상에서 걸어 나와 그녀에게 인사를 했다.

옛날 돈 없던 시절이었다면 그레이스 인 로(路)에서 버스나 지하철을 타고 패딩턴 역까지 갔을 것이다. 페넬로프는 〈엔더비, 루즈비, 드링 법률사무소〉 사옥 앞 보도까지 나왔지만 런던의 숨 막히는 대중교통 속에서 짐짝처럼 떠밀릴 일을 떠올리자 눈앞이 아찔했다. 빈 택시를 본 그녀는 앞으로 달려가 냉큼 올라탔다.

합승객이 없는 걸 다행으로 여기면서 그녀는 뒷좌석에 푹 기대고 앉아 엔더비와 한 얘기들을 곱씹어 보았다. 많은 일들이 긴 얘기 끝에 결론지어졌다.

이제 일은 끝이 났다. 결말을 짓고 나자 에너지가 몽땅 말라버린 듯 몸도 마음도 모두 피곤했다. 머리도 아프고 발은 신발이 끼일 정도로 퉁퉁 부어올랐다. 오후 내내 몸이 찌뿌드드하고 후끈거렸다. 날씨는 구름투성이지만 그런대로 따스했고 대기는 뿌옇게 가라앉아서 퀴퀴한 냄새를 풍겨대고 있었다. 신호등이 빨강에서 초록으로 바뀌기를 기다리는 동안 택시 유리창으로 보이는 바깥은 살맛이 싹 가실 정도로 그녀를 질리게 했다. 거리를 빽빽이 메운 수백만의 사람이 근심 낀 얼굴로 삶과 죽음을 판가름한 약속에라도 늦은 것처럼 바쁘게 종종걸음치며 가고 있다. 한때 그녀도 런던에 살았었다. 여기서 가족들을 부양하면서. 그 시절을 어떻게 참고 지냈는지 지금은 상상조차 막막하지만.

처음엔 4시 15분 기차를 탈 생각이었지만 메리레본 가에서 지독히 막히는 바람에 마담 투서드 부락을 지나자 4시 15분이었다. 다음 기차를 탈 수밖에 없었다. 패딩턴 역에 도착한 그녀는 수표책을 찢어 막힌 시간만큼 크게 불어난 요금을 지불한 뒤 기차 시각을 체크했다. 그러고는 전화박스를 찾아 안토니아에게 7시 45분에 챌튼엄에 도착한다고 알렸다. 잡지를 한 권 사고 역 호텔로 들어가 홍차 한 잔을 주문하고 앉아서 기다렸다.

후끈후끈하고, 복잡하고, 불편하고, 지루한 기차 여행이 끝나고 불이 환하게 켜지면서 목적지에 다다랐음을 느끼는 기쁨은 정말 기막혔다. 그녀가 기차에서 내리자 플랫폼에 서 있는 안토니아가 보였다. 다가가서 가볍게 입을 맞추고 손을 잡자 서 있을 수도 없을 정도로 몸에서 힘이 쭉 빠져버렸다. 개찰구를 지나 역 마당으로 나온 페넬로프는 맑은 저녁 하늘을 올려다보고 풀과 나무 냄새가 섞인 공기를 크게 들이마셨다. 폐 속에 상큼한 공기를 가득 채워 넣고 싶어서였다.

그녀는 안토니아를 향해 말했다.

"꼭 몇 주일 있다가 돌아온 기분이야."

낡은 볼보에 올라타고 그들은 집으로 향했다.

"재미있으셨어요?"

"그래, 하지만 녹초가 됐어. 꼭 포로가 된 기분이야, 더럽고 진이 다

빠진 전쟁 포로 말이야. 그동안 런던이 얼마나 혼잡한지 깜빡했었어. 그래서 기차도 놓쳤어. 내가 탄 칸은 통근자 칸이었는데 세상에서 엉덩이가 제일 클 것 같은 남자가 다가오더니 옆에 앉더라고."

"치킨 프리카세(닭, 송아지, 토끼 등의 고기를 가늘게 썰어 넣고 끓인 국 _옮긴이)를 만들어 놓았는데, 너무 늦은 시각이라 좋아하실지 모르겠어요."

"내가 딱 원하는 건 따끈한 물에 샤워를 하고 곧바로 자는 거야."

"그렇다면 가자마자 그렇게 하셔야지요. 할머니가 침대에 누워 계시면 제가 가서 조금이라도 저녁을 드셔야 하지 않겠느냐고 여쭙고, 원하신다면 쟁반에 받쳐서 갖다드리면 되잖아요."

"넌 참 귀여운 애야."

"뭐 하나 말씀드릴게요. 포드모어 오두막은 할머니가 안 계시니까 기분이 이상했어요."

"그럼 오늘 하루를 어떻게 보냈지?"

"잔디를 깎았어요. 모터식 기계를 개시했죠. 정말 프로처럼 느껴지던걸요."

"데이너스한테 전화 왔니?"

"아뇨. 꼭 기대하진 않았어요."

"내일은 벌써 화요일이야. 그다음에 이틀만 더 지나면 그 애한테 전화가 올 거야."

안토니아가 대답했다.

"네."

차는 코츠월드 농로로 접어들고 있었다.

잠을 잤다고 생각했지만 실제로는 그러지 못했다. 깊은 잠에 들지 못했다. 꾸벅꾸벅 졸다가 깨고, 엎치락뒤치락하다가 다시 졸았다. 어수선한 꿈속에선 뜻을 알 수 없는 얘기와 낯선 목소리들이 괴롭혔다. 앰브로즈가 나왔고, 돌리 킬링이 목련나무에 크리스마스 장식을 매단다고 이방 저방 뛰어다녔다. 그리고 도리스는 뭐라고 실컷 수다를 떨다가 자지러지게 웃었다. 랠라 프리드먼은 다시 젊어져 있었다. 남편 윌리가 미쳐버리자 젊어진 그녀는 놀라서 소리 소리쳤다. '당신은 나한테 아무것도 해준 게 없어요. 우리한테도요. 미쳐도 아주 한참 미쳤어요. 그들은 당신을 이용하고 있다고요.' 안토니아는 기차를 타고 영영 떠나갔다. 안토니아가 무슨 말을 하는데 기차가 기적을 울리며 떠나는 바람에 페넬로프는 그녀의 움직이는 입 모양만 멍하니 바라보았다. 그러다 그녀가 굉장히 중요한 말을 하고 있다는 것을 알아차리곤 발을 동동 굴렀다. 안개가 짙게 깔린 텅 빈 해변에 그녀 혼자만 서 있다.

어둠은 영원히 걷히지 않을 것 같다. 가끔 몸을 일으켜 불을 켜고 시계를 보았다. 2시, 3시 30분, 4시 15분. 시트는 이리저리 밀려서 엉망이고 묵직한 팔다리는 어떤 자세를 해도 편하지가 않았다. 날이 밝기만 기다렸다.

마침내 먼동이 텄다. 눈앞이 훤해지자 마음도 차분해졌다. 한 번 더 깜빡 잠들었다 눈을 떴다. 막 떠오르는 해의 희미한 빛줄기와 구름이 얇게 덮인 창백한 하늘이 보였다. 서로 부르고 대답하는 새소리가 들렸다. 그 속엔 밤나무에 앉아 지저귀는 개똥지빠귀 소리도 있었다.

참 고맙게도 밤은 끝이 났다. 7시지만 쉬지 못한 탓인지 여느 때보다 훨씬 피곤했다. 그녀는 천천히 침대에서 일어나 가운과 슬리퍼를 찾았다. 모든 게 다 힘들었다. 작은 동작에도 생각과 정신 집중이 필요할 정도로. 그녀는 목욕탕으로 가서 안토니아에게 방해되지 않도록 조심조심 세수와 양치질을 했다. 다시 방으로 돌아와서 옷을 입고 거울 앞에 앉아 머리를 빗질해 땋아서 핀으로 꽂았다. 거울엔 검은 눈가에 먼지처럼 드리워진 기미와 창백한 피부가 그대로 드러났다.

그녀는 아래층으로 갔다. 홍차를 한 잔 끓여 마실까 하다가 그만두고 온실을 지나 유리문을 열고 정원으로 나갔다. 찬 공기가 다이아몬드처럼 날카롭게 볼에 와 박히면서 추워지자 스웨터 자락을 손으로 꼭 여몄다. 그렇지만 기분은 찬 샘물을 마실 때나 찬 풀장에 뛰어들 때처럼 상쾌했다. 갓 다듬은 잔디는 서리를 맞고 반짝반짝 빛나고 벌써 아침의 첫 햇살이 닿은 구석에선 서리가 녹으면서 또 다른 초록빛이 만들어지고 있다.

그녀는 정신이 번쩍 들면서 편안해졌다. 5년간이나 기쁘게 땀을 흘리면서 손수 일군 그녀만의 성지인 이곳의 풀과 나무, 길을 보고 있으면 언제나 기분 좋은 안락에 감싸이곤 한다. 오늘 하루도 이곳에서 보내리라, 아직도 할 일이 많지 않은가.

그녀는 오래된 나뭇등걸 의자가 있는 테라스로 왔다. 짙은 청회색 판석을 간 보도 사이에 잔뜩 심은 백리향과 오브리샤는 10월쯤이면 보라색, 흰색 꽃을 피워 푹신한 꽃방석을 그녀에게 선물하곤 했는데, 잡초도 그 틈에서 쉬지 않고 자라났다. 오렌지빛 민들레를 본 그녀가 억세고 질긴 뿌리를 단숨에 뽑아 버리려고 몸을 굽히고 힘을 꽉 주자, 무슨 큰일이나 하고 난 것처럼 눈 앞이 노래지면서 어질어질 꼭 쓰러질 것 같은 기분이었다. 그녀는 본능적으로 의자를 엉덩이에 바짝 잡아당겨 상체를 구부리고 깊숙이 앉아 무슨 일이 벌어질지 기다렸다. 하지만 기다림은 순간뿐이었다. 콕 쑤시는 통증이 왼쪽 팔에서 상체로 퍼지며 가슴을 쇠고랑으로 꼭 조이듯 압박하자 숨을 쉴 수가 없어졌다. 예전엔 없던 일이었다. 그녀는 눈을 꼭 감고 소리라도 질러 고통을 덜어보려고 입을 벌렸지만, 아무 소리도 나오지 않았다. 까무러칠 듯한 아픔이 그녀를 바짝바짝 죄어들어 왔지만 오른손은 아직 민들레 밑동을 움켜쥐고 있었다. 왠지 꼭 쥐고 있어야 한다는 느낌이 들어서였다. 뿌리를 휘감고 있는 흙의 차고 습한 기운이 손가락으로 스며들었다. 기름 섞인 짙은 흙냄새도 물씬 코끝으로 풍겼다. 멀리선 희미하게 개똥지빠귀 울음이 들렸다.

그러고는 다른 냄새로, 다른 소리로 이어졌다. 야생 수선화가 피어 있는 물가까지 이어진 그 옛날 잔디에서 돋은 새순 냄새, 모래펄까지 올라오는 밀물의 소금 냄새, 야옹 고양이 소리, 남자 발소리……

이 얼마나 황홀한 느낌인가. 그녀는 눈을 떴다. 고통도 사라졌다. 구름 사이로 숨어서 해도 보이지 않았다. 그렇지만 그게 무슨 문제인가. 문제 될 것은 아무것도 없다.

그가 다가오고 있었다.

"리처드."

그가 거기 있었다.

랜펄리 가(街). 5월 1일 화요일 아침 9시 15분. 올리비아는 좁은 부엌에 서서 아침으로 먹을 달걀을 삶고 커피를 끓이면서 편지함에서 꺼내온 편지들을 뒤적이고 있었다. 머리를 빗고, 세수는 했지만 늘 그렇듯 외출복으로 갈아입진 않았다. 편지 중에 미술 담당 기자가 휴가지에서 보낸 아시시의 화려한 풍경 엽서가 끼어 있어서 뒤집어 안부를 묻는 첫 줄을 읽는데 전화벨이 울렸다.

여전히 엽서를 손에 든 채 거실을 가로질러 와 수화기를 들었다.

"올리비아 킬링인데요."

"미스 킬링?"

시골 티가 섞인 여자 목소리가 되물었다.

"네."

"아, 계셨군요. 출근했음 어쩌나 걱정했어요……."

"아뇨. 9시 30분까진 집에 있어요. 누구시죠?"

"플라켓이에요. 포드모어에……."

플라켓 아줌마. 여기까지 전화한 걸 보면 뭔가 급하고 중요한 문제가 생긴 게 틀림없다. 올리비아는 팽팽히 긴장하며 엽서를 벽난로 선반 위에 놓았다. 어느새 입안이 바싹 말라 있었다.

"엄만 괜찮지요?"

그녀는 먼저 선수를 쳤다.

"미스 킬링, 안 좋은 소식이라 어쩌지요? 어머니께서 돌아가셨어요. 오늘 아침에요. 아무도 없는 이른 새벽에요."

아시시의 하늘은 잉크빛이다. 그녀는 아시시는 못 가봤다. 엄마가 돌아가셨다.

"어쩌다가요?"

"심장마비에요. 너무 갑작스럽게…… 정원에서…… 안토니아가 정원 의자에 앉아 계시는 걸 발견했어요. 이미 숨이 끊어져 있었어요. 손에는 민들레 한 줄기를 들고 있었고요. 의자에 앉은 걸 보면 이상한 기색을 미리 느끼셨나 봐요. 표정은 평화로웠어요."

"편찮으셨나요?"

"아뇨, 콘월에서 돌아와서 평소와 다름없이 지내셨어요. 낯빛은 좀 검었지만. 어제는 런던에 하루 종일 다녀오셨고요."

"엄마가 런던엘요? 왜 나한텐 알리질 않았죠?"

"그야 모르죠. 왜 가셨는지도 모르는걸요. 첼튼엄에서 기차를 타셨어요. 안토니아가 저녁에 역으로 마중 나갔었는데 무척 피곤해 보이셨대요. 오셔선 목욕하고 곧장 잠자리로 드셨어요. 안토니아가 저녁을 침대로 날라다 드렸어요. 과로하셨나 봐요."

엄마가 돌아가시다니. 상상할 수 없는 일이 일어났다. 엄마가 세상에서 사라졌다. 모든 인간 중에서 그녀를 제일 좋아했던 올리비아는 지독하게 추운 느낌밖엔 아무것도 느껴지지 않았다. 헐렁한 드레스 가운 소매 속에 있는 두 팔에 소름이 쫙 돋아났다. 엄마가 돌아가셨다. 잃어버린 것에 대한 슬프고, 괴롭고, 속상한 감정이 복받쳐 오르지 않는 것을 그녀는 우선 감사하게 여겼다. '나중에 슬퍼하자.' 그녀는 자신에게 속삭였다. 지금은 좀 더 편안해지면 풀어볼 짐꾸러미처럼 슬픔을 옆으로 비껴두어야 한다. 이것은 그녀가 아프게 체험해서 얻은 처세술이었다. 눈물샘을 꼭 잠근 채 가장 먼저 해야 할 가장 중요한 일에 신경 쓰자. 현실적인 일이 우선이다.

그녀는 말했다.

"자세히 얘기해 주세요, 플라킷 아줌마."

"네, 아침 8시에 왔어요. 본래 화요일엔 안 왔었는데 어제가 손자놈 생일인 바람에 날짜를 바꿨지요. 키슨 부인 집 청소도 해야 하는 날이라 일찍 왔어요. 아무도 없는 것 같아서 열쇠로 열고 들어왔어요. 보일러를 살피는데 안토니아가 계단을 내려오더니 킬링 아주머니를 찾더군요, 욕실 문이 열려 있고 침대가 비었다면서. 그렇지만 생각도 못 했어요. 내가 온실 문이 열린 걸 보고서 안토니아한테 정원에 나가신 모양이라고 했지요. 안토니아가 살핀다고 나가더니 잠시 후 저를 불렀어요. 달려 나가서 그만 끔찍한 광경을 보고 말았지요."

올리비아는 그녀의 목소리에서 섬뜩한 광경을 이미 여러 차례 목격한 면역을 느꼈다. 그녀는 이미 중년을 넘긴 나이이다. 벌써 여러 차례 임종을 지키고 장례를 치러냈다. 죽음에 대한 두려움이나 공포는 없어진 상태이다.

"제일 먼저 할 일은 안토니아를 진정시키는 거였어요. 심하게 충격을 받고 새끼 고양이처럼 울부짖으면서 바르르 떨었어요. 한참 꼭 안아주고 따뜻한 홍차 한 잔을 먹였더니 진정하더군요. 지금은 나하고 같이 부엌에 앉아 있어요. 그녀를 진정시키고 퍼들리 의사 선생님한테 전화를 했지요. 그랬더니 10분도 채 못 돼서 달려오셨어요. 물론 남편도 불렀고요. 마침 전자 공장 일이 밤 근무여서 자전거를 타고 곧장 달려왔어요. 의사 선생님하고 같이 킬링 아주머니를 2층 아주머니 방으로 옮겼어요. 지금은 침대에 아주 평화롭게 누워 계세요. 걱정할 필요 없어요."

"의사는 뭐라고 했죠?"

"심장마비래요, 갑작스러운. 사망 확인서에 사인도 했어요. 내가 받아놨고요. 안토니아한테 체임벌린 부인에게 전화하라고 했더니 굳이 아가씨한테 먼저 하자고 해서요. 더 빨리 연락할 수도 있었지만 어머니를 정원에 그대로 계시게 하는 게 예의가 아닐 것 같아서."

"네, 잘하셨어요, 플라켓 아주머니. 그럼 아직 아무한테도 연락 못 했겠군요."

"네."

"알았어요."

그녀는 시계를 보았다.

"내가 체임벌린 부인이랑 남동생한테 연락할게요. 그리고 대충 일을 보고 포드모어로 가겠어요. 점심때쯤엔 도착할 거예요. 그때까지 계실 건가요?"

"그건 염려 말아요. 있으라고 할 때까지 있어 줄 테니까."

"한 며칠 묵을 테니까 남는 방에 침대 하나만 꾸며주세요. 음식도 넉넉히 준비해 두고요. 필요하면 안토니아한테 차로 퍼들리에 가서 장을 봐오게 하시고요, 뭔가 일을 하는 게 그 애한테도 좋을 테니까."

생각 하나가 또 떠올랐다.

"젊은 정원사 데이너스는요? 집에 있나요?"

"아뇨, 콘월에서 곧장 스코틀랜드로 갔어요. 약속이 있었나 봐요."

"안됐군요. 신경 쓰지 마세요, 그래봐야 소용없는 일이니까. 안토니아한테 안부 전하고요."

"직접 통화하실래요?"

"아뇨. 그건 급한 일이 아니에요."

올리비아는 거절했다.

"정말 미안해요. 하필이면 내가 이런 소식을 전하게 돼서……."

"누군가 해야 했을 일인걸요. 플라켓 아줌마 고마워요."

수화기를 내려놓고 창밖을 쳐다보았다. 날씨가 좋다는 걸 그제야 알았다. 아주 완벽한 5월의 아침에 엄마가 떠난 것이다.

급한 일을 대충 끝낸 올리비아는 플라켓 아줌마가 있는 게 큰 다행이라고 생각했다. 이제껏 그녀는 장례를 치러보지 못했지만 생각해보니까 일이 무척 많은 절차였다. 포드모어로 장의차를 불러오는 일은 낸시의 몫이었다. 그녀가 런던에서 구 목사관으로 전화를 하자 조지 체임벌린이 받았는데, 그의 우울한 목소리가 난생처음 뼈저리도록 고마웠다. 그녀는 사실을 최대로 간단명료하게 전한 다음 곧장 포드모어로 갈 것임을 알리고, 슬픈 소식을 낸시에게 전하는 일은 그의 몫으로 남기면서 전화를 끊었다. 그녀는 속으로 언니가 크게 슬퍼하지 않기를 바랐지만 알파수드를 돌아 포드모어 오두막의 대문으로 들어서서 낸시의 차를 보는 순간 언니의 슬픔이 바람처럼 가볍지 않았음을 느꼈다.

그녀가 미처 차에서 내리기도 전에 낸시는 눈물로 얼룩진 얼굴과 파란 눈은 퉁퉁 부어오른 모습으로 열린 창문으로 두 팔을 내밀었다. 올리비아가 어쩔 줄 몰라 하고 있을 때 낸시는 벌써 두 팔로 그녀를 껴안고 그녀의 차갑고 창백한 뺨에 자신의 뺨을 비비며 흐느껴 울었다.

"아, 어쩌면 좋니. 난 조지한테 듣고 곧장 달려왔어. 너하고 같이 여기 있을게……."

올리비아는 침착하게 조각상처럼 미동도 하지 않으면서 언니의 울음이 잦아들기를 기다렸다가 부드럽게 언니를 떼어내며 말했다.

"고마워, 하지만 그럴 필요는 없어……."

"조지도 그렇게 말하더라. 난 짐만 될 거라고."

낸시는 스웨터 소매 속을 더듬어 이미 축축이 젖어 있는 손수건을 끄집어내 코를 푼 다음 웬만큼 정신을 차리고 말했다.

"그렇지만 가만히 있을 수가 있어야지, 그래서 왔어."

약간 진정됐는지 그녀는 움츠리고 있던 어깨를 펴면서 말했다.

"당장 가야 한다는 생각으로 달려왔는데 오면서 어찌나 섬뜩하던지……. 바들바들 떨면서 들어갔더니 플라킷 부인이 홍차 한 잔을 주더구나. 그러고 나서 좀 나아졌어."

이후 몇 시간 동안 언니 낸시를 달래는 일은 예상했던 것보다 훨씬 올리비아를 힘들게 했다.

"언닌 여기 있을 필요가 없어."

올리비아는 낸시를 집 밖으로 내몰 결정적인 구실을 찾느라 약간 말을 쉬었다가 계속했다.

"애들도, 조지도 돌봐줘야 하잖아. 한시도 소홀히 할 수 없는 사람들이잖아. 난 나 한 몸만 챙기면 족해. 여긴 내가 안성맞춤이야."

"일은 어쩌고?"

올리비아는 차 뒤로 걸어가 뒷좌석에서 작은 옷 가방을 끄집어냈다.

"다 처리하고 왔어. 월요일 아침까진 출근 안 해도 돼. 어서 들어가자. 뭐든지 한 잔 마시고 언닌 돌아가. 진토닉 어때, 난 좋은데."

그녀가 앞서고 낸시는 뒤쫓아 왔다. 눈에 익숙한 부엌은 여전히 깔끔하고 따스했지만 왠지 텅 빈 기분이 들었다.

"노엘은?"

낸시가 물었다.

"뭘?"

"연락했어?"

"조지하고 통화한 다음 곧장. 회사로 했었어."

"충격이 컸지?"

"응, 생각했던 대로였어. 별로 말이 없었어."

"온대?"

"당장은 아니야. 필요하면 전화하겠다고 했어."

일 분도 더 못 서 있을 것 같아진 낸시는 의자를 잡아당겨 테이블
에 앉았다. 화들짝 놀라 구 목사관에서 포드모어의 오두막으로 머리
도 못 빗고, 콧등에 분도 못 바르고, 스커트와 블라우스가 어울리는
지 생각할 겨를 없이 미친 듯이 달려온 그녀였다.

그녀는 몹시 당황해 있었는데, 올리비아는 그녀의 이런 과민 증상
을 익히 알고 있었다. 좋은 일이든 나쁜 일이든 그녀 앞에 펼쳐지면
그녀는 한 편의 드라마로 구성해 주연 역할을 하곤 했다.

"어머닌 어제 런던에 왔었대."

낸시였다.

"이유는 모르겠어. 혼자서 기차를 타고 하루 종일. 플라켓 부인 말
이 녹초가 돼서 돌아왔다더라."

그녀는 엄마 페넬로프가 일부러 죽음을 앞당겨 맞기라도 한 듯 볼
멘소리로 중얼거렸다.

올리비아는 '엄만 한 번도 얼마 못 살 거라는 얘길 한 적이 없잖아.'

라고 튕겨 주려다 화제를 바꿔 물었다.

"안토니아는 어딜 갔지?"

"퍼들리로 뭘 좀 사러 갔나?"

"언닌 봤어?"

"아직."

"플라켓 아줌마는?"

"2층에, 네 방 꾸미나 봐."

"그렇담 가방을 갖다 두면서 얘길 좀 해야겠군. 언닌 여기 있어. 진토닉은 내려와서 마시자고. 그리고 언닌 조지와 아이들한테로 돌아가는 거야."

"어떻게 전부 너한테 떠맡기고 가니?"

"그래야 돼."

올리비아는 차갑게 말했다.

"전화로 의논하면 돼. 그러면 나도 수월할 테고."

마침내 낸시가 떠났다. 그녀가 떠나고서야 올리비아와 플라켓은 장례 준비에 몰두할 수가 있었다.

"플라켓 아줌마, 우선 장의사를 만나야겠어요."

"조슈아 베드웨이라고 이름난 장의사가 있어요."

"어디에 있죠?"

"가까워요, 퍼들리 안에 있어요. 목수이면서 장의사 일도 해요. 사람도 좋고, 아주 일도 잘해요, 정성껏."

플라켓은 시계를 쳐다보았다. 1시 15분 전이었다.

"아마 지금쯤 집에 있을 거예요, 저녁 시간이니까. 전화할까요?"

"그래 주겠어요? 빨리 좀 와달라고 해주세요."

플라킷 부인은 감정이 전혀 섞이지 않은 덤덤한 목소리로 간단히 설명하고 간단히 부탁했다. 그녀는 와서 문을 좀 고쳐달라는 얘기라도 하듯이 범상한 투로 전화를 끝내곤 일이 잘된 걸 흡족해하는 표정을 지었다.

"됐어요. 3시까지 오겠대요. 내가 여기 있으니까 다 잘될 거예요."

"네."

올리비아가 대답했다.

"훨씬 수월할 거예요."

두 사람은 식탁에 앉아 리스트를 만들었다. 올리비아는 진을 두 잔째 들이켰고 플라킷은 와인을 한 잔 마셨다.

그녀는 한층 다정스러운 목소리로 올리비아를 대했다. 와인으로 기분이 좋아진 모양이었다.

"미스 킬링, 다음으로 만날 사람은 목사님이에요. 물론 기독교식 장례를 원하겠죠? 교회 묘지를 알아보고 장례 날짜와 시간을 정해야 해요. 성가와 그 밖의 일들을 상의하세요. 내 생각엔 성가대를 청하는 게 좋을 것 같아요. 킬링 아주머니는 성가를 무척 좋아했어요. 또 장례식에 음악이 있는 게 좋고요."

세부적인 일들을 의논하는 동안 올리비아는 기분이 차츰 나아졌다. 그녀는 만년필 뚜껑을 뽑으며 물었다.

"목사님 성함은요?"

"토마스 틸링엄 씨라고 부르죠. 교회 옆 목사관에 사세요. 일단은 전화로 내일 아침에 커피나 같이 하자고 말씀드리세요."

"우리 엄말 아실까요?"

"물론이에요. 이 마을에서 킬링 부인을 모르는 사람은 없어요."

"주일마다 예배에 가지 않았어도요?"

"그랬지만 오르간을 살 기부금 모금이나 크리스마스 모금 같은 데는 열심이셨어요. 가끔 틸링엄 목사님을 저녁 식사에 초대하기도 했고요. 제일 좋은 테이블보를 깔고 가장 아끼는 좋은 와인을 내놓으셨지요."

상상하기 어려운 일은 아니었다. 올리비아는 그때 그날 처음으로 웃었다.

"친구들하고 어울리는 걸 엄만 제일 좋아했으니까요."

"모든 면에서 좋은 분이셨어요. 어떤 얘기든지 잘 들어주셨고요."

플라킷 부인은 조심조심 여성스럽게 와인을 들이켰다.

"그리고 부인의 고문 변호사께 돌아가신 사실을 알려야 해요. 은행에도요. 그러면 일은 다 끝나는 셈이에요."

"네, 그 생각은 하고 있었어요."

올리비아는 '엔더비, 루즈비, 드링'이라고 적어 넣었다.

"부고도 내야겠지요. 신문에도 내고 전보도 치고······."

"그리고 교회에 꽃을 준비해야 해요. 꽃이 있는 게 근사하잖아요. 직접 할 시간은 없을 테고······. 퍼들리에 잘하는 여자가 있어요. 작은 밴도 가지고 있고요. 키슨 부인의 시어머니가 돌아가셨을 때 꽃꽂이를 아주 잘했어요."

"네, 그러죠. 하지만 우선 장례식을 언제 할 건지 정해야 하잖아요."

"그리고 장례식이 끝난 다음엔······."

플라킷 부인이 약간 주저했다.

"……요즈음엔 다들…… 참석한 사람들을 집으로 청해서 차 한잔 이랑 과일 케이크 정도를 대접해야 해요. 식이 시간도 좀 걸리고 멀리서 오는 사람도 꽤 될 테니까요. 그런 사람들을 빈 입으로 돌려보내는 것은 실례예요. 그래야 일도 수월하게 돌아가고요. 사람들하고 어울리다 보면 혼자라는 생각도 가시고 슬픔도 엷어져요."

익히 알고 있던 케케묵은 시골 풍습이었지만 플라킷의 얘기에는 일리가 있었다.

"네, 아줌마 말이 맞아요. 음식을 좀 준비하지요. 하지만 난 할 줄 몰라요. 도와주셔야 해요."

"나한테 전부 맡겨요. 과일 케이크는 내 특기니까."

"이젠 된 것 같군요."

올리비아는 만년필을 내려놓고 의자에 등을 기댔다. 마주 앉아 있던 두 사람은 잠시 말없이 바라보기만 했다.

"제가 보기에 플라킷 아줌머니는 엄마의 가장 가깝고 좋은 친구셨어요. 하지만 지금은 저한테 그런 친구세요."

마침내 입을 연 올리비아가 말하자, 플라킷 아줌마는 수줍은 표정을 지었다.

"난 내가 할 일만 했을 뿐인걸요, 미스 킬링."

"안토니아는 잘 있어요?"

"뭐, 그런 것 같아요. 쇼크는 받았겠지만 본래 침착해요. 쇼핑을 보내는 것은 좋은 생각이었어요. 필요하다고 생각되는 건 모조리 적어줬어요. 바쁘게 움직이다 보면 기분도 나아지겠죠."

말과 함께 와인 잔을 비운 플라킷 부인은 테이블 위에 빈 잔을 놓고 비틀거리며 일어섰다.

"괜찮다면 집에 가서 남편 저녁을 차려주고 오겠어요. 조슈아 베드웨이가 올 3시까지. 그러고는 그가 일을 마치고 갈 때까지 주욱 있을게요."

올리비아는 그녀와 함께 현관으로 가서 그녀가 자전거를 타고 가는 걸 보고 차 소리와 함께 문을 들어서는 볼보를 보았지만 그냥 서 있었다. 마음으론 코스모의 딸에게 달려가고 싶지만 남의 슬픔까지 받아줄 여유가 아직은 없는 것 같아서였다. 당분간은 그녀의 슬픔을 다스리는 일도 벅찼다. 그녀는 볼보가 주차장으로 들어가고, 안토니아가 안전벨트를 풀고 몸을 틀어 운전대를 내려오는 것을 지켜보면서 마음을 다져먹는 뜻으로 팔짱을 꼈다. 몇 발자국 자갈밭을 사이에 둔 두 사람은 차 지붕 너머로 눈이 마주쳤다. 잠시 그대로 있던 안토니아는 가만히 차 문을 잠그고 그녀를 향해 걸어왔다.

"오셨군요."

올리비아는 팔짱을 풀고 두 손을 안토니아의 어깨에 놓았다.

"응, 그래."

그러고는 몸을 당겨 키스를 하고 볼을 비볐다. 과장이라곤 없이 있는 만큼의 애정만 서로 주고받았다. 올리비아는 무척 기쁘면서도 한편으론 서글펐다. 왜 있지 않은가, 어린애라고 생각하던 아이가 어른이 되어 눈앞에 나타났을 때, 다시는 젊은 날로 되돌아갈 수 없음을 확인하면서 느끼는 일반적인 기분 같은 거.

정각 3시에 조슈아 베드웨이는 자신의 작은 밴 옆자리에 플라켓 부인을 태우고 왔다. 올리비아는 결혼식에 가는 신랑처럼 짙은 감색 차림을 한 그가 처음엔 약간 두려웠지만 외투를 벗자 드러난 예의를 갖춘 검정 타이와 시골 사람처럼 햇볕에 그은 얼굴을 보니 마음이 누그러졌다.

슬프고 애석한 표정으로 온 마을이 어머니를 그리워할 거란 말로 올리비아에게 위로의 첫마디를 건넨 그는 퍼들리에서 6년을 지내면서 어머니는 마을 사람 모두에게 듬직하고 자상한 할머니였다고 추모했다.

위로해 줘서 고맙다는 올리비아의 답례로 상투적인 인사가 끝이 나자, 그는 주머니에서 수첩을 꺼내 펴고, 하나 혹은 두 개의 예를 그녀에게 제시하며 리스트를 적기 시작했다. 그의 말을 들으면서 그가 일에는 무척 철저한 사람이라는 인상이 들자 괜히 기분이 좋아졌다. 그는 일을 몇 단계로 분류해 세세히 한 항목씩 체크하면서 단계를 밟아 나갔는데 그가 묻고 그녀가 대답하는 식이었다. 그는 노트를 덮어 주머니에 넣으면서 말했다.

"미스 킬링, 대충 된 것 같습니다. 남은 일은 제게 맡겨 주십시오."

그러겠다고 대답한 올리비아는 안토니아와 함께 산보를 나갔다.

그들은 강가로 내려가는 대신 대문으로 나가 길을 건너서 나지막한 울타리를 넘어 마을에서 언덕으로 난 오솔길을 따라갔다. 오솔길이 끝나자 양 떼들이 풀을 뜯는 들판이 나왔는데 들판을 울타리처럼 에워싸고 있는 산사나무에는 꽃망울이 한창이고 물이 마른 도랑에는 앵초가 쿠션처럼 덤불을 이루고 있었다. 수백 년간 비바람에 시달리면서 꺾이고 패인 뿌리가 땅거죽 위로 드러난 고목이 된 너도밤나무 한 그루가 서 있는 꼭대기까지 오른 그들은 뜨거운 숨을 헉헉 몰아쉬면서 나무 밑에 앉아 정상에 오른 뿌듯한 기분으로 언덕을 내려다보았다.

몇 마일 떨어진 밑에서는 지극히 드문 봄날 오후의 따스한 햇살을 즐기고 있는 때 묻지 않은 영국의 농촌이 펼쳐져 있었는데, 농장이며 논이며 트랙터며, 집들이 거리 때문에 장난감처럼 조그맣게 보였다. 그리고 그 밑으로는 울퉁불퉁한 사금석을 쌓아 만든 퍼들리 교회가 보였다. 교회는 주목들로 반쯤 가려져 있었지만 포드모어 오두막과 서들리 부대의 흰 회벽은 또렷하게 눈에 들어왔다. 굴뚝에선 회색 기둥에 커다란 서양 자두를 올려놓은 모양으로 연기가 피어오르고 어느 집 정원에선 횃불이 타올랐다.

사방은 이상할 정도로 조용했다. 양들의 울음이나 머리 위 나뭇가지 사이로 지나는 바람이 유일한 소리였다. 파란 하늘 높이 비행기 한 대가 졸린 벌처럼 윙윙거리며 지나갔지만 하늘 아래 펼쳐진 평화를 훼방 놓진 못했다.

한동안 두 사람은 말을 하지 않았다. 재회 이후 올리비아가 전화를 걸거나 받으면서(그중 두 통화는 별 볼 일 없이 낸시에게서 왔지만) 시간을 다 보내는 바람에 얘기할 새가 없기도 했다.

그녀는 몇 발자국 떨어져 풀섶에 앉아 있는 안토니아를 쳐다보았다. 그녀는 색이 바랜 청바지에 핑크색 면 셔츠 차림이었고 머리가 앞으로 흘러 내려와 얼굴은 보이지 않았다. 언덕을 올라오던 중에 벗은 스웨터는 옆에 놓은 채였다. 코스모의 안토니아가 그녀 옆에 있는

426

거였다. 살을 저미는 슬픔 중에도 올리비아의 마음은 그녀에게로 솟구쳤다. 열여덟은 그토록 섬뜩한 일들이 펼쳐지기엔 분명히 어린 나이였지만, 그렇다고 달라질 것은 아무것도 없다. 페넬로프가 없는 세상에서 안토니아를 책임질 사람은 그녀뿐이라는 생각이 들자 침묵을 깨고 그녀는 말했다.

"이제 뭘 할 거지?"

안토니아가 고개를 돌려 그녀를 쳐다봤다.

"무슨 뜻이죠?"

"이제 뭘 할 거냐는 뜻이야. 엄마도 돌아가셨고, 더 이상 포드모어에 머무를 이유가 없어. 슬슬 생각해 봐야지, 네 미래에 대해서."

안토니아는 다시 고개를 돌리고 두 무릎을 세워 턱을 받쳤다.

"이미 생각했어요."

"런던에 갈래? 그리고 내 제의를 받아들일래?"

"네, 할 수만 있다면 그러고 싶어요. 하지만 당장은 아니에요."

"이해할 수가 없는데?"

"잠시 여기 그냥 있는 게 좋을 것 같아서요……. 집이 어떻게 되는 것은…… 판다거나…….."

"그럴 생각이야. 나나 노엘이 살 수도 없는 일이고, 그렇다고 낸시가 이사 올 것도 아니고. 그녀도 조지도 그럴 생각이 없을 거야."

"그렇다면 집을 보러 오는 사람들이 있지 않겠어요? 가구가 잘 정돈돼 있고 정원이 잘 가꾸어져 있으면 값도 훨씬 잘 받을 수 있을 거예요. 내가 여기 있으면서 관리하겠어요. 그러다가 집이 팔리면 그때 런던으로 갈게요."

올리비아는 놀라웠다.

"하지만 안토니아, 너 혼자? 혼자서 여기 산다고?"

"무섭겠다는 생각은 안 들어요. 그런 집도 아니고요. 혼자 있다는 느낌은 안 들 것 같고요."

올리비아는 잠시 생각한 후 그게 좋을지도 모른다고 결정했다.

"그래, 네가 정말 원한다면. 우린 모두 너한테 고마워할 거야. 아무도 여기 붙어 있을 형편이 못 되니까. 플라켓 아줌마도 우리 일만 하는 게 아니고. 아직 결정된 일은 아니지만 집은 팔아야 할 것 같아."

그녀는 뭔가를 생각하다가 말을 이었다.

"그렇지만 왜 정원을 가꾸면서 있으려는지 정말 모르겠는걸? 데이너스 뮤어필드는 곧 돌아오잖아."

"잘 모르겠어요."

안토니아가 대답했다.

올리비아는 이마에 주름을 잡으며 물었다.

"난 그가 단순히 약속 때문에 에든버러에 간 줄 알았는데?"

"네, 의사하고요."

"어디가 아파?"

"간질병이 있어요. 간질병 환자예요."

올리비아는 무서워졌다.

"간질병? 정말 뜻밖인데? 엄마도 아셨어?"

"아뇨, 우리 둘 다 몰랐어요. 콘월에서, 휴가 마지막 날 알았어요."

올리비아는 호기심이 당겼다. 그를 한 번도 본 적 없이 언니와 엄마와 안토니아에게 얘기만 들었다는 사실이 더 그녀를 자극했다.

"참 수수께끼 같은 사람이야."

안토니아가 잠자코 있자, 올리비아는 더 궁금해졌다.

"엄마는 그가 술도 안 마시고 운전도 안 한다고 했어. 편지로 너도 그랬고. 그것 때문이었구나."

"네."

"에든버러엔 왜?"

"의사를 만나서 뇌파 검사를 다시 한다고 갔는데 병원 컴퓨터가 고장 나는 바람에 검사 결과를 알지 못하게 됐대요. 지난 목요일 날 전화가 왔어요. 그래서 친구하고 일주일간 낚시를 하겠다고요. 전화 앞에 앉아 조바심하며 기다리는 것보다 나을 것 같다면서."

"그럼 낚시에서 언제 돌아오지?"

"목요일에요, 내일모레."

"그땐 뇌파 검사 결과도 알 수 있고? 그러고 나면? 글로스터셔로 일하러 돌아오는 거야?"

"모르겠어요. 아마 병세에 따라 달라지겠죠."

참 슬프고 희망 없는 대꾸였다. 하지만 벌써 다 놀라버릴 일은 아니었다. 올리비아가 기억하는 한 엄마의 생애엔 벌이 꿀을 찾아 모이듯 괴짜나 낙오자가 끊임없이 끼어들었고 그녀는 그들을 모두 먹여 살렸다. 그녀의 이런 후한 습성이야말로 노엘이 엄마에 대해 분통 터져 하는 대표적인 기질이었다. 그가 데이너스 뮤어필드를 지독히 싫어하는 이유도 아마 여기에 있을 듯싶었다.

그녀가 말했다.

"엄마는 그를 좋아하셨지?"

"네, 무척. 그도 할머니를 좋아했어요. 늘 할머니 시중을 들었고요."

"그럼 병 얘기 듣고 상심이 크셨겠구나."

"네, 할머니는 그를 진심으로 걱정하셨어요. 상상도 할 수 없던 일이라 충격이 크셨어요. 콘월은 신비로울 정도로 멋있었어요. 우린 슬픔 따윈 겪지 않을 사람들처럼 즐거웠고요. 꼭 일주일 전 일이에요. 아빠, 코스모가 돌아가셨을 때 생애 중 최고의 슬픔을 겪고 있다고 생각했었지만 이번 주처럼 소름 끼치는 시간은 아니었던 것 같아요."

"안토니아, 내가 미안하구나."

울음을 터뜨릴까 봐 걱정했지만, 안토니아는 잘 참아내고 그녀를 돌아보았다. 올리비아도 한숨 놓으며 그녀의 물기 없는 눈과 침착하고 진지한 얼굴을 마주 보았다.

"미안해하실 거 없어요. 콘월을 돌아보시고 돌아가신 게 참 다행이에요. 그땐 정말 즐거워하셨어요. 다시 젊어지는 기분이셨나 봐요. 힘이 넘치셨고 유쾌하게 웃으셨어요. 매일매일을 기쁨으로 가득 채우면서 지내신 거죠. 일 분도 낭비하시지 않았어요."

"널 무척 좋아하셨어, 안토니아. 너 덕분에 기쁨도 배로 느끼셨을 거야."

안토니아는 난처한 표정을 지으며 또 말을 꺼냈다.

"또 있어요. 저한테 귀걸이를 주셨어요. 에델 할머니께서 물려주신 귀걸이를요. 사양했지만 한사코 우기셔서요. 여기 내 방에 가지고 있는데…… 돌려 드려야겠지요?"

"왜 돌려주려고 하지?"

"비싼 거니까요. 4천 파운드는 될 거래요. 제 생각엔 아줌마나 낸시 아줌마, 아니면 낸시 아줌마 딸이 갖는 게 옳을 것 같아요."

"엄마는 네가 가져야 한다고 생각했기 때문에 널 주신 거야."

올리비아는 웃었다.

"나한테 얘기할 필요도 없었어, 벌써 알고 있었으니까. 엄만 한 일을 꼭 편지로 적어 보냈거든."

안토니아는 얼떨떨하며 물었다.

"왜 그런 얘길 하셨을까요?"

"널 생각해서야. 곤란한 일을 당하게 될까 봐. 네가 엄마 보석함에서 귀걸이를 훔쳤다는 누명을 쓰게 될까 봐."

"이해가 안 돼요. 말로 해도 될 얘긴데."

"그런 얘긴 글로 하는 게 더 확실하니까."

"할머니가 죽음을 예감하신 게 아닐까요?"

"자기가 언젠가는 죽을 거라는 사실은 누구나 알지."

퍼들리 교회의 토머스 틸링엄 목사는 다음 날 아침 정각 11시에 포드모어 오두막에 도착했다. 올리비아는 길게 얘기하게 되리라는 생각은 애초부터 없었다. 가냘픈 인상의 목사와 가볍게 할 수 있는 얘기가 무엇인지조차 감이 안 잡혔다. 그가 도착하기 전까지 용건을 빨리 끝낼 궁리를 해봤지만, 어떤 사람인지도 모르는 상황이라 막연하기만 했다. 핏기라곤 없는 구부정하고 비쩍 마른 목소리마저 가느다란 노인네인지, 아니면 젊고 유행에 민감하고 교인들을 초대해 서로 악수를 하게 만들고 시골 밴드에 맞춰 유행가를 부르자고 부추기는 신식 목사인지. 그리고 무엇보다 그녀가 겁내는 일은 그가 함께 무릎

끓고 기도하자고 제안하는 거여서 그런 상황이 벌어지면 몸이 안 좋고 머리가 아프다는 핑계를 대고 방으로 달아나 버리기로 아예 작정하고 있었다.

그렇지만 다행스럽게도 그녀의 두려움은 현실이 되지 않았다. 틸링엄 씨는 젊지도 늙지도 않은 중년에 평범한 미남이었고 코르덴 재킷의 깃을 세워 입은 차림이었다. 그녀는 페넬로프가 왜 그를 저녁 식사에 즐겨 초대했었는지 금방 이해가 갔다. 현관에서 그를 맞은 그녀는 온실로 안내해 갔다. 그녀 생각에 집 안에서 온실이 가장 유쾌한 장소일 것 같아서였다. 온실로 오는 도중 페넬로프의 화분과 정원 얘기를 하다 보면 자연스럽게 현실적인 문제로 화제를 이을 수 있을 거라는 생각도 스쳤다.

"우린 킬링 부인이 몹시 그리울 거예요."

틸링엄 씨가 말을 꺼냈다. 올리비아는 그의 진심 어린 위로를 들으면서 그가 맛있는 저녁 식사에 초대받을 수 없게 된 게 유감이라는 따위의 말은 하지 않을 거라고 확신했다.

"무척 친절하시고 마을에 훈훈한 생기를 불어넣어 주시곤 했죠."

"베드웨이 씨도 그렇게 말씀하셨어요. 장례를 치러본 경험이 없는 제겐 특히 그런 분이실 것 같군요. 전 정말 아무것도 할 줄 몰라요. 플라켓 아줌마와 베드웨이 씨가 없었으면 큰일 날 뻔했어요."

플라켓 부인이 커피 두 잔과 비스킷 한 접시를 쟁반에 담아 들고 오자 틸링엄 씨는 자기 잔에 설탕을 수북이 한 스푼 넣은 다음 기도를 시작했다. 별로 길진 않았다. 페넬로프의 장례식은 토요일 오후 3시에 갖기로 하고 절차와 음악 문제도 결정을 보았다.

"아내가 오르가니스트예요. 당신이 청한 걸 알면 무척 좋아할 거예요."

"정말 친절하시군요. 좋고 말고요. 장송곡은 싫어요. 사람들이 잘 아는 아름다운 멜로디로 해주세요. 곡은 직접 정하시고요."

"성가는?"

두 사람은 성가도 결정했다.

"성경 구절은?"

올리비아는 주저하다 말했다.

"틸링엄 씨, 말씀드렸듯이 전 아는 게 없어요. 알아서 해주세요."

"하지만 남동생이 성경 구절을 읽고 싶어 하지 않을까요?"

올리비아는 아니라고 대답했다. 노엘이 그런 종류의 일을 좋아하지 않을 것 같아서였다.

틸링엄 씨는 한두 가지 문제를 더 물었지만, 쉽게 결론을 보았다. 커피를 다 마신 그가 일어나자 올리비아는 그를 뒤따라 부엌을 지나 그의 낡은 레놀트가 멎어 있는 현관 밖으로 나갔다.

"미스 킬링, 안녕히."

"잘 가세요, 틸링엄 씨."

둘은 악수를 나누었다.

"참 친절한 분이세요."

그녀가 덧붙이자, 그는 기대하지 않았던 따스하고 맑은 웃음으로 답례했다. 한 번도 웃지 않던 그가 웃음을 보이자 그가 집 안으로 들어서면서부터 올리비아 마음 한구석에 숨어 있던 생각을 꺼낼 수 있게 되었다.

"목사님이 왜 그렇게 친절하신지 알 수가 없어요. 우리 엄만 열심인 신자도 아니었고 별로 종교적이지도 않았어요. 부활이나 내세 따윈 인정하기 싫어했고요."

"알고 있어요. 함께 얘기해도 늘 결론은 없었지요."

"전 엄마가 신을 믿었다는 사실도 확신할 수가 없어요."

틸링엄 씨는 여전히 웃으면서 고개를 갸우뚱하더니 차 문의 손잡이로 손을 뻗었다.

"저는 그 문제는 별로 염려 안 해요. 그녀가 신을 믿지 않았더라도 신은 그녀를 믿었을 테니까요."

주인이 없는 집은 빈집이고 심장 고동이 멈춘 몸은 껍데기일 뿐이다. 괜히 썰렁하고 이상하리만치 조용했다. 침묵은 형체를 갖춘 물건처럼 꼼짝하지 않고 짓눌러 댔다. 발소리도, 얘기 소리도 부엌에서 지글대던 프라이팬 소리도, 그리고 부엌 선반에 놓인 카세트에서 흘러나오던 비발디와 브람스의 선율도 사라졌다. 문들은 언제나 닫혀 있었다. 안토니아는 좁은 계단을 올라갈 때마다 페넬로프 침실의 닫힌 문을 쳐다보았다. 예전엔 언제나 열린 채 의자에 옷가지가 걸쳐진 것이 힐끗 보이고 열린 창문으로 바람이 들락거릴 때마다 페넬로프 특유의 기분 좋은 체취가 풍겨 나오곤 했지만 지금은 닫힌 채였다.

아래층도 나을 것은 없었다. 거실 벽난로 옆엔 그녀의 의자만 덩그러니 놓여 있을 뿐 장작불도 타오르지 않았고 책상도 닫힌 채였다. 웃음소리도, 다정스러운 재잘거림도, 따뜻하고 자연스러운 포옹도 없어졌다. 페넬로프가 살아서 숨 쉬고, 듣고, 기억하는 한 끔찍이 무서운 일도 오래 계속되진 않을 거라는 믿음이 있었다. 또 설사 그런 일이 생겨도 페넬로프에게 가면 극복하고 받아들이고, 실패를 거부하는 방법을 배울 수 있었다.

그녀는 죽었다. 바로 그 끔찍한 아침에 온실을 지나 정원으로 나가 오래된 나무 의자에 긴 다리를 쭉 뻗고 앉아 눈을 감은 채. 안토니아는 이른 아침의 상쾌한 공기와 엷지만 따뜻한 햇살을 쬐기 위해 잠시 그렇게 쉬고 있는 거라고 자신을 향해 속삭였다. 무서울 정도로 짧은 순간에 벌어진 일이라 다르게 생각할 수가 없었다. 끊임없는 즐거움의 근원, 바위 같은 든든함의 출처가 사라져버린 삶의 모습은 상상해 본 적도 없었다. 하지만 상상조차 할 수 없던 일이 일어난 것을 어쩌랴. 그녀는 갔다.

하루하루를 버텨내기가 정말 힘들었다. 예전엔 이것저것 일하기에도 모자라는 하루였지만, 지금은 도무지 해돋이에서 해넘이까지의 시간이 영영 흐르지 않을 것처럼 멀기만 했다. 잡초를 솎아내고 수선화를 한 아름 뽑아 화분에 옮겨 심는 일 따위를 아침만 되면 문을 열고 나가 찾아서 하며 정원에 생기를 불어넣던 페넬로프가 없는 지금의 정원은 어쩐지 시름시름 앓고 있는 기분이 들었다.

혼자 있어 본다는 것은 참 소름 끼치는 경험이다. 이제껏 혼자 있는 기분을 알지 못했었다. 늘 누군가가 옆에 있었다. 처음엔 코스모가, 그리고 코스모가 죽고 나자 올리비아가 생각났었다. 이비자에선 먼 곳이지만 지금처럼 런던에 있던 그녀가. 전화 끝머리에 이렇게 말했었다. 좋아. 나한테로 와. 내가 돌봐줄게. 하지만 그때 올리비아는 접근하기 힘든 상대였다. 실리적이고, 조직적이고 하나하나 전화로 따져 물으며 메모를 작성하는 올리비아……. 그녀는 전화통을 영영 놓지 않을 사람 같았다. 말로 하지는 않았지만 그녀는 안토니아에게 시간이 없으니까 정확하게 간단히 얘기할 것을 강요했었다. 때문에 그런 눈치를 챈 그녀는 처음으로 올리비아의 다른 면을 경험했었다. 무수한 경쟁을 거쳐 비너스의 편집장까지 오르는 동안 인간의 나약함이나 부드러운 감상 따위엔 동요하지 않는 법을 습관들인 냉정하고 자신만만한 전문직 여성으로서의 그녀를. 또 다른 올리비아는 무엇에나 상처를 쉽게 받는 평범한 모습이었는데, 그녀를 처음 만났던 시절 이후로는 보지를 못했다. 안토니아는 그녀의 이성적인 면을 이해하고 또 존경도 하게 되었지만, 그렇다고 대하기가 쉬워지진 않았다.

그들 사이에는 보이지 않는 벽이 있었다. 올리비아가 벌써 그녀를 많이 보살펴 주었는데도 데이너스 얘기를 거의 꺼내지 않은 것도 그 때문이었다. 베드웨이 씨가 포드모어의 오두막에서 일을 하고 있을 때 바람 부는 언덕 꼭대기에 함께 앉아 있었으면서도 그에 대해선 진짜 알맹이는 빠진 가벼운 얘기만 했다. 그가 간질병 환자라는 말은 올리비아에게 했지만, 그를 사랑하고 있다는 말은 하지 않았고 사랑을 느낀 첫 남자이며 그의 감정도 그녀와 같다는 말은 빼놓았다. 그는 나를 사랑하고 우린 이미 몸을 섞었지만 사랑하는 사이라면 그럴 수 있다고 생각했기 때문에 갈등은 없었고 오히려 황홀하고 당연한 기분이었다. 앞으로의 일도, 그가 무일푼이라는 사실도 전혀 걱정이 되지 않는다. 되도록이면 빨리 내 곁으로 돌아왔으면 좋겠고, 그가 아직 아픈 상태라면 회복될 때까지 그를 간호하면서 시골에서 함께 양배추를 일구며 살 것이라는 등등의 얘기도.

그녀가 말하지 않은 이유는 올리비아가 다른 생각을 하고 있는 것 같아서였지만 사실은 그녀는 관심이 없을 뿐 아니라 듣고 싶어 하지도 않을 거라는 거였다. 올리비아와 한집에 사는 것은 모르는 사람과 나란히 앉아 있는 기분이었다. 서로 진심 어린 교감이 이뤄지지 않는 상황이라 안토니아는 그녀만의 불행 속에 고립되어 있곤 했다.

이전엔 늘 누군가가 있었다. 하지만 지금은 데이너스조차 없다. 멀리 서덜랜드 북쪽에 있는 그와는 전화나 전보, 그밖에 어떤 통신 수단으로도 얘기를 나눌 수가 없다. 그녀는 그가 카누를 타고 아마존으로 가버리거나 에스키모개를 따라 북극을 건너가더라도 그녀와 이것보다 완벽하게 결별할 수는 없을 거라고 스스로를 향해 중얼거렸다. 그와의 교신이 전혀 불가능하다는 사실이 그녀를 참을 수 없게 했다. 페넬로프가 사라진 지금은 그가 정말 필요했다. 텔레파시도 가끔씩은 효과가 있다고 믿는 그녀는 깨어 있는 시간은 몽땅 그가 연락을 하고 싶어 안달이 나도록 그에게 주문을 쏘아댔다. 그녀의 텔레파시에 꼭 귀 기울이라는 부탁과 함께. 필요하다면 차라도 20마일 정도 타고서 제일 가까이 있는 전화박스로 가 포드모어 오두막의 번호를 돌리고 무슨 일이 벌어졌는지를 알아보기를.

텔레파시가 위력을 발휘하지 못했어도 안토니아는 새삼스럽게 실망하지 않았다. 목요일이면 전화가 올 거라고 자신을 위로할 따름이었다. 목요일이면 에든버러로 돌아와 나한테…… 아니 우리한테 전화로 뇌파 검사 결과와 의사의 소견을 얘기할 거야(이젠 스스로도 이상하리만치 조바심이 진정되었다). 그러고 나서 내가 페넬로프의 사망 소식을 전하면, 그는 무슨 수를 써서라도 이곳으로 달려올 거야. 그를 보면 난 다시 힘을 얻게 될 거야. 안토니아에겐 우선 페넬로프의 장례식 동안 슬픔을 참을 힘이 필요했다. 데이너스가 그녀 옆에 없으면 도저히 견뎌낼 수 없을 것 같았다.

정말 천천히 시간이 흘러 수요일을 밀어내고 목요일이 왔다. 오늘 그는 전화를 할 거야. 목요일 아침, 점심, 그리고 저녁이 지나갔다.

전화는 오지 않았다.

3시 30분에 올리비아는 집을 나서서 교회까지 걸어갔다가 장례식을 위해 꽃꽂이를 하러 퍼들리에서 온 아가씨를 만났다. 안토니아는 혼자서 정원을 터벅터벅 걸어 보았지만, 아무것도 얻어지는 게 없자 과수원으로 내려가 빨랫줄에 널어놓은 차 수건과 베갯잇을 거두었다. 교회의 시계가 4시를 두드리자 일 분도 더 기다릴 수 없다는 생각이 계시처럼 솟아올랐다. 지금은 무언가 뚜렷한 행동을 해야 할 찰나이고 만일 당장 그러지 못하면 속이 답답해져서 윈드러시 저수지로 달려가 물속으로라도 뛰어들어야 할 것 같았다. 그녀는 빨래 바구니를 집어던지고 정원으로 올라와 온실을 지나 부엌으로 가서 수화기를 집어 들고 에든버러 번호를 돌렸다.

따스하고 졸린 오후였고 손바닥엔 식은땀이 나고 입술은 바싹바싹 말랐다. 부엌의 시계는 그녀의 심장 고동보다도 빠르게 일 초마다 째깍거렸다. 신호음이 끝나길 기다리는 동안 막상 할 말을 정하지 않은 생각이 났다. 데이너스가 없다면 그의 어머니가 받을 것이고 그렇다면 그에게 용건을 남겨야 하지 않는가. '킬링 부인이 돌아가셨다고 데이너스에게 전해주시고 안토니아 해밀턴에게 전화하라고도 해주세요.' 그럴듯했다. 하지만 그녀가 그 얘기 끝에 뮤어필드 부인에게

병원에서 연락이 있었는지를 물어본다면 주제넘은 참견이라고 언짢
아할까? 가망이 없다는 결과가 나왔을 수도 있다. 데이너스의 어머
니가 글로스터셔 촌구석에서 걸려 온 낯선 목소리의 주인공에게 불
편한 심기를 떠벌릴 사람은 아닐 것이다. 그렇다면…….

"여보세요?"

수만 가지 생각이 한 번에 떠오르는 바람에 하마터면 수화기를 놓
칠 뻔했다.

"저는…… 혹시 뮤어필드 부인이신가요?"

"아뇨, 죄송합니다. 뮤어필드 부인은 지금 안 계십니다."

스코틀랜드 억양의 차분한 여자 목소리가 대답했다.

"그럼 언제 돌아오시죠?"

"잘 모르겠습니다. 어린이 구호 기금 모임에 참석하신 다음에 친구
를 만나시기로 되어 있으니까요."

"그렇다면 뮤어필드 씨는요?"

"뮤어필드 씨는 사무실에 계십니다."

안토니아의 질문이 무색할 정도로 대답은 분명했다.

"6시 30분이 돼야 집에 돌아오시죠."

"전화 받으신 분은 누구시죠?"

"뮤어필드 부인의 집안일 도와주는 사람인데요."

안토니아는 주저했다. 목소리의 주인공은 아마도 하고 있던 청소
를 빨리 마쳐야겠다고 생각했는지 조급하게 물었다.

"전할 말씀은요?"

안토니아는 될 대로 되라는 기분으로 물었다.

"데이너스 있어요?"

"낚시 가셨어요."

"알아요, 하지만 오늘 돌아오겠다고 했어요. 그래서……."

"아뇨, 아직 오시지 않았어요. 언제 오실지는 알 수 없고요."

"그렇다면……."

선택의 여지가 없었다.

"메모 좀 전해 주시겠어요?"

"제가 종이와 연필을 준비해 올 테니 기다리세요."

안토니아는 기다렸다.

"됐어요."

"안토니아가 전화했다고 전해주세요. 안토니아 해밀턴."

"적을게요. 안-토-니-아 해밀턴."

"네, 됐어요. 그리고 킬링 부인이 화요일 아침에 돌아가셨고 장례식은 토요일 오후 3시에 템플 퍼들리에서 있다고도요. 그렇게 말하면 알 거예요."

그녀는 얘기가 전해져서 그가 참석할 수 있기를 빌면서 말했다.

"아마 참석하고 싶어 할 거예요."

금요일 아침 10시에 포드모어 오두막에 전화벨이 울렸다. 아침 식사 이후 네 번째 전화였다. 세 번은 모두 전화벨 소리에 신경을 곤두세우고 있던 안토니아가 달려와서 받았다. 하지만 지금은 안토니아는 일간신문과 우유를 가지러 마을로 갔기 때문에 식탁에 앉아 있던 올리비아가 의자에서 일어나 수화기를 집어 들었다.

"포드모어 오두막입니다."

"미스 킬링이세요?"

"말씀하세요."

"찰스 엔더비입니다, 〈엔더비, 루즈비 앤 드링〉의."

"안녕하세요, 엔더비 씨."

판에 박힌 애도의 말은 없었다. 올리비아가 페넬로프의 고문 변호사인 그에게 엄마의 죽음을 알렸을 때 이미 했기 때문이었다.

"미스 킬링, 괜찮으시다면 토요일에 글로스터셔로 가서 장례식에 참석할까 합니다. 장례식 후에 당신과 형제들을 만날 겸 해서요. 어머니 유서의 요지를 설명하고 복사본도 드리려고요. 너무 성급하다고 생각하시면 다른 날을 골라주셔도 되겠지만 형제들이 모두 모였을 때가 좋을 것 같아서요. 한 30분이면 충분할 겁니다."

올리비아는 잠시 생각했다.

"미룰 이유가 없어요. 빠를수록 좋고 모이기도 쉽지 않으니까요."

"몇 시가 좋겠습니까?"

"3시에 식이 시작되고, 식후엔 간단한 티타임이 있어요. 5시면 모두 끝날 것 같은데…… 어때요?"

"좋습니다. 서류를 준비해 가죠. 체임벌린 부인과 남동생에게도 그렇게 전해 주십시오."

"그럴게요."

그녀는 구 목사관으로 전화를 했다.

"언니, 나야."

"그래, 그러잖아도 하려던 참이야. 어떻게 지냈니? 준비는 잘 돼 가

고? 필요하면 불러, 당장 달려갈 테니까. 얼마나 슬픈지 말로 다 못
할 지경이야. 그리고⋯⋯."

올리비아는 언니의 말허리를 잘랐다.

"언니, 엔더비 씨한테서 전화가 왔어. 엄마 장례식 후에 우리 형제
들을 만나고 싶대. 5시에. 만날 수 있어?"

"5시?"

낸시의 목소리는 놀라서 약간 떨렸다. 올리비아의 말에서 뭔가 석
연치 않은 낌새를 느꼈기 때문이었다.

"안 돼, 5시는 안 돼. 못 만나."

"왜 안 돼?"

"조지가 목사님이랑 부주교님하고 약속이 있어, 부목사의 봉급 문
제로. 아주 중요한 일이거든. 장례식이 끝나자마자 집으로 달려와야
할 형편이라고."

"이것도 중요해. 약속을 연기하라고 해."

"올리비아, 난 그렇게는 할 수 없어."

"그럼 차를 두 대 가지고 오면 되잖아, 혼자 타고 가면. 그럼 참석
할 수 있잖아."

"엔더비를 다음에 만나면 안 되겠니?"

"그럴 수도 있겠지. 하지만 서로 불편하잖아. 난 벌써 엔더비 씨하
고 약속했어. 언니가 따라줘."

올리비아의 목소리는 그녀가 듣기에도 인정이라곤 없었다. 그녀
는 목소리를 누그러뜨려 한마디 덧붙였다.

"저녁에 혼자 가기 싫으면 여기서 자고 아침에 가면 되잖아. 어쨌

든 와."

"그래, 알았어."

낸시는 싫지만 고집을 꺾었다.

"말은 고맙지만 거기서 잘 수는 없어. 크로프트웨이 부인이 쉬는 날이라 내가 저녁을 해야 하거든."

빌어먹을 크로프트웨이 마누라 같으니라고. 올리비아는 친절해지려던 노력을 멈추고 말했다.

"노엘한테 그 자리에 꼭 있어야 한다고 연락 좀 해. 그게 내 일을 덜어주는 거니까. 그리고 쓸모없다는 기분을 없애줄지도 모르고."

강줄기가 가늘어지고 연어가 사는 강도 거의 물이 마르는 긴 가뭄이 끝나고 서덜랜드에 비가 쏟아졌다. 서쪽에서부터 햇살과 하늘을 시커멓게 가리면서 몰려온 먹구름이 언덕 꼭대기에서 멎으면서 골짜기에 갇혀 안개로 바뀌더니 후드득 빗방울을 떨어뜨렸다. 불똥이 옮겨붙을 정도로 바싹 마른 히스(황야에 무성한 관목의 일종 _옮긴이)를 촉촉이 적신 빗방울이 토탄의 갈라진 틈새로 모여 흐르면서 가느다랗게 개울을 만든 것이 점점 불기 시작해 언덕 등성이에선 제법 내를 이루었다. 하루 동안의 비로 물줄기가 되살아난 셈이었다. 흐르는 물은 깊은 웅덩이를 만나면 잠깐씩 하얗게 포말로 변하면서 골짜기를 내려가 바다로 향했다. 이제까지 입질이 없어 따분하기만 하던 낚시가 목요일 아침이 되면서 순식간에 흥미진진해졌다.

목요일은 바로 두 젊은이가 에든버러로 돌아가기로 한 날이었다. 적막한 오두막 현관에 서서 빗줄기를 바라보며 의논했지만, 따분하게 한 주일을 보낸 터라 물론 갈등은 있었지만 돌아가는 날짜를 연기하고 싶은 마음이 두 사람 다 굴뚝같았다.

드디어 로디가 말했다.

"난 월요일까진 출근하지 않아도 되니까 여기 있으나 거기 있으나 별 상관없어. 이 일은 너한테 달렸어. 집에 가서 깐깐한 의사들이 뭐라고 판정했는지 알아봐야 할 사람은 너니까. 도저히 궁금해서 하루도 못 참겠다면 당장이라도 짐을 꾸려서 떠나자고. 하지만 내 생각엔 이제까지 잘 기다렸으니까 하루 더 기다리면서 낚시에 미치는 것도 좋을 것 같아. 너희 어머닌 네가 오늘 저녁에 안 나타난다고 해서 다리를 꼬며 조바심하지도 않으실 거고. 넌 이제 어른이야. 일기 예보를 들었다면 어머니도 대충 짐작하실 테지."

데이너스는 웃었다. 로디가 농담 비슷한 말투로 그가 고민하는 핵심을 꼬집어준 것이 고마웠다. 수년간 친구로 지냈지만 며칠 동안 함께 있으면서 훨씬 더 친숙해진 느낌이었다. 외톨이처럼 세상하고 뚝 떨어져 놀거리라곤 거의 없는 곳에서 저녁을 지어 먹고 조개탄으로 불을 피우고 나면 저녁 내내 얘기밖에는 할 게 없었다. 고통스럽고 창피해서 오랫동안 속에 묻어두고 있던 얘기들을 전부 털어버릴 수 있다는 게 데이너스로서는 여간 기쁘지 않았다. 그는 로디에게 미국 얘기도 갑작스러운 발병 얘기도 모두 털어놓았다. 그러자 숨기고 지내는 동안 그 짓누르던 두려움도 한결 가뿐해졌다. 한 번 틀을 깨버렸더니 점점 자신이 생겼다. 그래서 여러 직업을 전전했던 전력과 미래에 대한 대강의 계획도 얘기해 버렸다. 그는 로디에게 포드모어 오두막에서 페넬로프 킬링을 돕는다는 말도, 콘월에서 보낸 낭만적인 일주일 얘기도 하고 난 다음에 마지막으로 안토니아 얘기를 했다.

"결혼해."

로디가 거들었다.

"그러고 싶어, 어느 날은. 하지만 곧 자신이 없어져."

"뭐가?"

"결혼해도 아이를 낳을 수 없잖아. 병이 유전인지는 모르겠지만."

"그건 유전이 아니야, 확실히."

"돈벌이도 시원찮고. 사실은 두 사람 입에 풀칠할 형편도 못 돼."

"아버지한테 도움을 청해. 구두쇠 양반은 아니잖아."

"물론 그럴 순 있겠지. 하지만 그러긴 싫어."

"자존심이 밥 먹여주는 건 아니잖아."

"그건 나도 알아."

그도 그런 생각을 한 적이 있었지만, 스스로 인정하긴 싫었다.

"생각해 볼게."

그가 약속할 수 있는 것은 그게 전부였다.

그는 고개를 젖혀 빗방울이 뚝뚝 떨어지는 하늘을 보면서 가정을 꾸리는 문제와 누워서 죽을 날이나 기다려야 할 정도의 치명적인 진단 결과가 나오는 상황을 생각했다. 그리고 포드모어의 오두막에서 전화기 앞에 지키고 앉아 하루 종일 그의 전화를 기다릴 안토니아도 떠올려 보았다.

데이너스가 말했다.

"오늘 에든버러에 도착하는 즉시 전화하기로 안토니아하고 약속했어."

"내일 해도 될 거야. 내 생각에 그 정도는 이해해 줄 아가씨 같아."

이제 강물은 많이 불었을 것이다. 데이너스는 아직 한 번도 써보지 못한 연어 낚싯대에서 짜릿한 저항을 느끼면서 고기를 끌어당기기 위해 낚싯대를 쥔 주먹에 알맞게 힘을 주는 감칠맛을 상상해 보았다. 릴 낚싯대가 날아가는 소리와 간지러운 입질도. 큰 고기만 우글거리는 웅덩이도 알고 있다. 로디는 점점 참을 수 없어 했다.

"자, 빨리 결정해. 걱정은 다음에 하기로 하고 짜릿한 맛 좀 보자고. 맨날 피라미만 잡아먹었잖아. 아마 연어가 드러누워서 우릴 기다리고 있을 거야. 우린 그놈들한테 아슬아슬한 스릴을 즐기게 해줄 책임이 있어."

그 역시 가고 싶어서 온몸이 근질근질했다. 데이너스는 고개를 돌려 친구를 바라보았다. 로디의 불그스레해진 얼굴엔 흥미진진한 놀이를 눈앞에 둔 어린애 같은 들뜬 표정이 완연했다. 데이너스는 친구의 소원을 모른 체 할 수 있을 만큼 강심장이 아니었다.

그는 싱긋 웃으며 말했다.

"좋아, 더 있자고."

다음 날 아침 그들은 일찌감치 차를 타고 남쪽으로 향했다. 로디의 차 트렁크엔 가방과 낚싯대, 갈고릿대, 방수 바지, 고기 바구니, 그리고 그들이 머물기로 한 결정이 잘한 일이었음을 증명이라도 해주듯 어제 오후 동안에 낚아 올린 큼직한 연어 두 마리가 실려 있었다. 비를 맞아 말끔해진 오두막의 문이 잠긴 채 울타리로 둘러싸여 있는 모습이 등 뒤의 언덕에 가려 이젠 보이지 않았다. 그들의 앞쪽으로는 서덜랜드의 황량한 벌판을 가로지르는 좁고 긴 도로가 시작되고 있었는데 비에 촉촉이 젖은 채 바람만 오락가락했다. 비는 멎었지만 하늘엔 아직 비구름이 잔뜩 널려 있고 히스가 쫙 깔린 습지에는 구름이 펼쳐놓은 어두운 그늘이 퍼져 있었다. 벌판을 끝까지 가로질러 달린 그들은 레어그로 접어들어 보나 다리를 건너고 도녹 만의 파란 물가를 돌아 바람이 쌩쌩 부는 스트루이의 가파른 비탈길을 올라가 블랙아이슬에 닿았다. 이제부터는 길이 넓고 곧았다. 그들은 속력을 내기 시작했다. 빛바랜 이정표들이 서로 경쟁하듯 무서운 속도로 다가왔다가 지나쳐갔다. 길은 컬로든, 캐러브리지, 애비모어를 달위니에서 남쪽으로 꺾어지더니 오르막으로 접어들어 글랜개리의 가파른 언덕을 끼고 케언곰 골짜기로 뻗어 있었다. 11시가 되어서야 퍼스를 지나 자동차 길로 들어섰다. 그러고는 외과 의사의 칼날처럼 미끄러지듯 파이프를 지나 포스강을 가로지르며 놓인 커다란 다리 두 개가 나왔는데 아침 햇살을 받아 철사로 만들어진 것처럼 반짝반짝 빛이 났다. 강을 건너자 에든버러로 향하는 길목이 나왔다. 멀리 옛 도시의 첨탑과 석탑 유적들이 보이고 울퉁불퉁한 성벽 위로는 깃발이 돛대처럼 나부끼고 있었다. 아무리 시간이 흘러도 늘 오래된 사진처럼 똑같은 모습이었다.

고속도로가 끝났다. 천천히 차는 속력이 점점 줄기 시작하더니 시간당 40마일로 떨어졌고, 급기야는 30마일로 늦춰졌다. 교통은 복잡했다. 그들은 집들과 가게, 호텔을 지나 신호등이 있는 곳에서 멈추었다. 오는 동안 두 사람은 거의 말을 하지 않았다. 로디가 그 침묵을 깨뜨렸다.

"멋있었어. 언제 다시 한번 가자."

"그러자. 참 어떻게 고마워해야 할지 모르겠다."

로디는 핸들을 손톱으로 톡톡 두드리며 물었다.

"기분이 어때?"

"좋아."

"두렵니?"

"아직은. 그냥 현실로 느낄 뿐이야. 남은 인생을 계속 병에 시달리며 살아야 한다면 그렇겠지만."

"그런 일은 없을 거야."

신호등이 초록으로 바뀌자 차는 앞으로 달려갔다.

"좋은 소식일 테니까."

"그럴 거라고 생각하진 않아. 차라리 최악의 결과라고 가정하고 충격받지 않을 준비를 하는 거지."

"결과가 어떻든 혼자만 알려고 하지 마. 아무리 나쁘더라도 남한테 얘기해 버리라는 뜻이야. 얘기하고 싶은 사람이 없으면 나를 찾아. 대기하고 있을 테니까."

"병원에 가는 기분을 아니?"

"기분 좋잖아. 예쁜 간호사만 계속 쳐다보고 있으란 말이야. 내가 너무 약을 올렸나?"

퀸스페리 가의 딘 다리를 건너 거의 완벽할 정도로 시가지 조성이 잘 된 뉴타운 주택가의 널찍한 도로로 들어섰다. 말끔한 석조 이정표는 햇살에 반사되어 크림색으로 빛나고, 머리 플레이스의 나무숲은 자욱한 안개로 둘러싸여 있었으며 체리나무엔 꽃이 한창이었다.

헤리오트 로우. 좁게 위로만 삐쭉 솟은 집이 바로 그의 집이었다.

로디는 도로 구석에 차를 세우고 시동을 껐다. 두 사람은 차에서 내려 데이너스의 짐과 그의 소중한 연어가 들어 있는 바구니를 꺼내 대문 앞에 내려놓았다.

일을 마치고 "이젠 됐어."라고 말한 로디가 친한 친구와 헤어지기가 싫은지 머뭇머뭇했다.

"나하고 같이 들어갔으면 좋겠니?"

"아니, 난 괜찮을 거야."

데이너스가 대답했다.

"오늘 저녁에 집으로 전화해."

"그러지."

로디가 데이너스의 어깨에 팔을 걸치며 말했다.

"그럼, 아디오스, 친구."

"좋은 여행이었어, 로디."

"행운을 빈다."

차에 올라탄 그가 차와 함께 떠나갔다. 그가 가는 모습을 지켜보면서 바지 주머니에 손을 넣어 열쇠를 꺼낸 데이너스는 검정 페인트칠을 한 커다란 문을 열었고 문 안으로 들어갔다. 익숙한 긴 복도와 웅장하게 구부러져 올라간 계단이 눈에 들어왔다. 흠잡을 데 하나 없이 잘 정돈된 조용한 거실에선 증조할아버지의 유물인 키다리 괘종시계만 침묵을 깨며 똑딱거렸다. 가구에선 몇 년씩 공들인 윤기가 반질반질 흘렀고 전화 옆 장식장 위에 놓인 히아신스 화분에선 짙은 향기가 풍겼다.

그는 주저했다. 계단 위에 있는 문이 열렸다 닫히는 소리가 나면서 발소리가 들렸다. 올려다보자 맨 위 계단에 어머니가 서 있었다.

"데이너스."

"낚시가 재미있어지는 바람에 하루 더 있다 왔어요."

그가 말했다.

"데이너스······."

보드라운 트위드 스커트와 양털로 짠 스웨터를 입고, 잿빛 머리를 한 올도 흐트러짐 없이 빗어 넘긴 겉모습은 평상시와 같으면서도 어딘가 다른 데가 있었다. 어머니는 그를 향해 계단을 뛰어 내려왔다. 이전엔 없던 일이었다. 그는 그런 어머니를 빤히 쳐다봤다. 맨 아랫단까지 내려와서 그와 눈높이가 같아지자 그녀는 걸음을 멈추고 손으로 윤기가 반지르르한 난간을 붙잡았다.

"넌 괜찮대."

그녀가 말했다. 울음을 터뜨리진 않았지만 푸른 눈은 물기로 빛나고 있었다. 그는 그녀가 이렇게 감격해하는 모습도 처음이었다.

"데이너스, 넌 아무렇지도 않단다. 아니었대. 어제저녁 전문의하고 장시간 통화했다. 미국에서 한 진단은 오진이었어. 넌 간질병을 앓은 게 아니야. 간질병 환자도 아니었고."

그는 아무 말도 할 수 없었다. 머릿속이 갑자기 솜뭉치로 변해버린 듯 아무 생각도 나지 않더니 조금 후엔 한 가지 생각으로만 신경이 모아졌다.

"그렇다면······."

말을 하려고 애썼지만 목소리가 제대로 나와주지 않자 그는 침을 삼키고 다시 한번 시도했다.

"그렇다면 의식상실 증세는 뭐죠?"

"바이러스 감염에 의한 고열 때문이었대. 그런 일이 일어날 수도 있는가 봐. 하필이면 너한테 그게 닥친 거야. 하지만 그건 간질병하고는 상관없는 거였어. 네가 그렇게 미련한 침묵을 지키지만 않았더라면 몇 해 동안 고통의 세월을 살지 않아도 됐을 텐데."

"어머니를 걱정시키기 싫어서였어요. 이안 형 생각을 했지요. 어머니를 두 번씩 절망시킬 수 없었어요."

"내 고통은 너보다 훨씬 컸어, 쓸데없는 거였지만. 넌 정상이었으니까."

정상. 간질병에 걸린 게 아니었다. 결코 현실이 될 수 없는 무섭고 기분 나쁜 꿈을 꾸었을 뿐이었다. 이제 그는 정상이다. 약을 먹지 않아도 되고 의식을 잃지 않아도 된다. 하늘이라도 날 수 있을 것 같다. 이제 뭐든지 해도 된다, 뭐든지. 안토니아와 결혼할 수도 있게 됐다. 하느님, 안토니아와 결혼을 할 수도, 아이를 가질 수도 있게 된 것을 어떻게 감사해야 당신께 충분하겠습니까. 기적을 베풀어 주셔서 고맙습니다. 남은 일생 동안 늘 당신의 은총을 기억하며 살겠습니다. 한순간도 잊지 않겠습니다…….

"데이너스, 그렇게 멍청하게 서 있기만 할 테냐? 실감이 안 나니?"

"네."

그가 말했다. 그리고,

"어머니 사랑해요."

라고 덧붙였다. 늘 사실이었지만 표현하기를 잊고 지내던 말이었다. 어머니가 새로운 감동으로 다시 눈물이 쏟아지기 시작하자, 데이

451

너스는 두 팔로 어머니를 꼭 감싸안았다. 그러자 숨쉬기가 곤란해진 어머니는 눈물 대신 코를 킁킁거리며 손수건을 찾았다. 데이너스가 팔을 풀자 그녀는 코를 풀고, 눈물을 닦은 다음 머리 모양새를 매만졌다.

"울지 않으려고 했는데……. 네 아버지하고 나는 이렇게 기쁜 소식을 너한테 전할 수 없어서 병이 날 뻔했어. 이젠 다른 용건을 얘기해야겠다. 어제저녁에 너한테 전화가 왔었어. 내가 외출 중이라 쿠퍼 부인이 메모를 해놨는데……. 슬픈 소식이라 전하기가 거북하구나."

그녀는 이미 평소의 침착성을 회복하고 있었다. 폭발할 것 같던 기쁨과 사랑은 더 이상 찾아볼 수 없었다. 소매 깃에 손수건을 말아 넣은 그녀는 데이너스를 전화 옆으로 이끌고 가서 메모지 첫 장을 뜯어서 내밀었다.

"여기 있어. 안토니아 해밀턴이라는 아가씨한테서 온 내용인데 직접 읽어보렴."

그는 쿠퍼 부인이 꼬부랑글씨로 쓴 메모를 읽었다.

안토니아 해밀턴. 목요일 4시 전화. 킬링 부인 화요일에 사망. 토요일 오후 3시 템플 퍼들리에서 장례식. 참석 바람. L 쿠퍼.

엄마의 장례식을 위해 가족이 한자리에 모였다. 체임벌린 부부가―낸시는 자신의 차로, 조지는 고물 직전의 로버로―제일 먼저 도착했다. 낸시는 파란색 코트와 스커트, 그리고 옷과는 전혀 어울리지 않는 중절모 차림이었는데, 모자 테 아래로 보이는 표정은 엄숙하고 강해 보였다.

올리비아는 침착하고 야무져 보여서 즐겨 입은 짙은 회색의 장 뮤어 정장을 하고 나와 그들에게 차례로 키스했다. 조지와 키스한 느낌은 손가락 뼈마디에 입술을 댔다 떼었을 때와 비슷했는데 옷에선 치과 의사한테서 풍기는 방부제 냄새와 비슷한 좀약 냄새가 희미하게 났다. 손님 대하듯 그들을 따뜻하고 꽃이 많은 거실로 안내한 그녀는 역시 손님에게 하듯 사과의 말로 얘기를 시작했다.

"점심 식사 준비를 못 했어요, 죄송해요. 보셨겠지만 플라킷 아줌마는 식탁에 차만 올려놨어요. 안토니아하고 나는 아침은 샌드위치로 때우고 점심엔 잘라서 모아뒀던 빵으로 해결했거든요."

"괜찮아, 우린 오면서 간단히 요기했어."

낸시가 엄마의 의자에 앉아 한숨 놓으며 말했다.

"크로프트웨이 부인이 외출하는 바람에 아이들을 마을 친구 집에 데려다주고 왔어. 멜라니가 막 우는 걸 떼어놓고 말이야. 그 앤 펜 할머니가 돌아가셨다는 소릴 듣더니 덜덜 떨었어. 처음 죽음을 경험하거든, 그것도 아주 실감 나게."

올리비아는 대꾸할 말이 전혀 생각나지 않았다. 낸시는 검은 장갑을 벗으며 또 말했다.

"안토니아는?"

"2층에, 옷을 갈아입느라고."

조지가 시계를 들여다보며 끼어들었다.

"어서 자리를 옮겨야겠는걸. 3시까진 25분밖에 안 남았어."

"조지, 교회까진 걸어서 5분이면 충분해요."

"그야 그렇지만. 시간이 임박해서 서두는 것은 꼴불견이니까."

"어머니는? 어머니는 어디 있지?"

낸시의 목소리에 울음이 섞였다.

"교회에, 이미 준비를 끝내고 우릴 기다리셔."

올리비아는 생기 있게 대답했다.

"베드웨이 씨는 집에서부터 행렬을 이루어서 가면 어떻겠느냐고 했지만, 내 생각엔 별로 좋아 보일 것 같지가 않았어. 나랑 생각이 같으면 좋겠어."

"노엘은 언제 오니?"

"곧. 런던에서 오는 중일 거야."

"토요일이라 차가 막힐 거야."

조지가 나섰다.

"보나 마나 늦을걸."

그의 예상은 보기 좋게 빗나갔다. 5분쯤 지나자 조용하던 시골 정원이 남동생의 도착을 알리는 소리로 소란해졌다. 재규어의 엔진 소리와 자갈밭을 미끄러지며 타이어가 멎는 소리, 차 문이 열리고 닫히는 소리가 잇따라 들리더니 남동생이 그들 앞에 모습을 드러냈다. 비싼 비즈니스 점심 약속을 염두에 두고 맞추었을 회색 양복을 입고 선 그는 아주 훤칠하고 우아해 보였지만 시골 촌구석의 장례식 복장으로는 좀 어울리지 않았다.

하지만 그가 왔다는 사실만으로 충분했다. 낸시와 조지가 앉은 채 그를 쳐다보는 사이 올리비아는 일어나서 발꿈치를 들고 그에게 키스했다. 그에게서 소독약 냄새가 아닌 오 소바쥬 향수 냄새가 풍기는 게 고마웠다.

"길은 어땠니?"

"많이 밀리진 않았어, 그냥 보통이었어. 누나, 매형, 오랜만이에요. 참, 올리비아, 정원을 뱅뱅 돌아다니는 파란 양복은 누구지?"

"플라킷 씨야. 우리가 교회에 가 있는 동안 집을 봐주기로 했어."

노엘은 눈썹을 치켜올렸다.

"도둑이라도 들까 봐?"

"아니, 그냥 시골 풍습이래. 플라킷 부인 말이 장례식 동안 집을 그냥 비워두는 게 아니래. 악귀를 쫓는 뜻에서 불을 피워놓고 주전자에 물도 계속 끓여야 한다는 거야. 그래서."

"죽이 척척 맞아 돌아가는군."

조지는 또 시계를 보더니 출발을 재촉했다.

"이제 정말 가야 돼. 일어나."

낸시는 일어나서 어머니의 책상 위에 붙어 있는 거울로 걸어갔다. 모자를 잘 쓰기 위해서였다. 모자를 매만지고 장갑을 끼면서 말했다.

"안토니아는?"

"내가 불러올게."

올리비아는 그렇게 대답했지만, 안토니아는 벌써 층계를 내려와 부엌 나뭇등걸 테이블에 앉아 우편물을 들고 들어온 플라킷 씨와 얘기를 하며 기다리고 있었다. 그들이 부엌문으로 들어오자 그녀는 테이블에서 냉큼 일어나며 예의 바르게 웃었다. 파랗고 하얀 줄무늬 면 스커트에 프릴이 달린 흰 블라우스, 그리고 그 뒤엔 파란 카디건을 걸친 차림이었다. 그녀의 윤기 나는 금발은 말끔히 포니테일로 모아

455

파란 리본으로 묶고 있었다. 그런 그녀는 수줍음 잘 타는 살갗이 흰 여학생처럼 앳되게 보였다.

"괜찮아?"

올리비아가 물었다.

"그럼요."

"조지가 이젠 갈 시간이라고 해서……."

"네, 준비됐어요."

올리비아가 앞장서서 현관을 지나 햇살이 창백하게 비치는 밖으로 나가자 다른 이들도 조촐한 장례식장을 향해 뒤따랐다. 그들이 자갈밭을 가로지를 때 교회 종소리가 웅장하게 퍼지며 들렸다. 종소리의 맑고 고른 음이 평온한 시골 풍경 속에 울려 퍼지자, 나무꼭대기에 앉아 있던 까마귀들이 놀라 까악까악 소리 지르며 하늘로 날아올랐다. 엄마를 위해 울고 있는 거라는 실감이 들면서 모든 게 냉정한 현실로 올리비아에게 다가왔다. 그녀는 걸음을 멈추고 낸시가 쫓아와서 그녀 옆에 서기를 기다리며 고개를 돌려 안토니아를 쳐다보았다. 창백하기만 했던 그녀의 낯빛이 이젠 완전히 백지장처럼 보였다.

"안토니아, 왜 그래?"

안토니아는 몹시 고통스러운 표정으로 입을 열었다.

"저…… 뭘…… 좀 잊어 버렸어요. ……손수건을요. 손수건을 안 가져왔어요. 꼭 필요할 텐데……. 기다리지 말고 그냥 가세요. 곧 뒤쫓아 갈게요."

그러고는 집으로 달려갔다.

낸시가 말했다.

"의외로군. 괜찮을까?"

"글쎄, 정신을 못 차리고 있어. 내가 여기서 기다려야겠어."

"그럴 수 없어."

조지가 잘라 말했다.

"시간이 없다니까, 우리도 전부 늦어. 안토니아는 괜찮을 거야. 그 애 자리를 하나 맡아두면 돼. 올리비아, 어서……."

말은 그렇게 하면서도 주저하고 서 있을 때 또 다른 훼방꾼이 그들 앞에 나타났다. 바로 전속력으로 마을을 향해 달려오는 자동차 소리였다. 순식간에 선술집 모퉁이를 돈 차는 포드모어 오두막의 활짝 열린 대문 몇 걸음 앞에서 급브레이크를 밟으며 섰다. 낯선 청록색 포드 에스코트의 문이 열리고, 한 남자가 운전대를 비켜 땅으로 내려서서 문을 도로 닫는 모습을 모두 놀란 눈으로 지켜보았다. 잠시 후 차만큼 낯선 젊은 얼굴이 그들 앞으로 다가섰다. 올리비아도 이제껏 보지 못한 얼굴이었다.

모두들 말없이 쳐다보고만 있을 때 그가 먼저 얘기를 꺼냈다.

"죄송합니다, 너무 늦었습니다. 좀 먼 길을 왔거든요."

그러고는 올리비아의 얼굴에 드러난 놀라움을 보며 웃었다.

"만난 적은 없지만 당신은 올리비아가 틀림없지요. 저는 데이너스 뮤어필드예요."

그렇다. 노엘만큼 키가 크고 떡 벌어진 어깨가 강인해 뵈는 검게 그은 얼굴. 무척 잘생긴 청년이어서 그녀는 엄마가 왜 그를 그토록 좋아했는지를 금방 알아차렸다. 그 데이너스 뮤어필드인 것이다.

"스코틀랜드에 있는 줄 알았어요."

그녀가 생각해 낸 말은 그게 전부였다.

"어제까지 그랬었죠. 킬링 부인 소식을 어제까지 듣지 못했다는 얘기도 되고요. 무척 슬펐습니다…….."

"막 교회로 가는 중이었어요."

그가 그녀를 막아서며 물었다.

"안토니아는 어디 있죠?"

"집으로 돌아갔어요, 잊은 게 있어서. 곧 나올 거예요. 플라켓 씨가 집에 있으니까 기다리겠으면…….."

꾹 참고 서 있던 조지가 드디어 폭발했다.

"올리비아, 그렇게 얘기할 시간이 없어. 기다릴 시간도. 어서 가야해. 저 젊은이더러 안토니아를 늦지 않도록 데리고 오라고 하지."

그는 양 떼를 몰고 가듯 앞장서서 걷기 시작했다.

"어디 가서 안토니아를 찾죠?"

데이너스가 물었다.

"글쎄, 자기 방에 있을 것 같은데…….."

올리비아는 어깨 너머로 소리쳤다.

"자리 잡아 놓을게요."

플라켓 씨는 부엌에 앉아 한가롭게 '경마 뉴스'를 읽고 있었다.

"플라켓 씨, 안토니아는요?"

"울면서 2층으로 갔어."

"내가 올라가 봐도 될까요?"

"그래요."

데이너스는 좁은 계단을 두 개씩 건너뛰며 올라갔다.

"안토니아!"

2층 구조에 서툰 그는 욕실이며 부엌문을 닥치는 대로 열었다.

"안토니아!"

한단 밑으로 내려가서 세 번째 문을 열자 사용한 흔적이 있는 침실이 나왔다. 하지만 사람은 없었다. 그가 서 있는 맞은편 벽에 집 맨 끝으로 통할 듯싶은 문이 하나 보였다. 이번엔 노크도 하지 않고 밀치고 들어갔다. 그러자 침대 끝에 앉아 울고 있는 안토니아가 보였다.

비로소 마음이 놓이며 머릿속이 개운해졌다.

"안토니아."

두어 걸음 떨어져 앉으며 양팔로 그녀를 껴안아 머리가 자신의 어깨에 기대어지도록 끌어당기곤 정수리에, 이마에, 그리고 눈물로 얼룩진 두 눈에 차례로 키스했다. 눈물 맛이 찝찌름했다. 뺨이 온통 눈물로 젖어 있었지만 드디어 그녀를 찾았고, 이렇게 껴안고 있으며, 세상 누구보다도 사랑하고, 다시는 헤어지지 않을 거라는 확신을 실감하는 데는 전혀 문제 되지 않았다.

"내가 부르는 소리 못 들었어?"

그가 물었다.

"들었어요. 하지만 꿈일거라고 생각했어요. 무시무시한 종소리만 현실이라고 여겼어요. 종소리가 시작될 땐 아무렇지 않았는데 점점 울음이 복받쳐서요. 할머니가 그립고, 그분이 안 계신 세상이 무서워요. 데이너스, 내가 그토록 사랑하던 할머니가 돌아가셨어요. 늘 곁에 계셔야 할 분이 말이에요."

"알고 있어, 나도 알고 있어."

그녀는 그의 어깨에 얼굴을 묻고 계속 흐느꼈다.

"당신이 떠난 다음엔 정말 모든 게 무서웠어요."

"미안해."

"당신만 생각하면서 지냈어요. 당신이 부르는 소리도 들었지만 안 믿었어요. 세상에 저 무시무시한 종소리와 나만 있는 것 같았어요. 당신이 옆에 있었으면 좋겠다는 생각만 했어요."

그는 아무 말도 안 했다. 그녀는 여전히 울었지만 흐느끼진 않았다. 슬픔의 절정에선 벗어난 상태였다. 잠시 후 그가 쥐고 있던 팔을 풀자 그녀는 그의 품에서 빠져나와 그와 마주 봤다. 그녀의 이마에 흘러내린 머리카락을 손으로 쓸어 넘겨준 그는 손수건을 꺼내 그녀에게 내밀었다. 그는 그녀가 눈물을 닦고 어린애처럼 코를 푸는 동작을 부드럽게 지켜보았다.

"그런데 데이너스, 어디 갔었어요? 무슨 일이 있었죠? 왜 전화도 안 했어요."

"어제 정오까지 에든버러에 없었어, 낚시가 너무 재미있어서 올 수가 있어야지. 또 로디의 즐거움을 빼앗을 수도 없었고. 집에 도착하니까 어머니께서 당신 전화 메모를 주시더군. 전화를 하려고 했지만 계속 통화 중이었어."

"전화가 계속 왔어요."

"그래서 될 대로 되라는 심보로 어머니 차를 타고 달려온 거야."

"운전을 했다고요?"

그녀가 되물었다. 말의 의미를 생각하는데 일, 이 초 정도 걸렸다.

"당신이요?"

460

"음, 운전을 다시 할 수 있게 됐어. 술도 코가 삐뚤어질 때까지 마실 수 있어. 다 정상이야. 난 간질병 환자가 아니고 예전에도 아니었던 거야. 아칸소의 의사가 오진한 거였어. 좀 아팠거든, 심하게. 하지만 그게 간질은 아니었어."

그는 그녀가 다시 울음을 터뜨릴까 봐 조마조마했지만 대신 그녀는 두 팔로 그의 목에 매달려 숨이 막힐 정도로 목을 졸라댔다.

"데이너스, 이건 기적이에요."

살며시 그녀의 팔에서 빠져나온 그가 그녀의 두 손을 꼭 잡았다.

"그걸로 다 끝난 건 아니야, 시작이야. 새로운 시작. 우리 둘 모두. 난 뭐든지 당신하고 같이하고 싶으니까. 그동안 난 당신한테 아무 요구도 못 했어. 무척 괴로웠어. 날 사랑한다면 떠나지 마."

"그럴게요. 영원히 함께 있겠어요."

그녀는 슬픔이라곤 모르는 귀여운 안토니아로 돌아와 있었다.

"우린 농장뿐 아니고 돈 버는 일은 뭐든지 할 수 있어요……."

"난 당신이 런던에 가서 모델이 되는 건 원치 않아."

"당신이 싫어하면 안 해요. 다른 방법도 있을 거예요."

갑자기 그녀는 생각 하나가 떠올랐다.

"귀걸이도 팔 수 있어요, 에델 할머니 귀걸이. 4천 파운드는 받을 거예요. 큰돈은 아니지만, 이제 시작이니까요. 아마 자본이 돼줄 거예요. 페넬로프 할머니가 내가 팔고 싶을 땐 팔아도 된다고 했어요."

"갖고 싶진 않아? 할머니를 추억하면서 말이야."

"데이너스, 추억을 위한 귀걸이는 필요 없어요. 할머니를 추억할 것들은 너무 많아요."

두 사람이 얘기하는 동안 교회 탑에선 계속 종이 울렸다. 뎅뎅뎅. 동네는 온통 종소리로 가득했다.

이윽고 종소리가 멎었다. 두 사람은 서로를 쳐다보았다.

"우린 가야 해, 참석해야 해. 늦으면 안 돼."

"물론이에요."

두 사람은 일어났다. 그녀는 잽싸게 머리를 빗고 손가락으로 볼을 비볐다.

"운 것 같아요?"

"아주 조금, 아마 모를 거야."

그녀는 거울에서 돌아섰다.

"이제 됐어요."

그녀가 말하자 그는 그녀의 손을 잡고 방을 나갔다.

가족들이 교회로 들어설 땐 종소리는 더욱 커져 마을의 모든 소리를 침묵시키면서 그들 머리 위를 맴돌았다. 도로 가장자리에 주차된 차들이며 교회 묘지 정문을 지나 이젠 오래되어 마모된 비석들 사이로 난 좁은 길을 올라오는 작은 냇줄기 같은 애도 인파의 행렬이 올리비아의 시야로 들어왔다.

뎅— 뎅— 뎅—.

그녀가 베드웨이 씨와 몇 마디 주고받으려고 멈춰 선 사이 나머지 사람들은 예배당 안으로 들어갔다. 따스한 햇살이 문 앞에서 멈춰버린 실내는 찬 대리석 바닥에서 올라오는 냉기로 서늘했다. 꼭 무덤 속으로 들어온 기분이었다. 죽음의 시계가 바쁘게 째깍거리고 그 소리에 맞춰 누워 있는 시체가 조금씩 썩고 있는 상상을 불러일으키는 곰팡내까지 짙게 풍겼다. 하지만 한결같이 슬프기만 한 분위기는 아니었다. 퍼들리의 소녀가 봄꽃을 꽂아 둔 화병이 구석구석 놓여 있었고 작은 실내는 조객들로 빽빽했다. 교회의 빈자리를 보면 늘 우울했던 올리비아를 뿌듯하게 하는 광경이었다.

그들이 자리를 찾아 통로로 들어서자 종소리는 퉁명스럽게 멈추었다. 대리석 바닥에 또박또박 발소리를 울리면서 침묵 속을 걸어 비어 있는 맨 앞줄 의자까지 나간 그들은 올리비아, 낸시, 조지, 노엘 순서로 앉았다. 제대 앞 단상에 놓인 엄마의 관을 보고 섬뜩해진 올리비아는 겁먹은 눈으로 주위를 둘러보았다. 그러자 장례 예배를 위해 온 퍼들리 교회 교인으로 짐작되는 낯선 시골 얼굴들 틈에 작은 점처럼 박혀 있을 자신이 머릿속에 떠올랐다. 데본의 에킨슨, 〈엔더비, 루즈비 앤 드링〉의 엔더비, 오래전 작가 지망생 시절 오클리 가 정원에 있는 로런스 스턴의 화실에서 잠시 기거한 초상화 작가 로저 웜부시의 얼굴도, 랠라와 월리 프리드먼의 예전보다 훨씬 핏기 없는 창백한 얼굴도, 군청색으로 맵시 나게 차려입은 페넬로프의 오랜 친구인 샤를과 샹탈 레니에의 딸 루이스 듀챔프도 보였다. 장례식을 위해 파리에서 영국까지 달려온 그녀는 올리비아와 눈이 마주치자 부드럽게 웃어보였다. 올리비아도 먼 길을 마다 않고 참석해 준 호의에 미소로 답례했다.

틸링엄 부인이 약속대로 오르간을 연주하자 조용하던 실내에 음악이 흐르기 시작했다. 노인처럼 숨 가쁘게 악보를 음률로 이어내는 낡은 오르간이었지만 엄마가 좋아하는 모차르트 소야곡을 연주하는

데는 별 무리가 없었다. '틸링엄 부인이 알고 연주하는 것일까, 아니야 그냥 짐작으로 하는 것일까?'

로즈 필킹톤도 보였다. 거의 아흔이 가까운 나이이지만 여전히 정정한 모습으로 검은 벨벳 망토에 지구를 두 바퀴는 돈 것처럼 너덜너덜한 보랏빛 밀짚모자를 쓰고 있었다. 윤기 나는 주름진 얼굴 속에 보이는 두 눈은 이미 일어난 일이나 앞으로 일어날 일이나 모두 차분히 받아들일 준비가 된 듯 온화했다. 로즈의 여유 있는 표정을 보자 올리비아는 겁먹고 있던 자신이 부끄러워졌다. 그녀는 고개를 앞으로 돌리고 음악을 들으면서 꽃으로 뒤덮인 엄마의 관을 쳐다보았다.

그때 뒤쪽에서 서둘러 걸어오는 발소리와 말소리가 들리기 시작하더니 재빠르게 통로를 지나 비어 있던 뒷자리에 앉는 기척이 났다. 안토니아와 데이너스였다.

"왔어?"

안토니아가 앞으로 몸을 당겼다. 안색이 본래대로 회복되어 있었다.

"늦어서 죄송해요."

"아냐, 딱 맞게 왔어."

"올리비아 아줌마…… 이 사람, 데이너스예요."

올리비아는 웃으며 대꾸했다.

"알고 있어."

머리 저 위에서 교회 탑의 시계가 3시를 알리며 울렸다.

장례 의식이 거의 끝나고, 짧게 조사도 마치자 틸링엄 목사가 찬송가를 부르자고 제안했다. 틸링엄 부인이 처음 몇 소절을 연주하자,

사람들은 찬송가 책을 펴 들고 일어섰다.

> 이제는 천상의 안식에 든 모든 성인을 위해 비오니
> 그들의 세상에서의 굳센 믿음을 보시고
> 주여 영원히 축복 하소서
> 할렐루야

퍼들리 교회 교인들은 아주 익숙하게 서까래가 울릴 정도로 목청을 높여 합창을 했다. 장례식에 썩 어울린다고는 생각 안 했지만, 엄마가 제일 좋아하는 찬송가였기 때문에 올리비아는 이 곡을 골랐다. 그녀는 엄마가 정말 좋아하는 것은 뭐든지 기억하고 있었다. 아름다운 음악뿐 아니라 누구와 함께 지내기, 꽃 가꾸기, 정말 그래 주었으면 할 때 전화해 오래도록 수다를 떠는 일, 또 웃음이나 꿋꿋함, 인내, 그리고 사랑 같은 것도. 올리비아는 그런 모든 것들도 엄마와 함께 기억 속에서 지워버려야 한다고는 생각지 않았다. 그런 기억마저 쏙 빼버린다면 그녀는 푸근한 인정미라곤 없이 지식과 이성, 욕망으로 똘똘 뭉친 냉혈인으로 남을 게 아닌가. 이제껏 결혼의 안락을 꿈꾼 적은 없지만 남자는 필요했다, 애인이 아니라면 친구로라도. 사랑받는 동안은 사랑을 주기 위해 준비하는 여자로 살 수 있을 것 같아서였다. 그러지 않으면 고독하고 외로운 노인으로 세상에 친구 하나 없이 침묵하고 지내다 생을 마감해야 할 것 아닌가.

아마 몇 달은 지내기가 쉽지 않을 것이다. 엄마가 살아 있는 동안 따스한 애정에 길들여진, 아직 어린아이로 남아 있는 자신의 일부를 어떻게 달래야 할까. 누구나 엄마가 돌아가시기 전까진 완전한 어른이 아니다.

　그들의 성을 견고케 하시고, 힘을 굳세게 하소서
　왕 중의 왕인 당신이 그들을 이끄소서

　그녀는 큰 소리로 노래를 불렀다. 본래는 조용한 그녀였지만, 어둠을 빙자해 고래고래 소리 지르는 어린애처럼 목청을 높이자 괜히 용기도 솟아올랐다.

　주여, 어둠에 갇힌 그들에게 한 줄기 참 빛이 되소서
　할렐루야

　낸시는 울음 범벅이었다. 장례 의식 동안 잘 참아낸다 싶더니 순식간에 눈물을 터뜨리며 엉엉 울기 시작했다. 창피도 아랑곳없이 코를 훌쩍이며 흐느끼는 바람에 미리 백에 넣어 가지고 온 크리넥스도 곧 바닥이 났다.
　한 번만 더 어머니를 볼 수 있다면, 한 번만 더 어머니 목소리를 들을 수 있다면……. 어머니는 콘월에서 부활절 안부 전화를 해왔었다. 그때 낸시는 어머니의 별난 행동거지에 대해 품고 있던 자신의 솔직한 감정을 마구 터뜨렸었다. 그러고선 어머니가 일방적으로 전화를 끊어버린 걸 마지막으로, 다시는 마주 보고 도란도란 얘기할 사이도 없이 영영 이별하게 된 것이다.

낸시는 자책감 같은 건 없었다. 하지만 캄캄한 밤중에 일어나 어둠 속에서 혼자 울고 있는 기분이었다. 그녀는 사람들이 어떻게 생각할 지라든가 울음소리가 들리진 않을까 따위는 신경 쓰지 않았다. 흐르는 눈물을 그치려고 노력하지도 않았다. 마음속에 잠재해 있는 죄의식을 눈물과 함께 쏟아내면서 그녀는 정말 슬프게 울었다.

주여, 당신의 종들에게 믿음과 굳셈을 주시어
성인들처럼 불의에 용감히 대항케 하시고
마침내는 승리의 월계관을 쓰게 하소서
할렐루야

노엘은 찬송가를 따라 부르지도 않았고, 두 손을 모으지도 않았다. 자리 맨 끝에 서서 한 손은 재킷 주머니에 넣고, 한 손은 앞 의자에 달린 버팀목을 잡은 채 꼼짝도 하지 않았다. 잘생긴 얼굴은 너무 무표정해서 무슨 생각을 하고 있는 지도 전혀 알 수가 없었다.

주여, 우리에게 복을 내리시어 당신의 영광을 보게 하소서

뒷줄에 앉은 플라켓 부인이 목소리를 높여 즐겁게 찬송가를 부르자 그녀의 가슴은 벅찬 숨을 감당하느라 크게 부풀어 오르곤 했다. 아름다운 장례식이었다. 음악도, 꽃도, 찬송가도, 교회 안을 메운 꽃과 사람들도 모두 킬링 부인이 만족해할 것 같았다. 서컴스 가족들과 서들리 암스에서 온 호지킨스 부부, 퍼들리 은행 지점장 키슨 씨,

신문 판매상 톰 해들리, 그리고 몇몇 유지들과 온 마을 사람들이 참석했다. 교회가 떠나가도록 울고 있는 체임벌린 부인만 빼고는 가족들도 점잖게 앉아 있다. 플라켓 부인은 감정을 솔직히 드러내 보이는 행동을 이해하지 못했다. '자기 자신을 자기 안에 갈무리해야 한다'가 그녀의 좌우명이었고, 그것은 킬링 부인과 친밀히 지낼 수 있었던 이유 중에 하나이기도 했다. 킬링 부인과는 정말 좋은 친구였다. 킬링 부인은 그녀 삶의 한 부분이었다. 교회 안을 꽉 메운 사람들을 둘러보면서, 플라켓 부인은 머릿속으로 헤아렸다. '몇 사람이나 집으로 와서 차를 마실까, 40명? 45명쯤으로 계산하면 충분할 거야.' 차는 벌써 주전자에 담아 가스불 위에 올려놓았다.

주여, 당신이 하느님과 한 몸인 것같이
우리 모두도 당신 안에서 하나가 되게 하소서
할렐루야

과일 케이크도 넉넉하기를 플라켓 부인은 속으로 빌었다.

15

미스터 엔더비

5시 15분에 장례 다과가 끝나자 참석했던 사람들은 서둘러 인사를 나누고 집으로 돌아갔다. 그들을 전송하면서 마지막 차가 대문을 나서는 것을 지켜본 올리비아는 한숨 놓으며 집으로 들어갔다. 부엌은 한창 난리를 치르는 중이었다. 주차해 있던 자동차들을 무리 없이 소통시키느라 한 30분 정도 분주했던 플라켓 씨와 데이너스는 이번엔 플라켓 부인과 안토니아를 도와 그릇을 씻고 정리하느라 바빴다. 플라켓 부인은 비누 거품이 부글거리는 설거지통에 팔꿈치까지 푹 담그고 있었고, 플라켓 씨는 늘 그렇듯 그녀 옆에 서서 은제 찻주전자를 마른행주로 닦고 있었다. 세척기가 돌아가는 동안 데이너스는 컵과 접시들을 한 쟁반 또 날라 왔고 안토니아는 선반에서 진공청소기를 꺼냈다.

올리비아는 할 일을 찾지 못해 쩔쩔매다가 플라켓 부인에게 물었다.

"난 뭘 하지요?"

"할 거 없어요."

플라킷 부인은 설거지통에서 몸을 돌리지도 않았다. 그녀의 빨개진 손은 접시를 빠른 속도로, 그리고 세척기의 컨베이어 벨트처럼 일률적으로 닦아냈다.

"손이 많으면 일이 가벼워지는 법이에요."

"차는 정말 근사했어요. 과일 케이크도 한 조각 안 남았고요."

하지만 플라킷 부인은 대꾸하고 싶지 않은 모양이었다.

"거실에 가서 좀 쉬지 그래요. 체임벌린 부인이랑 남동생, 그리고 몇몇 손님이 아직 계시잖아요. 대충 끝나가니까 식당에 차 준비를 하겠어요."

좋은 제안이었으므로 올리비아는 이의를 제기하지 않았다. 그녀는 허리가 아파서 똑바로 서 있기도 힘들 정도로 몹시 지쳐 있었다. 복도를 지나면서, 이대로 계단을 올라가 따뜻한 물에 목욕을 하고 산뜻한 침대 시트에 누워 폭신한 베개에 기대어 책이나 읽었으면 하는 생각을 했지만 아직 하루가 끝나지 않았음을 떠올리고 나중으로 미루었다.

거실은 이미 티 파티 흔적이 말끔히 치워져 있었고, 노엘과 낸시, 엔더비 씨가 편안한 자세로 가벼운 얘기를 나누는 중이었다. 낸시와 엔더비 씨는 중앙의 안락의자에 앉아 있었고 노엘은 늘 하던 대로 등을 불구덩이 쪽으로 향한 채 어깨를 벽난로 선반에 걸치고 있었다. 올리비아가 들어서자 엔더비 씨가 꼬고 있던 다리를 풀고 일어섰다. 40대 초반인 그는 대머리에, 두툼한 안경, 빛바랜 옷 때문에 훨씬 나이 들어 보였다. 외모는 그렇지만 그의 태도는 격의 없고 상냥했다.

오후 내내 그는 차와 샌드위치, 과일 케이크를 번갈아 먹으면서 다른 손님들과 얘기를 즐겼다.

엔더비 씨는 데이너스와도 잠시 얘기를 나눴는데, 낸시와 노엘이 데이너스를 의도적으로 못 본 척하던 터라 올리비아는 속으로 다행스러워했다. 콘월에서 지내면서 엄마가 그를 위해 쓴 비용과 샌즈 호텔의 값비싼 요금이 아까워서 그러는 모양이었다.

"엔더비 씨, 좀 늦어져서 어쩌죠?"

그녀가 조용히 소파의 코너로 앉으며 인사하자 그도 따라 앉았다.

"괜찮습니다, 바쁘지 않으니까요."

식당에서 진공청소기가 돌아가는 소리가 들렸다.

"청소는 곧 끝날 테니까 잠깐만 기다리지요. 노엘, 넌 어떠니? 런던에 바쁜 일 있니?"

"오늘 저녁엔 없어."

"낸시는? 안 바빠?"

"응, 하지만 애들한테 늦지 않겠다고 약속했어."

장례식 내내 울던 그녀지만 지금은 제법 쾌활하게 보였다. 모자를 벗었기 때문인지도 몰랐다. 조지는 벌써 떠나갔다. 교회 마당에서 헤어지면서 낸시가 큰 소리로 조심해서 운전할 것과 부주교에게 자신의 안부를 전할 것을 다짐시키자 그는 모두 그러겠다고 약속을 했다.

"나도 어둡기 전에 가고 싶어. 밤에 혼자 운전하는 건 질색이거든."

진공청소기 소리가 잦아들었다. 다음 순간 문이 열리고 아직 장례용 모자를 쓰고 있는 플라켓 부인이 고개를 들이밀었다.

"다 끝났어요, 미스 킬링."

"플라켓 아주머니, 수고 많이 하셨어요."

"괜찮다면 남편하고 나는 돌아가려고요."

"네, 정말 뭐라고 감사해야 할지 모르겠어요."

"내가 좋아서 한 일인 걸요. 내일 또 봐요."

그녀가 가자 낸시가 이마에 주름을 잡았다.

"내일은 일요일이야. 왜 또 오지?"

"나를 도와서 엄마 방을 치우려고."

올리비아가 일어섰다.

"우리 갈까요?"

그녀가 식당으로 앞장섰다. 정돈이 잘 돼 있었고 식탁엔 초록빛 테이블보가 쳐져 있었다.

노엘이 눈썹을 치켜올리며 말했다.

"꼭 무슨 중역 회의 같은데."

하지만 아무도 대꾸하는 사람이 없었다. 그들은 자리에 앉았다. 엔더비 씨가 테이블 위쪽에, 올리비아와 노엘은 그의 양편에, 낸시는 그와 마주 보았다. 엔더비 씨는 아주 능숙하게 서류 가방에서 여러 장의 서류를 꺼내 그의 앞에 펼쳐 놓았다. 그들은 그가 시작해 주길 기다렸다.

목청을 가다듬은 그가 드디어 말을 시작했다.

"우선 시작에 앞서 장례식 후에 이렇게 시간을 내주신 여러분께 감사드립니다. 아무쪼록 이 일로 해서 불편이 없으시길 바랍니다. 유언장을 낭독하는 일이 꼭 필요한 것은 아니지만, 제 입장에선 여러분이 모두 한자리에 모일 때 어머니의 재산 처분에 대한 의도를 전하고 혹시 이해가 미진한 부분이 있으면 납득이 가도록 충분한 설명을 드리는 것이 도리일 것 같아서 이런 자리를 청했습니다. 그럼……."

앞에 놓인 서류 중에서 긴 봉투 하나를 집어 든 엔더비 씨는 반으로 접힌 두꺼운 서류를 꺼내 테이블 위에 펼쳤다. 올리비아는 시험 시간에 커닝을 하는 어린 학생처럼 손톱을 살피는 척하면서 눈을 돌려 슬쩍 곁눈질을 하는 노엘을 쳐다보았다.

엔더비 씨는 안경을 바로잡으며 말했다.

"이것은 페넬로프 소피아 킬링, 구(舊) 성(姓) 스턴 씨의 최종 유언으로 1980년 7월 8일 작성되었습니다. 괜찮으시다면 전문을 읽지 않고 상속에 관한 대목만 읽겠습니다."

그들은 그의 제안에 동의했다.

"우선 가족 이외에 두 명의 상속인이 있음을 말씀드립니다. 글로스터셔 퍼들리 호저스 가 43번지에 사는 플로렌스 플라켓 부인에게 2천 파운드를 상속하고, 콘월 포스케리스 와프 래인 7번지에 사는 도리스 펜버스 부인에게 5천 파운드를 상속하셨습니다."

"참 멋진 생각이야."

낸시가 어머니의 깊은 배려에 감탄하며 말을 꺼냈다.

"플라켓 부인은 충분히 그만한 값어치를 했어. 그녀가 없었으면 어머닌 어쨌을까. 도저히 생각할 수도 없어."

"도리스 아줌마도 그래."

올리비아가 나섰다.

"도리스 아줌마는 엄마의 제일 친한 친구야. 전시 동안 함께 지내면서 아주 가까워졌어."

"저는 플라캣 부인은 만나봤지만, 펜버스 부인은 못 본 것 같은데요."

엔더비가 끼어들었다.

"네, 오지 못하셨어요, 남편이 편찮으셔서. 하지만 몹시 애석해하셨어요."

"그럼 두 분께는 서한으로 상속 사실을 알리겠습니다."

그는 잠시 메모를 하고 다시 얘기를 이었다.

"이번엔 가족들의 상속 문제로 넘어가지요."

노엘은 등을 의자에 기대고 재킷 안주머니에서 만년필을 꺼내 뚜껑을 열었다 닫았다 하기 시작했다.

"가구의 상속에 관한 내용입니다. 낸시에겐 침실에 있는 리젠시 소파 테이블을 상속하셨습니다. 제 생각에 어머님께서 화장대로 사용하시던 테이블인 것 같습니다. 올리비아에겐 킬링 부인의 부친이신 고(故) 로런스 스턴의 유품인 거실에 있는 책상을 상속하셨습니다. 그리고 노엘에겐 식탁과 식탁에 딸린 여덟 개의 의자를 상속하였습니다. 바로 지금 우리가 앉아 있는 것이지요."

낸시가 남동생에게 고개를 돌렸다.

"야, 토끼 굴보다 좁은 네 아파트에 이거 들여놓을 공간이 있겠니? 고양이 새끼 한 마리도 끼어들 틈이 없던데."

"다른 아파트를 사야겠지."

"식당이 따로 있는 아파트여야겠구나."

"그렇겠지."

그는 짧게 대꾸했다.

"엔더비 씨, 계속하시죠."

하지만 낸시는 멈추지 않았다.

"이게 전부예요?"

"무슨 말씀이신지 잘 모르겠는데요."

"제 말은…… 보석은 어떻게 했느냐고요."

올리비아는 올 것이 왔다고 생각했다.

"엄마는 보석이라곤 없었어, 낸시. 반지는 오래전에 아버지 빚 갚느라고 몽땅 팔았어."

낸시는 올리비아가 돌아가신 아버지를 냉정하게 말할 때마다 느끼던 반감을 또 느꼈다. 엔더비 씨 앞에서 독이 오른 목소리로 그런 얘기를 할 필요가 있을까?

"에델 할머니 귀걸이는? 에델 할머니가 물려준 거 말이야. 못 나가도 4, 5천 파운드는 나갈걸. 그건 어떻게 됐지?"

"벌써 다른 사람 줬어, 안토니아한테."

올리비아는 대답했다.

말 뒤에 침묵이 흘렀지만 팔꿈치로 테이블을 짚고 손가락으로 불만스럽게 머리를 벅벅 긁는 노엘에 의해 깨졌다.

"하느님 맙소사!"

초록색 테이블보 너머로 올리비아는 낸시와 눈이 마주쳤다. 그녀의 파란 눈동자는 분노로 가득했고 두 뺨은 폭발 직전처럼 실룩거렸다. 드디어 그녀가 말했다.

"그게 사실은 아니겠지?"

"유감스럽게도 사실입니다."

엔더비 씨가 차분하게 대답했다.

"콘월에서 함께 휴가를 보낼 때 킬링 부인이 안토니아에게 주었습니다. 부인은 돌아가시기 바로 전날, 제게 와서 그 사실을 말했습니다. 그리고 그 문제에 대해 잡음이 일지 않기를 특별히 부탁하셨습니다."

"넌 어떻게 알았지?"

낸시가 올리비아에게 물었다.

"어떻게 알았느냐고? 엄마가 편지에 썼으니까."

"그건 멜라니한테 돌아가야 했을 물건이야."

"언니, 안토니아는 엄마한테 극진했고, 엄마도 그런 그 애를 좋아했어. 엄마의 마지막 몇 주일을 그 애는 무척 행복하게 만들어줬지. 그 애는 콘월까지 따라가서 엄마의 친구가 되어주었어. 우리 중 누구도 하지 못한 일이야."

"그래서 고맙다는 인사라도 하란 말이니? 나한테서 그런 기대일랑 아예 말아라."

"안토니아는 고마워하고 있어……."

영원히 끝나지 않을 것 같던 언쟁이 엔더비 씨의 헛기침으로 중단되었다. 낸시는 입술에 힘을 주며 침묵을 지켰고 올리비아는 안도의 숨을 내쉬었다. 그러면서 그녀는 에델 할머니의 귀걸이에 대한 논쟁은 앞으로도 계속될 거라고 속으로 확신했다.

"엔더비 씨, 죄송해요. 우리가 너무 시간을 끌었어요. 계속하시지요."

잠시 그녀에게 감사의 눈빛을 보낸 그가 얘기를 이었다.

"이번엔 부동산의 상속에 관해서입니다. 킬링 부인은 특히 이 부분에서 세 분이 이의가 없기를 강조하셨습니다. 해서 우리는 어머님과 상의한 끝에 있는 것을 모두 팔아 현금으로 세 분에게 분배하기로 결정했습니다. 그러기 위해선 부동산을 관리할 수탁자가 있어야 하는데 유언집행자인〈엔더비, 루즈비 앤 드링〉이 그 일을 공동으로 떠맡기로 합의했습니다. 그게 공정하겠지요? 좋습니다. 그러면⋯⋯."

그는 읽기 시작했다.

"나는 내 부동산을 모두 매매하여 현금화한 것을 나의 재산수탁자에게 위임한다. 체임벌린 부인, 말씀하시죠?"

"무슨 뜻인지 모르겠어요."

"킬링 부인의 모든 재산, 그러니까 이 집과 부인이 가지고 있던 수표나 어음, 예금통장 같은 것들을 모두 포함해서 하는 얘기입니다."

"전부 팔아서 합친 금액을 셋으로 나눈다고요?"

"네, 그렇습니다. 물론 부채나 증여세, 인지세, 장례 비용은 제하고 나서겠지요."

"그런데 굉장히 복잡한 것처럼 들렸어요."

노엘은 주머니에 손을 넣어 수첩을 꺼내고 빈 페이지를 펼치더니 만년필 뚜껑을 벗겼다.

"엔더비 씨, 한번 정확히 계산해 봤으면 좋겠습니다."

"그러지요. 우선 이 집부터 할까요? 포드모어 오두막의 집과 정원은 적어도 25만 파운드는 나갈 겁니다. 어머님께서 12만 파운드를 주고 사신 게 5년 전 일이니까 많이 올랐겠지요. 누구나 선호하는 전원주택인 데다 런던과도 가까운 거리니까요. 집 안의 물건들은 제가 정확히 값을 매기지 못하겠습니다. 글쎄, 한 1만 파운드 정도? 그리고 킬링 부인의 유가증권은 모두 2만 파운드입니다."

노엘은 놀랐다.

"그렇게 많던가요? 전혀 몰랐어요."

"나도."

낸시가 끼어들었다.

"그 돈이 전부 어디서 났지?"

"오클리 가 저택을 판 돈이었지요. 어머님께선 포드모어 오두막을 사고 남은 돈을 신중히 투자하셨어요."

"알고 있어요."

"그럼 현금은요?"

노엘은 조목조목 수첩에 적은 다음 차례로 더해 합계를 냈다.

"아버님이신 로런스 스턴 화백의 두 쪽짜리 패널 그림값으로 받은 10만 파운드까지 합치면 현금은 훨씬 많아지지요, 부스비 화랑의 중개로 한 개인 바이어에게 팔았거든요. 하지만 이것 역시 제반 세금을 물어야 해요."

"그렇다 하더라도……."

노엘은 재빨리 머릿속으로 계산을 끝내고 말했다.

"총액이 35만 파운드 이상 되겠군요."

아무도 그 엄청난 액수에 대해 코멘트가 없었다. 모두 침묵하는 가운데 그는 만년필 뚜껑을 끼워 테이블 위에 놓고 의자에 다시 기댔다.

"생각해 보니, 누나들, 괜찮은 소득이야."

"만족하신다니 저도 기쁩니다."

엔더비 씨가 덤덤하게 대꾸했다.

"됐습니다."

노엘은 의자에서 일어날 기세로 몸을 늘인 다음 얘기를 계속했다.

"한잔들 하시죠. 위스키 좋으세요, 엔더비 씨?"

"아주 좋아합니다. 하지만 지금 당장은 곤란합니다. 아직 얘기가 끝나지 않았거든요."

노엘이 미간을 찌푸렸다.

"또 뭐가 남았죠?"

"여기 1984년 4월 30일에 작성된 유언 보충서가 있습니다. 이전에 해두었던 유언을 일정한 시간이 지난 다음 다시 확인하기 위해 작성하는 것인데 이미 말씀드린 내용과 달라진 게 없으면 별 의미는 없습니다."

올리비아는 기억을 더듬었다.

"4월 30일이면 런던에 오셨던 날이군요, 돌아가시기 바로 전날."

"그렇습니다."

"엔더비 씨, 그럼 당신을 만나기 위해 오셨던 건가요?"

"그럴 겁니다."

"유언 보충서에 서명하기 위해서요?"

"네."

"우리한테 읽어주시는 게 좋겠어요."

"그럴 겁니다, 킬링 양. 읽기 전에 이것은 킬링 부인의 친필로 작성되었고 내 비서와 서기가 보는 앞에서 서명하셨음을 말씀드립니다."

그는 큰 소리로 읽어 내려갔다.

"데이너스 뮤어필드, 글로스터셔 푸드레이 서컴스 농장 트랙터 맨의 오두막에 사는 그에게 나의 아버지 로런스 스턴이 1890년에서 1910년 사이에 그린 그림의 초벌 유화 스케치 열네 점을 상속한

다. 작품 제목은 「테라초 가든」, 「연인의 만남」, 「선원의 구혼」, 「판도라」…….″

유화 스케치라. 노엘은 그것들이 어딘가 있을 거라고 눈치채곤 그 사실을 올리비아한테만 얘기했었다. 그에겐 그것들을 찾기 위해 엄마의 집을 샅샅이 뒤졌다가 실패한 경험이 있었다. 그녀는 고개를 들어 테이블 너머로 남동생을 쳐다봤다. 그는 말을 잊은 채 창백한 얼굴로 꼼짝도 하지 않았지만 턱을 약간 들어 올린 걸로 봐서 신경은 곤두서 있는 게 분명했다. 그녀는 그가 얼마나 참다가 분노를 폭발시킬지 궁금해졌다.

"……「물동이를 나르는 여인들」, 「튜니스의 시장」, 「연애편지」…….″

그것들은 그동안 어디 있었을까. 누가 보관했을까. 어디서 났을까.

"……「봄의 정령」, 「양치기의 아침」, 「아모레타의 정원」…….″

노엘은 더 이상 참지 못했다.

"그것들은 어디 있죠?"

그의 목소리에선 분노가 이글거렸다. 갑자기 무례한 질문을 받은 엔더비 씨는 잠시 말을 그쳤다가 그 정도의 분노쯤은 예상하고 있었다는 듯 안경 너머로 노엘을 쳐다보며 대꾸했다.

"우선 읽기를 끝낸 다음에 대답하기로 하지요."

잠시 불편한 침묵이 지나갔다.

"그럼 계속하세요."

엔더비 씨는 천천히 마저 읽었다.

"「바다의 신」, 「기념품」, 「흰 장미」, 「은신처」. 이 작품들은 현재 런

480

던 뉴 본드 가 부스비 화랑의 미술 중개인 로이 브룩크너가 보관하고 있지만 가능한 한 빠른 시일 내에 뉴욕 경매시장의 경매에 나가도록 계획돼 있다. 만일 경매 이전에 내가 죽으면 이후에는 데이너스 뮤어 필드의 뜻에 따라 경매나 소장 여부를 결정한다.”

엔더비 씨는 등을 의자 뒤로 바짝 기대며 무슨 말이 나오길 기다렸다.

“그것들은 어디 있었지요?”

아무도 입을 떼지 않았다. 테이블 주위엔 팽팽한 긴장이 감돌았다. 그러자 노엘이 되풀이해 물었다.

“어디 있었지요?”

“몇 년 동안 킬링 부인은 그녀 침실에 있는 옷장 뒤에 숨겨 두었습니다. 벽지로 발라 가려놓았기 때문에 눈에 띄지 않았지요.”

“우리가 아는 걸 원하지 않으셨나 보죠?”

“자녀들 때문은 아니었다고 생각합니다. 남편 눈에 띌까 봐 숨겨 놓았습니다. 오클리 가의 먼지 쌓인 아버지 화실에서 스케치 작품들을 찾아냈는데, 경제적으로 무척 곤란할 때였지만 돈 몇 푼을 위해 작품들을 팔 생각은 없으셨던 거죠.”

“어쩌다 빛을 보게 되었죠?”

“그녀는 브룩크너 씨를 포드모어 오두막으로 오게 해 부친의 다른 두 작품의 감정과 중개를 의뢰하면서 스케치 작품들의 가치도 물었습니다.”

“당신이 그 얘기를 처음 들은 게 언제죠?”

“킬링 부인은 유언 보충서를 작성하던 날 소상히 얘기했습니다. 돌아가시기 전날이죠. 체임벌린 부인, 무슨 의견이 있으십니까?"

"네, 저는 당신의 말을 한마디도 못 알아듣겠어요. 스케치 작품에 대해선 금시초문입니다. 왜들 흥분하죠? 노엘이 그것들을 중요하게 여기는 이유는 또 뭐고."

"가치가 있으니까 중요할 수밖에."

노엘은 침착하려고 애쓰며 대꾸했다.

"초벌 스케치가? 내 생각엔 너라면 내버릴 물건들 같은데."

"누나가 조금이라도 상식이 있다면 그런 말을 안 할걸."

"얼마나 값이 나가는데?"

"한 개당 4, 5천 파운드 정도. 그런데 그게 자그마치 열네 점이야."

그는 마치 낸시가 귀머거리인 양 버럭버럭 소리를 질렀다.

"계산할 수 있으면 어디 한번 총액수를 따져보라고."

올리비아는 이미 머릿속으로 계산을 끝냈다. 7만 파운드. 노엘의 흥분하는 모습을 보면서 그녀는 그에게 연민을 느꼈다. 그는 이미 포드모어 오두막의 어딘가에 그것들이 있다는 사실을 알고 있었고 비가 주룩주룩 내리는 어느 지루한 토요일에 짐 정리를 해준다는 핑계로 하루 종일 다락방에 틀어박혀 그것들을 찾았다. 그녀는 엄마도 그가 다락방에 틀어박혀 있던 진짜 이유를 짐작하고 있었는지 궁금했다. 만일 그랬다면 왜 사실대로 얘기하지 않았을까. 그것은 아마 아버지를 쏙 빼닮은 노엘을 신뢰할 수 없었기 때문일 것이다. 그녀는 입을 다물고 있다가 브룩크너에게 위탁했고, 마침내 죽기 하루 전날 데이너스에게 주기로 결정했다.

그렇다면 그렇게 결정한 이유는 뭘까.

"엔더비 씨······."

그녀가 유언 보충서를 다루기 시작한 이후 처음으로 입을 열자 엔더비 씨는 그녀의 조용한 목소리에 심각하게 귀를 기울였다.

"스케치 작품들을 데이너스 뮤어필드에게 상속한 무슨 특별한 이유가 있었나요?"

그녀는 기쁨이나 슬픔 같은 감정을 담지 않으려고 특별히 신경 쓰면서 말을 계속했다.

"그녀에겐 아주 특별한 의미가 있는 것들인 반면에 그를 안 기간은 아주 짧아서요."

"저도 그 이유는 알지 못합니다. 그냥 그녀는 그 젊은이를 무척 좋아했고, 그래서 돕기를 원했을 거라고 짐작할 따름이지요. 그가 무슨 조그만 사업을 하고 싶어 했나 봅니다. 그래서 밑천을 만들어 주려고······."

"우리가 이의를 제기할 수 있는 사항인가요?"

노엘이 물었다.

올리비아는 그에게로 고개를 돌렸다.

"우린 아무것도 이의제기를 할 수 없어."

그녀의 목소리는 단호했다.

"법률적으로 가능한 일이라도 난 동의 못 해."

총액수를 계산하느라 끙끙대던 낸시가 다시 논쟁에 합류했다.

"5 곱하기 14는 70이야. 그렇다면 그 젊은이가 7만 파운드를 상속받는다는 뜻이니?"

"체임벌린 부인, 그가 그것들을 처분한다면 그렇습니다."

"이건 말도 안 돼. 뭐가 크게 잘못됐어. 어머니는 그를 잘 몰랐어. 자신의 정원사라는 사실이 전부였을 걸."

그녀는 극도로 혼란되어 있었다.

"도저히 있을 수 없는 일이야. 머릿속이 빙빙 돈다. 난 어머니한테 그에게선 왠지 불길한 예감이 느껴진다고 말했었어. 노엘, 내가 너한 테도 전화로 얘기했지? 어머니가 「조개 줍는 아이들」을 없앤 얘기 끝에 말이야. 에델 할머니 귀걸이도…… 없앴어. 그리고 이번엔 이것까지. 값나갈 건 전부 다 없앤 거야. 어머닌 제정신이 아니었어. 아파서 제대로 판단할 수가 없었나 봐. 다르게 설명할 방법이 없어. 우린 뭔가 행동을 취해야 해."

낸시 쪽으로 몸을 굽힌 노엘이 대꾸했다.

"내가 순순히 앉아서 당할 것 같아……."

"……어머니는 분명히 제정신이 아니었어."

"……문제 삼을 게 한두 가지라야지."

"……돈이 걸린 일이야."

올리비아는 더 이상 잠자코 있을 수가 없었다.

"조용히 해."

그녀는 조용히, 그렇지만 오랫동안 비너스 편집장을 하며 터득한 위엄 있는 목소리로 힘 있게 말했다. 노엘과 낸시가 한 번도 들어보지 못한 목소리였다. 놀라서 멍한 표정으로 말을 잃은 채 그녀를 빤히 쳐다보던 두 사람이 이성을 되찾으며 입을 다물었다. 그러자 올리비아는 조용히 말을 계속했다.

"더 이상 아무 말도 듣고 싶지 않아. 이젠 끝났어. 엄마는 돌아가셨고 우린 오늘 엄마를 땅속에 묻었어. 그런데 언니하고 노엘은 그런 사실엔 아랑곳없이 먹이를 뺏기 위해 서로 으르렁대는 지저분한 개들처럼 엄마로부터 뭘 더 빼앗을 수 있을까에만 온 신경이 몰려 있어. 우린 모두 엔더비 씨 얘기를 받아들여야 해. 엄마는 정상이셨어. 아니 내가 알고 있는 여자 중에서 제일 현명한 분이셨어. 잘못엔 늘 관대하셨고, 실용적이셨지. 미래를 계획할 줄도 알았고. 우리들이 자랄 동안 엄마가 어떤 살림을 했지? 아주 가까스로, 동전 한 닢에도 발발 떨었어. 남편이란 작자는 손에 잡히는 물건은 몽땅 노름판으로 가져다 날렸어. 돌이켜보면 난 무척 행복했어. 언니하고 노엘도 그럴 거야. 엄마는 우리 모두에게 멋진 어린 시절을 누리게 해주었어. 인생을 신나게 시작할 수 있었지. 이제 엄마는 죽었어. 우리가 정말 안락한 보살핌을 받고 있었다는 사실은 엄마의 죽음으로 더 명확해졌어. 귀걸이 문제는……."

그녀는 차가운 표정으로 낸시를 쳐다보며 말을 이었다.

"엄마가 언니나 멜라니가 아닌 안토니아가 그걸 갖기를 원한 데에는 나름대로 충분한 이유가 있었을 거야."

낸시는 시선을 아래로 깔고 재킷 소매에 일은 보풀을 잡아 뜯었다.

"그리고 노엘이 아닌 데이너스에게 스케치 작품을 준 데도 역시 충분한 이유가 있을 거야."

노엘은 말없이 입만 벌렸다 도로 다물었다.

"엄마는 전부 자의로 원하는 대로 결정했어. 이거면 충분해. 아무도 이의를 달 수 없어."

한 번도 목소리를 높이는 일 없이 그녀는 말을 끝맺었다. 불편한

485

침묵이 이어지는 동안, 그녀는 앉은 채로 그녀의 항변에 대한 낸시나 노엘의 반박을 기다렸다. 조금 후 노엘이 테이블 너머 의자에서 일어섰다. 올리비아는 그에게서 쏟아질지 모를 비난에 대해 긴장하며 그를 노려보았지만 입을 열려는 것 같진 않았다.

대신, 패배를 인정하는 어떤 말보다 더 확실한 표현인 한 손으로 눈을 감쌌다가 머리를 쓸어 넘기는 동작을 해 보였다.

그는 어깨를 쭉 펴고 넥타이핀을 바로 꽂아 옷매무시를 정리한 다음 쓴웃음을 지으며 말했다.

"이런 작은 언쟁은 술로 마무리해야 되지 않겠어요?"

그러고는 걸음을 옮겼다.

"엔더비 씨, 위스키 한잔하시죠?"

그는 말 한마디로 긴장을 걷어내며 분위기를 누그러뜨렸다. 마음을 놓게 된 엔더비 씨가 노엘의 제안을 흔쾌히 수락하고 서류를 주섬주섬 모아 다시 가방에 집어넣었다. 낸시도 분첩으로 콧등을 두드리며 뭐라고 중얼중얼하더니 옷을 바로 입고 핸드백을 집어 들자 방을 걸어 나갔다. 얼음을 찾던 노엘이 그녀 뒤를 쫓아가자 올리비아와 변호사만 덩그렇게 남았다.

"죄송해요."

그녀가 사과했다.

"죄송하긴요. 아주 훌륭한 설득이었어요."

"엄마가 제정신이 아니었다고 생각진 않으시죠?"

"한순간도요."

"오후에 데이너스하고 얘기해 보셨지요. 혹시 갈피를 못 잡고 있는 사람 같진 않던가요?"

"아뇨, 오히려 그 반대더군요. 아주 성실한 젊은이 같았어요."

"하지만 전 아직도 엄마가 어마어마한 액수를 그에게 상속하신 이유를 모르겠어요."

"킬링 양, 그건 아마 알아낼 수 없을 겁니다."

그녀도 수긍했다.

"그럼 언제쯤 그에게 얘기하실 생각이죠?"

"언제든지 적당한 시기에."

"지금이 바로 그때라고 생각지 않으세요?"

"네, 조용히 얘기할 수만 있다면요."

올리비아는 웃었다.

"노엘과 낸시가 돌아간 다음에 말이죠."

"그때까지 기다리는 게 나을 것 같습니다."

"귀가가 늦어지실 텐데요?"

"아내한테 전화해야죠."

"난 그가 한시라도 빨리 그 사실을 알았으면 해요. 내일은 돌아갈 테니까. 나는 알고 있는데 그가 모른다면 공연히 분위기만 어색하게 될 테니까."

"무슨 뜻인지 알겠습니다."

노엘이 얼음 주전자를 들고 돌아와 말했다.

"올리비아, 부엌 테이블에 쪽지가 있어. 데이너스하고 안토니아는 서들리 암스로 한잔하러 갔어. 6시 30분쯤 돌아오겠대."

그는 처음으로 아주 자연스럽게 분노를 섞지 않고 그들의 이름을 발음했다. 그로 인해 좀 더 안심이 되었다. 올리비아가 엔더비 씨에게 고개를 돌렸다.

"그때까지 기다리시겠어요?"

"네."

"정말 고맙습니다, 참을성 있게 대해주셔서."

"미스 킬링, 이건 어디까지나 제 일이에요."

잠깐 2층에 머물면서 머리를 빗고, 화장을 고치고 차림을 단정히 한 낸시가 식당으로 내려와 돌아가겠다고 말하자 올리비아는 깜짝 놀랐다.

"우리하고 한잔 안 하고?"

"안 하는 게 좋을 것 같아, 먼 길을 가야 하니까. 난 차 사고는 싫어. 엔더비 씨, 안녕히 가세요. 도와주셔서 고맙고요. 일어나지 마세요. 노엘, 잘 가거라. 올리비아, 너도 그냥 있어. 내가 알아서 갈게."

올리비아는 잔을 내려놓고 언니를 따라 나갔다. 밖은 차가우면서도 향기 있는 공기로 가득 찬 해 질 녘의 봄 저녁이었다. 높고 맑은 하늘 서쪽으로 핑크빛 황혼이 얇게 깔려 있었고 언덕에서 불어온 산들바람은 나뭇가지 끝을 살짝 건드려 놓고 마을로 날아갔다. 염소와 양 떼의 울음소리도 평화롭게 들렸다.

낸시가 그녀를 쳐다보며 말했다.

"이렇게 날씨가 좋으니 얼마나 다행이야, 뭐든지 할 수 있을 것 같다. 다 잘될 거야, 올리비아. 장례 준비하느라고 수고 많았어."

진심이 느껴지는 목소리였다.

"고마워."

올리비아가 대꾸했다.

"참 자질구레한 일이 많았지?"

"맞아, 다 됐다 싶은데도 한두 군데 이 빠진 구석이 보이더라고. 엄마 비석 문제도 그래. 그 얘긴 다음에 해."

낸시가 차에 올라타며 물었다.

"런던엔 언제 돌아가니?"

"내일 저녁에. 월요일 아침엔 출근해야 돼."

"그럼 그때 전화할게."

"응."

올리비아는 잠시 주저하다가 오후에 자신이 결심했던 것을 생각해 냈다. 엄마는 꼭 작별 키스를 하고 자식들을 보냈었다. 그녀는 열린 차창으로 몸을 기울여 낸시의 뺨에 입맞춤을 하고 말했다.

"운전 잘해."

그러고는 좀 너무 나가지 않나 싶었지만 내친김에 덧붙였다.

"형부하고 애들한테 안부 전하고."

그녀가 돌아오자 두 남자는 식당에서 편안한 거실로 자리를 옮겨 앉아 있었다. 커튼을 드리우고 벽난로에 불을 지피고, 위스키에 소다를 섞어 벌써 한 잔 마신 노엘이 시계를 보더니 일어서며 돌아가야 할 시간이라고 말했다. 엔더비 씨가 아내에게 전화를 해야겠다고 하자 올리비아는 자리를 비키며 노엘을 따라 현관까지 나왔다.

"난 하루 종일 사람들 전송만 하는 것 같다."

"피곤할 거야, 일찍 자."

"우리 전부 피곤하지 뭐. 참 긴 하루였어."

점점 한기가 느껴지는 바람에 그녀는 팔짱을 꼈다.

"노엘, 일이 그렇게 돼서 미안하다. 스케치 작품은 네가 가졌어야 좋았는데. 네가 그걸 찾으려고 얼마나 애썼는지 하느님은 아실 거야. 어쩔 수 없는 일이었어. 하지만 인정하자, 우린 오늘 모두 적잖은 소득이 있었잖아. 이 집은 상당히 값을 받을 거야. 그러니 머릿속에서 상상해 낸 부당함 때문에 화를 내고 있을 필요는 없어. 계속 그러다가는 정신적인 소화불량에 걸리고 말 거야."

그는 싱겁게 웃었다.

"그래, 쓰지만 삼킬 수밖에 없는 약이야. 달리 선택할 게 없으니까. 난 아직도 엄마가 우리한테는 있다는 사실조차 말하지 않은 스케치를 왜 엉뚱한 젊은 애한테 줬는지 궁금해 죽겠어."

올리비아가 어깨를 으쓱해 보이며 말했다.

"그가 좋아서? 불쌍히 여겨서? 그것도 아니면 그냥 돕고 싶어서?"

"그것보다는 훨씬 특별한 이유가 있을 거야."

"그럴지도 모르지."

그녀도 인정했다. 그에게 작별 키스를 한 그녀가 덧붙였다.

"하지만 우리가 알아낼 수는 없을 거야."

그는 재규어에 올라타고 떠나갔다. 올리비아는 그대로 서서 '부르릉' 거리는 엔진 소리가 조용한 저녁 속으로 흔적도 없이 사라질 때까지 기다렸다. 다시 한번 시골의 소리가 들려왔다. 언덕을 가로지르는 양 떼의 울음과 밀려오는 바람, 나뭇가지의 떨림, 그리고 개 짖는 소리가. 그녀는 마을에서 다가오는 불규칙한 발소리와 젊은 목소리도 들었다. 서들리 암스에서 돌아오는 데이너스와 안토니아였다. 그들의 머리가 언덕 꼭대기에 드러나더니 열린 대문을 들어섰다. 그러자 안토니아의 어깨를 두른 데이너스의 팔도 선명히 보였다. 목에 주홍색 머플러를 감고 있는 안토니아의 뺨은 발개져 있었다. 그녀가 고개를 들자 두 사람을 기다리던 올리비아와 눈이 마주쳤다.

"올리비아 아줌마, 여기서 뭐 하세요?"

"노엘이 금방 갔어. 네가 오는 소리를 들었어. 재미있었니?"

"그냥 가볍게 한잔하고 오는 길이에요. 마음 상하지 않으셨으면 좋겠어요. 술집에 들어가 보긴 처음이지만 아주 근사했어요. 고풍스럽던데요. 데이너스는 우편배달부랑 다트도 했어요."

"이겼나요?"

올리비아가 그에게 물었다.

"아뇨, 참패예요. 제가 흑맥주 값을 뒤집어썼는걸요."

그들은 함께 집 안으로 들어갔다. 따스한 부엌에서 안토니아는 머플러를 풀었다.

"가족분들 말씀은 끝나셨어요?"

"응, 낸시도 갔어. 엔더비 씨만 아직 계시고."

그녀는 데이너스에게 돌아섰다.

"그쪽하고 얘기하길 원하세요."

데이너스는 믿기 힘든 표정을 지었다.

"나하고요?"

"네, 거실에 계세요. 어서 가보세요. 일찍 돌아가셔야 하니까."

"도대체 무슨 얘길까요?"

"나도 몰라요. 가서 직접 들어보세요."

그는 어리둥절해하며 거실로 들어서고 문을 닫았다.

"데이너스하고 할 얘기가 뭘까요?"

안토니아가 애정이 담뿍 스민 말투로 물어봤다.

"심상치 않은 일인가요?"

올리비아가 테이블 모서리에 기대며 대꾸했다.

"난 그렇게 생각지 않는걸."

그래도 안토니아가 안심하는 기색을 보이지 않자, 올리비아는 화제를 바꿨다.

"저녁은 뭘 먹지? 데이너스도 자고 갈 거야?"

"괜찮으시다면요."

"괜찮고 말고. 밤엔 집에 남자가 있는 편이 낫지. 잠자리나 마련해 보자."

"그렇게 되면 일이 수월해지네요. 그의 오두막은 한 2주일 비워서 습하고 썰렁할 테니까요."

"에든버러에서 무슨 일이 있었는지 말해 줄래? 다 나았대?"

"네, 건강하대요. 간질병이 아니었대요."

"그거 좋은 소식인데."

"네, 기적처럼요."

"너한테 무척 중요한 사람이지?"

"네."

"내 생각엔 너도 그에게 그런 존재일 거 같아."

안토니아가 수줍게 고개를 끄덕였다.

"앞으로 계획은?"

"농원을 하고 싶어 해요. 저도 도울 거고요."

"오토가든 일은 어쩌고?"

"월요일 날 일하러 가서 한 달 뒤에 그만둘 거라고 얘기하겠대요. 고용주가 늘 친절히 대해주고 이번 휴가도 내주고 그랬던 만큼 최소한 한 달 여유는 줘야겠다고 생각하나 봐요."

"그러고는?"

"이리저리 돌아다니면서 사거나 빌릴 수 있는 터를 알아보려고요. 서머셋이나 데본 쪽에요. 하지만 우린 포드모어 오두막이 팔리고 가구들이 실려 나가기 전까진 여기 머물 거예요. 내가 말했듯이 저는 사람들한테 집 구경을 시키고 데이너스는 정원을 손질하면서요."

"참 좋은 생각이야. 그는 자기 오두막으로 돌아가지 않아도 돼. 여기서 너하고 함께 사는 거야. 나도 네가 누구랑 같이 지내는 게 마음이 놓여. 엄마 차도 쓰고, 무슨 일이 생기면 곧바로 나한테 전화해. 플라켓 아주머니가 원한다면 집이 팔릴 때까지 계속 오게 하겠어. 청소도 하고, 데이너스가 다른 정원에 일하러 가면 너하고 말벗도 되고."

그녀는 혼자서 생각해 낸 것처럼 자랑스럽게 웃었다.

"아주 간단히 해결했지?"

"아직 하나 남았어요. 저는 런던에 가지 못할 것 같아요."

"알았어."

"도와주셔서 정말 고마워요. 했으면 좋겠지만 저는 모델이 될 자질은 없나 봐요. 너무 수줍음을 타요."

"그래, 맞아. 넌 결혼해서 손톱에 진흙을 묻히면서 살아야 더 행복할 거야, 그렇지?"

493

두 사람은 웃었다.

"지금도 행복하지?"

"네, 예전에 느꼈던 것보다 훨씬요. 놀라움의 연속이었어요. 최고의 행복과 슬픔을 동시에 느껴요. 페넬로프 할머닌 이해하실 거예요. 전 장례식이 두려웠어요. 아빠의 장례식이 제가 참석하는 유일한 장례식일 줄 알았는데, 또 다른 사람의 장례식에 참석해야 한다는 사실이 너무 무서웠고요. 하지만 오늘 오후는 뭔가 달랐어요. 정말 기분 좋은 추모의 자리였어요."

"나도 그걸 원했어. 모든 계획도 그렇게 세웠고. 이젠……."

올리비아는 하품을 했다.

"……전부 무사히 끝났어, 전부."

"피곤해 보이세요."

"네가 오늘 저녁에 두 번째로 나한테 그런 말을 하는구나. 늙어 보인다는 뜻도 되겠지."

"아뇨, 늙어 보이시진 않아요. 올라가셔서 목욕하세요. 저녁 걱정은 마시고요. 제가 준비할게요. 식료품실에 수프도 있고 냉장고에 양고기도 있어요. 원하신다면 침대로 가져갈게요."

"그럴 정도로 늙고 지치진 않았다."

올리비아가 의자 뒤로 등을 젖히며 말했다.

"난 지금부터 목욕을 할게. 혹시 내가 끝나기 전에 엔더비 씨가 떠나시게 되면 죄송하다고 전해줘."

"네."

"나 대신 배웅도 하고. 전화드리겠다고 말씀드려."

5분 후 데이너스와 엔더비 씨는 얘기를 끝내고 부엌으로 나왔다. 안토니아가 싱크대에서 당근 껍질을 벗길 때였다. 그녀는 몸을 돌려 웃어 보이며 무슨 말이 나오길 기다렸다. 두 사람 중 하나가 대화 내용을 설명해 주길 기대하면서. 하지만 아무도 입을 떼지 않았다. 긴장된 표정이라 먼저 묻기도 곤란했다. 그녀는 엔더비 씨에게 올리비아의 얘기를 전했다.

"무척 피곤하셔서 목욕하러 올라가셨어요. 제게 당신을 친절히 배웅해 드릴 것과 사과의 말을 부탁하셨어요. 당신이 이해해 주시길 원하셨고요."

"그야 물론이죠."

"전화 드리신대요."

"얘기해 줘서 고마워요. 이젠 나도 가 봐야겠어요. 아내가 집에서 저녁을 먹을 걸로 알고 있거든요."

그는 서류 가방을 왼손에 옮겨 들며 말했다.

"안토니아, 잘 있어요."

"저……."

안토니아는 앞치마에 손을 닦으며 말했다.

"엔더비 씨, 안녕히 가세요."

"행운이 있으시길 빕니다."

"고마워요."

그가 차에 올라타자, 데이너스는 차 뒤로 가 방향을 살펴주었다. 혼자 남은 안토니아는 다시 당근 껍질을 벗기러 부엌으로 돌아왔지만 일이 손에 잡히지 않았다. '그가 왜 행운을 빈다는 말을 했을까?'

데이너스 표정이 밝은 걸로 봐도 뭔가 좋은 일인 것은 틀림없다. 행복한 상상이겠지만 엔더비 씨가 데이너스를 잘 봐서 얘기 도중에 농장을 살 자금의 융자를 알선해 주겠다는 제안을 했을까? 그렇진 않다. 얘기하고 싶어 한 다른 이유가 처음부터 있었다……

엔더비 씨의 차가 떠나는 소리가 들렸다. 그녀는 당근 껍질 벗기던 손을 멈추고 싱크대에 등을 기대고선 데이너스가 돌아오길 기다렸다. 손에는 여전히 당근과 칼이 들려져 있었다.

"그가 뭐라고 했어요?"

그녀는 그가 미처 문안으로 들어오기 전에 물었다.

"왜 당신하고 얘기하고 싶어 했죠?"

데이너스는 당근과 칼을 빼앗아 싱크대 위에 올려놓고 팔을 벌려 그녀를 안았다.

"할 말이 있어."

"뭔데요?"

"에델 할머니 귀걸이를 팔지 않아도 돼."

"미스 킬링!"

"플라켓 아주머니세요?"

"어디 있죠?"

"엄마 침실에요."

플라켓 부인이 계단을 뛰어 올라왔다.

"벌써 시작하셨어요?"

"아뇨, 그냥 이 일을 어떻게 하는 게 좋을지 생각만 했어요. 별로 놔둘 게 없을 것 같아서요. 엄마의 옷은 너무 낡고 유행이 지난 것이라 누굴 줄 수도 없을 거예요. 전부 비닐 주머니에 담아서 청소부가 가져가도록 내놓기로 해요."

"틸링엄 부인께선 다음 달에 오르간 기금 마련을 위한 바자회를 하신다던데……."

"그래요? 그럼 아주머니 맘대로 하세요. 아주머니는 이쪽 옷장을 비우세요. 난 저쪽을 치울 테니까."

플라킷 부인은 옷장 문을 활짝 열어젖히고 낡아빠진 잡동사니들을 한 아름씩 꺼내 침대 위에 늘어놓았다. 온통 구멍투성이인 옷가지들은 눈으로 보기에도 꼴사나웠다. 옷장 정리는 장례식에 참석하는 것보다 훨씬 가슴을 찡하게 만드는 일이었다. 그녀는 플라킷 부인처럼 두 팔을 걷어붙이기로 작정하면서 무릎을 꿇고 앉아 서랍을 열었다. 팔꿈치가 닳아 없어진 스웨터와 카디건들이 나왔다. 흰색 레이스가 달린 아기용 숄과 엄마가 정원 일을 할 때 입던 청색 털실 재킷도 있었다.

일하는 도중 플라킷 부인이 물었다.

"이 집은 어떻게 되지요?"

"팔 거예요. 엄마의 뜻이고, 우리 중에 여기 살 수 있는 사람은 없고요. 하지만 데이너스와 안토니아가 남아서 집이 팔릴 때까지 집을 가꾸고, 사람들한테 보일 거예요. 집이 팔리면 가구를 치워야지요."

"안토니아하고 데이너스가요?"

플라킷 부인은 혼자서 고개를 끄덕이며 생각하더니 말했다.

"참 좋은 일이에요."

"그러고 나면 그들도 사거나 빌릴 수 있는 땅을 찾아 떠날 거고요. 같이 농원을 하겠대요."

"살림 차릴 준비를 하는 것 같군요. 그런데 두 사람은 어디 갔죠? 내가 집에 들어올 때부터 안 보였어요."

"교회에요."

"그래요?"

"플라켓 아줌마, 왠지 목소리가 은근하게 들리는데요?"

"젊은 사람이 교회로 가는 건 멋진 일이에요. 요즈음엔 통 그런 일이 없었어요. 난 두 사람이 한 쌍이 되는 게 기뻐요. 서로 끔찍이 위한다고 생각했었지요. 두 사람 다 젊은데 뭐가 걱정이겠어요. 같이 노력하면 살기 마련이지요, 이거는요?"

올리비아는 엄마의 낡은 망토를 쳐다보았다. 그러자 엄마와 어린 안토니아가 이비자 공항에 도착하던 장면이 떠올랐다. 엄마는 이 망토를 걸치고 있었고 안토니아는 코스모의 품으로 뛰어들었었다. 굉장히 오래전 일처럼 느껴졌다.

그녀가 말했다.

"이건 버리긴 아까워요. 교회 바자회에 내놓으세요."

그러자 플라켓 부인이 섭섭해했다.

"이게 얼마나 두껍고 따뜻한데요. 아직 몇 년은 더 쓸 텐데……."

"그럼 가지세요. 자전거 탈 때 걸치면 좋겠어요."

"미스 킬링, 정말 고마워요. 어머니 생각하면서 걸칠게요."

그녀는 망토를 의자 등받이에 걸쳐 놓으며 말했다.

다른 서랍을 열었다. 속옷과 잠옷, 울 타이츠, 벨트, 스카프가 나왔다. 주홍색 모란이 흐드러지게 피어 있는 중국제 실크 숄과 검은 레이스로 된 베일도 있었다.

이제 옷장은 거의 비었다. 깊숙이 손을 넣었다 뺀 플라킷 부인이 소리치며 그녀를 불렀다.

"이거 좀 보세요."

그녀는 드레스가 걸린 옷걸이를 손에 쥐고 흔들어 보였다. 싸구려 금속 장식이 주렁주렁 달린 앳되고 발랄해 보이는 붉은 드레스였다. 흰 데이지 꽃무늬에 목선이 네모지게 파이고 어깨엔 솜 패드를 넣은 옷이었다.

"난 이 옷은 한 번도 못 봤어요."

"저도요. 엄마가 왜 이걸 옷장에 감추고 계셨을까요. 전쟁 중에 입었던 옷 같은데…… 아줌마, 버리세요."

맨 꼭대기 선반을 열었다. 크림과 로션, 손톱 다듬는 줄, 빈 향수병, 분통, 백조 털로 만든 분첩, 구슬 목걸이와 귀걸이가 나왔다. 전부 모조품이었다.

신발도 있었다. 어떤 소지품보다도 주인과 밀접한 게 신발일 텐데 신발이 상태가 제일 나빴다. 올리비아는 미련 없이 비닐 주머니에 신발들을 처넣었다.

마침내 고통스러운 일이 끝이 났다. 플라킷 부인이 비닐 주머니들의 양쪽 손잡이를 채우자, 두 사람은 쓰레기 박스가 있는 아래층 바깥까지 그것들을 날라갔다.

"내일 아침에 치우러 올 거예요. 이제 모든 게 다 끝났어요."

부엌으로 돌아온 플라킷 부인은 코트를 입었다.

"플라켓 아주머니, 정말 고마워요."

올리비아는 그녀가 망토를 소중히 접어 망태기에 넣는 걸 지켜보며 말했다.

"나 혼자 했으면 어림없었을 거예요."

"당신을 도와드릴 수 있다는 게 난 그저 기뻐요. 이제 가야 해요, 남편 저녁상을 봐야 하거든요. 런던까지 잘 가세요. 미스 킬링, 이젠 스스로를 돌볼 때예요. 좀 쉬세요. 주말 내내 바빴으니까."

"전화하겠어요, 아주머니."

"좋지요, 우릴 보러 또 오세요. 꼭 다시 만나고 싶어요."

그녀는 자전거에 올라타고 미끄러지듯 언덕을 내려갔다. 큰 몸집은 페달을 밟을 때마다 좌우로 흔들렸고 망태기는 손잡이에 매달려 달랑거렸다.

올리비아는 다시 엄마의 방으로 돌아왔다. 모든 물건을 끄집어낸 방은 가구가 있었지만, 텅 빈 것처럼 느껴졌다. 오래지 않아 포드모어 오두막은 팔리고 이 방은 새 주인을 맞게 될 것이다. 그러면 다른 가구와 다른 옷, 다른 체취, 다른 목소리, 다른 웃음소리로 채워질 것이다. 그녀는 침대에 걸터앉아 창문 아래로 꽃이 한창인 도토리나무의 푸른 잎사귀들을 내려다보았다. 나뭇가지 어딘가에 숨어 지저귀는 개똥지빠귀 소리가 들려왔다.

그녀는 주위를 살폈다. 테이블에 놓인 중국제 램프와 양피지에 주름을 잡아 만든 등갓도 쳐다보았다. 테이블엔 작은 서랍도 있었다. 보긴 했어도 치울 생각은 하지 못했었다. 서랍을 열자 아스피린 병과 단추, 몽당연필, 낡은 일기장이 보였고 뒤쪽에선 책도 한 권 나왔다.

그녀는 손을 넣어 책을 꺼냈다. 푸른색 표지가 덮인 얇은 것이었는데 제목은 루이스 맥니스가 지은 '가을 소식'이라고 돼 있었다. 중간쯤에 볼록하게 들뜬 부분이 있어서 펼치자 눌려서 납작해진 노란 종이와 사진 한 장이 나왔다. 노란 종이는 편지일 것 같은 예감이 들었다.

사진 속의 인물은 남자였다. 그녀는 잠깐 살핀 다음 옆으로 놓고 접힌 노란 종이를 펼치기 위해 집어 들었다. 그러자 가려져 있던 시구가 드러나면서 잊고 지냈던 옛 기억을 일깨웠다.

9월이 왔네, 9월은 그녀의 달
그녀의 생명력은 가을이 와야 뛰놀고
그녀의 천성은 나뭇잎이 떨어진
헐벗은 나무와 벽난로의 불꽃을 좋아하지.
그래서 난 그녀에게 이 9월과
그다음 달을 바친다네
물론 내 일 년 모두가 그녀 것이지
벌써 그녀는 내 일 년의 많은 날을
괴롭고 고뇌에 가득 찬 나날로 만들었으니까
하지만 그보다 많은 날을
행복하게 해주었다네.
내 인생에 향기를 남긴 그녀
벽들은 그녀의 그림자로 일렁이네
그녀의 머리칼은 내 눈물의 폭포에 잠겨 있고
런던의 곳곳마다 추억의 키스로 얼룩져 있네.

이 시구는 그녀에게도 낯설지 않았다. 옥스퍼드 시절, 우연히 맥니스를 알게 된 그녀는 그의 시에 빠져 그의 것이면 모조리 읽어 버렸었다. 몇 년이 지난 지금이지만 맨 처음 그의 시를 읽고 느꼈던 감동이 새롭게 되살아났다. 그녀는 한 번 더 읽고서 책을 덮었다. '엄마한테 어떤 의미가 있었을까?' 그녀는 사진을 다시 집어 들었다.

남자. 군복은 입었지만 모자는 쓰지 않았다. 사진 속의 그는 어깨에 등산용 로프를 매단 채 누군지도 모르는 그녀를 향해 웃고 있다. 머리는 헝클어졌고 멀리로 수평선이 보인다. 남자. 모르는 얼굴이었지만 어딘지 낯익은 구석이 있다. 그녀는 미간을 찌푸렸다. 누굴 닮았을까? 아는 사람 중에선 금방 떠오르는 얼굴이 없다. 그렇다면 누굴까? 누군가와…….

그녀는 갑자기 정신이 번쩍 들었다. 데이너스 뮤어필드였다. 이목구비가 똑같진 않지만 어딘지 비슷하다. 머리 생김새, 턱의 각도, 다정한 미소 같은 것이.

데이너스.

엔더비 씨도 노엘도 찾아내지 못한 대답이 바로 이 남자였을까?

잔뜩 호기심을 느끼면서 그녀는 편지를 집어 들고 펼쳤다. 줄이 쳐진 편지지에 굵은 펜으로 또박또박 내용이 적혀 있었다.

영국 모처에서
1944년 5월 20일

내 사랑 페넬로프,

지난 몇 주간 나는 당신에게 편지를 쓰려고 수십 번이나 책상에 앉았소. 그런데 그럴 때마다 미처 넉 줄도 쓰기 전에 전화가 와서 방해를 받거나 누군가 큰 소리로 부르는 소리, 노크 소리, 그것도 아니면 이런저런 긴급 전달 사항 때문에 방해를 받았소. 마침내 날 저문 지금에야 한 시간 정도 조용할 듯싶은 시간을 얻었소. 당신이 보낸 편지들은 모두 무사히 도착했고 난 당신 편지를 받을 때마다 기쁨에 들뜨곤 했소. 그 편지들을 상사병에 걸린 남학생처럼 몸에 지니고 다니며 읽고 또 읽는다오. 몇 번이나 읽었는지 셀 수도 없을 지경이오. 비록 당신하고 같이 있지는 못해도 당신 목소리만은 듣고 있는 셈이오…….

그녀는 혼자뿐인 사실을 잘 알고 있었다. 집에는 사람이라곤 없이 조용했다. 엄마의 방도 편지지 넘기는 소리가 유일한 소음이었다. 세상에서 현실이 증발해 버린 기분이 들었다. 지금 그녀는 그녀도 전혀 알지 못하는 엄마의 과거로 돌아와 있었다. 한 번도 의심이나 상상을 해보지 못한 일이었다.

하긴 앰브로즈가 아주 신사적으로 나와서 당신에게 이혼을 허락해 줄 가능성도 있소. …… 중요한 것은 우리가 함께 있는 것 그리고 언젠가는—조만간 그렇게 되기를 바라고 있지만—결혼해야 한다는 것뿐이오. 전쟁도 언젠가는 끝날 것이오. …… 하지만 천 마일 거리의 여행길도 첫걸음부터 시작하는 것 아니오. 해보지도 않고 겁내는 것은 더 나쁜 것 아니겠소.

그녀는 편지지를 내려놓고 다음 장을 집어 들었다.

……무엇 때문인지 난 내가 이 전쟁에서 살아남지 못할 것 같은 불안감은 전혀 없소. 죽음이라는 최후의 적은 노쇠와 병을 겪고 난 이후에나 찾아올 머나먼 일 같기만 해요. 그리고 우리를 한데 묶어준 운명이 우리가 죽음이라는 괴로운 일을 당하게끔 계획해 놓지는 않았을 거라는 믿음이 드는 것은 어쩔 수가 없소.

하지만 그는 죽었다. 이런 사랑은 죽음만이 갈라놓을 수 있었을 것이다. 그는 엄마에게 돌아오지 못하고 그가 세운 모든 계획과 품었던 희망은 열매 맺지 못하고 빈 조개껍질처럼 영원히 남았다. 그는 죽고 그녀는 단조롭게 인생을 이어나갔다. 앰브로즈에게 돌아가서 후회나 슬픔, 자신에 대한 연민 같은 것은 느낄 겨를도 없는 전쟁 같은 나머지 일생을 살았다. 그녀의 자식들은 감쪽같이 몰랐다. 눈치조차 못챘다. 아는 사람이 아무도 없다. 무엇보다도 이 사실이 슬프다. 엄마, 당신은 그에 대해서 말했어야 해요. 나한테 얘기했더라면, 난 이해했을 거예요. 난 듣고 싶어 했을 거예요. 그녀는 자신의 두 눈에 눈물이 괸 걸 알아차리고 깜짝 놀랐다. 눈물이 넘쳐 볼을 타고 흘러내리자 느낌이 좀 야릇했다. 꼭 타인에게 일어나고 있는 일 같았다. 그녀는 엄마를 위해서 울었다. 당신이 여기 있었으면 좋겠어요. 당신과 얘기하고 싶어요. 당신이 필요해요.

울기엔 좋은 구실이었다. 엄마가 죽었을 때도 울지 않다가 지금은 울었다. 나약한 모습을 훔쳐볼 사람도 없자, 그녀는 눈물을 그냥 흐르는 대로 내버려두었다. 비너스의 편집장인 억세고 냉철한 미스 킬링의 모습은 전혀 없었다. 어디선가 엄마가 대답할 거라고 믿으며 오클리 가의 집 현관을 '엄마!' 하고 박차고 들어오던 어린 소녀로 되돌아가 있었다. 울수록 그녀를 감싸고 있던 갑옷 같은 자기통제의 껍질이 산산이 부서졌다. 엄마가 존재하지 않는 차가운 세상에서의 첫 며칠간을 견뎌내지 못했을지도 모를 껍질이었다. 슬픔으로 느슨해지자 그녀는 훨씬 인간다워졌다.

조금 후 감정이 다소 진정되자 그녀는 편지의 마지막 페이지를 집어 들고 끝까지 읽었다.

······당신하고 같이 있어서 웃음을 함께 나누고 내겐 제2의 고향 집처럼 되어버린 그 집의 온갖 사소한 일을 함께하면 얼마나 좋을까 하고 상상한다오. 그곳에서 있었던 일은 모두가 속속들이 즐거웠소. 인생에서 진정으로 좋은 것은 사라지지 않는 법이오. 그것은 한 인간의 부분으로 남아 그 사람 인격의 일부가 되는 것이오. 그와 마찬가지로 당신의 일부분 역시 내가 가는 곳이면 어디든지 따라다닌다오. 아울러 내 일부 또한 영원히 당신 것이오. 내 사랑, 내 사랑.

리처드

리처드. 그녀는 그 이름을 크게 외쳤다. 내 일부가 영원히 당신 것이듯이. 그녀는 편지를 접어 사진과 함께 '가을 소식' 페이지 사이에

끼워 넣었다. 그녀는 책을 덮어 베개 위에 놓고 천장을 바라보며 이젠 모두 알았다고 생각했다. 하지만 그것은 아직 할 일이 남아 있다는 깨달음이었다. 그녀는 우선 일이 전개된 과정을 속속들이 알아봐야 한다고 생각했다. 어떻게 만났고, 왜 친해졌으며, 어쩌다 깊이 사랑하는 사이가 되었는지, 그는 왜 죽었는지를.

하지만 알고 있는 사람이 누굴까. 오직 한 사람이다. 도리스 펜버스. 도리스와 엄마는 전시 동안 줄곧 함께 살았다. 두 사람 사이에 비밀은 없었을 것이다. 올리비아는 흥미를 느끼며 계획을 세웠다. 어느 때…… 사무실 일이 좀 한가한 9월이 되겠지만…… 며칠 휴가를 내고 콘월로 가자. 우선 도리스에게 편지로 방문 사실을 알려야겠지. 아마 도리스는 와서 며칠 묵어도 좋다고 할 거야. 도리스는 페넬로프를 추억하며 얘기를 시작할 것이고 조금씩 조금씩 얘기 중에 리처드의 이름이 나오고……. 결국에는 모두 알게 될 거야. 하지만 말만으로 끝나진 않을 거야. 도리스는 포스케리스도, 그리고 미처 내가 모르고 있던 엄마의 손길이 닿은 여러 곳도 구경시켜 줄 거야. 그녀는 또 엄마가 한때 살았던 집이랑 로런스 스턴이 개관을 도운 조그만 화랑에도 데려가 줄 거야. 그러면 「조개 줍는 아이들」을 한 번 더 보겠지.

그녀는 로런스 스턴이 세기말에 그렸고, 지금은 데이너스의 재산이 된 열네 점의 스케치도 생각해 봤다. 어제저녁 작별 인사를 하던 노엘의 얼굴도 떠올렸다.

그녀는 왜 그것들을 그 젊은이에게 주었을까?

그녀가 그를 좋아해서? 그가 불쌍해서? 그를 돕고 싶어서?

그럴지도 모르지. 하지만 확실한 건 영원히 알 수 없을 거야.

그녀의 생각은 틀렸었다. 엄마는 여러 이유로 스케치를 데이너스에게 주었다. 끊임없이 요구했던 노엘에게는 질려버렸고, 데이너스에게선 도와줄 가치가 있는 인간미를 발견한 거였다. 포스케리스에서 지내는 동안 그녀는 안토니아에 대한 그의 사랑이 무르익는 것을 지켜보았고, 두 사람이 곧 결혼하게 될 것임을 예견했다. 그녀에게 그들은 특별한 존재였고, 그녀는 그들에게 생활을 시작할 밑천이 될 무언가를 주려고 골몰했다. 하지만 무엇보다 중요한 이유는 데이너스가 리처드를 생각나게 해준 것이다. 그녀는 그를 보자마자 리처드를 쏙 빼닮은 사실을 알아차렸고, 한없는 친근감을 느낀 게 틀림없다. 아마 데이너스와 안토니아를 보며 그녀는 행복해질 수 있는 두 번째 기회를 얻었다고 느꼈을 것이다……. 그들을 자신의 대리인이라고 여기면서. 어쨌든 그들은 그녀 인생의 마지막 몇 주일을 최고의 행복으로 채워주었고, 그녀는 그들에게 습성대로 후하게 사례했다.

올리비아는 손목시계를 들여다보았다. 거의 정오였다. 데이너스와 안토니아가 교회에서 돌아올 시간이다. 그녀는 침대에서 일어나 마지막으로 창문의 걸쇠를 채웠다. 거울로 매무새를 살피고 얼굴에 눈물 자국이 전혀 나지 않은 것도 확인했다. 그러고는 책을 집어 편지와 사진을 갈피 속에 잘 끼우고 방을 나와 문을 닫았다. 계단을 내려온 그녀는 아무도 없는 부엌에서 무쇠로 만든 무거운 부지깽이로 보일러 뚜껑을 열었다. 뺨으로 훅 솟구쳐 오르는 뜨거운 열 기운을 느끼며 엄마의 비밀을 벌겋게 달구어진 석탄 구덩이 속으로 던져 넣고 타는 모양을 지켜보았다.

단 몇 초 사이에 그것은…… 영원히 사라졌다.

16
미스 킬링

6월 중순, 여름의 절정이었다. 따스한 초봄이 물러가자 온 나라가 더운 열기에 휩싸였다. 올리비아는 여름을 흠뻑 즐기는 중이었다. 그녀는 더위와 태양에 달구어진 런던의 거리가 좋았다. 얇은 옷을 입은 여행자와 군중 무리, 카페 앞 도로에 펼쳐진 파라솔, 공원의 나무 그림자 밑에 나란히 드러눕거나 부둥켜안은 연인들까지도. 모두들 외국으로 피서 나가고 싶은 충동에 시달리며 풀 죽어 지냈지만 그녀만은 생기가 넘쳐났다. 그녀는 지칠 줄 모르는 미스 킬링이었고, 비너스는 그런 그녀의 온 힘을 요구했다.

그녀는 일에 만족하며 푹 파묻혀 지낼 수 있는 게 기뻤고, 그러느라 가족과 그동안 일어난 일련의 일들을 잊고 지낼 수 있는 게 고마웠다. 페넬로프의 장례식 이후 그녀는 낸시도, 노엘도 만나지 못했다. 가끔 전화로만 통화할 뿐이었다. 포드모어 오두막은 내놓자마자 바로 노엘의 예상을 훨씬 능가하는 값으로 팔렸다. 집 문제가 매듭

지어지자 집기들은 경매에 부쳐졌고 데이너스와 안토니아는 떠나갔다. 데이너스는 엄마의 낡은 볼보를 사 소지품 몇 가지를 싣고 그들 자신의 온실을 할 적당한 장소를 찾으러 웨스트 컨트리 쪽으로 갔다. 그들은 전화로 올리비아에게 작별 인사를 했지만 그것은 한 달 전 일이었고, 그 이후론 소식이 없다.

오늘 수요일 아침에 그녀는 책상에 앉아 있었다. 새로 온 젊은 패션 담당이 그녀의 편집회의에 합류했고, 올리비아는 그녀가 처음 쓴 기사 제목들을 읽어보고 있었다. 당신의 가장 좋은 액세서리는 바로 당신이다. 참 좋은 기획이었다. 갑자기 호기심이 솟았다. 스카프도 귀걸이도 모자도 잊어버리자, 눈과 윤기 나는 피부, 생기 넘치는 건강으로 관심을 돌리자⋯⋯.

인터폰이 울렸다. 올리비아는 눈은 들지 않으면서 스위치를 눌렀다.

"네."

"미스 킬링."

비서가 말했다.

"외부에서 전화가 와 있어요. 안토니아래요. 통화하시겠어요?"

안토니아. 올리비아는 망설였다. 안토니아는 그녀의 생활 테두리를 빠져나가 웨스트 컨트리 어디인가에 발을 붙였을 것이다. 그녀가 왜 먼 곳에서 전화를 했을까. 무슨 말이 하고 싶어서일까. 올리비아는 일을 방해받는 걸 싫어했다. 하필 이 시간에 전화를 하다니. 그녀는 한숨을 쉬며 안경을 벗고는 의자 뒤로 기대앉았다.

"좋아요. 바꿔줘요."

그녀는 수화기를 집어 들었다.

"올리비아 아줌마?"

젊고 친숙한 목소리가 들렸다.

"어디야?"

"런던이에요, 아줌마. 굉장히 바쁘신 줄은 알지만, 우리하고 점심을 같이하셨으면 해서요."

"오늘?"

올리비아는 낭패스러운 기색을 감추지 못했다. 오늘은 약속이 빽빽했고, 책상에 앉아 샌드위치를 먹으며 점심시간에도 일을 계속하려고 생각하고 있었다.

"글쎄, 좀 촉박한걸."

"알고 있어요, 그리고 죄송해요. 하지만 정말 중요한 일이라서요. 가능한 한 된다고 해주세요."

그녀의 말소리는 몹시 다급했다. 대체 무슨 일이 일어난 걸까? 올리비아는 마지못해 스케줄표를 집었다. 11시 30분 사장과 회의. 2시 광고 이사와 회의. 그녀는 재빨리 시간 계산을 했다. 사장은 한 시간 이상은 끌지 않을 것이다. 하지만 그 이상 길어지면…….

"올리비아, 제발."

그녀는 마지못해 수락했다.

"좋아, 하지만 아주 급하게 식사를 해야겠는걸. 2시엔 이곳으로 돌아와야 하니까."

"아줌만 정말 천사예요."

"어디서 만나지?"

"말씀하세요."

"레스카르고에서."

"테이블을 예약하겠어요."

"아니, 내가 할게."

올리비아는 주방 옆 구석진 자리에 앉고 싶은 마음은 추호도 없었다.

"비서한테 시키면 돼. 1시야, 늦지 마."

"네."

"안토니아, 데이너스는 어디 있지?"

하지만 안토니아는 벌써 전화를 끊었다.

택시는 정오의 복잡하고 뜨거운 거리를 천천히 미끄러져 갔다. 올리비아는 차 안에 앉아서 왠지 모를 막연한 불안감을 느꼈다. 안토니아의 목소리는 약간 들떠 있었다. 그녀는 어떤 대접을 받게 될지 궁금했다. 그녀는 재회를 상상해 봤다. 그녀가 레스카르고로 걸어 들어가 기다리고 있을 안토니아를 찾고. 안토니아는 늘 입던 물 바랜 청바지와 면 셔츠 차림으로 화려하고 세련된 직장인들 틈에 이방인처럼 앉아 있고. 이건 정말 중요한 일이에요. 얼마나 중요한 일이길래 올리비아에게 금쪽같은 시간을 한 시간씩이나 요구하고 거절하지 말아달라고 애원했을까. 데이너스와 안토니아에게 무슨 나쁜 일이 있는 거라고는 믿고 싶진 않지만, 그래도 최악의 경우를 염두에 두고 있는 게 현명하다. 여러 종류의 일들이 떠올랐다. 양배추를 심을 적당한 땅을 찾지 못해서 안토니아가 다른 일거리를 의논하러 왔거나 아니면 땅은 찾았는데 거기 붙은 살림집이 마땅치 않아서 올리비아에게 데본에 와서 직접 눈으로 보고 조언을 좀 해주었으면 한다거나 안토니아가 임신을 했거나. 아니면 그동안에 서로 공통점이라곤 전혀 없음을 발견하고 헤어지기로 결정했든지.

생각이 여기까지 미치자 그녀는 제발 그것만은 아니길 기도했다.

택시가 레스토랑 앞에 멎었다. 그녀는 차에서 내려 기사에게 요금을 지불하고 보도를 가로질러 문으로 들어갔다. 식당 안은 늘 그렇듯 복잡하고, 따스하고, 활기가 넘쳤다. 음식 씹히는 냄새, 커피 냄새, 비싼 담배 냄새도 역시 풍겼다. 자리를 빽빽이 메우고 있는 성공한 직장인들 틈에 안토니아도 앉아 있었다. 하지만 혼자가 아니었다. 데이너스와 함께 있었는데 하마터면 올리비아가 못 알아볼 뻔했다. 그들은 평소의 가볍고 편한 옷이 아닌 제대로 갖춘 정장 차림이었다. 안토니아는 머리를 땋아 쪽을 짓고, 에델 할머니의 귀걸이를 달고, 커다란 흰 꽃이 달린 웨지우드 블루빛의 화려한 드레스를 입고 있었다. 데이너스도 경주에 출전하는 말처럼 산뜻하게 단장을 하고 있었다. 짙은 회색 양복은 재단이 너무 미끈하게 빠져서 곁에 있다면 노엘 킬링조차 부러워했을 정도였다. 두 사람은 아주 돋보였다. 젊고, 부유하고, 행복해 보였다. 아름다워 보이기도 했다.

그들은 올리비아를 단번에 알아보고 일어나 인사하며 다가왔다.

"올리비아 아줌마······."

올리비아는 두 팔을 벌려 그들을 껴안았다. 그녀는 안토니아와 데이너스에게 차례로 키스했다.

"전혀 예상 밖이야. 두 사람이 여기 오리라고는 상상도 못 했어."

안토니아는 웃었다.

512

"놀라게 해드리고 싶었어요."

"뭘?"

"오늘 점심은 우리들 결혼 기념 식사예요. 꼭 오셔야 하는 중요한 이유는 바로 그거였어요. 오늘 아침에 결혼했거든요."

데이너스가 파티를 제안했다. 그가 미리 주문한 샴페인이 얼음에 채워져 테이블에서 기다리고 있었다. 올리비아는 너무 기쁜 나머지 점심때는 술을 마시지 않는다는 그녀의 규칙도 깨뜨리면서 선뜻 잔을 치켜들고 건배를 제안했다.

그들은 얘기를 나눴다. 많은 화제가 서로 오고 갔다.

"런던엔 언제 왔어?"

"어제 아침에요. 어젯밤엔 메이페어 호텔에서 잤는데 샌즈 호텔만큼이나 웅장하던걸요. 오늘 오후엔 돌아갈 예정이에요. 에든버러로 가서 데이너스의 어머님, 아버님과 한 이틀 지내려고요."

"스케치 작품들은 어떻게 했어요?"

올리비아가 데이너스에게 물었다.

"어제저녁에 부스비 화랑에서 브룩크너 씨를 만났어요. 스케치 작품도 처음 봤고요."

"팔았나요?"

"네, 다음 달에 선편으로 뉴욕으로 옮겨지고, 8월 1일엔 경매에 부쳐질 거예요. 열세 작품은 팔고 하나는 갖기로 했어요. 「테라초 가든」을 남겨 두려고요. 하나는 가지고 있어야 할 것 같아서요."

"물론이에요. 농원 일은 어떻게 됐어요? 땅은 찾았나요?"

그들은 올리비아에게 알렸다. 많이 수소문한 끝에 데본에서 원하던 땅을 찾았으며, 3에이커 정도 되는 한때 오래된 저택의 마당이던 땅이라고. 작은 정원과 잘 수리된 온실이 딸려 있으며 데이너스가 구매 신청을 하자 수락되었다고.

"아주 잘 됐어. 그런데 살림은 어디서 하지?"

"아, 작은 오두막도 하나 있어요. 크진 않고 낡기도 무척 낡았어요. 그걸 구실로 값을 좀 깎았고, 그 덕에 우리가 가진 돈하고 액수가 맞아떨어졌어요."

"그럼 스케치가 팔릴 때까지 돈은 어떻게 조달하지?"

"은행에서 그동안만 얼마간 빌리기로 했어요. 그리고 돈을 아끼기 위해 오두막 수리는 우리가 직접 하기로 했고요."

"그동안은 어디서 어떻게 지내고?"

"이동 주택을 한 채 빌렸어요."

안토니아는 흥분을 감추지 못했다.

"데이너스가 경운기도 한 대 샀고요. 우린 땅도 고를 겸 감자를 캘 거예요. 감자를 다 캐내야 진짜 우리 일을 시작할 수 있거든요. 저는 닭, 오리도 키울 거예요. 그래서 알은 팔고……"

"얼마나 외진 동네야?"

"작은 시에서 3마일밖에 안 떨어져 있어요. 시내 장터에다 수확한 걸 갖다 팔면 돼요. 꽃이든 채소든요. 농원은 일찍 핀 꽃들로 가득할 거예요. 화분 식물이랑…… 그리고…… 올리비아 아줌마, 어서 보여드리고 싶어요. 집수리가 끝나면 오시겠어요?"

올리비아는 잠시 생각했다. 그녀는 이미 석 잔의 샴페인으로 취한 상태이지만 나중에 후회할 일을 성급히 수락하고 싶지는 않았다.

"오두막이 따뜻할까?"

"중앙난방식으로 할 거예요."

"집 안에 수도 시설은 있고? 화장실에 가고 싶을 때마다 정원까지 뛰어갈 순 없잖아?"

"그럼요, 그럴 일은 없을 거라고 약속할게요."

"더운물은 하루 종일 쓸 수 있게 할 거야?"

"네."

"손님방은? 사람이나 고양이, 강아지, 닭 같은 무리하고 한방을 쓰는 건 싫어. 손님방엔 옷장도 있어? 그렇다고 다른 사람 땀내 나는 잠옷이나 좀먹은 모피 코트 같은 게 걸려 있어선 안 돼. 새 옷걸이만 두 다스쯤 걸려 있어야 돼."

"네, 알겠습니다."

"그렇다면."

올리비아는 의자에 깊숙이 앉았다.

"넌 좀 바빠지겠어, 내가 갈 테니까."

잠시 후 그들은 따가운 햇살을 맞으며 보도에 서서 올리비아를 사무실까지 태워다 줄 택시를 기다렸다.

"너무 즐거웠어. 안녕, 안토니아."

그들은 서로를 꼭 껴안으며 애정이 담뿍 담긴 키스를 나눴다.

"올리비아 아줌마, 정말 모든 걸 너무너무 감사드려요. 특히 오늘 나와주신 거요."

"날 초대해 줘서 고마워. 고맙다는 인사를 할 사람은 나야. 난 오늘처럼 기쁜 일로 놀라본 적이 없어. 몇 년 동안 이렇게 즐거운 점심을 먹은 적도 없고, 샴페인 때문에 오후 시간에 제대로 일할 수 있을지는 의문이지만."

택시가 다가왔다. 올리비아는 데이너스에게로 돌아섰다.

"안녕, 사랑스러운 젊은이."

그는 그녀의 뺨에 키스했다.

"안토니아를 잘 돌봐줘요. 행운을 빌어요."

그는 그녀를 위해 택시 문을 열었다가 그녀가 올라타자 도로 닫았다.

"비너스요."

그녀는 기분 좋게 목적지를 말했다. 차가 앞으로 달리자 그녀는 뒷유리창을 통해 손을 크게 흔들었다. 안토니아와 데이너스도 손을 흔들어 답례를 했다. 안토니아가 손을 입술에 댔다 떼며 키스를 만들어 보이고 나자, 그들은 뒤로 돌아 올리비아와는 반대 방향으로 손을 맞잡고 걸어갔다.

그녀는 의자에 푹 기대앉아 만족감에 젖은 한숨을 쉬었다. 안토니아와 데이너스의 일은 모두 잘 끝이 났다. 엄마의 판단은 정말 정확했다. 그들은 용기 있는 젊은이였고, 도움의 손길이 필요한 사람들이었다. 그리고 그녀가 그런 그들에게 그 일을 해주었다. 그녀의 도움은 그들에게 조그만 오두막과 경운기, 닭, 그리고 미래에 대한 계획과 찬란한 희망이 되어주었다.

그렇다면 페넬로프의 자식들은 어떤가. 그들은 갑자기 생긴 돈을 어떻게 처리할까. 낸시는 아마 그녀 방식대로 돈을 써버릴 것이다. 커다란 레인지 로버를 한 대 사서 여기저기 있는 친구를 찾아 몰고 다니며 뻐기는 게 고작일 게 분명하다. 아니면 모두 루퍼트와 멜라니의 비싼 사립학교 교육비로 쓰일 수도 있다. 그래봤자 감사할 줄도 모르고 전혀 나아진 것도 없는 아이들의 모습을 보게 되겠지만.

그녀는 노엘도 생각했다. 노엘은 아직은 같은 일에 종사하고 있지만 유산이 손에 들어오기만 하면 광고 일을 내던지고 뭔가 기막힌 계획을 세워 개인 사업을 시작할 것이다. 상품 중개업이나 아니면 이익이 크게 남는 일을. 그리고 돈을 많이 벌고, 어느 날엔가는 돈 많고 예쁘지만 끔찍한 타입의, 그를 숭배하고 사랑하는 여자와 결혼도 할 것이다. 하지만 그 앤 끊임없이 한눈을 팔겠지. 올리비아는 자기도 모르게 웃었다. 참 구제 불능의 사내지만 어쨌든 동생은 동생이었다. 그녀는 진심으로 그가 잘되기를 바랐다.

이제 그녀만 남았지만 스스로에 대해선 궁금한 게 없었다. 올리비아는 노후를 생각해서 엄마의 돈을 신중하게 불릴 작정이었다. 그녀는 20년 후를 상상해 봤다. 혼자서 결혼하지 않은 채 그대로 랜필리가 작은 집에 살지만 여전히 혼자서 넉넉하게 지내겠지. 그녀가 늘 즐기던 작은 기쁨과 사치도 누리면서. 극장도, 콘서트도 가고, 친구도 만나고, 휴가 땐 외국에도 갈 거야. 심심풀이 삼아 강아지 한 마리를 키울 수도 있어. 데본에 가서 데이너스, 안토니아 뮤어필드와 지낼 수도 있고. 그리고 그들은 런던에 그때쯤이면 생겼을 아이들까지 이끌고 그녀를 찾아올 것이다. 그러면 그녀는 아이들을 그녀가 즐겨 찾는 박물관, 화랑, 발레 공연에 데려가고 크리스마스엔 팬터마임 구경도 갈 것이다. 그들에게 아주 좋은 아줌마가 될 것이다, 아니 아줌마가 아니라 좋은 할머니인가. 손자를 얻은 것과 비슷할 것이다. 그들은 그녀뿐 아니라 코스모의 손자이기도 하다. 기분이 좀 이상했다. 마치 헝클어진 실타래가 풀려 한 갈래로 많아지고, 미래를 향해 곧게 뻗어가는 과정을 지켜보는 것 같았다.

택시가 멈추자 그녀는 깜짝 놀라며 상상에서 깨어났다. 택시는 비너스 사무실이 들어 있는 유명한 빌딩 앞에 서 있었다. 크림색 벽돌과 커다란 유리창은 햇살을 받아 반짝였고, 맨 꼭대기 층은 청록색 하늘을 찌르며 솟아 있었다.

그녀는 차에서 내려 기사에게 요금을 지불했다.

"잔돈은 필요 없어요."

"네, 감사합니다."

그녀는 보도로 올라 정문을 향해 박힌 흰 계단을 올라갔다. 그녀가 정문으로 다가서자 수위가 그녀를 위해 문을 열어주었다.

"날씨가 참 좋습니다, 미스 킬링."

그녀는 잠시 걸음을 멈추고 그가 한 번도 본 적이 없는 쾌활한 웃음을 웃어 보였다.

"네."

그녀도 대답했다.

"정말 아름다운 날이에요."

그녀는 문으로 들어섰다. 그녀의 왕국, 그녀의 세계로.

The Shell Seekers

옮긴이의 말

*
*
*

슈베르트 실내악, 클로드 모네, 하오의 레몬 차…….

『조개 줍는 아이들』을 처음 읽고 나서 내가 떠올렸던 심상들이다. 그런가 하면 겨울 바다, 드보르작 교향악, 윌리엄 터너, 저녁 브랜디 따위의 이미지들도 함께 떠올랐다. 저자 필처는 그런저런 다양한 삶의 요소들을 풍성하면서도 절제된 언어의 구사를 통해 그물을 짜듯 정교하게 엮어 나가면서 은근하고도 명료하게 삶의 가장 소중한 비밀을 이야기해 준다. 즉, 모든 걸 포용하고, 모든 걸 치유하며, 모든 걸 정화시키는 사랑이란 것을 지극히 인간적인 차원에서 조용하고 설득력 있게, 호수에 이는 잔잔한 파문처럼 무리 없이 독자에게 일깨워 준다.

작중 인물 중 중심인 페넬로프 킬링. 개성이 제각기 다른 세 남매의 어머니이며, 한 시기를 풍미했던 예술가의 딸이며, 너무도 대조적인 두 남자의 아내와 연인이었던 아주 독특한 한 여인을 둘러싼 가족사의 형식으로 짜여진 이 작품은 그 인물 하나하나의 묘사에서 심도 있는 인간 심리의 통찰력이 빛을 발하고 있다. 작품의 인물 설정 구조를 보면 세 가지 대비 관계를 쉽게 알아볼 수 있는데, 첫째가 두 딸 낸시와 올리비아의 관계이며, 둘째는 남편 앰브로즈와 애인 리처드의 관계, 셋째가 아들 노엘과 정원사 데이너스의 관계이다. 이 다원적 대비 요소들을 다 포용하는 인물이 바로 페넬로프 자신이다. 2차 대전 전후의 격동적 시대 상황 속에서 억척스럽게 척박한 삶을 헤쳐나가는 그녀는 매우 이성적이고, 현실적이며, 강인하기 그지없는 인물인 동시에 내적으로는 예술을 사랑하고, 휴머니티가 넘치며, 섬세한 감성을 소유한 낭만주의자기도 하다. 그녀의 그러한 복합적 성격이 그 인간됨을 더욱 풍요롭게 할 뿐 아니라, 그녀 주변의 모든 사물 (자연, 생활공간, 일상적 집기 등)에 또한 생명을 불어넣어 주는 듯하다. 정원을 손질하거나, 요리를 하거나, 편지를 쓰거나 하는 따위의 사소한 일상적 행위에서 그녀가 무한히 느끼고, 생각하고, 애정을 바침으로써 스스로를 정화시켜 나가는 모습을 접할 때 독자는 모종의 카타르시스를 더불어 느끼게 된다. 힘겨운 삶의 역경을 거쳐온 여인 페넬로프가 미움도, 그리움도, 원망도, 집착도 다 떨쳐버리고 한 자유로운 '존재'로 삶을 마감하는 마지막 부분에 이르러서는 요즈음 페미니스트들이 제시하는 것과는 각도가 다르지만 하나의 해방된 여성의 표상을 보는 듯한 느낌이 든다.

페넬로프의 존재가 작품 전반을 통해 워낙 뚜렷하게 부각되기 때문에 영화로 말하자면 다른 인물들은 조역에 머무는 셈이지만, 그렇다고 해서 그들이 저자의 주목을 덜 받는 건 아니다. 필처는 작중 인물 하나하나에 세심한 애정과 관심의 눈길을 골고루 베푸는 데에 있어 절대 소홀함이 없었다. 그 결과 모든 인물들이 제 나름의 분명한 색깔과 목소리와 질감을 가지고 독자의 뇌리에 쉽게 잊히지 않는 인상으로 새겨진다.

또한 이들은 우리 자신들과 별반 다를 바 없는 인간적 고뇌와 허점, 오류, 희로애락의 흐름 속에서 삶을 엮어 가는 존재들이다. 그러므로 『조개 줍는 아이들』에 등장하는 인간상들은 저 지구 반대편, 어느 특정한 시대적 상황에서 펼쳐지는 생소한 삶들이 아니라 바로 지금, 바로 우리 주변에서 벌어지고 있는 삶의 얘기임을 독자들은 공감할 수 있으리라. 한편 작품 전체에 짙게 깔려 있는 영국적 분위기에 빨려 들어가 봄으로써, 색다른 문화 체험을 간접적으로나마 매우 밀도 있게 할 수 있다는 점도 이 책이 지닌 또 다른 매력의 하나라고 생각된다.

2025년 2월

옮긴이 구자명

The Shell Seekers

옮긴이 구자명

1957년 서울에서 태어나 하와이 주립대학교 심리학과를 졸업하였다. 1997년 계간《작가세계》를 통해 단편소설 〈뿔〉로 등단했다. 옮긴 책으로는『패셔넬라Passionella』,『내 영혼의 빛』,『재즈의 연인』등이 있고, 쓴 책으로는『건달바 지대평』,『망각과 기억 사이』,『진눈깨비』등이 있다. 한국가톨릭문학상, 한국소설문학상을 수상했다.

조개 줍는 아이들 2

초판 1쇄 발행 2025년 2월 26일

지은이 로자문드 필처
옮긴이 구자명
펴낸이 김선준

편집이사 서선행
책임편집 천혜진　**편집1팀** 임나리, 이주영　**디자인** 김세민, 김예은
마케팅팀 권두리, 이진규, 신동빈
홍보팀 조아란, 장태수, 이은정, 권희, 박미정, 조문정, 이건희, 박지훈, 송수연
경영관리 송현주, 권송이, 윤이경, 정수연

펴낸곳 ㈜콘텐츠그룹 포레스트　**출판등록** 2021년 4월 16일 제2021-000079호
주소 서울시 영등포구 여의대로 108 파크원타워1 28층
전화 02)332-5855　**팩스** 070)4170-4865
홈페이지 www.forestbooks.co.kr
종이 ㈜월드페이퍼　**출력·인쇄·후가공·제본** 한영문화사

ISBN 979-11-94530-14-5 (04840)
　　　979-11-94530-12-1 (04840)(set)

㈜콘텐츠그룹 포레스트는 독자 여러분의 책에 관한 아이디어와 원고 투고를 기다리고 있습니다. 책 출간을 원하시는 분은 이메일 **writer@forestbooks.co.kr**로 간단한 개요와 취지, 연락처 등을 보내주세요. '독자의 꿈이 이뤄지는 숲, 포레스트'에서 작가의 꿈을 이루세요.